*Für alle Katzen, die im Namen der Wissenschaft
ihr Leben lassen.
Mögen sie in Frieden ruhen.*

Gerufen oder ungerufen, der Gott wird kommen.

Aus der Inschrift über dem Eingang
zu Carl Gustav Jungs Haus

Die alten Legenden berichten von einer Goldenen Katze, einem mächtigen und geheimnisvollen Wesen, das die Menschen seit Urzeiten zu erschaffen suchten. Ein besonders ausdauernder Forscher kam seinem Ziel bedrohlich nahe. Man nannte ihn den Alchimisten.

Dieser Mann verlängerte seine natürliche Lebensspanne mit einem Zaubermittel, gewonnen aus selbst gezüchteten Katzen, die für seine Forschungen nicht mehr zu gebrauchen waren. Auf diese Weise konnte er dreihundert Jahre lang an der Züchtung der Goldenen Katze arbeiten. Endlich brachte er die Königin der Katzen in seine Gewalt, die schöne Pertelot Fitzwilliam, deren Bestimmung das Gebären des kostbaren Kätzchens war.

Nun begann für die Katzenwelt eine schlimme Zeit: Der Alchimist ließ sich in seinen Absichten nicht beirren und verfolgte die Königin und ihren Gemahl Ragnar Gustaffson mithilfe seiner magischen Kräfte und eines Heers von Alchimistenkatzen über die Geheimen Pfade quer durch das ganze Land. Hätten die beiden auf ihrer Flucht nicht Freunde gefunden – einen Silberkater mit dem schlichten Namen Tom, einen tapferen Fuchs und eine prahlerische Elster, die reisefreudige Katze Sealink und ihren beherzten Gefährten Mousebreath –, die ihnen mit Mut und Fantasie zur Seite standen, und hätte sich nicht der weise alte Majicou, des Alchimisten eigene Katze, für sie geopfert – das Schicksal der Felidae stünde immer noch in den Sternen.

Doch endlich kam es auf der Landzunge über dem heiligen Ort

Tintagel, wo einst das erste Katzenkönigspaar die ersten Geheimen Pfade angelegt hatte, zu einer gewaltigen Entscheidungsschlacht. Auf dem Höhepunkt dieser Schlacht brachte die Königin ihre Kätzchen zur Welt; doch als der Alchimist sich ihrer bemächtigen wollte, schlug der Majicou zu. Die beiden sprangen gemeinsam von den Klippen, tauchten wieder auf aus den Tiefen des Ozeans und schossen zur hell erleuchteten Himmelskuppel empor. Dann stürzten sie, untrennbar verbunden durch den Hass von Jahrhunderten, in einer letzten verzweifelten Geste auf Tintagel Head zurück und bohrten sich in die Erde. Humus und Pflanzenteile spritzten auf, die Felsen schmolzen und stiegen als heißer Nebel himmelwärts; und dann schloss sich die Erde über ihnen für alle Zeit; so jedenfalls glaubte man …

Aus: Das neunte Katzenleben

PROLOG

In früheren Zeiten musste jeder, der die Stadt von Osten betreten wollte, einen großen Wachturm passieren. Die freigelegte Ruine – der Zahn der Zeit hatte nur sieben oder acht fahlgraue Steinreihen übrig gelassen – liegt ein Stück oberhalb der Phantastischen Brücke am Nordufer des Flusses. Man hat sie eingezäunt, damit kein Mensch hineinfallen und sich verletzen kann. Man trifft hier immer Besucher, bei jedem Wetter. Sie wandern herum mit dieser überschüssigen Energie, die den Menschen eigen ist, kneifen die Augen zusammen, damit ihnen auch ja nichts entgeht, und reden ihr übliches langweiliges Zeug. Sie starren in die asymmetrischen Tiefen des alten Turms hinab. Sie prahlen mit seinen Wänden – so stark und dick, und erst dieser Kalkmörtel! –, als hätten sie selbst sie erst gestern mit eigener Hand gebaut. Sie weisen sich gegenseitig auf die eingebrochenen Fensterschlitze hin, die rostigen Riegel, die Meißelspuren auf dem alten Gemäuer, die Türschwelle, die, von zehntausenden von Füßen glatt poliert, nach all den Jahren noch deutlich sichtbar ist.

Der Boden des Turms ist mit Moos und Kieselsteinen bedeckt. Auf den Simsen hat sich Unkraut ausgebreitet und über die Wände ziehen sich feuchte Streifen. Hier und da sieht man Münzen aufblitzen; die Menschen haben sie hineingeworfen, denn sie glauben, dusselig, wie die Menschen eben sind, das bringe ›Glück‹.

Die Kinder schauen hinunter, wundern sich über das Schutzgitter und fragen ihre Eltern: »Mama, sind da Tiger drin?«

»Nein, Liebes, wir sind hier nicht im Zoo«, sagen dann die Eltern. »Tiger gibt es nur im Zoo.«

Aber sie haben natürlich keine Ahnung!

Eines ziemlich kalten Tages gegen Ende des Frühlings erschien zwischen den Trümmern ganz kurz ein Kater. Ein großes, athletisches Tier, das so aussah, als sei es viel im Freien unterwegs. Sein Fell war von einem fahlen Silbergrau, die einzelnen Haare hatten schwarze Spitzen, nur am Bauch waren sie rein weiß. Der Kater schien das matte Licht des Regentages in sich aufzusaugen und vierfach verstärkt wieder abzustrahlen, sodass er in den verfallenen Mauern förmlich leuchtete. Sein Kopf mit der stumpfen Schnauze und den leicht gespitzten Ohren wies eine dunkelgraue Zeichnung auf und die Linie der Vorderbeine wurde von anthrazitgrauen Streifen aufgelockert. Im trüben Licht waren seine Augen von einem dumpfen Graugrün wie alte Jade.

Wachsam stand er da und prüfte mit erhobener Vorderpfote die Luft. Dann verschwand er.

Nur um vielleicht vierhundert Meter entfernt im Royal Mint Courtyard wieder aufzutauchen, wo man unter den rohen Betonpfeilern eines modernen Gebäudes eine ähnliche Ruine freigelegt hatte. Hier war es kälter, die alten Steine waren trockener und zerfielen wie alles Menschenwerk allmählich zu Staub.

Er sah sich um.

War da etwas?

Nichts.

Wieder schnupperte er und war verschwunden.

Auf diese Weise durchstreifte er die ganze Stadt.

Er blieb stets für sich. Das war er so gewöhnt. Wenn er nicht wollte, wurde er von den Menschen selten bemerkt. Manchmal entdeckte ihn ein Kleinkind, das hoch oben in einem Wohnblock am Fenster stand. Oder eine alte Frau in übermäßig vielen Mänteln und Strickjacken bückte sich, um ihn an ihrer Hand schnuppern zu lassen. »Miez! Miez?« Aber er war schon fort. Er stand bereits fünfzehn Kilometer entfernt im offenen Glockenturm einer Kirche und schaute über die glänzenden Schieferdächer unzähliger Menschenhäuser.

War es hier?

Nein.

Unglaublich, diese Stadt, dachte er, während er aus dem Glockenturm verschwand. Die Luft ist schlecht, das Futter noch schlechter, alles ist schmutzig. Und erst dieser Lärm! Die Menschen kümmert das nicht mehr. Sie sind müde. Sie wollen sich nicht eingestehen, wie sehr sie alles verpfuscht haben.

Jetzt stand er auf einer schmalen Kanalbrücke. Vom Nordufer jenseits der vertäuten Flusskähne drangen frische Hagedorndüfte herüber. Auf einem der Kähne bewegte sich etwas, aber es war nur eine uralte getigerte Flusskatze mit arthritischen Beinen, die sich unter einer Leine mit feuchter Wäsche zwischen den blanken Messingbeschlägen zu schaffen machte.

War es hier?

Auch nicht.

Als Nächstes steuerte er ein ausgebranntes Lagerhaus im Hafenviertel südlich des Flusses an – nur ein kurzes Gastspiel, ein grauer Katzenschatten am Fuß einer Mauer, der sich, kaum angekommen, wieder abwandte und mit den brüchigen alten Steinen verschmolz.

Hier war es auch nicht.

Endlich wandte er sich nach Osten und begab sich an einen Ort namens Cutting Lane in ein ehemaliges Zoogeschäft.

Wie immer, wenn er hierher kam, blieb er in dem halbdunklen Raum zunächst unsicher stehen. Nur ein paar matte Lichtstreifen zogen sich über die schwarzen Holzdielen. Ein schwacher Geruch nach Staub und Mäusen hing in der Luft, ein noch schwächerer nach Stroh und Trockenfutter. Und siehe da! Darunter witterte der Kater einen Menschen mit einem Besen – aber das war lange her. Wenn er die Ohren spitzte, hörte er noch, wie der Besen – *kratz, kratz, kratz* – die Strohnester in die Ecken fegte. Außerdem roch er ein sechzehn Wochen altes weißes Kätzchen in einem Käfig. Das Kätzchen war er selbst. Hier hatte er Kaninchen und Meerschweinchen geärgert und nachdenklich die gefangenen Finken beäugt. Das war ein Zetern und Kreischen gewesen! Was er von alledem zu halten hatte, wusste er bis heute nicht. Hier hatte sich sein Schicksal gewendet. Hier hatte ihm der einäugige schwarze Kater Majicou ein Zuhause verschafft und damit seinem Leben eine neue Richtung gegeben. Der Gedanke jagte ihm noch heute kalte Schauer über den Rücken.

»Majicou?«, flüsterte er.

Aber der Majicou war längst fort.

Er setzte sich. Schaute von einer leeren Ecke in die andere. Sah den Stäubchen zu, die im Licht tanzten. Dachte angestrengt nach. Seine jadegrünen Augen strahlten auf und sprühten.

»Mit den Geheimen Pfaden stimmt etwas nicht«, sagte er zu sich selbst. »Aber ich weiß nicht, was es ist.«

Er hieß Tom und war der Hüter dieser Pfade, die in der Cutting Lane aus allen Richtungen zusammenliefen wie ein vibrierendes, klebriges Spinnennetz. Er spürte sie. Er spürte, wie sie nach ihm riefen. Er stand auf, sah sich noch einmal um und plötzlich schüttelte er sich. Dann verschwand er. Zurück blieben nur eine kleine Staubwolke und ein paar Fußspuren, die unvermittelt aufhörten.

Dann war es Abend. Wasserzeit. Ein leichter Nieselregen fiel lautlos auf weite, sanft abfallende Rasenteppiche, die an einen Fluss grenzten. Grau hingen die Weiden über dem gesprenkelten Wasser. Kater Tom trat neben dem hölzernen Bootshaus aus einem zarten Lichtoval. Er blieb kurz stehen und prüfte misstrauisch die feuchte Luft. Dann strebte er gemächlich durch Berge von Herbstlaub einem großen Haus zu, das sich am anderen Ende der Rasenfläche erhob, als warte es auf ihn. Er überquerte die Terrasse und huschte die breite Treppe hinauf. Auf dem abgetretenen, nassen Steinpflaster hielt er inne, machte den Hals lang und schaute hinauf zu der Eisenkonstruktion eines leer stehenden Wintergartens, zu den verfallenen Aussichtstürmchen und den gardinenlosen Fenstern. Bis zum Dach wanderte sein Blick, bis zu der mächtigen Kuppel mit der grün gewordenen Kupferverkleidung, über die der Regen rann.

Die großen Eingangstüren standen offen. Tom ging darauf zu, dann wandte er sich ab, hob eine Pfote und schaute unschlüssig über den Rasen. In der Dämmerung zogen sich seine eigenen Fußstapfen wie eine schwarze Schlangenlinie durch das feucht glänzende Gras. Für einen Moment sah es so aus, als wolle er gleich wieder umkehren, nur fort von hier, solange er noch konnte …

Es war ein altes Haus und in Teilen war es bis vor kurzem noch bewohnt gewesen. Von der verwüsteten Diele gelangte man in geräumige, hohe Zimmer voller Krimskrams und mit verhängten Spiegeln. Tom sprang lautlos die breite Haupttreppe hinauf. Im Zwischengeschoss streckte er kurz den Kopf zwischen die Stäbe des Mahagonigeländers und schaute den Weg zurück, den er gekommen war. Dann lief er weiter, immer höher hinauf, bis die Marmorstufen von einer altersschwarzen Holzstiege abgelöst wurden, die nicht breiter war als ein menschlicher Torso. Hier hingen in allen Ecken dicke Spinnweben, die das leise Geräusch seiner Schritte schluckten wie weicher Mull. Erst vor dem Raum unter der

Kupferkuppel machte er Halt. Die Tür hatte sich verklemmt und stand etwa zehn Zentimeter weit offen, aber Tom würde nicht hineingehen. Das hatte er schon zu oft vergeblich versucht. Dort drinnen sammelte sich die Dunkelheit unter der Kuppel; dort drinnen erzeugte selbst die Stille ein Echo. Sogar an warmen Tagen wehte es kalt aus diesem Raum und die Luft war mit etwas getränkt, das ihm die Tränen in die Augen trieb.

Dort drinnen hatte der Alchimist über Jahrhunderte versucht, die Goldene Katze zu züchten.

Tom überlief ein Schauer.

Er musste an den Majicou denken, der vor nicht allzu langer Zeit auf Tintagel Head umgekommen war, und an die Ereignisse, die zu seinem Tod geführt hatten. Diese Ereignisse ließen keine endgültigen Schlüsse zu. Damals war etwas zu Ende gegangen, aber Tom wusste, dass dieses Ende keine Lösung war. Das neue Rätsel hing damit zusammen. Wenn es eine Antwort gab, dann war sie wohl am ehesten hier zu finden. Kalt wie ein Leichentuch hing der Geruch des Alchimisten über dem Raum. Eines Tages würde Tom eintreten und sich diesem Gestank aussetzen müssen. Vorläufig genügte es, sich das bewusst zu machen. Aber ihm war klar, dass er nicht unbegrenzt lange warten durfte.

»Mit den Geheimen Pfaden stimmt etwas nicht«, sagte er noch einmal.

Dann machte er kehrt und lief sämtliche Stufen wieder hinunter. Auf halbem Weg glaubte er, aus weiter Ferne eine Stimme zu hören. Er blieb stehen, schlug aufgeregt mit dem Schwanz und schaute zurück, obwohl die Stimme ganz sicher nicht von oben kam. Sie war so leise, dass er sie nicht erkannte, und doch so vertraut, als spräche sie seinen eigenen Namen.

Und sie war in höchster Not.

TEIL EINS

Alles zerfällt

1

EIN WURF KÄTZCHEN

Der Fuchsrüde, der von seinen Freunden Liebt-Mülltonnen genannt wurde, lag eines Nachmittags in Cornwall auf einer Landspitze im Schatten der Stechginsterbüsche und wartete darauf, dass seine alte Freundin Sealink zu einer Entscheidung kam.

Der Fuchs sah mit seinem langen Rücken und den leichten Streifen im rötlichen Fell auffallend gut aus, solange man nicht bemerkte, dass eine Flanke so völlig grau war, als habe das Haar dort nicht mehr die Kraft, die Fuchsfärbung zu halten. Menschen hatten ihm in einem früheren Leben eine Ladung Bleischrot verpasst; wären seine damaligen Gefährten nicht gewesen, ihm wäre womöglich mit der Farbe seines Fells auch das Leben unter den Pfoten zerronnen. Inzwischen waren zwei jener hilfsbereiten und zu allem entschlossenen Gesellen nicht mehr am Leben und die anderen waren im Begriff, sich in alle Himmelsrichtungen zu zerstreuen. Er selbst hatte sein ganzes Leben im Dienst einer anderen Spezies verbracht und musste sich nun nach all den Abenteuern erst wieder daran gewöhnen, sich die warme Frühlingssonne auf den Pelz scheinen zu lassen und in den Pralinendüften des blühenden Ginsters zu schwelgen wie ein ganz gewöhnlicher Fuchs. Er streckte sich aus und legte, bereit, so lange zu warten wie nötig, den Kopf auf die Pfoten. Geduld war ein Luxus, den er sich in seinem früheren Leben nicht hatte leisten können. Nun gedachte er ihn weidlich auszukosten.

Sein Weibchen, eine Füchsin aus den Vorstädten mit Namen Francine, eine echte Schönheit und daher nicht daran gewöhnt, andere als die eigenen Bedürfnisse zu berücksichtigen, seufzte verdrossen und fragte: »Müssen wir denn unbedingt mit ihr zusammenbleiben?«

»Ich habe es Tom versprochen«, antwortete Liebt-Mülltonnen schlicht. »Außerdem braucht sie uns.«

Und nach kurzem Zögern räumte er ein: »Ich weiß, es ist nicht einfach mit ihr.«

Die Fähe rümpfte vornehm die Nase. Liebt-Mülltonnen beobachtete sie aus dem Augenwinkel. Hübsch war sie, das musste er ihr lassen. Und erst ihr Geruch! Die Düfte, die am Abend oder am frühen Morgen oben auf den Klippen im Halbdunkel über die Felder zogen! Dafür wäre er bis ans Ende der Welt gelaufen.

»Sealink hat einen langen, schweren Weg hinter sich«, bemerkte er.

»Jedes Leben ist ein langer, schwerer Weg«, erklärte Francine, die vielleicht noch gar nicht bemerkt hatte, wie schonend das Leben bisher mit ihr umgegangen war, »und irgendetwas passiert immer. Warum macht sie deshalb ein solches Theater?« Und dann sah sie, die goldbraunen Augen zusammengekniffen, starr zum Klippenrand hinüber, wo Sealink, eine kräftige Kätzin, gefährlich nahe am Rand des Abgrunds saß und mit starrem Gesicht unverwandt aufs Meer hinausschaute. Dann und wann blinzelte sie und manchmal zuckten ihre Ohren, als prüften sie den auflandigen Wind. Mit Ausnahme dieser kleinen, präzisen Bewegungen gab sie kein Lebenszeichen von sich. Ihre Haltung verriet tiefe Nachdenklichkeit. Das verärgerte Francine noch mehr und sie nörgelte: »Ich habe nie verstanden, was du an den Katzen findest. Als Fuchs hat man in dieser Welt schon genug zu kämpfen, ohne sich auch noch mit Katzen belasten zu müssen.« Und dann fügte sie so leise hinzu, dass Liebt-Mülltonnen schon glaubte, sich verhört zu haben: »Diese Katzen bauschen alles so fürchterlich auf.«

»Hab doch ein Herz, Francine«, flehte er. »Sie ist einfach nur traurig.«

Und so war es.

Der blank gefegte Himmel, die kreisenden Möwen, die Sonne, die draußen auf dem Wasser glitzerte, das unermüdlich rauschende Meer – alles drängte Sealink zu vergessen, was sie erlebt und was sie getan hatte, wofür sie sich schuldig fühlte, ohne es ändern zu können.

Seit etwas weiter westlich auf den Klippen die große Schlacht mit dem Alchimisten stattgefunden hatte, von der nur noch ein Stück aufgewühlter, verbrannter Erde zeugte, war einige Zeit vergangen. Noch länger war es her, dass ihr Gefährte Mousebreath, der alte Raufbold, irgendwo in England im Kampf gegen eine Horde Alchimistenkatzen sein Leben verloren hatte. Später hatten sich die meisten dieser verblendeten Geschöpfe von den Felsen gestürzt, um mit ihrer Lebensenergie die magischen Kräfte ihres Herrn und Meisters zu schüren. Sealink hatte dabei keine Genugtuung empfunden – auch als sie Tage später in die Tiefe schaute und die nassen Fellbündel sah, die von der auflaufenden Flut sanft, aber unerbittlich über den Kiesstrand geschoben wurden, hatte sie nicht triumphiert. Sie konnte immer nur denken: Wo war ich, als er meine Hilfe brauchte? Auf offener See, in einem Boot mit Pengelly und Old Smoky dem Fischer. Wegen einer verstaubten Prophezeiung, die verlangte, dass ich einer wildfremden Königin half, nach Tintagel Head zu kommen und im richtigen Moment genau die Kätzchen zu werfen, mit denen das ganze Unglück überhaupt begonnen hatte.

Es war ihr in den letzten Wochen nicht leicht gefallen, ihren Schmerz zu verbergen, aber ihre Gefährten hatten ohnehin kaum Notiz von ihr genommen. Sie waren alle vor Erleichterung wie aus dem Häuschen und strotzten vor Optimismus. Immerhin hatten sie den Alchimisten besiegt.

Ein paar Hauskatzen und ein Fuchsrüde hatten sich gegen eine erdrückende Übermacht behauptet. Sie waren noch am Leben! Jetzt galt es, neu anzufangen! Tom und Cy waren glücklich wieder vereint, spielten Fangen und neckten sich mit Bissen wie zwei ausgelassene Kinder. Ragnar Gustaffson, der König der Katzen, war ständig auf der Suche nach willigen Opfern, denen er in aller Ausführlichkeit von seinen Abenteuern auf den Geheimen Pfaden erzählen konnte. Francine die Füchsin rieb den Kopf an Liebt-Mülltonnen und versprach ihm ein Leben in ewig sonnigen Parks mit zuverlässiger Versorgung aus den Küchen der Chinarestaurants.

Und die Kätzchen der fremden Königin …

Eins davon war die Goldene Katze; eins davon würde, wenn es erst erwachsen war, die kranke Welt heilen. Aber welches von den dreien sollte es sein? So scharf Sealink auch hingesehen hatte, sie hatte sie nicht auseinanderhalten können. Drei blinde Winzlinge, ein ständiges Schubsen und Drängeln, Säugen und Maunzen. Sie hatten alle gleich ausgesehen. Nicht anders als andere Kätzchen …

Nicht anders als ihre eigenen Kätzchen in einem früheren Leben, einem anderen Land, einer anderen Welt. Ich bin noch am Leben, dachte sie. Vielleicht gilt das auch für sie. Ihre Kätzchen! Das war der Moment, in dem ihr klar wurde, dass es jetzt nur noch eine Reise für sie gab. Die Welt würde nicht geheilt werden; aber sie wollte sich, verdammt noch einmal, holen, was ihr zustand. Jeder ist *seines* Glückes Schmied, dachte sie. Da hilft dir keine Magie; da hilft nur: die Zähne zusammenbeißen, den Kopf einziehen und durch, auch wenn dir die Augen tränen! Langsam, aber von neuer Entschlossenheit erfüllt, stand sie auf und streckte sich, den Hals, den Rücken, ein Bein nach dem anderen. Die Sonne schien ihr warm auf den Pelz.

»Nun gut«, sagte sie leise.

Und wandte sich den beiden Füchsen zu.

»Abmarsch, Leute!«, sagte sie. »Wozu noch länger hier herumhängen? Auf zu neuen Zielen – es gibt viel zu tun. Ich für mein Teil werde nach Hause gehen und meine Kätzchen suchen!«

Die beiden starrten sie entgeistert an.

Unweit davon lag eine andere Katze auf einer Landzunge über dem Meer auf einem warmen Felsen und döste, während ihre Jungen in der Sonne spielten.

Ihr graubraunes Fell hatte einen rosigen Schimmer. Ihre Augen waren so tief wie das Wasser des Nils. Leichte Flecken und Streifen zeichneten ihr ein längst vergessenes Symbol auf die Stirn. Sie war die Mau – das Wort entstammt einer nicht mehr gebrauchten Sprache und bedeutet nicht nur ›Katze‹, sondern ›die Große Katze, der Urquell, dem alles entspringt‹. Noch vor wenigen Monaten hatte sich die ganze Welt um sie gedreht. Und auch jetzt konnte man, wenn sie so schläfrig über das Meer hinwegblinzelte, den Eindruck gewinnen, die Welt gehöre auf eine ganz besondere Weise ihr. In den Adern der Mau floss uraltes Blut, aber sie war noch nicht lange Mutter; ihr Gemahl, der seit jenen aufregenden Tagen viel von seiner Scheu vor ihr verloren hatte, nannte sie Pertelot.

Pertelots Kätzchen – sie hießen Isis, Odin und Leonora Whitstand Merril, kurz Leo – hatten auf Zureden ihrer Mutter eine Maus in einen nach Honig und Zimt duftenden Stechginsterstrauch getrieben. Die Maus – die in Pertelots Augen bisher mehr Verstand bewies als alle ihre Kinder zusammengenommen – hatte sich still und heimlich zwischen den dichten Zweigen verkrochen, um abzuwarten, bis es den dreien zu dumm wurde.

»Leonora«, mahnte die Mau leise, »du solltest dich lieber still verhalten, anstatt immer wieder vorzustürmen.«

»Ich will die Maus fressen«, erklärte Leonora.

»Ich weiß, Liebes. Aber du musst auch bedenken, dass die

Maus nicht gefressen werden will. Wenn sie merkt, dass du auf sie lauerst, wird sie nicht herauskommen.«

»Ich habe dir gesagt, du sollst dich zurückhalten!«, rief Odin. »Weißt du nicht mehr, was die Ratte zu Tom sagte: ›Nur Hunde jagen ihrer Beute hinterher. Eine Katze lauert.‹« Er wandte sich an seine Mutter: »Kannst du ihr nicht klar machen, dass sie zur Jagd nicht taugt?«

»Bisher hat noch keiner von euch besonderes Geschick bewiesen.«

»Sie wollte nur wieder einmal die Erste sein.«

»Das ist nicht wahr.«

»Doch.«

»Nein«, sagte Leonora. »Und überhaupt will ich die Maus gar nicht mehr haben«, entschied sie dann. »Eigentlich ist sie doch ziemlich klein. »

»Du bist nur kein guter Jäger.«

Leonora war gekränkt. »Bin ich doch.«

»Bist du nicht.«

»Ich beiße dich gleich in den Kopf«, drohte Leonora.

Die kleine Isis stand etwas abseits und beobachtete ihre zankenden Geschwister, ohne dabei die Stelle aus den Augen zu lassen, wo die Maus verschwunden war. Isis hatte die Augen ihrer Mutter, wachsam und verträumt zugleich.

»Vielleicht sollten wir uns von hinten anschleichen?«, schlug sie vor.

Die Mau blinzelte ergeben in die Sonne. Ihre Kinder verblüfften sie immer wieder. Sie waren inzwischen ziemlich groß und schlaksig und ihre Bewegungen wurden zusehends fließender. Von der Vierschrötigkeit ihres nordischen Vaters hatten sie nichts mitbekommen; aber auch mit Pertelot hatten sie im Grunde nicht viel Ähnlichkeit. Ihr kurzes, dichtes Fell war von einem tiefen Goldbraun, das sich niemand erklären konnte. In den langen goldenen Nachmittagsstunden sog es das Licht förmlich ein, als könnten sich die Kleinen vom Sonnenschein ernähren. Was sind das nur für Katzen? dachte Pertelot und stellte sich, ohne es zu wissen, die gleiche Frage wie ihre alte Freundin Sealink: Welches davon mag wohl die Goldene Katze sein? Das Geheimnis wurde wie die Fellfarbe der Kleinen mit jedem Tag tiefer. Doch seltsamerweise verstand Pertelot sie dann, wenn sie sich ganz natürlich benahmen, noch weniger als sonst. Ihre Geburt war so voller Gefahren gewesen. Damals hatte das Schicksal der ganzen Welt an einem dünnen Faden gehangen. Aber jetzt …

Sieh sie dir doch an, dachte Pertelot ein wenig selbstgefällig. Du könntest dir keine gesünderen, normaleren Kinder wünschen. Leonora hatte ihre Drohung wahr gemacht und Odin kräftig in den Kopf gebissen. Odin hielt sich wacker, aber er wirkte ziemlich mitgenommen und wurde allmählich wütend. Gleich würden sie die Krallen ausfahren. Die Mau schüttelte sich.

»Hört sofort auf!«, befahl sie.

Dann fuhr sie fort: »Isis hatte eben einen sehr vernünftigen Einfall.«

Leo und ihr Bruder sprangen auf, rasten um den Ginsterstrauch herum und riefen: »Meine Maus!«

»Nein, meine Maus!«

Isis folgte ihnen bedächtiger. Die Mau hörte dem Gezeter noch einige Sekunden lang zu, dann gähnte sie und schaute wieder aufs Meer hinaus. Sie würde noch ein paar Minuten warten und wenn sich die drei genügend angestrengt hatten, würde sie ihnen die Maus vielleicht sogar fangen. Doch bis dahin wollte sie in Ruhe die warme Sonne genießen. Sie legte sich hin, leckte sich flüchtig über die linke Flanke und schlief ein. Wie so oft träumte sie von einem Land, das sie nie gesehen hatte. Eine laue Mondnacht, ein glänzender Fluss mit Palmen an beiden Ufern. Der Morgen graute, weiße Tauben flogen auf und flatterten wie Taschentücher um die Minarette. Sie hielt eine zappelnde Taube zwischen den Zähnen. Plötzlich wurde es dunkel um sie, der Vogel war ihr entwischt, sie war allein. »Rags?«, rief sie ängstlich, aber niemand antwortete ihr. Gewalttätigkeit beherrschte die Atmosphäre, die Dunkelheit wirbelte wie ein reißender Strom, es war, als geriete die Welt aus den Fugen.

»Rags!«, rief sie noch einmal und erwachte in der warmen, goldenen Spätnachmittagssonne, weil eine andere Stimme, nicht ihre eigene, ebenfalls um Hilfe rief. Hinter dem Ginsterstrauch fand sie ihre beiden Töchter in heller Aufregung. Der kleine Kater war nirgends zu sehen. Nach einer Richtung erstreckte sich eine Wiese mit kurzem Hochlandgras im Schein der sinkenden Sonne leicht abfallend bis zur Klippe am Rand von Tintagel Head. Auf der anderen Seite wogten die blühenden Ginstermassen süß duftend und geheimnisvoll landeinwärts. »Rasch jetzt«, herrschte sie die beiden Kätzchen an. »Erzählt mir, was geschehen ist!«

Sie schauten hilflos zu ihr auf. Isis lief verstört hin und her und rief immer wieder: »Unser Bruder ist verschwunden! Unser Bruder ist verschwunden!«

Pertelot steckte den Kopf in den Ginsterstrauch und rief »Odin!« in das staubige Halbdunkel zwischen den Zweigen. »Komm sofort heraus! Du sollst deine Schwestern nicht immer necken – das ist sehr ungezogen.« Keine Antwort. Nichts regte sich. Sie lief zur Klippe und schaute in die Tiefe. »Odin? Odin!« War er etwa gar über die Kante gestürzt? Doch unten war nichts zu sehen. Nur das Meer glänzte in der sinkenden Sonne wie gehämmertes Silber und die Wellen krachten gegen die Felsen.

»Unser Bruder ist verschwunden!«

Im Städtchen Tintagel konnte man am gleichen Frühsommerabend einen großen schwarzen Kater beobachten, der in einer Seitengasse auf einem Sonnenstreifen lag und vor sich hindöste. Ein wildes Tier, kräftig und muskulös, das mit seinem Winterfell volle siebzehn Pfund auf die Waage brachte. Allerdings war ihm der dicke Pelz inzwischen so weit ausgefallen, dass die massiven Stummelbeine und die enormen Pfoten sichtbar wurden. Die Nase war lang und breit und erinnerte im Profil an den Nasenschutz eines Normannenhelms. Die Augen sprühten vor Energie, das Gesicht war von vielen Kämpfen gezeichnet.

Das war Ragnar Gustaffson Cœur de Lion: nicht nur *ein* König unter den Katzen, sondern *der* König der Katzen. Mit ihm legte sich niemand an. Sein Name war Legende auf den Geheimen Pfaden, er war für seine tollkühnen Husarenstückchen ebenso berühmt wie dafür, dass er niemals aufgab. Er war ein gefährlicher Gegner, aber er hatte ein großes Herz. Er beutete seine Untertanen nicht aus, sondern gab ganz im Gegenteil mehr, als er empfing. Er ließ jedermann Gerechtigkeit widerfahren und war bekannt für seine Aufrichtigkeit. Er hatte nur einen etwas merkwürdigen Akzent.

Besonders liebten ihn die Kätzchen und auch er liebte sie alle, ob reinrassig oder Promenadenmischung, ob kränklich oder robust. Und er ließ sie niemals lange leiden. Ein Strich seiner großen Zunge genügte. Er heilte mit der gleichen Selbstverständlichkeit, mit der er kämpfte. Kater und Kätzinnen aus der ganzen Stadt brachten ihm ihre kranken Kinder. Unter Tintagels Kätzchen gab es keine halben Portionen. Selbst Triefaugen waren eine Seltenheit.

Wenn Ragnar seine Runden machte, wurde er auf Schritt und Tritt von Kätzchen verfolgt, die begeistert seinen wiegenden, athletischen Gang nachahmten. Angeführt wurde die Prozession von den sechzehn Wochen alten Senioren. Winzige Fellknäuel, die sich kaum auf den Beinen halten konnten, purzelten aufgeregt hinterdrein. Nach einer Weile kam der große Kater so langsam zum Stehen wie ein großes Schiff, drehte sich um, betrachtete sein Gefolge und stellte mit typisch skandinavischer Ironie fest: »Von Ragnar Gustaffson kann jeder lernen, wie sich ein König benimmt – sogar die Weibchen!«

An diesem Abend störte niemand seinen Schlaf. Gelegentlich zuckten seine mächtigen Pfoten, wenn er in seinen Träumen über die Geheimen Pfade streifte, einen Hund in die Nase biss oder eine seiner berühmten Reisen durch Eis und Schnee wiederholte. Doch plötzlich hob er den Kopf. Er hatte etwas gehört – da drüben. Jemand kam über die Geisterstraßen. Sekunden später öffnete sich in Tintagels lauer Luft einen Meter über dem Boden eine magische Straße und Pertelot Fitzwilliam von Hi-Fashion kam aus dem Nichts gesprungen, dicht gefolgt von ihren zwei verbliebenen Kindern.

Sie rief: »Rags! Rags!«

Isis wimmerte: »Unser Bruder Odin ist verschwunden!«

Und Leonora beteuerte empört: »Es war nicht meine Schuld. *Er* musste ja unbedingt hinter dieser dummen Maus her rennen ...«

Für Sealink, Francine und Liebt-Mülltonnen ließ sich der nächste Tag ganz harmlos an. Als die ersten Sonnenstrahlen über dem Hügel erschienen und sich zwischen den Bäumen brachen wie in einem riesigen gesprungenen Kristall, wurden sie vom Gurren der Waldtauben und vom Krächzen der Krähen geweckt.

Sealink tauchte mit einem herzhaften Gähnen aus den Tiefen ihres buschigen Schwanzes auf, schüttelte nacheinander ihre Beine aus und machte sich auf die Suche nach einem Frühstück. Die Aussicht auf ein neues Leben, eine neue Reise weckte leise Vorfreude in ihrem Herzen. Reisen waren Sealinks Leidenschaft. Doch bisher war sie ohne festes Ziel gereist, hatte sich nach dem Motto ›Reisen heißt leben‹ von Amerika nach Amsterdam, von Prag nach Budapest, Konstantinopel und in die geheimnisvollen Reiche des Fernen

Ostens treiben lassen. Eine Rückkehr nach New Orleans, in ihre Heimatstadt, um nach ihren Kätzchen zu suchen – das war etwas ganz anderes. Eine neue Erfahrung. Und neue Erfahrungen waren für eine Calicokatze das Schönste überhaupt.

Während sie gemächlich zwischen Farnen und Nesseln, Waldbingelkraut und Sauerampfer herumschnupperte und dabei von Cajun-Krabben und kreolischem Geflügeleintopf träumte, stolperte sie eher zufällig über eine schlafende Wühlmaus. Doch als sie die Pfote zum tödlichen Schlag erhob, erwachte Francine die Füchsin, bemerkte das garstige Geschehen und protestierte vernehmlich.

Die Wühlmaus fuhr auf, nahm mit einem Blick die hungrige Katze wahr, die sich vor ihr aufgebaut hatte, und schoss in das nächste Loch.

»*Verdammter Mist!*«, ärgerte sich Sealink.

Francine war in den Vorstädten aufgewachsen, wo das Futter weder davonlief noch aus der Mülltonne kam, sondern allabendlich von aufmerksamen Kindern auf gepflegten Rasenflächen ausgelegt wurde. In diesem wohlgeordneten Grenzbereich zwischen Wildnis und Zivilisation trachtete niemand einem Fuchs nach dem Leben. Wo Francine als Füchslein herumgetollt war, stellten die Fotografen eine größere Bedrohung dar als der Tod. Obwohl sich die Dachse mit ihrer zügellosen Bauwut herzlich unbeliebt machten, wenn sie ihre Gänge unter den Gärten anlegten, waren die Menschen jede Nacht mit Teleobjektiven und Vorsatzlinsen unterwegs. Jungfüchse fühlten sich in dieser Umgebung weitgehend sicher und entwickelten ein gewisses Anspruchsdenken, das ihrer inneren Zufriedenheit seltsamerweise eher abträglich war. Francine wusste, was sie wollte, sie war sich auch ihrer Sterblichkeit bewusst, aber der Tod spielte in ihrer Sicht der Natur keine größere Rolle. *Natur* wurde einmal in der Woche gemäht und war gekennzeichnet durch frische Speckschwarten, Joghurt mit

Orangengeschmack und pikante Wurstscheiben. *Natur* war weder der berauschende Glitzerdschungel der Großstadt noch die *pechschwarze* Wildnis. In den Vorstädten wurde es niemals dunkel und was heute da war, fand man auch morgen noch vor. Natürlich gab es Dinge, denen man sich stellen musste, aber darüber grübelte man nicht weiter nach, das brachte nichts ein. Man entwickelte einen eisernen Willen und damit die Illusion, alles unter Kontrolle zu haben.

So zerfiel die Welt für Francine in einen wilden (garstigen) und einen gebändigten (netten) Bereich. Wildfutter (lebende Beute, die man selbst fangen musste) war garstig. Die Reste, die einem auf den Rasen gelegt wurden, waren nett. Francine fand auch die Menschen alles in allem nett. Sie waren zivilisiert. Die Straßen der Tiere (die Geheimen Pfade, wie sie auch hießen) waren dagegen unzivilisiert und damit garstig. Ursprünglichkeit war für Francine kein erstrebenswerter Zustand. Ihr Ziel, so vermutete jedenfalls Sealink, war das Matriarchat. Francine wollte Liebt-Mülltonnen auf vertrautes Gebiet locken und ihn ermuntern, ›sesshaft zu werden‹. Bei seiner dunklen Vergangenheit und seinem abenteuerlichen Leben hatte sich der Helfer des Majicou eine denkbar ungeeignete Gefährtin ausgesucht.

Vermutlich hatte er dabei allerdings nicht viel mitzureden, dachte Sealink. Und wenn erst die Jungen da sind, wird er gar nicht mehr gefragt. Dann zieht er mit keiner Katze mehr durch die Lande.

Schon gar nicht mit einer Katze wie ihr. Sealink konnte sich des Verdachts nicht erwehren, dass auch sie selbst – attraktiv, unerschrocken und weiblich, wenn auch einer anderen Gattung angehörend – sich nicht groß anzustrengen brauchte, um für Francine unter die Kategorie ›garstig‹ zu fallen.

Geduld war an diesem Morgen ohnehin nicht ihre Stärke. Sie hatte Hunger. Schlimmer noch, sie hörte förmlich, wie die Wühlmaus sicher in ihrem unterirdischen Versteck saß und sich kranklachte, während sie ihren Freunden von der unfähigen Katze erzählte.

»Schätzchen«, sagte sie zu Francine. »Ich mache gleich noch einen Versuch. Und jetzt sieh mir auf die Lippen: *Wehe, du verjagst mir noch einmal mein verdammtes Futter.*«

Sie senkte die Stimme.

»In Ordnung?«, fragte sie zuckersüß.

»So was nennst du *Futter*?«, gab Francine gehässig zurück.

»Vorstadtpflanze.«

»Flittchen.«

An diesem Punkt ging der Fuchs dazwischen.

»Schluss damit!«, rief er. »Das ständige Keifen bringt dich nicht nach Ponders End.« Dabei sah er die Fähe an. »Und dich« – er wandte sich an Sealink – »nicht zu deinen Kätzchen. Hier mündet eine magische Straße und die sollten wir jetzt nehmen.«

Als er sich umdrehte, schnitt ihm Francine hinter seinem Rücken eine Grimasse.

Wie sie sich auch drehten und wendeten, der bitterkalte Wind auf den magischen Straßen bürstete ihnen das Fell gegen den Strich. So weit das Auge reichte, war alles aschgrau und unwirtlich, eine Landschaft, so alt und so abweisend wie die Zeit. Sealink beobachtete, wie Liebt-Mülltonnen seinen klugen, spitzen Kopf genau in den Wind hielt und angestrengt lauschte. Francine stand zitternd neben ihm; sie konnte sich mit diesem Ausflug in die Wildnis nicht anfreunden. Für kurze Zeit war sie ein afrikanischer Wüstenfuchs mit langgestrecktem Körper, rostbraunem Fell, spitzer Schnauze und dreieckigen Ohren gewesen, hatte sich aber sofort wieder in eine ganz gewöhnliche Fähe zurückverwandelt, die aus Angst vor dem Wind die Augen zukniff. Dann nahm die Straße sie auf, und sie überließ sich ihr. Sie rannte.

Sie rannten alle drei!

Im Schein eines unnatürlichen Mondes stoben dünne Schneewolken auf. Abseits der Pfade sah Sealink wie hinter einem Vorhang lieblich besonnte Landschaftsbilder vorbeiziehen. Der Puls der Natur war verlangsamt wie der Herzschlag einer Haselmaus im Winterschlaf. Das Innere der magischen Straße war ein einziges Brodeln und Fließen, Schatten über Schatten in allen Grautönen. Sealinks Muskeln spannten und streckten sich, spannten und streckten sich und ihre Pfoten trugen sie in langen Sätzen über die uralten Fluren.

Nach einiger Zeit (es kam ihnen vor wie Stunden, aber wie zuverlässig war das Zeitgefühl in einer Welt ohne Tag und Nacht, wo die Sonne durch einen Dunstschleier schien und der Mond, von Nebelschwaden verhüllt, stets über ihnen hing?) erkannte Sealink, dass sie eine weite Strecke zurückgelegt hatten. Das merkte sie nicht nur daran, dass die Umgebung rasch wechselte, sondern sie spürte auch eine innere Mattigkeit wie nach langer Anstrengung. Und kaum waren die ersten Spuren dieser Schwäche in ihr Bewusstsein gedrungen, da brach auch schon, kalt und schwarz wie eine Flutwelle, die Erschöpfung über sie herein.

Die Calicokatze schüttelte sich. Sie war noch nie so müde gewesen, schon gar nicht auf dem Alten Weg des Wandels, wo doch alle Energien der Welt zusammenströmten. Es war, als hätte sich eine Hand aus der Erde gestreckt und nach ihrem Herzen gegriffen. Sie konnte kaum noch atmen. Auch die Füchse waren stehen geblieben.

Nun ließ sich von ferne ein mächtige Stimme vernehmen und ein durchdringender Verwesungsgeruch stieg ihnen in die Nase. Die Stimme kam näher, Sealink glaubte, die Worte »Hab ich dich!« zu verstehen. Dann entstand ein Riss im Gewebe des Geheimen Pfades und das Licht der realen Welt strömte ein wie Sand. Ein gewaltiger Ruck, ein

Stromschlag, ein Würgekrampf durchlief die magische Straße, schleuderte Sealink und die beiden Füchse hinaus aus dem kalten Wind über den eisigen Ebenen und setzte sie in den sonnenwarmen Schatten eines englischen Parkgeländes ab.

Sealink rappelte sich auf und sah sich um.

»Verdammt! *So* haben sie mich noch nie ausgespuckt.«

Etwa zwanzig Meter entfernt standen die Füchse blinzelnd im Sonnenlicht und schauten bestürzt zu Boden. Mit ihnen war noch ein Wesen von der magischen Straße gepurzelt.

Was da am Fuß einer Buche auf der Seite lag, war selbst im Tod noch größer als die lebende Sealink. Die Calicokatze hatte Erfahrungen mit der Tierwelt in vierzehn verschiedenen Ländern, aber dieses graue Zottelfell, dieses Streifengesicht war ihr noch nie über den Weg gelaufen. Die Waschbären ihrer Heimat kamen ihr in den Sinn. »Aber ein Waschbär«, verbesserte sie sich sofort, »wird lange nicht so schwer. Außerdem hat dieses Ding keinen Schwanz.« Das Tier hatte die Pfoten mit den kräftigen Krallen unter den Leib gezogen. Das Gesicht war in einer Grimasse des Schreckens erstarrt, die trotzig geöffneten schwarzen Lippen gaben den Blick auf gelbe Zähne frei. Die Augen waren glasig. Auf welche Weise es so plötzlich zu Tode gekommen war, ließ sich nicht feststellen. Schwarze Fliegen zogen träge summend ihre Kreise über dem Leichnam und die freiliegenden Wurzeln der Buche umschlossen ihn wie eine menschliche Hand.

»Sieht eigentlich recht lebenstüchtig aus«, bemerkte Sealink zu Liebt-Mülltonnen, der den Kadaver so eingehend betrachtete, als könne er aus dem Winkel des Kopfes und dem schlaff herabhängenden Unterkiefer irgendwelche Schlüsse ziehen.

»Ja«, sagte der Fuchs.

»Aber was ist es eigentlich?«

Der Fuchs schaute auf, aber Francine schaltete sich ein, bevor er zu Wort kam. »Das ist ein Dachs«, erklärte sie Sealink. »Hast du etwa noch nie einen Dachs gesehen?«

»Nein.«

»Ich persönlich bin von dem Pack nicht sonderlich angetan. Wo ich herkomme, haben wir alle sehr unter ihnen gelitten. Aber es wundert mich doch, meine Liebe, dass du keinen Dachs kennst, nachdem du schon so weit herumgekommen bist …«

»Jedenfalls werde ich ihn wieder erkennen«, versprach Sealink – und bei sich dachte sie: Das gefällt dir, wie? Einmal im Leben mehr zu wissen als ich – o ja, ich kann mir vorstellen, wie du das *genießt.*

»Also ein *Dachs*?«

»Nur ein dreckiger alter Dachs«, Francine nickte selbstgefällig.

Liebt-Mülltonnen sah sie merkwürdig an, dann sagte er: »Wir haben bestimmt ein Dutzend toter Tiere gefunden, seit wir Tintagel verlassen haben.«

Die Leichen hatten an den unwahrscheinlichsten Stellen gelegen, immer da, wo sie gewöhnlich die magischen Straßen verließen, zwischen den Bäumen eines friedlichen Wäldchens etwa, am Ufer eines idyllischen Bächleins im Moor – ein unerklärliches Phänomen.

»Was schließt du daraus, Süßer?«, fragte die Katze.

Der Fuchs schüttelte den Kopf.

»Es sind die Geheimen Pfade«, sagte er schlicht. »Irgendetwas stimmt nicht mit ihnen. Und meine Nase sagt mir, dass der Alchimist die Hand dabei im Spiel hat.«

»Aber der Alchimist ist tot. Ich habe ihn sterben sehen. Ihn und den Majicou.«

Der Fuchs zuckte die Achseln. »Es war zu erwarten, dass seine Magie noch eine Weile nachwirkt. Mit zunehmendem Gebrauch werden die Straßen sich schon reinigen.« Aber man hörte ihm an, dass ihn diese Erklärung nicht überzeugte.

Schließlich hatte er die Nase eines Fuchses und kannte den Alten Weg des Wandels fast so gut wie sein früherer Herr und Meister. Altes Unrecht riecht dünn und abgestanden; neues Unrecht riecht stechend wie frische Jauche. Wenn jemand den Unterschied kannte, dann war es Liebt-Mülltonnen. »Vielleicht ist es nur eine Krankheit«, sagte er.

Francine trat hastig von der Leiche zurück.

»Du meine Güte! Dann aber nichts wie weg von hier«, mahnte sie. »Es ist doch nur ein Stück Aas. Wir wissen schließlich, dass solche Dinge passieren. Kein Grund, jeden Tag aufs Neue die Nase hineinzustecken.«

Am nächsten Morgen sah die Welt schon freundlicher aus. Die Sonne arbeitete sich langsam durch den Nebel, der wie Geisteratem über dem Flusstal hing, und brannte ihn weg, bis nur noch die Grashalme feucht glänzten. In den Eschen zwitscherten die Vögel. Im fahlhellen Licht des Morgens sah alles aus wie neu, als wäre in der Nacht jemand vorbeigekommen und hätte das Schilf und die Rote Pestwurz, das goldene Scharbockskraut und den wilden Thymian mit Wasserfarben frisch angemalt.

Die drei waren auf einem Stück Heideland herausgekommen und standen zwischen träge summenden Bienen und einigen Kaninchen, die sofort die Flucht ergriffen und mit auf und ab hüpfenden Spiegeln über das abgeweidete Gras flüchteten. Die Füchse sahen sich um ihre Jagdbeute betrogen, aber die warme Sonne hatte ihre Lebensgeister und damit auch ihre Spielfreude geweckt. Sie versteckten sich hinter den Bäumen, jagten einander und bissen sich in die Lunte.

Nach einer Weile trabte Liebt-Mülltonnen zur Calicokatze zurück und ließ in gespielter Erschöpfung die lange rote Zunge aus dem Maul hängen.

»Das ist ein Leben, was, Sealink? Das ist ein Leben!« Er lachte verschämt. »Du hast sicher nicht damit gerechnet, mich einmal so zu erleben. Mir geht es genauso. Ich sah schon hinter jedem Baum, in jedem Schatten den Tod auf mich lauern.« Er lachte leise. »Ist das nicht komisch? Du glaubst, dein Leben ist zu Ende, und dabei hat es gerade erst angefangen.«

Sealink wurde von der verheerenden Wirkung dieser Worte völlig überrascht. In ihrem Innern schloss sich eine Klappe, aber es war zu spät. Plötzlich sah sie nur noch zwei ungleiche Augen – das eine funkelte in einem freimütigen Ehrenpreisblau, das andere in einem giftigen Bernsteingelb. Und alles roch scharf und würzig nach staubigem Schildpattfell.

Der Fuchs sah, was er angerichtet hatte.

»Es tut mir Leid«, sagte er. »Ich …«

Sealink starrte ins Leere, der Schmerz der Erinnerung spiegelte sich in ihrem Gesicht. Sie schluckte hart und setzte zum Sprechen an. Aber sie brachte keinen Laut heraus. Endlich versicherte sie ihm heiser: »Schon gut, es ist schon gut, ich …«

In diesem Augenblick ertönte hinter ihnen, von den Kaninchenbauen her, ein schriller Schrei.

»Francine!«, rief Liebt-Mülltonnen. »Francine!«

Sie lag auf dem Rücken, warf in heller Panik den Kopf hin und her und zappelte mit allen vier Beinen. An ihrem Vorderfuß hing ein Gegenstand, der bei jeder Bewegung in der Sonne aufblitzte. Sie keuchte vor Schmerz und trommelte in harten, rhythmischen Schlägen mit dem Schwanz auf den Boden. Oberhalb des Knöchels sickerte Blut aus einer kaum sichtbaren Wunde. Vom Fuß der Fähe führte ein Metalldraht zu einem Pfosten, der etwas abseits unter einem Brombeergestrüpp in den Boden geschlagen war.

Sealink war ratlos.

»Was ist das, Süßer?«, fragte sie Liebt-Mülltonnen.

»Eine Kaninchenfalle«, fauchte er.

Er beugte sich über Francine und leckte ihr das Gesicht. Glucksende Laute drangen aus seiner Kehle.

Sealink nahm die Falle in Augenschein. War diese primitive Konstruktion denn wirklich ein Problem? Sie beugte sich über den Draht und nahm ihn ins Maul. Er schmeckte kalt, nach Metall. Sie bearbeitete ihn mit den hinteren Zähnen, ein umständliches Manöver, denn Katzen haben nur wenige Backenzähne und kauen ihre Nahrung kaum. Der Draht sah auch nach minutenlanger, konzentrierter Anstrengung genauso aus wie vorher, er glänzte nur etwas mehr. Sealink zog, bis er sich straffte. Prompt kam von Francine ein Aufschrei, ein dünnes, schrilles Jaulen, das der Calicokatze eisige Schauer über den Rücken jagte. Erschrocken sprang sie zurück.

»Mach du das!«, rief sie dem Fuchs zu. »Du kannst graben, Schätzchen. Bist schließlich fast ein Hund.«

Der Fuchs buddelte, dass die Erde nur so flog. Endlich konnte er den Pflock herausziehen, und der Draht erschlaffte. Als Francine die Augen aufschlug, waren sie trüb vor Schmerz. Sie bewegte das verletzte Bein und stellte fest, dass sie es wieder abbiegen konnte, ohne den Zug noch weiter zu verstärken. Sie setzte sich auf und wollte sich die Wunde lecken, doch obwohl der Pflock aus dem Boden entfernt war, hatte der Draht so tief ins Fleisch eingeschnitten, dass er unter dem Fell und dem hervorquellenden Blut nicht zu sehen war. Alle drei starrten das Bein an.

»Versuch mal aufzustehen, Kleines«, drängte Sealink und gleichzeitig mahnte Liebt-Mülltonnen: »Am besten bleibst du ganz ruhig liegen und rührst dich nicht.«

Sie maßen sich mit finsteren Blicken. Der Fuchs beschnupperte den Draht und berührte ihn zögernd, aber seine Krallen waren zu dick und zu stumpf, um ihn fassen zu können. Sealink drängte ihn beiseite. »Überlass das mal Mama; sie hat das richtige Werkzeug dafür«, versicherte sie ihm. Dann beugte sie sich über die Wunde und lockerte den Draht mit einer einzigen rasiermesserscharfen Kralle, bis sie ihn mit den Zähnen umschließen konnte. Von da an ging es weiter wie bei einer verklebten Stelle im Fell: nagen und lecken, nagen und lecken, bis ihre Schnauze über und über mit Blut verschmiert war.

»Ich muss schon sagen, Süße«, erklärte sie endlich und grinste Francine boshaft an, »ich hätte nie gedacht, dass Fuchsblut so *garstig* schmeckt.«

Endlich war der Draht aus seinem Fleischbett befreit und lag, ein Silberreif, besetzt mit roten Perlen und rostbraunen Haarbüschelchen, wie eine zusammengerollte Schlange im Gras. Sobald Francine aus der Falle befreit war, ließ sie niemanden mehr an sich heran. Ihr Gefährte wurde ebenso drohend angeknurrt wie die Calicokatze.

»Ich verstehe das nicht«, sagte Liebt-Mülltonnen müde. »Sie will sich von dem Ding einfach nicht trennen.«

»Das ist nicht normal, Süßer.«

Sealink hatte Recht.

Als die rasselnden Atemzüge der Fähe durch die Nacht drangen, fühlte sich Sealink an das Meeresrauschen an einem fernen Kiesstrand erinnert. Bei dem Gedanken schlief sie ein. In ihren Träumen wurden dunkle Wolken vom Sturm über den Himmel gejagt und das Kreischen der Möwen klang wie die Klage einer Katze um ein verlorenes Junges.

Am nächsten Tag war Francines Bein um die Wunde herum geschwollen und sie konnte nicht auftreten. Liebt-Mülltonnen wanderte in traurigen Achterschlingen um sie herum und sprach ihr mit leiser Stimme Mut zu; aber allen war klar, dass die Füchsin noch längere Zeit nicht reisefähig sein würde.

Sealink ließ sich etwas abseits von den beiden nieder und dachte nach. Die Füchse in ihrer Not allein zu lassen erschien ihr wie Verrat; aber die Sehnsucht nach ihren

Kätzchen wurde von Tag zu Tag stärker. Jede Nacht riefen sie nach ihr, obwohl sie sich kaum noch an ihre Stimmen erinnerte. In ihren Träumen war sie wieder auf der alten Mississippi-Promenade und wenn sie unter dem Phosphormond tanzte, maunzten die Kleinen wie Pertelots Kinder. Doch jedes Mal, wenn sie sie gefunden zu haben glaubte, kamen die Stimmen aus einer anderen Richtung! Alles floss ineinander, Vergangenheit und Gegenwart, Stolz, Leid und unüberwindliche Trauer. Sie hatte sich nie eingestanden, warum sie New Orleans wirklich verlassen hatte. Nun mischten sich große Teile ihres früheren Lebens in ihre Träume von Mousebreath, als gehöre alles irgendwie zusammen. Sealink hatte nicht nur ihren Gefährten verloren, sondern auch das Gefühl dafür, wer sie war. Vielleicht konnte New Orleans, die Mutter aller Katzen, es ihr zurückgeben. Ob den Füchsen das begreiflich zu machen war?

Lange saß sie so da, ließ sich den kühlen Wind durch das Fell streichen und beobachtete, wie die Wolken über den Himmel zogen. Im Schilf am Fuß des Hügels gackerten die Moorhühner und wenn sie aufstand, konnte sie sehen, wie sie auf unglaublich großen Füßen ihre Küken zusammentrieben. Sie senkte den Blick und betrachtete ihre eigenen kräftigen Pfoten.

»Wozu sind die Füße da, zum Marschieren«, sagte sie ins Nichts hinein, »zum Marschieren in die weite Welt … Was mag wohl aus meinen Kindern geworden sein ohne ihre große, starke Mama?«

Die Kinder hatten dabei wohl nicht viel mitzureden gehabt. Aber sie selbst schließlich auch nicht.

Als Liebt-Mülltonnen zehn Minuten später von seiner verletzten Gefährtin aufschaute, sah er über sich am Hang die Silhouette einer großen Katze, die unverwandt auf ihn herunterstarrte. Die Schwanzspitze war eingerollt, die

Ohren zuckten kaum merklich. Die Zeichen waren eindeutig.

»Leb wohl, Sealink«, sagte er leise. »Ich hoffe, du findest, was du suchst.«

Zu seinen Füßen wimmerte Francine. Er beugte sich über sie, um sie zu trösten, und als er wieder aufblickte, war Sealink verschwunden.

2

DIE GEHEIMNISSE VON TINTAGEL

Wenige Meilen von Tintagel entfernt brach in einer kleinen Stadt am Meer die Dunkelheit herein. Der gelbe Mond hing tief über den Fischerhäusern, die sich auf dem Hügel über dem Hafen drängten. Es war Zeit für den Fisch zum Abendessen und für das Kohlenfeuer. Irgendwo im Labyrinth der kopfsteingepflasterten Straßen mit ihrem Geruch nach Seetang und Orangenschalen, hoch oben, wo eine alte Mauer und ein noch älteres Dach aufeinander trafen, entstand plötzlich in einer Lichtkorona ein Kater aus dem Nichts. Ein rascher Blick in die Runde, schon trabte er die Dachschräge hinauf und verschwand hinter dem Schornstein. Augenblicke später sprang er furchtlos auf das nächste Dach, rutschte an einer alten Blechregenrinne zu Boden und huschte über die salzfeuchten Pflastersteine um die nächste Ecke.

Die Kater des Ortes hockten in Rinnsteinen und Hauseingängen und beobachteten ihn verstohlen, ohne ihn zu behelligen. Erst vor wenigen Monaten war dieser abgebrühte Typ in Begleitung einer verrückten Tigerkatze, die eine Zündkerze im Kopf hatte, halb blind in ihr Dorf gestolpert und seither war ihr Leben ein endloses Wochenende geworden, ein einziger Kampf ohne alle Regeln. Bis auf den heutigen Tag zerbrachen sie sich die Köpfe darüber, was wohl damals an der Küste geschehen sein mochte. Der Neue war ihnen als Mercurius Realtime DeNeuve bekannt und sie vermieden es, seine Aufmerksamkeit zu erregen. Er selbst nannte sich Tom und interessierte sich vor allem dafür, was es zum Abendessen gab.

Er führte mit der Tigerkatze ein Leben ohne festen Wohnsitz. Sie liebten die Küste und sie liebten einander. Sie liebten den breiten, lichterhellen Strand, wo ständig der Wind wehte, sie liebten die Essensdüfte und die schrille Musik aus den Andenkenläden und den Vergnügungsparks. Manchmal suchten sie Schutz in einem Bushäuschen oder unter einem umgedrehten Boot. Es war ein Leben nach ihrem Geschmack. Mit Touristen und verirrten Kindern waren sie gut Freund. Hin und wieder wohnten sie für eine Weile bei einer Fischerfamilie oder im Beach-O-Mat-Waschsalon, wo die Tigerkatze den ganzen Tag mit verträumter Miene im feuchten Dunst sitzen und zusehen konnte, wie sich die Wäsche drehte. Eigentlich hieß sie Cy. Unten am Kai, wo sie die Fischer aufs Schamloseste umschmeichelte, nannte man sie ›Trixie‹. Tom wusste, dass sie zu dieser Stunde an einem ihrer Lieblingsplätze – einem runden Granitbau unterhalb der Hügelkuppe – auf ihn wartete.

Bevor die beiden Abenteurer auftauchten, hatte keine Katze dieses Gebäude betreten. Was nicht heißen soll, dass sie nicht neugierig gewesen wären – eine Katze ist und bleibt eine Katze. Den ganzen Sommer herrschte dort reger Betrieb. Die Menschen standen draußen Schlange, schlurften durch die Tür, schlurften drinnen umher und schlurften schließlich schwatzend wieder heraus und blinzelten in die Sonne. »Was treiben sie da bloß?«, fragten sich die Dorf-Matronen, während sie ihre Kätzchen fein machten. »Das weiß man bei den Menschen nie so genau, meine Liebe. Findest du nicht?« Mit Sicherheit wusste man als Katze nur, dass das runde Haus höher war als die Kirche und geräumiger als die Seenotrettungsstation. Auf dem Dach hausten ein paar fette Seemöwen. Über den ausgeblichenen grünen Türen verkündete eine alte Emailletafel dem lesekundigen Publikum:

OZEANARIUM

Tom rannte die Stufen hinauf und schlüpfte durch ein Loch am Fuß der beiden Türen.

Drinnen hallte jeder Laut mehrfach wider. Der Raum wurde beherrscht von einem einzigen achteckigen Glasbecken mit tausenden von Litern Meerwasser, in dem sich unter dem Kommando etlicher Stachelrochen und Dornhaie funkelnde Makrelenschwärme tummelten. Die schlanken, kräftigen, stromlinienförmig gebauten Haie waren nur knapp sechzig Zentimeter lang. Sie schwammen unermüdlich im Kreis herum und streckten neugierig die Nasen aus dem Wasser und ins grellheiße Licht der elektrischen Lampe, die über ihrem Reich angebracht war. Sämtliche Meeresbewohner waren hier vertreten. Es gab Tintenfische und Kalmare. Im Schlamm am Grund des Beckens siedelten Hummer. Obwohl der Raum selbst im Dunkeln lag, fiel eine Art Meeresleuchten – vom Wasser zu einem fahlgrünen Schein gedämpft – auf den betonierten Streifen zwischen Becken und Wand, der gerade so breit war, dass zwei Menschen nebeneinander stehen konnten. In den Schatten darüber hingen zerrissene Fischernetze. Kein Lüftchen regte sich und es war nicht direkt warm. Bei Nacht herrschte vollkommene Stille.

Der Tigerkatze gefiel es hier. Sie hatte eines Tages, als Tom auf den Geheimen Pfaden unterwegs war, entschlossen ihr Köpfchen durch das Loch gesteckt und die Fische entdeckt – Fische in rauen Mengen! Welche Katze hätte da widerstehen können? Seltsam ist nur eines, dachte Tom: Auch wenn nichts als Wasser im Becken gewesen wäre, allein das grelle und dabei so friedliche Licht hätte sie immer wieder angezogen. Wenn man nur lange genug in die klaren Tiefen blickte, erschienen sie einem wirklicher als die Welt draußen und das fand sie beruhigend. Die kleine Katze hatte sich, auch nachdem sie durch ihren Freund, den Neuen Schwarzen König, vom Wahnsinn erlöst worden war, ein feines Gefühl für die Welt des Unsichtbaren bewahrt. Bei Nacht wisperte sie in die Dunkelheit hinein und war nach wie vor von Stäubchen umflattert wie von Faltern. Tom wurde immer noch nicht klug aus ihr. Doch irgendwie machte ihn das glücklich, denn es gab ihnen die Möglichkeit, einander jeden Tag wieder neu zu entdecken.

An diesem Abend saß sie aufrecht, mit glänzenden Augen im Schein des Beckens und betrachtete unverwandt einen großen Rochen mit schwarzen Knopfaugen, der träge die Flossensäume bewegte und so dicht an der Glaswand im Wasser schwebte, dass man seine Kiemenspalten zittern sah. Der Rochen starrte zurück. Tom waren die beiden nicht recht geheuer. Sie waren so völlig aufeinander fixiert. Was wussten sie? Was hatten sie sich zu sagen? Andererseits gefiel es ihm, wie das Licht den Kopf der Tigerkatze betonte und die Umrisse ihres weißen Lätzchens nachzeichnete, und so blieb er lange Zeit reglos im Schatten sitzen und beobachtete das seltsame Paar. Endlich bemerkte er leise: »Du wirst ihn nie fangen.«

»Trumpf-Ass«, erklärte die Tigerkatze nachsichtig, »ich will diesen Fisch auch gar nicht fangen. Er bleibt im Wasser und ich bleibe an Land.«

»Das ist vernünftig.« Tom nickte. »Wenn man bedenkt, wie du schwimmst.«

Sie streifte ihn mit einem Seitenblick.

»Begreifst du denn überhaupt, wie vortrefflich das eingerichtet ist?«, wollte sie wissen.

Sie drehte sich zweimal um sich selbst, stellte sich auf die Hinterbeine und schlug mit ihren hübschen weißen Vorderpfoten gegen das Glas. Der Rochen betrachtete die Unterredung damit als beendet, drehte sich langsam um seine

Längsachse und verschwand, einen Schwanz aus Leuchtfünkchen und Algenfäden hinter sich herziehend, in den Tiefen des Beckens. Cy sah ihm nach, dann drehte sie sich aufgeregt um, gab Tom ein paar Ohrfeigen, rieb ihren Kopf an dem seinen und schnurrte.

»Zum Abendessen gibt es heute etwas ganz Besonderes«, versprach sie.

Tom ahnte Schlimmes.

Cy förderte aus einem Spalt am Fuß des Aquariums eine – leere – Kondensmilchdose, eine Plastikwäscheklammer und zwei kleine, dünne, weiße Muscheln zutage. Nach reiflicher Überlegung legte sie ein paar geröstete Erdnüsse dazu, die sie im Vergnügungspark auf dem Boden gefunden, und einige Brotrinden, die sie einer Silbermöwe abgejagt hatte, sowie ein Stück Milchschokolade in blauem Stanniolpapier. Die Schokolade ist vermutlich essbar, dachte Tom. Alles andere schob er ohne große Begeisterung mit einer Pfote hin und her.

»Nun mach schon, Jack!«, rief sie aufmunternd. »Spiel nicht herum. Runter damit!«

Und bevor er antworten konnte: »Das war erst der Anfang – es kommt noch viel besser.«

Damit präsentierte sie mit großer Geste ihre Hauptattraktion und warf sie ihm vor die Füße: eine Zigarettenkippe.

»Sehr schön«, sagte er mit aller Begeisterung, die er aufbringen konnte. »Die hebe ich mir für später auf.«

Die Tigerkatze putzte sich mit gespieltem Eifer. Dann setzte sie sich mit funkelnden Augen zurück und legte den Kopf schief. Tom begriff, dass sie sich die ganze Zeit über ihn lustig gemacht hatte.

»Na schön«, sagte er. »Rück schon heraus damit.«

Sie zwängte sich in den Spalt unter dem Aquarium, bis nur noch ihr Hinterteil zu sehen war, und scharrte aufgeregt auf dem Boden herum. Als sie sich vorsichtig wieder heraus schob, zog sie zwei Sardinen hinter sich her. Die

Schuppen glitzerten. Die Augen starrten ins Halbdunkel. Es waren wohlgenährte Exemplare, kaum angenagt, fast wie lebendig.

»Tom«, sagte sie. »Es gibt Sternguckerpastete!«

Bei aller Liebe spürte Tom plötzlich eine tiefe Müdigkeit. Nachdem er das Haus am Fluss verlassen hatte, war er bis hierher verfolgt worden. Ein Fisch im Aquarium blitzte auf wie eine Münze im Sonnenlicht und verschwand. Hoch oben an der Glaswand hing – noch geduldiger, noch fremdartiger als die Haie – wie angeklebt ein Tintenfisch und wartete reglos, nur leise pulsierend, dass die Welt sich wandle und er den Platz einnehmen könne, der ihm gebührte.

»Warum essen wir nicht am Bushäuschen?«, schlug Tom vor. »Es ist so schön draußen und hier drinnen ist es mir manchmal richtig unheimlich.«

»Ich will aber mit meinem Fisch reden.«

»Nun komm schon.« Tom wurde ungeduldig. »Du kannst ihn ja morgen wieder besuchen.«

Das leuchtete ihr nach einigem Nachdenken ein.

»Das kann ich«, sagte sie. »Oder nicht?«

Und etwas später: »Das hatte ich ganz vergessen.«

Als sie draußen waren, fügte sie hinzu: »Ach, Trumpf-Ass, dieser Fisch ist eine gute Seele. Er ist fast so schön wie du. Und er ist, na ja, er ist mein Freund.«

Das Wetter schlug um.

Der untergehende Mond warf einen grünlichen Schimmer auf den Horizont. Träge leckten die Wellen an den Betonpfeilern vor der Seenotrettungsstation. Draußen auf der Strandpromenade lehnten sich die Zottelpalmen in den Wind wie alte Damen, die beim Sonntagsspaziergang von einem Gewitter überrascht wurden.

Aber im Bushäuschen war es warm und bald zierten zwei vollständige Fischskelette den Boden; die leeren Augenhöhlen lachten über ihre eigene Sterblichkeit und die biegsamen Gräten vibrierten wie Katzenschnurrhaare in der knisternden Dunkelheit vor dem Sturm. Die Tigerkatze leckte sich die Lippen, wusch sich flüchtig die Pfoten und kratzte sich unter dem Kinn. Ein Duft nach Sardinenöl und Elektrizität hing in der Luft.

»Das war gut«, sagte sie. »Und jetzt rücken wir ganz eng zusammen.«

»Hoffentlich bist du glücklich«, sagte Tom besorgt, während die Flut Welle für Welle den dunklen Strand heraufschlich. »Ich meine, mit dem Leben hier.«

Sie sah ihn erstaunt an.

»Es ist ein Leben, bei dem man immer wieder auf die Füße fällt, Tiger«, antwortete sie endlich. »Jeden Morgen Sonnenschein. Boote und Sahne und, weißt du, es gibt hier sogar Mäuse. So ein Leben habe ich mir immer erträumt. Wie kannst du fragen, Tom? Ich finde es herrlich!« Sie fuhr die Krallen aus und ein und schnurrte genüsslich. »Schlaf jetzt«, mahnte sie dann und er war beruhigt und gehorchte. Nur um von unzähligen Schwärmen zarter Sardinenskelette zu träumen, die rastlos wie Kompassnadeln in den Wellen hin und her schwangen, und um schließlich ziemlich unsanft von einem einzelnen Donnerschlag geweckt zu werden.

Er richtete sich auf und sah sich um. Landeinwärts war nichts zu sehen. Doch als er sich dem Meer zuwandte, gab es über dem Strand eine geräuschlose Explosion, ein Lichtblitz durchlief in einem Sekundenbruchteil alle Farben des Spektrums und erlosch zu einem tiefen Schwarz, das selbst so etwas wie Licht war. Tom sprang auf. Im Schein des Blitzes hatte er die Palmen gesehen, die wogende Brandung, die Schaumkronen auf den Wellen und ein Ungeheuer von einer Katze, das plötzlich aus dem Nichts entstand und unendlich langsam, wie in Zeitlupe über den Strand auf ihn zugelaufen kam. Unter seinen tellergroßen Pfoten stob der Sand auf. Ein flimmernder Hitzeschleier umwallte die

Gestalt. In lautlosen Lichtwellen verströmte sie den brennenden Zorn ihres Lebens, gab großzügig Substanz in einen Raum ab, der nur bedingt der bekannten Welt angehörte. Ihre Augen leuchteten gelb. Die Ohren waren flach angelegt. Weiß glänzten die großen Zähne im roten Maul. Je näher die grausige Erscheinung kam, desto kleiner und schneller wurde sie und als sie die drei Betonstufen vom Strand zum Bushäuschen heraufsprang, war sie nur noch eine gewöhnliche Katze – sofern das Wort ›gewöhnlich‹ in Verbindung mit Ragnar Gustaffson Cœur de Lion, dem Neuen Schwarzen König, jemals angebracht war.

»Ragnar!«

»Tom! Mein Freund Tom!«

Ragnar war triefend nass, das prächtige Fell klebte ihm zerzaust und schmutzig am Leib. Wie ein wildes Tier stand er da, schwer atmend und mit gesenktem Kopf, und erfüllte das ganze Bushäuschen mit majestätischer Verzweiflung. Er war so erschöpft, dass er sich kaum noch auf den Beinen halten konnte. Er war so aufgeregt, dass er kaum ein Wort herausbrachte.

»Mein Freund! Ich … Tom, komm schnell!«

»Ragnar, was ist?«

»Tom, es ist etwas Schreckliches geschehen!«

Tom ließ Cy im Bushäuschen zurück.

»Ich will nicht, dass du auch noch verloren gehst«, sagte er. Ihr Blick sprach Bände, aber er wusste, dass sie bleiben würde.

»Und jetzt lauf!«, rief er Ragnar zu.

Die Tigerkatze sah ihnen nach, als sie über den Sand hetzten und nacheinander in die Gespensterwelt des Geheimen Pfades eintauchten. Zehn Minuten später stolperten die beiden Kater im dunklen Tintagel durch den heulenden Sturm.

»Odin!«, riefen sie immer wieder. »Odin!«

Nichts.

Kurz nach dem Verschwinden des Kätzchens hatte sich das Wetter dramatisch verschlechtert. Der Wind war ständig stärker geworden und hatte vom Meer eine Wolkenbank herangetrieben. Die Sicht war auf wenige Meter geschrumpft. Jetzt warfen sich die Stechginsterbüsche hin und her, als wollten sie sich selbst entwurzeln. Regenschauer peitschten über das Wasser, große, kalte Silbertropfen, die sich in den Luftwirbeln am Klippenrand für einen Moment im Kreis drehten, um dann landeinwärts gerissen zu werden. Tief geduckt, den Blick verbissen auf den schwarzen Kater vor sich gerichtet, lief Tom in das Unwetter hinein. Tintagel Head, die Landzunge, die so friedlich in der Sonne liegen konnte, sah wieder aus wie damals, als er – mit wild rollenden Augen und bis auf die Knochen abgemagert – nach einer langen und oft bitter harten Reise hier angekommen war. Und wie damals erwartete ihn Pertelot Fitzwilliam, die Königin der Katzen.

Sie kauerte mit den beiden Kindern, die ihr geblieben waren, im Schutz der Felsen am Klippenrand. Ratlosigkeit stand ihr in das starre Gesicht geschrieben. Die Augen waren trüb vor Erschöpfung. Die edel geformte Schnauze war zu beiden Seiten von schwarzen Streifen gezeichnet wie von menschlichen Tränen. Die Mau sah aus wie eine antike Katzenstatue, die auch im Unglück ihren Stolz bewahrt. Ihre Züge waren scharf wie die Schneide einer Axt. Nichts erinnerte mehr an das Glück, das sie auf Tintagel gefunden hatte, an die langen Sommerabende im bernsteingelben Sonnenlicht, wenn sich die Blutwurzblüten im abgefressenen Gras aufrichteten und die goldenen Kätzchen im Schutz des Königshofes unter den wachsamen Blicken der Königin verspielt durcheinander purzelten.

»Pertelot«, sagte Tom.

Sie war zu keiner Reaktion fähig. Als er sie trösten wollte, sagte sie nur: »Mercurius, du musst ihn finden. Zu dir wird er kommen, wenn du ihn rufst. Das weißt du doch!«

»Pertelot, ich …«

»Er hängt so sehr an dir. Sie hängen alle drei an dir.«

Sie war unerreichbar, wie durch eine Luftblase von ihm getrennt. Schon verdrängte ein leiser Vorwurf die Hoffnung in ihren Augen. Tom war so überwältigt von ihrem Elend, dass er nur stumm den Blick abwenden konnte.

»Ich will es versuchen«, sagte er.

»Nein!«

»Pertelot …«

»Du sollst es nicht nur versuchen, Mercurius. Du sollst ihn finden! Verstehst du nicht? Wenn du ihn nicht findest, wie soll ich mir jemals verzeihen?«

»Wir werden ihn finden«, versprach Tom.

Was hätte er sonst sagen sollen?

Die beiden Kater durchstreiften die Landzunge und die Nacht schlug mit kalten Schwingen auf sie ein, dass ihnen Hören und Sehen verging. In den Korridoren zwischen den Ginsterbüschen fiel der Wind gnadenlos über sie her und schüttelte sie. Draußen im Freien hatten sie sogar Mühe, die Stimmen zu unterscheiden. Horch, was ist das? Eine Katze? Eine Möwe? Der Wind? Wer weiß? Noch schlimmer war die Tatsache, dass jeder sich oft genug einbildete, den Gefährten rufen zu hören: »Tom! Hier ist er!« Oder: »Ragnar, Odin ist in Sicherheit!« Geisterstimmen, Nachtstimmen, Stimmen weit unten in der Brandung. Immer wieder ging das Herz in die Falle, immer wieder wurde es enttäuscht. Bei Sonnenaufgang mussten sie sich eingestehen, dass sie nichts gefunden hatten – keinen Fußabdruck, keine Schleifspur, keine Witterung des vermissten Kätzchens. Sie hatten Felsen und Ruinen durchsucht, sie hatten sich gefährlich weit über den Klippenrand gebeugt und in die tosenden Fluten geschaut. Sie waren durchnässt, alle Knochen taten ihnen weh, sie hatten sich die Füße wund gelaufen.

Odin blieb verschwunden.

Bei Tagesanbruch hatte der Sturm sich ausgetobt. Wie frisch gewaschen lag die Landzunge vor ihnen, ein Teppich aus Himmelsschlüsselgelb und zartem Goldbraun. Eine einzelne Möwe schwebte über den Klippen. Verschämt schlichen die letzten Böen durch die Ginstersträucher. Später würde der Himmel tiefblau werden, doch noch fiel das Licht so grau wie Moiréseide auf Pertelot, die unter ihrem Felsen saß und wimmerte. Leo und Isis drückten sich mit weit aufgerissenen Augen an sie, aber sie war zu verstört, um sie trösten zu können. Tom und Ragnar fielen fast um vor Müdigkeit, als sie von ihrer Niederlage berichteten.

»Wir können ihn nicht finden.«

»Dann geht noch einmal hinaus.«

»Sobald es heller ist«, versprach Tom, »dehnen wir die Suche aus. Lass es erst richtig Tag werden, dann hole ich Hilfe.«

Die Königin zischte ihn an.

»Jetzt brauchen wir Ruhe«, sagte er.

»Ich kann nicht schlafen«, sagte Ragnar.

»Ihr seid so stark!«, rief Pertelot. Sie war außer sich vor Schmerz und zitterte an allen Gliedern. »Zwei so große, starke Kater müssen doch imstande sein, ein Kätzchen zu finden.«

»Ich kann nie wieder schlafen«, sagte Ragnar.

»Dann geh hinaus und such weiter«, befahl Pertelot.

Mühsam rappelte sie sich auf und stolperte über Leonora und Isis.

»Ich begleite euch«, verkündete sie.

In den folgenden Tagen wurde die Suche fortgesetzt und ausgeweitet.

Pertelot kam wieder zur Vernunft, aber sie verlor das Interesse an ihrer Umgebung, war ständig geistesabwesend und vergesslich und litt besonders am Nachmittag unter jähen Wutanfällen. Cy kam die Küste herunter, um Ragnar bei der Betreuung der verbliebenen Kätzchen zu helfen. Niemand wusste, wie sie mit dem Geschehen zurechtkamen. Sie blieben fest bei ihrer Geschichte und die lautete folgendermaßen: Als ihr Bruder die Maus im Ginsterbusch belagerte, sei plötzlich eine menschliche Hand erschienen und habe ihn in die Tiefe gezogen. Doch wenn Tom weiterfragte, konnten sie die Hand nicht genauer beschreiben.

»Es war einfach eine große menschliche Dusselhand«, erklärte Leonora.

Und Isis ergänzte: »Unter den stumpfen Nägeln war Schmutz. Als hätte sie in der Erde gebuddelt wie ein Hund.«

Tom schüttelte den Kopf.

»Darüber muss ich nachdenken«, sagte er.

»Du solltest uns glauben«, warnte Leonora.

Dann erkundigte sie sich so vorsichtig, als habe sie sich mit der Frage eingehender beschäftigt, als sie zugeben wollte: »Hältst du es für möglich, dass der Alchimist zurückkommt? Als ich noch ganz klein war, dachte ich immer, ich könnte die beiden da unter der Landzunge hören. Aber ich glaube, Odin hatte Recht – es war nur das Rauschen des Meeres.«

»Denkbar ist es schon«, sagte Tom. »Wie könnte ein so mächtiges und gewalttätiges Wesen einfach verschwinden und die Welt nie wieder heimsuchen? Aber wir wissen einfach nicht genug.«

»Du bist der neue Majicou«, sagte Leonora. »Du weißt alles.«

»Das werden wir ja sehen«, gab Tom zurück.

Jungtiere laufen oft weg, aber man findet sie rasch wieder. Das sagten alle sich fest vor und bald war die Landzunge von rastlosem Tatendrang und vorsichtigem Optimismus durchdrungen.

Der König und seine Familie hatten sich nicht als einzige auf Tintagel niedergelassen und so fanden sich genügend Helfer. In der alten Burgruine, auf den mit Schlingpflanzen bewachsenen Felssimsen, in Erdlöchern und unter den

Straßenböschungen hausten viele Tiere, die nach der Schlacht gegen den Alchimisten hier geblieben waren. Füchse, Dachse und herrenlose Stadtkatzen waren sesshaft geworden, hatten sich Gefährten gesucht und Familien gegründet. Am Osthang hausten sogar zwei Nerze, die sich vergnügt in dem Labyrinth aus Kaninchenbauen, verfallenen Hühnerställen und Schrebergärten am Rand der Stadt Tintagel herumtrieben, aber so jähzornig waren, dass bisher niemand gewagt hatte, sie anzusprechen.

Nun besuchte Tom auch diese beiden und bat: »Kommt und helft uns.«

»Hast dir ja lange Zeit gelassen, uns zu fragen«, bekam er zur Antwort.

Beute- und Raubtiere schlossen – vorübergehend – Frieden. Arten, die einander auf den Tod nicht ausstehen konnten, durchstreiften Seite an Seite die Landzunge: eine Saatkrähe mit vier jungen Silbermöwen etwa oder die beiden Nerze mit einem alten grauen Eichhörnchen, das sich Breitschwert nannte. Katzen taten sich mit Füchsen zusammen und durchkämmten die Stadt für den Fall, dass Odin sich dorthin verirrt hätte. Ein uraltes Rennpferd namens Smithfield setzte jeden Abend nach Einbruch der Dunkelheit über den Koppelzaun und durchsuchte dreißig Kilometer im Umkreis das Gelände.

Nichts.

Zwei Wochen vergingen, dann eine dritte. Alle waren niedergeschlagen. Sogar das Wetter trug seinen Teil dazu bei: Während einer plötzlich auftretenden Hitzewelle verdorrte das Gras. Anfang Juni wurde die Burgruine von Besucherscharen überfallen. Die Menschen hatten tausende von Kilometern zurückgelegt, um hier die Arme zu schwenken, in die Sonne zu blinzeln und endlose Reden zu führen. Sie stapften die vielfältig gegliederte Nordflanke der Halbinsel entlang und lauschten entzückt, wenn der Wind durch die tiefen Schluchten heulte, die die Flut ins

Land gegraben hatte. Und sie redeten und redeten und redeten.

(Natürlich kommen auch Felidae auf die Landzunge, aber sie machen weniger Lärm. Für sie ist Tintagel ein Wallfahrtsort. Sie gedenken hier des vierten Katzenzeitalters, als Atum-Ra und seine Königin – die ebenfalls Isis hieß – mit nichts als ungeborenen Kätzchen und der Magie der warmen Länder gewappnet aus Ägypten kamen, um die alten Geheimen Pfade wieder in Gebrauch zu nehmen.)

Man ging den Menschen tunlichst aus dem Weg. Sie wetzten mit ihren großen Füßen die Felsen blank und traten die Pfade zu Gräben aus. Der Stechginster, ohnehin schon dürrer als alle anderen Sträucher, trocknete noch weiter ein. Zwischen den knorrigen Stämmen wirbelte der Staub auf. Inzwischen verzehrte sich der König vor Sorge. Seine Gemahlin starrte blicklos vor sich hin und ließ sich nicht trösten. In weniger als einem Monat hatte sich Tintagel vom Gelobten Land in eine Wüste verwandelt.

Kurz vor Vollmond merkte Tom, dass er über all dem Elend nicht mehr klar denken konnte. Außerdem war es an der Zeit, sich seinen Aufgaben als neuer Majicou zu widmen, und so begab er sich in die Stadt, um eine Nacht in dem verlassenen Zoogeschäft in der Cutting Lane zu verbringen. Wie immer kamen vereinzelte Besucher zu ihm, zumeist griesgrämige alte Tiere, die leise sprachen, die Tür nicht aus den Augen ließen und sehnsüchtig des alten Majicou gedachten. Er setzte einige Botschaften ab. Ansonsten sah er den Spinnen zu, die in den Ecken ihre Netze woben.

Das Netz zittert, während die Spinne an irgendeinem Faden sitzt. So kommt man an Informationen, wenn man acht Beine hat. »Die Geheimen Pfade sind mit im Spiel«, sagte sich Tom. »Das ist immer so.« Die Geheimen Pfade spielen überall mit. Aber wie findet man als Kater heraus, was sie wissen?

Es widerstrebte ihm, seine Freunde in ihrem Kummer allein zu lassen.

Und doch ..., dachte er.

Um an das Wissen der Geheimen Pfade zu kommen, muss man sie benützen.

Es hängt alles zusammen, dachte er. Das vermisste Kätzchen, die Störungen auf den magischen Straßen, die Stimme, die ich vielleicht gar nicht gehört habe.

So saß er die ganze Nacht. Durch die schmutzigen Fenster fiel trübes Licht in scharfen Streifen auf die nackten Dielen. Später schickte der Mond seine Späher aus, lange, gelbe Knochenfinger, die in allen Ecken scharrten. Die Spinnen waren eifrig bei der Arbeit. Tom sah ihnen zu. Dünner als ein Spinnennetz, dünner als das Mondlicht pulsierten ringsum die Geheimen Pfade.

Wenn nur Liebt-Mülltonnen noch hier wäre, dachte Tom. Der Fuchs wusste immer Rat!

Als er nach einiger Zeit zurückkehrte, war alles beim Alten. Cy saß allein auf der Klippe und sah zu, wie die Sonne hinter einer schwarzen Wolkenbank verschwand.

»Hallo«, sagte er.

Er leckte ihr über das kurze Wangenfell mit den goldgelben Spitzen und Streifen. In der Tigerkatze sind alle Katzen vereint – oder haben zumindest irgendwann einmal ihren Mantel aufgehängt. Sie schmeckte nach Wein. Nach Blumen. Nach Eigelb. Sie schmeckte nach Cy.

»Du bist hübsch«, sagte er.

Sie war nicht bei der Sache.

»Hallo, Himmelslotse«, begrüßte sie ihn sie mit einiger Verspätung. »Wie war es heute im Büro?«

»Ich habe den Spinnen zugesehen.«

»Schön. Aber was geschieht hier?«, fragte sie. »Bisher war die Geschichte folgende. Ich wäre fast gestorben, Jack. Weißt du noch? Ich bin dem Tod von der Schippe gesprungen. Ich war an das Feuerrad genagelt. Der Alchimist hatte mich in die Erde gebrannt, erinnerst du dich?« Sie erschauerte. »Ich war von Flammen eingeschlossen. Wäre der große Norweger nicht gewesen, ich könnte mir die Radieschen von unten besehen.« Sie schüttelte den Kopf. »Oh, Tom, der Neue Schwarze König ist völlig verzagt. Ich würde ihm so gerne helfen. Und erst die Kätzchen – ich rede mit ihnen, aber sie hören mir gar nicht zu.«

»Sie wissen nicht, wie ihnen geschieht«, sagte Tom. »Sie vermissen ihren Bruder.«

Sie vermissten ihn wirklich. Doch Leonora wusste bei aller Trauer genau, was sie wollte. Schon jetzt zeigte sich, dass sie entscheidungsfreudig war – auch wenn sie ihre Entscheidungen für sich behielt, was später nicht unbedingt von Vorteil sein sollte. Isis kam mit dem Verlust viel schwerer zurecht.

Isis war in vieler Hinsicht unergründlicher als ihre Geschwister: ein stilles, kluges, folgsames Kätzchen mit sparsamen Bewegungen, doch zugleich so wenig zu fassen wie die Luft. Sie entzog sich. Ihr Planet war der Mond. Sie war fasziniert vom Wasser, von der Dämmerung, von allem, was sich bewegte und veränderte. Isis war unter den gleichen Umständen zur Welt gekommen wie ihre Geschwister, aber sie war offen für das Reich der Schatten. Sie hatte den Drang zum Unsichtbaren. Sie sagte selbst, sie spüre die Kraft der Toten, die ihrer Auferstehung harrten. In jedem Blatt hielten sie sich versteckt. Schon als winziges Kätzchen hatte sie oft dagesessen und ins Leere gestarrt – für sie reichte jedes Ding in eine andere Welt hinein oder hatte dort ein Gegenstück. Mit vier Wochen hatte sie angefangen, für die Toten zu singen. Pertelot und Ragnar wurden von einem unerklärlichen Gewinsel aus dem Schlaf gerissen. Wenn sie der Sache nachgingen, fanden sie Isis, die allein im Wind auf einem Felsen saß und dem Spiegelbild des Mondes im Wasser etwas vorjaulte. »Ich wollte nur, dass er nicht mehr so traurig ist«, erklärte sie später. Vielleicht gefiel dem Mond ja ihr Gesang? Alle anderen fanden ihn heiser und gequält. »In dieser Stimme liegt keine Musik, nicht einmal für eine Katze«, lautete das Urteil ihres Vaters. Die Mau war da nicht so sicher. Isis' Lied erinnerte sie an ihre eigenen Träume, diese bedeutungsschweren, unaufgelösten Träume von Ägypten. Wenn Isis sang, war sie wie von gestaltlosen Präsenzen umgeben und alle anderen überlief es eiskalt.

Manchmal erklärte die Mau: »Wenn eins von meinen Kindern die Goldene Katze ist, dann muss es Isis sein. Sie könnte mit ihrem Gesang einen Stein zum Leben erwecken.«

Ragnar nickte. »Der Stein stünde auf und liefe weg«, sagte er, »könnte er diese Tochter singen hören.«

»Ragnar!«

Isis trauerte offener um den verschwundenen Odin als ihre Schwester. Sie magerte ab und wurde nervös. Ihr Fell verlor seinen Glanz. Sie wurde immer verschlossener. Wenn sie allein über die ausgedörrte Landzunge streifte, redete sie leise mit sich selbst oder mit Odin, als wäre er in irgendeiner Form noch immer bei ihr. Oft machte sie den Eindruck, als wisse sie nicht mehr so recht, was geschehen war. Sie schnupperte an Ginstersträuchern und Steinen und suchte das Rätsel in den Tiefen ihres Herzens zu lösen. Darin glich sie ihrer Mutter, sagten die anderen Katzen: selbst viel zu rätselhaft, um ein Rätsel ertragen zu können. Ab und zu trug der Wind ein unheimliches Klagegeheul aufs Meer hinaus. Dann saß Isis auf der Klippe und sang für ihren verschwundenen Bruder. Eines Nachts suchte sie in der kleinen Kirche auf der Landzunge nach ihm und dabei verschwand auch sie.

Sie wurde in dieser Nacht mehrfach beobachtet – als sie wachsam im Mondlicht saß, durch die Burgruine huschte, sich vorsichtig einem Stück Abfall näherte, das die Menschen neben dem Weg zurückgelassen hatten. Doch nach Mitternacht – Leonora Whitstand Merril saß zu dieser Zeit am Fuß des Kriegerdenkmals, wusch sich energisch das Lätzchen und wurde Zeuge, wie ihre Schwester durch die schlichte Nordpforte des St.-Madryn-Kirchleins schlüpfte – hatte kein Tier sie mehr gesehen. Inzwischen war Wind aufgekommen und die beiden waren durch die ganze Breite des Friedhofs getrennt.

»Isis?«, rief Leonora.

Isis sah sich einmal um. Ein nichtssagendes Aufblitzen ihrer Augen, dann war sie fort.

»Isis? Warte auf mich!«

Drei Stunden später standen Tom, Ragnar und Leonora kurz vor Tagesanbruch am Eingang von St. Madryn – bei den Menschen, die über ihre eigene Geschichte weniger gut Bescheid wissen, als sie glauben, heißt die Kirche St. Materiana – und schauten zum Ostfenster hinüber, von wo ein schwacher, aber zunehmend stärkerer, rosig goldener Lichtschein auf die weiß getünchten Wände fiel. Über ihnen verlor sich die kunstvolle Dachkonstruktion in der tiefen Stille; unten glänzten stumm die Kirchenbänke. Die Luft war wie verdichtet, als habe soeben etwas die Kirche verlassen.

Tom hob den Kopf und schnupperte. Poliertes Holz. Blumen. Kalter, alter Stein.

Noch etwas?

»Gebt Acht auf Ratten«, warnte er. »In solchen Gebäuden nisten sie sich gerne ein.«

»Du brauchst mir nur eine zu zeigen«, prahlte Leonora. »Das genügt.«

Sie lachte.

»Die kann etwas erleben«, versprach sie.

Dann rief sie: »Isis!«

»Still«, mahnte Tom.

»Isis, ich weiß, dass du hier bist!«

Ihr Name schwebte in der Luft; sie hörten ihn mit der

Nase. Aber was hatte sie hier gewollt und wo war sie jetzt? Die beiden Kater wetzten verlegen die Krallen an den Fliesen im Mittelschiff, während sie die Gegenstände an den Wänden beäugten. Die Schnitzereien – Speere, Nägel und Schandpfähle – im Altaraufsatz übersahen sie mit einer gewissen Scheu, als ob sie sich für die Menschen schämten. Leonora, die keinerlei Veranlassung sah, sich mit den Menschen und ihren Absonderlichkeiten auseinanderzusetzen, marschierte weiter herum und rief: »Isis!«

Nichts.

Auf einmal flammte lautlos und ungewöhnlich hell das Morgenrot auf. Die Unterseiten der Wolken erstrahlten in allen Rosa- und Grüntönen, der Himmel glänzte wie vergoldet. Ragnar Gustaffson schaute kurz auf und blinzelte. »Wir haben, glaube ich, nicht mehr viel Zeit«, sagte er. »In ein bis zwei Stunden werden die Touristen …«

»Aha!«, unterbrach ihn die laute Stimme seiner letzten Tochter.

»… hier sein.«

»Seht her!«, befahl Leonora.

Sie hatte unweit vom Ostfenster in der Ecke hinter dem Altar auf Fußbodenhöhe ein Loch im Mauerwerk entdeckt. Es war unregelmäßig geformt und groß genug, dass sich eine Katze hindurchzwängen konnte. Wenn man davorstand, strich einem ein salzig feuchter Luftzug über die Schnurrhaare. Am Rand des Lochs hatten sich zwei oder drei lange Katzenhaare verfangen, die im Morgenlicht aufleuchteten. Es waren goldene Haare.

Leonora steckte den Kopf durch das Loch.

»Es geht eben nicht ohne Leonora«, verkündete sie. Ihre Stimme klang schon weit entfernt. »Es ist doch immer wieder das Gleiche.«

»Leonora, so warte doch!«, rief Tom.

Doch sie verschwand, bevor er etwas unternehmen konnte.

»Diese Kinder!« Ragnar seufzte. »Ich glaube, sie sind noch unmöglicher als ihre Mutter.«

»Aber du liebst sie trotzdem«, bemerkte Tom.

Dann rief er: »Leonora?«

Keine Antwort. Er legte das Ohr an das Loch und glaubte leise, ferne Atemzüge zu hören.

»Gehen wir«, sagte er.

»Das Loch ist aber sehr klein.«

»Komm schon, Rags!«

»So manche Katze würde sich weigern, ein so kleines Loch zu betreten.«

»Aber wir sind anders. Wir sind zu allem entschlossen.«

»Das habe ich befürchtet.«

Ein Riss, entstanden durch den Druck zweier alter Gesteinsschichten – im Lauf der Zeit zuerst mit Sedimenten aufgefüllt, dann von Wind und Wasser glatt geschliffen –, führte wie ein Geheimgang in die Tiefen von Tintagel Head hinab. Anfangs war er sehr schmal. Ein Stück weit hatten die Ratten die Wände blank poliert, dann waren sie wieder abgezogen, nicht ohne in den Ausbuchtungen einen unangenehm scharfen Geruch und einen Wust von Nistmaterial zurückzulassen. Mit zunehmender Tiefe wurde der Gang breiter und fiel schließlich jäh in einer Reihe steiler, glatter und sanft gerundeter Stufen oder Simse ab, die so vielgestaltig waren wie das Tropfwachs einer brennenden Kerze. Der Abstieg war nicht einfach. Manche Stufen waren zwei bis drei Meter hoch. Wie sollen wir da jemals wieder hinauf kommen? dachte Tom, vermied es aber, diese Frage an Ragnar zu stellen, der sich unter der Erde ohnehin nicht allzu wohl fühlte. Nach einer Weile flachte das Gefälle ab. Die Katzen standen in einem breiten, niedrigen Durchlass. Muschelscherben und Schieferplättchen bedeckten den Boden. Ein salziger Wind blies ihnen ins Gesicht. Von den glatten, feuchten Wänden ging ein matter Schein aus. Leonora rannte mit hochgerecktem Schwanz voraus, blieb aber immer wieder stehen, um sich umzusehen.

»Diese Tochter«, knurrte Ragnar. »Woher nimmt sie nur die Energie?«

»Wenigstens hält sie jetzt das Mäulchen«, sagte Tom.

Sie lauschten aufmerksam. Ein langgezogenes Fauchen durchdrang die Stille. Einmal, zweimal – die Atemzüge.

»Das Meer«, sagte Ragnar.

»Vermutlich.«

Ragnar sah ihn besorgt an.

»Glaubst du, die Flut kommt bis hierher?«

»Nein«, erklärte Tom entschieden.

Aber insgeheim hegte er dieselbe Befürchtung.

Der Gang endete fünf Meter über dem Boden an der Rückseite einer riesigen Höhle. Tom schaute über die Kante. Es roch nach Jod und Fäulnis. Große Felsblöcke, von fluoreszierenden Grünalgen überwachsen, so dass sie aussahen wie Samtkissen in einem Wohnzimmer, standen in Meerwasserpfützen, die von der Flut zurückgeblieben waren. An der gegenüberliegenden Seite fiel, so hell, dass er kaum hinsehen konnte, ein Streifen bläulich weißes Tageslicht herein und wurde von den dazwischen liegenden Felsen in einzelne Strahlen zerschnitten. Davor war eine einsame Katzengestalt zu erkennen, Leonora, die am Höhleneingang saß und hinausschaute. Sie hatte das Mäulchen geöffnet, aber Tom hörte nur die Brandung, die am Fuß der Landzunge gegen die Felsen krachte.

»Wie ist sie heruntergekommen?«

»Gesprungen, würde ich sagen.«

Tom schätzte die Entfernung zum nächsten Felsblock. Ein weiter Weg und wenn man sich verschätzte …

»Vermutlich.« Er seufzte.

»Schon gut, Tom. Wir sind wirklich zu allem entschlossen.«

»Das sind wir wohl.«

»Du zuerst.«

Und dann sprangen sie.

Vor der Höhle gab es nichts als das Meer.

Ein Gleißen und Glitzern. Weit draußen die graugrüne Dünung. Der Himmel strahlend blau. Zwischen den dicken zinkgrauen Felsblöcken vor der Öffnung die auflaufende Flut, greifbar nahe im grellen Sonnenlicht, das in den Augen schmerzte. Zu beiden Seiten brandeten mächtige Wellen gegen die schroffen Klippen und zerstoben zu weißem Gischt! Für ein so kleines Tier war die Weite ungeheuerlich. Tom war geblendet, betäubt, begeistert. Doch plötzlich veränderte sich sein Blickwinkel, sein Blickfeld verschob sich um eine Winzigkeit und er sah ganz deutlich die Spinnennetze, die nur dreißig bis fünfzig Zentimeter über der Flutlinie zwischen den Felsen gespannt waren. Die Fäden zitterten, hier und dort hingen blitzende Salzwassertropfen darin, doch sämtliche Netze waren unversehrt und straff. Bei aller Zerbrechlichkeit hatte das Leben triumphiert.

Eines muss man diesen Spinnen lassen, dachte Tom. An Entschlossenheit fehlt es ihnen nicht.

Dann hörte er Leonora.

Hoch aufgerichtet saß sie da, starrte mit zusammengekniffenen Augen in den sprühenden Gischt und rief immer wieder die Namen ihrer Geschwister, als wären die beiden eben erst verschwunden.

»Isis! Odin!«

Mit einem Satz war Tom an ihrer Seite.

»Sie wurden hierher gebracht!«, schrie sie. »Und zwar von Menschen!«

»Keine Angst, Leonora, wir werden sie finden.«

Bevor er noch zu Ende gesprochen hatte, war sie verschwunden.

Sie hatte sich mit einem verzweifelten »Isis!« auf den Lippen ins Meer gestürzt.

Tom riss die Augen auf. Kein Kätzchen, nicht einmal Leonora Whitstand Merril mit ihrem eisernen Willen, konnte diesen Wellengang überleben. Und sollten seine Freunde auch ihr letztes Kind noch verlieren, dann könnte er der Königin nie wieder unter die Augen treten und nie wieder in Ragnar Gustaffsons verhärmtes Gesicht sehen. Außerdem liebte und bewunderte er Leonora, die viel mehr Charakter zeigte, als er in ihrem Alter besessen hatte.

»Du bleibst hier!«, rief er Ragnar warnend zu.

Sein Körper spannte sich. Einmal, zweimal hob und senkte er den Kopf, um sich die Stelle einzuprägen, wo Leonora in den schäumenden Wellen verschwunden war. Sein Hinterteil zappelte kurz und erstarrte. Einen Herzschlag lang verharrte er. Dann streckte er sich und sein Fell strahlte auf wie ein Regenbogen.

Donnernd warf sich das Meer gegen die Felsen. Das Wasser kam ihm entgegen und umfing ihn. Dann gab es keinen Tom mehr, nur noch ein Bündel Angst, das um sein Leben kämpfte. Sein Herz drohte in der Kälte still zu stehen. Er wurde in die salzigen Tiefen hinabgezogen, herumgeschüttelt und wieder hochgeschleudert, höher und immer höher. Plötzlich flog er im Sprühnebel durch die Luft! Er drehte sich langsam um sich selbst, spürte die Sonne auf dem Fell, sah Felsen, blauen Himmel, ein bauschiges Wölkchen über einer Felswand, noch einmal den Himmel. Dann stürzte er in die grüne Nässe zurück und schoss hinab bis auf den Grund, wo die Steine im Sog des Wassers hin und her gerollt wurden und sich mit wütendem Knirschen gegen den unnachgiebigen Boden wehrten. Dort fand er Leonora. Er sah sie nur flüchtig im brennenden grauen Salznebel – aus ihrem geöffneten Mäulchen stiegen Blasen –, dann wurden sie zusammen herumgewirbelt wie zwei Lappen in einer Waschmaschine. Er bekam sie im Nacken zu fassen und verlor sie wieder. Er packte sie mit den Zähnen, den Vorderbeinen, dem Herzen. »Will jetzt hinauf!«, befahl er dem Wasser.

Aber es drückte ihn nur noch fester gegen die Steine. Er spürte sie im Dunkeln, große Schatten, die sich träge herumwälzten. Die Spinnen in ihren zarten Netzen fielen ihm ein. Durchhalten, Leonora! dachte er. Der Atem lag ihm wie ein Stein in der Brust. Aber er ließ sie nicht los. Er ließ nicht los. Wieder befahl er dem Wasser: »Lass uns hinauf!« Aber das Wasser gab sie nicht frei. Leonora hatte sich mit einem Bein zwischen den Steinen verklemmt. Die salzige Strömung zerrte an ihr. Nichts. Tom zog an ihr. Nichts. Blasen entwichen aus ihrem Maul. »Leonora!« Ein dumpfes Grollen auf allen Seiten. Es gab keine Rettung mehr; das Grau färbte sich schwarz. Da näherte sich von oben ein welliger Schatten. Tom war kaum noch bei Bewusstsein, doch er blickte auf und erkannte einen großen Meeresrochen, der wie eine lebende Decke im grauen Salznebel seine Kreise zog. Seine Kiemenspalten waren scharf wie Metall, die seltsamen Flossen rollten sich aus und ein, der Ausdruck in den schwarzen Äuglein war nicht zu deuten. Dann sank der Rochenschemen herab. Ein kräftiger Ruck, ein kurzer Schmerz und Leonora war frei. Wie zwei Luftblasen rasten die beiden der Oberfläche entgegen, schossen mit dem Gischt ans Licht und wurden von der Flut – einer Flut voller Kraft und Freude, die nichts mehr liebte als das Spiel mit dem Leben – auf die Felsen zurückgeworfen.

«Das war sehr unbedacht, Leonora«, schalt Ragnar Gustaffson wenige Minuten später. Seine Tochter und Tom – zwei Katzen, die eher an Flaschenbürsten erinnerten – saßen in der Sonne und putzten sich mit Feuereifer, um wieder trocken und warm zu werden.

»Ich weiß.« Das Kätzchen nickte. »Aber sie waren hier, da bin ich ganz sicher. Sie wurden auf dem Wasser fortgebracht.«

Ragnar überlegte.

»Dazu kann ich nur sagen: ›Das ist kein Grund, um hinterherzuspringen«, entschied er nach einer Weile. »Denn eines musst du dir merken: Katzen und Wasser vertragen sich nicht.« Er schwieg gedankenverloren. Endlich schloss er: »Das hat mir deine Mutter oft gesagt und sie ist letztes Jahr in einen Kanal gestürzt.«

Tom lachte.

Dann schüttelte er sich und sagte: »Wir waren da draußen nicht allein. Irgendetwas hat uns geholfen. Hast du es auch gespürt, Leonora?«

Aber die Kleine antwortete nur: »Das schmeckt scheußlich, findest du nicht?« Und: »Es hat mir nicht gefallen im Meer.«

Als sie sich etwas erholt hatten, führte Ragnar sie über die Felsen ins Innere der Höhle und zeigte ihnen, was er entdeckt hatte. Gleich hinter dem Eingang zogen sich Farbspuren über den Stein, als sei hier vor kurzem etwas an Land gezogen worden. Ein Schwall von Gerüchen stieg ihnen in die Nase, eine Mischung aus verbrannten Chemikalien und nasser Wolle, Menschen und Gummistiefeln. Doch das war nicht alles. Auf einem der größeren Felsen hatte jemand aus Kieselsteinen, Entenmuscheln und Tangsträngen ein seltsames Gebilde gelegt. Zuerst sah es aus wie zufällig von der Flut zusammengetragen. Doch dann erkannten sie, dass es ein Symbol darstellen sollte:

»Ha«, sagte Leonora, die ihr Selbstvertrauen wieder gefunden hatte. »Das dachte ich mir.« Sie kletterte auf einen Felsen, stellte sich auf die Hinterbeine, streckte sich, so weit sie konnte, und wollte das Zeichen mit der Pfote berühren, als sie es mit der Nase noch immer nicht erreichen konnte. Dabei fiel sie herunter, sprang aber sofort wieder hinauf und versuchte es noch einmal.

Ragnar sah sie böse an.

»Bisweilen«, bemerkte er zu Tom, »ist man mit einer Tochter – wie soll ich mich ausdrücken? – weniger glücklich, als man sich vorgestellt hatte. Aber sie hat Recht.«

Tom schob Leonora beiseite, um das Symbol selbst in Augenschein zu nehmen.

»Mag sein, dass die Kätzchen von Menschen entführt wurden«, lautete sein Urteil. »Aber dies hat kein Mensch gemacht. Ich rieche etwas anderes. Ich rieche …« Er schüttelte den Kopf und wünschte sich Liebt-Mülltonnens feine Nase, die noch in den Toten einen Rest Leben zu wittern vermochte. »Ich kann nicht sagen, wonach es riecht«, schloss er, »aber jedenfalls hat es kein Mensch gemacht.«

»In diesem Fall«, sagte Ragnar, »sollten wir uns fragen: ›Wenn kein Mensch, wer dann?‹«

»Ja, wer?« Der neue Majicou nickte düster.

»Sie wurden über das Meer gebracht«, beharrte Leonora, die um jeden Preis die Aufmerksamkeit der beiden Älteren zurückgewinnen wollte.

Sie ließ sich auf alle viere nieder, hob den Kopf und öffnete den Mund, um die feuchte Salzluft über jenes merkwürdige Organ – kein reiner Geruchs-, aber auch kein reiner Geschmackssinn – streichen zu lassen, das jede Katze besitzt. Dann sprang sie unvermittelt auf und strebte dem landwärtigen Höhlenausgang zu. Das Sims an der Rückwand überwand sie mühelos. Die beiden erwachsenen Kater zögerten kurz, dann sahen sie sich achselzuckend an und folgten ihr, so schnell sie konnten. Leonora huschte durch den Korridor mit dem Schieferboden, bewältigte die ›Treppe‹ mit einigen flinken Sprüngen auf Simse von mittlerer Höhe und zwängte sich in den engen Gang, der in der Kirche St. Madryn mündete. Dort hielt sie inne, prüfte noch einmal mit offenem Mund die Luft und schob sich dann mit energischem, wenn auch ungelenkem Scharren der Hinterbeine in eine Nische, die nach Ratten stank. Von dort führte ein zweiter Gang mit einigen Engstellen und scharfen Windungen zur Oberfläche.

Murrend kroch Ragnar hinter seiner Tochter her.

Tom folgte Ragnar und fragte sich, was das alles zu bedeuten hatte.

Menschen, dachte er.

Menschen in einem Boot, dachte er.

Von oben rieselte ihm Staub in die Augen. Er erkannte den Geruch – es war der feine, trockene Granitstaub der Landzunge. Vor ihm erschien ein Lichtfleck, plötzlich war es hell. Er zog sich ins Freie und stand mitten in einem Ginsterstrauch. Durch die Stämme sah er Wasser im Sonnenlicht glitzern. Es würde ein schöner Tag werden. Neben ihm versuchte der König der Katzen, die Wiese zu erreichen, und stieß dabei eine Kette von Verwünschungen aus, die er für echte Wikingerflüche hielt. Er hatte sich mit seiner Halskrause im Stechginster verfangen. Leonora Whitstand Merril saß im Gras, wartete auf Tom und leckte sich selbstzufrieden die Pfoten.

»Ich habe doch gesagt, du solltest uns glauben«, triumphierte sie. »Hier kam die Hand herauf. Aus diesem Busch wurde mein Bruder entführt.«

»Mein Vorschlag ist folgender«, erklärte Tom dem König und der Königin etwas später.

Tom und Cy, Pertelot, Leonora und Ragnar saßen in der warmen Sonne auf der Klippe. Ein leichter Wind zauste ihnen das Fell. Dicke weiße Wolken zogen über das Meer und spiegelten sich auf der leicht gekräuselten, tiefblauen Fläche. Weit draußen tuckerte ein knallrotes Fischerboot langsam nordwärts. Was hätte wohl ein Mensch von der Katzenrunde gehalten, die sich da unter dem blauen Himmel auf den Felsen versammelt hatte?

»Ich werde nach Isis und Odin suchen«, fuhr Tom entschlossen fort. »Das ist meine Pflicht, denn ich bin der Majicou. Ich werde ständig unterwegs sein, einmal hier und einmal dort. Unter Umständen können wir uns nicht allzu oft sehen. Ihr solltet zur Sicherheit mit Cy nach Norden gehen; unsere Freunde, die Fischer, werden sich um euch kümmern.«

»Wir gehen nicht fort von hier.«

»Aber Pertelot …«

Sie sah ihn vorwurfsvoll an.

»Und wir werden nie wieder mit Menschen zusammenleben. Mercurius, wie kannst du uns das zumuten?«

»Und ob ich das kann. Wer immer Odin und Isis entführt hat, wird zurückkommen, um auch das dritte Kätzchen zu holen. Das weißt du genau. Wir stecken bis zum Hals in einer unheimlichen Geschichte – das spüre ich.«

»Trotzdem.«

Tom war es immer schwer gefallen, sie zu überzeugen. Wenn er der Majicou war, so war sie die Mau. Aus ihr sprach ein fremdes Land, auch wenn sie es bisher nur aus ihren Träumen kannte. In ihrem heißen Blut konzentrierten sich mysteriöse Gebote aus uralter Zeit. Außerdem liebte er sie viel zu sehr, um mit ihr zu streiten. Wenn sie sich – so wie jetzt – hoch aufrichtete und ihn aus halb geschlossenen Augen ansah, musste er sich abwenden, weil er ihren Blick nicht ertrug. Stattdessen beobachtete er das Fischerboot, das wie ein bunter Flaschenkorken auf dem Wasser hüpfte. Als es sich anschickte, eine spitze Landzunge zu umrunden, die ihm wie ein lässig ausgestreckter Menschenarm den Weg versperrte, kam ihm plötzlich ein Gedanke.

»Dann zieht wenigstens ins Ozeanarium«, sagte er. »Bei Nacht ist es verlassen. Tagsüber könnt ihr …« Er hielt inne. Was sollten sie tun? Dann kam ihm die Erleuchtung. »Tagsüber macht ihr einfach Urlaub.«

»Was ist das – Urlaub machen?«, fragte Leonora.

»So genau weiß ich das auch nicht«, räumte Tom ein. »Aber die Menschen tun es die ganze Zeit.«

»Gibt es in deinem Urlaub auch Fische?«

»Mehr, als du bei deinem Besuch im Meer gesehen hast«,

sagte ihr Vater. »Und nun lass deine Mutter in Ruhe nachdenken.«

Gleich darauf bewegte die Königin die Lider.

»Einverstanden«, erklärte sie.

Cy die Tigerkatze stand auf, streckte sich kurz, drehte sich mit hoch gerecktem Schwanz ein paar Mal im Kreis, rieb den Kopf an den Wangen ihrer Freunde und schnurrte vor Begeisterung. Es klang wie ein kaputter Rasenmäher.

»Trumpf-Ass an Zentrale«, sagte sie. »Ihr seid herzlich willkommen. Bei mir gibt es die tollsten Sachen zu sehen.« Schüchtern hielt sie inne, dann flüsterte sie Leonora ins Ohr: »Ich bin nämlich mit einem Fisch befreundet.«

Tom fiel ein Stein vom Herzen.

»Das wäre also geregelt«, sagte er.

»Und was hast du jetzt vor?«, erkundigte sich der König. »Wo willst du anfangen?«

»Ich werde tun, was ich schon vor einem Monat hätte tun sollen«, sagte Tom. Er starrte auf das Meer hinaus. Das rote Boot hatte endlich die Landspitze umrundet und verschwand.

»Ich werde mir ein Beispiel an den Spinnen nehmen.«

Er war der Majicou.

Er begab sich ins Zentrum seines Netzes.

Dann rief er seine Helfer zu sich. Sie gehorchten ihm nicht gern, aber sie konnten sich nicht weigern. In langen Sätzen, mit schlurfenden Schritten oder im Galopp kamen sie über den Alten Weg des Wandels. Ihre Umrisse verschwammen unter dem Druck der magischen Kräfte. Unter ihren Füßen dampfte der Boden. Bei Nacht huschten hinter den schmutzigen Fenstern des alten Zoogeschäfts in der Cutting Lane fahle Lichter hin und her. Hätte jemand in den frühen Morgenstunden dort zu tun gehabt, er wäre vielleicht – erstaunt, ja sogar erschrocken über die vielen misstönenden Tierstimmen, die gedämpft auf die

Straße drangen, und über den scharfen Raubtiergestank, der an die engen Stallungen eines Zirkus erinnerte – kurz stehen geblieben, um dann, von einem plötzlichen Schauer erfasst, rasch weiterzugehen. Geweihe warfen schwarze Schatten an die Wände. Ab und zu war ein heiseres Räuspern zu hören. Die Ecken waren von ruckartigen Bewegungen erfüllt.

Der neue Majicou betrachtete seine Untergebenen.

Die Helfer traten von einem Fuß auf den anderen und mieden den Blick seiner blitzenden grünen Augen.

»Zwei goldene Kätzchen«, sagte er. »Ihr müsst sie suchen.«

»Arbeitet mit allen Mitteln«, fuhr er fort. »Ich kann nicht ausschließen, dass der Alchimist zurückgekehrt ist. Was das für uns bedeuten würde, brauche ich euch nicht zu erklären. Solltet ihr mich hier nicht antreffen, so wisst ihr, wo ich zu finden bin. Ihr kennt die Zeichen. Kommt zu mir, wo immer ich bin. Kommt und bringt mir Nachricht.«

Er hielt inne und sah einen nach dem anderen durchdringend an.

Dann wiederholte er: »Ihr müsst die goldenen Kätzchen suchen.«

Die Helfer flohen in die Nacht hinaus. Tom folgte ihnen. Er hatte eigene Pläne. Wie ein Meteor jagte er in langen, flachen Bögen über den Alten Weg des Wandels. Er suchte Liebt-Mülltonnen, den Stellvertreter des ersten Majicou, der länger am heimlichen Krieg gegen den Alchimisten teilgenommen hatte als alle anderen. Während er noch unterwegs war, kamen die ersten Helfer zurück, doch sie hatten nichts zu berichten. Sie hatten nichts gehört. Sie hatten nichts gesehen. Sie hatten nichts gefunden. »Dann stöbert wenigstens den Mülltonnenfuchs auf«, befahl er, »und schickt ihn zu mir!« Aber der Fuchs war wie vom Erdboden verschluckt. Ob das etwas zu bedeuten hatte? Gegen Morgen stieß Tom in einem Eichenwäldchen auf einer Hochebene nördlich der Stadt auf einen *Vagus*, ein Überbleibsel aus dem Alten Leben.

Zwei Stunden lang belauerten sie sich, kämpften und stritten miteinander, bis der Majicou den Vagus in die Tiefen des Gemeinschaftsbewusstseins zurückbefördert hatte, wo er hingehörte. Danach kehrte er zurück in die Cutting Lane und schlief eine Weile mit offenen Augen.

Plötzlich dachte er: Falls es nicht Leonora ist, haben wir die Goldene Katze bereits verloren.

3

NEW ORLEANS – THE BIG EASY

Sealink wartete, bis die letzten Passagiere und Flugbegleiter im Smog des Flughafengeländes verschwunden waren, dann huschte sie unbemerkt die Gangway hinunter. Der Asphalt der Rollbahn war glühend heiß. Die milde Sonne des Südens brachte ihr Fell mit seinen orangeroten, schwarzen und weißen Flecken zum Leuchten. Ihr Schwanz überragte den Rücken wie eine Straußenfeder. Dieser Schwanz hatte im Lauf ihres Lebens schon so manchen Bewunderer angezogen. Sie selbst betrachtete ihn als ›Tier für sich, eine verdammte Plage‹, war aber doch recht stolz darauf. Die großen Pfoten entsprachen ihrem kräftigen Körperbau. Sie benahm sich, als wäre es selbstverständlich für eine Katze, als blinder Passagier über den Atlantischen Ozean, das große Wasser, in die Stadt zu fliegen, die man allgemein ›The Big Easy‹ nannte – ›die große Leichtsinnige‹. Auch Sealink hatte man schon so genannt, aber nur selten in ihrem Beisein. Die Luftfeuchtigkeit war so hoch wie in einem Dampfbad und alles war durchtränkt mit den schweren Düften besserer Zeiten.

New Orleans! Sie holte tief Atem und sah sich um. Crescent City, die Stadt der Katzen und des guten Essens. Von hier war sie aufgebrochen, um die Welt zu verschlingen. Inzwischen hatte ihr Appetit etwas nachgelassen, aber das mochte sich ändern, wenn sie erst ihre Kätzchen gefunden hatte.

Wenn man so wollte, waren die Kätzchen bereits zu ihr gekommen. Auf dem Flug über den Atlantik hatte sie sich ständig eingebildet, sie maunzen zu hören – in den Fächern über den Sitzen oder im Handgepäck der Passagiere, unter jedem Sitz in der Touristenklasse, hinter jeder geschlossenen Tür. In dreißigtausend Fuß Höhe, dreihundert Kilometer von Heathrow entfernt, hatte das Bordpersonal sie ertappt, wie sie an einem der druckfesten Ausgänge kratzte, weil sie in der heulenden blauen Leere außerhalb des Flugzeugs das Jammern ihrer Kätzchen vernahm.

»Wie ist sie nur hereingekommen?«, hatten die Flugbegleiter gefragt und auch gleich eine Antwort gefunden: »Ist wohl bei der Zwischenlandung an Bord gerauscht wie eine richtige englische Lady.« Und als Sealink sich aus ihren Armen befreite und sich abermals über die Tür hermachte: »Süß ist sie ja, aber diese Flugangst!«

Die Passagiere waren begeistert.

»Rauswerfen könnt ihr sie jetzt nicht mehr«, erklärten sie dem Personal. »Sie hat sich ihren Flug erkämpft.« Und: »Passt bloß auf, dass sie die verdammte Tür nicht aufkriegt!« Darüber mussten alle lachen.

Währenddessen kratzte Sealink wie besessen an der Tür, obwohl eine innere Stimme mahnte: Reiß dich zusammen, Süße! Sie zerriss sogar den Teppich. Die Kätzchen verfolgten sie während des ganzen Fluges über den grauen Ozean; doch sobald die Maschine auf der Landebahn des Moisant International Airport aufsetzte, verstummten die Stimmen. Ob das ein gutes Zeichen war? Oder eher ein schlechtes? Sie wusste es nicht. Sie befand sich auf unbekanntem Gebiet und musste sich ganz auf ihren Instinkt verlassen. Geisterkätzchen, Erinnerungen:

Wenn sie da waren, litt sie unter ihnen, waren sie nicht da, so fehlten sie ihr. Es war völlig ungewohnt. Wenn ihr Plan nun nicht gelang?

Du wirst sie schon finden!

Hoch erhobenen Hauptes überquerte sie die Landebahn. Die Lastwagen und Gepäckkarren, die Flugzeuge, die ächzend und stöhnend zu ihren Positionen rollten, die zerstreuten, hektischen Menschen mit ihrem schweren Gepäck würdigte sie keines Blickes. Sie vermied es zu rennen. *Eine rennende Katze fällt auf*, der Spruch war ihr noch aus ihrer Kindheit in Erinnerung, aber da sie von ihrer Mutter kaum mehr behalten hatte als den Namen – Leonora Whitstand Merril –, stammte der Rat wohl eher von einem der alten Kater mit den vielen Narben, mit denen sie sich einst auf dem Moon Walk herumgetrieben hatte, der alten hölzernen Strandpromenade am Ufer des großen Mississippi.

Der Moon Walk! Eine Welt der lauen Lüfte, wo man behutsam aus tiefen Träumen geweckt wurde, bewohnt von glücklosen, unfähigen Außenseitern, die aber zu leben verstanden – zu essen, zu lieben, die Nachtstunden zu genießen!

»Da bin ich wieder!«, rief es aus ihrem Herzen, als sie an den Glasfassaden des Flughafens vorbeiging.

»Da bin ich wieder.“

Für eine Katze beginnt jede Reise durch New Orleans auf dem Grand Highway, der sich von einem am See gelegenen riesigen Friedhof in weitem Bogen zur Flusslände schwingt, wo Sealink aufgewachsen war. Wer etwas sucht, der fängt am besten hier an.

Vom Grand Highway gehen einzelne Straßen ab, die sich wiederum nach allen Richtungen verzweigen – nach Greenwood und zum West End Park, nach Audubon und Armstrong, in das Gelände der Loyola University und die stilvollen, sonnigen Anlagen des Garden District bis hinaus zum Fairgrounds Race Track. Die Geheimen Pfade – die dort am dichtesten bevölkert sind, wo die meisten Menschen leben, ohne deshalb für menschliche Augen sichtbar zu sein – führen unter dem Fluss hindurch in die Vororte Jefferson, Gretna und Algiers und weiter in die Wildnis der Bayous. In der Gegend von Metairie gibt es abseits der Hauptbahnen nur wenige dichtere Nester; aber im Südwesten, vor dem Garden District und dem Vieux Carré, bilden sie dicke, knotige Stränge, die an Rattenschwänze erinnern. Angelegt wurden sie von den Katzenscharen, die regelmäßig ihren Lieblingsplätzen zustreben, um etwa in einem schattigen Innenhof oder unter den Kamelienbäumen vor einem eleganten Stadthaus Kühlung zu suchen oder die Touristen auf den Märkten, in den Straßencafés und an den Hot-Dog-Ständen um den Jackson Square um Futter anzubetteln. Die Pfade überqueren den Pontchartrain Expressway in beiden Richtungen und besetzen dabei in einer Art und Weise denselben Raum, die kein Mensch jemals begreifen kann, sosehr sich manch einer auch darum bemüht. Im klebrigen Licht der magischen Straßen sind die Scheinwerfer, die über die Autobahn rasen, zwar undeutlich zu erkennen, doch sie befinden sich in einer anderen Dimension. Die Katzenpfade waren schon Jahrhunderte alt, als die Menschen damit anfingen, sie auf primitive, allzu platte Weise zu kopieren. Wie erdgeschichtliche Ablagerungen waren sie entstanden, geduldig ausgetreten von den Panthern, Luchsen und Sumpfkatzen Louisianas. Und sie werden noch bestehen, wenn die Menschen längst verschwunden und ihre jämmerlichen Bauten eingefallen sind, denn es sind nicht nur Wege, sondern Erscheinungsformen des Lebens. Wer sich den magischen Straßen anvertraut, wird tausendfach dafür belohnt.

Sie schenken ihm eine stärkere Persönlichkeit.

So hatte es Sealink Jahre zuvor als Kätzchen erlebt. Aufgeregt schnatternd war sie mit einer ganzen Horde triefäugiger, frecher Bälger stundenlang wie toll durch die Kurven und über die Kreuzungen gestolpert – beflügelt von einer Mischung aus natürlicher Neugier und pubertärer Unruhe, zappelnd vor Lebensfreude, Dreistigkeit und Katzenwut, hell begeistert davon, ganz allein zwischen den unheimlichen erwachsenen Katzen herumzustreunen. Wenn schließlich die ganze Gruppe mit einem erstaunten »Wa ...?« irgendwo herauspurzelte, gerieten alle außer sich und reagierten sich mit Raufereien und anderem Unfug ab.

»Wie sind wir denn hierher gekommen?«

»Das is' ja 'ne Kirche, Octave! Hast du uns zum Beten hergebracht?«

»Nee, sondern weil's hier *Beute* gibt.«

Junge Kätzinnen, von halb verstandenen Gefühlen getrieben, schwelgen in der Kraft, die ihnen hier zuströmt – denn der Strom wird zu einem nicht geringen Teil von den Seelen unzähliger Kätzinnen früherer Zeiten gespeist, die ebenfalls in ihren neu entdeckten Kräften schwelgten – einer Ur-Energie, die allen gemeinsam ist. Anfangs war Sealink nur zu gern in dieser Gemeinschaft aufgegangen. War es nicht herrlich, eine Katze zu sein! Mit hochgerecktem Schwanz – als eine unter vielen – kühn über die Promenade zu schreiten hatte sie mit brennendem Stolz erfüllt. Doch später kamen ihr Zweifel. Mit der Entwicklung ihrer Persönlichkeit verlor das Gemeinschaftserlebnis zusehends an Reiz. War sie etwa eine gewöhnliche Katze? Nein, Schätzchen, wohl kaum. Sie war die Delta-Königin, schön, stark, verwegen und – vor allem – einzigartig. Die Kater stellten ihr nach. Die anderen Bräute verzehrten sich vor Eifersucht; ihre Augen wurden hart, wenn sie auftauchte und hüftenschwenkend wie eine ganze Schiffsladung Erotik vorbeimarschierte. Aber sie lachte nur darüber.

So war sie darauf verfallen, auf abenteuerlichen Reisen die sichtbaren Gefilde dieser Welt zu erkunden. Sie reiste per Auto, per Schiff und per Flugzeug, oft genug als ungebetener Gast; notfalls schleppte sie sich kilometerweit auf den eigenen vier Beinen bis zur nächsten Fahrgelegenheit. Viele todmüde menschliche Fahrer hatten sich am Ende eines langen Tages erstaunt die Augen gerieben, wenn sie diesen Straußenfederschwanz sahen, und waren weitergebraust, weil sie ihn für eine Halluzination hielten. Und viele andere hatten – an Raststätten und Imbissbuden – auch ohne gemeinsame Sprache die Botschaft verstanden: »Hör mal, Kleiner, fährst du vielleicht nach Topeka?« Ein Parkplatz, mit Muschelschalen bestreut, eine Fernfahrerkneipe, ein Schläfchen auf der durchgerosteten Pritsche eines vergammelten Lieferwagens, aus dem man fünfhundert Kilometer später erstaunt und hungrig wieder erwachte: Die Wege der Menschen waren lang und mühsam.

Aber sie machten frei! Frei, als Katze in der Welt der Menschen zu leben! Und dass die Menschen sie liebten, verstand sich von selbst.

Bald hieß es natürlich: Leb wohl, Moon Walk, leb wohl, Delta. Ihr früheres Leben war geprägt von einem Widerspruch. Müheloses Reisen hatte sie an den tiefen Süden gefesselt; erst mit den Strapazen der Wanderschaft hatte sich die Welt geöffnet wie eine Austernschale. Ihre neue Persönlichkeit war ihr zu Kopf gestiegen und sie hatte die ganze köstliche, salzig-saftige Auster verschlungen.

Doch diese Art von Freiheit kann trügerisch sein. Die Geheimen Pfade warten – geduldig wie leibliche Eltern –, bis man zurückkehrt. Wenn du die blöden Dinger brauchst, kannst du sie ja immer noch benützen, dachte Sealink und schnupperte hinter der Moriarty-Gruft herum. »Mal sehen. Ich weiß noch, dass es hier in der Nähe einen Eingang gab …«

Zwischen Grünflächen mit üppigen Bäumen und Sträuchern erhoben sich prächtige weiße Mausoleen. Drei große Statuen namens Glaube, Hoffnung und Liebe bewachten den Eingang eines zwanzig Meter langen Tunnels. Glaube, Hoffnung und Liebe schienen in einem tiefen Loch in der Erde versinken zu wollen. Sealink legte den Kopf schief und dachte nach.

»Nicht unpassend«, räumte sie ein.

Sie schob den Kopf auf die magische Straße und hätte ihn am liebsten gleich wieder zurückgezogen, aber es war schon zu spät. Der Vorsatz, für sich zu bleiben, brach zusammen. Die Straße bemächtigte sich ihrer Sinne. Die Welt schrumpfte zu einem unscharfen grauen Fleck. Sobald sie sich dem Strom überließ, sah sie die Schäden. Während ihres Flugs über den Atlantik war der Verfall noch weiter fortgeschritten. »Das sieht nicht gut aus«, sagte sie sich. Die Pfade waren kalt und tückisch, die Orientierung fiel schwer. Wieder hörte sie ihre Kätzchen laut und vorwurfsvoll über die Jahre hinweg nach ihr rufen. »Ich komme«, sagte sie. »Mama ist schon unterwegs.« Fröstelnd rannte sie weiter.

Sealink wusste nicht, wie spät es war, als sie wieder auf dem Old Square eintraf. Hinter dem Farmer's Market hatte sie die magische Straße verlassen. Sie stand zwischen Kisten und Schachteln, Maisblättern und Müllsäcken und hatte noch das Rauschen des Geheimen Pfads in den Ohren, als ein Schwall verschiedener Düfte über sie hereinbrach: verfaultes Gemüse; Fisch in verschiedenen Stadien der Verwesung; muffig-trockenes Taubengefieder; Motorenöl; menschlicher Schweiß; geröstete Pekan-Nüsse. Irgendwo briet jemand Krabben-Popcorn in schwimmendem Fett. Sealink wurde von einem Schwindel erfasst, sie schloss die Augen und atmete in tiefen Zügen. So roch die Heimat, genau so. Und doch …

Vertrauter Boden, völliges Neuland.

Zwischen den Kisten wurde es lebendig. Ein großer weißer Kater mit langen klebrigen Streifen zu beiden Seiten der Nase brach aus dem Abfall hervor. Angenagte Maiskolben, verschimmelte Brotrinden und verfaulte Tomatenstücke flogen nach allen Seiten. Er hatte breite, muskulöse Schultern und seine Muskeln waren zum Sprung gespannt. Über den Bauch zog sich eine frische rosa Narbe. Ein Stück Zwiebelschale hing ihm aus dem Maul. Warum fraß er dieses Zeug? Sealink betrachtete ihn ratlos und angewidert. Aber irgendwo musste man schließlich anfangen.

»Ich suche einen Wurf Kätzchen«, sagte sie.

Sie hätte sich die Mühe sparen können. Der weiße Kater zischte sie an und legte die Ohren – oder was davon noch übrig war – flach nach hinten. Ein Strom von unappetitlichen Flüchen entströmte seinem Maul.

»Das ist *mein* Futter«, sagte er.

Sealink war empört. Einen solchen Empfang hatte sie in ihrer Heimatstadt nicht erwartet. Das war nicht die Stimme der Big Easy. »Das nennst du Futter?«, fragte sie mit einem verächtlichen Blick in die Runde. »Das ist nicht mal anständiger Abfall.« Sie wechselte die Taktik. »Hör zu, Kleiner …« Sie setzte ihre tiefe Altstimme ein, die ihr schon in vierzehn Ländern gute Dienste geleistet hatte – diese Töne hatten *Kamele* betört, unzählige Kater hatten davon weiche Knie bekommen. »… lass uns doch mal in aller Ruhe …«

»Gehört alles mir«, beharrte der weiße Kater und ging mit gesenktem Kopf auf sie los.

Okay, dachte Sealink, die Stimme bringt dich nicht weiter. Schalten wir um auf Plan B.

Sie fuhr die stets makellos geschärften Krallen aus und stürzte sich auf den Weißen. Er war etliche Pfund schwerer und die Narben auf der Schnauze zeugten von vielen Kämpfen. Doch als er ihr entgegenkam, schnellte sie sich hoch in die Luft, drehte sich mit einem akrobatischen Schwung, wie man ihn einer Katze ihrer Größe nicht zugetraut hätte, um 180 Grad und landete auf seinem Rücken. Der Kater erschrak und verdrehte die Augen, um sich die Braut mit dem ungewöhnlichen Kampfstil genauer anzusehen. Sealink schritt zur Tat, riss das Maul auf, so weit sie nur konnte, und schlug die Zähne in das dicke Nackenfell ihres Gegners. Es fühlte sich für ein Tier dieser Größe seltsam schlaff und kränklich an. Plötzlich hing sie frontal vor ihm, obwohl sie die Nackenfalte noch immer zwischen den Zähnen hatte, und wurde heftig hin und her geschwenkt. Verstört ließ sie los. Die blauen Augen des weißen Katers sprühten Funken. Er machte hastig kehrt und räumte das Feld.

Sealink ließ sich zu Boden fallen und sah ihm nach.

So hatte sie sich die Heimkehr nicht vorgestellt.

»*T'es culloté*. Nerven hast du, das muss man dir lassen. Hast es Blanco *bien* gegeben.«

Die hübsche kleine Schildpattkatze mit den weißen Flecken war wie aus dem Nichts aufgetaucht. Nun setzte sie sich vorsichtig zwischen das verfaulte Grünzeug, streckte anmutig ein Hinterbein aus und säuberte sich die Zehenzwischenräume.

Sealink drehte sich überrascht um.

»Bist wohl fremd hier, *cher*?

»Kommt mir allmählich auch so vor.« Sealink sträubte ihr ohnehin dichtes Fell. Jetzt war sie dreimal so groß wie die Schildpattkatze, doch die blieb unbeeindruckt.

»Ich hab dich noch nie gesehen.«

»Ich dich auch nicht.«

Die Kleine kniff die Augen zusammen und klopfte einmal, zweimal ärgerlich mit dem Schwanz auf den Boden.

»Weiß Kiki, dass du hier bist, *cher ami*?«

Kiki la Doucette führte also immer noch das Regiment auf der Strandpromenade. Sealink hatte die Madame mit dem gelben Fell, den kalten Augen und dem Harem von dienstbeflissenen Katern in keiner guten Erinnerung. Andere Weibchen, besonders schnippische junge Calico-Bräute, die gern ein Auge riskierten, wurden nur widerwillig geduldet. Kiki war ständig in Hitze, brachte einen Wurf magerer Kätzchen nach dem anderen zur Welt und dehnte ihren Einflussbereich allmählich vom Riverwalk bis zur Esplanade aus. Wenn der Mond hoch über dem Mississippi stand, schallte ihr ohrenbetäubendes Geheul über den ganzen Damm. Die Kater kamen von weither, um der berühmten Kiki ihre Aufwartung zu machen, und schwärmten, wenn sie am nächsten Tag zerkratzt und mit schmerzenden Gliedern wieder abzogen, in den höchsten Tönen von der wilden, unersättlichen Kreolenbraut mit dem irreführenden Namen.

Wahrscheinlich war auch diese Kleine eine von ihren zahllosen Nachkommen.

»Seit wann darf man den Grand Highway nur noch mit Erlaubnis von Kiki la Doucette betreten?«

»Wenn du vor la Mère noch keinen Diener gemacht hast, heißt es *vamos* für dich.«

Sealink war außer sich. Das nannte man also gemeinsames Erbe! War sie *dafür* um die halbe Welt gereist? Schlimm genug, dass ein räudiger Kater mit Jagdhundmanieren glaubte, sie schikanieren zu können; sollte sie nun auch noch diesem aufgedonnerten gelben Weibsstück in den Hintern kriechen, das schon einmal versucht hatte, ihr die Augen auszukratzen? Das kam nicht in Frage. Sie drehte der Schildpattkatze mit genau dosierter Verachtung den Rücken zu, reckte den Schwanz in die Luft und stelzte wie ein Bannerträger auf dem Weg in die Schlacht hüftenschwenkend die Gasse hinunter. Ohne sich umzusehen, rief sie zurück: »Ich mache keinen Diener, Liebchen, vor niemandem; aber du kannst deiner Mama ausrichten, dass ihre alte Freundin, die Delta-Königin, wieder in der Stadt ist.«

Die Schildpattkatze sah Sealink nach, bis die nach links um die Ecke bog und den Straßenbahnschienen und dem Fluss zustrebte. Ein seltsames Leuchten stand in ihren Augen. Sobald die Calicokatze verschwunden war, stand sie auf, schüttelte nacheinander ihre Beine aus, murmelte in leisem Singsang etwas vor sich hin und betrat den Zubringer zu einer magischen Straße. Wie aus dem Nichts erschienen mehrere große blaue Fliegen und kreisten mit trägem Surren über den Obstkisten.

Wer in New Orleans etwas sucht, landet früher oder später auf der Mississippi-Promenade. Wenigstens hier unten war alles noch mehr oder weniger so, wie Sealink es in Erinnerung hatte. Bleigrau lag der Mississippi vor dem fernen Grün des gegenüberliegenden Ufers. Im Hafen von Algiers hingen die Kräne wie riesige Raubvögel über dem Wasser. Sealink überquerte den hölzernen Steg und sprang zum Strand hinab. Vielleicht traf sie hier eine Katze, die sie kannte, ein Bindeglied zu ihrer Vergangenheit, jemanden, der ihr helfen konnte, ernsthaft nach ihren Kätzchen zu suchen. Sie landete aber nur auf einem Felsufer, das übersät war mit Treibholz und undefinierbarem Plastikmüll. Als sie auf diesem Todesstreifen weiterschlenderte, erkannte sie die Mulde wieder, wo sie einmal mit einem rotbraun und weiß gesprenkelten Verehrer geschäkert hatte, der frisch von einem ausländischen Frachter kam. Er hatte eine seltsame Aussprache gehabt. Sein Fell hatte nach Öl und Gewürzen gerochen. Für Sealink war es die erste Paarung gewesen. Als er sie in den Nacken biss, hatte sie, ein temperamentvolles junges Ding, das keine Ahnung von den geltenden Regeln hatte, ihn ebenfalls gebissen. Er war beleidigt aufgesprungen und ein Stück die Promenade hinuntergelaufen. Dann hatte er sich wie besessen geputzt, um sich wieder zu beruhigen. Nach ihm waren Ambroise und Zephirain, Bill, Trophy und Spid gekommen. Lächelnd hing Sealink ihren Erinnerungen nach.

Seither hatte es viele andere gegeben. Keiner war mehr da; sie hatte alle – mit einer Ausnahme – längst vergessen, ausrangiert mit der Grausamkeit der Jugend: Es gab ja immer neue Ziele, neue Versuchungen. Wer ihren Weg nicht mitgehen wollte – zum Teufel mit ihm. Sie war Sealink, und zu reisen hieß leben. Doch nun hatte das große Weltenrad seine Drehung vollendet und sie wieder am Anfang ihres Weges abgesetzt.

Heute erschien ihr alles so klein.

Und so still.

Wo waren sie nur alle?

Keine einzige Katze war zu sehen. Und seltsamerweise auch kein Mensch. In ihrer Jugend hatte man an diesem Strand immer Möglichkeiten gefunden, von den Touristen verschiedene Leckereien zu erbetteln: hier eine Scheibe Wurst, dort einen Happen von einem prall gefüllten Sandwich, und wenn man einen besonderen Dummkopf aufgetan hatte, vielleicht sogar ein Stück Weichschalenkrabbe.

Der beste Ort war jedoch eine alte Holzbank, die dritte von den Stufen aus gesehen. Sie war ein beliebter Treffpunkt für die Katzen vom Moon Walk. Jeden Abend, wenn es ebenso langsam, stetig und unerbittlich dunkel wurde, wie die Wasser des Mississippi stiegen und fielen, kam ein alter Mann namens Henry an den hölzernen Steg. Er ging langsam und steif und sein Gesicht war voller Falten; aber er hatte immer eine Tüte mit köstlichem Futter dabei: Fischköpfe und Geflügelhäute, Krabben, Garnelen und Flussmuscheln. Mit ihm erschienen ganze Scharen von Katzen, ein richtiger Hofstaat, die ihm so lange schnurrend und miauend um die Beine strichen, bis die Tüte leer war. Dann wandten sie sich eiskalt von ihm ab, um sich am dunklen Strand ausgiebig zu putzen oder ein Schläfchen zu halten. Sealink hatte Henry vergöttert. Er roch köstlich – nach Fisch und nach Katze, aber kaum nach Mensch. Die Menschen mieden ihn. Nie nahm er eine Katze auf den Arm, niemals versuchte er, ihnen seinen Willen aufzuzwingen. Aber er kam jeden Abend klaglos zur gleichen Zeit und beobachtete lächelnd das Treiben der gierigen, bestechlichen Kreaturen.

Sealink rieb den Kopf an der Bank. Sie roch verlassen. Die Brotkrümel unter dem Sitz waren uralt und hart.

Nicht einmal die Tauben kamen noch hierher.

Immer noch auf der Suche nach den ehemaligen Bewohnern der Flusslände, wandte sie sich nach Süden in Richtung Toulouse Street Wharf, als ihr eine ganz besondere Witterung in die Nase stieg. Der Geruch wurde mit jedem Schritt stärker. Sealink schnüffelte genießerisch. Eine Woge des Wohlbehagens schlug über ihr zusammen. Die Vorfreude einer Katze, die eine Gelegenheit sieht, ihren Hunger zu stillen, ist ein kaum zu überbietendes Gefühl. Sealinks Nase führte sie zu einer Mülltonne am Ende des Holzstegs. Für eine Katze ihrer Größe war der Einstieg beschämend eng, aber wer leistete sich in diesem Moment schon Schamgefühle? Sealink zwängte sich wie ein haariger Bulldozer in die Tonne und tauchte Sekunden später mit einem Huhn im Maul wieder auf. Die unwiderstehlichen Düfte, die der tote Vogel in Louisianas feuchte Luft entließ, wärmten ihr das Herz. Mit einer Routine, die von langen Jahren unermüdlichen Mülltonnenplünderns zeugte, sprang sie zurück auf die Planken und klemmte den Kadaver hinter einen Zaunpfosten. Nach mehreren vergeblichen Versuchen gelang es ihr, den ganzen Kopf ins Innere zu stecken. Da war noch ein Stück Magen!

Sie war so beschäftigt, dass sie den großen roten Kater gar nicht bemerkte, der schon seit längerem stumm auf dem Zaun gesessen hatte und nun leichtfüßig hinter ihr zu Boden sprang. Sein prächtig getigertes Fell bildete von der Schulter bis zum Schwanz ein einziges Magnetfeld aus ockergelben, orangeroten und cremefarbenen, hellroten und sienabraunen Streifen und Kringeln – ein Heer von Kraftlinien, die von starken Energien am Hals zusammengeführt wurden.

Während die Calicokatze den letzten Fleischfasern in den Tiefen des Hühnchens nachjagte, schwenkte sie herausfordernd das Gesäß und wedelte mit dem üppigen Schwanz.

Der rote Kater machte es sich auf den warmen Planken bequem und betrachtete das Schauspiel mit sichtlichem Vergnügen.

»Ja, ja«, überlegte er laut. »Wahrlich ein Nachmittag voller Genüsse: ein sanftes Lüftchen, das die Schwüle lindert, eine halbe Blutwurst unten im Park und gerade eben an der Straßenbahnhaltestelle die Reste eines köstlichen Chili-

Hotdogs. Und wie ich eben zu der Einsicht gelange, dass ich ein Taugenichts bin, ein armseliger Landstreicher, mit dem keine Braut sich jemals einließe, die etwas auf sich hält – was sehe ich da?« Seine Schnurrhaare bebten vor Entzücken. »Eine Calicokatze mit dem bezauberndsten Allerwertesten, der mir je begegnet ist. Das lässt wahrhaftig hoffen. Sag an, mein Schatz, was führt eine so schöne Frau an diesen hässlichen Strand?«

Sealink steckte so tief in dem Huhn, dass sie zwar die Stimme hörte, aber kein Wort verstand. »Augenblick, Schätzchen. Bin gerade beschäftigt«, murmelte sie und versuchte, mit den Zähnen ein letztes Fleischfäserchen loszureißen. Ihre Hüften schaukelten und zuckten. Das war zu viel für den Roten. Mit lüsternem Knurren sprang er ihr auf den Rücken, um ihr die Zähne ins Nackenfell zu schlagen – bekam aber nur die zwei Tage alten, schmierigen Knochen und Sehnen des Huhns zu fassen. Sealink spürte das Gewicht des unerwünschten Liebhabers, erriet seine Absichten und schrie empört auf. Sie zog den Kopf aus dem Huhn, fuhr herum wie ein Derwisch und packte den Kater an der Kehle. Der sprang vor Schreck hoch in die Luft und konnte die Fauchende erst abschütteln, als ihn die Schwerkraft auf die Erde zurückholte.

Sobald er wieder den festen Holzsteg unter den Füßen hatte, wich er misstrauisch zurück. Sein Narbengesicht zuckte nervös. Ein Auge und ein Ohr waren von einem schwarzen Fleck bedeckt, der ihm ein wenig vertrauenswürdiges Aussehen verlieh.

»Was fällt dir eigentlich ein?«

Der Rote streckte den Hals, räusperte sich mit schmerzender Kehle und sah sie verschmitzt an.

»Tja, Schätzchen, ich hab das eben für ’ne Aufforderung gehalten.«

Sealink knurrte.

»Welcher Mann voller Saft und Kraft könnte da widerstehen? Was gibt es Reizvolleres als ein Angebot von einer schönen, reifen Frau?«

Sealink sah ihn scharf an. Er hielt dem Blick stand, aber das Augenlid in der Mitte des schwarzen Flecks sank träge herab, als wolle er ihr zuzwinkern. Ihre Nackenhaare sträubten sich.

Doch dann dachte sie: Das ist doch noch ein kleiner Junge. Und sie lachte.

»Schätzchen, ich war beim Fressen! Ich biete mich keinem Kater an – auch dir nicht. Und ich kann es nicht leiden, wenn man mir mein Alter vorhält.«

Der Kater wusch sich umständlich mit den Vorderpfoten das Gesicht, um seine Verlegenheit zu verbergen.

»Wie heißt du denn nun?«, fragte sie endlich.

»Red.«

»Das dachte ich mir.« Eine Pause. »Und wo bist du zu Hause, Kleiner?«, erkundigte sie sich dann.

»Ich habe in dieser Stadt das Licht der Welt erblickt«, erklärte Red, »aber ich gestehe, dass mir auch die Fremde nicht fremd ist. Ich komme zwar immer wieder hierher, aber zu Hause fühle ich mich überall, wo ich mein müdes Haupt hinlege.« Tatsächlich verbreitete er trotz seines ausgeprägten Südstaatenakzents eine Witterung, die der Calicokatze vertraut war. Er roch nach Häfen und Autobahnraststätten, den wichtigsten Stationen auf dem langen, verlockenden Weg ins Nirgendwo. »Meine Geschichte ist schnell erzählt. Ich war an Orten, wo die Nächte nach Flieder duften, und an anderen, wo es nicht so gut roch. Eine Katze wie mich trifft man nicht alle Tage, eine Katze ohne festen Wohnsitz …« Der Blick, den er ihr jetzt zuwarf, hatte auf seinen Reisen schon so manches Herz gebrochen. »Aber mir gefällt es so.«

Sealink lächelte in ihre Halskrause hinein. Kindisches Delta-Geschwätz, nichts als hohle Phrasen, den Wanderkatern abgelauscht, denen Red unterwegs begegnet war. Auch sie hatte dergleichen schon mehrmals vom Stapel gelassen. Der Junge wurde ihr immer sympathischer. »Das Gefühl kenne ich«, entfuhr es ihr. »Ich bin auch ziemlich weit herumgekommen.«

Sie überlegte kurz, entschied sich, ihm zu vertrauen, und fuhr fort. »Jetzt bin ich hier, weil ich nach Kätzchen suche.«

Red setzte seinen sinnlichsten Gesichtsausdruck auf.

»Dazu könnte ich dir immer noch verhelfen«, erbot er sich.

»Träum weiter, mein Kleiner. Die Kätzchen, die ich suche, sind längst geboren.« Sealink sah sich um. »Ich muss schon sagen, hier hat sich einiges verändert. Kaum habe ich die Straße am Markt verlassen, da fällt mich so ein weißer Kerl an, dem das Fell auf den Rippen schlottert wie ein alter Mantel. Himmel, der hat vielleicht gestunken! Dann erklärt mir ein klapperdürres Frauenzimmer, ich muss erst Madame Kiki fragen, bevor ich die Straßen dieser Stadt betreten darf. Und hier unten, wo es früher von Katzen nur so gewimmelt hat, finde ich niemanden außer dir.«

»Und da hast du wahrscheinlich noch Glück gehabt.« Red zuckte die Achseln. »Hier halten sich keine Katzen mehr auf. Die Menschen sind nicht mehr so wie früher.«

»Schätzchen, New Orleans ist die Stadt der Katzen. Fast eine Million von uns lebt hier – und alle werden sie direkt oder indirekt von den Menschen gefüttert. Wie kann man nur solchen Unsinn reden?“

Der Rote sah sie von der Seite an.

»Du bist zu lange fort gewesen«, sagte er.

4
DAS LABORATORIUM

Der Kater mit der Bezeichnung Versuchstier X lebte zusammen mit vier anderen Katzen in einem eisernen Laborkäfig mit fünf Zellen, wo sie nur die Köpfe frei bewegen konnten. In der Nähe standen weitere Käfige – die Versuchstier X allerdings nicht sehen konnte – mit weiteren Katzen. Einige hatten Angst gehabt, als sie hier eintrafen. Andere waren wütend gewesen. Inzwischen hatten sich alle mit ihrem Schicksal abgefunden. Das Einzige, woran sie sich nicht gewöhnten, war der Umstand, dass sie zu wenig Platz hatten, um sich zu putzen. Das belastete sie so sehr, dass sie trübe Augen bekamen. Die obere Käfigkante war lackiert und verursachte Schürfwunden an der Kehle. Um sich von dem Jucken und Brennen abzulenken, wandten sie ihren Artgenossen den Rücken zu und beobachteten den ganzen Tag das Kommen und Gehen der Menschen. Die nahmen freilich keine Notiz von ihnen und unterhielten sich nur miteinander. »Hanson will die Werte von gestern«, sagten sie etwa, »aber er verrät nicht, warum.« Oder: »Wir können das Blut auch allein untersuchen, aber das sagt nichts aus. Weiß er das denn nicht selbst?« Die Menschen fassten die Katzen in den Käfigen niemals an. Sie hatten keine Veranlassung dazu.

»Weiß er das denn nicht selbst?«

Diesen Satz fand Versuchstier X besonders interessant, weil er selbst so wenig wusste.

Er hatte zum Beispiel keine Ahnung, wo er war. Und die

Bezeichnung Versuchstier X war ihm erst recht fremd. Das Leben, das er führte, verlangte keinen Namen. Es verlangte nur – dachte er –, dass er Schmerzen litt. Er wachte mit Schmerzen auf, dann kamen neue Schmerzen, bis er endlich wieder einschlief. Man hatte irgendetwas mit ihm angestellt. Er fand es töricht, den ganzen Tag auf einem Fleck zu stehen, und er gab sich selbst die Schuld an seiner Lage. »Ich habe mich irgendwie fangen lassen«, sagte er sich immer wieder. Wenn ihm sein eigener Geruch in die Nase stieg, schämte er sich. Er war schmutzig. Noch schlimmer war freilich der blinde Fleck in seinem Blickfeld, die Stelle, wo man etwas mit ihm angestellt hatte. Er konnte sich nicht einmal erinnern, was es war – das war besonders merkwürdig. Manchmal stand er ganz still, damit es nicht noch einmal passierte. Das will ich unbedingt vermeiden, dachte er. Das Denken fiel ihm schwer. Man hatte ihm neben allem anderen auch diese Fähigkeit geraubt. Irgendwo in seinem Kopf gab es ein Gegenstück zu dem blinden Fleck in seinem Blickfeld, eine Verletzung genau in dem Bereich, wo das Denken hätte stattfinden sollen. Manchmal wurde alles von dieser Wunde, diesem schwarzen Loch, verschlungen, dann war er kaum noch bei sich; an anderen Tagen wusste er wenigstens, dass er lebte. Wenn es ihm besonders gut ging, hatte er ein Bild von sich selbst, dann sah er sich als Stimme in einem Vakuum, die einen Monolog mit seinem ereignislosen Leben führte. Wer er war, wusste er nicht. Er war sich kaum bewusst, dass er eine Katze war. Aber sein Körper hatte die Erinnerung daran bewahrt und nachts zuckten seine schwachen, abgemagerten Beine im Innern des Käfigs, wo es niemand sehen konnte, als wollten sie ihn aus seinem Gefängnis forttragen.

Hoch oben irgendwo hinter Versuchstier X gab es ein Fenster. Er hatte es nie gesehen, aber er wusste, dass es da war, denn manchmal fiel ein Parallelogramm aus Sonnenlicht auf die weiße Wand vor ihm, eine flache wandernde Raute, die er ganz genau kannte. Wie oft hatte er beobachtet, wie sie sich Stunde um Stunde kaum merklich veränderte! Wenn sich die langen Nachmittage ihrem Ende zuneigten und das Licht vom Fenster so warm auf alle Gegenstände fiel, erschien selbst dieser Ort anheimelnd und freundlich. Die Luft verdichtete sich und war wie aus reinem Gold. Man vergaß den stechenden Ammoniakgeruch der eingesperrten Katzen. Das Licht fiel in einer einzigen schrägen Bahn durch den Raum und die Stäubchen schwebten darin so sanft zu Boden wie die Schirmchen des Löwenzahns.

Löwenzahn! dachte Versuchstier X.

War das vielleicht …

Nein.

Er hatte vergessen, was Löwenzahn war. Falls er es jemals gewusst hatte. Aber es gefiel ihm, wenn aus der weichen Stelle in seinem Kopf Worte aufstiegen, langsam Form und Zusammenhang verloren und wieder darin versanken. Eines stand für ihn außer Zweifel: Die Worte und das Licht – besonders das Licht – hatten etwas mit einem anderen, früheren Leben zu tun. In seiner Erinnerung regte sich etwas, ein Flackern, das er nicht fassen konnte. Er wusste nicht, was es war, aber es bezog sich auf eine bessere, auf jeden Fall aber anregendere Existenz. Solche Bruchstücke machten ihn glücklich und unsagbar traurig zugleich.

An guten Tagen konnte Versuchstier X aus dem äußersten Augenwinkel die Köpfe der Katzen erkennen, die unmittelbar neben ihm im Käfig standen. (Um sie besser zu sehen, hätte er den Kopf drehen müssen, aber dabei wurde er jedes Mal schmerzhaft an die wunde Stelle erinnert, die ihm wie ein Kragen um den Hals lief.) Der Kater zu seiner Rechten war so niedergeschlagen, dass er nie ein Wort sprach. Sein Vorgänger war ein quicklebendiges Weibchen gewesen; für Versuchstier X war ›Dancey‹ in undeutlicher, dafür aber umso angenehmerer Erinnerung geblieben. (Dancey – Versuchstier D – hatte ununterbrochen geredet und jeden Satz mit den Worten begonnen: »Wenn ich erst hier rauskomme …«) Links von ihm stand Stilton, Versuchstier B. Versuchstier X mochte sowohl Stilton als auch den stummen Kater gut leiden. Sie lebten so eng mit ihm zusammen, dass sie ihm wichtig waren. Vielleicht hatten sie einen etwas strengen Geruch, aber es war ein Geruch, mit dem man aufwachen, ein Geruch, auf den man sich verlassen konnte. Und vielleicht hatten sie eine etwas merkwürdige Kopfform, aber schließlich hatte man hier mit allen Katzen irgendetwas angestellt und Versuchstier X war nicht sicher, ob seine eigene Kopfform völlig normal war.

Stilton war am längsten von allen im Käfig. Er war schon vor Dancey hier gewesen, die Versuchstier X noch persönlich kennen gelernt hatte, und vor ›Langhaar‹, die er nur aus Danceys Erzählungen kannte. Stilton hieß so, weil er andauernd über Stiltonkäse redete. Meist starrte er eine Weile stumm vor sich hin und bemerkte dann, wie um ein unterbrochenes Gespräch fortzusetzen: »Und im Fabrikverkauf bekommt man – jedenfalls war das bei meinen Besitzern immer so – eine Zugabe. Ein Stück vielleicht, das schon etwas überreif ist. Etwas zu weich. Und für siebzig Pence gibt es einen ganzen Käse, ein großes Rad. Das ist ziemlich viel, aber sie haben immer mit ihren Freunden geteilt. Ich habe zugesehen, wenn sie am Abend davon gegessen haben, die Stücke waren so groß wie dein Kopf. So große Stücke.« Doch sosehr Stilton seinen Lieblingskäse auch vergötterte, mit der Portion, die er in seiner Phantasie stets bei sich hatte, war er unweigerlich überfordert. »Sieh dir das an!«, staunte er und bot Versuchstier X davon an. »Ich liebe Stilton, aber das ist einfach zu viel.« Er sprach mit dem ehrfürchtigen Bedauern des starken Essers, der sich geschlagen geben muss. »Solche Mengen Stilton kann niemand bewältigen. Kommt wirklich nicht oft vor, dass ich aufgebe, aber was zu viel ist, ist zu viel.«

Versuchstier X war jedes Mal wieder um eine Antwort verlegen.

»Das Stück ist wirklich sehr groß«, sagte er vorsichtig. Oder: »Wahrhaftig eine Riesenportion.«

Aber es kam gar nicht darauf an, denn Stilton redete gleich weiter. »Macht nichts. Gleich kommt meine Alte vorbei; kann nicht mehr lange dauern.« Und dann nickte er zufrieden vor sich hin. Er wartete immer auf die ›Alte‹, offenbar seine Gefährtin – vielleicht auch einer seiner Besitzer –, die angeblich die gleiche Schwäche für Stiltonkäse hatte wie er. »Sie kommt ganz bestimmt und dann verputzt sie den Rest.«

Danach schwieg er für einen Augenblick und endlich schloss er wehmütig: »Ach ja, dieser Stilton ist einfach zu köstlich.«

»Ich hasse ihn«, gab Versuchstier X zurück.

So ging es Tag für Tag. Manchmal sagte Versuchstier X – zur Abwechslung und um seinen Freund nicht allzu sehr zu kränken – nicht »Ich hasse ihn«, sondern: »Ab und zu esse ich auch ganz gern ein Stück. Zu besonderen Anlässen.«

Er fragte sich, ob Stilton – zu Zeiten Danceys und Langhaars seligen Angedenkens vielleicht, bevor er selbst in den Käfig gekommen war – jemals von etwas anderem gesprochen hatte. Und ob er vielleicht zugeben sollte, dass er keine Ahnung hatte, was Stilton war oder ›Pence‹. Selbst bei ›Käse‹ war er sich nicht sicher, obwohl er glaubte, sich an etwas dergleichen schwach erinnern zu können.

Die beiden Katzen hinter ihnen beteiligten sich nur selten an den Stilton-Gesprächen. Bei dieser Art von Käfighaltung war es unvermeidlich, dass man zwei Tieren den Rücken zuwandte. Aber in der Nacht hörte Versuchstier X auch sie miteinander reden. Sie stellten sich die gleiche Frage, wie alle Katzen: »Weißt du noch, wer du warst? Vor dem Käfig, meine ich? Ja?« Doch sosehr sie sich auch bemühten, sie konnten sich nicht erinnern. Aber eine Katze gab nicht so leicht auf.

Irgendwann gingen sie dazu über, sich eine Vergangenheit zu erfinden. Sie griffen nach einer beliebigen Erinnerung, probierten sie an wie die Menschen ein Kleidungsstück und legten sie ohne erkennbaren Grund wieder beiseite.

»Eine Stadtkatze war ich, ja, ja. Nächtelang in den Hinterhöfen unterwegs, schlechte Gesellschaft, wüste Gesänge oben auf der Mauer, wo einen alle sehen konnten. Eine einzige lange Party, und ich bereue nichts!« Eine Pause, dann: »Mein Hals sieht jetzt zwar komisch aus, aber ich bereue nichts.« In der nächsten Nacht konnte dieselbe Katze behaupten: »Manchmal kommt es mir so vor, als hätte ich auf dem Land gelebt. Weißt du auch, warum? Weil ich mich an den Duft des Strohs erinnere und an den warmen Atem der Kühe.«

»Daran erinnerst du dich?«

»O ja. Manchmal glaube ich mich daran zu erinnern.«

So ging es oft die ganze Nacht lang weiter. Wie unter einem Zwang reihten sie zusammenhanglose, von immer längeren Pausen unterbrochene Äußerungen aneinander, bis schließlich kurz vor Tagesanbruch die Stimmen verstummten.

»Kannst du erkennen, welche Farbe mein Fell hat? Mir ist so, als sei ich eine Schildpattkatze.«

Doch da war Versuchstier X bereits eingeschlafen.

Manchmal, aber nicht immer glaubte auch er, früher ein anderes Leben geführt zu haben. Klar war nur eins: Wenn er sich zu erinnern versuchte, was ihm widerfahren war, bevor er hierher kam, wurden seine Kopfschmerzen schlimmer. Er hatte sich mehr oder weniger damit abgefunden, dass der Schmerz sein ständiger Begleiter bleiben würde.

Es herrschte viel Betrieb im Raum, auch wenn Versuchstier X von seinem Käfig aus nur sehen konnte, was genau vor ihm geschah. Durch eine weiße Tür mit einem kleinen Glasfenster gingen fast den ganzen Tag über – aber nur selten bei Nacht – Menschen ein und aus. Sie redeten unentwegt, seufzten und schüttelten die Köpfe. »Das hat natürlich gar nichts zu bedeuten, solange es nicht durch Beobachtungen gestützt wird«, sagten sie. Oder: »Ich weiß, dass er das behauptet. Aber was hat er denn schon vorzuweisen?« Alle Menschen trugen weiße Kittel, aber jeder roch anders, und ihre Schuhe knarrten auf dem polierten Dielenboden. Versuchstier X kannte jede Vertiefung in der pockennarbigen Fläche zwischen sich und der Tür. Sogar in den Korridor hatte er schon hinausgesehen wie in ein fremdes Land. An besonderen Glückstagen verirrte sich ein Insekt in den Raum und er beobachtete, wie es in weiten Bögen kopflos herumschwirrte. Das Mobiliar vor sich kannte er in- und auswendig. Den Untersuchungstisch mit dem Klemmbrett, dem Thermometer und der starken Lampe mit dem langen Arm; die beiden weißen Metallschränke mit den Glastüren, hinter denen Pappkartons, braune Glasflaschen und seltsam scharfkantige Gegenstände zu erkennen waren; die weiße Tür mit dem zerkratzten Schutzblech und dem seidig glänzenden Drehgriff; und an der Wand die Korkplatte mit den Papierchen, die im Luftzug raschelten, wenn die Tür geöffnet oder geschlossen wurde.

Eines Tages öffnete sich die Tür zum Korridor und ein Mensch in weißem Kittel trat mit einem Drahtkorb in den Händen ein. Er rief einem seiner Kollegen etwas zu, ging von links nach rechts durch Versuchstier X' Blickfeld und verschwand. Versuchstier X hörte ihn hinter sich reden, dann öffnete sich eine andere Tür und der Mensch war fort. Der Vorfall dauerte höchstens eine Minute, aber der Kater bewahrte ihn in allen Einzelheiten im Gedächtnis. Der Mensch war rückwärts hereingekommen und hatte den sperrigen Korb gegen den Rahmen geschlagen. Den Raum hatte er, behindert von der Größe und dem Gewicht seiner Last, mit schweren, unbeholfenen Schritten durchquert. Nach wenigen Worten hatte er den Korb abgestellt und war sichtlich erleichtert wieder abgezogen. Das war alles; doch diese wenigen Momente sollten Versuchstier X' Leben abermals verändern, auch wenn er das noch nicht wissen konnte.

In dem Korb befand sich ein Tier. Er konnte nur einen kurzen Blick darauf werfen. Es hatte prachtvolles rotgoldenes Fell, seine Augen waren grün wie Jade und mit seltsamen goldenen Sprenkeln durchsetzt. Es zischte und fauchte vor Aufregung und drehte sich unruhig um sich selbst. Manchmal warf es sich so heftig gegen die Drahtwand, dass sein Träger fluchend einen Schritt zur Seite machte, um das Gleichgewicht zu halten. Versuchstier X dachte sofort: Dieses Tier gehört nicht hierher. Es ist viel zu gut für uns. Doch alle weiteren Eindrücke waren widersprüchlich und verschwommen. War es überhaupt eine Katze? Wenn ja, dann war sie auf jeden Fall noch sehr jung. Doch trotz der langen Beine, der kindlichen Formen und des unreifen Gesichts war es größer als mancher ausgewachsene Kater. Versuchstier X hatte noch nie ein so großes Kätzchen gesehen. Bevor er seine Gedanken ordnen konnte, war es verschwunden. Aber er sah es gleich darauf wieder. Die Menschen hatten nämlich Mühe, es aus dem Korb zu holen. Und als sie es in einen Laborkäfig stecken wollten, entwischte es ihnen.

Das meiste davon spielte sich hinter Versuchstier X' Rücken ab. Er hörte die Menschen schreien: »Pass doch auf, kannst du es nicht einfach rausziehen?« »Ich hab's schon, ich hab's, alles in Ordnung!« »Mistvieh!« … dann ein gequältes Gurgeln, das sich rasch zu jenem empörten, durchdringend schrillen Kreischen emporschraubte, das alle gefangenen Katzen nur allzu gut kannten. Nun kam der Neuzugang in Sicht. Er schoss, die Ohren flach angelegt, mit vorquellenden Augen dicht am Boden dahin. Vor Versuchstier X' Käfig hielt er kurz an und sah sich nach seinen Verfolgern um. Es war ein schöner junger Kater, ein Bündel Wut und Angriffslust, aber darunter, Versuchstier X sah es deutlich, von Angst geschüttelt. »Versteck dich«, hörte er sich leise sagen. »Später, wenn einer von ihnen die Tür öffnet, kannst du hinaus.« Ein Ratschlag, der aus der Verzweiflung geboren war, wie er sofort erkannte. Der kleine Kater sah schwer atmend, das Hinterteil gesenkt, alle Muskeln unter dem kurzen Samtfell zum Zerreißen gespannt, im Takt des eigenen Herzens schaukelnd, trotzig zu ihm herauf. Versuchtier X wartete nur darauf, dass er ihm voller Verachtung erklären würde: ›Mich werden sie nicht einsperren so wie dich.‹ Aber er drehte sich nur um und rannte davon. Sofort wurde er von drei oder vier Menschen verfolgt, die nur aus Händen, Schuhen, Brillen zu bestehen schienen. Keuchend und schwitzend, die riesigen Dusselgesichter rot angelaufen, stolperten sie hinter dem Flüchtling her und merkten gar nicht, wie die Katzen in den Käfigen den Kleinen anfeuerten. »Lauf!«, riefen sie. »Lauf!«

Der kleine Kater, der wie aus dem Nichts in ihr Leben getreten war, hatte schon nach einer halben Minute den Status einer Legende erlangt. Sie setzten ungeahnte Hoffnungen in ihn. Wenn er ein Versteck gefunden hatte, schauten sie alle in eine andere Richtung, um ihn nicht mit ihren Blicken an die Verfolger zu verraten. Wenn er aufsprang und weiterlief, scharrten sie in ihren Käfigen mit den Füßen, als wollten sie stellvertretend für ihn rennen, aber zugleich etwas von seiner Wildheit, seiner Schnelligkeit, seiner Freiheit auf sich übertragen. Der Kleine machte sie glücklich, erfüllte sie mit wildem Stolz. Er war nicht unterzukriegen. Es war ein Ausbund an Energie. So viel Widerstand hatte noch keine Katze geleistet. Immer wieder sah es so aus, als hätten ihn die Verfolger bereits am Wickel, immer wieder konnte er ihnen entwischen. Er streckte sich und rannte, was das Zeug hielt. Er drückte sich in die Ecken. Wie der Blitz sauste er unter den Untersuchungstisch. Schon war er hinter den Käfigen. Er kurvte in halsbrecherischem Tempo zwischen den Menschenbeinen hindurch, obwohl er Mühe hatte, auf den blanken Dielen Halt zu finden. Als es keinen anderen Ausweg mehr gab, schien er allen Naturgesetzen zum Trotz die

Wände hochgehen zu können. In diesem Moment sprach der stumme Kater links von Versuchstier X zum ersten Mal in diesem Raum.

»Habt ihr das gesehen?«, fragte er leise, mit klarer Stimme. »Er ist einfach hochgerast wie ein Motorrad an der Todeswand!« Er wandte sich an den kleinen Kater und rief laut: »Weiter so, mein Sohn! Zeig ihnen die verdammte Todeswand!« Keine der Käfigkatzen wusste, was damit gemeint war, aber sie nahmen den Ruf auf: »Todeswand! Todeswand!« Und von da an hieß der stumme Kater zumindest für einige Tage nur noch ›Todeswand‹.

Ob der Kleine überhaupt wahrnahm, was um ihn herum vorging, war ungewiss. Auch wenn er jedermanns Liebling war – er verfolgte eigene Ziele. Ihm ging es um *sein* Leben. Und er war im Begriff, es zu verlieren, sosehr ihn die anderen auch anfeuerten. Versuchstier X beobachtete bestürzt, wie erschöpft er war. Er hatte sich völlig verausgabt und es gab kein Versteck mehr. Nun gewann die Verzweiflung die Oberhand. Panik flackerte in seinen Augen. Immer wieder warf er sich gegen die geschlossene Tür. Er wollte unter den Schrank kriechen, aber der Spalt war zu klein. Gegen Ende, als er schon winselnd und fauchend zwischen den Füßen der Menschen in der Falle saß, zahlte er es ihnen noch einmal heim. Er setzte sich auf die Hinterbacken, fuhr die Krallen aus, fletschte die Zähne und schon schwebten Blutstropfen in der Luft wie scharlachrote Fuchsienblüten. Ein Aufschrei: »Mein Gott! Er hat mich erwischt!« Die Menschen wichen erschrocken zurück, schüttelten die Finger und sahen sich ungläubig an. Doch dann ging einer weg und kam mit einem Paar abgewetzter Lederhandschuhe und einer Nadel voller Schlaf zurück und bald war alles vorüber. Der kleine Wildfang wurde neben dem Schrank in eine Ecke getrieben, sein Jaulen verstummte, er wehrte sich nicht mehr und wurde wie ein leeres Katzenfell aus Versuchstier X' Blickfeld weggetragen.

Die Katzen in den Käfigen waren wie erstarrt.

Endlich flüsterte eine Stimme: »Habt ihr seine Augen gesehen? Unheimlich!« Eine zweite seufzte: »Er hat es ihnen nicht leicht gemacht.« Und eine dritte zischte: »Es ist eine Schande.«

Plötzlich redeten alle auf einmal in ihrem weißen Gefängnis; laut und erregt schallten die Stimmen von Käfig zu Käfig. Die Insassen spürten eine nie gekannte Verbundenheit. Versuchstier X schwieg. Er war traurig, denn nun hatte er den Beweis: Das Leben war wirklich nur ein Käfig, in dem man stumm gefangen saß – es war nur Schmerz und nichts sonst.

In den nächsten Tagen herrschte Ruhe im Labor. Alles kehrte zur Normalität zurück. Jeden Tag erschien der Sonnenstreifen etwas früher auf der weißen Wand und blieb ein wenig länger. Was mit dem tapferen kleinen Kater geschehen war, wusste offenbar niemand. Saß er überhaupt in einem Käfig? Einige verneinten dies und ergingen sich in finsteren Andeutungen. Als solche Gerüchte sich verbreiteten, verstummten die Gespräche von Käfig zu Käfig. Die Insassen zuckten die Achseln und ergaben sich wieder der Langeweile. Todeswand – der ohnehin nichts mehr gesagt hatte – wurde wieder zum Stummen Kater, der den ganzen Tag nur vor sich hinstarrte. Die Menschen hatten einen Denkzettel bekommen und nahmen sich vor ihren Schützlingen etwas mehr in Acht; aber in den Stahlnäpfen war nicht mehr und nicht weniger Trockenfutter als früher. Die Katzen wurden erst unmittelbar vor Dienstschluss gefüttert, sodass jeden Abend ein Rasseln durch den Saal ging, als schüttle jemand eine mit Steinen gefüllte Blechbüchse. Versuchstier X beäugte das künstliche Futter mit dem starken, aber keineswegs verlockenden Fischmehlgeruch ziemlich lustlos, fraß aber wie üblich die Hälfte davon auf.

»Manchmal«, erzählte Stilton, »gab es auch ein schönes Stück Blaukäse. Da ist natürlich Schimmel drin – bei diesem Käse züchtet man den Schimmel ganz bewusst.«

»Ich glaube, das hat man bei dem Zeug hier auch getan«, sagte Versuchstier X.

»Zur Abwechslung schmeckt auch Blaukäse sehr gut.«

Versuchstier X erwachte oft vor den anderen Katzen im Labor. Er liebte den Morgen. Er liebte die tiefe Stille vor dem ersten Vogelzwitschern, wenn die ganze Welt einen silbernen Rand hatte. Er genoss es, wach zu sein, wenn alle anderen schliefen. Dann überkam ihn eine tiefe Zärtlichkeit für seine Leidensgenossen. Manchmal überflutete die Dämmerung den ganzen Raum mit rosig goldenem Schein, an anderen Tagen stahl sie sich herein wie auf grauen Schwingen, dann tröpfelte vor dem unsichtbaren Fenster leise der Regen auf die Pflanzen. Doch unabhängig vom Wetter barg jeder neue Morgen für Versuchstier X eine Verheißung. So elend er sich auch fühlen mochte, die Dämmerung erfüllte ihn mit Zuversicht. Wahrscheinlich hatte er den Morgen auch in seinem früheren Leben geliebt.

Vier oder fünf Tage nach der Ankunft des kleinen Katers schlug Versuchstier X die Augen auf und sah sich verwirrt um. Es war zu warm im Raum. Und es war ungewöhnlich still. Er schüttelte den Kopf. Alles war aus den Fugen, noch im Halbschlaf spürte er, dass mit diesem Tag etwas nicht stimmte. Schon seine Farbe war ungewöhnlich: ein tiefes, fast goldenes Gelb, in das sich zunehmend ein scharfes, durchsichtiges Grün mischte, als scheine die Sonne durch dichtes Laub.

»Hm«, überlegte er. »Was mag das sein?«

Die Helligkeit verstärkte sich. Der Morgen zischte und knisterte wie eine brennende Zündschnur. Im Labor herrschte eine Wärme wie im Hochsommer. Das Licht, dachte Versuchstier X, ohne zu wissen, wie er darauf kam, ist wie in einem fremden Land.

Es war heiß geworden. Sehr heiß. Die schlafenden Katzen waren hell erleuchtet. Ihre unbequeme Haltung löste sich.

Sie seufzten im Schlaf und entspannten die Muskeln, wachten aber nicht auf, sondern schliefen zum ersten Mal seit vielen Monaten so tief, als hätten sie vergessen, wo sie waren. Voller Freude über die eigene Kraft spielte das Licht über sie hin. Hier und dort verdichtete es sich und sprühte prasselnde Funken. Als es einen Herzschlag lang verblasste, hielt Versuchstier X den Atem an. So etwas habe ich noch nie erlebt, dachte er. Ganz sicher nicht. Sonst würde ich mich daran erinnern. Draußen fingen alle Vögel auf einmal zu singen an. Die Zündschnur brannte immer weiter und plötzlich kam es mit einem weichen Donnerschlag zur Detonation. Eine grüne Feuersäule schoss zur Decke empor und breitete sich rasend schnell aus. Die Flammen erreichten den Boden und wälzten sich auf die Labortür zu. Was ihnen im Wege stand, entzündete sich. Was sie berührten, wurde verschlungen. Lautlos explodierten die Möbel. Die Käfige wurden auseinander gerissen, die Teile flogen durch die Luft; verschiedene Gerätschaften kollerten durch die glühende Hitze. Dann kippten die Wände nach außen und lösten sich auf. Staub, Schutt und Ziegelsteine prasselten zu Boden.

»Auch du«, hörte Versuchstier X eine Stimme sagen. Dann blieb ihm die Luft weg und er spürte, wie er fortgerissen wurde. Er schlug Purzelbäume über den Himmel – die Vorderbeine steif ausgestreckt, die Zehen gespreizt, die Krallen ausgefahren, als wolle er sie in die Luft schlagen, um sich abzubremsen – und landete in einem verwaschenen Kätzchentraum, der niemals endete. Er war wieder ganz klein. Seine Mutter war in der Nähe. Seine Brüder und Schwestern wackelten um sie herum, balgten sich und vollführten unbeholfene Sprünge. Diese Geborgenheit! Wie eine Hand, die unendlich groß war und sie doch völlig umschloss. Er spürte sie ganz deutlich. War das Liebe? Oder was sonst? Dann drückte die Hand fester zu und Versuchstier X wusste nichts mehr.

Als er wieder zu sich kam, fror er erbärmlich. Sein Fell war nass. Das Licht war grau. Er schlug die Augen auf und sah als Erstes, dass mit der Labortür irgendetwas nicht in Ordnung war. Sie hing nur noch an einer Angel und ragte wie betrunken in den Raum herein. Sein Blick wanderte weiter, bevor er noch recht begriffen hatte, was er da sah. Das Labor hatte ein Dutzend neuer Ausgänge bekommen. Die Fenster hatten keine Scheiben mehr; die Decke war heruntergesackt und zeigte Risse. Kabelschlingen hingen herab. Der Fußboden war dick mit Holzsplittern und Glasscherben bedeckt, Gipsstaub hing in der Luft. Ein kalter Nieselregen fiel vom Himmel. Der Untersuchungstisch, Schauplatz unzähliger Demütigungen, lag bis zur Unkenntlichkeit verbogen vor einer Wand, als hätte ihn ein zorniger Riese aufgehoben und fortgeschleudert. Als Nächstes hatte sich der Riese wohl die Katzenkäfige vorgenommen, sie zerlegt und die kaum beschädigten Einzelteile wie Spielkarten über den Boden verstreut.

Viele der gefangenen Katzen hatten die Gelegenheit ergriffen und waren nach der Explosion aus dem Labor geflüchtet; andere, die dafür schon zu schwach waren, hatte der Tod erlöst. Versuchstier X fröstelte und betrachtete teilnahmslos das Trümmerfeld mit den vielen Toten. Katzen in allen Farben, vom Regen durchnässt, mit struppigem, verfilztem Fell und großflächigen Hautausschlägen. Die feuchte Luft strich über sie hin und trug ihm den säuerlichen Geruch ihrer Sterblichkeit zu. In seiner Kehle entstand ein Schrei des Zorns, ein Schrei der Trauer, und verstummte wieder, ohne laut geworden zu sein. Wozu auch? Alle diese Tiere waren vor ihrer Zeit alt und gebrechlich geworden und hatten den Tod willkommen geheißen. Sie lagen so friedlich zwischen den herausgerissenen Drähten und Implantaten, denen sie ihre Gefangenschaft verdankten, als hätten sie das grüne Feuer mit offenen Armen empfangen. Viele hatten ihm die Vorderbeine entgegengestreckt, wie Katzen es sonst nur tun, wenn sie sich im Sonnenschein rekeln.

Versuchstier X fühlte sich ohne seinen Käfig allein und schutzlos. Frierend stand er zwischen den Trümmern, den Rücken zu einem knochigen Bogen des Unbehagens gekrümmt, den Schwanz fest zwischen die Hinterbeine geklemmt, und bemühte sich, in dem Geschehen einen Sinn zu erkennen. Er war ebenso lange hier gewesen wie alle anderen. Er hatte alles miterlebt, von Anfang bis Ende. Warum war er noch am Leben? Was hatte er von dieser unheimlichen Morgendämmerung, von diesem Dschungellicht zu halten?

»Ich weiß nicht, was passiert ist«, sagte er immer wieder zu sich selbst. »Ich weiß nicht, was passiert ist.«

Und einmal sagte er es laut.

Die Reste des Käfigs gerieten in Bewegung. Kater Stilton strampelte sich unbeholfen frei. Er war über und über mit grauem Staub bedeckt. Entsetzt schaute er an sich hinab, taumelte drei Schritte vorwärts und fiel um.

»Sind wir tot?«, flüsterte er.

»Ich weiß es nicht«, sagte Versuchstier X. »Von den anderen lebt keiner mehr.«

»Komm her und setz dich zu mir«, bat Stilton.

Sie kuschelten sich aneinander, so fest sie nur konnten. Fieberschauer schüttelten sie. Sie wollten sich gegenseitig putzen, aber ihre Körper waren so erleichtert über die Nähe einer anderen Katze, dass sie sofort einschliefen. So blieben sie fast bis Mittag liegen. Sie konnten sich von ihrem alten Käfig nicht trennen – obwohl sie Abstand hielten von den Leichen der Katzen, mit denen sie ihn geteilt hatten. Versuchstier X erinnerte sich seiner Käfiggenossen mit mehr Zuneigung und geringeren Schuldgefühlen, als er erwartet hatte. Der Stumme Kater hat wohl zu sprechen aufgehört, weil er nichts mehr zu sagen hatte, dachte er. Er hat den Tod gewiss als Befreiung empfunden. Die anderen habe ich nie richtig kennen gelernt, fiel ihm jetzt ein, ich habe sie nur reden hören. Vielleicht waren es interessante Katzen. Hätten sie neben mir im Käfig gestanden, dachte er, dann hätte ich sie vielleicht besser gekannt. Schon gerieten ihm die Erinnerungen durcheinander, typische Redewendungen der beiden Katzen vermischten sich mit dem Licht des Sonnenaufgangs, dem Klappern der Futterkörnchen im Blechnapf, dem Rascheln der Zettel an der Pinnwand neben der Tür. Und alles zusammen hatte erstaunlich viel Ähnlichkeit mit einem Leben.

Am Nachmittag hörte es auf zu regnen. Die Sonne kam heraus. Die beiden Überlebenden stöberten, jeder für sich, in den Trümmern herum.

Das Leben im Käfig hatte sie so geschwächt, dass sie erst wieder laufen lernen mussten. Versuchstier X machte immer wieder einen jähen Satz oder zuckte erschrocken zurück. Seine Nerven waren angegriffen, er verstand nicht mehr wie eine richtige Katze zu leben. Zunächst war er wie berauscht von all den neuen Empfindungen, aber das Hochgefühl hielt nicht lange an. Er hatte seit dem Vorabend nichts mehr gegessen. Die Aufregung und der blasse Sonnenschein hatten ihm neue Zuversicht eingeflößt, aber er hatte keine Ausdauer, keine Kondition und so gut wie keine Muskeln. Stilton ging es noch schlechter. Er hinkte. Sein Fell mit den kleinen Kringellöckchen war verkrustet und klebrig und wenn man ihn putzen wollte, schmeckte es nach Blut. Sein Brustkorb war seltsam deformiert. Manchmal vergaß er, wo er war, dann blieb er schwankend stehen, blinzelte ins Licht und sagte leise: »Und meine Besitzer, weißt du …«

Einmal rief er Versuchstier X zu: »Sind wir nicht ein tolles Paar, wir beiden? Ein tolles Paar, nicht wahr?«

Wenn sie einander begegneten, wichen sie zurück, starrten sich an, als hätten sie sich noch nie gesehen, und zitterten vor Zukunftsangst.

»Du bist also eine Tigerkatze«, sagte Versuchstier X.

»Ich bin am Verhungern.«

»Es gibt kein Futter mehr. Ich habe überall nachgesehen.«

»Was sollen wir tun?«

»Es kann nicht schaden, noch einmal zu suchen.«

Sie stolperten steifbeinig im Staub herum, als der kleine goldene Kater erschien. Er kam geräuschlos näher und blieb geduldig vor Versuchstier X stehen. Man sah ihm seine Erschütterung deutlich an, aber er konnte oder wollte nicht sprechen. Dabei war er immer noch wunderschön und so voller Kampfgeist und Angriffslust, dass er größer erschien, als er tatsächlich war. Daran hatte auch eine Woche im Labor nichts ändern können. Unter dem glänzend sandfarbenen Fell spielten die Muskeln. Er bewegte sich mit der unbewussten Anmut aller Jungtiere. In einem jadegrünen Auge funkelten immer noch die goldenen Sprenkel. Das andere hatte er bei der Explosion verloren.

»Alles wird wieder gut«, versicherte ihm Versuchstier X.

Er wusste nicht, was er sonst sagen sollte. Die Wunde schien trotz des klebrigen Sekrets am inneren Augenwinkel sauber zu sein. Aber was verstehe ich schon davon? dachte er. »Bei uns bist du richtig«, beruhigte er den Kleinen. Der starrte schweigend vor sich hin. Die Lider hatten sich bereits geschlossen, um die leere Augenhöhle abzudichten. Bei näherem Hinsehen stellte Versuchstier X fest, dass sie vor einigen Tagen zugenäht worden waren. Das Auge war von den Menschen entfernt worden. Die Explosion hatte nichts damit zu tun.

»Weißt du nicht mehr, wer du bist?«

Der kleine Kater sah ihn nicht an. Ein Zittern überlief ihn, dann trat er näher und begann, immer noch mit abgewandtem Kopf, laut zu schnurren.

»Komm«, sagte Versuchstier X müde. »Wir bringen dich von hier fort.«

5

ES GEHT NICHT OHNE LEONORA …

Tom der Kater saß in dem verlassenen Zoogeschäft an der Cutting Lane auf einem Regal.

Ein regnerischer Nachmittag neigte sich seinem Ende entgegen, hinter den schmutzigen, nassen Fenstern zog bräunlich die Dämmerung herauf. Bald würde die Straße vor dem Laden für kurze Zeit unter hunderten von Menschenfüßen erzittern. Die Natriumlampen würden alles in gelbes Licht tauchen. Wenn die Geräusche verstummten, gehörten die Gehsteige wieder den Katzen. »Die Nacht«, so hatte Toms alter Mentor ihm einst empfohlen, »ist die beste Zeit für die Arbeit des Majicou.« Und deshalb – obwohl die Cutting Lane so zentral im Netz der Geheimen Pfade lag, dass er hier seine Arbeit auch zu jeder anderen Zeit hätte verrichten können – saß Tom auf seinem Brett und wartete.

Nun komm schon, Nacht, dachte er.

Wenn er fertig war, wollte er drei Straßen weiter einen Imbissstand aufsuchen, wo es gebackene Muscheln und weißen Presssack gab. Er stand auf, schüttelte sich und wollte sich gerade eine bequemere Stellung suchen, als er aus dem Hinterzimmer ein Geräusch hörte.

Kratz.

Es klang wie Krallen auf blankem Holz. Da war es wieder. Was ist das? dachte er. *Kratz. Klick. Kratz.* Als wandere da hinten ein Tier mit einem lahmen Bein herum.

Jemand war über die Geheimen Pfade gekommen, ein Gefolgsmann des früheren Herrn der Cutting Lane. Tom stand wieder auf und schob sich rückwärts in eine Ecke des Regals hinter ein dickes Spinnwebengehänge. Er war zum Majicou ernannt worden, ohne eine richtige Ausbildung erhalten zu haben, und so hatte er schnell gelernt, sich in Acht zu nehmen. Die meisten Helfer waren harmlos. Die meisten, aber nicht alle. Deshalb zeigte er sich immer erst, wenn er ganz sicher war.

»Ich habe dich nicht herbestellt«, rief er, »aber du hast nichts zu befürchten!«

Kratz.

»Komm ans Licht!«

Eine heisere Stimme antwortete: »Ich habe etwas gesehen, was dem Majicou eine Belohnung wert sein sollte.«

»Hier gibt es keine Belohnung.«

»Ohne Belohnung keine Nachricht.«

»Komm ans Licht!«

Klick. Kratz.

Das Tier mochte einmal ein Hund gewesen sein. Vielleicht war ihm auf dem Alten Weg des Wandels etwas zugestoßen und nun konnte es nicht mehr zurück in sein früheres Leben. Es war so alt, als hätten es die Geheimen Pfade zu lange am Leben erhalten. Es war groß und unförmig und verbreitete einen starken, unbestimmbaren Geruch. Sein grobes braunschwarzes Fell glänzte ölig. Sein hässlicher Kopf ging ständig auf und ab und es lief nur auf drei Beinen. Die Augen waren vom grauen Star getrübt. Nichts an ihm war ganz eindeutig. Seine Stimme klang, als hätte es Watte im Maul. Tom begegnete diesem Tier nicht zum ersten Mal.

»Ich kenne dich«, sagte er.

»Du bist nicht der Majicou.«

»Doch, ich bin der Majicou.«

»Dann komm mit mir.«

»Warum sollte ich?«

»Was weißt du vom Tod?«

»Weniger, als ich wissen sollte.«

»Dann komm, damit du etwas lernst.«

Keuchend und mit vielen Unterbrechungen schleppte sich das Tier ins Hinterzimmer, wo es prompt verschwand. Tom folgte. In einer engen Gasse zwischen hohen Gebäuden kamen sie heraus. Kein Wort fiel. Der Tag verschwand bereits im Westen, als sie den Fluss erreichten. Dort zeigte der Hund Tom, was er gefunden hatte. Bei Ebbe mündete hier, erkennbar als trüber grauer Lichtwirbel zwischen zwei morschen Pfeilern, eine kleine, aber gut besuchte magische Straße. Die Tiere von beiden Ufern benützten sie gern, denn sie führte über den Fluss und war über Zubringer mit allen größeren Straßen verbunden. Tom stand im fauligen Schlamm und riss die Augen auf. Der Hund hatte ihn zu einem Leichenhaufen geführt. Zehn bis fünfzehn Kadaver lagen übereinander. Ausschließlich Katzen. Ihr Fell war triefend nass. Sie waren ineinander verkrallt, als hätten sie in ihrer Todesangst noch gekämpft. Die Augen traten ihnen so weit hervor, dass das Weiße zu sehen war. Sie waren mit angelegten Ohren gestorben.

»Wie ist das passiert?«, fragte Tom.

Der Hund sah ihn gleichgültig an.

»Man hat ihnen das Leben ausgesaugt«, sagte er. »Mit dem Alten Weg des Wandels stimmt etwas nicht. Aber ich weiß nicht, was es ist.«

»Dann mach dich auf und finde es heraus.«

»Du bist nicht der Majicou«, knurrte der Hund.

»Ich bin der neue Majicou. Komm sofort zu mir, wenn du etwas findest.«

»Aber nicht ohne Belohnung.«

»Wenn du zwei goldene Kätzchen findest, sehen wir weiter.«

Der Hund wandte sich seufzend ab und humpelte über den Uferstreifen auf die Gebäude zu. Auf halbem Weg blieb er stehen und sagte: »Ich bin ein Hund. Hunde haben einen feinen Geruchssinn. Wenn ich es nicht besser wüsste, würde ich sagen, ich wittere auf diesem Pfad den Alchimisten. An deiner Stelle beträte ich ihn nicht.«

Zu spät. Der neue Majicou war bereits auf Zehenspitzen um die toten Katzen herumgeschlichen und hatte den Kopf durch die Wand der magischen Straße gesteckt.

Alles war wie immer. Wie kann eine Straße in alle Richtungen zugleich führen? Die Frage vermag niemand zu beantworten. Der Alte Weg des Wandels, der einen in kürzester Zeit an jeden Ort bringt, ist voller Gespenster. Mehr gibt es darüber nicht zu sagen. Wenn man nicht genau weiß, was man tut, ist er gefährlich. Selbst in guten Zeiten.

Hm, dachte Tom.

Da ist nichts, dachte er.

Doch als er sich vollends hineinschob, erkannte er, wie Recht der alte Hund gehabt hatte. Die Luft war zäh wie Kleister. Mit einem Schlag fühlte er sich völlig erschöpft, seine Knochen waren wie ausgehöhlt. Schlimmer war noch das Gefühl, belauert zu werden. Er wusste nicht, woher es kam, er spürte nur eine Bewegung im Echo seiner Schritte, die hier so merkwürdig blechern klangen. Irgendetwas folgte ihm. Er blieb stehen und hob den Kopf. Seine Schnurrhaare sprachen mit dem Wind. Wie Leonora in der Meereshöhle öffnete er das Maul und prüfte die Luft.

Nichts. Und doch …

Ich gehe nur bis zum anderen Ufer, dachte er. Mal sehen, was dort los ist.

Der Weg war länger als erwartet und hatte ungewöhnlich viele Kurven und Windungen. Tom konnte seine Trägheit nicht abschütteln: Er war so müde, als wäre er den ganzen Tag gelaufen. Schließlich gestand er sich ein: Durch den Fluss zu schwimmen wäre schneller gegangen. Und er wusste, dass er einen Fehler gemacht hatte. Das Innere des alten Pfades ähnelte einer Ziehharmonika aus Plastik und war mit einem braunen Nebel gefüllt, den er zwar sehen, aber nicht riechen konnte. Eine wabernde, flimmernde Masse, die jede Bewegung mitmachte. Tom bewahrte Ruhe. Es war ein Fehler, sagte er sich. Aber es ist nicht mein erster Fehler. Und am Ende ist immer noch alles gut gegangen. Er schloss die Augen und drehte sich in die Richtung, aus der er gekommen war. Sofort kehrte seine Energie zurück, aber rennen wollte er lieber nicht. Er wusste, was geschehen konnte, wenn man auf einem Geheimen Pfad die Nerven verlor.

Ich komme auch wieder hinaus, dachte er.

In diesem Augenblick hörte er den Verfolger wieder.

»Wer ist da?«, rief er.

Wenn Tom weiterging, ging auch der andere. Wenn Tom stehen blieb, tat es ihm der andere nach. Er passte sich geduldig jeder seiner Bewegungen an.

Ich komme wieder hinaus, wiederholte Tom.

Dann legte er die Ohren an und rannte, bis ihm die Lungen zu bersten drohten.

Im Handumdrehen war er wieder am Ausgangspunkt, landete mit einem Satz am Flussufer, überschlug sich mehrmals und blieb schließlich, von Angst und Ekel geschüttelt, zwischen den toten Katzen liegen. Er zischte und fauchte. Sein Rückenfell sträubte sich. Die Lippen zogen sich ohne sein Zutun zurück und legten die Zähne frei. Er stand auf und sah sich nach seinem Verfolger um. In seiner Kehle entstand ein zorniges Kreischen …

Es war Leonora Whitstand Merril.

»Hallo, Tom«, sagte sie schüchtern. Dann bemerkte sie die Kadaver.

Er sprach kein Wort mit ihr, sondern brachte sie auf schnellstem Weg ins grünlich erleuchtete Ozeanarium und überließ es ihren Eltern, ihr gründlich die Leviten zu lesen.

»Was ist dir da bloß eingefallen?«, fragte die Mau. »Wie kommst du nur auf eine solche Idee?« Während Ragnar

Gustaffson – seine eigenen ersten Erfahrungen mit dem Alten Weg des Wandels geflissentlich vergessend – kopfschüttelnd erklärte, er finde es in höchstem Maß verantwortungslos, wenn ein Kätzchen sich ohne Schutz und ohne entsprechende Vorbereitung auf die Geheimen Pfade wage.

»In höchstem Maß verantwortungslos, Leonora.«

Leonora ließ zunächst den Kopf hängen, fand aber ihr Selbstbewusstsein rasch wieder. »Ich will meinen Bruder und meine Schwester wiederhaben«, sagte sie.

»Das wollen wir alle«, sagte die Mau müde. »Und wenn du dich nicht auch noch in Gefahr begäbst, wäre uns sehr geholfen.« Sie betrachtete mit unbestimmtem Widerwillen das große Becken mit dem leuchtenden Wasser und den rastlos im Kreis herumschwimmenden Haien. »Wir leben sogar mit diesen …« Sie suchte nach Worten. »… diesen Fischen zusammen, damit du in Sicherheit bist.«

Jetzt wurde Leonora wütend. »Ich will aber gar nicht in Sicherheit sein!«, rief sie.

»Keiner tut etwas«, fügte sie hinzu.

»Ich tue mein Möglichstes, Leonora«, widersprach Tom. Sein Fell hatte sich wieder geglättet und er war vor allem froh, dass er sie nicht angegriffen hatte. Außerdem konnte er den Blick nicht vergessen, mit dem sie die kläglich-grausige Ansammlung von toten Pelzen am Ausgang der magischen Straße betrachtet hatte. So fiel es ihm schwer, ihr noch länger böse zu sein, während Leonora damit keinerlei Schwierigkeiten hatte. »Du hattest Glück, dass ich dich am Fluss nicht getötet habe«, fügte er leise hinzu. »Ich wußte nicht, dass du es bist.«

Sie schlug die Augen nieder. »Es tut mir Leid«, sagte sie.

Er sah, dass sie es ehrlich meinte, aber damit war noch nichts erreicht. Dennoch hatte er Mitleid mit ihr – wohl wissend, dass sie ihm auch das nicht danken würde –, als sie sich umdrehte und mit steifen Beinen auf die Tür zu ging.

»Wohin willst du?«, fragte die Mau.

»Die vielen Fische haben mich hungrig gemacht«, sagte Leonora. »Ich gehe zu Cy, und dann betteln wir bei den Touristen um Pommes.«

»Leonora!«

»Das ist ganz ungefährlich.«

Etwa zwei Stunden später kam sie gut gelaunt und nach heißem Fett und Essig riechend zurück und leckte sich das Maul. Tom erwartete sie an der Schwelle zum Ozeanarium.

»Du hast sie gekränkt, Leonora«, sagte er.

»Ich weiß«, gab sie zurück. »Ich gehe gleich hinein und entschuldige mich.«

»Warte«, sagte Tom. »Setz dich einen Augenblick zu mir.«

Sie gehorchte.

»Du siehst müde aus«, sagte sie und putzte sich zerstreut. Dann leckte sie ihm das Fell. »Und du hast ganz schmutzige Ohren.«

»Leonora, du bist mir doch schon öfter gefolgt, oder?«

Sie stellte ihre Bemühungen ein und schaute zu Boden.

»Es tut mir Leid«, sagte sie leise. »Mir war klar, dass du irgendwann dahinterkämst. Aber ich wollte mehr über die Geheimen Pfade erfahren. Sie spielen eine so wichtige Rolle in deinem – und in Ragnars und Pertelots – Leben. Ich fühle mich ausgeschlossen. Ich möchte Bescheid wissen, auch wenn ich noch klein bin.«

»Du hättest mich wenigstens fragen können.«

»Bist du mir böse?«

»Nein«, sagte er. »Schon eher erleichtert, dass du es warst. Trotzdem«, sein Ton wurde ernst, »du darfst eine erwachsene Katze nie wieder auf diese Weise überrumpeln. Wir, deine Mutter, dein Vater und ich, haben gegen den Alchimisten gekämpft …« Wie sollte er sich nur ausdrücken, damit sie ihn verstand? »Wir haben schlimme Dinge erlebt. Das … das hat uns hart gemacht, ob wir wollten oder nicht. Du darfst uns nie wieder erschrecken. Besonders den Majicou nicht. Der Majicou kann gefährlicher werden, als du es dir vorstellst.«

Leonora lachte. »So gefährlich hast du gar nicht ausgesehen, als du umgefallen bist«, sagte sie. »Oje, jetzt habe ich auch dich noch gekränkt.«

Tom blinzelte und schwieg.

»Wenn du wirklich etwas lernen willst«, sagte er dann ganz beiläufig, »dann ist es wohl am besten, wenn du mich begleitest.«

Ragnars und Pertelots Einwände konnte er mit einem einfachen Argument entkräften: »Wenn ihr es verbietet, macht sie auf eigene Faust weiter.« Das überzeugte. Natürlich stellten sie gewisse Bedingungen. Leonora müsse versprechen, aufs Wort zu gehorchen, und sie müsse immer bei ihm bleiben. Als das geklärt war, bemerkte er, um sie noch weiter zu beruhigen: »Sie wird sich bald langweilen, wenn die Ausflüge erst zur Gewohnheit werden.«

»Du solltest dich in Leonora nicht täuschen«, gab die Königin streng zurück. Sie mochte in ihrem Stolz verletzt sein – falls das der richtige Ausdruck war für die drückende Sorge, den brennenden Zorn, die schrankenlose Zärtlichkeit einer ägyptischen Mau –, aber sie liebte ihre Tochter. »Du hast die Tiefen ihrer Seele noch nicht ausgelotet.«

Jeder sollte auf seine Weise Recht behalten.

Leonora wurde es tatsächlich bald langweilig.

»Liebe die Welt, Leonora«, empfahl Tom ihr immer wieder. »Das ist das Geheimnis des Erfolgs. Liebe die Welt und geh immer deiner Nase nach.« Allerdings war dieser Grundsatz weniger der Suche auf den Geheimen Pfaden förderlich als der Beziehung zu ihnen. Man unterhielt sich mit den Mitreisenden, anstatt sie zu befragen. Leonoras Temperament entsprach das ganz und gar nicht. Natürlich wollte sie lernen, wie man eine bestimmte Straße fand und sich darauf bewegte, woran man erkannte, ob ein Zugang sicher oder eher schwierig war, und was man dem trüben, ständig wechselnden Licht entnehmen konnte. Das war abenteuerlich. »Mach schnell, Leonora!«, drängte Tom bisweilen. »Bleib dicht hinter mir!« Oder: »Halt! Warte hier und sei ganz still!« Sie hatte bald heraus, dass es spannend, ja, gefährlich wurde, wenn er in diesem Ton mit ihr sprach. Hell begeistert war sie von den fremdartigen, absonderlichen Tieren, die er kannte – den so genannten ›Geschöpfen des Majicou‹, Handlangern, Informanten und Helfern des ursprünglichen Hüters der Geheimen Pfade. Deren Leben am Rande der Gesellschaft, ihre nicht alltäglichen Beziehungen zueinander und zu den Menschen gefielen ihr. So weit war alles ganz aufregend. Umso lästiger fand sie die langen Wartezeiten, wenn ihr Lehrmeister in der Cutting Lane zwischen den Spinnweben hockte und scheinbar gar nichts tat.

Anstatt den Plan zu ändern, als er keine greifbaren Ergebnisse brachte, wurde Tom immer nachdenklicher. Am dritten Tag auf dem Alten Weg des Wandels suchte er mit Leonora einen Garten in der Stadt auf, um den Nachmittag im Sonnenschein auf dem Rasen zu verbringen. Vor einem verwitterten Haus mit blauem Anstrich platzierte er seinen silbrig weißen Körper im warmen Gras, streckte alle viere von sich und beobachtete zufrieden die großen Bienen, die summend seinen Kopf umkreisten. Er schwieg so lange, dass Leonora schon dachte, er sei eingeschlafen.

»Tom«, fragte sie nach einer Weile, »was wollen wir hier?«

»Ich komme oft hierher, um nachzudenken.«

Wieder schwieg er lange.

»Weißt du«, sagte er endlich, »ich habe nämlich einmal hier gelebt. Jedenfalls in einem ganz ähnlichen Haus. Zwei Menschen, ziemlich dusselig, aber sehr großzügig, hatten mich in einem Zoogeschäft gekauft. Es war ein gutes Leben.« Er lachte. »Besonders das Essen!«, sagte er. »Thunfisch in Majonäse. Katzenschmaus mit Fleisch und Leber. Fleischtöpfchen mit Geflügel und Wild. Fleischtöpfchen mit Geflügel und Wild war letzten Endes mein Verderben. Du kennst das wohl alles nicht?«

»Nein«, sagte Leonora.

»Sardinenpastete ist zum Beispiel wie ein ganzer Schwarm Fische in einer Dose. Silberne Fische in der Dose: Das hat man nicht alle Tage.«

»Du willst mich nur ärgern«, sagte Leonora beleidigt und setzte, ihre Leidenschaft für Pommes vergessend, gleich noch eins drauf: »Pertelot sagt, Fertigfutter ist sowieso nicht gut für uns. Und wenn du es dort so gut hattest, warum bist du dann nicht geblieben?«

»Hm«, sagte Tom, »ich will nicht behaupten, es sei meine Entscheidung gewesen. Aber gegangen bin ich. Dafür hat der Majicou gesorgt. Er und seine Elster haben mir keine Ruhe gelassen. Dann kam eins zum anderen, wir haben die Welt gerettet und jetzt bin ich hier. Es war eine gewaltige Schlacht, damals, als du geboren wurdest und der Majicou ums Leben kam.«

»War er sehr beeindruckend?«

»Er war großartig. Er war die großartigste Katze, die ich je gesehen, und die überzeugendste, die ich je gehört habe.«

»Du warst sein Lehrling.«

»So muss man es wohl sehen.«

»Hast du ihn geliebt?«

Tom sah sie verwirrt an.

»Ich weiß nicht, ob ich es Liebe nennen würde«, sagte er. »Er war immer griesgrämig und voller guter Ratschläge. Gegen Ende sagte er zu mir: ›Du trägst das wunderschöne Haus in dir und es begleitet dich, wohin du auch gehst. Sein Zuhause schafft man sich selbst.‹ Er hatte Recht und ich habe mir ein neues Leben aufgebaut. Aber manchmal habe ich Sehnsucht nach meinem früheren Heim. Dann komme ich hierher oder in einen der anderen Gärten, an die ich mich erinnere, um danach zu suchen. Ich würde die Stimmen meiner Dussel bestimmt wieder erkennen. Aber ich weiß nicht, was ich täte, wenn ich sie tatsächlich fände. Ist das nicht komisch?«

»Ich bin wohl noch zu jung, um dazu etwas sagen zu können.«

»Ach so«, nickte Tom. »Natürlich.«

Er wandte sich wieder dem Haus zu. Nach einer Weile hob er das linke Hinterbein und kratzte sich kräftig hinter dem linken Ohr. Leonora stürzte sich inzwischen auf einen vorbeifliegenden Kohlweißling und als sie ihn weit verfehlte, wandelte sie den Sprung in einen würdevollen kleinen Tanz um – ein paar Trippelschrittchen, ein Luftsprung, eine Drehung. Sie war eine leidenschaftliche Tänzerin. Wenn ich so weitermache, lerne ich niemals jagen, dachte sie. Odin ist der Jäger von uns dreien. Wo er jetzt wohl sein mag?

»So jedenfalls«, sagte Tom plötzlich, »hat man es mir erklärt. »Sein Zuhause schafft man sich selbst.«

Leonora hatte das bereits vermutet und setzte ihren Tanz fort.

»Bin ich jetzt dein Lehrling?«, fragte sie irgendwann wie nebenbei. Er brauchte ja nicht zu merken, wie wichtig ihr das war.

Tom gähnte.

»Höchste Zeit, dich wieder nach Hause zu bringen.«

Dann fragte er ziemlich überrascht: »Möchtest du das denn?«

»Och, nur wenn du nichts dagegen hast.«

»Eins könnten wir noch probieren, bevor wir nach Hause gehen«, sagte Tom. »Wir könnten Uroum Bashou besuchen, den Kater, den man auch den Elefanten nennt.«

Leonora fröstelte.

»Heißt er so, weil er so groß ist?«

Tom starrte sie an.

»Eigentlich weiß ich nicht genau, was ein Elefant ist«, gestand er. »Ich weiß nur …«

»Elefanten sind sehr groß«, erklärte Leonora. »Wie kann man nur so unwissend sein? Mutter träumt manchmal von Elefanten«, fuhr sie fort. »Sie träumt fast jede Nacht.« Sie überlegte kurz. »Eines Tages«, sagte sie dann mit unbewusster Arroganz, »werde auch ich von Elefanten träumen.«

Tom starrte sie immer noch an. War er in ihrem Alter auch so schwer zu verstehen gewesen? »Ich weiß nur, dass er lesen kann«, schloss er. »Würdest du sagen, dass ein Elefant auch jemand ist, der lesen kann?«

»Was ist lesen?«

Auch das wusste Tom nicht so genau.

»Abwarten«, sagte er.

Er wusste nur, was Uroum Bashou ihm erklärt hatte: dass die Menschen ›Bücher‹ besaßen und dass der Lesende Kater die Bedeutung der ›Wörter‹ in diesen Büchern herausfand, indem er mit der Pfote über jede Textzeile fuhr. Manchmal leckte er sie auch ab oder setzte seine Schnurrhaare ein, um die winzigen Druckunterschiede zu erfühlen, wenn die Luft über den Text strich. Seine Augen gebrauchte er kaum noch, seit er älter geworden war – aber als Kätzchen hatte er natürlich damit lesen gelernt. Er hatte immer auf der Schulter seines Besitzers gesessen, wenn der die Seiten eines interessanten Bandes umblätterte – *Vögel in Wald und Flur* oder *Kleine Nagetiere der Nördlichen Welt und ihre Lebensgewohnheiten*.

»Ich habe das Warten allmählich satt«, schmollte Leonora. »Wenn ich ehrlich sein soll.«

Tom sah sie belustigt an.

»Was du nicht sagst!« Er überraschte sie, als er plötzlich aufsprang, ohne eine Miene zu verziehen nach einer Biene schnappte und so schnell über den Rasen hetzte, dass das Laub vom letzten Jahr aufstob. »Dann zeig mal, ob du mir folgen kannst!«, rief er über die Schulter zurück und war verschwunden.

Sie bemerkte aus dem Augenwinkel einen Lichtwirbel und hechtete in die magische Straße hinein, bevor sie sich hinter ihm schließen konnte. Die Welt schwankte und richtete sich wieder auf, die Katzengeister strömten vorüber, von allen Seiten pfiff ihr der Wind um die Ohren. Ziemlich weit vor sich sah sie Tom unermüdlich und wie in Zeitlupe rennen. Unter seinen Pfoten flogen die Echos auf wie braune Vögelchen. »Du willst eine Katze sein?«, spottete er. Dann bog er ohne Vorwarnung im rechten Winkel ab, lief gegen die Wand zwischen den Welten und verschwand abermals.

Leonora stand keuchend zwischen den Echos. Was jetzt? dachte sie. »Was jetzt?«, wiederholten die Echos und flatterten ihr um den Kopf. »Ach, geht doch weg!«, sagte sie und rannte weiter. Diesmal holte sie ihn etwas früher ein. »Ich will eine Katze sein!«, sagte sie.

Doch er antwortete nur: »Tatsächlich? Dann kennst du ja den Weg. Wer so klug ist, braucht meine Ratschläge nicht.« Und schon war er wieder verschwunden. So arbeiteten sie sich von den breiten, uralten Verbindungen, die die Säbelzahntiger nach der Eiszeit angelegt hatten, zu den kleinen Gässchen der heimischen Hauskatzen vor. Tom war stets voraus und sie hechelte hinterher. Als sie völlig außer Atem und mit den Nerven am Ende war, standen sie irgendwo in den Midlands in einem Hof voller Gerümpel vor einem verlassenen roten Ziegelhaus. Die Abendsonne fiel in schrägen Bahnen auf die verbretterten Fenster und die Hintertür mit dem rissigen, verblassten Anstrich.

In der Tür befand sich eine altmodische Katzenklappe mit vielen Kratzern und Schrammen, an der sich unzählige Katzen das Fell abgewischt hatten, und darüber ein kleineres Loch, durch das man hinausschauen konnte, ohne selbst gesehen zu werden. Hinter der Tür bewegte sich etwas, das einen abscheulichen Gestank verbreitete. Ein bernsteingelbes Auge erschien im Loch und musterte Tom und Leonora. Die ölig schillernde Pupille war geweitet.

Leonora rieb ängstlich den Kopf an Toms Wange. »Ist das Uroum Bashou?«, flüsterte sie.

»Geht fort«, befahl eine Stimme hinter der Tür.

»Nein«, sagte Tom. »Das ist sein Beschützer, Kater Murr.«

»Geht fort«, wiederholte Kater Murr sachlich, aber mit drohendem Unterton. Er roch unangenehm aus dem Mund.

»Ich bin der Majicou«, sagte Tom. »Du kennst mich, Kater Murr.«

»Ich kenne niemanden.«

Das bernsteingelbe Auge verschwand. Leonora spürte, wie sich im Halbdunkel ein schwerer, hässlicher Körper bewegte.

»Lass uns hinein, Kater Murr«, verlangte Tom ruhig.

Ein verächtliches Lachen war die Antwort.

»Er empfängt heute niemanden.«

»Gib die Tür frei.«

Eine Weile war es still. Dann sagte die Stimme: »Nun gut. Ihr könnt eintreten. Ich werde euch nichts tun.«

Tom höhnte: »Leeres Gerede, Kater Murr. Leere Drohungen. Was kann einer wie du dem Majicou schon anhaben?« Zu Leonora sagte er leise: »Bleib etwas zurück, für alle Fälle.« Die Katzenklappe öffnete sich, entließ einen Schwall säuerlicher Ausdünstungen – Leonora roch Ammoniak und verdorbenes Futter – ins Freie und fiel hinter ihm wieder zu.

Stille.

Sie sah sich ängstlich um. Vielleicht hatte Kater Murr ja hinter den Sommerfliedersträuchern im Hof irgendwelche Bundesgenossen postiert. Als sie das Warten nicht mehr ertrug, zwängte sie sich durch die Klappe und stand in einer fast dunklen Küche. Nur ein paar graue Lichtstreifen fielen über einen abgetretenen Fliesenboden und ein flaches steinernes Spülbecken, auf dem der Schimmel wucherte. Das Haus wurde seit Jahren nicht mehr von Menschen bewohnt. Der säuerliche Geruch hing überall, aber die Küche war leer. Nur Tom saß in einer dunklen Ecke und putzte sich, als wäre nichts geschehen. Leonora war enttäuscht.

»Wo ist er?«, fragte sie.

»Er stört uns nicht mehr, bis wir wieder gehen. Er ist hier nur der Türhüter.«

Das ›hier‹ betonte er in einer Art und Weise, die ihr nicht gefiel.

Sie gab sich unbeeindruckt. »Ich finde, das Haus sieht aus wie alle anderen«, sagte sie.

Tom hob die Pfote, die er eben gesäubert hatte, und betrachtete sie zufrieden. »Dann komm«, forderte er Leonora auf. »Ich zeige dir die Große Bibliothek des Uroum Bashou.«

Das Haus war leer, aber überall war gedämpfter Verkehrslärm zu hören, als hätten sich alle vorbeifahrenden Autos der letzten Jahrzehnte hinter der fleckigen Wandverkleidung und in den halb offenen Schränken versteckt. Leonora stieg hinter Tom eine schmale, nackte Holztreppe hinauf, die Jahre zuvor mit einem scheußlichen braunen Lack gestrichen worden war. An jedem Treppenabsatz fiel Licht durch ein schmutziges kleines Fenster. Mehrere Türen führten in verwahrloste, leere Räume mit rußgeschwärzten Kaminen, die an schwarze Mäuler erinnerten und wahrscheinlich von Vögeln bewohnt wurden.

»Was riecht hier so?«, fragte Leonora und rümpfte die Nase.

»Frag nicht: ›Was?‹, sondern lieber: ›Wer?‹«, empfahl Tom. Sie sah sich so misstrauisch um, als könnten die Wände plötzlich zum Leben erwachen.

Sie war weder auf das Dachgeschoss gefasst – einen einzigen großen Raum mit einer Reihe von Dachfenstern, durch die das mattgoldene Licht der Abendsonne hereinfiel wie glühendes Eisen – noch auf das Tier, das sie dort erwartete.

Uroum Bashou hatte sich – nach eigenen Aussagen – früher einmal in den Gassen Marokkos herumgetrieben. Nun lebte er im kalten Norden, aber immerhin in einem gewissen Luxus und inmitten von Büchern. Große und kleine Bücher mit grünem und braunem Leder- oder rotem

Papiereinband. Ordentlich gestapelte und wild durcheinander geworfene Bücher. Geschlossene und aufgeschlagene Bücher, Bücher, die wie ohnmächtig dalagen, Bücher mit gebrochenem Deckel und gebrochenem Rücken. Bücher, die aus den Regalen gefallen und über den Boden geschlittert waren, Moränen eines zurückweichenden Gletschers aus der Urzeit der Buchdruckerkunst. Dazwischen lag, behäbig wie ein Pascha in einem orientalischen Basar, auf einem Kissen der Lesende Kater. Ein mageres Kerlchen, hochbetagt, mit kurzem schwarzbraunem Fell und langen Beinen, aber mit der würdevollen Ausstrahlung des Gelehrten, dem Selbstbewusstsein des emeritierten Professors. Um die Ohren herum war sein spitzes Köpfchen kahl wie bei einem Plüschtier, dessen Stoff unter vielen Händen dünn geworden war. Seine Augen waren wie dunkler Bernstein und ließen sein Wissen erahnen. Doch beim Sprechen fistelte er wie ein Eunuch, wie eine Flöte hinter einer Gartenmauer. Und wenn er von sich sprach, verwendete er oft die dritte Person.

Als er Leonora erblickte, begann er zu schnurren.

»Uroum Bashou heißt dich willkommen, meine Liebe«, begrüßte er sie. »Wie kann er dir helfen?«

»Wir sind auf der Suche nach zwei Kätzchen ...«, begann Tom.

Uroum Bashou nahm keine Notiz von ihm.

»Wie ich sehe«, sagte er zu Leonora, »bewunderst du den Schwanz des Uroum Bashou.«

Sie hatte sich seinen Schwanz tatsächlich angesehen, wenn auch nicht unbedingt mit Bewunderung. Er war so mager wie das ganze Tier und mit seiner Spitze war irgendetwas nicht in Ordnung.

»Tritt näher und lass dir die Geschichte in Kürze erzählen. Eine Katze wird mit einem Schwanz geboren, an dessen Spitze mehrere Wirbel zu einem Knoten zusammengewachsen sind. Begreifst du? Der Knoten ist keine Missbildung. Er soll vielmehr dazu dienen, die Welt an etwas zu erinnern.

Warum auch nicht, denkst du vielleicht, und du hast Recht. Doch die Sache läuft von Anfang an schief. Sobald nämlich eine menschliche Hand liebevoll über diesen Schwanz streicht und, anstatt sanft über das Ende zu gleiten, den Knoten spürt, geht ihrem Besitzer alles Mögliche durch den Sinn. Er denkt etwa: ›Ich muss Datteln kaufen oder mir welche besorgen lassen‹. Oder ihm fällt ein: ›Ich muss veranlassen, dass diesem oder jenem Dieb heute auf dem Markt die Hand abgehackt wird.‹ Deshalb bekommt diese Katze oder dieses Kätzchen zunächst den Namen ›Taschentuch‹.«

Uroum Bashou lachte schrill und verächtlich.

»Um es kurz zu machen, ich war dieses Kätzchen, du siehst es, nicht allzu sehr gealtert, vor dir. Doch das war, bevor ich lesen lernte und begriff, worin meine Aufgabe bestand. Ich bin die Große Gedächtnisstütze. Ich helfe der Welt, sich zu erinnern. Aber woran? Woran soll ich sie erinnern? Ich weiß es nicht.«

Er zuckte die Achseln.

»Das ist meine Tragödie«, sagte er.

Leonora glaubte, er habe ausgeredet, und setzte zum Sprechen an.

»O ja, ich weiß«, unterbrach er sie. »Du glaubst, ich sei besessen von diesem Gedanken. Das bin ich. Und ich werde es wohl auch bleiben.« Er versank in tiefes Grübeln. »Sie nannten mich Taschentuch, aber was ist das schon? Ein Kätzchenname, nicht mehr. Also lernte ich lesen. Ich las: ›Man stelle sich einen Prinzen vor, gut aussehend und vornehm, mit dunklem Haar; er hält einen fleischlosen, blanken Katzenschädel in der Hand‹; Ich las: ›Wiesel.‹ Ich las: ›Rauch‹, ›Sinnlichkeit‹, ›Baiser‹ und ›Mysterium‹! Ich las, was ich finden konnte, und als ich herangewachsen war, nannte ich mich Uroum Bashou, den Elefanten. Denn der Elefant vergisst nie – auch das habe ich gelesen.«

Leo starrte ihn an. Erst mit einiger Verspätung begriff sie, dass er diesmal wirklich zu Ende war und auf eine Äußerung von ihr wartete. Doch ihr fiel nur eine Frage ein: »Hast du meinen Bruder gesehen?«

Prompt verlor er das Interesse an ihr und wandte sich Tom zu.

»Was weiß der Majicou?«, fragte er.

»Nichts, was Uroum Bashou nicht wüsste«, sagte Tom. »Die Welt dreht sich …«

»Wie immer.«

»Wie immer. Aber die Geheimen Pfade … die Geheimen Pfade sind nicht mehr geheuer, Uroum Bashou. Seit einiger Zeit nehmen sie, wo sie geben sollten. Heute kann man ihnen noch vertrauen, morgen schon nicht mehr. Etwas ist aus den Fugen geraten.«

Uroum Bashou nickte mit seinem abgewetzten Köpfchen.

»Du wandelst auf geheimen Pfaden«, räumte er ein, »während der Elefant über seinen Büchern sitzt. Das ist gut so. Was weiß nun der Elefant? Er weiß: Es gibt verschiedene Weissagungen, in denen von einer Goldenen Katze die Rede ist. Er weiß: Die Goldene Katze ist nicht unbedingt, was sie zu sein scheint. Und: Die Goldene Katze ist nicht unbedingt alles und sie ist nicht das Ende von allem. Begreifst du das? Nein, ich sehe schon. Und doch brennt in der heutigen Welt eine Lunte. Ich weiß nicht, woher sie kommt und wer sie gelegt hat. Ich weiß nur, dass etwas Neues im Anzug ist, etwas, das nicht nur uns Katzen betrifft.«

Leonora betrachtete bescheiden eine ihrer Vorderpfoten.

»Manchmal denke ich, *ich* könnte die Goldene Katze sein«, bemerkte sie.

Die beiden Kater hoben die Köpfe und sahen sie aufmerksam an, dann setzten sie ihr Gespräch fort.

»Ich will auf keinen Fall stören«, sagte Leonora.

Nur um den Lesenden Kater im nächsten Augenblick zu erinnern: »Einer von uns dreien muss es nämlich sein.«

Der sagte nur: »Ich denke, der Anfang liegt in Ägypten, wo unsere unglückselige Beziehung zu den Menschen begann.

Was immer jetzt geschieht, es ist das andere Ende des großen Bogens, der die Geschichte der Katzen und der Menschen überspannt.« Und schließlich ermahnte er Tom: »Verrenn dich nicht in elementare Gegensätze, wie es, so fürchte ich, dein Vorgänger tat. Wenn die Goldene Katze die Welt erneuern soll, muss sie mehr sein als nur ein simples Zauberkunststück. Um die Welt zu heilen, genügt es nicht, die Leiden der Katzen zu kurieren oder ihre alten Rechnungen zu begleichen.« Ein Rat, den er offensichtlich nicht zum ersten Mal gab.

Tom hörte sich noch eine Reihe ähnlicher Gemeinplätze an, dann sagte er: »Die Zeit der Theorien ist vorbei, Uroum Bashou. Die Kätzchen sind verschwunden, nun ist es von größter Wichtigkeit, den Büchern ihr Wissen zu entreißen.«

»Verschwundene Kätzchen hatten noch nie etwas Gutes zu bedeuten.«

»Ein Kater kann manches übersehen«, bemerkte Tom, »doch darum muss er sich kümmern.«

Uroum Bashou neigte den Kopf zum Zeichen seines Einverständnisses. »Ich werde«, versprach er, »für den neuen Majicou die Bücher befragen.«

Danach schwiegen sie beide.

»Dein Beschützer wird immer unbeherrschter«, sagte Tom nach einer Weile. Er hatte in einer Ecke des Raumes, wo die grellgoldene Abendsonne nicht hinfiel, einen Stapel Bücher entdeckt, die aussahen, als sei vor kurzem jemand darüber hergefallen, um sie in tausend Stücke zu reißen. Einzelne Seiten lagen auf dem Boden wie gerupfte Tauben; mehrere Einbände zeigten Bissspuren. »Ist das sein Werk? Du solltest dich vor ihm in Acht nehmen, Uroum Bashou.«

Ein helles Lachen. »Kater Murr? An manchen Tagen wird seine Eifersucht auf meine Arbeit so übermächtig, dass er mit allen Mitteln versucht, seinem Namen gerecht zu werden. Dann fällt er mit seinen langen gelben Krallen über die Bücher her und will sie zerreißen. Er versteht sie nicht, deshalb betrachtet er sie als Feinde. Er ist kaum noch eine Katze. Aber er wird mich nie verlassen.«

»Unterschätz ihn nicht, mein Freund.«

»Ich sehe keinen Grund zur Aufregung«, beschwichtigte Uroum Bashou.

Ohne das Ende des Gesprächs abzuwarten, hatte sich Leonora Whitstand Merril im Haus des Lesenden Katers auf Entdeckungsreise begeben. Anfangs war sie noch sehr mutig. Die leisen Stimmen von oben beruhigten und ärgerten sie zugleich. Für Leonora hatte das Besondere, hatten die Dinge an sich einen unwiderstehlichen Reiz. Sie konnte es nicht lassen, ihre Nase überall hineinzustecken. »Und bei Gemeinplätzen ist das einfach nicht möglich«, rechtfertigte sie sich und schaute stattdessen ein Stockwerk unterhalb der Bibliothek durch eine offene Tür. Nichts. In einem zweiten Raum hingen die Tapeten in feuchten Streifen von den Wänden. Darunter lag eine mumifizierte Taube mit aufgerissenem Schnabel. Die Augen waren längst verwest und ein langer Flügel ragte in den Kamin. Leonora sprang flugs hinein, sah sich die Sache an und war schon wieder draußen. Eine Schublade stand offen, sie hängte sich daran: Zeitungen; zwei Münzen mit schalem Messinggeruch; ein Stück Schnur. Eigentlich machte es Spaß; doch je weiter sie nach unten kam, desto dunkler und schmaler wurde das Treppenhaus und der allgegenwärtige Geruch nach Ammoniak, verdorbenem Futter und Pheromonen gab ihr das Gefühl, sich ständig an einem anderen Tier vorbeidrängen zu müssen. Als sie die Treppe zum Erdgeschoss erreichte, war die Luft zum Schneiden dick, ein stinkender Brei. Leonora zögerte, hob den Kopf und lauschte. Das Gemurmel aus der Bibliothek war so leise geworden, dass es keine Sicherheit mehr bot; drei Schritte weiter, und es war vollends verstummt. Sie war allein in einem bräunlich dämmrigen Flur. Beim Laufen hörte sie das Klopfen und Scharren der eigenen Pfoten auf dem Steinfußboden. Wieder blieb sie stehen, sah sich um, horchte. Etwas berührte ihr Hinterbein. Erschrocken sprang sie zur Seite. Es war ein Besen, groß wie eine Katze, die Borsten abgenagt vom Zahn der Zeit. Mit vorgerecktem Hals schlich sie zurück und vergewisserte sich, dass er auch wirklich tot war. Jetzt konnte sie weitere Gegenstände unterscheiden: einen halb leeren Zementsack, mehrere zerbrochene Fußbodendielen und einen staubigen Fahrradreifen, der an der Wand lehnte. Ein alter Mantel an einem Haken sah aus wie ein Mensch.

Endlich hatte sie die Küche gefunden. Minutenlang schlenderte sie umher, schnupperte in allen Ecken, steckte den Kopf in einen Brotkasten aus abgeschlagenem Emailleblech, der nach Mäusegespenstern roch, und sprang auf das alte Spülbecken, um auf dem Rand entlang zu balancieren. Einen Haufen alter Lederschuhe umging sie in weitem Bogen. Sie hielt sich an den Wänden, bis sie sich überzeugt hatte, dass der Raum wirklich leer war. Dann trottete sie in die Mitte und nahm den Küchentisch mit der uralten karierten Plastikdecke in Augenschein. Hier war der Gestank besonders penetrant. Als Leonora den Kopf hob, erkannte sie ihren Fehler. O nein!, dachte sie. Das Rückenfell sträubte sich ihr. Während sie bewusst jeden Blick auf den Tisch vermied, schob sie sich immer näher zum Ausgang hin. Es war keine Willensentscheidung. Sie wandte nur die Augen ab und schon setzten sich ihre Beine in Bewegung und trugen sie langsam und vorsichtig mit steifen Schritten zur Tür. Der Hüter dieses Hauses hatte in seinem eigenen Gestank auf dem Tisch gesessen und sie beobachtet, seitdem sie eingetreten war.

»Was magst du sein?«, fragte er jetzt leise. »Das möchte ich wirklich wissen.«

Er war ein Hüne, schmutzig, halb verkrüppelt und alt, mit rot getigertem Fell und einem breiten, flachen Kopf. Von seinen Ohren war nur noch ein schmaler rosa schwärzlicher

Kräuselsaum vorhanden. Die linke Kopfseite war eingedrückt, vielleicht von einem vorbeifahrenden Auto oder vom Fuß eines wütenden Menschen. Hier ragten ihm die Reißzähne wie Haken aus dem Maul. Von vorn gesehen war das ganze Gesicht zu einem unveränderlich schiefen Grinsen verzerrt, das ebenso mörderisch wirkte wie die gelben Krallen, die sich nicht mehr in die plumpen, großen Pfoten zurückziehen ließen. Die Vorderbeine waren krumm wie bei einer Bulldogge und schienen das Gewicht des muskelstrotzenden Oberkörpers kaum tragen zu können. Das orangefarbene Fell hatte ursprünglich ein wahres Feuerwerk von Mustern gezeigt: Flammen, Streifen in verschiedenen Breiten, Kringel und Bogen hatten die Flanken bedeckt. Als der Kater noch ein heißblütiges Kätzchen war, hatte er sich auf diese prächtige Zeichnung viel zugute gehalten. Jetzt war der Pelz verkrustet und verfilzt und von schwarzen Kahlstellen durchsetzt. Die Augenbrauen hatte er bei einem Kampf verloren, nur zwei eiternde Wunden waren zurückgeblieben. Seine Ohren wimmelten von Milben. Seine Stimme war ein heiseres Knurren, sein Lachen klapperte wie eine Blechdose voller Kieselsteine. Sein Geruch war so unverwechselbar, als hätte man seinen Namen an eine Wand gesprüht.

»Hallo«, sagte Kater Murr.

Er sprang vom Tisch herunter. Grellgelb loderten seine Augen durch das Halbdunkel.

Leonora wich zurück.

»Ich bin nicht allein hier«, sagte sie.

Kater Murr legte den Kopf schief.

»Das spielt keine Rolle«, erwiderte er.

Dann fuhr er fort: »Du solltest dich vielleicht fragen: ›Kümmert ihn das? Kümmert es Kater Murr, dass ich nicht allein bin?‹« Er ließ sich auf den Boden nieder und kratzte sich ein Ohr, bis es blutete. »Kater Murr lebt in einem Haus«, sagte er zu sich selbst und jetzt klang seine Stimme ganz anders. »Die Ohren tun ihm weh, aber das genießt er. Die Knochen schmerzen ihn, aber das genießt er. Kater Murr ist alles gleichgültig.« Leonora wich immer noch zurück, merkte aber zu spät, dass Kater Murr bei dem Wort ›alles‹ aufgesprungen war, sie umrundet hatte und ihr nun den Weg zur Tür versperrte. »Der Türhüter«, erklärte er, »ist nicht nur stark, er verfügt auch über eine beachtliche Schläue. Du kommst hierher«, fuhr er fort, »nicht allein, wie du sagst, du bist ein Kätzchen von höchst ungewöhnlicher Farbe, du kannst dich nicht ausweisen …«

Leonora richtete sich auf. »Eigentlich bin ich eine Prinzessin«, begann sie, dann besann sie sich und verstummte.

»Du bist was?«, fragte Kater Murr. »Sprich lauter.«

»Nichts«, sagte Leonora.

Der Türhüter setzte sich wieder und kratzte sich. »Seine Haut juckt, aber das genießt er«, sinnierte er. »Er wird allmählich taub, aber das genießt er. Eine Katze wie Kater Murr gibt es nur einmal unter einer Million.« Dabei stieß er wahre Gestankwolken aus.

Nachdem er Leonora eingehend betrachtet hatte, forderte er sie auf: »Komm zu Kater Murr, meine Liebe. Du wirfst wirklich ein Menge Fragen auf.«

Leonora wandte den Kopf ab.

Sie stand jetzt mit dem Rücken zur Wand, ohne zu wissen, wie sie dahin gekommen war.

»Komm zum Hüter der Tür.«

»Leeres Gerede, Kater Murr«, ließ sich eine Stimme aus dem Flur vernehmen.

»Tom!«, rief Leonora.

Und schon brach in der Küche die Hölle los. Ein drohendes Zischen, ein Scharren, als schlitterten Krallen über die Bodenfliesen. Gespreizte Pfoten, gefletschte Zähne, Angriffshaltungen, die jäh wieder aufgegeben wurden. Ein flackernder Lichtschein, der nur Umrisse sichtbar machte. Ein unübersehbares Durcheinander, zu schnell, zu real. Ganz kurz sah Leonora zwei riesige Bestien vor sich, die eine aus Messing, die andere aus Silber. Im nächsten Augenblick war alles vorbei. Kater Murrs ekelerregender Gestank überschwemmte den Raum, ein anderer Geruch – nach Moschus, nach Winter, nach Pulverschnee im eisigen Wind – spülte ihn fort. Donnergrollen verklang in der Ferne. Dann stand der Majicou neben ihr und sagte freundlich: »Ich glaube, wir können jetzt gehen, Leonora.«

Sie starrte ihn an.

»Hast du das gesehen?«, fragte sie.

»Was?«

»Hier drin. Ich ... Schon gut. Vom Flur aus konntest du ja gar nichts sehen.«

Tom schüttelte sich, um das gesträubte Fell zu glätten.

»Nicht von da draußen«, sagte er zustimmend.

Als sie im Hof standen, hatte Leonora sich einigermaßen beruhigt und fragte: »Also – was haben wir erfahren?«

Tom überlegte.

»Ich weiß nicht, was du erfahren hast«, sagte er, »ich jedenfalls habe festgestellt, dass Uroum Bashous Diener aufsässiger ist, als ich gedacht hätte.«

Leonora fröstelte.

»Warum geht er nicht einfach fort?«

»Wohin sollte er? Wer würde für ihn sorgen? Die beiden kommen nicht voneinander los. Ohne Kater Murr wäre der Lesende Kater längst verhungert. Kater Murr ist wiederum durch Gefühle an Uroum Bashou gefesselt, die ihn fast zum Wahnsinn treiben. Die beiden waren schon als Kätzchen zusammen. Kater Murr liebt den Lesenden Kater und im gleichen Atemzug hasst er ihn.«

Tom sah Leonora von der Seite an. »Das kannst du wohl noch nicht verstehen.«

»So schwer ist das gar nicht«, sagte sie; aber sie schwieg kurz, um dann das Thema zu wechseln.

»Wie kommt der Lesende Kater eigentlich zu den vielen Büchern?«, fragte sie.

Tom überlegte.

»Seine Erinnerungen gehen wild durcheinander und manchmal gibt er zu, dass er sie nach Belieben verändert. Ich glaube nicht, dass er aus Marokko stammt – wo immer das liegen mag. Ein Mensch hat die Bücher und die beiden Katzen vor langer Zeit hierher gebracht. Die Bücher sind geblieben. Und Uroum Bashou bleibt bei ihnen, aber wohl nicht mehr lange. Er wird alt. Und Kater Murr wird sich nicht ewig zurückhalten. Eines Tages werden wir in diesem Haus nur noch den Leichnam des Lesenden Katers finden. Kater Murr wird ihm in einem Wutausbruch das Lebenslicht ausblasen und die Tat für den Rest seines Lebens bereuen.«

»Ich muss sagen, mir haben sie beide nicht gefallen«, meinte Leonora. »Wie geht es jetzt weiter?« Und bevor Tom antworten konnte: »Ich weiß, ich weiß: ›Liebe die Welt und geh immer deiner Nase nach.‹« Sie seufzte. »Gibt es denn keine Möglichkeit, schneller voranzukommen?«

»Wir gehen jetzt erst einmal nach Hause.«

An diesem Abend hatte selbst ein so erfahrener Kater wie der Majicou seine liebe Not mit den Geheimen Pfaden. Ohne ersichtlichen Grund war mitten im Sommer der Winter ausgebrochen. Morgen wäre alles vorüber, doch jetzt schlich er wie durch ein kaltes, verlassenes Haus mit langen, gewundenen Gängen, in denen Geisterstimmen heulten. Er durfte den Kopf nicht verlieren. Unterwegs hatte Tom irgendwann, irgendwie seinen Lehrling verloren. Als er vor dem Ozeanarium stand, froh, wieder in der warmen Nacht am Meer zu sein, war Leonora nicht bei ihm.

Er wartete zwei Stunden, dann musste er sich eingestehen, dass sie nicht kommen würde. Inzwischen waren weitere Probleme aufgetaucht.

Auch von den anderen war niemand mehr da.

Er lief durch das Ozeanarium oder setzte sich draußen auf die Schwelle. Er suchte alle Gassen, alle Dächer in der Umgebung ab und rief: »Cy! Rags! Pertelot!« Aber er blieb immer in der Nähe – am Ende kämen sie noch zurück, während er fort war.

»Leonora!«, rief er. »Du unfolgsames Ding!«

Doch er dachte: Ich hätte sie in Uroum Bashous Haus nicht so erschrecken dürfen. Ich wollte nur Eindruck auf sie machen.

In der dunklen Ecke gleich neben dem Eingang zum Ozeanarium führte eine eiserne Wendeltreppe zum Rand des Fischbeckens hinauf. Von dort konnte man ins Wasser schauen, das grünlich im Schein der starken Aquariumslampe lag. Tom stieg hinauf und sah den kleinen Haien zu, die im trügerischen Licht lautlos und beschaulich ihre Kreise zogen. Sie kamen ihm vor wie Hunde, ewig unzufriedene, kraftstrotzende Hunde – aber von einer unerschöpflichen Geduld, die keinem Landtier eigen war.

Er hasste sie.

6

EINE ANDERE WELT

Die Sonne versah die Dachziegel auf den Türmchen der Kathedrale mit silbernen Rändern, hob alle Unebenheiten der weiß getünchten Fassade scharf hervor und verwandelte den Säulengang in ein Schattenlabyrinth. Wie Kaminfiguren hockten die Tauben im Schatten der Mauervorsprünge, wo sie vor der Hitze des Nachmittags geschützt waren. Die Touristen saßen unter den riesigen Magnolien und Bananenpalmen und aßen ihre Sandwichs, jedes Paar, jede Familie kehrte der Nachbargruppe den Rücken zu und blieb betont für sich. Das Reiterstandbild hinter dem großen schwarzen Eisentor mit den beiden Laternenpfählen und den eisernen Spitzen schien – eine Täuschung, hervorgerufen durch die flirrende Hitze – geradewegs aus einer verschnörkelten Vase zu springen.

Sealink sah sich um. Alles wirkte so freundlich wie eh und je. Wie oft hatte sie auf solchen Plätzen den arglosen Passanten den einen oder anderen Leckerbissen abgeschmeichelt! Wenn es um Futter ging, schreckte sie wirklich vor nichts zurück.

Ein paar Schritte weiter im *Café du Monde* waren alle Tische mit Einheimischen und Touristen besetzt, die sich mit Café au lait und Krapfen stärkten. Hier war für eine hungrige Katze nicht viel zu holen. Die Spatzen, die als Stammgäste die Krümel unter den Tischen aufpickten, waren ständig high. Da sie sich nur von Krapfen ernährten, waren sie süchtig nach Puderzucker und hüpften herum wie wild gewordene Spielzeugtiere. Aber da sie kein Gramm Fett am Leib hatten, wurde man nicht satt von ihnen; und um sie nur so zum Spaß zu jagen, waren sie zu unvorsichtig und boten ein zu leichtes Ziel. Ein schneller Griff mit der Pfote zwischen die verchromten Stuhlbeine, ein Schlag gegen das alte Ziegelpflaster, schon streckten sie die schuppigen Beine himmelwärts und die blanken Äuglein, in denen sich die Deckenventilatoren spiegelten, wurden matt.

Sealink liebte das *Café du Monde* um der alten Zeiten willen, doch ihr eigentliches Ziel war der Jackson Square: die Hot-Dog-Stände, die Bars und die Mülltonnen, aus denen man sich als unternehmungslustige Katze – wie sie eine war – jederzeit eine Mahlzeit für einen ... mit etwas Glück auch für zwei besorgen konnte. Doch dazu musste man die Decatur Street überqueren. Sealink und Red setzten sich an den Gehsteigrand und schauten die Straße auf und ab. Auf allen vier Spuren herrschte reger Verkehr: eine ganz eigene Mischung aus modernen Automobilen und traditionellen Maultierfuhrwerken in leuchtenden Pastellfarben für die Touristen. Ein solches Gefährt kam soeben in Sicht.

»Ich bin Joey und das ist mein Maultier Shine«, erklärte der nicht mehr ganz junge Fuhrmann seinen Fahrgästen, zwei mageren japanischen Jugendlichen mit Kamera und Reiseführer und einem beleibten Ehepaar, das sich in Biloxi mit Trainingsanzügen im Partnerlook ausgestattet hatte. »Frisst wie'n Elefant und zieht wie'n Ochse, wenn sie nicht grade steht, das tut sie allerdings am liebsten. Sie weiß genau, dass ich nie 'ne Peitsche hab, und manchmal nützt sie das aus.«

Shine starrte teilnahmslos zwischen ihren Scheuklappen auf den Boden. Ein Gewirr aus Zügeln und Zugriemen schlängelte sich über ihren Rücken und auf ihrem Kopf prangte ein knallroter Filzhut mit großen Löchern, aus denen empört die Ohren ragten. Die Calicokatze fühlte sich von dem Anblick eigentümlich berührt. Gewöhnlich kümmerte sie sich nicht um andere Tiere – als Katze hatte man mit sich selbst genug zu tun –, aber dieses Maultier, das sich so geduldig einschnüren ließ, faszinierte sie.

»He, Süße«, sagte sie leise und spazierte Shine geradewegs vor die Nase. »Lass dich bloß nicht unterkriegen! Sieh doch nur, wie die Sonne scheint. Immerhin brauchst du nicht mehr als fünf von denen zu ziehen.«

Das Maultier senkte seine Samtschnauze und beschnupperte sie misstrauisch.

»Das sagst *du.*«

»Das sage ich.«

Ein boshaftes Funkeln trat in die schwarzen Maultieraugen. »Weißt du, woher ich meinen Namen habe?«, fragte es hinterhältig.

»Nein.«

»Dann pass mal gut auf, was geschieht, wenn ich ein Stück weit die Straße runter bin.«

Der Fuhrmann war inzwischen auf den Kutschbock geklettert und setzte seine Standardansprache fort: »Und wenn ihr zu Old Louie's geht und sagt, dass Joey euch geschickt hat, dann kriegt ihr volle zehn Prozent Rabatt …« Die versierten Touristen nickten; wieder eine wertvolle Insider-Information, die man sicher irgendwann gebrauchen konnte. In diesem Moment sprang die Ampel um, der Fuhrmann schnalzte mit den Zügeln und rief theatralisch: »Hoho, Shine!« Ein Zittern durchlief den Einspänner und er setzte sich quietschend in Bewegung.

Die Calicokatze und der rote Kater nützten die erste Gelegenheit, um über die Fahrbahn zu huschen, während das Fuhrwerk schwerfällig die Straße hinunterrollte. Als es die alte Brauerei erreichte, gab es einen Ruck und einen Aufschrei. Der Wagen schwankte so heftig, dass einem der aufgebrachten Touristen die Kamera auf die Straße fiel. Schon hatte sich die Zahl der Fahrgäste auf zwei verringert, Joey zahlte Fahrgeld zurück und entschuldigte sich mit unterwürfigem Kopfnicken für die Unarten seines Maultiers.

Red grinste von einem Ohr zum anderen. »Siehst du, sie hat es wieder mal geschafft.«

Sealink überlegte einen Moment. »Weißt *du*, wie sie zu ihrem Namen kam?«

Reds Grinsen wurde noch breiter. »Der arme alte Joey. Sogar ich kenne die Geschichte, obwohl ich erst seit wenigen Tagen hier bin! Nur bei den Menschen spricht sie sich ewig nicht herum. Soviel ich weiß, hat Joey sie 'nem alten Fuhrmann abgekauft, der sich im letzten Jahr zur Ruhe gesetzt hat. Sie hat ständig Fahrgäste verloren und deshalb hat er sie *shyin' fool* genannt, scheuendes Mistvieh – kurz Shine. Sie bildet sich ein, sie wird aufs Gnadenbrot gesetzt, wenn sie nur lange genug so weitermacht. Angeblich gibt's 'nen Ort, die Elysian Fields, wo alte Maultiere in Frieden den Rest ihrer Tage verbringen können. Und sie meint, wenn sie sich weiter so aufführt, kommt sie da schneller hin.«

»Das halte ich für ziemlich unwahrscheinlich. Ich habe oft genug erlebt, was aus den Tieren wird, die den Menschen nichts mehr einbringen«, murmelte Sealink geheimnisvoll.

Plötzlich hatte sie ein Bild vor Augen: hunderte und aberhunderte von Katzen, die sich im Dunkeln von einer Klippe in die donnernde, wogende See stürzen …

Verdammt, wie kam sie jetzt darauf? Sie hatte sich doch so sehr bemüht, das alles zu vergessen. Rasch suchte sie die Vision mit einer angenehmen Erinnerung zu verdrängen. Futter. Natürlich, Futter. Scharfe Sachen. Blutwurst mit Chilisauce … McIlhenny's Tabasco. Teufelssauce. Die gab es auf der ganzen Welt kein zweites Mal. Sie spürte den feurigen Geschmack auf der Zunge und schon waren alle düsteren Gedanken wie weggebrannt.

»Hast du etwa Hunger?«

Der große Rote sah sie aufmerksam an. Als Sealink seinen Blick spürte, riss sie sich zusammen.

»Was glotzt du so?«

»Du sabberst.«

»Dann wird es höchste Zeit, dass wir was essen.«

»Dem Himmel sei Dank.«

Die beiden Katzen schlängelten sich zwischen den Passantenbeinen und den Automobilen auf der Decatur hindurch und liefen die St. Louis Street entlang, am French Market Inn vorbei zum Napoleon House. An der Kreuzung Chartres Street stand ein Maultierfuhrwerk am Straßenrand. Joey der Fuhrmann saß auf dem Gehsteig und hatte die Hände vors Gesicht geschlagen. Shine wiegte langsam den Kopf hin und her und ließ die Zügelringe klirren. Sie hatte keinen einzigen Fahrgast mehr.

Die beiden Katzen bogen nach rechts ab und rannten den Gehsteig entlang. Immer im Schatten der Häuser huschten sie vorbei an schmiedeeisernen Balkonen und geschlossenen Fensterläden – gestrichen in den zarten Pastelltönen verblasster Seidenblumen –, von denen die Farbe abblätterte, und suchten Deckung unter Limousinen und Lastwagen.

Sealink lief voran, aber rückwärts, um Red ansehen zu können, während sie ihm vorschwärmte, was ihn erwartete. »Ich schwöre dir, Kleiner, du wirst begeistert sein. Die besten Krabben diesseits des Golfs – und davon verstehe ich was, schließlich bin ich schon durch die ganze Welt gereist und habe überall königlich gespeist. *Hmm-mmm*. Ich hab' da schon gegessen, da warst du noch ein Sternchen in den Augen deiner Mama.«

»Siehst selbst kaum älter aus als so'n Sternchen.«

»Das war ja richtig poetisch, Süßer.« Sealink lachte. »Hast du dir das ganz allein ausgedacht?«

Red hatte am Ende der Straße etwas entdeckt, das ihn brennend interessierte.

Sealink schnaubte. »Och, Schätzchen, ich hab' dich doch nicht etwa gekränkt?«

Allmählich entwickelte sie eine Schwäche für ihn. Er erinnerte sie wohl an die Strolche mit dem prahlerischen Gang und den verliebten Augen, auf die sie als junges Ding so oft hereingefallen war. »Das tut mir aber Leid.«

Nach etwa hundert Metern blieb sie vor einem Restaurant mit einem rechteckigen schwarzweißen Schild stehen. Köstliche Düfte drangen heraus, aber die Tür war zu und in dem quadratischen Glasfenster in der oberen Hälfte stand ›Geschlossen‹. Sealink ließ sich davon nicht abschrecken. Sie stellte sich auf die Hinterbeine und scharrte am Holz, bis ein Regen weißer Farbschüppchen niederging. Um die Messingbeschläge herum war der Türrahmen von Spuren jahrelanger Misshandlungen dieser Art übersät. Allerdings waren die Löcher und Kratzer nur noch andeutungsweise zu erkennen, denn sie waren vor kurzem mit weißer Lackfarbe überstrichen worden. Sealink rüttelte an der Tür, aber niemand öffnete. Sie schnitt eine Grimasse.

»Hältst du das wirklich für eine gute Idee?« Red schaute unruhig die Straße auf und ab.

»Soll das ein Witz sein? Der Junge macht kreolische Krabben, dafür beginge ich einen Mord.

»Mag ja sein, aber in dieser Gegend ist man in letzter Zeit auf Katzen nicht gut zu sprechen.«

»Das gilt nicht für mich, Schätzchen.« Sealink stellte sich wieder auf die Hinterbeine und spähte durch die Glasscheiben, dann legte sie den Kopf zurück und miaute durchdringend. »Ich habe nämlich ein Abkommen mit dem Küchenchef, verstehst du?«

Sie hämmerte mit den Pfoten gegen die Tür.

Sekunden später klirrten die Riegel und ein bärtiger Hüne streckte den Kopf heraus. Die Calicokatze schaute zu ihm auf. Katzenfisch kreolische Art. Geflügeleintopf. Die Düfte drangen ihm aus allen Poren. Liebe Güte, der Mann war ein Meister seines Fachs! Ein grollendes Schnurren löste sich aus den Tiefen ihrer Kehle. So viele Erinnerungen!

Der Mann hatte zunächst zur anderen Straßenseite hinübergesehen. Nun senkte er den Blick und bemerkte die große schwarz-weiß-orangefarbene Katze, die den Kopf an seinen Knöcheln rieb, schnurrte, was das Zeug hielt, und unentwegt seine Beine umschmeichelte. Ein rot getigerter Kater mit einem schwarzen Fleck im Gesicht stand sichtlich unruhig etwas abseits und beobachtete die beiden.

»He!«, schalt der Koch. »Du kannst hier nicht einfach so auftauchen, Baby.«

Sealinks Schnurren erreichte eine Frequenz, die einen rostigen Kessel blankgescheuert hätte.

»Der Gentleman und ich sind sehr, sehr alte Bekannte«, erklärte sie Red. »Trommelfisch mit Pekannuss-Kruste ist seine Spezialität. Ach ja.«

Dabei hob sie den Kopf und bedachte den Bärtigen mit ihrem schmachtendsten Blick. Dieser Blick sprach Bände. Er verhieß dem siegreichen Bewerber unermesslichen Lohn. Von Ankara bis Zeebrugge hatte er die Menschen dazu bewogen, sich von den Produkten ihrer Kochkunst zu trennen. Bisher hatte er noch nie versagt.

Red sah verständnislos zu.

»Nun komm schon, Schätzchen«, flehte der Hüne, als sie sich ein weiteres Mal an seine Knöchel schmiegte. »Du willst mir doch keinen Ärger machen!«

Sealink warf Red einen bitterbösen Blick zu.

»Wofür hältst du dich?«, fragte sie. »Für meinen Zuhälter oder was? Vielleicht bist du so freundlich und tust etwas für dein Essen. Oder bin ich die Einzige, die sich hier erniedrigen muss?«

Red hielt dem Blick etwas länger stand, als es seine Würde erforderte. Dann wandte er sich rasch ab, rieb noch etwas schüchtern den Kopf an den Hosenbeinen des Kochs und schnurrte aus Leibeskräften.

Der Mensch verzog gequält das Gesicht.

»Lass das, Red«, protestierte er. »Zwei gegen einen ist nicht fair.«

Red war hingerissen.

»He, er kennt meinen Namen!«

Sealink seufzte.

»Sieh dich doch mal an, Kleiner. Soll er dich etwa Blackie nennen?«

Der Hüne schaute verstohlen die Straße entlang, dann fasste er einen Entschluss.

»Verdammt, ich kann euch nicht einfach verhungern lassen. Auch wenn« – ein abschätziger Blick auf Sealinks Figur – »die Gefahr nicht allzu groß sein dürfte.«

Er verschwand und kehrte einen Augenblick später mit einer großen Schüssel rötlicher, herb-salzig duftender Meeresfrüchte zurück. Beim Anblick der gekochten Schalentiere lief den beiden Katzen das Wasser im Mund zusammen. Sealink konnte sich nicht beherrschen und winselte wie ein Kätzchen. Der Hunger war plötzlich übermächtig. Garnelen! Am liebsten hätte sie sich darin *gewälzt*! Der Mann stellte die Schüssel ein Stück von der Tür entfernt auf den Gehsteig und hastete wieder ins Haus. Die beiden Katzen hatten es so eilig, dass sie mit den Köpfen zusammenstießen.

»Was sind das für Manieren, Junge? Weißt du nicht, dass der Ältere und Ranghöhere den Vortritt hat?«

Red nuschelte etwas Unverständliches. Stachelige Garnelenbeine hingen ihm aus dem Maul. Sealink schob ihn mühelos beiseite und machte sich über das Krustengetier her. Ein Pfotendruck, eine rasche Drehung mit der Kralle, schon schoss das saftige Fleisch heraus. Die beiden waren so vertieft, dass sie das Unheil nicht kommen sahen.

Sealink spürte, wie ihr ein kühler Schatten über den Rücken fiel, dachte sich aber zunächst nichts dabei. Doch dann stieg ihr ein widerlicher Geruch wie nach krankem, entzündetem Fleisch in die Nase. Sogar das Futter schmeckte danach.

Sie riss den Kopf in die Höhe.

Etwa zwei Dutzend Katzen waren aus den Gassen, von

den Parkplätzen und den Baustellen um das Wildlife and Fishery Building gekommen und hatten den Gehsteig besetzt. Sealink blinzelte. Der Schreck durchfuhr sie wie ein weißer Blitz, wie ein Stromschlag. Die Eindringlinge erinnerten auf den ersten Blick so frappant an die Katzen des Alchimisten, dass sie sich in jene Zeit zurückversetzt fühlte. Sie war wieder in dem Lagerhaus eingesperrt, der Alchimist stand persönlich vor ihr und seine Helfer rückten so unerbittlich wie die Meeresbrandung vor. »Tom! Tom!«, hörte sie sich rufen. »Was hast du uns da nur eingebrockt?« Schatten huschten über nicht vorhandene Wände. Dann war sie wieder in New Orleans und schämte sich ein wenig. Es waren doch nur triefäugige Streuner mit zerkratzten Gesichtern. Ursprünglich mochten sie getigert, schildpattfarben oder schwarzweiß gewesen sein, doch jetzt war ihr Fell so trocken und verstaubt, dass sie alle einheitlich grau aussahen. Keiner sprach ein Wort. Ihre Augen waren matt. Sie kümmerten sich weder um Sealink noch um Red; ihre Augen waren mit brennender Gier auf die Schüssel mit den Meeresfrüchten gerichtet.

Red war schon fast auf dem Boden angelangt und versuchte hartnäckig, mit dem Maul die letzten Reste zu erhaschen. Aber er war zu ungeduldig und stieß mehrere Bröckchen über den Rand. Sie fielen mit leisem Knistern zu Boden. Ein Stück Schale wurde vom Wind erfasst und schwebte an Sealink vorbei. Ohne die Calicokatze auch nur anzusehen, stürzten drei der stummen Katzen darauf los und zerrten es fauchend und zischend zwischen sich hin und her.

Jetzt blickte Red auf, sah die Fremden und sprang entsetzt zurück. Dann heulte er laut auf, schnellte sich mit einem Riesensatz mitten auf die Fahrbahn und rannte davon.

»Tausend Dank, mein Held«, murmelte Sealink.

Die Calicokatze ging für gewöhnlich keinem Streit aus dem Weg, doch diesmal gab die Lage Anlass zu einiger Besorgnis. Im Grunde stand sie allein – von Red war nur noch eine rötliche Schwanzspitze zu sehen, die soeben um die Ecke der Conti Street verschwand – inmitten eines Rings von etwa zwanzig Katzen, in deren Augen der Wahnsinn stand. Keine günstige Ausgangsposition. Außerdem war das nun schon die zweite Prügelei, seit sie in ihre Geburtsstadt zurückgekehrt war. Allmählich hatte sie die Nase voll.

Die Katzen schlichen, vom Geruch der Schüssel angezogen, immer näher. Sealinks Augen begannen zu funkeln. Die Gegner bildeten jetzt eine Mauer, die zu kompakt war, als dass sie sich hätte hindurchdrängen können. Und um mit einem Sprung darüber hinwegzusetzen, waren sie zu zahlreich. Also schob sie eine Pfote unter die Schüssel und schleuderte sie himmelwärts. Sie drehte sich, und ein Regen von Krabbenresten ging hernieder. Wie oben, so unten. Vor Panik und Fressgier wie von Sinnen, stoben die Streuner auseinander und schwärmten in alle Himmelsrichtungen aus, als wollten sie das Verhalten der Krabbenstücke parodieren. Sobald die Schalensplitter und Fleischstückchen auf dem Gehsteig landeten, brach die Hölle los. Sealink passte den rechten Moment ab, schob sich in aller Ruhe durch die tobenden Katzen mit den leeren Augen und trat auf die Fahrbahn.

Einmal sah sie sich noch um. Sie war verwirrt, hörte immer noch eine Stimme im Kopf, ein schwaches Echo jenes anderen Kampfes. Was geht nur vor in dieser Stadt?, fragte sie sich.

Dann räumte sie das Feld.

»Möchtest du mir vielleicht erklären, welches Spiel du da treibst?«, fuhr sie den roten Kater an, als sie ihn eingeholt hatte. »Ich bin ziemlich wütend auf dich, mein Süßer.«

Red zwinkerte verlegen mit seinem schwarzen Augenlid. »Tut mir wirklich Leid. Instinkt, schätze ich – wer kämpft schon gern, wenn er auch weglaufen kann? Die Übermacht war ziemlich groß. Und außerdem, wozu sie noch weiter quälen? Sie sind am Verhungern.«

»Ich weiß, wie hungrige Katzen aussehen. Verdammt, ich war selbst mal eine von ihnen. Aber ich hab noch nie erlebt, dass jemand so ausgehungert ist. Schon gar nicht in dieser Stadt.«

»Tja, die Big Easy hat sich wohl sehr verändert, seit du zum letzten Mal ...«

»Das reicht mir nicht. Das ist nicht einmal der Schatten einer Erklärung.«

»Und was mich angeht, so bin ich schon lange auf Reisen und nicht mehr an Gesellschaft gewöhnt. Außerdem geht's anscheinend jedem, der sich mit mir zusammentut, an den Kragen.«

»Kein Wunder, wenn du einfach wegläufst. Mit Reisen hat das gar nichts zu tun. Ich war schon auf Achse, bevor du geboren wurdest, und ich hab noch nie 'nen Freund im Stich gelassen. Wo ich herkomme, halten Freunde gegen jede Übermacht zusammen.«

Red brauste auf. »Noch bin ich nicht dein Freund und ich will auch nicht für dich verantwortlich sein.«

»Natürlich nicht, ich *brauche* auch kein männliches Wesen, das sich für mich verantwortlich fühlt, Söhnchen. Wenn du wüsstest, was ich schon erlebt habe, die Schnurrhaare würden sich dir kräuseln und dein hübsches rotes Fell würde sich weiß färben.«

Red lachte.

»Starke Sprüche«, sagte er. »Gefällt mir, wenn du wütend bist. Bräute mit scharfem Mundwerk waren immer schon mein Fall. Die Promenadenkätzchen hat man bald satt. Ständig wird man rumgeschickt, ständig soll man ihnen die Stellen lecken, an die sie nicht rankommen. ›He, Red!‹«, säuselte er. »›Sei doch so nett und hol mir ein paar schöne Krabben, ja? Fährst du mir mal schnell über die kleine Stelle am Hinterkopf? Red, ich mag es nicht, wie mich der alte schwarze Kater da drüben anglotzt und sich die schwarzen Lippen leckt. Sagst du ihm, dass er damit aufhören soll?‹«

Sealink musste unwillkürlich grinsen.

»Ich sehe schon«, sagte sie, »von dieser Sorte Katzenfische hast du etliche vernascht.«

Er leugnete es nicht.

»Und wie vereinbart sich das mit deiner traurigen Geschichte von dem Vagabunden, mit dem sich keine Braut einlässt, die etwas auf sich hält?«

»Welche Braut, die etwas auf sich hält, legt sich schon für jeden Dahergelaufenen auf den Rücken?«, konterte Red und warf sich in die Brust. »Die waren nur billiger Abschaum. Ich hatte meinen Spaß mit ihnen, aber dann hieß es für mich *bonsoir*. Ich hab sie zwar vernascht, aber mit dem Herzen war ich nicht dabei.«

Sealink betrachtete ihn aufmerksam aus schmalen Augen. Die Zeiten mochten sich geändert haben, seit sie eine dieser kleinen Promenadenschönheiten gewesen war, aber die Einstellung der Männer ganz sicher nicht.

»Also, Kleiner«, sagte sie und die ganze Honigsüße des amerikanischen Südens floss ihr von der Zunge, »dann erzähl doch mal von dir und den Bräuten, die dir so viel Ärger gemacht haben. Bei deinem Lebenswandel hast du bestimmt ein paar saftige Geschichten über Sittenverfall und moralische Verwahrlosung auf Lager ...«

Ihre Stimme war so warm und voll wie ihr Fell und konnte einen empfänglichen Kater umgarnen wie eine Schlingpflanze. Wären ihre zahlreichen Opfer zu einem Erfahrungsaustausch bereit gewesen, die meisten hätten zugeben müssen, so in diesen weichen Südstaatenvokalen geschwelgt zu haben, dass sie dem Inhalt ihrer Worte nicht genügend Aufmerksamkeit schenkten. Sie hatten sich einlullen lassen, doch irgendwann gab es ein böses Erwachen, denn eine emanzipierte, willensstarke und entschlossene Calicokatze konnte mit einem blind verliebten Kater anstellen, was sie wollte.

Reds Blick verschwamm. Er vergaß für einen Moment, was er hatte sagen wollen. »He!«, rief er. »Ich ...«

Er schüttelte sich und sah sich um.

Doch Sealink war bereits mit hoch gerecktem Schwanz und aufreizendem Hüftschwung weitergegangen. Mochte Lothario, der treulose Liebhaber, ruhig sehen, was ihm entging.

Sie befanden sich jetzt in einem der ruhigeren Viertel abseits der großen Touristenströme. Geschäfte und Bars waren hier selten, die Straße war bis auf eine Reihe von schlafenden Automobilen leer und gehörte allein den Katzen. Die stillen, schattigen Häuser versteckten sich hinter filigranen Schleiern aus Schmiedeeisen und wildem Wein. Lauschige Innenhöfe verströmten berauschende Düfte nach Bougainvillea und Mimosen und verhießen Schutz vor der Sonne.

Sealink wurde plötzlich von ihren Geisterkätzchen eingeholt. Sie schlüpfte unter einem schwarzen Eisentor hindurch in einen baumbestandenen Innenhof und schaute nach oben.

Das große Haus leuchtete so rosa wie frisch gekochte Krabben. Die Fenster waren geschlossen und hier und dort waren auch die dunkelgrünen Läden vorgelegt. Die Holzgalerien vor der ersten und zweiten Etage wurden von eisernen Säulen und Konsolen in Form von Viertelrädern getragen. Überall standen Töpfe mit Kletterpflanzen, die sich wie vergessene Luftschlangen vom Mardi gras um die verschnörkelten Geländer rankten. Zwischen den Töpfen tollten Kätzchen umher, Kätzchen mit strahlenden, großen Augen und winzigen Pfötchen, die abgefallenen Blättern nachjagten und sich dabei in den Ranken verfingen. Sie hatten Sealink bemerkt, denn sie unterbrachen ihr Spiel und schauten mit ernsten Gesichtern zu ihr herab. Sie *spürte* sie förmlich. Doch dann verblassten sie und sie sah sie in diesem Leben nicht wieder.

Ein wohlhabendes, ein gepflegtes Haus: ein Haus für gut situierte Menschen, die auf eine angemessene Umgebung

Wert legten und jedem, der durch das fest verschlossene Tor einen Blick in das nicht völlig abgeschirmte Anwesen warf, ihren Erfolg kundtun wollten. Sealink wusste, dass diese Einschätzung zutraf. Sie war nicht zum ersten Mal hier.

Red sah ihr gleichgültig über die Schulter.

»Hübsches Haus«, sagte er ironisch, als fühle er sich dazu verpflichtet.

»Stimmt. Aber seine Bewohner sollten sich schämen.«

»Kennst du sie?«

Sealink nickte verlegen.

Sie war ein leichtes Ziel gewesen: eine Nase voll Krebsfleischduft, zwei Finger, die sie zärtlich unter dem Kinn kraulten, und nach wenigen Minuten hatte sie der Frau im wahrsten Sinne des Wortes zu Füßen gelegen.

»Du wirst es nicht glauben«, erklärte sie Red, »aber sie und ihr Mann hielten mich tatsächlich für eine reinrassige Maine Coon! Sie nahmen mich auf, legten mir ein Paillettenhalsband um und nannten mich ›Minouche‹.«

Red schnaubte verächtlich. »Nur Menschen können so albern sein.«

»Jedenfalls sind sie eitel und gierig«, stimmte sie zu, »und machen sich gern etwas vor.«

Und dann erzählte sie ihm ihre Geschichte.

»Das Futter war gut und ich wuchs schnell. Dosenfutter, Süßer, und Reste vom Feinsten. Ich muss mehr als fünf Pfund zugenommen haben.« Sealink strich sich nachdenklich über den Bauch. Durchaus möglich, dass sie inzwischen wieder genauso schwer war … »Aber in diesem Punkt waren sie genauso verblendet wie bei meinem Stammbaum. Die Wahrheit ist nämlich ganz einfach, Süßer: Ich war trächtig. Die ›edle Rassekatze‹ hatte sich eine Woche zuvor von einem räudigen Promenadenkater wie dir einen dicken Bauch anhängen lassen, Kleiner. So war das Menschenweibchen eines Morgens ziemlich entsetzt, als sie den Wäscheschrank aufmachte und entdeckte, dass ihr die liebe ›Minouche‹ fünf winzig kleine Minouches auf ihre besten ägyptischen Baumwolllaken geworfen hatte.

Ich hatte eine schöne Schweinerei angerichtet, Süßer, aber das rechtfertigte nicht, was dann kam …«

»Ich will nichts mehr hören«, sagte Red. Aber es war schon zu spät.

»Noch am selben Morgen haben sie mir die Kätzchen weggenommen. Vier Tage lang hab ich in jedem Winkel dieser Wohnung nach meinen Kleinen gesucht.«

Am fünften Tag war sie wie vom Donner gerührt an der offenen Schlafzimmertür stehen geblieben, weil sie glaubte, ein leises Wimmern zu hören. Doch es war schon wieder verstummt. Sie wartete lange, spitzte die Ohren, konzentrierte sich mit allen Sinnen. Sobald sie ihre Suche wieder aufnahm, setzten die herzzerreißenden Laute ganz leise aufs Neue ein. Doch was sie auch tat, sie kam ihnen nicht auf die Spur. Erst nach einigen Minuten begriff sie, dass sie ihre eigene Stimme hörte, dass die unbewusste Klage aus ihrer eigenen Kehle kam.

»Am nächsten Tag haben sie mich in einen Weidenkorb gesteckt und in ein Gebäude in der Innenstadt gebracht.«

Das Haus stank nach Angst und Schmerz und Desinfektionsmitteln. Drinnen kauerten Tiere in Kisten und Körben. Wer herausschauen konnte, hatte sich umgedreht und Sealink angestarrt.

»Was haben sie mit dir vor, Schätzchen?«, hatte eine große Siamesin mit verbundenem Bein gefragt.

Die Sealink von damals hatte hinter der offenen Frage so viel Mitgefühl, so viel mütterliche Sorge gespürt, dass sie sofort die ganze Geschichte von ihren verlorenen Kätzchen und dem unbegreiflichen Verhalten der Menschen hervorgesprudelt hatte.

»Die alte Siamesin« – Sealink blickte Red mit jammervollen Augen an – »hat mich ein paar Sekunden lang nur schweigend angesehen. Dann sagte sie: ›Das waren deine Letzten, Schätzchen. Behalt sie gut in Erinnerung.‹«

Red starrte verlegen zu Boden.

»Lange Zeit konnte ich mich nur an den Geruch erinnern. Doch den wurde ich nicht los, was ich auch anstellte.«

Sie hatte sich unermüdlich geleckt, bis ihre Haare in der ganzen Wohnung herumflogen und die frische Narbe am Bauch sich entzündete. Dann kam ein heißer Sommerabend und die Menschen ließen einen der Fensterläden nur angelehnt. Sie hatte sich drei Krallen abgebrochen und den Kopf gequetscht, aber sie hatte sich hinausgezwängt.

»Am nächsten Tag suchte ich nach meinen Kleinen. Ich fragte jeden, den ich kannte, und viele, die ich nicht kannte. Ich fragte meine Freunde – verdammt, ich fragte auch meine *Feinde!«* Niemand hatte von ihnen gehört. »Ich habe tagelang gesucht: Im Herzen wusste ich, dass sie noch am Leben waren – als Mutter spürt man das, verstehst du? Eines Tages hielt ich es nicht länger aus. Ich habe mich auf einen Laster geschmuggelt und New Orleans für immer verlassen. Ich hab geschworen, ich würde nie wieder zurückkommen. Seitdem reise ich durch die Welt, immer auf Achse, keine Bindungen, keine Verpflichtungen. Ein Gefährte hier, ein Freund dort, schon geht es weiter. Die alte Siamesin hatte recht, nur war es noch schlimmer. Die hatten bei der Operation gepfuscht, jetzt kann ich zwar keine Kätzchen mehr kriegen, aber ich bin nicht geschlechtslos – wie du ja sofort bemerkt hast, Red. Damals sagte ich mir, verdammt, was soll's? Das Leben ist eine Reise und ich reise gern mit leichtem Gepäck. Aber seither ist einiges geschehen, was diesen Standpunkt erschüttert hat, wenn du verstehst, was ich meine.«

Sealink reckte das Kinn vor.

»Jetzt bin ich in diese grausame Stadt zurückgekommen, um nach meinen Kindern zu suchen, und ich gehe nicht wieder fort, bevor ich sie gefunden habe.«

Am Abend kehrten die beiden Katzen zum verlassenen Moon Walk zurück. Sie hatten, welch unwahrscheinliches Glück, in einer Gasse, die den ausgehungerten Streunern bisher entgangen war, ein paar Rotfischköpfe gefunden und sie mit Augen und Schuppen verschlungen, als wäre es ihre letzte Mahlzeit. Der Himmel hatte sich zu einem satten Ultramarinblau verdunkelt. Die Atmosphäre war schwül und zäh wie Brei, als hätte jemand eine Schale über die Stadt gestülpt, um die ganze alte Luft aufzufangen, die an diesem Tag ausgeatmet worden war. Am Fluss erwachten die Insekten zum Leben: Millionen und Abermillionen winziger kreischender Kettensägen. Stechmücken schwirrten auf der Suche nach Opfern über den Ufern. Leuchtend blaugrüne Libellen – die Falken der Insektenwelt – jagten hinterher. Ringsum setzte, unsichtbar selbst für Katzenaugen, der nächtliche Chor der Grillen ein.

Die traurige Geschichte der Calicokatze hatte Red in bekenntnisfreudige Stimmung versetzt und er begann, Sealink aus seinem Leben zu erzählen.

»Ich habe Dinge getan, auf die ich nicht gerade stolz bin. Manche Frauen habe ich ziemlich schlecht behandelt, aber verdammt, mir ist es nicht besser ergangen. Vor zwei Jahren habe ich mich da unten am Platz in eine kleine Braut verguckt. Sie hieß Téophine. Der Name gefiel mir. Sie war schwarzweiß und so geschickt – neben ihr kam ich mir vor wie ein Tollpatsch. Immer wollte sie Fangen spielen. Sie zwickte mich und rannte davon, und wenn ich hinterherrannte, tat sie, als hätte sie Angst. Hatte ich sie endlich eingeholt und war ganz außer Atem, dann warf sie sich vor mir zu Boden und wälzte sich auf dem Rücken. Doch sobald ich mir ein Herz fasste und näher kam, fletschte sie die Zähne und fuhr die Krallen aus. Und bevor ich mich umsah, war sie mit ihren weißen Pfötchen auf den nächsten Zaun gesprungen und lachte mich aus. Ich hab nie gewusst, wie ich mit ihr dran war. Vermutlich war ich auch ziemlich naiv und hab nicht kapiert, was sie wollte. Könnte mir heute nicht mehr passieren …

Zwei Tage später sehe ich sie mit einem gestreiften alten Kater, der kaum noch Ohren hat, im Park unter den Büschen liegen. Mir blieb fast das Herz stehen. Danach hat sie mich nicht einmal mehr angesehen.

Von da an waren mir die Bräute ziemlich schnuppe. Ich hab meine Gunst freigebig verteilt. Unten am Strand, in schwülen Nächten, wenn der Mond hoch am Himmel stand, hab ich einige von den Promenadenschönheiten so heiß gemacht, dass sie sich nicht mehr zu lassen wussten. Aber wenn sie mehr wollten, bin ich weitergezogen. Wahrscheinlich laufen in dieser Stadt auch von mir so einige Kätzchen herum.«

»Bist du denn nicht sicher?«

»Sie sehen mir nicht ähnlich.« Red grinste und der aufgehende Mond spiegelte sich in dem Auge mit dem schwarzen Lid. »Vielleicht ist das auch gut so.«

»Und was ist aus Téophine geworden?«

»Sie ist wohl verschwunden, wie die meisten anderen«, antwortete Red traurig. »Als ich zurückkam, hab ich überall nach ihr gesucht. Ich dachte, wir sind beide ein Stückchen älter geworden; sehen manches anders. Aber sie war nicht mehr da.«

»So hat wahrscheinlich jeder sein Päckchen durchs Leben zu tragen«, überlegte Sealink. »Die Stadt ist wirklich anders geworden, seit ich weggegangen bin. Früher war sie viel freundlicher.«

Wie zur Bestätigung erschien ein Fremder am anderen Ende der Promenade. Sein Gang war schwankend, als bewege sich die Welt für ihn auf eine Weise, die allen anderen verschlossen blieb. Er brabbelte im Takt seiner Schritte vor sich hin, und als er näher kam, konnten die beiden ihn auch verstehen.

»Die glauben, ich hör'se nicht. Aber ich hör noch ganz gut.

Noch sin meine alten Ohren nicht taub. Die glauben, ich hör nicht, wie sie den Baron hinter sei'm Rücken nennen. Junge Bengel. Halten sich für wer weiß wie schlau. In der guten alten Zeit war ich für alle der Baron Rattentod. Ich hab den Ratten den Garaus gemacht. Alle hab ich sie totgemacht. Ein richtiger Alptraum war ich; die ham ihren Kindern erzählt, gebt bloß Acht, der Baron kommt in der Nacht und holt euch! Baron Rattentod. Morgen, Baron, hat's überall geheißen und alle ham'n Diener gemacht und mit den Krallen gescharrt und mir die schönsten Bräute angeboten. Jetzt nennen'se mich Ratty. Kein Respekt mehr. Alt wer'n is schlimm. Ich bin alt, aber nicht taub. Ich hör noch recht gut, wasse sagen. Glauben, ich hör'se nicht. Aber ich hör noch ganz gut …«

Es war ein endloser Monolog, ein geschlossener Kreislauf, von außen nicht zu beeinflussen. Der Fremde war ein alter schwarzer Kater. Wind und Regen hatten sein Fell im Lauf der Zeit zu einem stumpfen Schokoladenbraun ausgebleicht. Er schlurfte vorbei, ohne Sealink und Red zu beachten, als müsse er sich auf jeden Schritt konzentrieren, um sicher zu sein, dass sein Fuß auch da landete, wo er ihn haben wollte.

Sealink grinste. »He, Baron! Baron Rattentod!«

Der alte Kater legte den Kopf schief, als habe er in der Ferne ein Geräusch gehört, und torkelte weiter, von seinem eigenen Rhythmus getragen.

Sealink rannte ihm nach, überholte ihn mit einem Sprung und hielt ihm den Kopf dicht vor das Gesicht. Als ihm ihre Witterung in die Nase stieg, leuchteten seine milchig trüben Augen kurz auf, doch dann schlurfte er im Bogen an ihr vorbei und setzte seinen Weg fort, ohne das Gemurmel zu unterbrechen.

»Nun komm schon, Baron. Ich bin's!«

»Ist das auch einer deiner ›Freunde‹?«, fragte Red spöttisch und lief neben dem alten Kater her.

Ohne den Roten zu beachten, rannte Sealink voraus und

begann – Red fiel kein anderes Wort dafür ein – auf dem Holzsteg zu tanzen. Sie hob erst eine, dann die andere Vorderpfote, wiederholte den Vorgang mit den Hinterbeinen, drehte sich um sich selbst wie ein Kätzchen, das seinem Schwanz nachjagt, und schrie dabei:

»In der Hitze der Nacht
Wenn die Liebe erwacht
Und der Mond hängt über dem Fluss
Wenn das junge Blut wallt
Weibchens Ruf laut erschallt
Und das Herz hämmert laut in der Brust …«

Der Baron taumelte unbeholfen auf die Tanzende zu. Doch plötzlich tanzte er mit und mit jedem Schritt wurden seine Bewegungen fließender und kraftvoller. Altersschwäche und Gebrechlichkeit wurden von einer anderen Form von Verrücktheit verdrängt. Irgendwann wirbelten sie gemeinsam im Kreis herum, Sealink hüpfte wie ein Harlekin und der Baron folgte ihr wie ein schwarzer Schatten. Auch Red zuckte es in den Füßen, die vertrauten Rhythmen fuhren ihm in die Glieder und er begann ganz allein zwischen den Felsen am Strand zu tanzen. Die Calicokatze war inzwischen bei der letzten Strophe angelangt und Baron Rattentod stimmte mit brüchiger Greisenstimme in ihr Jaulen ein:

»In der Mittsommernacht
Kämpft der Kater mit Macht
Und sein Lied steigt empor bis zum Mond
Weibchen trifft seine Wahl
Aus der Kämpfenden Zahl
Wird mit Kätzchen gar bald schon belohnt
Wird mit Kätzchen gar bald schon belohnt …«

Als sie endlich stehen blieben, keuchte Sealink vor Anstrengung und grinste von einem Ohr zum anderen. Der schwarze Kater war wie umgewandelt. Ein neuer Glanz war in seine Augen getreten und er bewegte den räudigen Kopf vergnügt, ja geradezu verwegen hin und her.

»Ai, ai, ai! Die Delta-Königin! *Laisse les bon temps roulez!* Hast die guten Zeiten mit dem alten Baron nicht vergessen, wie ich sehe, *ma chère*?«

Sealink begann zu schnurren, ein tiefes, kehliges Grollen, das durch Mark und Bein ging. Red spürte, wie sein Herz zu flattern begann, und setzte sich. Ihm schwirrte der Kopf. Warum hatte er das getan? Er hatte noch nie zuvor getanzt, er kannte noch nicht einmal dieses Lied; und mit Sicherheit hatte er nie an den legendären Mittsommertänzen auf dem Moon Walk teilgenommen.

»Schön, dich zu sehen, Baron. Sonst hab ich nämlich keinen von den alten Bekannten getroffen. Wo sind sie alle geblieben, Baron? Wo zum Teufel sind die Katzen vom Moon Walk?«

»Fort. Alle sin'se fort. Nur der Baron is noch da. Einer nach dem andren sin'se verschwunden. Die Kätzchen war'n die Ersten. Und eines Tags komm ich von 'ner kleine Wanderung zurück, und alles is verlassen. ›Ne traurige Stadt is das jetzt. Keiner mehr da.«

»Ich bin auf der Suche nach meiner Familie, Baron. Man hat mir meine Kätzchen genommen, und ich hab sie nie wieder gesehen. Wie soll ich sie finden, wenn keiner da ist, den ich fragen kann?«

»Am besten redste mit der Kreolen-Königin, Kindchen. Die Einzige, die noch geblieben is aus der guten alten Zeit. Stolziert im Vieux Carré herum, als gäb' s keine Sorgen auf der Welt. 'nen Hofstaat hat se sich auch angelacht – die ham immer genug zu fressen. Nur für den armen alten Baron bleibt nix übrig. Früher is das anders gewesen. Jetzt nennen'se mich Ratty. Glauben, ich hör'se nicht. Kein Respekt mehr.

Alt wer'n is schlimm. Ich bin alt, aber nicht taub. Ich hör noch recht gut, wasse sagen …«

Und schon war er wieder im alten Trott und schlurfte mit trüben Augen und schwankenden Schritten in die Nacht hinein. Sealink sah ihm nach: Baron Rattentod, einst Herr der Strandpromenade und Hoherpriester der Mittsommertänze, ein stolzer, kühner Kater, der jeder rolligen Braut von Algiers bis Armstrong Park Kätzchen machte, war ein schwachsinniger alter Penner geworden. Mit ihm entschwanden Sealinks Hoffnungen; mit einem Mal erschien ihr die ganze Welt schäbig und alt.

Ein leichter Wind formte Berge und Täler auf der öligen Oberfläche des Flusses. Red fröstelte. Trotz der Rotfischköpfe und der Meeresfrüchte war es ein unheimlicher Tag gewesen. Téophine hatte er nicht wieder gefunden, stattdessen war er von einer aufgedrehten Calicokatze gebissen worden und hatte mit einem alten Stadtstreicher getanzt. Wo sollte das noch enden?

Staub und Unrat flogen über den Steg. Eine vergilbte Zeitungsseite flatterte vorbei und blieb an der nächsten Bank hängen. Red spürte nicht einmal Lust, ihr nachzujagen.

»Komm schon, Kleines!«, rief er der Calicokatze zu, die abwesend vor sich hinstarrte. »Suchen wir diese Kreolen-Königin. Vielleicht hat sie uns ja was zu erzählen.«

Er ging auf die erstarrte Sealink zu und stieß sie an. Sie bewegte ein paar Mal die Lider, drehte sich um und stieß ihn mit dem Kopf gegen die Wange. Überrascht von dieser unsanften Zärtlichkeit, trat Red einen Schritt zurück. »Du brauchst mich aber nicht gleich k.o. zu schlagen.«

»Gegen mein Gewicht hast du einfach keine Chance, Schätzchen.«

Die beiden Katzen huschten durch die Lichtkreise der Straßenlaternen auf dem Moon Walk und verschwanden in der Nacht.

Was auf dem vergilbten Blatt stand, das Red für eine Seite aus einer alten *Times-Picayune* gehalten hatte, war sehr viel wichtiger und bedrohlicher, als er ahnte.

Es handelte sich nämlich um ein amtliches und für die menschlichen Bewohner von New Orleans bestimmtes Dekret:

UM DIE AUSBREITUNG VON KRANKHEITEN
ZU VERHINDERN, VERBIETET DIE STADTVERWALTUNG
VON NEW ORLEANS HIERMIT
AUFS STRENGSTE, HERRENLOSE KATZEN
INNERHALB DER STADTGRENZEN
ZU FÜTTERN ODER MIT ANDEREN MITTELN
ANZULOCKEN.
ZUWIDERHANDLUNGEN WERDEN
UNVERZÜGLICH MIT EINEM BUSSGELD
VON $ 50 GEAHNDET. ALLE HERRENLOSEN
KATZEN SIND DEN ZUSTÄNDIGEN BEHÖRDEN
ZU MELDEN. SIE WERDEN EINGEFANGEN,
IN DEN STÄDTISCHEN ZWINGER VERBRACHT
UND, FALLS KEIN BESITZER SICH MELDET,
BINNEN ZEHN TAGEN BESEITIGT.

TEIL ZWEI

Botschaften aus dem Totenreich

7
DIE WEISHEIT DER FISCHE

Tom saß allein im Ozeanarium.

Draußen herrschte tiefe Dunkelheit, das Meer lag unter einer Wolkendecke, Schatten spielten über die Dächer des Dorfes, die kreuz und quer den Hang bedeckten. Drinnen fiel das Meeresleuchten auf sein Gesicht. Die Fische zogen im Becken ihre Kreise oder hingen reglos, von winzigen Glitzerstäubchen umgeben, im Wasser.

Was soll ich nur tun? dachte er.

Er hatte alle Adressen abgeklappert, wo Cy gewöhnlich zu finden war. Nichts. Das Beach-O-Mat und die Vergnügungsparks waren leer. Der Hafen lag verlassen da, die Fischerboote waren draußen auf See. Die Zottelpalmen schüttelten sich fröstelnd im auflandigen Wind und die Fisch-mit-Pommes-Schachteln, die über den mondlos dunklen Strand geweht wurden, waren kalt und leer. Er hatte die steilen Gassen zwischen Mount Syon und Tinnery durchkämmt, aber keine einzige Türschwelle war besetzt. Die Hauskatzen waren hastig verschwunden, sobald sie ihn erkannten. Endlich hatte er, von einer unerklärlichen inneren Unruhe getrieben, den Geheimen Pfad nach Tintagel genommen und war, »Ragnar! Pertelot!« schreiend, bis er heiser war, die windigen Hochflächen abgelaufen. Nichts. Nur wilder Stechginster und eine leere Kirche.

Cy blieb verschwunden.

Der König und die Königin waren nirgends zu finden.

Das Schlimmste aber war, dass die arme Leonora noch immer hilflos auf dem Alten Weg des Wandels umherirrte.

Auch Tom war während seiner Lehrzeit einmal allein losgezogen und hatte sich verlaufen. Das ist wohl das Problem aller Majicous, dachte er. Der Lehrling geht immer verloren.

Während er solchen Gedanken nachhing, schwankte das Licht über dem Aquarium und erlosch. Als es wieder anging, war es nicht mehr grün, sondern von einem stählernen Blaugrau. Dann begann es mit einem gereizten Surren, das Tom durch Mark und Bein ging, wild zu flackern. Endlich sah er im Innern des Beckens eine große Gestalt auf sich zurasen, so groß, dass sie eigentlich jeden Tropfen Wasser verdrängen, so groß, dass sie, falls sie darauf bestand, ihren Weg in die Welt fortzusetzen, das Glas durchbrechen und ihn mit all den zappelnden Fischen hinwegspülen musste, die hier ein so beschauliches Dasein geführt hatten. Erschrocken sprang er zurück und prallte mit dem Kopf gegen die Wand des Ozeanariums. Im Becken wurde der Meeresschlamm aufgewühlt. Eine Reihe von Kiemenspalten, so groß wie Mülltonnen, streifte die Glaswand. Ein mattschwarzes Auge starrte ausdruckslos in die Welt der Luftatmer. Im nächsten Augenblick war es verschwunden.

Auch Tom war nicht mehr da. Er stand in geduckter Haltung draußen auf der Straße und peitschte mit dem Schwanz, ohne recht zu wissen, wie er dort hingekommen war. Ein paar Regentropfen trafen ihn. Der Nachtwind bürstete ihm das Fell gegen den Strich. Ein Zucken überlief seine Haut. **OZEANARIUM** verkündete die elektrische Leuchtschrift über der Tür. Die Buchstaben knisterten und flackerten. Hinter den Fenstern erschien ein greller hyazinthblauer Schein, verblasste zu dumpfem Weinrot und wurde schließlich tiefschwarz. Eine Weile geschah nichts. Tom nahm sein Herz in die Pfoten, schlich die Stufen hinauf und spähte durch das Loch am Fuß der Tür. Drinnen sah es aus wie immer, nur der Boden war ein wenig feucht. Auf einer trockenen Stelle am Fuß der Wendeltreppe saßen der König und die Königin der Katzen und putzten sich, als ob nichts geschehen wäre. Die Augen des Königs glänzten vor Erregung. Um den Hals trug er, wie eine königliche Schärpe, einen schmutzig blauen Stoffstreifen, aus dem es silbrig blinkte und der stark nach Petroleum, Fisch und Muskat roch. Pertelot Fitzwilliams graurosa Fell war voller Sand, der nun im Zug der Säuberungsaktion lautlos zu Boden rieselte und die beiden mit einem kleinen gelben Wall umgab.

»Tom, mein Freund!«, rief Ragnar. »Du wirst nicht glauben, was wir erlebt haben!«

Und die Königin flüsterte: »Oh, Mercurius, komm doch herein. Hier kann dir nichts geschehen.«

Tom schlich vorsichtig weiter und beschnupperte seine Freunde. Sie kamen ihm fremd vor. Eine trockene Wärme ging von ihnen aus, als hätten sie nicht nur die Düfte, sondern auch das Klima eines anderen Landes mitgebracht. Sie standen im Bann von Abenteuern, an denen er keinen Anteil hatte.

»Schon gut, Tom«, beruhigten sie ihn. »Wir sind immer noch die Katzen, die du kennst. Aber nun lass dir erzählen!«

Und dann erzählten sie.

Während Tom und Leonora noch auf den Geheimen Pfaden unterwegs waren, hatten der König und die Königin mit Cy vor dem Vergnügungspark zum Abendessen einen Fisch verspeist. Als es dunkel wurde, waren sie zu dritt am Meer entlanggeschlendert, Pertelot hatte sich die Lichter der Fischerboote in der Bucht angesehen und geflüstert: »Oh, Rags, welch eine wunderbare Nacht!« Um der Tigerkatze eine Freude zu machen, hatte sie sogar ihre edle Nase durch die Tür des Beach-O-Mat gesteckt – war aber zu Cys Enttäuschung nicht bereit gewesen, mit ihr hineinzugehen und zuzusehen, wie sich die Menschenwäsche drehte. Nach der Rückkehr ins Ozeanarium hatten König und Königin zunächst fest geschlafen, doch irgendwann waren sie aufgeschreckt. Das Licht hatte sich verändert. Von oben waren Geräusche zu hören. Die aufgescheuchten Makrelenschwärme hinter der Glaswand winkten ihnen zu wie mit tausend menschlichen Fingern.

»Etwas hatte die Wasseroberfläche im Becken durchbrochen«, erklärte Pertelot Fitzwilliam. »Ich dachte sofort, irgendetwas sei eingetroffen. Genau mit diesen Worten, Mercurius: Etwas ist eingetroffen.« Sie schauerte zusammen. »Ich habe Wasser schon immer gehasst.«

»Ihr zweiter Gedanke«, sagte Ragnar, »galt Cy.« Er legte eine dramatische Pause ein. »Denn ich muss dir leider sagen, mein Freund: Sie war verschwunden.«

»Nachdem ich Rags geweckt hatte, suchten wir gemeinsam das Gebäude ab.« Die Königin sah sich spöttisch um. »Das dauert ja nicht lange. Cy war nirgendwo zu finden. War sie am Ende ins Becken gestürzt? Wir wollten Gewissheit!«

Schritt für Schritt, den Körper so weit wie möglich gestreckt, die Pfoten lautlos aufsetzend, waren sie die Wendeltreppe hinaufgeschlichen, um im grellen Schein des elektrischen Lichts von oben ins Wasser zu schauen.

Nichts.

»Sie war hier, da bin ich ganz sicher.«

»Ob sie hineingefallen ist?«

»Diese Haie. Oh, Rags, die Haie!«

Am oberen Ende der Treppe ragte die eiserne Plattform ins Nichts. Jenseits des Lichtkreises schien sich der schwarze Raum ins Unendliche zu erstrecken. Plötzlich wurde das Wasser weiß wie Milch und schoss ihnen entgegen, als würde es von einem riesigen Körper verdrängt. Ein Schwindel erfasste die beiden. Unter ihnen war etwas an die Oberfläche gekommen.

»Schau!«

»Die Augen! Sieh dir diese Augen an!«

»Rags, was ist das?«

Sie wandten sich zur Flucht, aber es war zu spät. Das Licht

wurde blau, erlosch und flammte abermals weiß auf. Die Welt schwankte und drehte sich. Die kleine Plattform schien zu kippen, obwohl sie ganz gerade blieb. Bevor sich die beiden festkrallen konnten, stürzten sie schon durch das heiße, grelle Licht auf den Rücken des Ungeheuers im Becken. Dort wurden sie von Cy der Tigerkatze erwartet.

»Hi!«, schnurrte sie vergnügt und knetete ihre Pfoten. »Das ist mein *Freund*. Ich nenne ihn Ray, das heißt Rochen, aber bei seinen Leuten heißt er wahrscheinlich anders. Wer weiß schon«, wandte sie sich an die Königin, »wie diese Fische sich anreden?«

Im Grunde war sie sehr stolz auf ihn. Ray war eher ein Ort als ein Fisch. Wie er überhaupt in das Becken passte, war ein Rätsel. »An manchen Tagen sieht er so klein aus.« Und doch konnte man auf seinem sehnigen, beweglichen Rücken stehen, ohne die Ränder zu sehen – bis man vielleicht ganz flüchtig in der Ferne oder aus den Augenwinkeln bemerkte, wie sie sich ein- und ausrollten. Ray war so weiß wie eine getünchte Wand im hellen Sonnenschein am Meer. Sein elektrisierendes Rückgrat erstreckte sich wie ein Randstein an einer Straße immer weiter, bis es schließlich in einen schmalen weißen Schwanz auslief. Zu beiden Seiten wölbten sich elegante Dreiecksflossen, weder Segel noch Schwingen, sondern Vorfahren von beiden. Und Cy behauptete, wenn man die Ohren spitze, höre man langsam und bedächtig die Silurgedanken durch sein Fischbewusstsein ziehen.

»Wie immer solche Gedanken auch aussehen mögen«, sagte Cy. »Er erzählt mir immer wieder davon, aber sie interessieren mich nicht. Wisst ihr eigentlich, welch ein Glück es war, dass ich gerade heute hineingefallen bin? Der Fisch hat nämlich eine Nachricht für euch. Er hat vor Tintagel Head im Meer ein paar Freunde getroffen. Keine Fische, sagt er. Sie können im Wasser nicht atmen. Eigentlich haben sie dort gar nichts zu suchen! Aber er hat den Auftrag, euch zu holen und an irgendeinen komischen Ort zu bringen. Vielleicht sind

Odin und Isis dort, das sagt er nicht so genau. Jedenfalls müsst ihr mitkommen.«

Sie senkte die Stimme.

»*Unter Wasser*«, sagte sie.

»Niemals!«, rief Pertelot. »Lasst mich sofort wieder hinauf!«

Doch der Riesenfisch sank, bevor sie noch ausgesprochen hatte. Das Wasser schlug über seinen Fahrgästen zusammen.

»Ragnar Gustaffson!«, rief die Königin und rannte in Panik hin und her. »Wie kannst du das zulassen!« Als sie sah, dass es kein Entrinnen gab, blieb sie zitternd stehen. »Rags«, flüsterte sie verzweifelt. »O Rags.« Doch dann sah sie Ragnar hoch aufgerichtet neben sich stehen und besann sich auf ihren Rang. Und bald stellten alle drei erstaunt fest, dass sie immer noch trocken waren und atmen konnten. Sie waren zwar *unter* Wasser, aber nicht *im* Wasser. Das Ozeanarium war bereits verschwunden, ein riesiges, düsteres Rippengewölbe spannte sich über ihnen. Sie befanden sich in einem endlosen, halbdunklen Saal unter dem Meer. Jeder Laut erzeugte unzählige klagende Echos. Schwärme winziger Fischseelen flossen dahin wie zweidimensionale Silberbäche. Dröhnend zogen gigantische Schatten vorbei, Fischungetüme, neben denen Ray wie ein Sandkörnchen in einem Wasserglas wirkte.

Auf einmal lachte Ragnar laut auf.

»Das nenne ich ein Abenteuer!«, rief er.

»Ich traue meinen Augen nicht«, murmelte Pertelot. »Es muss ein Traum sein.«

»Seht ihr?«, rief Cy aufgeregt. »Genau das wollte ich sagen: In dieser weiten Welt haben auch die Fische ihre Geheimnisse! Sie wissen Dinge, von denen wir nichts ahnen, zum Beispiel dass man durch dieses Becken auf jeden Fischpfad der Vergangenheit gelangen kann!«

Diese Pfade sind schwierig zu erklären. Um sie zu benützen, braucht man eine bestimmte Vorstellung, ein inneres

Bild. Stundenlang kurvte der Rochen scheinbar ziellos durch die unendlichen Weiten und suchte nach kalten Strömungen, die ihn zu seinem Ziel führen konnten. Unermüdlich drehte und wendete er sich. Er ließ sich sinken wie ein Blatt und hing wie eine Kompassnadel in den kirchenstillen Räumen. Endlich wies ihm sein eigenes Fischherz den Weg und er schoss wie ein Pfeil in die Tiefe. Die Reiter, die mit leuchtenden Augen und wehendem Fell auf seinem Rücken standen, scheuten sich nicht, die Krallen in seine Lederhaut zu schlagen, um nicht abgeworfen zu werden.

»Und so«, erzählte die Königin, »stürmten wir den Fischpfad entlang …«

»Und kamen schließlich nach Ägypten«, vollendete Tom.

Die Liebe weiß alles. Die Königin wandte ihm den edlen Kopf zu und sah ihn durchdringend an. Er blickte schüchtern zu Boden. Sie stand vor ihm wie eine Götterstatue. Leben und Tod strahlten aus ihren Augen, die Zyklen und Mysterien der Sterne.

»So kam ich schließlich nach Ägypten«, bestätigte sie.

Ein Morgen im Tal des Nils, wenige Wochen nach *Shamm an-Nasim*. Ein zartgrauer Schein durchflutete den Nebel über dem Flussufer. In den schilfbewachsenen Untiefen pickten die Reiher herum wie naschhafte Kinder. Eine einzige Feluke mit frischem weißem Anstrich und einem roten und einem goldenen Auge am Bug schwamm über ihrem eigenen Spiegelbild im glasklaren Wasser. Welchen Geschäften sich das kleine Boot widmete, war nicht erkennbar. Das Segel war fest eingerollt, kein Lüftchen regte sich. Dahinter schlief das Dorf Qebar inmitten seiner Palmenhaine unter fliederblauem Himmel. Unmittelbar über dem Dorf, auf den Natursteinterrassen am Fuß der Berge, in deren mandelbraunen Flanken noch die Schatten der Nacht nisteten, erhob sich die Gräber- und Tempelanlage der Verschwundenen

Dynastie. Wie ein dezent beleuchtetes Modell ragten die kahlen graurosa Wände aus jahrhundertealtem Schutt und verwittertem Fels ins Licht der Morgensonne empor, die alle Umrisse verschwimmen ließ.

Es war, als stünde die Zeit still, als könne der Tag nicht fortschreiten. Alles war erstarrt wie in einem Traum. Von der Feluke stieg ein Geruch nach Zwiebeln und Kerosin auf. Ein junger Mann – fast noch ein Kind – stand gähnend im Heck. Sein Anspruch auf den Turban des Bootsführers ließ sich allenfalls mit seinem Ehrgeiz begründen. Er war halb eingeschlafen, als der Rochen namens Ray, ein reisendes Ungeheuer, getrieben von der Energie des Fischpfads, steuerbords aus dem Wasser schoss, in einem hohen, in allen Regenbogenfarben schillernden Bogen pfeifend von Nord nach Süd über den Himmel raste und wieder im Fluss verschwand. Das Wasser geriet in Bewegung, die Feluke schaukelte stark, die hohen Wellen schlugen so heftig gegen die Ufer, dass der Gischt aufspritzte. Im Schilf flogen die Reiher auf; in dem weiß getünchten Taubenschlag im Dorf gerieten die Tauben in Panik und flüchteten flügelschlagend himmelwärts. Der junge Mann sprang auf, klammerte sich Halt suchend an den Mast seines Bootes und rieb sich erstaunt die Augen. Er hatte eine kleine Tigerkatze mit weißem Lätzchen und weißen Pfoten entdeckt, die gleich hinter dem merkwürdig flachen Kopf auf dem Rücken des Riesenfischs hockte wie ein Pilot.

Ein paar Meter weiter fielen zwei weitere Katzen vom Himmel und landeten im aufgewühlten Wasser. Das war zu viel. Er zuckte die Achseln.

»Es ist wohl Gottes Wille«, sagte er.

Das grüne Wasser schlug über der heftig strampelnden Mau zusammen und sie versank. Luftblasen lösten sich aus ihrem Maul. Die Begeisterung über den Ritt auf dem rätselhaften Fisch löste sich in Nichts auf. Wasser ist und bleibt Wasser und lässt sich nicht atmen. Der Nil war wärmer als der Kanal am Piper's Quay, aber das machte es nicht leichter. Schon konnte sie nicht mehr auseinander halten, wann sie ertrank – damals oder jetzt. Sie hörte ein schrilles Singen. Oh, Rags, dachte sie. Es ist entsetzlich. Ich kann dich nicht einmal sehen. Einmal glaubte sie, seine Nähe zu spüren. Auch er kämpfte einen einsamen Kampf und sie wollte zu ihm. Doch der Drang verschwand rasch und bald war von Pertelot Fitzwilliam nicht mehr genug übrig für solche Gefühle. Sie war nur noch Schauplatz eines verbissenen Kampfes zwischen ihrem Leben und dem Tod und das Schlachtfeld war der Nil – dessen Bedeutung sie in ihren Ägyptenträumen nur erahnt hatte, jetzt jedoch mit überwältigender Klarheit erkannte: Wasser war ein Geschenk, aber es stand nicht für Sicherheit, sondern für beständigen Wandel, nicht für Ruhe, sondern für Bewegung, es siegte nicht über die Wüste, sondern trotzte ihr die Fruchtbarkeit ab. Die Kätzchen! dachte sie verzweifelt. Die Kätzchen! Ein Instinkt hatte sie bewogen, sich ein Restchen Atemluft aufzusparen, und das trug sie ans Licht, als es die Zeit für gekommen hielt. Sie schoss durch den uralten Fluss nach oben, durchstieß würgend und keuchend die Oberfläche und sah sich von Chaos umgeben. Der Horizont schwankte. Die Ufer zerfielen zu einem Brei aus Schlamm und Kies und versanken im Wasser. Etwas kam durch kochende Wellen und schillernden Gischt auf sie zu. Zwei Menschenhände packten sie am Nackenfell und zogen sie, bevor sie abermals versinken konnte, so triefend nass und bar jeder Würde, wie eine Katze nur sein kann, dem Himmel Ägyptens entgegen. Der Tag war angebrochen. Schon brannte die Sonne hernieder. Warmer Menschenatem schlug ihr ins Gesicht, warmes Menschenlachen klang ihr in den Ohren. Schwarze Augen sahen sie belustigt an, die Haut ihres Retters glänzte wie poliertes Rosenholz. Er roch nach Muskat, nach gewaschener Baumwolle, nach der unschuldigen Großzügigkeit der Jugend. Und er schnalzte freundlich mit der Zunge: »Tsk, tsk, tsk.«

»Der Nil ist nichts für dich, Mütterchen!«, sagte er. »Hoch mit dir!«

Und er versprach: »Jetzt wird sich Nagib um dich kümmern.«

»Niemals!«, schwor Pertelot.

Sie fauchte und zischte. Sie drehte und wand sich. Sie hängte sich mit allen vier Beinen an den Unterarm des Jungen und schlug ihm die Zähne in das weiche Fleisch zwischen Daumen und Zeigefinger. »*Maleesch, maleesch*, Mütterchen«, lachte er nur und als er sich vorsichtig befreite, biss sie noch einmal zu. Sie war wütend auf ihren Retter, wütend auf den Fluss, wütend auf sich selbst. Sie war wütend auf Cy und den Fisch, die sie einfach im Stich gelassen hatten. Sie war ohne jeden Grund wütend auf Ragnar. Zugleich fing sie in ihrer Verwirrung zu schnurren an. Sie beschwor den Jungen: »Rags! Hilf Rags! Setz mich ab und hilf Rags!« und hoffte von Herzen, er möge sie verstehen.

Es war das erste Mal, dass sie einen Menschen um etwas bat.

Ragnar Gustaffson, siebzehn Pfund nordische Waldkatze und zehn Pfund nasses Fell, rettete sich schließlich selbst. »Ich bin, wie soll ich sagen, vom Geschmack dieses Nils nicht sonderlich beeindruckt«, erklärte er jedem, der es hören wollte, während er über das Heck der Feluke kletterte. »Eine stinkende Brühe, wie mein Freund Tom sagen würde.« Er schüttelte sich wie ein Hund, blinzelte ins Sonnenlicht und als er seine geliebte Mau in den Händen des Bootsführers Nagib entdeckte, machte er einen Satz und biss den Jungen in den Knöchel. Im gleichen Augenblick stieß die Feluke, von der Strömung getrieben und nur von Gott gesteuert, hart gegen das Ostufer. Nagib fiel vornüber. Pertelot rief: »Ragnar Gustaffson, wage es nicht noch einmal, mich in eine solche Lage zu bringen!« Das Boot schrammte am Ufer entlang und riss große Stücke aus der Böschung. Kies und Schlamm fielen in den Nil und verteilten sich darin wie Kandiszucker in einer Tasse Tee.

Sobald die Feluke zum Stillstand kam, sprangen die beiden Katzen leichtfüßig an Land.

Sie flüchteten durch Palmen- und Zitronenhaine, in deren grellem, grünlichem Licht sich bereits die Insekten tummelten, und strebten über ausgetretene Pfade dem Dorf zu, das im Schatten der dunklen Terrassen noch in tiefem Schlaf lag. Kühl strich die Luft durch die engen, gewundenen Gassen. Die untere Hälfte der Häuser würde auch dann noch in lavendelblauem Halbdunkel liegen, wenn die Sonne ihre Dächer mit flüssigem Gold übergoss. In einer ansteigenden Seitenstraße standen einige Ziegen auf rissigem Boden in ihrem Kot und mahlten nachdenklich mit den Kiefern. Pertelot schlüpfte scheinbar unbemerkt zwischen ihren schmalen Hufen hindurch, während Ragnar sie beschwor, sich doch Zeit zu lassen und nachzudenken. »Wir brauchen jetzt nicht mehr zu rennen!« Doch wenn sie stehen blieb, roch sie die Menschenhände auf ihrem Fell und geriet abermals in Panik. Am Rand des Dorfes blies der Wüstenwind federleichte Sandschleier über die Gassen und trocknete die feuchte Luft, die vom Fluss heraufzog. Hinter den Häusern stieg das Gelände steil an. Dort wuchs nichts mehr. Eine Steinterrasse folgte auf die andere. Hier hatten die Erbauer der Gräber ihr Material geholt. Pertelot betrat die alten Steinbrüche und rief: »Isis! Odin!« Stellenweise hatte das Geröll die gleiche Farbe wie ihr Fell und plötzlich war sie nicht mehr zu erkennen. »Warte!«, rief Rags, als ihre graurosa Gestalt sich zum nächsten Mal vor den Schatten abzeichnete. Sie schaute kurz zu ihm zurück, peitschte ängstlich, vielleicht auch ungeduldig mit dem Schwanz und verschwand abermals. Rags fand die Spur ihrer zarten Pfoten im Staub und wurde etwas ruhiger. Er brauchte sie nicht zu sehen. Er konnte auch ihren Pfotenabdrücken folgen. Und natürlich ihrem Geruch. Zimt! Anis! Trauben! »Den Duft würde ich überall erkennen!«, beglückwünschte er sich. Als er die oberste Terrasse erklommen hatte, brannte die Sonne so gnadenlos, dass sein Fell sofort trocken war. Er blinzelte ins Licht und musste niesen. Einen Augenblick lang blieb er stehen und betrachtete den Nil, der sich tief unter ihm durch das Tal wand. Dann blickte er über die rosarote Steinbrüstung hinüber zu den Gräbern und Felsentempeln der Verschwundenen Dynastie.

Es war glühend heiß und der trockene Wind hatte den Staub und mit ihm die Spuren verweht. Die Mau war verschwunden.

Stille.

Ein leises Echo – Pfotentritte auf Stein.

Der Boden fiel sanft ab. Die massive Innenarchitektur wurde erkennbar: Rampen, Treppen, Räume, die höher waren, als ein Mensch sie brauchte. Pertelot Fitzwilliam von Hi-Fashion huschte, ein Fünkchen Leben in diesem Totenreich, an langen Reihen von gewaltigen Reliefs vorbei, Königsgestalten aus rotem Sandstein, die von den Wänden auf sie herabschauten.

»Isis!«, rief sie. »Odin! Isis!«

Ihr Schatten lief ihr schräg voran, bis das Licht, das im ersten Saal noch so hell gewesen war, zunächst von rötlicher, dann von grauer Dämmerung abgelöst wurde und schließlich ganz erlosch. In völliger Dunkelheit kann nicht einmal eine Katze sehen. Vor ihrem geistigen Auge huschten die Nachbilder vorbei wie weiße Tauben, wie schadhafte Erinnerungen an einen frühen Traum. Verwirrt drehte sie sich ein paar Mal um sich selbst, dann folgte sie mit Nase und Schnurrhaaren dem Temperaturgefälle. Jedes noch so kleine, kalte Lüftchen drängte: »Hier geht's hinab.«

Endlich setzte die Gegenbewegung ein, die Dunkelheit musste weichen. Ein schwacher Silberschein füllte die stillen

Grabkammern und zeichnete die ersten Umrisse nach. Sie konnte leere Steinbahren, Särge und klobige Standsarkophage unterscheiden. Ein schwacher Duft nach Teer und anderen Einbalsamierungssubstanzen hing in der Luft. In den Ecken hatte sich Staub angesammelt. Hier unten waren die Wände mit Figuren in warmen Erdfarben bemalt, mit gelbem Ocker und rötlichem Terrakotta vom Nil und aus der Wüste, die auf dem kalten Stein förmlich leuchteten. Die schwarzen und weißen Linien waren so scharf wie an dem Tag, als sie gezogen worden waren. Genau diese Abbildungen dachte die Mau, hab ich von den Menschen erwartet: Götter mit Tierköpfen, die mit verstohlenem Seitenblick bei allem Hochmut Unsicherheit verrieten und sich damit als maskierte Menschen zu erkennen gaben; Götter, die andere Götter fürchteten; Götter, die sich mit sinnlosem Besitz umgaben; Götter, die nach Leben gierten und doch eindeutig in den Tod verliebt waren. Steif und trotzig waren ihre Posen; doch es war ihnen nicht gelungen, die Zeit anzuhalten, sie war um sie herumgeflossen und weitergeeilt.

Aus dem Kreis der Gescheiterten löste sich mit rätselhaftem Lächeln eine tanzende Göttin. Die kholgeschwärzten Augen sprühten vor Lebenslust. Sie trug Sandalen, ein weißes Gewand, einen Halsschmuck aus Granaten und Lapislazuli. Die schmalen Glieder waren wie zum Anfassen. Ihr Name war vergessen wie die Bilderschrift der Verschwundenen Dynastie. In anderen Darstellungen tauchte sie oft in Begleitung eines längst verstorbenen Königs auf, der ihre Taille umfasste, während sie ihm die schmale Hand auf die Schulter legte. Hier hatte sie ein Gefolge von Musikanten, Tänzern und Zechern um sich versammelt und um ihre zierlichen Füße drängten sich – Katzen! Auch die Katzen schienen zu tanzen. Und im nächsten Bild war sogar die Göttin zur Katze geworden! Eine große Katze mit goldbraunem Fell und Augen vom satten Grün der Wüstenoasen. Sie tanzte mit ihren Artgenossen, geschmeidigen Wesen, die einer früheren

Zeit entsprungen schienen. Schnurrend rieben sie die glatten Köpfe an ihren Knöcheln oder schmiegten sich aneinander. Zwei waren einzeln dargestellt, in einer Reihe von Kartuschen, die, wie die Mau rasch erkannte, eine Geschichte erzählten.

Sie setzte sich.

Aha! dachte sie.

Als sie die Bilder länger betrachtete, schienen sie sich zu bewegen. Und bald nahm das Leben dieser Katzen sie so gefangen, dass sie ihr eigenes darüber vergaß.

Eine Minute verging, eine zweite. Dann veränderte sich das Licht im Grabmal kaum merklich und sie hörte ein Geräusch, als falle ein Wassertropfen in einen Teich.

Die Katzen an der Wand waren Männchen und Weibchen und die schlichte Anmut der Göttin war auch ihnen eigen. Die Göttin lächelte huldvoll auf sie hinab und sie sahen zu ihr empor wie zu ihresgleichen. Verspielt tollten sie herum, vielleicht ihr zu Ehren, aber wohl vor allem sich selbst zur Freude. Würden sie eine wichtige Aufgabe übernehmen? Gewiss. Sie paarten sich, bestiegen ein Schiff, fuhren über ein flaches blaues Meer; ein hübscher junger Seemann mit kholgeschwärzten Augen kniete vor ihnen an Deck und streckte ihnen die schmale Hand entgegen. Ein weißes Segel, ein weißer Vogel trugen sie nach Norden. Hohe Wellen, ein kaltes Land. Ein Segel wie eine weiße Schwinge.

»Die Küste kenne ich doch«, sagte Pertelot zu sich selbst.

Abermals veränderte sich das Licht, als habe es ihre Erregung gespürt. In einer dunklen Ecke bewegte sich die Luft wie eine Linse, die sich scharf stellt, und kam wieder zur Ruhe.

Die Katzen landeten an einer Felsenküste. Weiße Vögel kreisten mit schrillem Geschrei am Himmel. Ein König des Nordens, blond, mit müdem Gesicht, beugte sich über sie und hieß sie willkommen. Er war jung und trug schwarze Kleidung. Auf dem Dach seiner Burg saßen Geister und nach allen Seiten erstreckte sich summend und dröhnend ein Netz Geheimer Pfade, breiter magischer Straßen, die niemand nützte, über das leere Land. Der König hatte eine Bitte an die beiden Katzen. Eindringlich beschwor er sie. Sie lauschten mit schief gelegten Köpfen. Sie brachten ihre Einwände vor. Auch sie waren schließlich königlichen Geblüts.

»Sie ist natürlich trächtig«, sagte Pertelot. »Das sieht doch jeder.«

Hinter ihr gerieten die Schatten im Grabmal in Bewegung und ordneten sich neu. Die Temperatur fiel jäh ab. Pertelot fröstelte. Sie löste den Blick von den Wandmalereien und sah sich um. Nichts. Sie schnupperte. Ein Achselzucken. Sie war ruhig und bei vollem Verstand, dabei aber etwas zerstreut, als habe sie die Schrecken des Tages nicht verdrängt, sondern sähe sie innerlich mit neuer Klarheit. Wie albern, sich vor dem Jungen zu fürchten! Wasser war natürlich etwas anderes. Sie wandte sich der letzten Kartusche zu. Die Katzen wurden in einen Raum im oberen Stockwerk der königlichen Burg getragen.

So fand Ragnar sie einige Zeit später. »Ich hatte mich in vielen Gängen verlaufen«, erklärte er, als er Tom die Geschichte erzählte. »Ich sage nur so viel: Es gibt eine große Zahl von Richtungen in der Welt und manchmal ist die Auswahl unvernünftig groß.« Inzwischen war er in gefährlicher Stimmung – wenn auch nicht ganz so gefährlich wie das Ding in der Ecke des Grabmals.

»Pertelot!«, schrie Rags.

Das Ding neigte sich ihr entgegen, schwankend wie ein Kreisel, bevor er fällt, und sie kroch mit leeren, glanzlosen Augen darauf zu. Es hatte die Form eines unregelmäßigen Trichters und bestand aus mumifizierten menschlichen Überresten – lehmig schwarzen Organteilen, Knochenfragmenten, Binden- und Pergamentfetzen. Eine Windhose des Todes, oben etwa zwei Meter breit, mit einem Fuß, der sich zur Spitze verjüngte. Sie reichte vom Boden bis zur Decke und sie lebte. Im Augenblick befand sie sich offenbar im Streit mit sich selbst. Sie stieß Gestankwolken aus; vereinzelte Sprachfetzen; heiße und kalte Luft; eine dünne, exotische Musik. Als die Mau näher kam, spürte das Ding ihre Gegenwart und erschauerte. In seinem Innern flackerten Lichter auf. Mit einem Mal blies es sich auf wie eine Rauchwolke im Wind und zerfiel zu Staub und Asche. Ein tiefes Stöhnen war zu hören, eine Stimme begann zu psalmodieren. Pertelot erstarrte. Das Rückenfell sträubte sich ihr. Mit steifen Beinen ging sie Schrittchen für Schrittchen auf den Wirbel zu. Sie hasste ihn, aber er zog sie unwiderstehlich an. Der Wirbel pulsierte und schoss tosend zur Decke empor.

»Ich denke, jetzt ist es genug«, erklärte der König der Katzen.

Er sprang vor, schnappte mit dem Maul nach dem Schwanz seiner Gemahlin und riss sie zurück. Pertelot jaulte und fauchte ihn an. Er schloss die Augen, bat sie stumm um Vergebung und zog noch fester. Es war ein erbitterter Kampf. Ragnar stemmte seine kräftigen Beine ein und zerrte Pertelot Stück um Stück zurück, konnte aber immer nur einen Bruchteil des gewonnenen Bodens halten. Pertelot gab widersprüchliche Signale und kämpfte mit verbissenem Trotz gegen beide Seiten zugleich. Die ganze Welt stank nach Asche. Der Wirbel schwankte über den beiden wie ein Betrunkener mit erhobenen Händen. Jetzt geht es uns an den Kragen! dachte Ragnar. Doch als das Ding auf sie fiel, löste es sich mit einem leisen *Plopp*! auf. Gestank breitete sich aus und auf den Boden des Grabmals prasselte ein Staubregen nieder.

Pertelot stellte ihre Gegenwehr ein und Ragnar ließ sich schwer zu Boden sinken. Die Mau schüttelte sich und betrachtete verwirrt das leere Grab. Dann stellte sie sich auf die Hinterbeine und versetzte ihm ein paar kräftige Ohrfeigen.

»Ragnar Gustaffson, wie konntest du nur?«

»Es tut mir aufrichtig Leid.«

Schwer atmend traten sie zurück, sahen sich an und wiegten sich hin und her. Es knisterte zwischen ihnen, das war nicht zu übersehen und es war kein gemeinsamer Gegner in Sicht. Einen Augenblick später wandte Ragnar sich ab und zupfte sich Papyrusfetzen aus der Mähne. Die Königin setzte sich und leckte sich den misshandelten Schwanz. »Welche Demütigung!«, wiederholte sie so oft, bis Ragnars Geduld erschöpft war und er schwerfällig aufstand und ihr den Rücken zukehrte. »Welche Demütigung!« Nach ein paar Minuten räumte sie ein. »Ich weiß, du hast es gut gemeint.«

Ragnar Gustaffson sah sich die Wandmalereien an.

»Ich weiß, dass du mich retten wolltest.«

Keine Antwort.

Sie setzte sich neben ihn. »Rags, es tut mir Leid.«

Er hatte kein Wort gehört. »Sieh doch nur!«, rief er aufgeregt. »Das sind wir!«

»Ragnar Gustaffson«, erklärte sie, »du bist die unsensibelste Katze der Welt und ich werde mich nie wieder bei dir entschuldigen.«

Sie wollte ihm schon ihrerseits die kalte Schulter zeigen, als sie bemerkte, wie es in ihm arbeitete, wie seine Gedanken sich zu einem endlosen Wikingerknoten verschlangen. Sofort verzieh sie ihm und rieb den Kopf an seiner Wange. Er hat eben ein schlichtes Gemüt, dachte sie, auch wenn diese kostbare Eigenschaft leider aus der Mode gekommen ist, und ich muss ihn einfach gern haben. Er war ausschließlich mit den Bildern beschäftigt und murmelte immer wieder: »Das ist ja unglaublich!« Oder: »Wie erstaunlich!« Oder: »Wie kommen wir hierher, an diese Wand?«

»Das sind nicht wir«, erklärte die Königin. »Dies ist die Geschichte von Atum-Ra und Isis, die Tom in seinen Lehrlingsträumen in etwas anderer Form vom Majicou erzählt bekam. Atum-Ra und Isis sind unsere Vorfahren, jene Katzen, die von der Großen Katze – die Menschen nennen sie Hathor, die Göttin der Liebe – dazu auserwählt wurden, die Geheimen Pfade von Tintagel mit neuem Leben zu erfüllen. Schau! Hier werden sie im Schlafgemach des Königs Zeuge des Unsichtbaren. Danach sieht der König im Hintergrund ihrer Augen ein Bild der Gespenster, die ihm den Schlaf rauben, und erkennt, wer sie sind. Nun findet er endlich Frieden! Dafür gewährt er ihnen – ihren Kätzchen, den Kätzchen ihrer Kätzchen und so weiter bis in alle Ewigkeit – das Recht, sich im ganzen Land frei zu bewegen.«

»Sie sind wir«, beharrte Ragnar. »Und wir sind sie.«

»O Rags«, seufzte die Mau.

»Sie machen das nicht schlecht«, fuhr er befriedigt fort, nachdem er sich die Paarungsszene ihrer Vorfahren noch einmal angesehen hatte. »Aber wir können es besser.«

»Rags!«

»Er ist nicht so schwarz wie ich.«

Sie lachte.

»Und sein Fell ist nicht so lang.«

»Was bist du nur für ein Kind«, sagte sie.

In diesem Augenblick erhob sich ein kalter Wind und blies ihnen den Staub in die Augen. Die Luft knisterte wie elektrisch geladen und schmeckte nach Metall. Leise Geräusche waren zu hören. Ein Räuspern. Ein anschwellendes Summen wie von einem Kinderkreisel. Den beiden sträubte sich das Fell, sie sprangen auf. Der Wind fegte aus dem ganzen Grabmal die Abfälle zusammen, warf sie herum und sammelte sie in einer Ecke.

»Lauf!«, rief Ragnar.

Zu spät. Ein neuer Wirbel hatte sich gebildet. Pertelot zitterte wie im Fieber, ihre Augen glühten. Der Wirbel zog sie Schritt für Schritt auf sich zu. Seine Drehung verlangsamte sich, er taumelte, fiel um, erstrahlte jäh in hellem Nilgrün und erlosch. Aus seinem Innern erklang Musik – Schellen, eine Rohrflöte, kleine Trommeln, unrhythmisch und bizarr. Zwischen Abfällen und Mumienstaub waren Bewegungen zu erkennen, ein Tanz oder ein Kampf. Eine verschwommene Gestalt wurde sichtbar, ein Mensch, so einfach gezeichnet wie die Figuren an der Wand, beugte sich über die beiden.

»Ich habe zwei eurer Kätzchen«, sagte die Gestalt. »Überlasst mir auch das dritte und ich schenke euch das Leben.« Doch dann entstand im Staub eine zweite Gestalt und zerrte die erste trotz heftiger Gegenwehr zurück.

Als sie verschwunden war, sagte eine freundlichere Stimme: »Die Goldene Katze ist nicht, was sie zu sein scheint.«

Rags tat einen Satz nach vorn.

Bald wird sie keinen Schwanz mehr haben, dachte er. Dabei liebe ich diesen Schwanz.

Doch bevor er eingreifen konnte, fiel der Wirbel mit leisem Niesen in sich zusammen. Nur ein übler Geruch blieb zurück.

»Schau!«, rief Pertelot.

Durch eine neue Veränderung im Licht war nun die Rückwand der Grabkammer zu erkennen. Zwischen zwei mächtigen Menschenstatuen ragte, uralt und von Sprüngen durchzogen, eine zehn bis zwanzig Meter hohe rosenrote Granitplatte in die Schatten empor. Darauf prangte ein riesiges Zeichen:

Pertelot starrte das Symbol an.

»Das Auge«, flüsterte sie. »Sieh nur, das Große Auge!« Sie rannte hilflos am Fuß der Wand auf und ab, als suche sie nach einer Tür. »Dazu hat man uns hierher gebracht«, sagte sie. »Das sollten wir sehen.« Sie blieb stehen, streckte sich, um das Zeichen noch einmal zu betrachten, stellte sich auf die Hinterbeine und stützte sich mit einer Pfote an der Wand ab. »Und das *Ding*«, fügte sie hinzu und ließ sich wieder fallen, »hat mit sich selbst gesprochen.« Ein Schauer überlief sie.

»Ergibt dies alles irgendeinen Sinn? Oh, Rags, wir haben den weiten Weg umsonst gemacht. Werden wir unsere Kinder je wieder finden?«

Ragnar widmete seine Aufmerksamkeit den Schatten in der Ecke.

»Ich glaube, wir sollten jetzt gehen«, mahnte er.

Pertelot blinzelte und gab ihm ausnahmsweise Recht. Sie verließen die Grabkammer und liefen durch die kalten Gänge, die Straßen mit den Königsreliefs, die Labyrinthe, wo jede Abzweigung eine Sackgasse war und man hinter jeder Tür vor einer Felswand stand. Hinter ihnen fügte sich der Todeswirbel ein drittes Mal zusammen, schoss donnernd zur Decke empor und nahm die Verfolgung auf. Er war viel größer geworden. Ein Schwall heißer Wüstenluft, mit Sand befrachtet, als sei er über einen Meeresstrand gebraust, raste an den beiden Katzen vorbei und wurde in den Trichter gezogen. Die Erde erbebte unter ihren Füßen. Steine lösten sich aus den Deckenfugen und rieselten herab. Auch in der Tiefe stöhnte und ächzte es überrascht – dort waren dreißig Meter hohe Skulpturen ins Wanken geraten und standen vornüber gebeugt wie alte Männer. Der Wirbel heulte und tobte und wurde immer größer.

»Schnell!«

Licht und Finsternis, scharf voneinander getrennt. Rags und Pertelot standen mit zusammengekniffenen Augen am Rand einer steilen schwarzen Rampe über einem Abgrund, dessen Tiefe sie nicht ermessen konnten. Hinter ihnen flog der Staub auf und strömte auf den Wirbel zu.

»Diese Richtung! Gegen den Wind!«

Sie rannten durch eine Säulenhalle und hinaus in den Vorhof des Tempels. Das Licht traf sie so grell, als wolle es ihnen die Augen verbrennen. Mittag. Es brachte die Steine zum Singen. Der Nil verbarg sich unter der flirrenden Hitze. Sie hasteten durch den Steinbruch bis zum Rand des Dorfes. Die Ziegen, die vergeblich zwischen den Steinen nach Futter gegraben hatten, suchten nun den Schatten der Häuser. Alles war vor der Hitze geflohen, die Gassen waren leer, sogar der Taubenschlag schien verlassen. Plötzlich blieb Ragnar stehen.

»Schau!«, sagte er.

»Rags, komm weiter!«

»Es folgt uns nicht mehr«, sagte er. »Sieh doch!«

Durch den Hitzeschleier waren die Eingänge zur Grabanlage als schwarze Löcher in den gelben Schutthängen zu erkennen. Nun quollen dicke schwefelgelbe Staubfontänen aus allen Öffnungen. Ein leises Grollen ließ sich vernehmen. Die Erde bebte wie nach einem Einsturz. Der Staub schwebte in der heißen Luft langsam aufwärts und hing, ein Dutzend rosaroter Spiralen, vor dem messinggelben Himmel. Lange war es still. Pertelot und Ragnar sahen sich ängstlich an. Dann setzte das Grollen von Neuem ein, die Erde bebte, wie von gewaltigen Kräften geschüttelt, und wieder stieg – diesmal von den Hängen – Staub auf. Die Gräber und Tempel der Verschwundenen Dynastie barsten wie zerplatzende Papiertüten und rissen die ganze Hügelkette mit.

»Danach«, erzählte die Königin im Ozeanarium, »war alles wie ein langer Traum.«

Sie liefen durch die Zitronenhaine zum Fluss. Der junge Nagib hatte seine Feluke inzwischen ans Ufer gebracht und forderte die ›Himmelskatzen‹ feierlich auf, an Bord zu gehen. »Ich war zu müde und zu enttäuscht, um seine freundliche Einladung abzulehnen, Tom. Wie sollten wir auch sonst nach Hause kommen? Wir wussten doch nicht einmal, wo wir waren!« Sie sah sich zerstreut im Ozeanarium um. »Und«, sagte sie leise, »es wurde die schönste Reise meines Lebens. Tagelang, so schien es, fuhren wir auf dem Fluss nach Norden. Wir schliefen an Deck oder schauten zum Ufer hinüber. Nach zwei Tagen wechselten wir das Schiff. Nagib hatte beim Abschied Tränen in den Augen. Er schenkte Ragnar sein Halstuch und seinen silbernen Talisman und nannte uns Atum-Ra und Isis, Mütterchen und Väterchen. Er kam sich wohl vor wie in einem Märchen. Unser neuer Kapitän war weniger gesprächig. Er war schon älter und wenn ich ihm zu nahe kam, machte er ein Zeichen mit den Händen.«

An den heißen Nachmittagen oder nach Einbruch der Dunkelheit suchten sie in den Dörfern am Fluss nach einer magischen Straße, die sie nach Hause bringen konnte. »Aber mit diesen ägyptischen Straßen stimmte etwas nicht. Ich kann mich nur noch an die toten Katzen erinnern, die haufenweise an den Einmündungen lagen, voll entwickelte kleine Katzen, die niemandem etwas zu Leide getan hatten – es war schrecklich, Mercurius, einfach schrecklich! –, und an einen Straßenkater namens Echnaton mit dunkelbraunem Fell und einer Zunge wie aus rosa Wildleder, der uns ermahnte: ›Schließt die Augen, wenn ihr vorübergeht. Die Toten wollen nicht angestarrt werden. Es ist etwas in die Welt gekommen, das hier nichts zu suchen hat.‹ Wir folgten seinem Rat und fuhren weiter flussabwärts.«

Ein Boot löste das andere ab, ein Morgen folgte dem anderen. Am Fluss wehte stets eine linde Brise. Die beiden Katzen standen am Bug, hielten die Nasen in den Wind, um nach neuen Düften zu schnuppern, oder schliefen erhitzt im Schatten des Segels. Das Knarren des Bootes erfüllte ihre Träume. Je näher sie dem Mündungsdelta mit seiner schwülfeuchten Luft kamen, desto deutlicher zeigten sich im Fell der Königin die Farben des Nils: das Taubengrau der Ufer am Morgen, das Violett der fernen Hügel. Isis und Odin gingen ihr nie aus dem Sinn. Waren sie mit im Wirbel gewesen? Hatte die erste Stimme *das* gemeint? Und wie konnte man sie in diesem Fall jemals wieder herausholen? Ihre Augen schauten eine andere Welt als die Welt des Flusses. Wenn diese Stimmung über sie kam, verscheuchte sie den König, wenn er des Nachts neben ihr schlafen wollte. »An diesen langen Nachmittagen war mir, als besuchten mich die Kinder. Ich hörte Isis singen, ich sah Odin springen. Ich hörte ihre Stimmen, aber ich konnte ihnen nicht helfen. Nilträume durchzogen mein Denken.«

Schließlich erreichten sie das Meer.

Das Boot lag den ganzen Morgen mit fest eingerolltem Segel vor der östlichen Hafenschranke von Alexandria. Kein Lüftchen regte sich. Dahinter zeichnete sich vor den schwarzen Wolken die Festung Qua'it Bey aus dem fünfzehnten Jahrhundert ab. Wie ein beleuchtetes Modell lag sie auf ihrer flachen Landzunge. Die gelben Mauern schienen das gewittrig grelle Licht förmlich einzusaugen. Bevor der Kapitän an diesem Morgen die unverständliche Entscheidung getroffen hatte, mit den beiden Katzen auf das Meer hinaus zu fahren und dort zu warten, bis etwas geschah, hatte er eine frische weiße Djellaba angelegt. Es war sein Geburtstag. Er war genau fünfunddreißig Jahre alt, als fünfzig Meter vor ihm der größte Rochen, den er je gesehen hatte, aus dem Mittelmeer auftauchte und auf ihn zuschwamm. Für eine Flucht war es zu spät. Außerdem hockte eine kleine Tigerkatze auf dem Rücken des Fisches. Ihr Fell dampfte in der heißen Sonne. Ehe der arme Mann wusste, wie ihm geschah, hatten sich die beiden anderen Katzen elegant vom Bug der Feluke abgestoßen und waren zu ihr hinabgesprungen. Der große Fisch war untergetaucht und das Meer war wieder flach und ruhig.

Der Kapitän rieb sich die Augen.

Inschallah, sagte er und wandte sich der Küste zu.

8

IM ZEICHEN DES GOLDENEN SKARABÄUS

In einem Hof hinter den Andenkenläden am French Market rekelte sich eine ungeheuer fette gelbe Katze im Schatten einer Mauer. Vor ihrer Nase türmte sich ein Berg unberührter Leckerbissen. Sie starrte satt und zufrieden zum Café hinüber. Alle elf Sekunden zwinkerte sie einmal träge mit den Lidern. Sie hatte wie ein großer Planet eine bunte Schar von Trabanten in ihren Dunstkreis gezogen, weniger übersättigte Katzen in allen Farben und Schattierungen, die sich zu Grüppchen zusammengeschlossen hatten und sie nun umringten. Sie war der Mittelpunkt ihrer Aufmerksamkeit und alles, was sie gemeinsam hatten. Sie und die schönen neuen Halsbänder, die ihre kaum verschorften Wunden und die sichtbaren Spuren der Unterernährung noch deutlicher hervortreten ließen.

Kiki la Doucette hielt Hof.

Sealink hatte sie vier oder fünf Jahre zuvor auf der Mississippi-Promenade kennen gelernt. Damals war sie nur eine große Katze unbestimmten Alters gewesen, deren Taille nach unzähligen Geburten etwas aus der Form geraten war. Ihr Schritt war leicht, ihre Haltung angriffsbereit und ihr Blick messerscharf. Die Kätzinnen hatten sie gemieden und selbst die Kater hatten vor ihr gekuscht. Sie hatte den Moon Walk mit eiserner Kralle regiert. Ihrem ungestümen Temperament hatte sich sogar Baron Rattentod gebeugt.

Die Erscheinung, der Sealink jetzt gegenüberstand, hatte

kaum noch Ähnlichkeit mit jener feurigen Braut. Sealink hatte noch nie eine so riesige Katze gesehen. Wangen, Hals und Schultern verschwanden unter dicken Fettwülsten; Fett strömte wie ein gefrorener Wasserfall über Flanken und Bauch und über das mächtige Gesäß. Ihr Fell hatte einen geradezu unnatürlichen Glanz, als hätten ihre Anhänger sie nicht nur mit Futter versorgt, sondern sie obendrein mit zerlassener Butter eingerieben. Neben dem massigen Körper wirkten Kikis spindeldürre Beine auffallend unproportioniert und ragten so steif aus den Fleischmassen hervor, als seien sie unter ihrem Gewicht einfach zusammengebrochen. Ihr Schwanz war nackt wie bei einer Ratte.

Sealink wurde von jähem Ekel ergriffen und schüttelte sich.

Red stand unsicher hinter ihr.

Die Gelbe blinzelte schneller, als die Calicokatze in ihr Blickfeld trat. Sie kniff die bernsteingelben Augen zu, blinzelte wieder. In den kalten Tiefen flammte ein Fünkchen des Wiedererkennens auf. Dann gähnte sie genüsslich und zeigte dabei bräunlich gelbe, schadhafte Zähne und eine weiß belegte Zunge.

Eine seltsame Erregung erfasste die teilnahmslosen Höflinge. Sie richteten sich auf, drehten alle zugleich die Köpfe und betrachteten den Gast.

»*Eh bien*, die Delta-Königin. Hab schon gehört, dass du wieder im Lande bist. Warst lange weg, *ma chère*. Und bist *plus grosse* geworden.«

Sealinks Nackenfell glättete sich wieder.

»Das gilt für dich noch sehr viel mehr.«

Die Gelbe lachte, als fresse sich eine Säge in feuchtes Holz. »Mit mir ist die Zeit schonender umgegangen, *ma chère*. Du siehst – wie soll ich sagen, ohne *le faux pas* zu begehen? Du siehst ziemlich mitgenommen aus, Zähne und Krallen sind länger geworden, *ha*? Hast vielleicht die eine oder andere Lektion gelernt und bist weiser, aber auch trauriger in deine

Heimatstadt zurückgekehrt. Brauchst du am Ende gar Hilfe von la Mère?«

»Ich bin hier, um meine Kätzchen zu suchen.«

Ein Ruck ging durch die Gelbe und ihren Hofstaat. Die Reaktion war schwer zu deuten, keine Überraschung – eher ein Erkennen, ein gemeinsames Begreifen, aber ohne jede Wärme. Kiki la Doucette reckte sich und kam mühsam auf die Beine. Als sie lächelte, öffnete sich unter ihrer breiten rosa Schnauze ein drohender bräunlicher Spalt.

»Oho, Kätzchen wollen wir alle, *ma chère*.«

Sealink starrte sie an. »Weißt du, wo sie sind?«, beharrte sie.

»Kätzchen gibt es wie Kiesel am Strand, *ma chère*. Wie soll ich wissen, welches die deinen waren?«

»Ich dachte, du wüsstest vielleicht, was aus ihnen geworden ist. Du weißt doch sonst alles, was sich in dieser Stadt ereignet.« Die Gelbe blähte sich auf vor Eitelkeit. Sealink registrierte es wohl.

»Die Delta-Königin ist also nicht mehr ganz so unverschämt wie früher? Tja, mag schon sein, dass mir das eine oder andere bekannt ist, *ça dépend*... Du bittest Kiki um einen Gefallen, *ma chère*. Hm, nichts ist umsonst. Was hast du mir mitgebracht?«

Sealinks Stolz bäumte sich auf, aber sie dachte an ihre Kätzchen und beherrschte sich. »Calicokatzen reisen bekanntlich mit leichtem Gepäck. Ich wüsste nicht, was ich dir geben sollte.«

»Du kannst nicht erwarten, von einer Königin Geschenke zu erhalten.«

Sealink überlegte kurz. »Ich habe unten auf dem Moon Walk den Baron getroffen.«

»Die alte Bisamratte! Wieso sollte mich der kümmern? Er bedeutet mir gar nichts, weniger als nichts! Du bist *fou*. Verrückt!« Sie zischte, dass der Speichel sprühte. Für einen Moment war das alte Temperament aufgeflammt, legte sich aber gleich wieder wie eine Bö über dem Meer.

»Ich kenne ein paar gute Restaurants …«

»Ha! Was kannst du mir über diese Stadt erzählen, was ich noch nicht weiß? Und was soll ich mit noch mehr Futter?« Sie deutete auf den Berg vor sich.

Sealink blinzelte. Das Wasser lief ihr im Mund zusammen. Hier ließ man gutes Futter verderben und andere mussten hungern. Diese Stadt war aus dem Gleichgewicht geraten. Und jemand wie Kiki la Doucette zog die Waagschale natürlich besonders weit nach unten …

Kiki starrte mit schmalen Augen an der Calicokatze vorbei ins Leere. Dann grinste sie. »Aber vielleicht habe ich heute einen guten Tag, *ma chère*. Ja, ich bin tatsächlich blendender Laune. Eine kleine *bêtise* hat mich aufgeheitert. Ein Scherz, den nur ich verstehe, *bébé*. Ich könnte ihn dir erklären, er gefiele dir gewiss. Aber nein, damit verdürbe ich alles. Weißt du was? Du bist doch eine kräftige Katze, und deine Zähne sind noch gut, *non*?«

Sealink sah sie misstrauisch an.

»Und was ist mit deinem *petit ami*? Komm ans Licht, *ma chère*. Ja, du da, der du leuchtest wie die Abendsonne im Herbst.«

Red kam zögernd unter der Bananenpalme hervor, wo er sich verschanzt hatte. Schon die Calicokatze hatte ihn ziemlich eingeschüchtert, aber dieses Weib war ein Ungeheuer! Die Höflinge bildeten eine Gasse für ihn.

»Hab ich dich nicht schon mal gesehen, ha? Gewiss doch, ich kann mich gut erinnern. Kiki la Doucette ist berühmt für ihr Gedächtnis. Ich kenne jede Katze auf meiner Promenade, besser als die eigene Mutter. Verdammt, ich bin la Mère – ich *bin* die Mutter der meisten Katzen hier! Aber du bist nicht von mir, *mon ange*, nicht mit dieser hässlichen Visage und dem schwarzen Fleck, der aussieht wie ein Teufelsmal! *Dies* sind meine Kinderchen …«

Sie wies mit großer Geste auf ihren bunt gemischten Hofstaat und betrachtete ihn mit besitzergreifender Zärtlichkeit. Red folgte ihrem Blick. Alle Größen, alle Fellfarben und alle

Muster waren vertreten, die die Große Katze einst geschaffen hatte. Doch irgendetwas stimmte nicht. Er spürte es tief im Innern, ohne es in Worte fassen zu können. Etwas war verloren gegangen. Etwas gehörte nicht hierher. Ein übel zugerichteter Kater fing seinen Blick auf und löste sich träge aus dem Rudel.

»Was starrst du mich so an, Junge?«

»Du trägst ein Halsband.«

»Eine Ehre, die man sich erst verdienen muss.«

»Wo ich herkomme, hält man es eher für eine Schande. Nur Hauskatzen tragen Halsbänder; kein Streuner, der was auf sich hält, dächte auch nur im Traum daran.«

»Dann träum mal schön weiter, Junge. Du bist keins von den Kindern der Königin und damit auch keiner von uns. Also kriegst du kein Halsband und auch kein Futter. Verdammt, Junge, du bist eigentlich gar nicht auf der *Welt*!«

Die Höflinge brachen in heiseres Gelächter aus und verdrehten höhnisch die Triefaugen. Der Kater kehrte, das knochige Gesäß schwenkend, auf seinen Platz zurück.

»*Ferme ta gueule*!« Das Gelächter verstummte. »Also«, wandte Kiki sich wieder an Sealink, »du wirst eine Kleinigkeit für mich erledigen und dafür erzähle ich dir etwas Erfreuliches. Ist das ein Geschäft?«

»Und was soll ich tun?«

»Du gehst zum *Goldenen Skarabäus*, *cher*, da findest du zwei junge Damen, die sich Venus und Sappho nennen. »Der Hofstaat hielt hörbar den Atem an. »Ja, die beiden Hübschen sind ganz schön eingebildet, wenn man bedenkt, woher sie stammen. Den *Goldenen Skarabäus* kennst du doch noch, wie?«

»Die alte Buchhandlung an der Orleans?«

»Da gehst du hin. Die beiden haben etwas für la Mère und das sollen sie dir geben. Sie wissen schon, was du meinst. Wenn du das machst, hast du bei mir eine Gefälligkeit gut, *bien*?«

Sealink überlegte. Der Auftrag hörte sich nicht allzu

schwierig an. Kiki war einfach zu fett, um ihren Kram selbst zu erledigen, und ihre Höflinge waren zu degeneriert. Sie traf eine Entscheidung. Wenn sie auf diese Weise ihre Kätzchen wiederfände, wäre die Demütigung zu ertragen.

Der *Goldene Skarabäus* lag unweit der Kreuzung Orleans/Bourbon Street. Sein Glanz war längst verblasst. Im Schaufenster lagen Stapel verstaubter antiquarischer Bücher mit Titeln wie: *Die Seele Zentralafrikas; Der Mord an den Khazar-Königen; Sympathetische Magie: Ein Handbuch; Jagd auf dem Rasen und auf der Straße; Die Siebenschläfer; Das Johannisfest: Alte Traditionen aus heutiger Sicht.*

Auf dem höchsten Stapel standen mehrere dralle Specksteinfigürchen mit seelenvollen Gesichtern und im Hintergrund war eine Kiste mit Silberschmuck aufgebaut.

Sealink und Red spähten an der Dekoration vorbei in den düsteren Innenraum. Zwei oder drei Menschen schlenderten wie plumpe, große Schatten zwischen viel zu hohen Bücherstapeln umher. Manchmal blieben sie plötzlich stehen und legten den Kopf schief wie große Kraniche, die im Wasser nach Beute suchen.

Die Tür war geschlossen.

»Was nun?« Red schaute unruhig die Straße auf und ab. »Ich weiß sowieso nicht, was ich hier soll.«

»Willst du behaupten, du hättest etwas Dringenderes vor?«

»Ich verstehe immer noch nicht, warum du dich von der fetten alten Braut so durch den Dreck ziehen lässt.«

»Schätzchen, du bist nie Mutter gewesen …«

»Worauf du dich verlassen kannst …«

»… du weißt also nicht, wie es ist, wenn man eins von seinen Kleinen verliert, erst recht alle fünf. Wenn ich irgendwas tun kann, um sie zu finden und wieder gut zu machen, dass ich sie dieser Stadt hilflos ausgeliefert habe, dann wird mich nichts davon abhalten.«

Red setzte zu einer Antwort an, dann glitt ein Gedanke

durch das Auge in dem schwarzen Fleck und er schloss das Maul wieder. In diesem Moment bog an der Bar am Ende der Straße ein schlaksiger, großer Mann um die Ecke und strebte dem *Goldenen Skarabäus* zu. Er trug eine schlecht sitzende Leinenjacke mit vielen Falten, die zu zahlreich und zu tief waren, um lässig zu wirken. Ohne die beiden Katzen eines Blickes zu würdigen, drückte er gegen die Tür der Buchhandlung, die sich nur widerwillig öffnete. Rasch huschte die Calicokatze zwischen den Füßen des Kunden hindurch und verschwand unter einem staubigen Regal. Als sie sich umdrehte, sah sie, wie Red die Nase an die schmutzige Glasscheibe drückte und mit seinem Atem eine Blume zum Erblühen brachte, die sofort wieder verwelkte.

Die Menschen verließen den Laden durch die Hintertür und verschwanden. Sealink sah sich vorsichtig um, dann wagte sie sich aus ihrem Versteck. Sie prüfte die Luft. Katzen! Mindestens zwei verschiedene Witterungen und ein Geruch, den sie nicht einordnen konnte. Sie hatte diese Informationen noch nicht verarbeitet, als sie hoch über sich einen buschigen Schwanz verschwinden sah. Sie trat ein paar Schritte zurück und legte den Kopf in den Nacken. Auf dem obersten Regalbrett zwischen zwei Buchstützen, die den hundeköpfigen Gott Anubis darstellten, hatte sich eine langhaarige Tigerkatze postiert. Ihre goldenen Augen leuchteten durch den schäbigen Raum. Sie hatte geschlafen, aber jetzt war sie hellwach und beobachtete Sealink gespannt.

Calicokatze und Tigerkatze starrten sich an. Die Tigerkatze fauchte. Sealink plusterte sich auf. Auf Dauer war es ziemlich anstrengend, ständig Blickkontakt nach oben zu halten. Bald wich ihr das Blut aus dem Kopf, ihr wurde schwindlig. Sie kniff die Lider zusammen und zwang sich, die Stellung zu halten. Schwarze Punkte tanzten ihr vor den Augen. Es überlief sie heiß und kalt. Alles drehte sich um sie. Schatten verdichteten sich und lösten sich auf; und plötzlich stieg ihr eine vertraute Duftmischung in die Nase: Zibet und

Rosenöl! Brennender Weihrauch! Als sie wieder zu dem düsteren Fach unter der Decke hinaufsah, war die rostbraune Tigerkatze verschwunden. An ihrer Stelle saß eine andere Katze zwischen den ägyptischen Buchstützen, ein schlankes, elegantes Tier mit einem Gesicht, das so scharf war wie die Schneide einer Axt. Wie graurosa Samt spannte sich ihr Fell über die Knochen. Sie trug das Skarabäus-Mal auf der Stirn; und als sie die Augen öffnete, waren sie nicht golden, sondern grün wie der älteste Fluss der Welt.

Es war eine Mau.

Es war Pertelot Fitzwilliam, die Königin der Katzen.

Und der Schmerz in ihren Augen war unermesslich.

Die Trauer der Mau traf Sealink wie ein Hieb in den Magen. Doch bevor sie sich so weit erholt hatte, dass sie ihre alte Freundin ansprechen konnte, zuckte ein grüner Blitz auf, und die Königin war verschwunden.

Die Calicokatze blinzelte und starrte angestrengt in die Schatten. Doch nur die große Tigerkatze schaute verwirrt zu ihr herab.

»Wer bist du und was willst du hier?«

Sealink schüttelte den Kopf, um den Rosenölduft loszuwerden.

»Mein Name geht dich nichts an, aber ich komme im Auftrag von Madame Kiki.«

Die Tigerkatze fauchte. Dann sprang sie geschickt auf einen wackeligen Bücherstapel – der unter ihrem Gewicht schwankte, aber nicht umfiel – und landete vor der ungebetenen Besucherin auf dem Boden. Das Glöckchen an ihrem Halsband klingelte. Die beiden waren etwa gleich groß.

Die Tigerkatze sah Sealink merkwürdig an. »Du bist anders als die Katzen, die sie sonst schickt«, sagte sie vorwurfsvoll, drehte sich um und wedelte Sealink mit dem Schwanz vor der Nase herum. »Hier entlang.«

Sie schlängelte sich zwischen den Regalen hindurch und Sealink folgte ihr. Eine dicke Gobelin-Portiere verbarg den

Zugang zum rückwärtigen Teil des Ladens. Dahinter hörte Sealink leise Menschenstimmen. Katzen sind von Natur aus wissensdurstig, aber die Calicokatze war einfach nur neugierig und darauf war sie stolz.

Einige Worte waren deutlich zu verstehen.

»… brauchen mehr Fallen …«

»Nach Vollmond … Man wird von Schädlingsbekämpfung sprechen …«

Drei Männer lachten, dann wurde ein schwerer Gegenstand über den Boden bewegt. Eine Tür öffnete sich und die Stimmen, diese dumpfen, selbstzufriedenen Verschwörerstimmen, entfernten sich.

»Zu den Elysian Fields …«

»Für den Alchimisten …«

»Faubourg Marigny … Kätzchen …«

Sealink sonderte aus dem sinnlosen Gemurmel zunächst das Wort ›Alchimist‹ und dann das Wort ›Kätzchen‹ aus. Sie wankte wie unter einem Schlag und starrte hilflos die Portiere an. Ein Zittern durchlief ihren mächtigen Körper. So viele Träume, so viele Vorzeichen, so viele schwache Hinweise. Worauf konnte man sich stützen? Der Verlust ihrer Kätzchen, alte Freunde, Vergangenheit und Zukunft, alles vermischte sich zu einem gewaltigen Crescent-City-Katzenjammer.

»He! Bist du taub oder was?«

Sie zuckte zusammen. Eine dritte Katze hatte sich zu ihnen gesellt. Sie war ebenso groß wie die Tigerkatze und ihr Fell war nicht weniger dicht, hatte aber überall orangerote und schwarze Flecken wie ein Tigerfell mit ungewöhnlicher Musterung. Die beiden waren eindeutig Schwestern.

»Also noch einmal: Bist du wegen la Mères *petit cadeau* hier – sollst du ihr Geschenk abholen, eh, *ma chère*?«

Die neue Katze sprach in hartem, aber durchaus kultiviertem Ton. Ob die beiden wohl Töchter von Kiki la Doucette waren? Ihr Vater musste ein Riesenkater gewesen sein, wenn ihm ein so mageres Weibchen, wie es die Königin der Strandpromenade einmal gewesen war, zwei so stramme Töchter geworfen hatte.

Sealink betrachtete die Schecke von Kopf bis Fuß. Wie die Tigerkatze trug sie ein Halsband mit kleinen Talismanen und Glöckchen daran, die bei jeder Bewegung leise klirrten. Hauskatzen, dachte sie verächtlich. Verhätschelte Schoßtiere.

»Hast keine Veranlassung, mich *ma chère* zu nennen, Schätzchen. Ich spiel den Botenjungen nicht aus Gefälligkeit.«

Die Schecke sah sie von oben herab an. Die Tigerkatze rümpfte die Nase. »Und du hast als Außenseiter keine Veranlassung, pampig zu werden.«

»Wer ist hier der Außenseiter?« Sealinks Ton wurde drohend.

»*Ma chère,* du hast keinen Besitzer, niemand beschützt dich. Du trägst kein Halsband, also gehörst du nicht zu den Geretteten. Wirst dich nicht lange halten in dieser Stadt. Was ist los mit dir – bist du neu hier oder was?« Die gescheckte Katze – ›Sappho‹ stand auf ihrem Namensschild – musterte Sealink mit unverhohlener Geringschätzung.

Die gab den Blick mit Zinseszinsen zurück. »Schätzchen, ich wurde in dieser Stadt geboren und ich lebe so, wie es sich für eine freie Katze gehört. Ich kenne hier jedes Dach, jedes Café, jede Abdeckerei. Aber ich habe auch die Welt gesehen. Ihr habt die Stadt nie verlassen und das ist kein Grund, stolz zu sein.«

Die Tigerkatze heulte vor Empörung laut auf, aber die Calicokatze fuhr ungerührt fort: »Und was geschieht hier eigentlich mit den Kätzchen?«

Die beiden Schwestern sahen sie mit schmalen Augen an.

»Keine Ahnung, was du meinst …«, sagte die eine.

»Geht dich nichts an …«, sagte die andere im gleichen Atemzug.

Sealink schürzte die Lippen. »He, die Menschen haben euch aber wirklich an der Kandare …«

Die Tigerkatze gab sich erstaunt. »Menschen sind einfach großartig! Wer versorgt dich sonst mit gedünstetem Fisch und Samtkissen?«

»Ich lasse nichts auf sie kommen«, erklärte Sappho entschieden.

Im Blick der Calicokatze lag abgrundtiefe Verachtung. »Dann gebt mir endlich dieses verdammte *cadeau*, damit ich wieder in die Freiheit komme.«

Die Schecke hielt dem Blick ungerührt stand. »Komm mit.«

Zwischen den Bücherwänden führte ein schmaler Korridor an der Gobelin-Portiere vorbei in einen Lagerraum. Dort war es kühler, aber feucht und stickig. Die Decke gehörte den Spinnen, ihre Netze hingen wie Spanisches Moos von den Dachsparren. Auf Kisten und Schachteln hatten sich dicke Staubschichten abgelagert, die träge aufwirbelten, wenn man vorüberging. In der Mitte des Raums stand eine große Holzkiste mit Schnitzereien in afrikanischem Stil – ein dunkles Gitter aus Vögeln und Blättern, eingelegt mit hellem Elfenbein und Perlmutt. Trotz der filigranen Verzierungen wirkte die Truhe so schwer und wuchtig wie ein Katafalk. Sealink besah und beschnupperte sie neugierig von allen Seiten. Dann stellte er sich auf die Hinterbeine und untersuchte den Deckel. Die Kiste war der einzige staubfreie Gegenstand in diesem Raum. Aus einer verborgenen Quelle fiel Licht darauf und bildete ein goldenes Zeichen: ein schmales Dreieck mit einem Kreis an der Spitze, etwa wie ein altmodisches Schlüsselloch oder wie eine Pyramide, über der die Sonne aufging.

Sappho drängte sich an ihr vorbei und versuchte, den schweren Deckel anzuheben. Das Lichtsymbol verschwand im Halbdunkel. »Fass mal mit an, Venus!«, zischte sie.

Erschrocken eilte die Tigerkatze ihrer Schwester zu Hilfe. Es war Schwerarbeit, doch mit einigen Verwünschungen gelang es ihnen, den Deckel so weit hochzustemmen, dass er, nur von zwei Lederangeln gehalten, nach hinten fiel. Zwei pelzige Schatten verschwanden in der Truhe und begannen heftig zu rumoren. Nach einer Weile tauchten sie rückwärts wieder auf und zerrten mit den Zähnen ein formloses Bündel heraus. Im schwachen Licht des Lagerraums sah es aus wie ein schlampig eingewickeltes Paket – zerknittertes braunes Papier, stellenweise zerfetzt, mit zerkautem Bindfaden zusammengehalten. Sealink schnupperte daran. Das Ding verströmte ein schweres Parfüm, das zum Husten und zum Niesen reizte. Darunter roch es muffig wie ein alter Teppich. Es war schwer und fühlte sich hart an.

»Bring das zu la Mère. Und geh vorsichtig damit um.«

Die beiden Schwestern wechselten einen Blick, das matte Licht spiegelte sich in ihren goldenen Augen. Dann wandten sie sich der Calicokatze zu und sahen sie ausdruckslos an.

»Wage nicht, es zu öffnen, du würdest es bereuen.«

»La Mère wird dafür sorgen.«

Sealink starrte zurück, ohne mit der Wimper zu zucken.

»Ich hab keine Angst vor ihr. Für mich ist das nur ein Auftrag, ein Mittel zum Zweck.«

Sie beugte sich über das Paket. Die Schwierigkeit war nicht allein das Gewicht, sondern die sperrige Form. Es gab keine elegante Methode der Beförderung. Sealink nahm alle Kräfte zusammen und zerrte das Bündel hinter den beiden Schwestern her. Schon am Ausgang des Lagerraums taten ihr die Zähne weh.

»Komm, wir machen es auf.«

Red beschnüffelte das Ding, das er zusammen mit Sealink durch ganz New Orleans geschleppt hatte. Hinter der St.-Louis-Kathedrale hatten sie sich in den kühlen, schattigen Park von St. Anthony geflüchtet, wo sie vor neugierigen Blicken geschützt waren. Das Päckchen lag zwischen ihnen und weigerte sich, sein Geheimnis preiszugeben. Red zog probeweise an der zerkauten Schnur, die es zusammenhielt, aber der Knoten saß fest. Er senkte den Kopf noch tiefer und wollte die oberste Papierschicht aufreißen.

»Nein!«, schrie Sealink empört und stieß ihn weg.

Red fauchte sie an. Er war verwirrt und gekränkt.

»Nun hab dich doch nicht so! Du bist genauso neugierig wie ich. Wir sind schließlich Katzen!«

Sealink sah ihn drohend an. »Du wirst deine gottverdammten Zähne von dieser Schachtel lassen. Wenn du Dummheiten machst, finde ich meine Kätzchen niemals wieder. Oder willst du diesem Miststück von einer Königin erklären, warum ihr kostbares *cadeau* in Fetzen bei ihr ankommt? Kannst du dich etwa daran erinnern, dass sie gesagt hat, wir könnten es ruhig öffnen? Überleg mal!«

Red zerrte an einem Stück Bindfaden, das sich zwischen seinen Zähnen verfangen hatte, und schwieg. Aber seine Augen blitzten.

»Außerdem riecht es komisch. Ich *möchte* gar nicht wissen, was drin ist.«

»Nur einen kurzen Blick. Wenn wir es wieder einwickeln …«

Sealink biss ihn.

»Autsch!«

Kiki betrachtete ihr *cadeau* so gierig, dass ihr der Speichel aus dem Maul rann. Sealink hatte es sich nicht nehmen lassen, das Paket vom Park hinter der Kathedrale ganz allein hierher zu schleppen. Nachdem sie es nun abgeliefert hatte, trat sie zurück. Ihr war übel, alles drehte sich und vor ihren Augen tanzten schwarze Sternchen.

»Und jetzt …« Sie bemühte sich, ganz ruhig zu bleiben. »… zu meinen Kätzchen. Was weißt du über sie? Wo sind sie?«

Die Gelbe riss sich nur widerwillig von ihrem Paket los. Ihr Lächeln triefte vor Bosheit. Als sie den Kopf hob, waren ihre Pupillen schwarz vor Verlangen. »Näher, als du denkst.«

»Wo?«

»*Ma chère*, du hast einen Auftrag für mich ausgeführt, jetzt bin ich dir ein Häppchen Wahrheit schuldig; aber die Wahrheit ist manchmal schmerzhaft. Vielleicht möchtest du gar nicht erfahren, was ich weiß.«

Sealink witterte Betrug. »Wie kommst du darauf?«

Die Gelbe suchte sich eine bequemere Lage, es schien eine längere Geschichte zu werden. »Nicht jeder Wurf bekennt sich zu seiner *maman*. Kätzchen können schrecklich undankbar sein, glaub es mir. Manchmal haben sie ein rabenschwarzes Herz.« Sie wischte sich mit der Pfote über die Augen, die völlig trocken waren. »Es kann sehr wehtun, wenn einem die eigenen Kätzchen die Liebe und den schuldigen Respekt verweigern. *Soixante jours.* Sechzig Tage trägst du sie im Leib. Sechzig Tage quälst du dich mit ihnen. Du nährst sie; du gibst ihnen das Letzte – oh, sie saugen dich aus, bis dir die Zitzen bluten!«

Sie kniff die Augen fest zu und öffnete sie wieder. Tatsächlich, sie hatte sich ein paar Tränen abgequetscht. Sealink blieb unbeeindruckt.

»Schluss mit dem Gefasel!«, fauchte sie ungeduldig. »Wo finde ich sie?«

»Immer schön höflich bleiben!«, mahnte die alte Königin, »Wenn du sie wieder sehen willst, musst du mich anhören.« Ihre Augen blitzten drohend. »Manche nennen dich Mutter, obwohl es gar nicht deine eigenen sind, und oft sind die am dankbarsten von allen.

Du hattest fünf Babys, *hein*? Man hat sie dir weggenommen, als sie noch ganz klein waren. Weggenommen und weggeworfen. Nachdem die Menschen, die dich in ihr Haus geholt hatten, mit dir fertig waren, ließen sie deine Babies *avec le docteur*, damit der sie auf ›humane Weise‹ beseitigte, wie man so sagt; aber der *assistant* des Tierarztes ist ein habgieriger Mann. Er spart sich das Geld für die Medizin, die ihnen einen friedlichen Schlaf schenkt. Stattdessen setzt er die Kleinen, erst wenige Tage sind sie alt, an der Flussländе aus, damit die Flut sie mitnimmt. Da habe ich sie gefunden. Zwei waren schon fast tot, sie lagen in den letzten Zügen. Ich war bei ihnen, als sie starben. Ja: Ich war das Letzte, was sie gesehen haben, *les pauvres bébés*. Für die drei anderen war *ich* die Mutter, *ma chère: Pas toi*. Drei Babies, und alle gediehen sie prächtig. Groß und schön sind sie geworden wie ihre Mutter, die sie im Stich gelassen hat.«

In Sealink keimte ein Verdacht. Ein unerträglicher Verdacht. Kätzchen. Wenn sie an ihre Kätzchen dachte, sah sie winzige Fellbündel; in ihrer Erinnerung waren sie kleine Bällchen, nicht größer als ihre Pfoten. Keine ausgewachsenen Katzen – Katzen mit buschigen Schwänzen, große, langhaarige Tigerkatzen, die sich unverschämt benahmen …

La Mère beobachtete mit Genugtuung, wie die Erkenntnis in Sealink reifte.

»*Mais oui, ma chère*. Du hast deine *Töchter* bereits kennen gelernt.« Wieder spaltete das tückische Grinsen ihr Gesicht. »Tragen die Nase *très* hoch für zwei Bastarde!« Sie lachte atemlos. »Ich hab sie *Puce* und *Guêpe* getauft – Floh und Wespe –, weil sie meistens voller Flöhe waren und ganz zu Anfang Streifen hatten; aber das war ihnen nicht gut genug! Irgendwann haben sie sich selbst Venus und Sappho genannt – ziemlich hochtrabend, wenn man aus der Gosse kommt! Sobald sie konnten, sind sie in eine bessere Gegend gezogen. Haben sich im *Goldenen Skarabäus* adoptieren lassen. Jetzt tragen sie Halsbänder und sind operiert.« Sie machte eine ordinäre Geste.« Aber vor la Mère haben sie nach wie vor einen gesunden Respekt. Waren immer sehr zuverlässig, die beiden. Zwei nützliche kleine Prinzessinnen.«

Sealink lag das Herz wie ein Bleigewicht in der Brust. »Und mein drittes Kätzchen?«

Kiki la Doucette musterte sie mit schmalen Schlitzaugen und zuckte die Achseln. »Ich denke, das genügt fürs Erste, meinst du nicht auch?«

Die Calicokatze nickte stumm und wandte sich zum Gehen. Ihre Augen brannten und die Kehle war ihr wie zugeschnürt. Dennoch drehte sie sich noch einmal um, wollte eine weitere Frage stellen. Die Gelbe stand über das Paket gebeugt wie ein Raubtier über seine Beute und sägte mit ihren ekelhaft bräunlichen Zähnen an der Schnur. Das braune Papier fiel ab wie eine Schlangenhaut und darunter glänzte es golden: ein Kästchen, wie eine Figur geformt. La Mère kratzte daran. Goldene Farbschuppen flogen durch die Luft. Die Calicokatze kniff die Augen zusammen und sah, dass jemand mehrere Löcher in die Seitenwand des Behälters gebohrt hatte. Von ferne erinnerten sie fast an ein Gesicht. Sie stand wie angewurzelt, für einen Moment gewann die Neugier sogar die Oberhand über den Schmerz. Plötzlich bewegte sich das Kästchen. Kikis Höflinge bildeten einen schützenden Kreis. Ihre Augen waren so leer wie der Himmel im Mondschein und sie warteten auf etwas …

Sealink hatte genug gesehen. Sie legte die Ohren an, zog den Kopf ein und flüchtete.

Stunden später lag die Calicokatze zusammengerollt in einer ihrer alten Mulden unter der Promenade und döste friedlich vor sich hin. Wenn sie die Augen nur so weit öffnete, dass alle Umrisse verschwammen, erschien ihr das Mondlicht auf dem Mississippi wie eine silberne Bahn, ein Geheimer Pfad über den Fluss. Kätzchen. Wozu brauchte eine Katze in ihrem Alter noch Kätzchen? Noch dazu wenn sie schon erwachsen und hochnäsig waren und Tigerstreifen hatten? Sie war mit der Reise von der Alten in die Neue Welt nur einer Illusion nachgejagt. Viel Lärm um nichts. Aber sie war immer noch Sealink und sie würde auch diese Enttäuschung verkraften. Sie suchte sich eine bequemere Lage, steckte die Nase unter den Schwanz, um sie zu wärmen, und war gerade im Begriff, zu den Sternen zu entschweben, als eine andere Katze sich näherte. Bevor sie noch Witterung aufnehmen konnte, war die Fremde zu ihr in die Mulde gekrochen.

»He, Engelchen«, sagte sie. Die Dunkelheit verbarg ihr Gesicht, »rück mal ein Stück und mach Platz für einen frierenden Jungen, der sich einsam fühlt.«

Die Calicokatze grinste in die Nacht hinein.

Red spürte die winzige Veränderung im Luftdruck an den Schnurrhaaren und schmiegte sich von hinten an sie. So schliefen sie ein, jeder den Kopf auf den Rücken des anderen gelegt, zwei Katzen gegen den Rest der Welt.

9

DIE WANDERER

Versuchstier X stand blinzelnd in der Sonne.

Er konnte noch nicht so recht erfassen, was er sah. Das zerstörte Labor mit der gepflegten neuen Zufahrt, die in gerader Linie davon wegführte, lag in einer stillen Mulde, die auf allen Seiten von weiten, sanft abfallenden Weideflächen umgeben war. Niederwald und Hängeeichen bildeten den Horizont. Die Sonne brannte heiß vom blauen Himmel herab. Alles war friedlich, nur in der Ferne kreisten über einem Waldstück viele schwarze Pünktchen, die mit heiseren Stimmen fröhlich aufeinander einschrien.

Versuchstier X sah ihnen eine Weile zu. Aus der Nähe klänge das wie im Tollhaus, dachte er. Ein Schauer überlief ihn, ohne dass er den Grund dafür gewusst hätte.

Unvermutet kam ihm das Wort *Krähen* in den Sinn. Er durchleuchtete es und als ihm nichts weiter dazu einfiel, ließ er es wieder fallen. Prompt kehrte es mit einer Beschreibung zurück. Er schaute zu den Krähen am Himmel auf. Irgendwo habe ich sie schon gesehen, dachte er, aber ich weiß nicht mehr, wo es war. Das wäre vermutlich immer der nächste Schritt: die Erinnerung. Du kannst zwar sagen, etwas ist eine Krähe, überlegte er, aber das nützt dir nichts, solange du nicht weißt, wann du das letzte Mal eine Krähe gesehen hast. In den nächsten Tagen sollte er auf viele solcher Mosaiksteinchen stoßen; doch die Vergangenheit selbst wollte sich nach wie vor nicht öffnen.

Ein leichter, lauer Wind streichelte ihm das Fell.

Er wusste nicht, wohin.

Vielleicht sollte ich einfach losmarschieren, dachte er. Und das tat er auch. Gleich darauf kam er an einem Schild vorbei, auf das für alle Lesekundigen geschrieben stand:

⊙ LABORATORIEN
Winfield Farm

Dahinter mündete die geteerte kleine Zufahrt in einen Feldweg, der von dichten Bäumen überschattet wurde. Dieser Weg war nicht so gepflegt. Auf dem schmalen Randstreifen wuchsen Wicken und Quecken; Heckenrosen und Nachtschatten bildeten mit dem Geschlinge der Waldreben eine dichte Wand, hinter der man dann und wann ein wenig Wasser auf dem sandigen Boden eines Grabens glitzern sah. Schwer beladen lösten sich die Bienen von den Blüten und verstreuten, wenn sie schwankend vorüberzogen, den mit Beinen und Flügeln gesammelten Pollen. Der Duft des Mädesüß war von betäubender Schwere. Das gefällt mir, dachte Versuchstier X. Ein paar Minuten später fielen ihm Stilton und der kleine Kater wieder ein und er drehte sich um. Sie waren nur wenige Meter hinter ihm. Stilton wirkte jetzt schon müde und krank, aber er redete aufgeregt mit dem Kleinen. Der sah sich verwundert um. Aber er wirkte nicht mehr so verstört und sein stummer Zorn hatte sich ein wenig gelegt. Versuchstier X hörte Stilton sagen: »Und im Fabrikverkauf bekommst du …«

So gingen sie eine Weile weiter. Hinter jeder Ecke wartete etwas Neues. Wenn sie über die Felder schauten, sahen sie Menschen in der Ferne. Sie sahen einen See mit grünem Wasser und mit Seerosenblättern, die den Anschein erweckten, als könne man darauf stehen. Sie sahen einen Reiher auf einem Pfosten. Sie sahen die Hitze über dem Land flimmern und tanzen.

Gegen Mittag gelangten sie an eine breite schwarze Straße,

wo riesige Gebilde mit viel Getöse an ihnen vorüberrasten. Papierabfälle flogen in die Luft, sanken zu Boden und wurden abermals hochgeweht. Es war ein Ort der Menschen. Ihr Geruch dominierte. Minutenlang standen Versuchstier X und Stilton naserümpfend an der Kreuzung und ließen sich von den gefährlichen Luftströmen durchschütteln. Dann senkten sie beschämt die Köpfe – sie hatten vergessen, was das alles bedeutete, falls sie es je gewusst hatten – und wandten sich ab. Der kleine Kater ließ sich nicht aus der Ruhe bringen. Er hatte sich offenbar vorgenommen, von der Welt der Menschen nur das Schlimmste zu erwarten. So zwinkerte er nur mit seinem einzigen Auge.

»Kommt weiter«, sagte Versuchstier X. »Hier können wir nicht bleiben. Wir suchen uns einen anderen Weg.«

»Ich habe Hunger«, sagte Stilton zu dem Kleinen. »Du nicht?«

Das Katerchen trotzte hoch aufgerichtet der verpesteten Luft und antwortete nicht. Doch als die beiden anderen allein weitergingen, schüttelte es sich und rannte ihnen nach. Von da an blieben sie auf den Feldwegen, wo die Welt sicherer und sauberer war. Obwohl sie bald nicht nur der Hunger, sondern auch der Durst plagte, waren sie froh, in Freiheit zu sein. Gegen Abend erreichten sie ein Dorf: Kastanienbäume, eine Kirche aus grauem Stein, eine Handvoll roter Ziegelhäuser. Der Weg fiel sanft ab und endete schließlich an einem seichten Bach, der hier ein paar Meter weit über die Straße floss. Zwei oder drei zänkische Enten planschten im Schein der untergehenden Sonne in der glitzernden Strömung und riefen: »Mein Wasser.«

»Nein. Das Wasser gehört mir.«

»Aber es ist doch nie dasselbe Wasser.«

»Na und?«

»Ich wollte es nur gesagt haben. Wie kann es dir gehören, wenn es nicht dasselbe Wasser ist?«

Im grauen Schatten unter den Kastanienbäumen hatte sich die Wärme des Tages gestaut.

Stilton war zum Umfallen müde. Er hatte sich Blasen gelaufen, die aufgebrochen waren. Nun hinkte er und nickte im Takt dazu mit dem Kopf. Zweimal hatte er sich schon übergeben, weil er es nicht lassen konnte, Dinge zu fressen, die er auf der Straße fand. Hin und wieder knickten ihm plötzlich die Hinterbeine ein, dann setzte er sich hin und sagte: »Ich glaube, ich habe einen Hitzschlag.« Jetzt fügte er hinzu: »Ich muss mich ausruhen. Ich kann nicht mehr weiter.«

Versuchstier X starrte wie gebannt den Bach an. Er sah so friedlich aus, doch etwas in ihm weigerte sich, ihn zu durchqueren. Er hatte keine Erklärung dafür. Über der Oberfläche tummelten sich die Insekten. Die Enten ruderten in tieferes Wasser, glätteten ihr gesträubtes Gefieder und setzten ihren Streit im Halbschlaf fort, während sie sich von der Strömung davontragen ließen.

»Dann bleiben wir hier, Stilton«, sagte Versuchstier X. »Und wenn wir nichts zu fressen finden, dann schlafen wir eben.«

Die Lupinen standen wie Kerzen in den Gärten. Es duftete nach Rosen und Lavendel. Die Sommerluft wirkte einschläfernd: Das Pony träumte auf seiner Koppel, die Hunde dösten in ihren Zwingern; aus den Küchen der Menschen drang zufriedenes Gemurmel. Das goldene Kätzchen sah den Enten, die in der Dämmerung verschwunden waren, verdrießlich nach, dann lief es kopfschüttelnd hinter Versuchstier X und Stilton ins Dorf zurück. Vor einem kleinen Holzschuppen blieben sie stehen. Die weiße Farbe blätterte bereits ab, das geteerte Dach war mit Geißblatt überwuchert. Offensichtlich erst im Nachhinein errichtet, lehnte sich der liebenswerte Anbau Halt suchend an eins der Häuschen. Die Tür stand halb offen und entließ – wie winkende Hände, wie Tangsträhnen im tiefen Wasser – verlockende und zugleich bedrohliche Düfte in die Nacht. Stilton reckte die Nase in die Luft. Ein Speichelfaden lief ihm aus dem Maul.

»Wer geht als Erster?«, fragte er.

»Wir sollten nicht unüberlegt handeln«, warnte Versuchstier X.

Stilton setzte sich.

»Ich traue mich sowieso nicht«, sagte er.

Der kleine Kater drängte sich an den beiden vorbei.

»Warte«, empfahl Versuchstier X. »Wir ...«

Zu spät.

Ein dumpfes Poltern war zu hören, dann kreischte der Kleine aus Leibeskräften. Ein tiefes, kehliges Grollen gesellte sich dazu – der wütende Protest eines größeren Tieres. Stilton stob davon. Versuchstier X rannte hinterher. Als sie stehen blieben und sich umsahen, war Stiltons Vorsprung sehr viel kleiner geworden. Versuchstier X schämte sich.

»Wir dürfen den Kleinen nicht im Stich lassen«, sagte er. »Wer weiß, was da drinnen mit ihm geschieht?«

Stilton nickte.

»Wenigstens einer von uns sollte ihm zu Hilfe kommen.«

»Du«, sagte Stilton. »Geh du.«

Der Lärm hatte nicht aufgehört, nun steigerte er sich noch. Versuchstier X war in den Garten zurückgeschlichen und kauerte in einem Beet mit wild wuchernder Pfefferminze, als sich die Tür des Schuppens knarrend öffnete und etwas Schwarzes sich herauszwängte. Es war schon zu dunkel, um es zu erkennen. Aber er konnte es selbst aus dieser Entfernung deutlich riechen, und die weiß umrandeten Augen waren braun wie flüssige Schokolade. Es könnte ein Hund sein, dachte Versuchstier X. Aber er war sich nicht sicher; die Umrisse waren zu verschwommen, die Formen nicht deutlich ausgeprägt. Das Tier blieb stehen und drehte sich halb um, wie um den Kampf wieder aufzunehmen. Als es jedoch das gurgelnde Kreischen des goldenen Kätzchens hörte, besann es sich eines Besseren, schüttelte sich und hinkte auf die Straße hinaus. Wenn es tatsächlich ein Hund war, dann hatte er nur drei Beine.

Versuchstier X wartete ein paar Minuten lang, dann streckte er vorsichtig die Nase durch die Schuppentür. Drinnen war es fast dunkel. Das Zeug der Menschen – Sägemehl, Stroh, leere Säcke, Gartengeräte, ein Ölfleck von irgendeiner Maschine – in den Ecken und auf dem Fußboden verströmte starke Gerüche, ohne jedoch die durchdringende Ausdünstung des letzten Gastes überdecken zu können. Der kleine Kater stand hilflos in der Mitte, fletschte die weißen Zähne und machte einen Buckel. Sein Rückenfell war immer noch gesträubt, obwohl der Feind verschwunden war.

»Ich bin's«, sagte Versuchstier X beruhigend. Und stellte sicherheitshalber klar: »Ich will nicht mit dir kämpfen.«

Der Kleine starrte ihn an.

»Jetzt weißt du nicht, wie es weitergehen soll, nicht wahr?«, fragte Versuchstier X freundlich. »Schau«, fuhr er fort, »da stehen zwei Schüsseln in der Ecke. Wir sollten probieren, was drin ist. Es könnte ja Futter sein.«

Das Kätzchen knurrte leise.

»Hast du keinen Hunger?«

Nichts.

»Ich nehme jedenfalls eine Kostprobe«, sagte Versuchstier X.

Er tastete sich schrittweise, den Kopf zur Seite gedreht, um jeden Anschein einer Drohung zu vermeiden, durch das Gerümpel zu der Ecke vor. Dramatisch wurde es, als er die Flanke des Katerchens streifte. Doch die verkrampften Muskeln zuckten nur unter seiner Berührung und entspannten sich. »Siehst du?«, sagte Versuchstier X lauter als beabsichtigt. »Jetzt kann uns beiden gar nichts mehr passieren.« Er war so erleichtert, dass er die letzten Schritte rennend zurücklegte. Er steckte den Kopf in die erste Schüssel und begann zu fressen. Was er hinunterschlang, wusste er nicht, aber es war ihm auch gleichgültig. Wenig später wurde er gewahr, dass der kleine Kater neben ihm stand, und rückte zur Seite.

»Ich weiß nicht, was man als Katze frisst, wenn man auf sich gestellt ist«, sagte er. »Das hier ist jedenfalls genießbar. Komm, probier mal.«

Der Kleine gehorchte. Zuerst fraß er langsam, dann immer schneller. Endlich hob er den Kopf und schnurrte.

Etwas später räumten beide ihren Platz für Stilton.

»Das schmeckt«, lobte Stilton. »Es schmeckt fast so gut wie …«

»Klappe, Stilton.«

Der Hund – falls es jemals ein Hund gewesen sein sollte – stand groß und unförmig wie eh und je völlig reglos mitten im Dorf. Er stand da und er war der Hund. Sein unbestimmbarer Geruch erfüllte die Sommernacht und überdeckte vorübergehend den Duft des Geißblatts und die Witterung der nachtaktiven Tiere; wäre jemand vorbeigekommen, er hätte seine Umrisse im Dunkeln flimmern sehen.

Der Hund dachte: Da drinnen hatte ich es bequem.

Etwas später dachte er: Ich hätte das Zeug in den Schüsseln fressen können. Jetzt fressen es diese Katzen. Und endlich dachte er: Der neue Majicou – der nicht der alte Majicou ist – hat nach zwei goldenen Kätzchen gefragt. Eins ist jetzt in diesem Schuppen. Das könnte ich ihm berichten. Aber *ein* goldenes Kätzchen und *zwei* goldene Kätzchen sind nicht dasselbe. Darüber sann er lange nach. Und endlich zog er den Schluss: Für *ein* goldenes Kätzchen gibt es keine Belohnung.

Immerhin nahm er sich vor, ganz in der Nähe zu schlafen, um den Katzen am nächsten Morgen folgen zu können.

Hunde verfolgen ihre Beute, dachte er zufrieden.

Das ist Hundeart.

Rhythmisches Klappern schallte durch den Schuppen. Das Futter war bis auf den letzten Krümel verschwunden. Doch das goldene Kätzchen hatte nicht aufgehört, eine der leeren Schüsseln auszulecken. Nun war es damit in einer Ecke gelandet und stieß die Schüssel mit jedem Zungenstrich gegen die Wand. Versuchstier X hatte sich inzwischen gründlich gewaschen und dabei zufrieden festgestellt, dass seine Zunge mit einem ganz ähnlichen Geräusch über das Brustfell schabte wie die Kätzchenzunge über die leere Schüssel. Eine Zunge, überlegte Versuchstier X, ist eine praktische Einrichtung für eine Katze.

Stilton schlief schon fast. Er hatte die Pfoten unter sich gezogen und den Kopf so weit gesenkt, dass er mit der Nase fast den Boden berührte. Aber jedes Mal, wenn er einnickte, ließ ihn ein Gedanke wieder aufschrecken und veranlasste ihn zu der bangen Frage: »Ob dieses Ding wohl zurückkommt?«

»Ich glaube, der kleine Kater hat es erschreckt«, sagte Versuchstier X und fügte, mehr zu sich selbst als zu Stilton, hinzu: »Ich glaube, der könnte jeden erschrecken.«

»Wir haben ihm sein Futter weggenommen«, sagte Stilton schuldbewusst.

Das Fressen hatte die magische Wirkung, die es auf alle Katzen ausübte, auch bei ihm nicht verfehlt; dennoch zitterte er an allen Gliedern und beide Augen verschwanden fast zur Hälfte unter dem milchig trüben dritten Lid. Du siehst nicht gut aus, dachte Versuchstier X. Wobei man natürlich nicht weiß, wie du ausgesehen hast, als du gesund warst. Laut sagte er voller Zuversicht: »Ich glaube, es hatte hier nicht mehr Rechte als wir. Sonst hätte es sich stärker gewehrt.«

»Was *war* es überhaupt?«

Diesmal war Versuchstier X sich weniger sicher.

»Ein Wanderer wie wir«, sagte er schließlich.

»Setz dich neben mich«, bat Stilton. »Nur für alle Fälle.«

Und dann sagte er: »Ist es nicht großartig, endlich draußen zu sein?«

Versuchstier X kuschelte sich an ihn und leckte ihm einmal, zweimal die Ohren. Dann legte er sich nieder.

»Schlaf jetzt«, sagte er.

Das goldene Kätzchen hatte sie von der anderen Seite des Schuppens aus beobachtet. Nun ließ es von der Schüssel ab, leckte sich ausgiebig die Lippen, gähnte noch ausgiebiger und kam zu ihnen. Einen Augenblick lang verharrte es noch, wie um auf Anweisungen zu warten oder sich für eine Stellung zu entscheiden, dann seufzte es tief, ließ sich auf Versuchstier X' Schwanz fallen und begann zu schnurren.

»Mach's dir nur bequem«, sagte Versuchstier X großzügig.

Er schlief sehr tief und hatte lange, realistische Träume; am nächsten Morgen erwachte er so früh wie gewohnt. Stilton lag in einem perlmuttschillernden Lichtstreifen neben ihm. Der kleine Kater war schon fort. Versuchstier X ging zur Tür und schaute in den Garten hinaus. Nichts als weißer Nebel und blassgelber Sonnenschein.

»Ich habe den Morgen immer geliebt«, sagte er leise zu sich selbst, »aber heute liebe ich ihn noch mehr.«

Der kleine Kater hatte im taunassen Gras eine Spur hinterlassen, die zum hinteren Ende des Gartens führte. Dort hatte er sich durch die Hecke gezwängt. Draußen auf der Weide hatte er sich ein paar Minuten lang geputzt, dann war er zum Bächlein gelaufen, hatte den Entenkot beschnuppert und war mit der Strömung weitergeschlendert.

Nach wenigen hundert Metern floss das Rinnsal in eine breite, tiefer gelegene Wasserwiese – mit Spinnweben, in denen die Tautropfen glitzerten, unzähligen Sumpfdotterblumen und vereinzelten hohen Disteln dazwischen –, wo sich der Nebel noch hielt, obwohl es zunehmend wärmer wurde. Hier vereinigte es sich mit einem breiteren, tieferen Bach, der scheinbar unbewegt unter einer Schicht grüner Wasserpest lag, bis er mit gedämpftem Tosen über ein Stauwehr stürzte. Um das Wehr herum schillerte die Luft in allen Regenbogenfarben, als hätte der Wasserfall den Nebel herausgewaschen. Alle Umrisse waren gestochen scharf. Blaue Libellen schossen über dem Bach hin und her. Am Ufer neben diesem Lichttheater saß mit schief gelegtem Kopf das goldene Kätzchen und beobachtete gebannt das hinabstürzende Wasser, den breiten Silberstreifen auf der Wehrkante, die cremig weiße stehende Welle und die Schaumflocken, die in die bunte Luft geschleudert wurden. Versuchstier X trat näher und setzte sich kameradschaftlich daneben auf den kurz geschorenen Rasen.

»Was siehst du?«, fragte er.

Der Kleine wandte ihm den Kopf zu. Aus dem Auge, das ihm noch verblieben war, strahlte ein so stilles, reines Glück, dass Versuchstier X ganz verlegen wurde. Keine erwachsene Katze konnte diesen Blick ertragen. Als er den kleinen Kater wieder ansah, hatte der ihn schon vergessen. Er war vollauf damit beschäftigt, dem Rauschen des hinabstürzenden Wassers zu lauschen und staunend zuzusehen, wie es sich über die Kante bog und wie die Schaumflocken tanzten. Immer wieder veränderte er den Winkel seines Kopfes um eine Winzigkeit und sah sich – nicht fähig und auch nicht willens, sich von dieser ewigen Wiederkehr zu lösen – das Ganze noch einmal an. Versuchstier X wartete ein wenig, dann wiederholte er: »Was siehst du?«

Schweigen.

»Ich hab etwas gegen Wasser. Ich weiß nicht, warum.«

Der kleine Kater betrachtete das Wehr.

»Aber es ist wunderschön«, sagte Versuchstier X.

Der Kleine zog die Schultern hoch.

Versuchstier X wechselte die Taktik. »Kannst du dich vielleicht an so etwas erinnern?«, fragte er. Das Wasser stürzte donnernd herab, der Gischt kühlte die Luft, das Licht zerfiel begeistert in seine Bestandteile und erstrahlte in allen Farben des Regenbogens. »Ich meine, aus der Zeit, bevor sie dich gefangen haben?«

Das Kätzchen drehte den Kopf und fauchte. Es legte die Ohren an und aus seiner Kehle löste sich ein schmerzliches Wimmern. Sein Auge sprühte Funken.

»Nein!«, sagte Versuchstier X. »Hör zu, ich wollte doch nur …«

Er wich zurück. Einen Schritt, noch einen Schritt. Stück um Stück trieb ihn das goldene Kätzchen vom Wasser weg. Das ist doch lächerlich, dachte Versuchstier X. Was habe ich denn getan? Er drückte das Gesäß gegen den Boden. Nun drückten sich auch seine Ohren flach an den Kopf, auch in seiner Kehle entstand dieses zornige Jaulen. Das Kätzchen hob den Kopf, als höre es das Rauschen des Wehrs zum ersten Mal. Es warf einen verzweifelten Blick auf den tanzenden Schaum, als müsse es sich für immer davon verabschieden, und rannte über die Wiese davon.

»Nein!«, rief Versuchstier X, aber es war zu spät. Die zankenden Enten fielen ihm ein, die sie am Abend zuvor an der Furt gesehen hatten. »Das Wasser gehört euch«, flüsterte er. »Alles gehört euch.«

Er wollte dem kleinen Kater nachlaufen, um mit ihm zu sprechen, doch da rief eine Stimme: »Warte doch! Was ist denn los?«

Stilton war aufgewacht und hatte, als er sah, dass er allein im Schuppen war, die Beine in die Hand genommen, um seine Freunde einzuholen.

»Worüber habt ihr denn gestritten? Lass mich nicht im Stich!«

Versuchstier X seufzte.

Er wartete.

Er dachte: Der Kleine wird sich bald beruhigen. Und wir können auch in dieser Richtung weitergehen, es ist einerlei.

Nachdem also Stilton aufgeholt und Versuchstier X ihm versichert hatte, dass sie zusammenbleiben würden, wateten die beiden auf den Spuren des goldenen Kätzchens durch die taunasse Wiese. Den Schatten, der ihnen folgte wie ein Wölkchen, das über die Sonne zieht, bemerkten sie nicht.

Der kleine Kater beruhigte sich tatsächlich wieder – aber es dauerte bis zum Abend des nächsten Tages und auch dann streifte er Versuchstier X und Stilton noch mit misstrauischen Blicken und hielt immer etwas Abstand. Ich weiß nicht, was ich verbrochen habe, dachte Versuchstier X, aber in Zukunft muss ich mich sehr in Acht nehmen. Zu Stilton sagte er: »Das Kätzchen braucht Freunde, aber sein Zorn ist so groß, dass es niemanden an sich heranlässt.«

»Ich wäre auch zornig«, sagte Stilton.

Versuchstier X starrte ihn an. »Wie meinst du das?«, fragte er.

Aber Stilton konnte es ihm nicht erklären.

Die nächsten Tage vergingen ohne besondere Zwischenfälle. Die Strecke wurde durch den Bach bestimmt, den Versuchstier X nicht überqueren wollte. Mit der Zeit wurde er breiter und ließ die Muskeln spielen. Er schlängelte sich durch Viehweiden oder an sanften Kalkhügeln entlang und manchmal teilte er sein Tal mit einer Straße. Die Menschen waren niemals weit entfernt – es gab kaum ein Stück Wegs, auf dem nicht der graue Turm irgendeiner Dorfkirche sichtbar gewesen wäre –, aber die drei Katzen blieben für sich. Mittags hielten sie ein Schläfchen unter einer Hecke; wenn es dämmerte, wateten sie bis zu den Ohren durch die kühlen Nebelschichten, die wie Mühlenteiche in den Feldern lagen. Bei jedem Eulenschrei, jedem Hundegebell aus einem mondbeschienenen Haus erstarrten sie; manchmal drang ihnen der strenge Geruch einer Füchsin in die Nase und etwas später hörten sie von der nächsten Anhöhe ihren Paarungsschrei. Sie fraßen, was sie fanden, ohne jemals richtig satt zu werden, und freuten sich über die warmen Nachmittage.

Der kleine Kater blühte unter den Strapazen förmlich auf, doch Stilton wurde immer schwächer und kränker. Das Fell fiel ihm büschelweise aus und darunter wurden – übel riechend und eitrig – die offenen Brandwunden sichtbar, die er bei der Explosion davongetragen hatte. Die Wunden machten ihm Angst und er hörte sogar auf, sich zu putzen, um nicht damit in Berührung zu kommen. Er klagte nur selten, aber bei Nacht kauerte er apathisch im Freien, wandte seinen Gefährten den Rücken zu und redete mit sich selbst, als wäre er wieder in seinem Laborkäfig. Wenn die anderen erwachten, gerieten sie mitten in einen seiner unaufhörlich dahinplätschernden Monologe – *»oh, meine Besitzer haben so einiges gegessen, das muss man schon sagen. Sie haben 'ne Menge probiert und den Blauen, den mochten sie am liebsten. Nur nicht das halbreife Zeug aus dem Supermarkt. ›Plastikkäse in Plastik verpackt!‹, hat er oft zu ihr gesagt. ›Der Fraß aus dem Supermarkt kommt mir nicht auf den Tisch!‹ Wenn's um ihren Stilton ging, dann waren die beiden ganz schön wählerisch ...«* – und schliefen wieder ein. Irgendwie war es beruhigend. Doch nach einer oder zwei Nächten war der kranke Kater so niedergeschlagen, dass er völlig verstummte. Eines Abends versuchte Versuchstier X, ihn aufzuheitern, indem er sagte: »Da hast du aber ein schönes Stück Stilton.«

Sie saßen vor einem Drahtzaun am Rand einer Fichtenschonung. Über ihren Köpfen tanzten die Mücken in gespenstischen Formationen. Es war fast dunkel, aber hoch oben in den Baumwipfeln setzten die Vögel ihren Sängerwettstreit unermüdlich weiter fort. Der Wald gab die Wärme wieder ab, die er den ganzen Tag über unbemerkt gespeichert hatte, Wärme, Schatten und einen Harzgeruch, der den Katzen die Tränen in die Augen trieb.

Versuchstier X wartete ein wenig, dann fragte er: »Ist das nicht ziemlich viel für eine einzige Katze?«

»Ich habe keinen Stilton.«

Das klang so ruhig und sachlich, dass es Versuchstier X die Sprache verschlug.

Nach einer weiteren Pause fügte Stilton hinzu: »Ich hatte nie welchen.« Er schaute zu Versuchstier X hinüber und riss die Augen so weit auf, dass sein Freund in ihre Tiefen schauen und den Schmerz auf ihrem Grund erkennen konnte. Dann sagte er: »Ich hatte auch keine Besitzer, keine Familie und kein Weibchen namens Tabs. Ich bin nur ein alter Kater, der sein Leben in einem Käfig verbracht hat. Ich habe das alles nie gehabt.« Er schloss die Augen und wandte sich abermals ab. »Ich weiß nicht einmal, wie Stilton schmeckt«, gestand er. »Genauso wenig wie du.«

»Aber wenn man dich so reden hörte …«, begann Versuchstier X.

»Das habe ich von einem Kater in den Käfigen gelernt«, flüsterte Stilton. »Der war genau wie du von draußen gekommen, aber lange vor dir und Dancey und all den anderen.« Er schüttelte sich, dann lachte er zittrig. »Vielleicht hat er es auch erfunden.«

»Aber ich begreife nicht, wozu das gut sein soll!«

»Ich wollte ein eigenes Leben«, sagte Stilton. »Ich wurde an diesem schrecklichen Ort geboren. Ich wurde für den Käfig gezüchtet. Das war der einzige Sinn meines Lebens, das bis jetzt überhaupt kein Leben war, *aber das macht nichts*. Es macht auch nichts«, wiederholte er, »wenn ich jetzt sterben muss. Willst du wissen, warum?«

»Ja«, sagte Versuchstier X.

Stilton sah zu den Bäumen hinauf, die wie eine schwarze Mauer hinter ihnen aufragten, und zu den tanzenden Mücken über seinem Kopf.

»Weil ich hier sein und das alles sehen durfte«, sagte er. »Und weil ich einen Freund habe, der sich um mich kümmert.« Er ließ den Kopf sinken und starrte zu Boden. »Ich bin müde«, sagte er. »Du brauchst nicht mehr von Käse zu reden.« Dann sagte er noch: »In Wirklichkeit will keiner sterben. Ich weiß nicht, warum ich das gesagt habe.«

Das goldene Kätzchen hatte während dieses Gesprächs aufrecht dagesessen und mit unergründlichem Blick über die Distelweide geschaut. Das *tapetum lucidum* seines einen Auges war leer und glänzte im letzten Schein des eierschalengrünen Himmels über dem Fluss. Wer konnte wissen, was es dachte? Vielleicht dachte es auch gar nicht? Nun stand es schweigend auf, reckte sich und schaute auf die kranke Katze hinunter. Überlebensgroß stand es in der Dämmerung. Es beugte sich über Stilton und begann ihm sanft das Fell zu lecken. Stilton streckte der langen, gründlichen Zunge sein müdes Gesicht entgegen und schloss die Augen. Der kleine Kater leckte ihm den Schleim von den Lidern, dann nahm er sich die Ohren vor, den Hinterkopf und die eingefallenen Flanken mit den schmerzenden Verbrennungen. Stilton entspannte sich mit einem tiefen Seufzer. Das grollende Schnurren des Kleinen schallte weit über die Felder. Am Himmel erschienen die ersten Sterne. Ganz in der Nähe rauschte ein Auto über eine Straße. Plötzlich war es stockdunkel und im Wald bellte ein Dachs. Stilton war eingenickt, nun erwachte er und zitterte vor Schreck. Aber er schlief gleich wieder ein und man hörte nur noch die Zunge des goldenen Kätzchens über sein Fell streichen.

Du hast also alles gehört, dachte Versuchstier X. Ich wusste es doch.

10

DIE GUTEN UND DIE BÖSEN

Es war mitten in der Nacht, der Mond glitt dem Horizont entgegen und das Sternbild, das unter Katzen als Leopard bekannt ist, verblasste im Licht des neuen Morgens, als Red jäh aufschreckte und sich kerzengerade hinsetzte.

Er hatte sich nie für eine besonders phantasievolle Katze gehalten. Die Begeisterung der einheimischen Streuner für allen möglichen Aberglauben und die dazugehörigen Rituale konnte er nicht teilen; verdammt, er machte sich nicht einmal über die eigene Zukunft Gedanken. Doch eben war etwas mit solcher Kraft in seine Träume eingedrungen, dass es ihn aus tiefem Schlaf gerissen hatte. Am Nachmittag hatte er flüchtig den Eindruck gehabt, alles sei aus den Fugen geraten und entgleite ihm. Ein sonderbares Gefühl, das er verdrängt hatte, weil er es nicht begründen konnte. Doch jetzt wusste er plötzlich, wodurch es ausgelöst worden war.

Kätzchen.

In jeder Streunergemeinschaft wimmelt es von winzigen, maunzenden Fellbällchen, die übereinander purzeln, alles annagen und Scheinkämpfe ausfechten.

Wo waren diese Kätzchen?

An Kiki la Doucettes Hof gab es kein Einziges. Nicht eines. Alle Katzen waren erwachsen, mager, gewiss, aber voll entwickelt.

Wo zum Teufel waren die Kätzchen?

»Sealink.« Er rüttelte sie ungeduldig. Die Calicokatze war die nüchternste, prosaischste Katze, die ihm je begegnet war. Vielleicht konnte sie ihm eine vernünftige Erklärung liefern. »Die Kätzchen! Sealink, wach auf!«

Die Calicokatze schlief fest und Red bekam sie nicht wach. Während er sie beobachtete, zuckten ihre Ohren, die glatten schwarzen Lippen zogen sich von den scharfen Zähnen zurück und sie fauchte. Er dachte schon, sie habe ihn endlich wahrgenommen, doch als sie die Augen öffnete, blieb das dritte Lid, eine milchig trübe Membran, fest über die Pupille gezogen und schimmerte unheimlich im Mondlicht.

Ihre Pfoten bewegten sich.

Sealink rannte. Ringsum war es dunkel und eisig kalt. Sie wusste nicht, wo sie war, sie war hier nie gewesen, wollte auch nie wieder zurückkommen. Es war eine ungeformte Landschaft – der Inbegriff einer magischen Straße –, eine schwarze Ebene, über die der Sturm peitschte, als wolle er einem die Haut vom Fleisch und das Fleisch von den Knochen reißen.

Sie wusste nicht einmal genau, warum sie rannte, es war ein Zwang, der aus dem Unterbewusstsein kam. Vor sich sah sie einen matten grünen Schimmer. Doch sosehr sie sich auch anstrengte, sie kam ihm nicht näher, er blieb stets in der gleichen Entfernung, obwohl ihr bereits die Lungen schmerzten. Zugleich spürte sie etwas im Rücken, eine kribbelnde Wärme, die ihr sagte, dass ein Verfolger Zentimeter um Zentimeter unerbittlich näher kam. Sie spürte, wie sie vor Anstrengung die Zähne fletschte, während sich ihre Gliedmaßen bei aller Verzweiflung mühelos bewegten, sich beugten und streckten, beugten und streckten.

Und dann näherte sich die Stimme.

Sie kam mit dem Wind und Sealink hörte sie ganz deutlich.

Es war ein Zweiklang: ein tiefes Dröhnen wie von einer

Orgel, so tief, dass ihr ein Schauer durch die Gedärme lief, und eine Stimme, die sie schon einmal gehört hatte, entfernt vertraut, aber leicht verzerrt. Die Stimme sagte: »Ich bin der eine und aus mir wurden zwei; ich bin die zwei und aus mir werden vier; ich bin die vier und aus mir werden acht; und ich bin der eine, der kommt danach.« Wie als Echo auf diese Worte schwoll das Heulen des Dämonenwinds an und wieder ab, an und wieder ab. »Der kommt danach. Danach. Danach.«

Aber du kannst uns nicht mehr helfen, dachte Sealink. Ich habe dich sterben sehen.

Der grüne Schein verstärkte sich und breitete sich aus. Wie der Rauch eines Feuers erhob er sich über den dunklen Horizont und wogte der Calicokatze entgegen. Die stand jetzt wie angewurzelt, das Herz klopfte ihr bis zum Hals. Als das Licht sie erreichte, verschlang es sich über ihr zu einer grünlich goldenen Hieroglyphe. Sealink starrte das Zeichen verständnislos an. Ein Schlüsselloch ins Nichts, ein Schlüsselloch ohne Schlüssel und ohne Tür. In diesem Augenblick fegte ein heißer Wind daher – als wolle er ihr das Fell versengen – und fuhr wie eine schwarze Hand auf das Symbol nieder, um es zu zerschlagen. Es erbebte, fiel auseinander und verflüchtigte sich wie Nebel. Mächtig schallte die Stimme durch die Finsternis:

»Keine Goldene Katze. Keine Kätzchen. Wenn ich sterbe, sterben alle mit mir!«

Und verklang in der Ferne wie abziehender Donner. Die zitternde Calicokatze blieb allein zurück.

»Sealink!«

»Nein!«

Sie schlug heftig um sich und sprang auf. Ihr Fell hatte sich gesträubt, als stünde sie unter Strom. Red wich zurück. Sie war wie von Sinnen, und er hatte den Biss von vorhin noch nicht vergessen.

»Sealink, entschuldige, dass ich dich geweckt habe …«

Sie rollte die Augen, ihre Flanken hoben und senkten sich.

»Die Kätzchen ...« Der Traum spukte ihr immer noch im Kopf herum.

»Ich weiß ...«

Die Calicokatze blinzelte. »Was?«

»Kätzchen. Es gibt in der ganzen Stadt keine Kätzchen, nicht einmal bei Kiki. Sealink, hier gehen merkwürdige Dinge vor. Ich meine – Kätzchen, gewöhnlich sind sie doch überall.« Er holte mit der Pfote weit aus. »Ich weiß noch, dass es hier am Fluss von ihnen nur so wimmelte; bei jedem Schritt stolperte man sozusagen über eins. Herrenlose Katzen werfen Unmengen von Kätzchen. Wir sind berüchtigt dafür. Wo zum Teufel sind sie alle geblieben?«

Allmählich wurden Sealinks Bernsteinaugen wieder klar. Der Traum zog endgültig ab. »Da soll mich doch gleich ... ich habe keine Ahnung, Schätzchen; ich bin zurückgekommen, um nach meinen eigenen zu suchen, und was ich erfahren habe, war schlimm genug; von mir kannst du keine weiteren Auskünfte über Kätzchen erwarten.«

Vor der Mulde fiel der erste Sonnenstrahl auf das Wasser, züngelte über den breiten Fluss und erfasste die Lagerhäuser am Ufer von Algiers. Sekundenlang schien es, als stünden sie in Flammen. Am diesseitigen Ufer zeichneten sich jeder Stein, jeder Grashalm in übernatürlicher Schärfe vor dem Morgenhimmel ab.

»Morgenrot, ein Unglücksbot' ...«

Sealink gähnte und streckte sich, dann senkte sie den Kopf, um sich die dichte Halskrause zu säubern. In diesem Augenblick gellte ein Schrei durch die Stille.

Red sprang mit einem Satz aus der Mulde und auf einen Zaunpfosten. Er starrte angestrengt in die Ferne. Jeder Muskel war zum Zerreißen gespannt, sein Schwanz peitschte erregt hin und her.

Sealink konzentrierte sich auf ihr Gehör. Jeder Laut wurde erst von einem und dann vom anderen Ohr aufgenommen und die Verzögerung erlaubte es, den Urheber des Schreis mit bemerkenswerter Genauigkeit zu orten. Plötzlich fuhr sie auf und war voller Tatendrang

»Das ist eine Katze in Not, Süßer. Auf dem Friedhof nördlich von Rampart.«

Red drehte sich um und sah sie erstaunt an. »Du hast vielleicht Ohren, Schwester!«

Doch Sealink war schon unterwegs.

New Orleans, die Stadt der Unterhaltung, die Stadt der Sorglosigkeit, die Stadt der Katzen ist auch die Stadt der Toten. Friedhöfe gibt es an allen Ecken und Enden, und jeder von ihnen ist ein kleines, dem ewigen Schlaf gewidmetes Reich. Man könnte diese unvergänglichen, kunstvoll-monumentalen Nekropolen für die eigentlichen Wohngebiete der Stadt halten. Sie werden die Holzvillen des French Quarter mit ihrem dekadenten Charme und die glänzenden Bürotürme des Central Business District überdauern. Hier haben Louisianas Steinmetzen ihre ganze Kunstfertigkeit bewiesen. Unzählige Reihen von fensterlosen – zum Schutz vor dem mächtigen Strom und der Sogwirkung des Sumpfbodens über der Erde errichteten – Mausoleen säumen die staubigen, von Unkraut überwucherten Wege. Der Zeit entrückt, wachen geflügelte Steinfrauen über die Gräber. An den Kreuzungen stößt man unvermittelt auf Kreuze, an denen kalte weiße Männer mit Dornenkronen auf dem Haupt hängen. Viele Grabstätten sind mit Eisenzäunen umgeben, die vielleicht nur deshalb so verschnörkelt sind, um über ihren profanen Zweck hinwegzutäuschen – wobei schwer zu erkennen ist, ob sie die Toten drinnen oder die Lebenden draußen halten sollen. Ein Spaziergänger mag sich auf diesen Friedhöfen beobachtet fühlen, nicht von den blinden Marmorfiguren, sondern von blanken Knopfäuglein – winzigen

Seelenbündeln mit spitzen Köpfen und geschlitzten Pupillen.

Und wenn die atmenden menschlichen Besucher gegangen sind, kommen die Katzen heraus. Denn nun sind sie hier die Herren.

Im alten St. Louis Cemetery gab es viele solcher Katzen. Krank und verängstigt kauerten sie im Schatten der Fächerpalmen, versteckten sich im Dunkel der aufgelassenen Nischengräber, deren Mauerwerk unter der Last der Jahre zusammengebrochen war, oder lagen teilnahmslos zwischen den Opfergaben der Menschen für ihre längst dahingeschiedenen Angehörigen – das konnten getrocknete Rosen und Farnwedel sein, Buntstiftporträts der Toten und Plastikrosenkränze oder, besonders grotesk, ein schwarzgelbes Warnfähnchen mit der Aufschrift SICHERHEIT HAT VORRANG.

Sealink und Red sprangen gegenüber der Gipsstatue von St. Jude (dem Schutzheiligen für aussichtslose Unternehmungen) über die baufällige Mauer. Der Verzweiflungsschrei war von einer zweifarbigen kleinen Katze gekommen, einer Bicolour, die jetzt in der hintersten Ecke des Friedhofs unentwegt im Kreis herumrannte und nur noch herzzerreißend wimmerte. Die anderen Katzen standen um sie herum. Sie wirkten müde und hoffnungslos.

»He, Schätzchen …«

Sealink durchbrach den Kreis wie ein großes Schiff, das eine Welle schneidet. Die Zuschauer stoben auseinander. Wer noch laufen konnte, rannte davon, die anderen verkrochen sich im Schatten und beobachteten von dort aus argwöhnisch, wie die Calicokatze dem verstörten Weibchen die Pfote entgegenstreckte.

»Komm, Schätzchen, nun erzähl Mama mal, was dich bedrückt.«

Die Bicolour hob den Kopf, doch als sie die matronenhaft wohlgenährte Sealink erblickte, duckte sie sich entsetzt, legte die Ohren an und stotterte mit klappernden Zähnen:

»W-W-Was w-w-willst d-d-du denn n-n-noch?«

Red schaltete sich ein. »Immer mit der Ruhe, Kleines. Du hast nichts zu befürchten.«

Sie wich misstrauisch zurück. »Von mir kriegst du nichts … »

»Wir wollen dir doch nichts tun.«

Die Bicolour schaute zwischen Red und Sealink hin und her. Sie zitterte vor Angst. »Ihr wollt mich nicht wegbringen?«

Red schüttelte den Kopf.

Sealink sah aus dem Augenwinkel, wie der Friedhof in Bewegung geriet. Die Streuner kamen wieder aus ihren Löchern gekrochen, die Neugier war stärker als die Angst. Wie die Katzen vor dem Restaurant waren sie jämmerlich abgemagert, hatten hohle Wangen und tiefliegende Augen. Halb verhungerte Kätzchen kauerten unnatürlich still im langen Gras und schauten mit großen runden Augen in die Morgensonne.

Sealink pfiff durch die Zähne. »Du meine Güte! Ihr seht ja schlimmer aus als tote Hunde.«

Ein Streuner war kühner als alle anderen. Er drängte sich vor und baute sich vor Sealink auf. Das Licht trieb ihm die Tränen in die Augen. »Was geht das euch an?«

»Wir haben die Dame hier gehört …« Red wandte sich an die kleine Bicolour. »He, Schätzchen … wie heißt du überhaupt?«

»Azelle.«

»Wir hörten Azelle schreien – und wollten ihr zu Hilfe kommen.«

Die kleine Katze hatte ihr klägliches Gewimmer wieder aufgenommen. Er wandte sich ihr zu, legte ihr die Vorderpfoten auf den Rücken und leckte ihr den Kopf, so sanft er nur konnte.

Plötzlich wurde es unter den Fächerpalmen lebendig. Eine kleine schwarzweiße Katze mit leuchtend grünen Augen trat selbstbewusst unter den Wedeln hervor und musterte Red von oben bis unten.

Der schien den Blick gespürt zu haben, denn er fuhr auf und prüfte mit den Schnurrhaaren die Luft. Er stieß sich ab und kam mit den Vorderbeinen wieder auf den Boden. Wie Feuer brannte sein Fell im Schein des Morgenrots. Er beugte sich vor. Gespannte Aufmerksamkeit trat in seine Züge.

»Téophine? Bist du's wirklich?«

Die kleine Schwarzweiße lächelte schüchtern. Dann riss sie ihr rosa Mäulchen weit auf und rief: »He, Mädels! Da ist einer, der ist noch am Leben! Der hat noch seine *cojones*!«

Sofort geriet alles in Aufruhr. Von allen Seiten strömten ausgemergelte Weibchen herbei, streckten die Köpfe aus den Grabruinen oder machten die mageren Hälse lang, um über ihre Vordermänner hinwegsehen zu können.

»Ehrlich? Kein Witz, Téophine?«

»Ist wirklich noch alles dran!«

»Wow! Lasst mich mal ran!«

»Ich sehe nichts! Das will ich sehen!«

»He, Azelle, der bringt alles wieder ins Lot…«

»Der macht dir 'nen neuen Wurf…«

Red reagierte völlig kopflos und verdarb sich damit den glanzvollen Augenblick. Wenn eine Katze unter ihrem Fell erröten kann, dachte Sealink, dann ist Red unter seinem prächtigen rotgetigerten Fell klatschrot wie eine Tomate. Er wich vor den zudringlichen Frauenzimmern zurück, ließ sich mit dem Rücken zu einem Grabstein zu Boden fallen und bedeckte seine Geschlechtsteile schützend mit den Pfoten.

»Meine Damen, ich darf doch bitten…«

Die Wortführerin der Harpyien drängte sich nach vorn.

»Eine nach der anderen, *s'il te plaît*. Ich habe ihn zuerst entdeckt.«

»Téophine, bist du's wirklich?«

Sealinks Neugier war geweckt. Das war also das kleine Luder, das Red das Herz gebrochen hatte, der Grund, warum er die Big Easy verlassen hatte. Zierlich war sie wohl immer gewesen, aber jetzt waren ihre Beine abgemagert bis auf die Knochen, über den Augen war das Fell so dünn geworden, dass die rosige Haut durchschien, und zu beiden Seiten der Nase zogen sich dunkle, feuchte Streifen durch ihr Gesicht. Dennoch war sie auf eine kindliche Art immer noch hübsch und der Duft, den sie verströmte, ließ keinen Zweifel aufkommen, dass auch sie noch intakt war. Die Calicokatze wurde von brennender Eifersucht gepackt.

»Wenn das nicht der alte Rumby-Pumby ist.« Téophine begann zu schnurren.

Red war empört. »Man nennt mich jetzt Red. Schlicht und einfach Red«, knurrte er. »Lange nicht gesehen.«

Sealinks gute Laune kehrte mit einem Schlag zurück. »Rumby-Pumby?«

Reds Blick war wie ein Dolch. »Damals war ich eben noch etwas pummeliger. Und das war mein Spitzname, okay?«

Sealink stellte sich vor ihn hin, plusterte ihre prächtige Mähne und den üppigen Schwanz auf und wandte sich an die kleine Schwarzweiße. »Tja, Schätzchen, du wirst auf den alten ...« Ein Blick über die Schulter, ein boshaftes Grinsen. »... Rumby-Pumby noch einen Moment warten müssen. Hier geht nämlich etwas nicht mit rechten Dingen zu und das hat mich heute Morgen aus dem schönsten Schlaf gerissen. Zuerst möchte ich ganz genau wissen, warum Azelle hier so laut geschrien hat.«

Die Bicolour hatte aufgehört, ihre Kreise zu drehen, und saß nun völlig erschöpft mit gesenktem Kopf auf dem Boden.

»Sie haben mir meine Kätzchen gestohlen.«

Kätzchen! Immer wieder stieß sie darauf. In Sealink keimte ein finsterer Verdacht.

»Wer hat dir deine Kätzchen gestohlen?«

Die Bicolour murmelte etwas vor sich hin.

Sealink sah sie entgeistert an. »Du lässt dir von anderen Katzen deine Jungen stehlen?«

Azelle nickte. »Ich konnte doch nichts dagegen tun.« Beschämt sah sie zu Sealink auf. »Es waren so viele ...«

Sealink war erschüttert. Aufgebracht wandte sie sich an die anderen. »Ihr habt zugelassen, dass man ihr die Kätzchen wegnimmt? Ihr habt nicht versucht, ihr zu helfen? Wie kann man nur so feige sein? Seht euch doch an! Habt ihr keine Selbstachtung? Wie könnt ihr euch so gehen lassen? So viele verdreckte, ausgehungerte Katzen auf einmal habe ich noch nie gesehen, jedenfalls nicht in der Big Easy. Auf meinen Reisen habe ich so manches erlebt – Katzen, die in den Slums von Kalkutta an der Katzenseuche starben, in den Kneipen von Skiathos die Touristen anbettelten oder unter der Brücke von Coldheath nach Essensresten Schlange standen –, aber ihr seid schon der traurigste Haufen, der mir je begegnet ist ... nichts für ungut.«

Nun brach eine Flut von Erklärungen über sie herein.

»Schon seit Wochen werden uns die Kätzchen gestohlen ...«

»Nur eine Hand voll ist uns noch geblieben ...«

Ein alter grauer Kater streckte den Kopf aus einem Nischengrab. »Am hellen Tag werden sie weggeholt ...«

Red sah sich um. »Und das lasst ihr euch so einfach gefallen?«

Der alte Graue keuchte. Red begriff nicht gleich, dass er ihn auslachte. »Sieh uns doch an, Söhnchen. Meinst du wirklich, wir können noch die Helden spielen?«

»Wir sind alle krank, Junge!«, rief eine andere Stimme.

»Nicht einfach krank, Junge, sondern todkrank.«

»Wir sind nicht mehr so stark wie früher.«

»Können uns kaum auf den Beinen halten.«

Jetzt redeten alle durcheinander.

»Seit einer Woche nichts mehr gefressen ...«

»Die Menschen füttern uns nicht mehr.«

»Und Ratten gibt's auch nicht.«

»Sie stellen den Müll nicht mehr raus.«

»Ich hab gehört, man hat Kopfprämien auf uns ausgesetzt ...«

»Kiki la Doucette ...«

Alle verstummten und wandten sich nach dem letzten Sprecher um – einem gestreiften, großen Streuner, kräftig gebaut und mit Kräuselohren, der wohl einmal ein strammer Kater gewesen sein musste.

»He, du, Mund des Südens! Du hast keine Eier mehr, also spiel hier nicht den großen Macker!« Téophine baute sich vor ihm auf. Der Gestreifte stellte sich drohend auf die Hinterbeine, als wolle er sie schlagen. Er war doppelt so groß wie sie, aber sie ließ sich nicht einschüchtern. »*Tais-toi!* Wenn Kiki erfährt, dass du mit ihrem Namen hausieren gehst, sind wir alle verloren.«

Der gestreifte Kater schwieg betreten.

»Entschuldige, Téo.«

Sealink starrte die Schwarzweiße an. In ihrem Kopf fielen mehrere Mosaiksteinchen an ihren Platz, aber das Bild ergab keinen Sinn. »Was schert es Kiki la Doucette, wie ein Haufen räudiger Streuner über sie redet?«

Téophine nahm die knochigen Schultern zurück und betrachtete die Calicokatze mit einer Überheblichkeit, die in keinem Verhältnis zu ihrer schmächtigen Gestalt stand. Der weiße Stern auf ihrer Nase loderte förmlich vor Empörung. »Du nimmst dir 'ne Menge heraus, wenn man bedenkt, dass du hier neu bist. Aber du kannst ruhig wissen, dass wir – dieses schäbige Häufchen – die letzten freien Katzen im French Quarter von New Orleans sind.« Sie senkte die Stimme und zischte kaum vernehmlich: »Wir werden seit Wochen belagert. Unsere Kätzchen verschwinden eins nach dem anderen. Geblieben sind uns nur die wenigen, die du hier siehst. Manchmal werden sie von anderen Katzen geholt, manchmal von den Kammerjägern. Auf einmal – *tout d'un coup* –

erheben alle Menschen die Hand gegen uns; es ist unerklärlich, denn wir haben nichts, *rien*, getan, um diese Behandlung zu verdienen. Wir weigern uns nur, uns dem Gefolge einer gewissen Dame anzuschließen, einem Haufen Mörder und Dummköpfe. So ist die Lage. Wir sind *déguenillés*, missbraucht und verwildert. Wir sterben an einer Krankheit, die wir nicht verstehen, und unsere Kätzchen *ont disparus*. Dafür wird die Gelbe von Tag zu Tag fetter, ihr Hofstaat stolziert herum und prahlt mit seinen neuen Halsbändern, als gehöre ihm die ganze Stadt. Wir mögen traurig und bedrückt sein, aber wir sind unser eigener Herr und wir schlagen uns durch, so gut wir können. Du hast keinen Grund, uns auf unserem eigenen Grund und Boden, dem Letzten, was uns geblieben ist, noch zu beleidigen.«

Sealink schlug die Augen nieder und war, eine Seltenheit, um eine Antwort verlegen. Red trat vor und verneigte sich höflich. »Téophine, Schätzchen, es tut mir wirklich Leid, wenn wir euch gekränkt haben. Diplomatie ist nicht gerade Sealinks Stärke …«

Die Calicokatze wollte widersprechen, besann sich aber eines Besseren und schwieg.

»Wir sind gekommen, weil wir glaubten, eine von euch sei in Schwierigkeiten, aber jetzt sieht es so aus, als braucht ihr alle Hilfe. Wir tun gern, was wir können, aber ich muss gestehen, ich kann das alles noch gar nicht fassen. Könnten wir uns vielleicht ein ruhiges Plätzchen suchen? Und dann erzählt ihr uns die Geschichte noch einmal ganz langsam von Anfang an.«

Téophine sah ihn nachdenklich an. »Ihr seid die ersten gesunden Katzen, die ich seit langem gesehen habe, ich schätze, ihr könntet uns tatsächlich nützlich sein …«

»Warte!«

Eine Siamesin mit spindeldürren Beinen hatte sich durch die Menge gedrängt. Ihr dreieckiges Köpfchen schwankte hin und her wie eine tauschwere Blüte.

»Die da hab ich gestern hinter dem French Market gesehen.« Die Siamesin richtete ihre schielenden hellblauen Augen auf Sealink. »Sie hat ein großes Paket über die Straße gezogen …«

»Da treibt sich doch dieses Miststück herum …«

»Sie ist reingegangen und wieder rausgekommen und keiner hat ihr ein Haar gekrümmt.«

Eine Katze fauchte.

»Spitzel!«

Eine zweite knurrte; die anderen fletschten die angefaulten gelben Zähne. Bei allem Elend ging von diesen Katzen eine deutliche Bedrohung aus.

Téophine legte den Kopf schief. »Aha. Was hast du bei Kiki la Doucette verloren? Was hast du ihr gebracht? Nun mal raus mit der Sprache!«

Die anderen Streuner drängten näher heran.

Die Calicokatze richtete sich zu voller Größe auf. »Ich brauche mich vor euch nicht zu rechtfertigen. Die alte Gelbe und ich, wir haben uns schon die Augen ausgekratzt, bevor ihr überhaupt auf der Welt wart …«

Der Menge verschlug es den Atem.

»Ganz recht: Ich war früher eine von den Moon-Walk-Katzen. Man nannte mich …«

»Die Delta-Königin …«

Der graue Kater kletterte schwerfällig aus seiner Grabruine, trat zu Sealink und beschnupperte sie. »Sie ist es. Die Delta-Königin. He, Kind, kennst du mich noch? Damals war ich noch jünger. Ich hab dich nicht vergessen.« Ein lüsternes Grinsen. »Ich erinnere mich sogar sehr gut.«

Sealink sah ihn an. Entsetzen trat in ihren Blick. Als sie ihn zum letzten Mal gesehen hatte, war er sechzehn Pfund schwer gewesen und hatte einen ganzen Harem um sich gehabt. Tulane – ein Schönredner, ein wieselflinker Straßenkämpfer. Ein Schönredner und wieselflinker Straßenkämpfer, mit dem sie sich mehrmals gepaart hatte …

»Du lieber Himmel, Schätzchen du siehst aber gar nicht gut aus.«

Tulane lachte keckernd. »Mit der Zeit erwischt es jeden. Wenn du noch lange hier bleibst, bist du auch dran.«

Téophines Augen funkelten. »Aha, *cher*, hast also deine Wurzeln hier, wie? Aber das erklärt noch nicht, was du bei Madame Kiki zu suchen hattest.«

Sealink lächelte. »Schätzchen, ich will mit euren Untergrundaktionen nichts zu tun haben. Ich bin hier keinem mehr verpflichtet, aber die alte Gelbe konnte ich noch nie leiden und die jüngsten Ereignisse machen sie mir nicht sympathischer. Ich bin zurückgekommen, um nach meinen verlorenen Kätzchen zu suchen. Zwei hab ich gefunden – das Miststück hat mir dabei geholfen; die Enttäuschung war groß. Was das Paket enthielt, weiß ich nicht – und mehr hab ich nicht zu sagen.«

»Das reicht nicht.« Die Schwarzweiße trat in die Menge zurück. Ein großes Getuschel begann, hin und wieder traf ein scharfer Blick die beiden Fremden. Dann tauchte Téophine wieder auf. »Na schön, kommt mit.«

Als die Sonne am wolkenlosen, kobaltblauen Himmel aufging, flüchteten sich die Friedhofskatzen in die Schatten, wo sie vor neugierigen Blicken geschützt waren. Sealink und Red folgten Téophine und einer Gruppe von Streunern in eine eingestürzte große Gruft an der östlichen Friedhofsmauer. Hier war es angenehm kühl, während draußen die Temperaturen auf weit über dreißig Grad stiegen und die hohe Luftfeuchtigkeit jede Bewegung zur Qual machte.

Als Sealinks Augen sich an das Halbdunkel gewöhnt hatten, sah sie sich die übrigen Bewohner an. Neben der kleinen Schwarzweißen hatten zwei weitere Weibchen – eine schmuddelige Schildpattkatze und eine kleine Colourpoint mit flachem Gesicht und verfilztem Fell – und der gestreifte, große Kater mit den Kräuselohren hier Zuflucht gesucht. Seine Männlichkeit hatte nicht nur durch die Kastration sehr gelitten, auch sein Schwanz hing seltsam schief herunter und die Schwindsucht bewirkte, dass ihm die Haut über den verkümmerten Muskeln schlotterte. Sealink fühlte sich an Blanco erinnert, den großen weißen Kater, mit dem sie vor dem Farmer's Market aneinandergeraten war. Sein Nackenfell war ihr schon damals ungewöhnlich schlaff vorgekommen. Sie fröstelte. Woran diese Katzen auch erkrankt sein mochten, sie wollte sich auf keinen Fall anstecken.

Red hatte sich mit Téophine in den hintersten Winkel der Gruft zurückgezogen und der kastrierte Kater beobachtete mit eifersüchtigen Seitenblicken, wie die beiden die Köpfe zusammensteckten und miteinander flüsterten. Sie haben sich sicher eine Menge zu erzählen, dachte die Calicokatze gehässig. Um sich abzulenken, wandte sie sich an den Gestreiften. »Nun mal raus damit, Schätzchen: Was zum Teufel geht eigentlich vor in dieser Stadt?«

Der Kater, der sich mit beeindruckender Schlichtheit ›das Schwein‹ nannte, seit ein Motorrad ihm den Schwanz demoliert hatte, war sichtlich geschmeichelt von Sealinks Anteilnahme. Er riss sich von der kleinen Schwarzweißen los, plusterte sich auf, spitzte die Ohren und begann.

»Das geht seit Monaten so, meine Beste. Zuerst fangen die Menschen nur erwachsene Katzen ein, verpassen ihnen die Operation und lassen sie wieder laufen. Als Nächstes kommen die Kätzinnen dran. Die steckt man in 'ne Schachtel und lässt sie so lang schreien, bis die Kleinen nachsehen kommen, warum die Mama weint. Dann werden die Kätzchen eingesackt. Anfangs sticht man ihnen bloß 'ne Nadel rein und bringt sie wieder zurück. Sogar Futter kriegen sie noch. Und bis wir uns umsehen, kommen die Kammerjäger mit ihren Kisten und die Kätzchen verschwinden, erst nur eins oder zwei, dann ganze Würfe. Sie spielen auf der Straße und auf einmal – w*usch* – sin' se weg, wie vom Erdboden verschluckt.«

Die Colourpoint meldete sich zu Wort. »Und dann die Kinner, weißte …«

»Kinner?«

»*Oui*, die Kinner. Die kleinen Menschen. Die locken die Kätzchen zu sisch. *C'est l'argent.* Sagen sie wenigstens. Sie bringen sie zu den Kammerjägern. Die geben ihnen Geld dafür. Ist nischt rischtisch. *C'est mauvais* … Und zuletzt gehen die andren Katzen, die andren Streuner auf unsre Babies los. Aber *denen,* denen geht's nischt um *l'argent'*, verstehst du? 'ier ist das Böse am Werk.«

Sealink runzelte die Stirn. Was hatte der alte Baron Rattentod gesagt? ›Die Kätzchen war'n die ersten‹. Aber wo wurden sie hingebracht? Sie zermarterte sich eine Weile den Kopf. Dann fragte sie: »Wer in aller Welt sind die Kammerjäger?«

Der gestreifte Kater zuckte die Achseln. »Ich nenn sie die schwarzen Engel. Die Menschen, die sind nämlich gespalten – in Gute und Böse. Die Bösen nenn ich die schwarzen Engel und die Guten sind die weißen – und bis vor kurzem war die zweite Gruppe sehr viel größer. Heut is 'ne Katze schon in Lebensgefahr, wenn sie sich ohne Halsband auf die Straße wagt. Die Kammerjäger fahr'n in ihren großen Lastwagen daher, packen dich ein und keiner sieht dich jemals wieder – jedenfalls nicht im Ganzen, verstehste?«

»Nicht im Ganzen?«

»Die verkaufen Katzenknochen an die Voodoo-Läden«, erklärte die Schildpattkatze eifrig. »Wenn du schwarzes Fell hast, mumifizieren sie deine Füße und verkaufen sie als Glücksbringer und aus deinem Gehirn kochen sie 'nen Zaubertrank.«

Sealink schnitt eine Grimasse. »Mit dem Aberglauben der Menschen ist es schon so eine Sache – aber das Zeug hat man auch schon zu meiner Zeit verkauft und es war immer bloß Geflügel drin.«

»Allmählich dreh'n se durch.« Das Schwein schüttelte den Kopf. »Es wird immer schlimmer, wie'ne Seuche: Heute sin wir Katzen noch lieb und nett, morgen sin wir 'ne Gefahr für alle und sie bekreuzigen sich, wenn sie dich auf der Straße sehen. Am nächsten Tag füttern sie dich nicht mehr; und dann bricht der Hass aus und sie wollen dich und deine Kätzchen nur noch töten und als Voodoo-Zauber verkaufen.«

Sealink verstummte. Wie kam eine Katze dazu, einer anderen die Jungen zu stehlen? Die Ereignisse von Tintagel fielen ihr ein, auch dort hatten Katzen gegeneinander gekämpft … »Hat irgendjemand«, fragte sie mit erhobener Stimme und versteinertem Gesicht, »mal 'nen Typen erwähnt, den man den Alchimisten nennt?«

Am anderen Ende der Gruft riss Téophine den Kopf hoch. »Den Namen habe ich schon gehört, aber seit längerem nicht mehr.«

»Und der Majicou?«

»Es heißt, der Majicou sei tot.«

Sealink überlegte kurz, ob sie ins Detail gehen sollte, und entschied sich dagegen. »Das hab ich auch gehört.«

»Kennst du die Mammy?«

Sealink zog die Stirn in Falten. »Der Name ist mir nicht fremd.«

»Sie war früher unsere Beschützerin«, erklärte die Schildpattkatze.

»Kann sie euch denn nicht helfen? Ihr hättet einen Beschützer dringend nötig.«

Téophine schüttelte den Kopf. »Sie ist nicht mehr hier. Sie lebt weit draußen in den alten Sümpfen – den Bayous.«

»Und?«

»Der Weg dahin ist weit und gefährlich.«

Sealink witterte ein Abenteuer, eine neue Reise, eine

Reise mit festem Ziel und aus klaren Motiven; eine Reise obendrein, die ihr einen Grund lieferte, diese Stadt zu verlassen, die sie einst geliebt hatte und die ihr nun rettungslos vergiftet schien. »Wenn ihr mir sagt, wo ich die Mammy finden kann, suche ich sie auf und rede mit ihr. Hier muss etwas geschehen, sonst holt uns noch alle der Teufel.«

Téophine wusste kaum mehr über den Aufenthaltsort der Mammy, als dass es einen wenig benützten Geheimen Pfad gab, der vermutlich vom verrufenen Ende von Iberville zum Bayou Gros Bon Ange führte, aber sie und Red ließen es sich nicht nehmen, die Calicokatze wenigstens bis dorthin zu begleiten. Red hatte angeboten, sich mit ihr in das alte Hinterland zu wagen, aber die Blicke, die er mit der kleinen Schwarzweißen wechselte, verrieten Sealink, dass der Vorschlag nicht von Herzen kam. Wieder quälte sie die Eifersucht.

»Andererseits«, murmelte sie vor sich hin, als sie die Dauphine Street entlang liefen, »ist eine *ménage à trois* einfach nicht mein Ding.«

An der Ecke Bienville Street irrte eine rotweiße, kleine Katze mit rosa Samthalsband verzweifelt umher.

Sealink sprach sie an.

»He, Schätzchen, alles okay mit dir?«

»Hallo, ich heiße Candy. Ich habe mich ein bisschen verlaufen.«

»Verlaufen ist verlaufen, Schätzchen. Sich ein bisschen verlaufen geht ebenso wenig wie ein bisschen trächtig sein, verstehst du?«

Die Rotweiße starrte sie entsetzt an, ging aber auf die zweideutige Bemerkung nicht ein. »Ich glaube, ich wohne ganz in der Nähe, aber ich war noch nie im Freien und jetzt weiß ich nicht, welches mein Haus ist. Meine Besitzer haben mich gestern Abend, als es dunkel wurde, in einer Plastikkiste hier her getragen und abgesetzt. Ich denke, es ist eine

Prüfung. Glaubst du nicht, dass es eine Prüfung ist?« Sie sah die Calicokatze hoffnungsvoll an.

»Vielleicht …«

Candy warf den Kopf so heftig zurück, dass das goldene Glöckchen an ihrem Halsband klingelte. »Ich komme bestimmt schnell dahinter. Ich bin sehr klug – beherrsche die verschiedensten Tricks. Ich kann mit einem Papierball jonglieren, ich kann eine Maus aus Katzenminze fangen, auch dann, wenn sie vom anderen Ende des Zimmers aus geworfen wird, und ich kann jeden Küchenschrank öffnen.« Sie überlegte einen Moment. »Du hast nicht zufällig Futter bei dir?«

Sealink schüttelte den Kopf. Die Rotweiße war enttäuscht.

»Na ja, macht nichts. Dann lebt wohl.«

Sie marschierte mit hoch gerecktem Schwanz die Straße hinauf und schnupperte an jeder Schwelle, jedem Sims auf ihrem Weg. Die drei sahen ihr schweigend nach. Dann sagte Red: »Meint ihr nicht, wir sollten es ihr sagen?«

»Was, dass die Menschen sie ausgesetzt haben? Und dass sie es wieder tun werden, selbst wenn sie den Weg zurückfinden sollte?«

»Ich erkläre ihr, wie sie zum Friedhof kommt«, sagte Téophine entschieden und lief Candy nach.

Sie hatte die kleine Rotweiße fast eingeholt, als ein großer schwarzer Lastwagen vor den beiden anhielt und zwei Männer in schwarzen Overalls heraussprangen. Candy sah vertrauensvoll zu ihnen auf. Der erste Mann bückte sich und packte sie. Sie hing widerstandslos zwischen seinen großen Handschuhen. Er rief seinem Begleiter etwas zu, während er mit seinen großen Fingern an ihrem Hals herumnestelte. Das rosa Halsband fiel klirrend zu Boden. Téophine stand mit dem Rücken zur Wand im Schatten und wollte sich unbemerkt davonstehlen, aber der zweite Mensch hatte sie gesehen. Er entfaltete ein großmaschiges Netz und warf es gekonnt nach ihr. Sofort brach ein Höllenspektakel los. Téophine wehrte sich kreischend gegen das Netz, aber je mehr sie zappelte, desto fester verfing sie sich in den Maschen.

»Téo, nein!«, jaulte Red.

Fauchend raste er, ein rötlicher Zornesblitz, die Straße hinauf und stürzte sich mit gefletschten Zähnen auf den Mann mit dem Netz.

Sealink riss entsetzt die Augen auf. Dann flüchtete auch sie – in entgegengesetzter Richtung – die Straße hinunter.

Sie rannte und rannte. Sie rannte, bis ihr die Lungen brannten und die wund gelaufenen Ballen schmerzten. Und während sie rannte, dröhnte ihr das Blut in den Ohren, dröhnte und donnerte wie ein mächtiger Sturm, bis sie die Finger einer riesigen schwarzen Hand zu spüren glaubte, die sich ausstreckte, um das goldene Symbol zu zerbrechen, das vor ihr schwebte wie ein Hoffnungszeichen. Und sie wusste, dass sie in alle Ewigkeit rennen musste, um dieser Hand zu entkommen, und dass mit der Zeit die Welt um sie herum zerfallen und sie in einer schrecklichen Leere hängen würde, allein bis auf diese Hand und die Worte, die durch ihren Traum gehallt waren. Endlich blieb sie stehen, schwer atmend und mit Angsttränen in den Augen, von Scham und Grauen geschüttelt.

Was hatte sie getan? Sie hatte eine Katze im Stich gelassen, in der sie mehr sah als einen Freund, und eine tapfere kranke Streunerin, die dringend Hilfe brauchte. Sie war davongelaufen und hatte die beiden den Männern in den schwarzen Overalls überlassen, Männern, die offensichtlich die Kammerjäger waren, von denen man auf dem Friedhof nur zu flüstern wagte. Sie hatte einen weiteren Verrat begangen.

Im Geist sah sie ganz deutlich das rosa Samthalsband auf dem Boden liegen: ein schreckliches Symbol missbrauchter Unschuld.

Was ging in dieser Stadt vor? Was ging mit ihr vor? War auch sie von der Schwindsucht befallen, unter der die herrenlosen Katzen litten? Und war bei ihr womöglich nicht der Körper betroffen, sondern die Seele? Sealink ekelte sich vor sich selbst, und das nicht zum ersten Mal in letzter Zeit.

Keuchend presste sie den schmerzenden Kopf gegen ein Fenster. Das Glas kühlte ihr die fieberheiße Stirn. So blieb sie stehen, bis ihre Atmung sich halbwegs beruhigt hatte, dann öffnete sie die Augen und sah sich um. Sie stand in einer Gasse, die ihr unbekannt war, eng, mit schäbigen Häusern und schmutzigen, schlecht beleuchteten Schaufenstern. An eins von diesen Fenstern hatte sie den Kopf gelehnt, nun schaute sie hinein.

Ein seltsamer Laden, so viel war sicher. Zur Dekoration hatte man die unglaublichsten Gegenstände wild durcheinandergeworfen: Puppen in Grasröckchen, mit Perlenketten und auffallend schwarz geränderten Augen; große und kleine Fläschchen in allen Farben; Bündel von Schnüren mit Alligatorzähnen; Bücher, Karten und Kerzen; Silberschmuck; Schachteln, Päckchen und Pülverchen; Knochen, Totems und Hühnerkrallen. In der Mitte stand etwas, dessen Anblick ihr das Herz zusammenpresste wie ein Schraubstock. Etwas – jemand –, den sie kannte.

Mitten im Fenster dieses traditionellen Voodoo-Ladens für Touristen lag zwischen all dem esoterischen Krimskrams auf einem drehbaren, mit schwarzem Samt bespannten Ständer ein Tierkopf. Die rechte Seite war abgehäutet und sorgfältig präpariert wie für eine Anatomievorlesung, in der angehenden Veterinärmedizinern Muskulatur und Knochenstruktur im Augenbereich der Spezies *Felis cattus* demonstriert werden sollten. Straff spannte sich das konservierte rote Fleisch vom gespenstisch grinsenden Maul bis zur leeren Augenhöhle. Das Gehirn war entfernt worden. Auf der linken Kopfseite waren Auge, Haut, Fleisch und Fell unversehrt erhalten.

Sealink blieb die Luft weg und sie setzte sich schwer auf den Boden.

Das makabre Karussell drehte sich fröhlich weiter.

Sie starrte es fassungslos an. Die Tränen strömten ihr aus den Augen.

Es war der Kopf einer alten schwarzen Katze.

Es war der Kopf von Baron Rattentod.

11

DAS SYMBOL

Die Königin leckte sich kurz über die Pfoten.

»Danach ging es ins Wasser zurück«, sagte sie. »Kalte Strömungen. Kahle, weite Meeresgewölbe.«

Sie seufzte. »Meine Kinder habe ich nicht gefunden«, sagte sie leise. »Aber wenigstens habe ich den Nil gesehen.«

Im Ozeanarium war es so still, dass Tom hören konnte, wie hunderte von Metern entfernt die Wellen an den Strand krachten. Einen Augenblick lang stellte er sich vor, es seien die Brecher einer anderen, weniger rauen See. Schläfrige Wärme beschlich ihn, ein Anflug vom Leben und Treiben fremder Städte, von exotischen Gewürzen und von Speisen, die er nie gekostet hatte. Er schüttelte sich.

»Und was ist mit Cy?«, fragte er. »Wenn euch der Große Rochen alle drei nach Hause gebracht hat, wo ist sie dann?«

König und Königin sahen sich an.

»Das wissen wir nicht, Tom«, gestand Ragnar.

»Ich muss mich verabschieden«, hatte die Tigerkatze gesagt und im harten Schein der Aquariumsbeleuchtung zu Ragnar und Pertelot aufgesehen. »Bei uns ist das Tausend-Insel-Fieber ausgebrochen. Wir haben euch von eurer Pauschalreise nach Ägypten heil zurückgebracht, nun planen wir einen Aktivurlaub mit allen Schikanen, einen richtigen Abenteuertrip. Dieser Ray und ich, wir haben noch eine Menge vor.« Damit ließ sie das verblüffte königliche Paar vor dem Becken stehen und verschwand mit ihrem Fisch in einem trägen schwarzen Wasserwirbel. Das Aquarium war jetzt voller Schatten; im Dämmerlicht verschwammen seine Grenzen und es wirkte innen größer als außen. Noch lange danach glaubte die Königin, Cys Stimme aus weiter Ferne flüstern zu hören: »Es gibt noch so viel zu sehen!«

Als Tom dies erfahren hatte, schwieg er lange.

»Sie war natürlich immer eine sehr selbstständige Katze«, sagte er endlich. »Aber dass sie mit einem Fisch durch die Welt zieht, gefällt mir gar nicht.« Er blinzelte. »Ich muss mir Sorgen um sie machen«, erklärte er der Königin.

»Oh, Mercurius, nun sei nicht traurig. Sie kommt bestimmt wieder nach Hause.«

Tom starrte in das Aquarium.

»Am schlimmsten ist das Gefühl«, sagte er, »dass uns das alles nicht weitergebracht hat.«

»Begreifst du denn nicht?«, fragte Pertelot. »Wir sind ein gutes Stück vorangekommen!«

Sie bat Ragnar, Tom den silbernen Talisman – die Pyramide, das offene Dreieck mit dem Kreis an der Spitze – zu zeigen, der an dem blauen Halstuch des Fischers hing. »Dieses Zeichen ist der Kern der ganzen Sache«, erklärte sie. »Eine widersprüchliche Macht hat es uns gezeigt, als wir unter der Erde waren, eine Macht, die mit der einen Hand hilft und mit der anderen hemmt, eine Kraft, die fähig ist, sich in die Tiefen des Ozeans zu begeben und einen Riesenfisch anzuheuern, der uns befördert. Wenn wir verstehen, was das Symbol bedeutet, finden wir vielleicht auch Odin und Isis. Schau: Der Talisman scheint sich über seine eigene Rätselhaftigkeit zu freuen. Kann sich ein Gegenstand überhaupt freuen? Er glänzt so ölig wie eine Welle im Mondlicht.«

»Der Große Rochen hat uns nach Ägypten gebracht«, fuhr sie nach einer Weile fort. »Die Boote und die Schiffer haben uns geholfen, nach Hause zurückzukehren. Für mich gibt es dafür nur eine Erklärung, Mercurius: Sie alle wollten dafür sorgen, dass wir das Symbol verstehen. Das Symbol ist der Schlüssel.«

Schweigen trat ein. Tom betrachtete den Talisman. Ragnar kratzte sich hinter einem Ohr. So stolz er auf seine Schärpe war, so peinlich war es ihm, derart im Mittelpunkt der Aufmerksamkeit zu stehen. Die Königin hatte ihre Toilette beendet, nun streckte sie sich und sah sich im Ozeanarium um.

»Wo ist Leonora?«, fragte sie arglos. »Ich hoffe, sie hat sich anständig benommen.«

»Ach ja«, sagte Ragnar. »Leonora!«

Die beiden sahen Tom erwartungsvoll an.

Der wusste nicht, was er sagen sollte. Ihre Geschichte hatte ihn so gefesselt, dass er seine eigene darüber vergessen hatte. Und sein Lehrling irrte immer noch allein auf den Geheimen Pfaden umher. Spontan platzte er heraus: »Ich habe sie verloren. »

Ragnar lachte leise. »Sie ist wohl wieder einmal Pommes holen gegangen. Bald wird sie den Katern nachstellen«, prophezeite er gelassen. Die Königin strafte ihn mit einem altmodisch entsetzten Blick. »Sie ist wirklich eine schlimme Tochter«, sagte er.

»Vom wem sie das wohl hat?«, fragte Pertelot

Und zu Tom: »Mach dir nicht zu viele Sorgen, Mercurius. Du kannst nicht die ganze Zeit auf sie aufpassen.«

»Ihr versteht mich nicht«, sagte Tom. »Ich meine, ich habe wirklich …« Ihr Vertrauen erschütterte ihn so sehr, dass er nicht weitersprechen konnte. »Hört mal«, sagte er. »Sie ist wahrscheinlich im Beach-O-Mat. Ich werde sie holen. Nein, nein, bleibt ihr nur hier!« Er zog ab und dachte unglücklich: Jetzt habe ich sie auch noch belogen.

Es war eine ruhige Nacht. Auf der kopfsteingepflasterten Straße bog er nach rechts ab, anstatt nach links, und bald stand er hoch oben auf der Klippe auf einer Holzbank. Vom Meer trug ein angenehm kühler Wind Gerüche nach Jod und Salz herüber. Unter ihm lagen zwischen Treppen, schmalen Gässchen und Bruchsteinmauern die Häuschen des Dorfes. Der Himmel erstrahlte im Mondlicht, der Ozean erzeugte immer neue porzellanweiße Wellchen, die sich am kohlschwarzen Strand brachen. Weit draußen am Horizont leuchteten die Lampen auf den Booten der Küstenfischer. Tom malte sich aus, wie die Fischer ihre Netze einholten; wie das Wasser über die Decks strömte; wie sich der silbrig-glitschige Fang, vermischt mit Muscheln, Seesternen, Tang und Plastikmüll, über die Planken ergoss. Doch schon hatte er wieder Cy vor Augen, wie sie ihn mit schief gelegtem Kopf ansah und sagte: »Tom, heute gibt es *Sternguckerpastete*!« Sie liebte Fisch und jetzt war sie mit einem Fisch auf und davon. Plötzlich fand er es unerträglich, in einer Nacht zwei Katzen verloren zu haben. Er sprang von der Bank und rannte den Hang hinab zu Cys Bushäuschen. Dort traf er zwei oder drei ungehobelte Dorfkater, die sich die Nacht mit Prahlereien vertrieben, während sie auf die Rückkehr der Fischerboote warteten. Als sie ihn erkannten, räumten sie das Feld. Das kränkte ihn sehr; trotzdem beobachtete er ihren Rückzug aufmerksam, wie um sie bei einem ungebührlichen Blick aus leeren, reflektierenden Augen zu ertappen. Danach saß er eine Weile allein da. Nach etwa einer Stunde kam in der Bucht Nebel auf und griff mit kalten, mattweißen Fingern über das Wasser hinweg nach der Stadt. Tom stand auf und vertrat sich die Beine, um wieder warm zu werden. Der Nebel machte die Palmen, die Pommesbuden, den Vergnügungspark und die Seenotrettungsstation größer, als sie in Wirklichkeit waren – sie drängten sich ihm unversehens auf. Es gab kein Echo mehr, jeder Laut wurde verschluckt. Im ersten unsicheren Licht des Morgens sah er eine junge Katze über die kalte, leere Strandpromenade auf sich zukommen. Sie war müde und sie humpelte. In ihrem sandfarbenen Fell klebten Taubenkot und andere ekelhafte Dinge. Es war Leonora Whitstand Merril.

Sie blieb vor ihm stehen.

»Wenn du nicht verrätst, dass ich mich verlaufen habe«, feilschte sie, »dann behalte ich für mich, dass du mich verloren hast.«

Er wollte sich nicht festlegen. »Wir werden sehen.«

»Bessere Bedingungen wirst du nicht kriegen.«

Sein Blick war ungewöhnlich streng. »Ich will sofort wissen, was dir zugestoßen ist, Leonora.«

Sie ließ sich nicht einschüchtern. »Mir ist kalt«, sagte sie.

Das Beach-O-Mat mit seinen sauberen gelben Bänken, dem schwarzweißen Linoleum und den glänzenden Maschinen hatte Tag und Nacht geöffnet und so brachte er sie dorthin. Katzen lieben saubere Wäsche, auch wenn sie sich nicht darauf setzen können. Wärme lieben sie noch mehr und das Beach-O-Mat war sozusagen die Wärmestube für die ganze Stadt. Es war ein Muss, wie Cy ihm einmal erklärt hatte. »Ein Hauptbestandteil jeder Garderobe, Jack.« Und als er sie verständnislos anstarrte. »He! Was habe ich denn gesagt?« Die feuchte Wärme, die sich tagsüber anstaute, überdauerte sogar die lange Nacht, wenn die Maschinen stillstanden. Die beiden setzten sich in die offene Trommel eines Trockners. Der empfindliche Tom musste niesen, während er mit seiner Zunge das schmutzige Fell der Kleinen bearbeitete, und Leonora starrte so nachdenklich vor sich hin, als habe sie mehr über die Welt erfahren, als sie eigentlich wissen wollte. Nach einer Weile sagte sie: »Es wird dir nicht gefallen …«

»Nun komm schon raus damit, Leonora.«

»… jedenfalls der erste Teil nicht. Nachdem du mich auf dem Alten Weg des Wandels im Stich gelassen hattest …«

»Leonora!«

»Nachdem ich mich verlaufen hatte, ist etwas wirklich Merkwürdiges passiert. Noch merkwürdiger als sonst, meine ich. Es war kalt und feucht und nach allen Seiten zweigten leere Gänge ab. Wasser tropfte vom Himmel, dabei wusste ich, dass in der realen Welt die Nacht klar und mild war und die Felder die Hitze des Tages abstrahlten. Ich hörte fast die

Mäuse in ihren gemütlich warmen Grasnestern rascheln, doch mir kroch die feuchte Kälte in alle Knochen. Tom ...« Sie sah ihn so eindringlich an, als könne sie seine Antwort hören, ob er sie nun ausspräche oder nicht. »... hast du jemals das Gefühl gehabt, das Leben zerrinne dir unter den Fingern? Als seist du vergiftet oder ...« Sie überlegte. »... würdest einfach *erlöschen*?« Sie fröstelte bei der Erinnerung. »In dem Augenblick war mir himmelangst, das kannst du mir glauben. Ich hatte mich verirrt. Mir war kalt. Ich konnte kaum die Augen offen halten. Wenn du in dem Moment gekommen wärst, um mir den Weg nach Hause zu zeigen, ich hätte nicht die Energie gehabt, dir zu folgen.«

Sie sah ihn verschmitzt an.

»Aber das bist du natürlich nicht«, sagte sie. »Gekommen, meine ich.«

Tom überging den Seitenhieb mit Stillschweigen.

»Mattigkeit«, sagte er. »Verwirrung – Erscheinungen, von denen ich noch nie gehört habe. Aber ich hatte nicht die Gelegenheit, mir alle Kenntnisse anzueignen. Andererseits ist dies vielleicht eine völlig neue Erscheinung.«

»Es empfiehlt sich immer, die Meinung eines Fachmanns einzuholen«, sagte Leonora. »Jetzt fühle ich mich schon viel sicherer.«

»Niemand kann alles wissen«, sagte Tom.

»Das stelle ich auch gerade fest. Habe ich dich jetzt wieder gekränkt?«

»Ein wenig. Was hast du als Nächstes getan?«

»Alles war grau geworden. Alles Leben, alle Schönheit waren verschwunden, die Welt war wertlos«, sagte Leonora. »Aber ich will das nicht! Ich bin jung – ich will, dass die Welt sich lohnt! Also habe ich getanzt. Ich habe mir einen Tanz ausgedacht und schon war ich mittendrin. Schau.« Sie sprang aus dem Trockner und wiederholte ihren Tanz auf dem Fußboden. Weniger meinetwegen, dachte Tom, als um ihn sich selbst einzuprägen. »Anfangs ganz langsam. Mit der Zehenspitze antippen, die Pfote aufsetzen. Zögernde, gemessene Schritte – keine Sprünge, keine großen Sätze. Dann immer schneller und schneller, bis ich mich stark fühlte.« Sie lachte. »Siehst du?«, fragte sie. »So geht das. Ich habe mich in diesen Raum hineingetanzt, Tom, so lange, bis ich ihn wieder in Besitz genommen hatte. Ich tanzte über die Geheimen Pfade und zwang sie in die Richtung, wohin ich wollte. Genau wie du. Die Entscheidung lag bei *mir.*«

Sie beendete die Vorführung, setzte sich und sah zu ihm auf.

»Und?«, fragte sie.

»Es ist gut, selbst entscheiden zu können.«

»Ja, nicht wahr?«

»Aber das ist noch nicht alles. Oder hast du mir schon erklärt, wie der Taubenkot in dein Fell kommt?«

Jetzt war es an Leonora, gekränkt zu sein.

»Es *ist* gut, entscheiden zu können«, beharrte sie.

»Schön. Und wofür hast du dich entschieden?«

»Ich habe mich entschieden, Uroum Bashou noch einmal aufzusuchen.«

Als sie dort ankam, war es dunkel. Der Mond hing wie eine dicke Zitronenschale über der Dachstube des Lesenden Katers und erhellte mit seinem Licht den Hof voller Gerümpel, ließ aber die verbretterten Fenster im Dunkeln. Leonora suchte sich so weit wie möglich von der Tür entfernt im Schatten verrosteter Fahrradteile ein bequemes Versteck und wartete. Der Mond stieg höher. Kein Laut drang aus dem Haus, aber es war nicht leer. Nach einer Weile hörte sie das vertraute leise Geräusch der Katzenklappe und der verlauste Kater Murr streckte den Kopf in die Nacht heraus.

Seine gelben Augen bewegten sich hin und her wie bei einer Geisterbahnkatze auf dem Jahrmarkt, ohne Verstand und doch voller Klugheit. Er schob sich nicht allmählich durch die Katzenklappe auf die Türschwelle, sondern spannte das gestählte Gesäß und sprang, bereit zum Kampf in jeder Form, auf einer Welle seines eigenen Gestanks mit einem Satz ins Freie. Dann blieb er zunächst sitzen, kratzte sich und redete mit sich selbst. »Seine Pfoten sind wund, aber das genießt er. Seine Eier jucken, aber das genießt er. Kater Murr ist kein gewöhnlicher Kater.« Endlich scharrte er im Mondschein unter dem alten Küchenfenster ein Loch in die Erde und entleerte sich ausgiebig. »Kater Murr liebt den Widerspruch in sich«, beglückwünschte er sich, drehte sich um und beschnupperte, was er produziert hatte. Als er die hässliche Schnauze wieder hob, fiel das Mondlicht auf sein starres Grinsen und seine Hakenzähne. Ein leises, schrilles Jaulen löste sich aus seiner Kehle, schwebte über den zertrampelten Rasen, drang Leonora bis ins Mark und verteilte sich über die umliegenden Straßen. Im Handumdrehen erschienen drei oder vier Kater mit brutalen Gesichtern auf dem morschen Bretterzaun am Ende des Gartens. Man verständigte sich kurz, dann sprangen alle wie auf ein Stichwort zu Boden und verschwanden mit Kater Murr an der Spitze in den nächtlichen Midlands.

Die wollen Unruhe stiften, wo sie nur können, dachte Leonora. Die harmlosen Nachtschwärmer, die ihnen begegneten, waren zu bedauern.

Sobald sie sicher sein konnte, dass die Kater nicht zurückkamen, huschte sie zur Tür und steckte den Kopf durch die Katzenklappe. Das ganze Haus war durchtränkt von Kater Murrs Geruch und über dem etwas wärmeren Treppenhaus hing er wie eine Dunstglocke. Leonora sprang, immer wieder innehaltend, durch Mondscheinpfützen und Schatten die Treppe hinauf bis zu der altersschwachen Galerie im obersten Stockwerk. Unterwegs spähte sie in jeden leeren Raum. Auf dem zweiten Treppenabsatz schlug ein offenes Fenster im Wind hin und her. Sie erstarrte. Rannte weiter. »Immer schön vorsichtig, Leonora«, ermahnte sie sich, nur um eine vertraute Stimme zu hören. »Hier entlang. Rasch jetzt! Mach kein Geräusch.«

Der Mond schien so hell in Uroum Bashous Bibliothek hinein, dass Leonora die schwarzen Zeilen auf den offenen Buchseiten erkennen konnte. Er zeichnete schwarze Streifen und Flecken auf den staubigen Boden, auf die verblichene Wandverkleidung und die weichen Samtkissen. Der dunkelste Schatten war der Bibliothekar persönlich. Er stand – um in seinem Stil zu sprechen – wie ein kleines schwarzes Komma im Großen Text des Lebens. Vor ihm lagen – als könne er auch dieses Gekrakel aus Knochen und Federn lesen – die Überreste einer Taube im Staub. Ein schwaches, stotterndes Summen zog durch den Raum und lief in Vierteltönen die Tonleiter auf und ab. Leonora legte den Kopf schief und lachte leise. Uroum Bashou hatte vor kurzem seine Abendmahlzeit beendet, nun putzte er sich im Mondschein und schnurrte dabei.

»Das war eine sehr unkluge Aktion«, schalt Tom.

»Ich weiß«, sagte Leonora. »Und wenn du meinst, ich wäre nicht aufgeregt gewesen, dann irrst du dich! Aber der alte Kater ist eigentlich gar nicht so übel. Er spielt sich nur gern auf und möchte einem ständig Dinge erzählen, die man nicht weiß; und wehe, man hört nicht zu. Wenn du mich fragst, dann hat er viel Ähnlichkeit mit meinem Vater.«

»Leonora!«

»Na ja, Vater sieht natürlich besser aus. Jedenfalls war der Lesende Kater sehr freundlich. Ich musste mich setzen, er bot mir die Reste seiner Taube an – ich war nicht scharf darauf, ich wusste ja, dass Kater Murr sie erlegt hatte – und zeigte mir, wie man von dem Wasserhahn trinkt, der immer noch in das zerbrochene Becken am anderen Ende des Raumes tropft. Aber bevor ich mein Anliegen vortragen konnte, musste ich mir endlose Geschichten über seine Klugheit anhören. Das hat eine Weile gedauert.«

»Hm«, sagte Tom. Das Problem kannte er.

»Und dann«, sagte Leonora, »musst du dir Folgendes vorstellen …«

Uroum Bashous Redestrom war versiegt. Leonora hatte alles über seine Kätzchenzeit in Marokko erfahren – die Geschichte vom Ruf des Muezzins bei Sonnenaufgang, von der Ausbildung im Lesen und von der Jagd auf den Lichtstrahl, der durch eine Linse gebündelt auf die weiße Hofmauer fiel. Sie wusste, wie Vögelchen schmeckten, wenn sie mit bestimmten Gewürzen gebraten wurden, und wie die Düfte des Bazars jedes Haus mit einer Intensität durchdrangen, der sich kein Kätzchen entziehen konnte. Sie hatte sich noch einmal erzählen lassen, wie er zu seinem Namen gekommen war. Sie hatte ihn ermuntert, seine Ansichten über Dattelpalmen und Kanalrohre, über Sardellen, Mäuse und die gebotene Schonung der Nieren bei alten Katern zum Besten zu geben. Sie hatte seine Version der Lebensgeschichten berühmter Persönlichkeiten über sich ergehen lassen, wobei sie sich nur für Katharina die Große interessierte. Nun saßen sie sich in einträchtigem Schweigen auf dem staubigen Dielenboden gegenüber und Leonora wagte es, zur Sache zu kommen. »Uroum Bashou kann demnach alles lesen?«, fragte sie.

Die Große Gedächtnisstütze neigte zustimmend den Kopf. Die kahlen Stellen über seinen Augen schimmerten im Mondlicht.

»Das kann er.«

»Könnte er mir etwas vorlesen?«

Er sprang auf.

»Zeig mir das Buch!«, befahl er.

»Es steht in keinem Buch.«

Er winkte ungeduldig ab. »Dann gibt es nichts zu lesen.«

»Warte«, bat sie ihn.

Und dann zeichnete sie unter Aufbietung aller Konzentration – Katzen tun so etwas nicht oft – mit der linken Vorderpfote das Zeichen in den Staub, das sie in der Meereshöhle unterhalb von Tintagel Head gesehen hatte:

Als Uroum Bashou begriff, was sie vorhatte, geriet er in heftige Erregung. »Das ist ein Fußbodenbuch!«, näselte er entzückt. »Ein Staubbuch!« Sein würdevolles Gehabe war vergessen, das Kätzchen in ihm kam zum Vorschein. Für einen Moment durchdrang die Freude an der intellektuellen Betätigung, die brennende Neugier des jungen ›Taschentuchs‹ die akademische Elefantenhaut. Uroum Bashou schnurrte und gluckste. Er sprang auf seine Kissen zurück, stellte sich auf die Hinterbeine und peitschte mit seinem Knotenschwanz durch die Luft. Immer wieder berührte er Leonoras Pfote mit der seinen.

»Ja, ja, ja!«, lobte er.

»Nicht deutlich genug!«, mahnte er.

»Noch einmal! Noch einmal!«, verlangte er.

Und Leonora unternahm einen zweiten und dann einen dritten Versuch, obwohl ihr von der ungewohnten Anstrengung die Pfote zitterte.

»Größer! Größer! Uroum Bashou hat noch nie im Staub gelesen.«

Als der Lesende Kater endlich ein Symbol bekommen hatte, mit dem er etwas anfangen konnte, wurde er sehr nachdenklich und schien Leonora ganz zu vergessen. »Mm«, machte er und stieg langsam, Pfote für Pfote, wie auf Mäusejagd, von seinen Kissen herunter, um sich das Zeichen von verschiedenen Seiten zu besehen. Er prüfte mit seinen Schnurrhaaren die Luft darüber. Er schnupperte planlos zwischen den unordentlichen Bücherstapeln herum, machte plötzlich einen Satz und kratzte und scharrte so lange mit den Vorderpfoten, bis er den gesuchten Band herausgezogen hatte. Der wurde auf die gleiche Weise traktiert, bis er sich öffnete und Uroum Bashou die Seiten umblättern konnte. Der wache Geist der einen Katze, dachte Leonora, setzte den Büchern manchmal kaum weniger zu als der eifersüchtige Zorn der anderen. Viele Seiten waren bereits zerfetzt. Im grellen Mondlicht wirbelte der Staub auf.

»Nein«, sagte Uroum Bashou. »Hier nicht.«

Behutsam fuhr er mit der Pfote über eine Zeile. »Baldini ist natürlich immer einen Versuch wert.«

»Hier auch nicht«, sagte er etwas später. »Und das überrascht mich eigentlich nicht. Aber wart mal, vielleicht … O nein, dafür ist es heute schon zu spät. Aber es gibt immer noch …«

Wenn er erst in Fahrt kam, war seine Energie schier unerschöpflich. Die Nacht schritt voran. Die tote Taube verströmte einen schalen Geruch. Leonora musste niesen und fragte sich plötzlich, ob ihre Eltern sie wohl schon vermissten. Aber vermutlich waren sie vollauf mit sich selbst beschäftigt. Nachdem sie das Tun des Lesenden Katers eine Weile mit leichtem Befremden beobachtet hatte, setzte sie sich möglichst weit von den Staubwolken entfernt auf ein Fensterbrett und schaute auf die leere, mondhelle Straße hinab.

»Ja!«, rief Uroum Bashou immer wieder. »Ja!«

Doch jedes Mal folgte darauf ein »Nein. Nein.«

Leonora schlief ein.

Sie wusste nicht, wie viel Zeit vergangen war, als er sie endlich weckte. Ihr kam es vor, als hätte sie tagelang geschlafen.

»Hör zu!«, sagte er. »Du musst jetzt gehen.«

Sie starrte ihn an. Er zitterte.

»Was ist los?«, fragte sie.

»Ich werde dir etwas zeigen, aber dann musst du gehen!«

»Kater Murr!«, rief Leonora. »Ist er zurück?«

»Er ist im Garten«, erklärte der Lesende Kater schlicht. »Bald kommt er ins Haus. Nun sieh dir das an …«

Die Flut war auf dem höchsten Stand und schwappte glucksend um die Pfeiler auf der Seeseite der Strandpromenade. Die Sonne drang schlüsselblumengelb durch den Nebel, konnte aber die Häuser am Hang noch nicht erwärmen. Hier und dort öffnete sich eine Tür, dann roch es nach Haferbrei, Milch und gebratenem Speck. Kreischend folgten die Möwen der Fangflotte in den Hafen zurück.

Im Beach-O-Mat fragte Tom: »Und was hatte der Lesende Kater gefunden?«

»Ein uraltes Buch mit Seiten aus dickem, gelbem, sprödem Material, die auf gewöhnliches Papier geklebt waren. Er vermutete, es komme aus Ägypten und sei nicht immer ein Buch gewesen. Man habe die Seiten erst später gebunden, um sie zu erhalten. Das Symbol stand darin, mit vielen anderen! Es war verblasst und hatte eine seltsame Form, aber ich habe es sofort erkannt.«

»Aha!«, sagte Tom.

Er beugte sich aufgeregt vor.

»Was noch?«, drängte er.

»Es gab keine Erläuterungen dazu. Uroum Bashou sagte, solche Symbole tauchten in der Geschichte der Katzen und der Menschen schon sehr früh auf, aber nicht vor der ›Verschwundenen Dynastie‹, was immer das sein mag. Sie stünden in Zusammenhang mit einem Ritual, der ›Beschwörung‹ einer Göttin.«

»Und?«

»Dann dachte er lange nach und schließlich meinte er, er sei ganz sicher, dass ihm die gleiche Frage auch der alte Majicou schon einmal gestellt habe.«

»Nichts über die Goldene Katze? Kein Wort über Kätzchen?«

»Nein«, sagte Leonora.

Tom seufzte ungeduldig.

»Dann sind wir immer noch keinen Schritt weiter«, murmelte er und starrte aus dem Fenster auf das nebelverhangene Meer hinaus.

»Willst du nicht hören, was dann geschah?«

Uroum Bashou war es gewöhnt, seine Pfote als Lesezeichen zu benützen, so auch bei diesem uralten Buch. Als er sie nun wegnahm, fächerten sich die Seiten auf wie ein Kartenspiel, das auf einen glatten Fußboden fällt. Als sie zur Ruhe kamen, war folgendes Symbol aufgedeckt:

⊙

Leonora berührte das Buch. Es fühlte sich warm an und kribbelte leicht, als stünde es unter Strom. Das Rascheln der sich umblätternden Seiten hatte sie fasziniert. Es klang wie ein Flüstern in der Nacht, wie Taubenschwingen im geheimnisvollen Morgengrau. Das Buch schien ihr etwas zeigen zu wollen.

»Und das?«, fragte sie Uroum Bashou. »Was bedeutet dieses Zeichen?«

Der Lesende Kater zuckte gleichgültig die Achseln.

»Das ist längst nicht so interessant«, sagte er.

Sein Blick richtete sich auf die Tür zum Treppenhaus.

»Du musst jetzt gehen!«, drängte er. »Er wird gleich da sein!«

Die Augen des Lesenden Katers tränten vom Staub und glänzten im geisterhaft grünlichen Mondlicht. Seinem schwarzen Plüschkörper fehlte nur ein rotes Samthalsband, um ihn vollends zu einem Spielzeug der Menschen zu machen. Er zitterte vor Angst. Wer war hier eigentlich der Herr? Was er beim letzten Besuch behauptet hatte, passte nicht zu seinem Verhalten. »Ich sehe keinen Grund zur Aufregung«, hatte er gesagt. Aber Leonora dachte bei sich: Quatsch! Er fürchtet sich vor diesem schrecklichen Tier zu Tode. Und wer könnte es ihm verdenken?

Laut sagte sie: »Komm mit mir, Uroum Bashou! Komm mit nach Tintagel am Meer, da bist du gut aufgehoben.«

Er sah sie unsicher an.

Sie dachte schon, er werde einwilligen, da sagte er: »Dieses Symbol ist nur das Zeichen für Gold. Wir sehen es in vielen Texten dieser Art – natürlich oft in Zusammenhang mit dem Alchimisten. Seit er nicht mehr unter uns weilt, ist es kaum noch von Bedeutung.«

»Und wenn er gar nicht besiegt wurde?«

Der Lesende Kater starrte sie an. Die Frage hatte sein Weltbild erschüttert und das machte ihn so verwundbar, dass sie noch einmal versuchte, ihn zu überreden: »Uroum Bashou, bitte komm mit nach Tintagel.«

»Du bist ein reizendes und sehr fürsorgliches Kätzchen«, sagte er.

Er hatte sich wieder gefangen. »Vielleicht könnte ein Kätzchen wie du die Welt doch noch heilen. Aber jetzt geh, schnell, bevor *er* dich hier findet. Sag dem Majicou, ich arbeite mit meinen Büchern für ihn weiter! Schnell! Schnell! Geh!«

Und ehe sie sich's versah, rannte sie im trügerischen Licht aus dem Raum. Die Angst des Lesenden Katers hatte sie angesteckt. Im Treppenhaus blieb sie stehen und schnupperte. Nichts. Sie huschte eine Treppe hinunter, witterte wieder. Irgendwo ertönte ein dumpfer Schlag. Die Katzenklappe? Vielleicht war es auch nichts. Sie lief weiter. Wo sollte sie sich verstecken? Es gab keinen Ort, wo er sie nicht fände. Sie würde in irgendeinem Schrank enden wie jene mumifizierte Taube. Ein Stück weit war es hell, dann herrschte Dunkelheit bis zum zweiten Treppenabsatz. Ihre eigenen Atemzüge waren so laut, dass sie die seinen nicht hörte. Wie hätte er auch hier sein können? Doch dann kam ihr ohne jede Vorwarnung mit übernatürlicher Geschwindigkeit ein riesiges, messingglänzendes Ding entgegengestürmt. Es schien erbost über die Enge der Treppe und jedes Mal, wenn es mit den Rippen das Geländer streifte, verhießen sein breites Maul und die gelblichen Zähne ihr, Leonora, den Tod. Die rote Zunge war größer als ihr Kopf! Das Gesicht war einen halben Meter breit und die Krallen rissen tiefe Schrammen in die rauen alten Holzstufen. Dann war das Ungeheuer da und marschierte heiser fauchend, mit schwankendem Oberkörper im verwirrenden Licht auf dem Treppenabsatz hin und her. Aus der Nähe betrachtet bestand es nicht aus Metall, sondern war mit grobem, bräunlichem Fell bedeckt. Mit jedem Beugen und Strecken der mächtigen Muskeln loderten die scharf gezeichneten, etwas helleren Tigerstreifen wie Feuerzungen über seine Flanken. Es stank nach Ammoniak, nach Pheromonen, nach Tod.

Als es den Kopf hob und brüllte, wich Leonora zurück.

Über ihr schlug das offene Fenster im Wind. Mit einem Satz sprang sie hinaus.

Zunächst schwebte sie, als würde sie von der Nachtluft getragen. Sie drehte sich mehrmals um sich selbst, sodass zuerst der Himmel und dann die Straße langsam durch ihr Blickfeld zogen. Unter ihr befand sich ein Kelleraufgang mit spitzen Eisenstäben. Weiter draußen parkten Autos. Sie glaubte, zwischen den Rädern drei oder vier Schatten umherhuschen zu sehen, doch als sie das nächste Mal hinschaute, lag die Straße leer und stumm im Mondlicht. Dann beschleunigte sich alles. Ein Blick in die Tiefe. Die Stäbe!, dachte sie noch. Die Stäbe! Dann schlug sie hart auf einem Haufen nasser Pappschachteln und Plastiktüten auf, den die Tauben auf den Fenstersimsen über und über mit ihrem Kot bespritzt hatten. Die Luft blieb ihr weg und sie spürte nichts mehr.

Als sie erwachte und begriff, wie viel Glück sie gehabt hatte, wurde ihr ganz schwindlig. Ihr erster Gedanke war: Ich lebe noch! Sie schaute nach oben. Es hätte sie nicht überrascht, wenn ihr Verfolger ihr in einem Regen von Glasscherben, den Rahmen um die mächtigen Schultern, hinterher gesprungen wäre. Aber das Fenster war leer, nicht einmal ein Kopf zeigte sich. Alles war still. Mit schmerzenden Gliedern hinkte sie die Kellertreppe hinauf. In der nächsten Gasse nahm sie die erste magische Straße, die sie finden konnte.

»Und hier bin ich nun«, schloss sie, »lebendig, wenn auch etwas angeschlagen.«

Der Nebel über der Bucht war restlos verschwunden. Wo die Fischerboote im narzissengelben Sonnenlicht anlegten, vollführten die Möwen einen Heidenspektakel. Ein neuer Tag begann und Leonora war so froh, zur Abwechslung einmal zu Hause zu sein, dass ihr ganz warm ums Herz wurde.

»Nun?«, fragte sie. »Wie hat sich dein Lehrling bewährt?«

Tom seufzte.

»Wenn ich nur wüsste, wie viel von alledem wir jemals deinen Eltern erzählen können«, sagte er. »Hast du diese Müdigkeit auf dem Rückweg wieder gespürt?«

»Ein wenig. Etwas wollte mich nach Hause verfolgen. Aber ich hatte mich vor lauter Schreck gleich noch einmal verlaufen. Meinen Tanz hatte ich auch vergessen und so habe ich die ganze Nacht gebraucht, um nach Hause zu finden.«

Sie sah Tom kurz an.

»Etwas habe ich dir noch nicht gesagt.«

»Und das wäre?«

»Uroum Bashou konnte mit dem Zeichen in dem alten Buch nichts anfangen. Ich aber schon. Weißt du noch, wie du mich so gnadenlos auf dem Alten Weg des Wandels herumgescheucht hast? An einem der Orte, an denen wir damals vorbeikamen, habe ich das Symbol gesehen! Was sagst du nun?«, fragte sie vorlaut. »Ist das nicht besser, als immer nur seiner Nase zu folgen?«

»Nun ja«, sagte Tom, »vielleicht sind wir ja die ganze Zeit deiner und nicht meiner Nase gefolgt.«

Und dann meinte er: »Du bringst uns am besten sofort dorthin.«

Sie fanden das Symbol …

⊙ LABORATORIEN
Winfield Farm

… ohne Mühe wieder. Es befand sich neben einem Tor, durch das sie auf eine gepflegte Zufahrt gelangten. Zu beiden Seiten erstreckten sich sanft abfallende Kuhweiden mit Butterblumen und vereinzelten dunkelgrünen Distelnestern. Der Himmel war klar und blau, sein metallischer Glanz versprach, dass es gegen Mittag sehr heiß werden würde. In gewisser Entfernung kreisten träge ein paar Krähen in der flimmernden Luft.

»Ein herrlicher Tag«, sagte Leonora.

Und dann sagte sie: »Da sind wir!«

Der Weg endete in einer traulichen kleinen Mulde. Tom begriff zunächst gar nicht, was er da sah. Das Gebäude war wie mit einem riesigen Messer in der Mitte auseinandergehackt worden. Dann hatten sich die beiden Hälften ein wenig gesenkt. Unten waren sie noch miteinander verbunden, aber weiter oben neigten sie sich leicht nach außen.

»Bleib hier, Leonora.«

Vorsichtig näherte er sich einem zerbrochenen Fenster und beschnupperte es. Dann sprang er hinauf und spähte ins Innere. Die Decke war heruntergesackt und zeigte Risse, schwarze Kabelschlingen hingen herab. Die Einrichtung war bis zur Unkenntlichkeit zerstört. Auf dem Boden lagen Holzsplitter, verbogene Metallteile und verformte Plastiktafeln. Es roch verbrannt und alles war mit Gipsstaub bedeckt, der sich nach tagelangem Regen in Zement verwandelt hatte. Tom entdeckte einen Tisch, der offenbar mit voller Wucht gegen die Wand geschleudert worden war, und ein weißes Menschenkleidungsstück, dem ein Ärmel fehlte. In den Trümmern lagen Scharen von reglosen Katzen. Der schlichte, säuerliche Geruch des Todes hing in der Luft.

»Leonora, du sollst …«, begann Tom.

Zu spät. Sie saß schon neben ihm auf dem Fenstersims und schaute hinein.

»Wer tut denn so etwas?«, flüsterte sie.

Sie starrte ihn an.

»Wer tut uns das an? Die Geheimen Pfade sind vergiftet. Überall sterben die Katzen. Tom, ich war heute Morgen so glücklich, wieder zu Hause zu sein. Und jetzt ist alles ganz anders, als ich erwartet hatte!«

Bevor er antworten konnte, war sie in den verwüsteten Raum gesprungen und beschnupperte die Leichen. Tom wusste, wonach sie suchte, brachte es aber nicht über sich, ihr zu helfen. Nach einer Weile sagte sie wie zu sich selbst: »Ich will kein Kätzchen mehr sein. Es lohnt sich nicht.«

Endlich kam sie zurück und schaute zu ihm auf.

»Mein Bruder war hier«, sagte sie. »Aber jetzt nicht mehr.«

»Dann ist er vielleicht gar nicht tot.«

»Tom, was können wir tun?«

»Wir müssen noch einmal mit Uroum Bashou sprechen«, sagte Tom. »Das Ganze fügt sich allmählich zu einem Bild. Doch da Liebt-Mülltonnen verschwunden ist, kann nur der Lesende Kater meine Vermutung bestätigen.«

Lange betrachtete er die Laborruine.

»Leonora«, sagte er endlich. »Ich habe Angst.«

12

MAMMY LAFEET

Seit fünftausend Jahren wälzen sich der mächtige Mississippi, der Ouachita und der Red River durch die weiten Ebenen des Südens. Immer wieder ändern sie die Richtung, wenn sie sich träge durch das Tiefland schieben wie Klapperschlangen durch den Wüstensand. Sie haben es nicht eilig, ihr Ziel, den Golf von Mexiko, zu erreichen. Denn wie Sealink wissen sie – ein Urwissen, das mit Denken nichts zu tun hat –, dass Reisen und Leben eins sind, Kleiner. Reisen heißt leben.

Spät, sehr spät in dieser geologischen Epoche kamen die Menschen nach Louisiana. Sie kamen aus der Alten Welt über das Meer und entdeckten einen schönen natürlichen Hafen. Alle Voraussetzungen für eine große Siedlung waren gegeben, falls es ihnen gelang, die Sümpfe trocken zu legen und sich zunutze zu machen. Und so bauten sie Flutmauern und Dämme, um den Mississippi in sein Bett zu zwingen, und errichteten nach einem exakt gitterförmigen Grundriss, den sie mit der Schwertspitze in den Boden ritzten, die Stadt New Orleans – ein bemerkenswertes Zeugnis menschlichen Erfindungsreichtums und menschlicher Entschlossenheit, ein Beweis für die Fähigkeit der Menschen, die natürliche Welt zu verändern und zu beherrschen.

Das gilt auch noch für die moderne Stadt mit ihren glänzenden Bürotürmen, den Frachtschiffen und Hafenanlagen, den eleganten Häusern im Garden District, dem riesigen

Netz von Autobahnen und Eichenalleen und dem großartigen Damm über den Lake Pontchartrain. Doch als die Menschen den Hauptarm des gewaltigen Flusses einsperrten, nahm sein Hinterland Rache.

Dreißig oder vierzig Meilen um die Stadt New Orleans herum, nach Nordwesten bis Baton Rouge und Lafayette, nach Süden bis Thibodaux und zur Deltaküste, erstreckt sich eine unbeständige, bedrohte Landschaft voller Geheimnisse und Tücken, die dem Menschen absolut feindlich gesonnen ist. Die Gemeinden Iberville, Terrebonne, Lafourche und Ascension fristen ihr kärgliches Dasein in einem Labyrinth von Sümpfen und Altwässern, den so genannten Bayous. Bäche, die im Nichts enden, Moore, Schwemmland, verlandete Weiher und tote Flussarme – kartographisch unmöglich zu erfassen, aber nichts einfacher, als sich darin zu verlaufen. Die Bayous sind Brutstätte für Milliarden von Insekten, Kinderstube für Fische mit scharfen Rattenzähnen und für größere Raubtiere …

Seit fünftausend Jahren und noch sehr viel länger – die Zeitskala der Menschen ist hier ohne Bedeutung – schlängeln sich auch die Geheimen Pfade der Tiere des amerikanischen Südens durch dieses Gebiet. Was seitens der Menschen an Veränderungen vorgenommen wurde, kann nicht von Dauer sein und kümmert sie nicht. Sie führen in ein Gebiet, das die meisten Menschen nach wie vor für eine mystische Landschaft voller Gefahren halten – und deshalb meiden. Doch Katzen und andere Tiere, die bereit sind, die Pfade zu benützen, können darauf sicher durch die Sümpfe gelangen.

Als Sealink in blinder Panik den Geheimen Pfad irgendwo zwischen der Iberville und der Bienville Street im alten French Quarter von New Orleans betrat, spürte sie sofort, wie sehr sich die magischen Straßen seit ihrem letzten Besuch verändert hatten. Alles war dunkel und der Wind aus allen Richtungen – die meisten Katzen wissen, dass es kein gewöhnlicher Wind ist, sondern auch ein Seelensturm – wehte nicht.

Wo waren die Geisterkatzen?

Es war viel zu still.

Sie hob den Kopf. Die Luft war so schwül und dumpf, als hätten sich die Sümpfe bis ins Herz der Stadt ausgedehnt. Oder war vielleicht nur diese Straße von der Veränderung betroffen, die laut Téophine ohnehin nicht einmal mehr von den Schatten vergangener Katzen benützt wurde? Aber wenn schon seit längerem weder Lebende noch Tote darauf verkehrten, würde sie bald aufhören zu existieren und dann stünde Sealink eine weite, gefahrvolle Reise durch die Bayous bevor. Also hieß es sich beeilen, solange der Pfad noch bestand. Sealink überließ sich dem Rhythmus ihrer großen Pfoten und bald übernahm die starke Chemie ihres Ur-Ichs das Kommando und zerstreute alle Ängste und Zweifel.

Etwas später entstand in den Schatten unter den Palmwedeln eines überschwemmten Waldes plötzlich eine riesige gestreifte Katze. Zum Glück gab es für diese ungewöhnliche Szene keine Zeugen, jedenfalls keine Menschen. Ein Jäger mit dem Gewehr im Anschlag hätte in diesem Moment die Trophäe seines Lebens schießen und eine hitzige Debatte über natürliche Lebensformen in den Sümpfen von Louisiana entfachen können.

Wenige Sekunden später stand im Halbdunkel unter den Bäumen nur noch ein sehr viel kleineres Mitglied der Gattung *Felidae*: eine ziemlich große Calicokatze mit dichtem orangerot, schwarz und weiß geflecktem Fell – auch die Zeichnung war längst nicht mehr so regelmäßig wie die Streifen, die sie auf dem Geheimen Pfad getragen hatte.

Es waren also keine Menschen hier, doch sonst wimmelte es von Leben. Nach der unheimlichen Stille auf der magischen Straße herrschte im Bayou ein geradezu ohrenbetäubender Lärm. Die schwüle Luft war erfüllt von den Geräuschen des Lebens: Sandflöhe und Rebenstecher, Grillen, Mücken, Zecken und tausend verschiedene Baumfrösche mit Vogelstimmen zwitscherten und zirpten, summten, krächzten und winselten, was das Zeug hielt.

Sealink sah sich um. Eine fremde Welt. Zwischen natürlichen Erdwällen, die von Mangrovenwurzeln wie von Krallen zusammengehalten wurden, lagen zähflüssige, Blasen werfende Wasserläufe mit schwimmenden Inseln aus Wasserhyazinthen. Dahinter erhob sich ein Dickicht aus Weiden, Hickorybäumen und Lebenseichen, Zaubernuss- und Myrtensträuchern, alle mit langen Rauschebärten aus Spanischem Moos. Spinnen von der Größe ihres Kopfes hatten ihre Netze um die Äste einer einzelnen Zypresse gelegt.

Sealink überlief ein Schauer. Wo zum Teufel sollte sie in diesem Dschungel Mammy Lafeet finden? Sie drehte eine kleine Runde. Wichtiger noch: Wie sollte sie die Mammy finden, ohne nasse Füße zu bekommen?

In diesem Augenblick ertönte ein lautes Schwirren, ein blaugrüner Blitz schoss daher und dann schwebte, von durchsichtigen Rotorflügeln getragen, ein vielfarbiges, großes Augenpaar dicht vor ihrer Nase. Die Calicokatze trat überrascht einen Schritt zurück und stand bis zu den Sprunggelenken in teebraunem Wasser, das Unmengen von winzigen schwarzen Schmutzpartikeln in ihrem Fell hinterließ. Die Libelle drehte so schnell ab, wie sie gekommen war, und verschwand im Steilflug zwischen den dunklen Bäumen.

Sealink schüttelte sich empört die nassen Hinterbeine aus. Wo hatte sich die Mammy da niedergelassen? Verdammt, was war das nur für eine Katze? Freiwillig suchte man diese Gegend doch allenfalls auf, wenn man ein *Fisch* war. Sie ließ die Ohren spielen und lauschte angestrengt, hörte aber nur die Baumfrösche, die sich für den Abendchor einstimmten.

Allmählich wurde es dunkel und mit dem Tageslicht verschwand auch der letzte Anschein von Normalität.

Katzen besitzen ein ausgezeichnetes Sehvermögen, das sie seit Jahrtausenden zu tüchtigen Jägern macht. Bei hellem Licht zieht sich die Pupille zu einem schmalen, senkrechten Schlitz zusammen; bei voller Dunkelheit weitet sie sich zu einem Kreis, der noch den kleinsten Lichtschimmer einfängt und absorbiert, um ihn über tausende von Stäbchenzellen auf die Netzhaut und das spiegelnde *tapetum lucidum*, den legendären Lichtteppich, zu lenken. Auf diese Weise entsteht ein außerordentlich scharfes Bild des Gesichtsfelds.

Sealinks Augen passten sich rasch an die veränderten Lichtverhältnisse an, doch dass sie das Pflanzengewirr der Bayous so deutlich sehen konnte, trug nicht zu ihrer Beruhigung bei. Sie war, sie konnte es nicht leugnen, eine Stadtkatze – von Geburt und aus Neigung. Sie *mochte* Straßenlaternen. Sie mochte die grelle Neonbeleuchtung der Gasthäuser. Und hier wären ihr sogar ein Paar Autoscheinwerfer willkommen gewesen.

Doch in dieser Wildnis, diesem stinkenden Sumpfland, brach die Dunkelheit mit voller Wucht herein.

Sealink war schon im Begriff, auf den Geheimen Pfad zurückzukehren und einen anderen Ausgang zu nehmen, als sie hinter sich ein Schwirren hörte und einen Luftzug spürte. Die Libelle war wieder da.

»Hallo, Bürschchen.« Ihre Stimme klang unnatürlich laut. Sie sah sich um und kam sich ziemlich albern vor.

Statt ihren Zickzackkurs fortzusetzen und wieder zu verschwinden, umkreiste die Libelle mit lauten Summen den Kopf der Calicokatze. Ihre Facettenaugen funkelten aufgeregt und Sealink glaubte sie fast sprechen zu hören. Sie schoss zwischen die Weiden und war wieder da, bevor Sealink sich noch umgedreht hatte. Ihr Schwirren und Summen waren noch eindringlicher geworden. Sealink spürte die federleichte Berührung einer Flügelspitze auf der Nase und hatte plötzlich ein blechernes Stimmchen im Ohr: *»Komm mit.«*

Sealink schüttelte sich, als hätte sie Flöhe. Ob sie verrückt wurde? Warum auch nicht? Dann passte sie wenigstens hierher. Sie fühlte sich ausgestoßen, abgeschnitten von ihren Artgenossen und ihren eigenen Erfahrungen. Kurz entschlossen sprang sie von der schwimmenden Insel, auf der sie stand, zu den Weiden hinüber, wo der Boden fester war. Vor ihr kurvte die Libelle herum und Sealink folgte ihr tiefer in den Sumpf hinein.

Wenig später stieg ihr aus nächster Nähe ein markanter Geruch in die Nase. Scharf und würzig wie von einem Warmblüter. Die Calicokatze war nie eine überragende Jägerin gewesen: Als sie mit der Königin der Katzen über die öden Moore von Cornwall wanderte, wären sie wahrscheinlich alle beide verhungert, hätte Pertelot nicht unvermutet das Raubtier in sich entdeckt. Dafür konnte Sealink in Sekundenschnelle das Innerste jeder Mülltonne nach außen kehren. Leider waren Mülltonnen, diese erfreulichen Begleiterscheinungen der Zivilisation, hier nicht sonderlich verbreitet und so hatte sie seit Stunden nichts gefressen. Nun überfiel sie jäh der Heißhunger. Die Libelle konnte warten: Sie musste sich diesen Fund ansehen.

Ein paar Meter weiter links saß eine fette Ratte unter einem Malvenbusch. Sealink hatte diese Art von Ratte noch nie gesehen, konnte sich aber im Moment nicht um Klassifizierungsfragen kümmern. Die Ratte war wohl starr vor Schreck und regte sich nicht. Die schwarzen Knopfaugen funkelten im Mondlicht, und sie verbreitete einen herrlichen Geruch nach gut gesalzenem Futter. Welch ein Glücksfall! Die Calicokatze duckte sich zum Sprung, wackelte mit ihrem gut gepolsterten Hinterteil, bis sie die Beute im Visier hatte, und stürzte sich in die Malven. Die Nutriaratte sah ihr vom Eingang ihres Baus bestürzt zu und sprang ins Wasser, sobald die Calicokatze, eine plumpe, krallenbewehrte Pelzkugel, in der Luft war.

Sealink marschierte zunächst am Ufer auf und ab, in der Hoffnung, die Beute möge ein kurzes Gedächtnis haben und – wie einige von den dümmeren Nagern – rasch zu ihrem Bau zurückkehren. Aber das Wasser blieb unbewegt und nach einigen Minuten musste sie sich eingestehen, dass die Ratte endgültig verschwunden war.

Als sie sich umdrehte, war auch die Libelle nicht mehr zu sehen.

Sealink verwünschte ihre eigene Dummheit. Sie hatte sich verlaufen, verlaufen, verlaufen. Der Geheime Pfad lag weit hinter ihr, vor morgen früh würde sie ihn nicht wieder finden … und vielleicht nicht einmal dann. Wohin sie sich auch wandte, sie sah nur schemenhafte Bäume, Pflanzengewirr und blinkendes Wasser, hörte nur tausend Zikaden, die sich gegenseitig Ständchen brachten, als gehöre ihnen die Nacht ganz allein …

… und roch nur Fäulnis.

Wie aus heiterem Himmel fiel ihr die Bemerkung eines alten weißen Katers auf der Promenade wieder ein. Es war um eine Katze gegangen, die auf einem der Krabbenboote gelebt hatte und verschwunden war.

»Ist ins Wasser gefallen, Mama«, hatte der Alte gesagt. »Ist in den Bayou gefallen und von den Krebsen aufgefressen worden.«

Und Sealink hatte mit der überheblichen Schlagfertigkeit der Jugend zurückgegeben: »War's nicht eher andersherum, Chalky?«

Seither war die Calicokatze so viel älter und weiser geworden, dass sie in der Umkehrung der Verhältnisse eine ewige Wahrheit erkannte. Alles durchlief den Kreislauf der Natur, auch der größte Baum, das stärkste Tier. Es starb, es verweste, es wurde von Krabben, Flusskrebsen und Aasfressern verspeist, die ihrerseits gefressen wurden, wenn sie starben. Ein

Prinzip von ähnlich schlichter Eleganz wie bei den Katzen, die nach ihrem Tod die magischen Straßen mit Energie versorgten. Aber Sealink wusste plötzlich sehr genau, dass sie noch nicht bereit war, sich diesem Prozess zu unterwerfen. Also schnitt sie der Nacht eine trotzige Grimasse, versetzte alle ihre Sinne in Alarmbereitschaft und marschierte wacker weiter.

Nach einer Weile – sie hatte inzwischen eine ordentliche Strecke zurückgelegt – wuchs ihre Zuversicht. Wo sich im Pflanzendschungel eine Lücke auftat, erkannte sie im Sternenschein deutlich ihre Umgebung. Sie sah eine Eule auf einem Ast, die hohen weißen Blüten einer Pfeilwurz, eine Grille, die reglos am Stamm einer Eiche klebte. Doch als sie aus dem Augenwinkel in einem dunklen Spalt zwischen zwei Bäumen eine Bewegung bemerkte, konnte sie trotz größter Anstrengung nicht feststellen, wer sich da versteckte. Auf leisen Pfoten schlich sie über den weichen Waldboden näher.

Und plötzlich leuchtete im Dunkeln etwas auf.

Ein Auge!

Sie sprang zurück und unterdrückte mit Mühe einen Aufschrei. Ein großes goldenes Auge, das im Dunkeln leuchtete. Tief aufseufzend erkannte sie die schlitzförmige, schwarze Pupille – eine andere Katze.

»Mammy Lafeet!«

Sie war gerettet. Erleichterung durchströmte sie wie warme Milch.

»Das hat aber gedauert, Mama. Ist mir unbegreiflich, wie man sich so gründlich vor der Zivilisation verstecken kann – auch wenn's da im Moment nicht gerade sonderlich zivilisiert zugeht. Deswegen will ich ja mit dir reden. Aber eins nach dem anderen, was, Podna? Nach dem weiten Weg knurrt mir nämlich der Magen. Du hast nicht zufällig einen Happen für mich übrig?«

Das Auge sah Sealink unverwandt an.

Und während sie sich noch dazu beglückwünschte, dass sie die Mammy in stockfinsterer Nacht in dieser grässlichen Wildnis doch noch gefunden hatte, zwinkerte das Auge und die Milch der Erleichterung gerann zu einem sauren Klumpen.

Das Auge befand sich an der Seite des Kopfes.

Sealink überlegte fieberhaft. Vielleicht litt die Mammy unter einer Missbildung der Augen. Vielleicht hatte sie den Kopf auf die Seite gelegt. Vielleicht …

Ein weiterer Stein löste sich aus dem wackligen Gebäude ihrer Erklärungsversuche. Die Pupille, die das goldene Auge in der Mitte spaltete, war nur ein schmaler Strich, während ihre eigenen Pupillen bei dieser Dunkelheit riesige schwarze Kreise sein mussten.

Sie hatte also nicht die Mammy vor sich.

Nicht einmal eine Katze.

Ihre Pfoten wurden eiskalt.

Das unbekannte Wesen bewegte sich, ein zweites, goldenes Auge kam in Sicht. Die Augen standen ziemlich weit auseinander und schauten nicht geradeaus. Jetzt zwinkerten sie ihr auch noch zu. Eine weitere leichte Bewegung, und das Sternenlicht erhellte mehrere Reihen von schief stehenden Elfenbeinkegeln. Sie sahen wie *Zähne* aus.

Sealink riss die Augen auf. Es *waren* Zähne. Mehr Zähne, als sie je bei einem einzigen Tier gesehen hatte. Sie ertappte sich, wie sie, eine sinnlose Panikreaktion, ihrerseits die Zähne fletschte.

Das Wesen begann zu sprechen. Es hatte eine laute, tiefe, kultivierte Stimme, es sprach Französisch und es war unverkennbar männlich.

»Fressen ist gut.«

Es hielt inne. Sealink spürte, wie die kalten Augen sie auf ihren Nährwert taxierten.

»Ich fresse gern, wie alle Tiere dieser Erde, das ist eine Folge der Erbsünde.«

Der Unterkiefer klappte nach unten. Sealink starrte in einen riesigen, glänzenden Schlund. Der Gestank war überwältigend. Ihr fiel nichts Besseres ein, als das Zahnschema eingehend zu betrachten. Einige Zähne waren scharf und spitz. Aber die meisten waren breit und neigten sich nach innen und in den Zwischenräumen hatten sich undefinierbare Reste festgesetzt. Langsam zog das Wort ›Alligator‹ durch das Bewusstsein der Calicokatze und verwandelte ihre Knochen in Wasser. Etwa fünf Zentimeter vor ihrer Nase schloss sich das Maul mit einem hörbaren Knall. Der Alligator grinste.

»Ich finde, Aasfleisch hat das raffinierteste Aroma. Besonders wenn es ein bis zwei Wochen im Bayou unter den Mangrovenwurzeln gelagert wurde. Eine Marinade im Tannin dieses köstlichen Brackwassers gibt ihm …« Der Alligator überlegte. »… eine besondere Würze. Ein gewisses *je ne sais quoi*. Möchtest du meine geheime Speisekammer sehen, mein Kätzchen?«

Ein Auge schloss sich kurz, um sich dann wieder voll auf sie zu richten. Sealink begriff, dass ihr die Bestie zugezwinkert hatte, und das gab ihr wieder Auftrieb. Mühsam rang sie nach Worten.

»Äh, im Moment nicht, Kleiner. Ein andermal vielleicht?«

Das Grinsen wurde breiter.

»Wirklich schade, *ma chère*. Es gibt da unten eine Nische, die hätte genau die richtige Größe für dich. Bedauerlicherweise habe ich meine Speisekammer erst vorhin aufgesucht und mir den saftigsten kleinen Weißwedelhirsch einverleibt, den du dir vorstellen kannst. *Ciel!*« Er schmatzte genießerisch mit den Lippen. »Ein Hochgenuss!« Er stützte sich auf die kurzen Ärmchen und zeigte Sealink seinen aufgeschwollenen Schuppenbauch. »Ich bin voll bis zum Platzen. Da hat kein Krümelchen mehr Platz. *Vraiment, c'est dommage*, jammerschade, *mon ange;* ich hatte schon so lange nicht mehr das Vergnügen, mich am zarten Fleisch meiner feliden Freunde gütlich zu tun.«

Sealink beschloss, noch einen Schritt weiterzugehen.

»Du weißt nicht zufällig, wo ich eine sehr alte und sicher ausnehmend zähe Katze mit Namen Mammy Lafeet finden könnte?«

Das Lachen des Alligators knarrte wie ein toter Ast im Wind. »Meine Louisiana-Marinade macht auch das älteste und sehnigste Fleisch zart, *ma chère.*«

»Oh.«

»Doch obwohl ich stolz darauf bin, ein echter *gourmand* zu sein …« Ein lüsternes Grinsen. »… gibt es selbst für *mich* eine Grenze. Die Mammy hat mich, wie sagt man, ›mit dem Knochenfluch belegt.‹ Wenn ich sie fresse, sterbe ich am Bauchgrimmen. Das hat sie mir versprochen. Es gibt keine Barmherzigkeit mehr in dieser kalten, grausamen Welt. Wie kann ein Nachbar nur so wenig gastfreundlich sein? *Alors*, ich glaube, sie ist nicht mein Fall, weder *pour le déjeuner* noch für eine Freundschaft! Aber du …« Er hielt inne.

Die Calicokatze beobachtete ihn misstrauisch, während sie im Geist Fluchtpläne schmiedete.

»… kannst einfach weitergehen. Sie ist irgendwo da draußen.« Er winkte lässig mit dem winzigen Krallenhändchen. »*Eh bien*, höchste Zeit für meine Schwimmrunde. Das Leben auf dem Damm ist hart und einsam. Besuch mich doch mal wieder, *bébé,* wenn du in der Gegend bist.« Ein breites Lächeln. »Du bist mir immer herzlich willkommen, *ma chère*!«

Etwas schleifte über den Boden, dann war ein lautes Platschen zu hören und der Alligator schwamm im Bayou. Nur die Augen schauten noch aus dem trüben Wasser. Er zwinkerte Sealink noch einmal zu – die Ironie war nicht zu überbieten – und entfernte sich mit einem Schwanzschlag.

Die Calicokatze beobachtete die Wasseroberfläche, falls es ihm etwa einfiele, sich in einer Gischtwolke an Land zu schnellen, sich auf sie zu stürzen und sie doch noch zu verschlingen. Dann wandte sie sich gespielt lässig ab und verließ mit steifen Beinen das stinkende Alligatorrevier. Hinter den Baumstämmen nahm sie der Dschungel wieder auf.

Das war knapp gewesen.

Sie schüttelte ärgerlich den Kopf.

Die verdammte Libelle war wieder da. Sealink hörte sie, lange bevor sie sie sehen konnte. Sie kam zielstrebig durch das Dickicht geschossen. Sekunden später erkannte Sealink, dass sie selbst das angestrebte Ziel war. Zum Teufel, dachte sie. Was hat eine Libelle bei *Nacht* hier verloren? Alle Insekten liebten das Sonnenlicht und wurden erst so richtig lebendig, wenn ihnen die ersten Strahlen das kalte Blut erwärmten.

Sie starrte in die Finsternis. »Komm nur her, du Fischköder, dann bist du Geschichte!« Das Schwirren hörte nicht auf, wurde sogar noch lauter. Sie schnappte in die Luft. »Ich meine es ernst. Du hast mich geradewegs zu diesem Maul auf vier Beinen geführt, also komm mir nicht zu nahe, sonst verspeise ich dich als kleinen Knusperhappen.«

»Komm mit!«

Diesmal gab es keinen Zweifel mehr; das schrille Summen hatte sogar so etwas wie Tonfall und Melodie.

Aber wie konnte ein Insekt sprechen, noch dazu mit Betonung? Das Ungeziefer, das *sie* bisher gefressen hatte, hatte nicht einmal Stimmbänder …

Sealink fröstelte. Vielleicht bildete sie sich alles nur ein. Aber irgendetwas ging hier nicht mit rechten Dingen zu.

Jetzt kam die Libelle in Sicht und schwebte dreißig Zentimeter über Sealinks Kopf. Ihre prächtigen Flügel schillerten im Sternenschein.

»Komm sofort mit, du dumme Katze. Willst wohl ertrinken? Ich führe dich und was tust du? Siehst gar nicht hin. Jagst eine Ratte. Fängst sie nicht einmal! Und verläufst dich!« Die Libelle schnalzte abfällig. Sealink sah förmlich, wie sie ärgerlich den

winzigen Kopf schüttelte. Ihre Stimme wurde streng. *»Läufst Monsignore Bauchsack über den Weg. Gierschlund zu Gierschlund. Und gibst mir die Schuld! Undankbares Ding.«* Eine Pause. Dann, so leise, dass Sealink es kaum mitbekam: *»Bin kein Fischköder.«*

Jetzt war es so weit. Sie verlor den Verstand, kein Zweifel. Sie hatte sich in einer Wildnis verirrt, die ihre schlimmsten Albträume übertraf, um ein Haar hätte ein Alligator sie zum zweiten Frühstück verspeist und jetzt bekam sie noch eine Standpauke von einer Libelle!

»Mammy ganz nahe. Komm jetzt mit. Und pass diesmal auf.«

Sealink seufzte und trottete brav hinterher.

Die tote Zeit zwischen Nacht und Tag, jene zwei oder drei Stunden vor Sonnenaufgang, wenn die Menschen im tiefsten Schlaf liegen und alle tagaktiven Tiere sich in ihrem Bau verkriechen, ist für die Felidae und alle anderen Nachttiere die Phase der größten Aktivität.

Sealink zog es freilich vor, diese Zeit zu verschlafen, besonders wenn es nichts zu fressen gab. So kam sie auf andere Gedanken. Auch hätte sie ohne weiteres zugegeben, dass völlige Dunkelheit sie nervös machte. Für die nächste Begegnung war sie daher nicht in bester Verfassung.

Die Libelle hatte sie auf einen kaum erkennbaren Pfad geführt, wo in Abständen mehrere halb verweste, übel riechende Häufchen lagen, vielleicht die Überreste kleiner Nager oder Reptilien. Wenige Meter weiter stieß sie auf einen kleinen Schildkrötenpanzer ohne Inhalt. Dahinter bogen Katze und Libelle um eine Kurve und standen auf einer kleinen Lichtung. In der Mitte lagen wie Gartenkugeln zwei große, runde Steine und daneben stand etwas …

Das Gebilde überragte Sealink und schien das Sternenlicht in sich einzusaugen und als grellweißen Schein wieder abzugeben. Es sah aus wie das Puzzle eines Verrückten. Die Einzelteile – Schädel, Rippen, Wirbelsäulen und Hüftknochen,

Fischgräten und Krallen, aufgesperrte Schnäbel und leere Augenhöhlen, die grausigen Überbleibsel tausender seelenloser Leiber – waren klar zu erkennen.

Sealink, von Natur aus neugierig, stand im ersten Moment wie erstarrt vor dem Knochenturm. Dann beschnupperte sie ihn. Doch als sie ihn mit der Pfote berührte, stürzte das Kunstwerk prompt in sich zusammen. Ein Regen aus winzigen Schädeln und Skeletten ging auf sie nieder, kalt, glatt und leicht wie ein Schwarm toter Käfer.

Die Calicokatze fuhr erschrocken zurück und stieß gegen einen der großen Steine, der beim ersten Kontakt ebenfalls in Bewegung geriet.

Nun wusste sie nicht mehr ein noch aus und sah sich hastig um. Wo war sie hier! An welchen Ort hatte es sie verschlagen, wo nichts war, was es zu sein schien?

Die Libelle raste im Zickzack hin und her, summte wie besessen und verzog sich schließlich in das schwarze Dickicht jenseits der Lichtung.

Der Stein entrollte sich weiter – wie ungehörig für einen Stein! – und entpuppte sich als mehrere dicke Panzerplatten, die sich zunächst in die Länge zogen; dann wuchsen ihm Füße und zuletzt kamen eine lange, schmale Schnauze und darüber zwei verwirrt blinzelnde Augen zum Vorschein. Das Ganze roch stark nach Sumpferde. Als es die Calicokatze endlich bemerkte, sprang es – das verkörperte Entsetzen – mit allen vier Krallenfüßchen auf einmal hoch in die Luft und winselte immer wieder: »Ich habe nicht geschlafen! Ich habe ganz bestimmt nicht geschlafen!«

Endlich kam es vor Sealink zum Stehen und kniff kurzsichtig die Äuglein zusammen.

»Du bist nicht die Mammy.«

»Das weiß ich.«

»Ich habe nicht geschlafen. Ehrlich nicht.« Ein verschlagener Blick.

»Schätzchen, es ist mir piepgal …«

In diesem Augenblick geriet der zweite Stein in Bewegung. Sealink beobachtete ihn argwöhnisch. Womöglich konnte er sich nicht nur als Felsen tarnen und große Sprünge machen, sondern hatte noch andere unheimliche Fähigkeiten.

Der zweite Stein öffnete sich mit mehr Würde als sein Genosse. Vielleicht hatte ihm der ganze Spektakel schon verraten, dass ein Fremder eingetroffen war. Er kam mit Schwung auf die Beine und erklärte: »Melde mich zur Stelle, Madame.«

»Wie bitte?«

Das seltsame Wesen musterte sie abschätzig. »Ich dachte, du bist vielleicht von Amts wegen hier.«

»Wie?«

»Von der Mammy geschickt – um uns zu überprüfen.«

Eine Woge von Gefühlen brandete über Sealink hinweg: Die Erleichterung darüber, dass Mammy Lafeet nun endlich in Reichweite sein musste, wurde rasch von Verwirrung und Selbstzweifeln abgelöst.

»Wer zum Teufel bist du und wovon redest du?«

»Wer sagt uns denn, dass dies keine Prüfung ist?« Schniefend schob das Ding sich näher heran. Sealink hob abwehrend die Pfote und ließ im kalten Licht des Mondes die Krallen funkeln.

»Zurück, Kumpel!« Eindeutig kein Vergleich mit dem Alligator. Eine gewisse Strenge war durchaus angebracht. »Hör zu, ich bin hier, um die Mammy zu sprechen. Also, keine Spielchen. Du gehst jetzt bitte zu ihr und sagst ihr, dass sie Besuch hat.«

»Du hast unseren Turm umgeworfen.«

Der erste Wächter hatte Sealink und seinem Kameraden den Rücken zugewandt, wühlte betrübt in den Trümmern herum und sortierte Schädel und Fischgräten.

»Äh, ja. Tut mir leid.«

»Wir haben 'ne Ewigkeit dran gebaut.

Planlos stapelte er einzelne Knochen aufeinander. Das neue Fundament erreichte eine Höhe von etwa fünfzehn Zentimetern, bevor es ins Wanken geriet und einstürzte. Sofort kam der zweite Wächter angewatschelt und mäkelte: »So geht das nicht. Lernst du es denn niemals? Du musst *damit* anfangen …«

Mit den Burschen war nicht vernünftig zu reden. Sealink schüttelte den Kopf und ließ sie einfach stehen.

Einige Meter hinter der Lichtung gelangte die Calicokatze wieder an ein Altwasser. Die Luft war klar, aber drückend schwül. Eine matte Helligkeit am östlichen Himmel kündigte den Morgen an und darüber war sie aufrichtig froh. Sie setzte sich, um den neuen Tag abzuwarten, und beobachtete, wie die Fische ihre Kreise auf die Wasseroberfläche malten. Die Dämmerung zauberte Farbe in die fremde Welt. Sie lockte das Rosa der Malvenblüten und das Lila der Wasserhyazinthen hervor. Sie zeichnete die Blätter der Eichen und die Wedel des Hirschzungenfarns nach, sie kroch über die Wasserlinsen an der Oberfläche des Bayou und ließ sie neongrün erstrahlen. Sie umriss eine Schnappschildkröte, die griesgrämig wie ein zahnloser Greis auf einem morschen Baumstamm saß und den Hals lang machte, um mit ihrem ledrigen Runzelmaul die ersten Strahlen zu erhaschen.

Sealink wollte die Schildkröte gerade ansprechen, als ihr der Schreck in die Glieder fuhr. Hinter ihr ertönte eine Stimme:

»*Que veux-tu* – was willst du hier?«

Die Sprecherin balancierte in steifer Haltung auf den bemoosten Zweigen eines Baumes. Ihr dünnes Fell wirkte staubig und wie ausgetrocknet. Die Krallen, die sie tief in die rissige Rinde geschlagen hatte, waren so gelb, krumm und verhornt wie altes Schildpatt. Ihre Zeichnung war sehr ausgeprägt – auf dem rötlichen Untergrund, der einmal leuchtend orange gewesen sein musste, tummelten sich schwarze Flecken in den verschiedensten Formen. Die Augen lagen im Schatten. Sealink fühlte sich auf einmal so unsicher wie ein Kätzchen.

»*Que veux-tu*?«, wiederholte die Katze im Baum. Ihre Stimme war ein heiseres Krächzen.

»Ich – ich suche Mammy Lafeet.«

»Was ist dein Begehr?«

»Die Katzen des French Quarter brauchen Hilfe – sie sterben. Die Stadt ist verrückt geworden …«

»Verrückt sind wir alle, Schätzchen«, keckerte die Alte. »Und sterben müssen wir auch. Du hast den weiten Weg umsonst gemacht.«

»Bist du die Mammy?«

»Die Katze mit den sechs Zehen. Kadiska. Die Wächterin an der Schwelle. Madame Lafeet. Die Mammy. Ich habe viele Namen.« Sie sprang, erstaunlich gelenkig für ihr Alter, vom Baum herab. Im Licht der aufgehenden Sonne zeigte sich, dass ihre Augen vom grauen Star befallen und milchig trüb waren, aber sie sah die Calicokatze fest an und erklärte: »Vielleicht erlaube ich dir, mich Eponine zu nennen.«

»*Merci bien, madame.*« Sealink senkte untertänig den Kopf. Immerhin hatte sie es hier mit einer Beschützerin zu tun, so tief sie auch gesunken sein mochte, und da hieß es sich benehmen. Die Anrede Eponine, ein ganz gewöhnlicher, wenn auch veralteter Cajun-Name, kam ihr fast vor wie ein Frevel. Womöglich war es sogar gefährlich. Sollte das am Ende eine Prüfung sein? Sie bemerkte, dass die Mammy erwartungsvoll schwieg und sie scharf beobachtete. »Auch ich hab viele Namen. Als ich in Houston lebte, nannten sie mich Rakete, in Missouri hieß ich Amibelle. In Alaska hat mich ein Typ mal Störenfried gerufen. Und in Europa – verdammt, das weiß ich nicht mehr. Auf dem Moon Walk war ich die Delta-Königin. Meine Freunde …« Sie hielt inne. Welche Freunde? Wem wollte sie imponieren? Sie räusperte sich und fing noch einmal von vorn an: »Die meisten Leute nennen mich Sealink. Nach einem Schiff, auf dem ich mal gefahren bin.«

»Sealink.« Die alte Katze ließ sich das Wort in weichem kreolischem Akzent auf der Zunge zergehen. »Namen auszutauschen ist gut, mein Kind. Ein Vertrauensbeweis, *hein*? Katzennamen sind wichtig, sind Worte der Macht. Sealink also. Weit gereist. Jemand, der viele Welten verbindet. *Une voyageuse.* Eine Katze, die Nachrichten überbringt und goldene Geschenke. Die Ozeane überquert – ein Salzmeer und ein Feuermeer.«

»Feuer?« Sealink erschrak.

»*Auch ich bin durch das Feuer gegangen. Ich habe den Duft des Feuers gerochen*«, verkündete Eponine in einem merkwürdigen Singsang. Sie sah ihre Besucherin mit heiterer Gelassenheit an. »*Viens*.«

Ohne sich zu überzeugen, ob ihr die Calicokatze auch folgte, verschwand sie im Unterholz und strebte, indem sie geschickt die Lücken zwischen Luftwurzeln und Grasbüscheln ausnutzte, einem anderen versteckten Bayou zu. Am Ufer lag mit dem Kiel nach oben ein kleines Holzboot, dessen Planken im Lauf der Jahre zu einem silbrigen Grau verblichen waren.

Um den Kahn herum lagen Knöchelchen und winzige Federn. Einige waren zu Mustern geordnet, andere wie achtlos hingeworfen, doch alle hoben sich vom braunen Torfboden deutlich ab. Die Mammy setzte sich und scharrte einige der Knochen zu einem Haufen zusammen. Dann sah sie die Calicokatze an, öffnete den Mund und zeigte ihre scharfen weißen Zähne. Ein Grinsen oder Altersschwachsinn? Sealink konnte sich nicht entscheiden.

»*Eh bien, ma chère*, du hast dich auf die alten Straßen gewagt und eine weite Reise gemacht. Du hast dein Leben ins Maul genommen wie eine Maus – *une souris dans la bouche* –, hast es behutsam festgehalten und durch alle Ängste und Gefahren getragen. Hast einiges riskiert, um zu mir zu kommen, *alors, je pense que t'as bonne raison.* Ich schätze, du hast gute Gründe. Hast der Mammy zwar kein *cadeau* mitgebracht, aber sie spürt, dass du in Schwierigkeiten steckst, und deshalb darfst du ihr drei Silberfragen stellen und bekommst drei Silberantworten zurück.«

Die Calicokatze sah sie fragend an.

»Zuckerpüppchen, du hast drei Fragen frei. Hat man dir denn noch nie ein Märchen erzählt?«

»Entschuldige, dass ich kein Geschenk für dich habe. Aber warum nur drei Fragen? Ich habe hunderte von Fragen.« Sealink war niedergeschmettert.

»Dann hast du ja genügend Auswahl, *ma chère.*«

Sealink dachte lange nach. Ihr knurrte der Magen. Ob sie wohl eine ihrer Fragen verbrauchte, wenn sie die Mammy um Futter bat? Eigentlich wäre das ziemlich hart. Vielleicht ließe sich der Wunsch anders formulieren …

Eponine lachte in kurzen, harten Stößen, als würge sie Haarbälle herauf. »Brauchst keine Frage zu verschwenden, Schätzchen: Dein Bauch sagt genug. Zuerst wird gefressen – dann befragen wir die Knochen.«

Sie fraßen. Die Mammy besaß offenbar ein großes, geheimes Futterdepot. Sie war im Dickicht verschwunden und als sie Augenblicke später wieder auftauchte, zerrte sie einen toten Katzenfisch hinter sich her, der noch fast ganz war. Der Fisch hatte starre weiße Augen und schob die Unterlippe so kläglich vor, als sei er über sein Schicksal enttäuscht. Beim Fressen redeten sie – jedenfalls redete die Mammy, die einen Appetit wie ein Vögelchen hatte. Sealink hörte zu, riss große Stücke aus dem Katzenfisch und hütete sich, leichtsinnige Fragen zu stellen. Es gab offenbar immer noch Tiere, die sich bei der weisen Katze Rat holten. Wenn sie kamen, brachten sie Geschenke mit – kleine Mengen Futter oder Skelette für den Knochenvorrat der Alten. Diese Gaben waren nicht nur der fällige Tribut, die Bezahlung für den erbetenen Gefallen, sie sollten auch die bösen Geister besänftigen, die sich im Umkreis einer so mächtigen Seherin aufhalten mochten. Die Bittsteller stammten meist aus den Sümpfen, wo sie sich Häuser – oder wenigstens Mülltonnen – mit den Menschen aus den bedrohten Fischerdörfern teilten. Die wiederum verdienten sich ihren kärglichen Lebensunterhalt, indem sie in den Bayous, wo Süß- und Salzwasser sich mischten, mit ihren Netzen Garnelen und Krabben, Spitzbrassen und Trommelfische, Rote Umber und Barsche fingen und an die Gaststätten und auf den Märkten der Stadt verkauften. Einige jagten sogar Alligatoren und zogen ihnen die Haut ab.

»Ich bin auf dem Weg hierher einem Alligator begegnet.«

»*Das* weiß ich, Schätzchen. Du hast Monsignore Bauchsack getroffen.« Die Mammy hatte die Schnauze voller Fischschuppen, aber ihre Gelassenheit war nicht zu erschüttern. Sie gebot über eine Welt von Informationen, zu der die Calicokatze niemals Zugang fände.

Monsignore Bauchsack – genauso hatte die Libelle die Bestie genannt. Eine tiefe Furche grub sich in Sealinks Stirn, aber ihre Lippen blieben versiegelt.

Eponine betrachtete sie aus schmalen Augen. Ein leises Summen entstieg ihrer Kehle, dann ein winziges Stimmchen, kaum mehr als ein Echo.

Die Calicokatze schnappte hörbar nach Luft. Eine phantastische Imitation. Aber wie konnte die Katze ein Insekt dazu bringen, ihr als Bote zu dienen? Sealink fühlte sich zum Narren gehalten.

»Man hat seine Mittel. Wer so alte Knochen hat wie ich, braucht Helfer, allerdings muss ich nehmen, was ich kriegen kann: Fliegen, Gürteltiere … Besonders schlau sind sie nicht, aber hier draußen in der Wildnis darf man nicht wählerisch sein. Trotzdem« – ihr Blick schien Sealink durchbohren zu wollen – »gehören immer zwei dazu: ein Führer und einer, der ihm folgt; und wenn der, der folgen soll, nicht Acht gibt – pah!« Sie machte ihrem Ärger über die Zeitverschwendung mit vernehmlichem Schnauben Luft. »Verstehst du, was ich damit sagen will? Wenn du jetzt deine drei Fragen stellst, *cher,* dann hör genau zu. Die Knochen reden zwar, aber manchmal sind sie nicht leicht zu verstehen.«

Damit holte die Mammy ein Sortiment Knochen unter dem Boot hervor. Fahl lagen sie in der Morgensonne auf dem dunklen Untergrund.

»Fass die Knochen an, Kind!«

Sealink schnupperte daran, konnte aber nicht feststellen, woher sie stammten. Sie waren schon sehr alt, so abgegriffen, dass sie glänzten, und an den Enden vergilbt.

»Du sollst die Knochen anfassen.« Die Stimme der Mammy war streng geworden. »Fass sie an und denk an deine Fragen! Konzentrier dich mit dem Wildesten, was in dir ist. Sie müssen ein Teil von dir werden. Du musst daran glauben.«

Sealink versuchte, an nichts anders zu denken als an diese Fragen, die so dringend nach Antworten verlangten, aber ihre Gedanken spielten verrückt. Belanglose Erinnerungen an längst vergangene Zeiten zogen vorbei, an Mahlzeiten, die sie verzehrt hatte, an Orte, wo sie gewesen war. Sie dachte an die Nudeln, die sie mit Tom Yang vor einem Tempel in Bangkok gefressen, an das gebratene Huhn, das sie mit den Katzen auf der Promenade geteilt hatte. Sie sah Kater, mit denen sie sich gepaart, und Katzen, mit denen sie Freundschaft geschlossen hatte. Sie dachte an Cy und Pertelot und an einen alten Schiffskater mit Namen Pengelly, der gut zu ihr gewesen war, obwohl sie ihn schlecht behandelt hatte; sie dachte an Liebt-Mülltonnen und Francine – und verdrängte das Bild, bevor die Schuldgefühle einsetzten. Dann tauchte ein Paar verschiedenfarbiger Augen aus der Bilderflut auf, das eine von einem kühlen Blau, das andere von einem lebhaften Bernsteingelb – zwei Augen in einem geschecktten Gesicht, Augen, aus denen Stolz, Liebe und staunendes Entzücken sprachen. Auf einmal konnte sie nur noch an einen alten Kater denken, einen ziemlich mundfaulen Kater mit Kräuselohren und Narben im Gesicht, der Mousebreath hieß. Sie spürte seinen Geschmack, seinen Geruch, sie sah wieder die Brücke in Coldheath, unter der sie zum ersten Mal beieinander gelegen hatten ... Danach hatte er im Café hinter dem Markt einem völlig verdutzten Mann zwei Würste vom Teller gestohlen und war wie ein Wahnsinniger den ganzen Weg zurückgerast. Als er ankam, war er so außer Atem, dass er kein Wort herausbrachte, sondern ihr die beiden dampfenden, köstlich duftenden Dinger nur stumm vor die Füße legte. Der Speichel tropfte ihm vom Kinn und sein bernsteinfarbenes Auge zwinkerte verschmitzt ... Der Schmerz kam völlig unerwartet. Zum ersten Mal seit jenem schrecklichen Tag in Tintagel, als Tom ihr von seinem Tod erzählt hatte, brach die Trauer über sie herein, sie öffnete das Maul und heulte, als wolle ihr das Herz zerspringen.

Die Klage zerriss die schwüle Stille über dem Bayou und versickerte im Moos und in den Sümpfen; und Sealink überkam eine tiefe Ruhe. Sie hatte sich nicht abgefunden, es war mehr, aber für eine genauere Untersuchung blieb jetzt keine Zeit. Ein anderes Gesicht erschien vor ihrem geistigen Auge. Silberweiß mit dunkleren Streifen und leuchtend grünen Augen, in denen sich Unruhe und eine ungeheure Verantwortung spiegelten. Es war Tom, auch wenn sie sich nicht vorstellen konnte, wieso sie gerade in diesem Moment an ihn dachte.

Tintagel, der König und die Königin waren weit weg. Die Reise, die sie mit ihnen gemacht, die große Schlacht, in der sie gekämpft hatte – Märchen aus vergangener Zeit. Sie war jetzt in der Neuen Welt – ein Ausdruck der Menschen. Aber was wussten die schon? Die Welt war alt, uralt wie die Große Katze, der sie entsprungen war. Und irgendetwas stimmte ganz und gar nicht damit. Das Gefühl war so stark, dass es eine Brücke schlug zwischen ihr und den Knochen unter ihren Pfoten; und plötzlich war etwas von der Verantwortung in den Augen des Silberkaters auf sie übergesprungen und sie wusste, wie ihre erste Frage lauten musste. Sie schlug die Augen auf und sah die Mammy an.

»Eponine. Sag mir: Was ist geschehen mit der Welt, warum werden die Katzen der Stadt von Krankheit und Verfolgung heimgesucht?«

Die Mammy schloss die Augen und warf sich auf ihre Knochen. Sie markierte sie mit den Duftdrüsen an ihren Wangen. Sie rollte sich auf den Rücken und wälzte sich, sprang wieder auf und tanzte auf ihnen herum. Sealink musste an den Tanz mit Baron Rattentod auf dem Moon Walk denken. Das war erst vor wenigen Tagen gewesen. Dann scharrte die Mammy die Knochen zusammen, hob sie geschickt mit den Pfoten auf und warf sie in die Luft. Auf dem höchsten Punkt ihrer Bahn schwebten sie für einen Moment wie verzaubert im Gleichgewicht zwischen Auftrieb und Schwerkraft und als sie rasselnd auf dem Boden landeten, bildeten sie ein seltsames Muster. Es sah aus wie ein Wesen mit drei Beinen und einem runden Wirbel als Kopf.

Eponine fuhr zurück, als hätte sie sich verbrannt. Dann murmelte sie aufgeregt keuchend und Grimassen schneidend vor sich hin, ohne dass die Calicokatze ein Wort verstanden hätte.

Endlich hielt sie es nicht länger aus. »Was sagen die Knochen?«

Die Mammy sah durch sie hindurch, als wäre sie gar nicht da. Dann verkündete sie in dem gleichen Singsang wie schon einmal: »*Dans le cœur … Isaac le noir et le chat noir … la danse macabre. Bon 'ti ange et gros 'ti ange, ils dansent toujours. Ils mangent le monde jusqu'à la mort … Les rues sauvages se meurent … Ça ne fini pas … Tempora mutantur … Et les rêves …*«

»Sprich Englisch!« Sealink fieberte vor Ungeduld.

Aber die Mammy hörte sie nicht.

»*Les trois. Les trois sont perdus. Ils doivent être retrouvés.* Pyramide, *cassé. C'est tout ou rien.* Alles oder nichts.«

Die Mammy verstummte. Sealink starrte sie an. »Was? Ich verstehe kein Wort ... Ich spreche dein Kauderwelsch nicht. Nun komm schon, das ist nicht die feine Art. Das ›alles oder nichts‹ hab ich mitgekriegt und ich hab auch kapiert, dass die Situation da draußen verzweifelt ist. Aber das heißt noch lange nicht, dass ich sie *begreife*.«

Die gescheckte Katze schwieg. Sealink war zutiefst enttäuscht. Sie hatte so viel auf sich genommen – und wofür? Für ein paar Brocken Französisch, die sie nicht verstand? Plötzlich übermannte sie der Zorn. Sie sprang über die Knochen hinweg, packte Mammy Lafeet mit den Zähnen im Nacken und schüttelte sie wie eine Ratte.

»Ich kann mit diesem Voodoo-Klimbim nichts anfangen, Großmutter. Sprich klares Englisch, oder ich reiße dir das Herz aus dem Leib.«

Die Mammy röchelte. Sealink setzte sie ab. Ihre Flanken hoben und senkten sich, doch ihre Wut war verraucht. Erst jetzt begriff sie, dass die Alte lachte.

»Das Herz aus dem Leib reißen. Ja, ja, das ist gut. *C'est la même chose.* Alles dasselbe. Du begreifst schon, du weißt es nur nicht. Ha, ha, ha!«

Sealink war so verwirrt, dass sie sich hinsetzte.

»*Eh bien, ma chère.* Deine zweite Frage?«

»Welchen Sinn hat die ganze Fragerei, wenn die Antworten unverständliches Kauderwelsch sind?«

Die alte Katze dachte nach. »Hör zu, Schätzchen: Du hast noch gar nicht gemerkt, wie tief du in der Sache drinsteckst.« Mit halb geschlossenen Augen hing sie ihren Gedanken nach. »Ich kannte einmal 'nen Kater, Kindchen, 'nen Kater, der lesen konnte, und der hat mir kuriose Dinge erzählt. Kauderwelsch – ja, das ist interessant. Das englische Wort dafür heißt ›gibberish‹ und geht auf einen gewissen Geber zurück, 'nen alten Alchimisten, der sein Wissen mit 'ner Geheimsprache tarnte, die außer ihm kein Mensch verstand.« Sie schwieg kurz und riss dann die Augen weit auf.

»Ich spüre, dass auch hier ein Alchimist die Hand im Spiel hat. Ich spüre einen Menschen, der es nicht lassen kann, in den Geheimnissen der Welt herumzupfuschen.«

»Aber der Alchimist ist tot. Ich hab's mit eigenen Augen gesehen. Er und der Majicou sind gemeinsam umgekommen.«

»Was deine Augen sehen, ist nicht immer die ganze Wahrheit.«

Das war Sealink nun eindeutig zu viel Metaphysik. Sie war eine Katze, die ihren Augen vertraute. ›Das Einzige, worauf man sich verlassen kann‹, hatte sie immer gesagt. Insgeheim hielt sie die ganze Reise nach wie vor für Schwachsinn und das Knochenwerfen für lächerlichen Aberglauben. Doch die zweite Frage lag ihr schon auf der Zunge. Verglichen mit der ersten, war sie eher belanglos, trotzdem …

»Was war in dem *cadeau*, das ich Kiki la Doucette gebracht habe?«

Die Mammy sah sie argwöhnisch an.

»Du bist 'ne Freundin von Kiki?«

»Äh, nein … nicht unbedingt.«

»Denn in dem Fall, *ça finit ici* – ist jetzt Schluss.«

»Ich bin wirklich nicht mit ihr befreundet.«

Wieder mischte Eponine die Knochen. Diesmal warf sie sie noch höher und als sie herunterkamen, bildeten sie einen primitiven Kreis mit einem einzelnen Knochenpunkt in der Mitte.

»Gold. Das ist das Symbol für Gold.«

»Aha.«

Das war es also. Sie hatte einen Goldklumpen durch die Straßen des French Quarter geschleppt. Aber wozu brauchte eine Katze das edle Metall? Sie suchte nach einer symbolischen Bedeutung, gab aber rasch auf. Diesmal hatte sie eine Antwort in klarem Englisch erhalten und war doch nicht klüger als zuvor. So viel zu dem Plan, weisen Rat einzuholen, um die Katzen von New Orleans von dem seltsamen Fluch zu befreien, der sie so fest im Griff hielt, und um zu begreifen, warum die Menschen der Stadt auf einmal zu Katzenhassern geworden waren. Téophine wäre enttäuscht. Téophine und Red.

Ihr Magen verkrampfte sich, die Scham trieb ihr das Blut ins Gesicht. Wenn die Kammerjäger mit den beiden fertig waren, gab es keine Téophine, keinen Red mehr, denen sie etwas erklären musste …

Die letzte Frage. Sealink verzichtete darauf, die Selbstlose zu spielen, und traf eine Entscheidung. »Ich hatte einmal fünf Kätzchen. Bei vieren glaube ich zu wissen, wo sie geblieben sind. Aber wo finde ich das Letzte, falls es noch am Leben ist?«

Noch einmal warf Mammy Lafeet die Knochen. Sie landeten weit verstreut. Die Alte schlurfte zwischen ihnen herum, legte den Kopf erst auf die eine, dann auf die andere Seite und kniff die Augen zusammen, wie um etwas sehr Kleines zu betrachten. Endlich verkündete sie. »Zwei sind bei der Großen Katze. Zwei sind bei la Mère. Das fünfte steht dazwischen.«

»Hör zu. Ich weiß, dass du mir nur sagen kannst, was dir die Knochen zeigen, aber gib dir doch wenigstens etwas Mühe«, flehte Sealink. »Hier geht's um meine Kätzchen. Ich bin durch die halbe Welt gereist, um meine Familie zu finden.«

Die Mammy seufzte. »Kindchen, ich hab dir gesagt, die Knochen sind oft schwer zu verstehen. Aber Kätzchen sind etwas Besonderes, das musste ich selbst schmerzlich erfahren.« Sie fuhr noch einmal mit der Pfote über die Knochen. Als sie einen berührte, der etwas außerhalb lag, stöhnte sie auf. Immer wieder betastete sie ihn und sah ihn an, bis ihr

Blick verschwamm. Dann sagte sie: »Such in den Gefilden der Seligen nach 'ner feurigen Sonn'.«

Damit hatte sich Sealinks letzte Hoffnung zerschlagen. Sie zuckte die Achseln. »Was soll's? Ich hab an den Unsinn sowieso noch nie geglaubt. Und wenn man nicht dran glaubt, dann klappt's auch nicht, wie?«

Eponine schüttelte den Kopf. »Tut mir leid, Kindchen. Ich hab alles versucht.«

Sie beugte sich über den heiligen Raum der Knochen hinweg und legte die Pfote leicht auf Sealinks Schnauze.

»Ich seh noch was andres.«

Sie schaute der Jüngeren fest in die Augen und für einen Moment schien es Sealink, als klärten sich die milchigtrüben Linsen der alten Mammy. Es war, als zögen die Wolken langsam über den Mond.

»Manchmal wird man von den Knochen beschenkt, Kindchen. *La Verte te bénisse.* Die Große Katze wacht über dich. Sie sagt, du wirst Heilung finden, *ma chère*. Ja, dein Herz wird wieder heil.«

»Mein Herz ist nicht gebrochen«, wehrte die Calicokatze ab. Ihr Fell sträubte sich.

Die Mammy lächelte wissend. »Die Knochen lügen nicht.«

»Mag sein, nur gehen sie mit ihrer so genannten Wahrheit manchmal verdammt merkwürdig um. Aber lassen wir das.« Sealink wechselte hastig das Thema. »Wieso hättest du mir nichts mehr gesagt, wenn ich Kikis Freundin gewesen wäre?

Die Mammy rieb sich mit der Pfote über das Gesicht. Sie sah alt aus und sehr müde.

»Halt dich fern von Kiki la Doucette. Du hast ein gutes Herz, *ma chère*, du hast nur zu wenig Geduld. Und Kiki ist – wie soll ich es sagen? – *une traitresse*. Sie ist Gift, Schätzchen, eine Verräterin. An allen Katzen, und ganz besonders an mir.«

»Woher weißt du das, wenn du hier draußen lebst? Hast du es in den Knochen gelesen?«

»Woher ich das weiß? Hat sie mich nicht aus meiner Stellung gedrängt und aus meiner Stadt vertrieben? Warum, glaubst du, lebe ich hier draußen, während sie in der Stadt die Königin spielt und sich la Mère nennt? Weil ich ihr Gift besser kenne als jeder andere. Wie denn auch nicht? Ich hab sie doch geworfen. *Elle est la mienne*. Ich bin ihre Mutter.«

13

ZWISCHEN FEUER UND WASSER

Als er an diesem Tag erwachte, brannte in seinem Innern ein grünes Feuer. Die Flammen schlugen aus der weichen Stelle in seinem Kopf und huschten wie fahler Kerzenschein über alle Dinge der realen Welt.

Das Wetter war schwül und gewittrig. Versuchstier X und seine Freunde folgten dem Fluss in ein lichtes Waldgelände, wo er sie unbemerkt verließ und seiner eigenen Wege ging. Unter den Bäumen war es heiß und die Luft war voller Insekten. Ein rechtwinklig angelegtes Gitter von Sandwegen durchzog das Waldstück und bot Versuchstier X eine Ordnung, an die er sich halten konnte. Daraus bezog er lange Zeit die Kraft zum Widerstand – nicht nur gegen die tanzenden Flämmchen, sondern auch gegen die Stimmen, die Echos, die bruchstückhaften Erinnerungen, vermutlich seine eigenen, die ihn überfluten wollten. Der kleine Kater war auf rastlosen, in der Sonne leuchtenden Beinen stets hundert Meter voraus und sah sich ungeduldig um, während Stilton, dessen Verfassung sich sehr gebessert hatte, im weichen Sand hinterher schlenderte und vergnügt mit sich selbst plauderte.

Den ganzen Vormittag lang grollte der Donner in der Ferne. Am Nachmittag hatte er sie eingeholt. Die Waldwege waren wie grüne Tunnel, feucht und brütend heiß. Versuchstier X konnte kaum atmen. Die Atmosphäre verdichtete sich immer weiter, es wurde dunkel; ein Blitz zuckte auf und

Wasser stürzte vom Himmel, als hätte sich eine Schleuse geöffnet.

Der Regen war erschreckend kalt. Er fiel nicht in einzelnen Tropfen, sondern ging mit ohrenbetäubendem Rauschen wie eine silberne Wand zwischen den Bäumen nieder und brachte Blätter und Zweige zum Tanzen. Die Äste bogen sich unter seiner Kraft und richteten sich nur zögernd wieder auf. Die Welt verschwamm hinter einem Vorhang aus grauen Linsen. Versuchstier X zwängte sich in namenlosem Entsetzen durch das Unterholz und rief immer wieder: »Stilton! Stilton!« Die Stimmen in seinem Kopf lärmten so laut, dass er nicht hörte, ob Stilton antwortete. Mit viel Glück gelangte er auf den nächsten Pfad, rannte weiter und schoss schließlich aus dem Wald hinaus. Der Fluss lag wieder vor ihm, er sah Wasserwiesen, ein Dorf. Von den Eiben an der Dorfkirche flogen schwarze Vögel auf und kreisten im Grau des Regens. Um sie herum schien der Himmel zu zerfließen und auszulaufen. Sie wussten, dass er da war …

Die Krähen!, dachte Versuchstier X. Die Krähen!

Stilton und das Kätzchen kamen aus dem Wald und sahen ihn an, als sei er verrückt geworden.

»Lauft!«, rief er.

Er sah, wie das Licht hinter ihnen den Wald verließ und um ihre Köpfe flackerte. Es knisterte und funkte. Versuchstier X zuckte zurück, legte die Ohren an und rannte auf den Fluss zu. Auf allen Seiten nichts als Wasser. In seinem Rücken die grüne Lunte. Über ihm laut krächzend die schwarzen Vögel. Er schüttelte den Kopf. Er hörte mehr Schreie, als Krähen am Himmel waren.

Lauf!, dachte er. Lauf!

Auf halbem Weg zu ihm brannte die Lunte aus und eine gewaltige, stumme Explosion erschütterte den Wald. Auf der Wiese züngelten Flämmchen auf und wuchsen sich rasch zu kleinen Feuern aus, die ohne Nahrung weiterbrannten. Versuchstier X rannte noch schneller. Der Fluss versperrte ihm den Weg; er war zwischen Feuer und Wasser gefangen. Ehrfürchtige Scheu erfasste ihn. Über ihm schienen sich die Vögel zu sammeln. Die Zahl der Schreie verdoppelte sich noch einmal. Gleich würden sie herabstoßen. Er konnte kein Wasser überqueren, nicht einmal auf einer Brücke. Schwimmen war ihm ganz und gar unmöglich. Er saß in der Falle. Die Feuerchen umringten ihn wie grüne Tiere. Plötzlich vereinigten sie sich in seinem Kopf und schlugen über ihm zusammen. Er hörte nur noch das Prasseln der Flammen und das Geschrei der Vögel über den Bäumen. Versuchstier X spürte, wie er fiel, und im Sturz sprang ihn im Innern seines Kopfes ein prachtvolles grünes Etwas an, schüttelte ihn und löste eine schmerzhafte Erkenntnis aus. Das gleiche Etwas hatte auch das Laboratorium zerstört. Er fragte sich, ob es wohl immer schon in seinem Kopf gewesen war.

Als er erwachte, hörte er wie aus weiter Ferne Stiltons Stimme: »Er hat Angst vor dem Wasser. Diesmal war es der Regen.« Und: »Er will den Fluss nicht überqueren, aber er beklagt sich, wenn wir uns längere Zeit davon entfernen.«

Eine andere Stimme antwortete: »Wir müssen jetzt praktisch denken. Meinst du, er ist schon wach? Er muss selbst laufen können, wenn wir ihm helfen sollen. Kann er eigentlich sehen? Manche sehen nicht sehr gut.«

Die zweite Stimme gehörte einer blau-cremefarbenen Langhaarkatze mit dichtem, seidigem Fell, das im Halbdunkel wie ein Glorienschein erstrahlte. Versuchstier X war nicht ganz sicher, wo die Katze aufhörte und die trübe Luft begann. Sie hatte auffallend kupferrote Augen, die ihr etwas Geheimnisvolles gaben – als sähe sie hinter die bekannte Welt. Ein Eindruck, dem freilich ihre Energie, ihre Zielstrebigkeit und ihr Selbstbewusstsein sofort entgegenwirkten.

Die erste Jugend hatte sie bereits hinter sich. Aber ihr Lebensziel war es, wie sie ihm später erklären sollte, stets ›vorbehaltlos sie selbst zu sein‹, und das war ihr offenbar gelungen.

»Sehen kann er, glaube ich«, antwortete Stilton.

»Du weißt genau, dass ich sehen kann«, sagte Versuchstier X. »Hör auf, über mich zu reden, als sei ich nicht da. Ich bin wieder ganz in Ordnung.«

Tatsächlich hatte er starke Kopfschmerzen. Er schüttelte sich und sah sich um. Der Regen hatte aufgehört. Es war Abend. Vom Dorf her bewegte sich eine lange Katzenprozession über die Wiesen. Katzen aller Größen, Formen und Rassen umdrängten ihn schnurrend und rieben ihre Köpfe an ihm. Das grünliche Dämmerlicht spiegelte sich in ihren Augen. Die vielen Katzen gaben Versuchstier X ein Gefühl von Wärme und Geborgenheit. Der kleine goldene Kater betrachtete sie dagegen mit Misstrauen und zog sich in den Schatten der Bäume zurück. Stilton stellte sich reihum vor. »Hallo«, sagte er immer wieder. »Ich bin Stilton und ich habe ...« Den Rest bekam Versuchstier X nicht mehr mit. Er freute sich, dass Stilton so glücklich war. Seine Kopfschmerzen ließen nach und er fühlte sich innerlich leer. Das seltsame Erlebnis hatte ihn reingewaschen, ihm war nun leichter ums Herz.

»Mit meinen Augen ist alles in Ordnung«, beteuerte er noch einmal.

»Gut«, sagte die Langhaarkatze. »Kannst du auch gehen? Oder brauchst du Hilfe?«

Versuchstier X starrte sie an.

Was nun folgte, zerfiel in eine Reihe von zusammenhanglosen Einzelszenen. Später wusste er nicht mehr, wie er von der einen zur anderen gelangt war. Der Anfall hatte ihm eine innere Ruhe beschert, aber auch die Neigung, im Stehen einzuschlafen. Das hatte seltsame Folgen. Sobald er sich mit einem Ort vertraut gemacht hatte, war er schon wieder anderswo und bevor er sich an einen Gesprächspartner noch richtig gewöhnt hatte, redete er plötzlich mit einem anderen.

Der lange Zug war kaum angekommen, als er sich neu formierte und mit den Gästen an der Spitze zum Dorf zurückzog. Dort verschwand eine Katze nach der anderen im eigenen Haus oder Garten, bis schließlich niemand mehr übrig war. Es war, als ströme der Dampf in die Tülle eines Wasserkessels zurück. Als die Letzten gingen, blieb Versuchstier X stehen und sah ihnen nach. Seit sie die Wasserwiesen verlassen hatten, war die Nacht hereingebrochen; der zunehmende Mond beschien das Dorf mit seinen reetgedeckten, weißen Häusern. Er sah eine Eiche, ein Denkmal, einen kleinen Laden, aus dem seine vom *petit mal* geschärften Sinne Düfte nach Orangen, Lakritze und altem Brot auffingen. Diesen Augenblick werde ich mein Leben lang nicht vergessen, dachte er, den würzigen Brotduft, die Katzenaugen, die wie Kerzen durch die Nacht leuchteten, die wunderschöne blaucremefarbene Kätzin, die wie ein Gespenst an seiner Seite ging.

»Warum sind sie alle gekommen?«, fragte er.

»Weil du eine Katze bist. Und weil viele von ihnen ähnliche Erlebnisse hinter sich haben.«

»Ich …«

»Schau!«, unterbrach sie ihn.

Vor ihm stand alt und klein die Kirche, die er vom Fluss aus gesehen hatte. Der verwitterte graue Steinturm überragte einen Friedhof mit Schatten spendenden Eiben. Auf der dunklen Holzveranda wartete eine weiße Katze mit strahlend blauen Augen und sagte: »Nun, Amelie. Wen hast du uns denn diesmal mitgebracht?«

Sie war schon ziemlich alt, aber ihre Stimme war fest und rein. Ihr Blick wanderte von Stilton zu dem kleinen goldenen Kater, blieb eine Weile belustigt und wie in mütterlichem Entzücken auf ihm ruhen und richtete sich schließlich auf Versuchstier X. Der spürte darin eine Intelligenz, die der seinen weit überlegen war. »Sehr interessant«, sagte sie. Er setzte zum Sprechen an, doch sie unterbrach ihn: »Nein, nein, du brauchst dich gar nicht erst vorzustellen. Eigentlich brauchst du gar nichts zu sagen: Ich bin nämlich taub wie ein Brett. Taub wie ein Brett.« Sie weidete sich an seiner Reaktion, dann fuhr sie fort: »Ich bin die Postamtskatze. In meinem früheren Leben hieß ich allerdings Cottonreel.« Sie lachte. »Sie geben einem die unmöglichsten Namen!«, sagte sie dann. »Eine Zumutung. Wobei ich nicht sagen kann, dass ich gekommen wäre, wenn sie mich riefen. Aber nun kommt mit. Wir bringen euch in der Sakristei unter. Da seid ihr ungestört.«

Sie drehte sich ohne weitere Erklärung um und ging voran.

In der Kirche war es still. Über allem lag trüb und grau das Mondlicht. Es roch nach Schnittblumen und Politur. Der kleine Kater war unruhig und blickte finster zur Decke hinauf. Er musste alles untersuchen – ein Kniepolster, das sich im glänzenden Boden spiegelte, das messingbeschlagene Lesepult, das große Ostfenster mit den Buntglasscheiben – und kam nicht voran.

»Kann er sich denn nicht etwas beeilen?«, fragte die Postamtskatze.

»Wenn man etwas Falsches sagt, wird er wütend«, musste Versuchstier X zugeben.

»Nun komm endlich weiter, mein Schatz!«, drängte Cottonreel.

Der Kleine warf ihr einen bösen Blick zu, dann folgte er ihr widerstrebend.

»So. Da wären wir«, sagte sie.

Die Sakristei war ein wenig ansprechender Raum, nicht mehr als eine Kammer. Die Wände waren mit weißem Holz vertäfelt. An Möbeln gab es einen schweren Holzschrank, der mit der Zeit stark nachgedunkelt war, einen Bugholzstuhl, auf den ein Mensch etliche Kleidungsstücke geworfen hatte, und einen Standspiegel mit Mahagonirahmen. An einer Wand befand sich eine Eisenstange mit weiteren, zumeist weißen Kleidungsstücken mit starren Plisseefalten, die im Mondlicht wie aus Stein gemeißelt wirkten.

Versuchstier X sah sich um.

Ein sonderbarer Ort, dachte er.

Die Postamtskatze zwinkerte ihm zu, als könne sie seine Gedanken lesen. »Hier seid ihr bis zum Morgen in Sicherheit«, versprach sie. »Wir haben mit euresgleichen einige Erfahrung. Anfangs nahmen auch die Menschen Anteil, doch jetzt bekommen wir kaum noch Unterstützung von ihnen und bleiben auch lieber für uns. Wahrscheinlich hätten sie nichts dagegen einzuwenden, dass ihr hier übernachtet; aber was sie nicht wissen, stört sie auch nicht.«

»Danke«, sagte er.

»Du brauchst mir nicht zu danken. Ich verstehe kein Wort.«

Er war schon wieder so müde, dass er sich kaum auf den Beinen halten konnte. Ihre Stimme entfernte sich. Er hörte noch, wie sie Amelie etwas erklärte, und wie Stilton sagte: »Ich bin Stilton und ich habe Hunger.«

Dann schlief er einfach im Stehen ein.

Als er ein bis zwei Stunden später erwachte, war er allein. Durch das einzige Fenster fiel ein dünner Streifen Mondlicht auf den Boden. Die Sakristei war verlassen. Er fror ein wenig. Erst jetzt merkte er, dass er sich aus den Kleidern auf dem Stuhl ein Nest gemacht hatte. Sie rochen nicht unangenehm nach Staub und menschlichem Schweiß. Er war verwirrt und spürte, wie ihm der Magen knurrte. Gerade als er aufstehen und nach seinen Freunden suchen wollte, um sich mit ihnen das Dorf anzusehen, schlüpfte die blau-cremefarbene Amelie leise durch die Tür, setzte sich neben ihn und begann, selbstsicher, aber nicht abweisend, sich zu putzen. Versuchstier X sah eine Weile gebannt zu, wie sie mit langen, weichen Zungenstrichen das wolkige Bicolor-Fell bearbeitete, und hätte ihr gern angeboten, ihr behilflich zu sein. Endlich fragte er: »Warum wollt ihr uns helfen?«

»Weil ihr Katzen seid.«

Sie dachte nach, als wolle sie eine Einschränkung machen, dann wechselte sie das Thema.

»Wir sind selbst noch nicht lange hier«, sagte sie. »Als wir kamen, lag Schnee.« Sie schauderte. »Überall lag Schnee. Wir waren von Kürschnern gefangen worden. Die stecken einen in Käfige und fahren einen stundenlang in einem schmutzigen Wagen durch die Gegend, bis einem vom Schütteln und vom Ölgeruch übel wird. Entsetzlich! Cottonreel hat uns befreit – allerdings mit Hilfe eines Katers, den wir nie wieder gesehen haben –, und Cottonreel hat hinterher dafür gesorgt, dass wir zusammenblieben. Anfangs waren wir ganz gewöhnliche Katzen, ziemlich hilflos und nicht fähig, unser behütetes altes Leben zu vergessen, in dem sich alles nur um uns gedreht hatte. Aber da kamen wir bei Cottonreel an die Richtige. Sie ist die vernünftigste Katze, die es gibt! Zunächst hat sie jedem von uns ein Zuhause besorgt, mit oder ohne Menschen. Und als wir untergebracht waren, kümmerten wir uns um die anderen.«

»Die anderen?«

»Aus Einrichtungen, wie du sie kennst, laufen dauernd Katzen fort«, sagte Amelie. »Ein Einzelgänger hier, ein Pärchen dort. Wenn sie Glück haben, kommen sie bis zum Fluss, und wenn sie lange genug überleben, landen sie hier. Wir helfen ihnen, so gut wir können, damit sie wieder zu sich selbst zurückfinden. So, wie man euch heute Abend empfangen hat ...« Sie hielt inne. »Ich weiß nicht, wie ich mich ausdrücken soll. Sie ...«

»Was?«, fragte Versuchstier X.

»Diejenigen, die wieder gesund werden, *empfinden* so viel

mehr. Sie sind dankbar, noch am Leben zu sein. Sie haben nicht vergessen, wie schlimm es war.«

Nun schwiegen beide.

Endlich sagte Versuchstier X: »Mir fehlt weiter nichts, aber Stilton geht es ziemlich schlecht.«

»Dein Freund wird wieder gesund«, versicherte sie ihm. »Ihr habt einander beigestanden, so gut es an diesem Ort möglich war. Ihr habt euch großartig gehalten. Und jetzt komm her und sieh dich an.« Sie führte ihn vor den Standspiegel in der Ecke. »Weißt du, was sie dir angetan haben?«

»Das bin ich?«

»Das bist du. Und neben dir, das bin ich. Siehst du? Du hast doch keine Angst? Manche haben Angst, sich anzusehen.«

»Ich habe keine Angst«, sagte Versuchstier X.

»Also, was siehst du?«, fragte sie.

»Da ist etwas in meinem Kopf«, sagte er. »Ich habe ein Stück Metall im Kopf.«

»Das haben sie alle«, sagte sie.

Versuchstier X schwieg eine Weile. Dann sagte er: »Sie haben mir ein Stück Metall in den Kopf gesteckt.« Und, mehr zu sich selbst: »Sie haben mir ein Stück Metall in den Kopf gesteckt, aber in letzter Zeit spüre ich es nicht mehr so sehr. Es hat eine Lücke gerissen, aber die ist kleiner geworden.« Und schließlich: »Ich mag es, wenn du so neben mir stehst.«

»Was siehst du noch«, fragte Amelie, »wenn du dich ansiehst?«

»Ich sehe eine Katze wie jede andere.«

»Keine Katze ist wie jede andere«, widersprach sie. »Du hast noch einen weiten Weg vor dir, Versuchstier X«, fügte sie hinzu.

»Der Fluss wird mich am Ende schon irgendwohin führen.«

»Das war nicht geographisch gemeint.« Sie überlegte:

»Wenn du allerdings dem Fluss folgst, kommst du irgendwann zum Meer. Das wäre vielleicht nicht schlecht.«

»Was ist ›das Meer‹?«

»Das kann ich dir sagen. Ich war nämlich einmal dort und konnte einen Blick darauf werfen. Ich kam von einer Katzenausstellung und war auf dem Weg zum Parkplatz. Ich saß in einem Tragekorb. Es war am späten Nachmittag. Die Luft war ganz anders! Hinter mir war ein Saal voller Katzen – von denen die wenigsten vor den Richtern Gnade gefunden hatten. Vor mir war der Himmel so hell, als wolle er niemals aufhören!« Sie schloss die Augen und schlug sie wieder auf. »Man sieht dort viel weiter«, sagte sie. »Aber das Meer, das Meer … zum einen riecht es nach Salz und nach gekochtem Fisch und nach Dingen, die schon lange tot sind. Zum anderen gibt es dort große weiße Vögel, so groß wie Katzen, und in ihren Schreien liegt eine Einsamkeit, wie du sie noch nie gehört hast. Sie schweben einen Moment lang über dir, dann drehen sie ab und verschwinden hinter den Dächern. Das Meer … Das Wichtigste am Meer ist, dass es mehr Wasser hat, als du dir jemals vorstellen kannst. Es ist grau und blau, es bewegt sich ständig auf und ab und oben schwimmt so etwas wie Watte.« Wieder überlegte sie. »Was noch? Es gibt dort immer einen alten Mann, der zwei Hunde spazieren führt. Ach ja, und am Meer laufen Menschen herum, die mit den Armen rudern und sich gegenseitig irgendetwas zeigen.« Sie suchte nach einer abschließenden Bemerkung. »Ich habe damals den ganzen Tag lang gebratene Zwiebeln gerochen«, sagte sie. »Ich war Siegerin meiner Klasse und Ausstellungsbeste.«

Als Versuchstier X diese Schilderung hörte, füllte er sich mit Erregung wie ein Glas mit Wasser. Das war schon immer mein Ziel, dachte er, ohne zu wissen, warum. Was immer ich gewesen sein mag, ich war auf dem Weg dorthin. Und dann dachte er noch: Aber das viele Wasser macht mir Angst.

Zu Amelie sagte er: »Da muss ich hin. Zu diesem ›Meer‹.«

»Na also«, sagte Amelie. »Ein Glück, dass ich so schnell darauf gekommen bin. Schlaf gut.«

Und sie ließ ihn vor dem Spiegel allein.

Als er etwa eine Stunde später abermals erwachte, saß sie unbefangen wie eine Schauspielerin auf der Stuhllehne und betrachtete ihn. Er hatte den Eindruck, als sei sie schon eine Weile da. Der Mond war untergegangen, aber sein Abglanz, sein Widerschein sickerte durch die Friedhofseiben in die Sakristei und verlieh ihrem Gesicht einen sonderbaren Ausdruck – zugleich durchgeistigt und von rücksichtsloser Aufrichtigkeit. Versuchstier X bemerkte, dass ihre Ohren klein und an der Spitze abgerundet waren. Sie sah, dass er wach war, beobachtete ihn noch einen Augenblick länger und sprang dann leichtfüßig zu Boden. Nun musste er auf sie hinabschauen. Sie reckte den Schwanz in die Höhe und sah ihn erwartungsvoll an. Er wandte den Kopf ab, gähnte herzhaft und leckte sich eine Pfote.

»Dein Freund hat so viel gefressen, dass ihm übel wurde«, berichtete sie. »Nun ist er ganz aus dem Häuschen und redet ununterbrochen von einer Käsesorte, von der hier niemand je gehört hat.«

»Er ist nicht an Gesellschaft gewöhnt.«

»Das merkt man.«

»Was ist mit dem kleinen Kater?«

»Er ist für ein Kätzchen ungewöhnlich groß. Nur Cottonreel wagt sich in seine Nähe. Aber auch sie bringt ihn nicht zum Sprechen. An dir hängt er offenbar sehr. Im Moment liegt er quer vor der Kirchentür, um zu verhindern, dass wir dir etwas zu Leide tun, aber wohl auch damit du nicht auf den Gedanken kommst, ohne ihn fortzugehen.«

»Aha.«

»Ihm hat kein Mensch einen Bolzen ins Gehirn gesteckt.«

»Seine Wut kommt aus ihm selbst«, sagte Versuchstier X.

Eine Pause trat ein. Amelie ging vor ihm auf und ab und wedelte mit dem Schwanz, als ringe sie um eine Entscheidung. Versuchstier X sah ihr beklommen zu. Warum hatte sie ihn mitten in der Nacht aufgeweckt? Plötzlich fragte sie ärgerlich – aber wohl vor allem auf sich selbst: »Findest du mich schön?«

Und fuhr schnell fort, bevor er antworten konnte: »Ich werde demnächst rollig. Morgen werde ich mir die Seele aus dem Leib schreien und jeden halbwegs annehmbaren Kater an mich heranlassen. Aber heute Nacht möchte ich, dass du es bist.«

»Aha«, sagte Versuchstier X. Er hatte schon so etwas vermutet.

»Bist du auch sicher?«, fragte er. »Wenn ich ehrlich bin, weiß ich das alles nicht mehr so genau. Ich hatte dazu schon lange keine Gelegenheit mehr.«

Sie wandte ihm die Kehrseite zu und sah ihn über die Schulter an.

»Wenn du so weitermachst, muss ich dich noch für einen Dummkopf halten«, sagte sie leise.

Hinterher standen sie nebeneinander vor dem Spiegel und sie sagte: »Eine große Veränderung kommt über die Welt. Ich habe sie schon als Kätzchen gespürt. Seit ich hier bin, bemühe ich mich, ihr zum Durchbruch zu verhelfen – oder vielleicht auch nur, dafür bereit zu sein. Ich weiß es nicht mehr.«

»Wie war es, ein Kätzchen zu sein?«

»Damals hatte ich nur Erfolge«, sagte sie.

Sie betrachtete sich und Versuchstier X im Spiegel.

»Aber nichts ist von Dauer. Uns Perserinnen fällt es schwer, von der Jugend Abschied zu nehmen, besonders wenn wir auf Katzenausstellungen gefeiert wurden. Wenn wir nicht aufpassen, werden wir griesgrämig, ichsüchtig und schwierig.«

»Ich finde dich schön«, sagte Versuchstier X.

Sie rieb ihren Kopf an dem seinen.

»Ach, ich bin etwas pummelig geworden und mein Fell bekommt nicht immer die Pflege, die es braucht ...« Er hörte schon nicht mehr zu, sie merkte es und lachte, um zu zeigen, dass sie ihm nicht böse war. »Woran denkst du?«

»Ich muss dir etwas sagen«, sagte er. »Nach uns werden keine Katzen mehr den Fluss entlang kommen. Wir sind die Letzten.«

»Was soll das heißen?«

»Irgendetwas hat diesen Ort zerstört«, erklärte er. »In Stücke gerissen. Viele Katzen sind dabei umgekommen. Wir sind als Letzte weggegangen.«

»Das verstehe ich nicht.«

»Irgendetwas«, sagte er, »hat ihn eines Morgens gesprengt. Direkt vor mir. Ein grünes Feuer. Ich weiß nicht einmal, ob es wirklich da war. Hast du so etwas schon einmal erlebt?« Sie antwortete nicht und nach einer Weile fügte er hinzu: »Es tut mir Leid, dass es so lange gedauert hat, bis wir hier waren. Aber wir hatten wenig Erfahrung mit dem Leben in freier Natur.«

Und schließlich noch einmal, ohne sie anzusehen: »Wir sind die Letzten. Das musst du der weißen Katze sagen.«

Amelie streckte sich.

»Das hat Zeit bis morgen«, meinte sie.

Etwas später kuschelte sie sich in ihr schönes Fell und schlief ein und Versuchstier X wachte über sie, als hätten sie die Rollen getauscht. Er schaute aus dem Sakristeifenster in die warme Nacht hinaus und dachte staunend: Ich bin eine Katze, die das Wasser fürchtet, sich aber zum Meer hingezogen fühlt.

Der Hund hatte das Hin und Her beobachtet, seit die ersten Regentropfen auf den Wald niedergingen. Für ihn barg der Regen keine Schrecken. Er war in seinem langen Leben auf vier und auf drei Beinen oft genug nass geworden. Wenn er sich in einem Hauseingang unterstellen konnte, war ihm das recht, aber im Allgemeinen bereitete Regen einem Hund wie ihm keine Probleme. Der Kater war auf den Wasserwiesen wie wild im Kreis herumgelaufen. Seine Freunde hatten nach ihm gerufen. Dann hatte er Schaum vor dem Maul gehabt; andere Katzen waren gekommen und hatten alle drei abgeholt. Katzen waren rätselhafte Wesen. Der Hund hatte das ganze Theater nicht verstanden. Eigentlich ist doch nur eine Katze umgefallen, hatte er gedacht. Aber er war ein Hund, und deshalb folgte er ihnen ins Dorf.

Der Hund hielt Wache. Niemand wusste, dass er da war. Er sah so manches: Bäume, Schatten. Schatten von Bäumen. Ein Baum ist eine gute Sache – einen Baum kann man immer gebrauchen. Er sah, wie das goldene Kätzchen die ganze Nacht die Kirchentür bewachte. Er sah die blau-cremefarbene Katze ein und aus gehen. Vor ein bis zwei Stunden waren seltsame Laute aus der Sakristei gedrungen. Als der Hund durch das Fenster schaute, sah er etwas, das er nicht verstand. Aber wer wusste schon, was Katzen miteinander trieben? Um nichts in der Welt hätte er eine Katze sein wollen. Hunde und Katzen waren ganz einfach zu unterscheiden. Hunde hatten ein Fell und sie hatten einen Geruch. Hund zu sein bedeutet Verlässlichkeit, dachte er. Hunde haben kräftige Köpfe, die sie überall darunter schieben können. Sie haben auch Zähne, um Dinge zu packen und herumzuschütteln. Hunde brauchen nicht aufzugeben. Hundezähne lassen nicht los.

Da war noch etwas. Aber er hatte es vergessen.

Später dachte er: Warum gibt mir niemand zu fressen?

Und noch später: Wie bin ich eigentlich *Der Hund* geworden? Ich weiß gar nicht mehr, wie lange ich das schon bin. Er war schon sehr lange *Der Hund*. So lange, dass er nicht mehr wusste, wie er dazu gekommen war. Viel zu lange, lautete seine Schlussfolgerung.

Und schließlich: Es ist nur *ein* goldenes Kätzchen – immer noch.

Er würde bis zum Morgengrauen Wache halten. Und notfalls auch den Tag hindurch. Ein Hund kann ewig Wache halten, dachte er.

Und er dachte: Was soll ich sonst tun?

14
ALTE FREUNDE

Die Geheimen Pfade waren ineinander verschlungen und schwer zu fassen: Sie entzogen sich. Der endlose Strom vorüberrauschender Katzenseelen war kleiner geworden. Eine trübe Helligkeit kroch durch die langen Korridore. Es war kalt, aber anders als im Winter; es war eine Kälte, wie Tom sie seit seinen ersten Reisen im Dienst des alten Majicou nicht mehr erlebt hatte. Das tränenschwere Licht sog ihm alle Wärme, alle Energie aus dem Körper. Bei jeder Abzweigung fühlte er sich erschöpfter und fragte sich: Was geht hier vor? Aber er erhielt keine Antwort. Die Geheimen Pfade haben aufgehört zu geben, dachte er, jetzt nehmen sie von uns. Das kommt sehr plötzlich. Nichts hatte ihn gewarnt. Und eigene Erfahrungen hatte er nicht. »Wir haben uns verirrt, Leonora«, gestand er. Sie standen im feuchten Nebel an einem Ort, den er nicht kannte, und hörten ein Klagen wie von einer Menschenstimme. Doch dann tanzte Leonora, die Starre löste sich, neue Kräfte strömten ihnen zu. Bald standen sie im Sonnenschein vor Uroum Bashous Haus. Doch diesmal zögerte Leonora.

»Das Haus macht mir Angst«, sagte sie fröstelnd. »Es sieht drinnen so komisch aus.«

Nach einer Weile fuhr sie fort: »Hier ist etwas geschehen. Das große Messingtier auf der Treppe: War das Kater Murr?«

»Ich fürchte schon«, sagte Tom.

Sie war sehr kleinlaut geworden.

»Erwachsen zu sein ist schwieriger, als ich dachte.«

»Das stellt man immer wieder fest.«

»Damals in der Küche dieses Hauses«, sagte sie, »das wart also ihr beiden. Ihr habt um mich gekämpft.«

»Es kam nicht zum Kampf«, sagte Tom.

»Aber du warst die andere Katze.«

»Wohl schon«, sagte Tom und gestand: »Ich war dir gegenüber nicht ganz aufrichtig, Leonora.« Eigentlich hatte er noch mehr sagen wollen, aber sie war so niedergeschlagen, dass er verstummte. Endlich tröstete er: »Man braucht nicht immer Recht zu haben, weißt du? Das Leben ist keine Prüfung.«

»Trotzdem«, sagte sie, »komme ich mir sehr dumm vor.«

»Dumm bist du keineswegs, Leonora«, schalt er. »Aber diese Seite der Welt – was wir sind, wenn wir unter dem Einfluss der Geheimen Pfade stehen – ist für ein Kätzchen nicht immer leicht zu begreifen. Niemand weiß das besser als ich: Als ich noch jung war, hasste ich diese Straßen. Sie waren so gnadenlos. Du hast da draußen auf dem Alten Weg des Wandels noch nicht zu dir selbst gefunden. Sobald dir das gelingt, wird man mit dir zu rechnen haben. Du hast alle Eigenschaften deines Vaters geerbt und viele deiner Mutter. Du müsstest die beiden einmal sehen, wenn sie die Pfade betreten, Leonora! Zwei schönere und mächtigere Tiere gibt es auf der ganzen Welt nicht!«

Sie begann unvermittelt zu schnurren.

»Du bist mein Lieblingstier«, sagte sie.

»Ich bin nur Tom.«

»Tom ist viel. Tom ist eine ganze Menge.«

Mehr gab es nicht zu sagen und so hingen sie beide ihren Gedanken nach und betrachteten das Haus von Uroum Bashou. Die Hintertür war aus den Angeln gerissen worden, nun hing sie wie betrunken in den Garten hinaus und erlaubte dem Sonnenlicht, ungehindert ins Haus zu strömen. Von da, wo er stand, konnte Tom in den Flur hineinsehen, der zur Treppe führte. Dort war nichts mehr heil. Jede Wand war zerkratzt, das Linoleum zerrissen. Verschiedene Gegenstände – ein Besenstiel, ein Schuh, der in der Mitte auseinander klaffte, ein zerbrochener Bilderrahmen – lagen auf dem Boden, als habe jemand damit um sich geworfen. Ich habe ihn gewarnt, dachte Tom, ich habe ihn gewarnt. Das bedeutet nichts Gutes. Sogar die Wandverkleidung war beschädigt; ein schwerer Körper war wohl auf dem Weg zur Tür dagegengestoßen und hatte die Nut- und Federbretter so mühelos geknickt wie Streichhölzer.

Unregelmäßige Luftströmungen beförderten Papiere auf die Tür zu. Durch die zerbrochenen Dachfenster war schon das eine oder andere Blatt in den Garten hinabgeschwebt. Tom schaute blinzelnd an der Wand hinauf und dachte wieder: Das bedeutet nichts Gutes.

Leonoras Stimme schreckte ihn auf. »Wir müssen hinein«, sagte sie.

Er überlegte. »Soll ich nicht lieber allein gehen?«, schlug er vor.

»Nein«, sagte Leonora entschieden. »Ich mache mir Sorgen um den Lesenden Kater und möchte sehen, was passiert ist.«

Sonnenschein fiel mit milder Gleichgültigkeit auf die verwüstete Bibliothek. Es roch nicht nur nach einem, sondern nach zwei oder drei Katern. Alles lag in Trümmern. Kein Buch war heil geblieben. Herausgerissene und zerfetzte Seiten, geknickte, gebrochene Einbände lagen auf den altersschwarzen Dielen wie Abfall auf einer leeren Straße. Tom machte große Augen. Die stolzen Worte des Lesenden Katers kamen ihm in den Sinn: *»In jenen Tagen las ich, was ich finden konnte. Ich las: ›Wiesel.‹ Ich las: ›Rauch‹, ›Sinnlichkeit‹, ›Baiser‹ und ›Mysterium‹!«* Ob diese Worte wohl irgendwo auf diesen Seiten zu finden waren, ob sie gar eine eigene Existenz hatten? Und was mochten sie bedeuten?

Mittendrin türmten sich die braunen Plüschkissen, auf

denen Uroum Bashou gethront hatte, wenn er Audienz gab. Sie waren mit einer Sorgfalt aufgeschlitzt, die nach Wahnsinn roch. Der Lesende Kater lag zwischen den grauen Watteröllchen der Füllung reglos auf der Seite, den Kopf leicht nach vorn gestreckt, wie um seinem Schicksal die Kehle darzubieten. Seine Haltung war entspannt, als habe ihn der Tod ereilt, als er in der Morgensonne vor sich hindöste. Man sah, dass sein Fell am Bauch eher braun als schwarz war. An manchen Stellen war es so dünn geworden, dass die Haut rosa durchschimmerte. Verletzungen waren nicht zu erkennen, aber in den vorquellenden Augen stand eine Mischung aus Angst und Entschlossenheit. Bevor er starb, hatte er mit den Vorderpfoten etwas in den Sand gekritzelt. Tom und Leonora starrten die Male hilflos an …

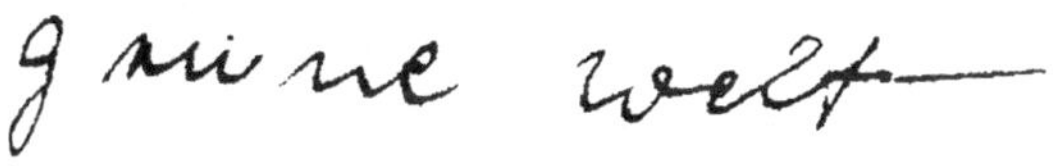

Es kostete Überwindung, nicht wegzusehen.

»Ist das eine Botschaft, Leonora? Sind das Worte?«

Leonora schüttelte den Kopf. »Ich weiß es nicht.«

»Es musste so kommen«, sagte Tom traurig. Kater Murr fiel ihm ein. »Wo will die arme, umnachtete Seele jetzt wohl hin? Wer wird sich um ihn kümmern?«

Leonora fröstelte. »Hoffentlich niemand!«

Es hatte keinen Sinn, noch länger zu verweilen. Tom ließ Leonora nur einen Moment Zeit zum Trauern, dann führte er sie weg. An der Tür drehte sie sich um und warf einen letzten Blick auf den erkaltenden Leichnam des Lesenden Katers, wie um ihn sich für immer einzuprägen.

»Sein Schwanz!«, rief sie. »Sieh dir seinen Schwanz an!«

»Was ist damit?«

»Der Knoten ist verschwunden. Die Welt hat ihr Gedächtnis wieder.« Verbittert betrachtete sie das Trümmerfeld. »Oh, Tom!«, rief sie. Warum müssen so schreckliche Dinge passieren? Er hatte sich so gefreut, mir helfen zu können. Als ich ihn zum letzten Mal sah, lag sein Schatten im Mondlicht über seinen Büchern wie vergossene Tinte.«

Auf dem Rückweg zum Ozeanarium waren sie schweigsam und tief in Gedanken versunken. Die vermisste Tigerkatze hatte nichts von sich hören lassen, also setzte Tom Leonora bei ihren Eltern ab und kehrte allein auf die Geheimen Pfade zurück. Die Neuigkeiten aus Ägypten und das, was Uroum Bashou und Leonora Whitstand Merril zufällig entdeckt hatten, versetzten ihn in die Lage, einige Teile des Puzzles zu verstehen. Aber sie waren so quälend fremdartig, dass sie sich nicht zu einem Ganzen fügen wollten. Je mehr er sich bemühte, sie zusammenzusetzen, desto heftiger sträubten sie sich. In welchem Zusammenhang stand die Krankheit der Geheimen Pfade mit dem Wesen, vor dem Ragnar und Pertelot in Ägypten geflohen waren? Tom hatte einen schrecklichen und immer zwingenderen Verdacht, wer die Kätzchen geraubt hatte; aber wie das möglich war, konnte er sich nicht erklären und es passte auch nicht zu allem Übrigen! Ein Stück fehlte und er konnte es nicht finden, aber das hielt ihn nicht ab, die Teile immer von neuem zusammenzusetzen. Er hatte große Angst um Isis und Odin: Wenn er Recht hatte, befanden sie sich in höchster Gefahr. Aber er konnte nichts tun! Verzweifelt und gehetzt, getrieben von Zorn, Ungeduld (weil sein Verstand der Aufgabe, die ihm sein Mentor hinterlassen hatte, einfach nicht gewachsen schien) und der Angst vor einer drohenden Katastrophe erschien er vielleicht ein Dutzend Mal an der Küste, eine einsame silbergraue Katze, die von einem Strand, einer Bucht, einem Felsvorsprung hoch über den Wellen aufs Meer hinausblickte und dem Wind die Stirn bot. Auch die St.-Madryns-Kirche und die Höhlen darunter suchte er auf.

Nichts.

Am einfachsten war es, wenn er sich an die lokalen Verbindungen hielt. Sie zehrten weniger an seinen Kräften. Entstanden im Zuge traditioneller Katzen-Aktivitäten – beim Wandeln auf Freiersfüßen oder bei der Mäusejagd –, waren sie freundliche Rinnsale der Geschichte geblieben. ›Kleine Straßen mit wenig Macht‹, hatte sein alter Mentor gesagt. Aber ich habe sie immer vorgezogen, dachte Tom. Der Majicou hat sie unterschätzt. Auch weitere Strecken baute er aus diesen Pfaden zusammen. Doch irgendwann stieß das Verfahren an seine Grenzen und die Erschöpfung gewann die Oberhand. Da er nicht tanzen konnte wie Leonora Whitstand Merril, lernte er, auf unverrückbare Gewissheiten – den ständig schwelenden Zorn, der ihn beseelte – zurückzugreifen. Notfalls hieß es eben, den Kopf einzuziehen und sich irgendwie durch die tödliche Kälte zu kämpfen. Immerhin war er der neue Majicou! Er schwenkte den Schädel mit den prachtvollen dunklen Streifen von einer Seite zur anderen und peitschte mit dem Schwanz. Ein fauchendes Grollen entstieg seiner Brust und wenn ihn der Nieselregen berührte, verzischte er zu Dampf.

So bezwang er die Geisterstraßen und segelte kreuz und quer durch das psychische Wetter, bis er schließlich in dem alten Zoogeschäft in der Cutting Lane landete. Dort angekommen, wetzte er ungeduldig die Krallen und wartete eine oder zwei Stunden, für den Fall, dass einer seiner Helfer mit Neuigkeiten käme. Aber die Puzzleteile wollten immer noch kein Bild ergeben. Als es dämmerte, brach er wieder auf und begab sich – in der Hoffnung, genügend Entspannung zu finden, um seine Gedanken unbelastet schweifen zu lassen – in einen seiner Stammgärten in der Stadt. Die Lupinen standen in voller Blüte und die ersten Nachtfalter taumelten in der warmen Luft über die frisch gemähten Rasenflächen. Von hier aus beobachtete er das Treiben in den Wohnungen der gewöhnlichen Menschen. Eben kam das Abendessen auf den Tisch. In den Ecken flackerten die Fernsehgeräte. Da und dort schlief eine Katze auf einem Sofa. Und aus einem erleuchteten Fenster schaute ein Kätzchen mit großen Augen neugierig in den Abend hinaus. Tom schloss es ohne besonderen Grund sofort ins Herz. Dabei war es ein unscheinbares kleines Ding, dessen einziger Reiz die unbeholfene Grazie aller Jungtiere war. Gedrungener Körperbau, flaumig dünnes hellrotes Fell, die winzigsten Pfoten, die er je gesehen hatte. Das Kätzchen blinzelte erschrocken, als er von draußen auf das Fenstersims sprang, ließ sich aber nicht einschüchtern, sondern richtete sich mit einem entschlossenen Ruck auf und trommelte mit den Vorderpfoten leicht gegen das Glas. Damit waren die Fronten geklärt, die beiden sahen sich an.

»Hab keine Angst«, sagte Tom.

Das Kätzchen plusterte sich auf.

»Warum sollte ich?«, fragte es. »Ich bin größer als du.«

»Das ist mir noch gar nicht aufgefallen.«

»Das Licht ist schlecht«, sagte das Kätzchen zufrieden.

Wenig später sagte Tom ohne besonderen Grund: »Als ich in deinem Alter war, ließ ich mich in ein großes Abenteuer locken. Ich gab mein Heim auf und mein Leben nahm eine andere Wendung. Ob das gut oder schlecht war, weiß ich bis heute nicht.«

»Ich wünsche mir ein Abenteuer«, sagte das Kätzchen sehnsüchtig. »Kommst du mich holen?«

»Auf keinen Fall!«, rief Tom entsetzt. »Bleib du nur schön zu Hause«, empfahl er dann. »Wie sind deine Besitzer?«

»Schwer von Begriff. Nett, aber schwer von Begriff.«

»Aha.«

Eine Pause trat ein.

»Sie geben dir sicher gut zu fressen«, vermutete Tom. »Fleischtöpfchen mit Wild, Katzenschmaus mit Fleisch und Leber, Fisch in Dosen – solche Sachen, oder?«

Das Kätzchen sah ihn prüfend an. »Das kann jeder haben«, sagte es dann.

Auch Tom war einmal so vertrauensselig gewesen, doch jetzt hielt er eine weitere Belehrung für angebracht. Nur wollte ihm kein überzeugendes Argument einfallen. »Jedenfalls«, sagte er, »bleibst du am besten, wo du bist, da bist du sicher.« Er sprang vom Fenstersims. »Noch etwas: Hör nie auf einen Vogel.« Plötzlich unsicher geworden, ob er irgendetwas bewirkt hatte, suchte er nach einer abschließenden Bemerkung, die Klarheit in sein Gefasel bringen sollte. »Und friss, so viel du nur kannst«, sagte er endlich.

Das Kätzchen schaute auf ihn herab. »Das sowieso«, sagte es. »Aber trotzdem. Ein Abenteuer ...«

Eine Hand erschien aus dem Nichts und trug es fort. Tom setzte sich gähnend an eine Ecke des Rasens und dachte: Warum habe ich das getan? Die Nacht brach herein. Auf der Straße hinter dem Haus fuhren Autos vorbei. Eine Drossel sang immer noch. Tom hörte ein Schnüffeln und Scharren, als wühle sich etwas durch das Dickicht aus alten Heckenrosensträuchern, morschen Spalierstangen, Ahornschösslingen und russischem Wein, das den Garten vom Nachbargrundstück trennte. Ein Igel, dachte er – die Geräusche klangen so entschlossen – und kümmerte sich nicht weiter darum. Doch im nächsten Augenblick gerieten die Sträucher in Bewegung und ein großer Fuchsrüde zwängte sich hervor. Da stand er nun, keuchend vor Anstrengung, gleich neben der Raute aus diffusem gelbem Licht, das aus dem Fenster auf den Rasen fiel. Ein zäher Bursche, mit allen Wassern gewaschen. Er hatte gelbe Zähne, eine lange rosa Zunge und an einem Schenkel einen reinweißen Fleck. Wenn er zum Haus hinübersah, leuchteten seine gerissenen Bernsteinaugen unruhig durch die Dunkelheit. Toms Herz klopfte so stark, dass es ihn schüttelte. Als er die Sprache wiederfand, fragte er: »Liebt-Mülltonnen? Bist du's?«

Der Fuchs hinkte auf ihn zu, setzte sich neben ihn, als hätten sie sich erst gestern zum letzten Mal gesehen, und schaute über den Garten. Nachdenklich kratzte er sich unter dem Kinn.

»Ich dachte mir, dass ich dich hier fände«, sagte er.

Nach einer Weile fuhr er fort: »Was vergangen ist, ist vergangen, Tom. Man kann es nicht zurückbringen. Keiner von uns kann das.«

Die zwei alten Kameraden redeten und fanden kein Ende. Bläulich schwarz zeichneten sich ihre Gestalten vor dem erleuchteten Haus ab, manchmal einander zugewandt, dann wieder Seite an Seite. Der Fuchs schnappte nach einem vorbeifliegenden Falter; die Katze leckte sich kurz über den Schwanz. Anfangs stand, bedingt durch die Ereignisse und die lange Trennung, noch eine gewisse Befangenheit zwischen ihnen, außerdem litten sie unter der Scheu aller Lebewesen, die sich sehr nahe stehen und nicht wissen, wie sie das zum Ausdruck bringen sollen. Der Fuchs begann als Erster zu erzählen: wie er nach der Schlacht bei Tintagel mit der Füchsin Francine und, jedenfalls für eine Weile, mit Sealink quer durch das Land gewandert war. Wie Sealink und Francine einen ständigen Kleinkrieg geführt hatten. Wie sie den toten Dachs entdeckten. Wie Francine in die Kaninchenfalle geriet und was daraus entstand. Es war eine lange Geschichte mit traurigem Ausgang, die Geschichte einer mühseligen Reise mit unverträglichen Reisegefährten und eines Glücks, das in Ratlosigkeit endete.

»Beim Aufbruch«, sagte er, »waren wir so voller Hoffnung. Der Alchimist war besiegt. Jetzt sollte unser Leben beginnen.« Er starrte über den Rasen. »Dann fingen Sealink und Francine mit ihren ewigen Sticheleien an. Ich wusste natürlich, dass sie nicht miteinander auskämen. Ich wusste es von Anfang an. Aber ich dachte …« Er schüttelte traurig den Kopf. »Ich weiß nicht, was ich dachte. Ich hatte soeben ein zweites Leben geschenkt bekommen, in mehr als einer Beziehung. Ich war frei, vom Alchimisten, aber auch vom Majicou. Ich hatte mich verändert und das erwartete ich auch von allen anderen. Nachdem wir die Schlacht gewonnen hatten, war die ganze Landzunge in so großmütiger

Stimmung. Und die beiden schafften es, diesen Geist an einem einzigen Tag zu verplempern! Dabei kann ich weder der einen noch der anderen die Schuld geben. Die Calicokatze fährt unter vollen Segeln, sobald sie die Augen aufschlägt – sie gibt nie nach, keinen Zentimeter. Sie hatte ihren Gefährten verloren und die Trauer bekommt ihr nicht. Sie litt unter schweren Schuldgefühlen; die übertrug sie, als sie uns verließ, auf einen Wurf Kätzchen, den sie vor Ewigkeiten im Stich gelassen hatte. Sie verrannte sich in den Gedanken, ihre Kinder wieder zu finden. Wo sie jetzt wohl sein mag? Sie ist ein zäher Knochen, aber auch sie kann die Vergangenheit nicht ungeschehen machen.« Er schwieg kurz, dann zuckte er die Achseln. »Und Francine, nun ja, auch sie hatte ihre Fehler. Ich bin der Letzte, der dies leugnen würde. Ihre Weltsicht war begrenzt; sie wurde von den Ereignissen überrollt und das hat sie nie bewältigt. Sie war nur eine Füchsin, Tom. Aber sie war die schönste Füchsin, die ich je gesehen habe!«

Er verstummte und starrte zu Boden.

»Was ist geschehen?«, fragte Tom.

Keine Antwort.

»Wir können nicht helfen, wenn wir lieben«, sagte Tom. Und plötzlich musste er an Cy denken, die ohne ihn irgendwo in den Tiefen des Meeres umherstreifte. Seine nächste Bemerkung überraschte ihn noch mehr: »Die Liebe lauert uns auf und zwingt uns zur Anteilnahme.«

Der Fuchs warf ihm einen gequälten Blick zu, dann starrte er angestrengt in die Dunkelheit, als könne er die Vergangenheit dort doch noch finden.

»Was ist geschehen?«, wiederholte Tom leise.

»Nach Sealinks Weggang schien Francine sich ein wenig zu erholen. Wir beschlossen, weiterzuziehen. Aber da den magischen Straßen nicht zu trauen war, mussten wir zu Fuß gehen. Es war anstrengend, in ständigem Nieselregen stundenlang über Lehmböden und durch tiefe Wälder zu laufen. Wir hatten keine Ahnung, wo wir uns befanden. Ihr Bein war geschwollen und fühlte sich heiß an. Die Wunde sonderte eine hässliche Flüssigkeit ab. Der Geruch verhieß nichts Gutes. Ich kenne ihn nur zu genau!« Er lachte bitter. »In dieser Nacht bekam sie Fieber und am Morgen phantasierte sie. Ich brachte sie an einen Bach, dann hielt ich drei Tage und Nächte bei ihr Wache. Sie wollte nicht trinken. Sie bildete sich ein, sie hätte Junge. Immer wieder sagte sie: ›Ich will nach Hause. Bitte, bring mich nach Hause.‹ Und schließlich war die Kaninchenfalle doch noch ihr Tod.«

Beide schwiegen.

»Sie war eine Stadtfüchsin. Sie kam, weil ich sie rief, und sie starb an einem Ort, der ihr verhasst war. Wir können nicht helfen, wenn wir lieben – du hast Recht. Aber ich trage die Verantwortung für Francines Tod. Das hat mich schwerer getroffen als jener Schuss damals und seither steht mein Kopf in Flammen.«

Er sah Tom an.

»Sie lag im Todeskampf und als ich aufschaute, war die Welt voll grüner Flammen. Was war das, Tom?«

»Ich weiß es nicht.«

»Sie hingen wie Blätter an allen Bäumen, sie sprangen von Ast zu Ast, bis alles lichterloh brannte. In meinem Kopf prasselte es so laut, dass ich mein eigenes Wort nicht mehr verstand. Weißt du, was ich glaube … »

Er unterbrach sich.

»Entschuldige«, sagte er müde. »Ich habe schon lange mit niemandem mehr geredet. »

»Nein«, bat Tom. »Sag es mir. Ich …«

»Ich glaube, die Welt hat es satt, dass ihre Geschöpfe so elend zugrunde gehen.«

Danach schwiegen sie beide. Wieder stand etwas Trennendes zwischen ihnen, das die Unbefangenheit störte. Irgendwann schüttelte sich Liebt-Mülltonnen und ging zu dem Vogelbad aus grauem Stein, das in der Mitte des Rasens etwa einen

Meter hoch auf einem Sockel stand. Er stellte sich schwerfällig auf die Hinterbeine, stützte die Pfoten auf den Rand des Beckens und schlürfte geräuschvoll, als wolle er nie wieder aufhören. Endlich ließ er sich auf alle viere zurückfallen und strebte steifbeinig der anderen Rasenseite zu.

»Gehst du schon fort?«, fragte Tom. »Willst du nicht wissen, wie es mir ergangen ist?«

Der Fuchs drehte sich nach ihm um. »Ich muss mir nur die Beine vertreten«, sagte er. »Die Gelenke tun mir weh.«

»Ach so.«

»Nun erzähl schon.«

Tom beschrieb zuerst das Ozeanarium, wo er zusammen mit Cy so glücklich gewesen war wie nie zuvor. Dann ging er kurz auf das Familienleben des Königs und der Königin ein. Auch hier habe alles zum Besten gestanden. Zuletzt kam er auf Odins und Isis' unerklärliches Verschwinden zu sprechen. Er wies den Fuchs auf die mysteriösen Begleitumstände hin – die Zeichen und Symbole, die er nicht zu deuten wusste, die Reisen, die immer wieder an den Ausgangspunkt zurückführten und keine Erkenntnisse brachten, die Helfer, die keine Antworten hatten. Er schilderte Uroum Bashous grausamen Tod. »Irgendetwas stimmt nicht mit der Welt«, sagte er. »Ich werde auf Schritt und Tritt verfolgt. Ich befürchte das Schlimmste. In wessen Diensten steht der Große Rochen? Und warum hat er die Mau nach Ägypten gebracht? Wo steckt Cy? Was geschieht mit den Geheimen Pfaden?« Ein ungeduldiger Seufzer. »Ich werde aus den Hinweisen nicht klug, ich tappe im Nebel herum«, schloss er. Dann lehnte er sich zurück und wartete auf das Urteil des Fuchses.

Doch Liebt-Mülltonnen sagte nur: »Das dritte Kätzchen zu deinem Lehrling zu machen war ein guter Schachzug. Das hätte dem alten Majicou gefallen.«

»Die Verantwortung bedrückt mich«, drängte Tom. »Ich weiß nicht, was ich tun soll.«

Der Fuchs nahm dieses Eingeständnis kommentarlos auf, doch in seine gelben Augen trat ein rätselhafter Ausdruck. »Komm mit!«, befahl er nur, schoss durch die verwilderte Hecke und jagte in einem Tempo, das Tom kaum mithalten konnte, durch die Gärten. Sie zwängten sich zwischen losen Zaunlatten hindurch. Sie trabten über Gartenwege und an Hauswänden entlang. Sie trafen auf eine Straße – »Weiter, weiter!«, mahnte der Fuchs ungeduldig – und gelangten in neue Gärten. Endlich saß Tom in einer Laube, einem Gartenhaus aus altersgrauem Holz, innen und außen von Waldreben und Kletterrosen umrankt. Das Mondlicht strömte durch die morsche Gitterkonstruktion und nahm der Rückwand, die aus einem großen Spiegel bestand, jede Tiefe.

»Aber …«, sagte er.

»Ja«, nickte der Fuchs. »Hier bist du schon einmal gewesen.«

»Hier hast du mir gezeigt, wer ich war.«

»Damals warst du ein Kätzchen. Du hattest kaum dein Haus verlassen und warst bereits dem Hungertod nahe. Sieh dich jetzt an!«, verlangte der Fuchs mit Genugtuung.

Tom gehorchte. Der Spiegel zeigte ihm einen Kater mit langem, geschmeidigem Körper. Aus dem silbergrauen Gesicht mit den anthrazitgrauen Streifen blickten fahlgrüne, zu den erweiterten Pupillen hin dunkler werdende Augen. Er wirkte selbstbewusst ohne Selbstüberschätzung, athletisch und ausdauernd ohne Kraftmeierei und er trug den Kopf hoch. Kein Nachtgeräusch entging ihm. Ein schon halb vergessenes Abenteuer hatte ihn die Hälfte eines Ohres gekostet.

»Habe ich dir damals einen Gefallen getan?«, fragte der Fuchs.

»Natürlich. Du hast mir gezeigt, wer ich bin. Danach hat sich alles verändert.«

»Gut«, sagte der Fuchs grimmig. »Denn die nächste große Veränderung steht bevor. Bisher bist du da unten an der

Küste vom Schlimmsten verschont geblieben. Deine Macht schenkt dir Geborgenheit, obendrein lebst du im Bannkreis des Königs und der Königin. Schon der *Name* Tintagel bietet Schutz; die Landzunge ist seit tausend Jahren ein magischer Ort. Doch auf den Geheimen Pfaden geht ein Gerücht um: Wer weniger vom Glück begünstigt ist, muss sterben. Er ist dem Tod geweiht und niemand hilft.«

»Du bist böse auf mich«, sagte Tom.

»Nein«, sagte der Fuchs. »Ich versuche nur, dir etwas klarzumachen. Schau! Schau in den Spiegel. Wen siehst du?«

»Tom.«

»Ich sehe keinen Tom. Ich sehe den neuen Majicou. *Das* ist die Katze, die jetzt handeln muss!«

»Ich möchte ja handeln, ich weiß nur nicht, wie.«

»›Ich weiß nur nicht, wie‹!«, höhnte der Fuchs. »Erst sollte Uroum Bashou dir sagen, was du zu tun hast. Dann hast du auf mich gehofft.« Ein verächtlicher Blick traf das erleuchtete Haus. »Und was willst du damit erreichen, dass du deiner Kätzchenzeit hinterherschnüffelst?« Er seufzte. »Du bist der neue Majicou«, sagte er heiser, »ob du willst oder nicht. Ich kann dir dienen, wie ich deinem Vorgänger gedient habe, aber ich muss den Eindruck haben, dass sich die Mühe lohnt. Alle sind auf dich angewiesen.« Die beiden Tiere schwiegen lange und maßen sich mit trotzigen Blicken. Dann platzte Tom mit der Erkenntnis heraus, die ihn am meisten bedrückte und die er die ganze Zeit verdrängt hatte. »Der Alchimist ist noch am Leben.«

Es war eine Erlösung, es endlich aussprechen zu können.

»Wir haben die Welt damals nicht gerettet«, sagte er. »Wir nahmen es nur an.«

Der Fuchs starrte ihn an.

»Und was willst du jetzt tun?«, fragte er. »Francine, Sorgt-für-Kummer und alle anderen – sollen sie umsonst gestorben sein?«

Tom hielt dem Blick stand. »Das ließe ich niemals zu«, sagte er. »Oder traust du mir das zu?«

Der Fuchs schlug die Augen nieder. »Natürlich nicht«, räumte er ein.

»Dann lass uns nicht weiter streiten. Ich muss mit Ragnar Gustaffson sprechen. Wenn wir sofort handeln, ist es vielleicht noch nicht zu spät. Eine Möglichkeit steht noch offen, aber wenn ich sie erkunden soll, brauche ich seine und auch deine Unterstützung.«

»So gefällst du mir schon besser!«, lobte Liebt-Mülltonnen. »Wunderbar!«

Tom lachte. Seine Stimmung hob sich. Die Freundschaft hatte ihm zurückgegeben, was ihm die Enttäuschungen an Energie entzogen hatten. Riesenkräfte durchströmten ihn. Er erinnerte sich, wie der Fuchs vor langer Zeit im winterlichen Schneegestöber um einen Laternenpfahl getanzt war. Er erinnerte sich an einen schwarzweißen Vogel, der auf demselben Pfahl saß und so von sich eingenommen war, dass er herunterfiel.

»Majicous Helfer!«, flüsterte er.

»Wie bitte?«

»Ich sagte: ›Wir müssen uns beeilen.‹«

»Dann auf in den Spiegel!«, rief der Fuchs und sprang auf die Rückwand der Gartenlaube zu. Zähnefletschend, mit heraushängender rosa Zunge kam ihm sein eigenes Ebenbild entgegen. Im letzten Augenblick – der Zusammenstoß schien unvermeidlich – gab es ein Geräusch wie von zerreißendem Stoff. Der Spiegel zerbrach. Lichtreflexe in allen Regenbogenfarben tanzten über den Körper des Fuchses. Die Zeit dehnte sich und beschleunigte sich wieder. Dann war der Fuchs verschwunden und Tom war hinterhergesprungen. Das Sommerhaus erbebte noch minutenlang und ein leichter Windstoß trug Rosenblätter heran.

Der Geheime Pfad ist ein Traum. Entstanden als Teil des endlosen, verschlüsselten Traums der Spezies Katze, hat er sich inzwischen verselbstständigt. Wenn man die Geheimen

Pfade zu oft benützt, breitet der Traum sich aus, denn jedes Mal, wenn man sie verlässt, gelangt etwas davon mit in die Welt und wird aufgesogen, ohne dass ein Schaden entstünde. Auch man selbst nimmt den Traum auf, ohne dass ein Schaden entstünde. Und doch hat sich etwas verändert.

Als Tom ins Ozeanarium zurückkehrte, glaubte er zu träumen. Das Innere erstrahlte in einem tiefen grünlichen Gold. Die Luft war stickig. Ragnar und Pertelot standen so feierlich wie zwei Statuen vor dem großen Becken, in dem die silbrigen Fischschwärme funkelten wie die Kronjuwelen in einem Museum. Zwischen ihnen saß streng und stolz mit spöttischer Miene in uralter Felidae-Pose – die Vorderpfoten zusammengelegt, den Kopf hochgereckt, die Augen zugekniffen, den Schwanz um den Körper gelegt – ihre letzte Tochter. Ihr Fell leuchtete wie reines Gold. Vor ihr kniete verlegen, den Kopf nach vorn gestreckt, mit fiebrig glänzenden Augen, der Fuchs. Einer anderen Spezies zu huldigen ist nicht leicht. Knisternde Spannung lag über der Szene.

Tom schluckte und schüttelte den Kopf, aber das lebende Bild löste sich nicht auf. Mit einem Mal kam Bewegung ins Becken. Wie auf ein Stichwort machten die Makrelen kehrt und flüchteten; weißlich trübes Wasser schwappte über den Rand, als würde es von einem riesigen Körper verdrängt.

Und eine Stimme rief fröhlich: »He, Trumpf-Ass! Da bin ich wieder!«

15

EINE BOTSCHAFT

»Das hat mich ja ein enormes Stück weitergebracht«, brummte Sealink verbittert.

Nach den Offenbarungen der Mammy sah sie alle ihre Bemühungen gescheitert. Die unternehmungslustige, robuste Calicokatze neigte nicht zum Selbstmitleid, doch jetzt war ihr der angeborene Optimismus wie eine Spinne durch den Abfluss gerutscht. Sie befand sich in einem lebensfeindlichen Sumpf, in einem Land, in dem sie sich nicht länger zu Hause fühlte, und hatte nach einer gefahrvollen Reise mit dem Zweck, die Lösung für ein Problem zu finden, das nicht das ihre war, eine völlig unverständliche ›Antwort‹ erhalten. Alles reichte viel weiter und war viel komplizierter, als sie jemals erwartet hätte. Sie sah sich mit ganz ungewohnter Klarsicht als winzigen Lebensfunken einsam und verlassen in einer unermesslichen Leere schweben.

»Haste dich verlaufen, Gnädigste?«

Aufgeschreckt durch die Frage und den durchdringenden Moschusgeruch, der sie begleitete, riss Sealink den Kopf in die Höhe. Der zweite der beiden Wächter am Knochenturm stand vor ihr und sah sie forschend an. Sie fand ihre Gelassenheit jedoch bemerkenswert schnell wieder.

»Sieht so aus. Und nicht nur im wörtlichen Sinn.«

Der Wächter schniefte heiser. »So wirkt die Mammy auf alle Leute. Wetten, dass du jetzt nicht klüger bist als vorher?«

Sealink schüttelte den Kopf. »Sie hat ’ne Menge Unsinn

dahergeredet. Hab mir nur hier und da 'n paar Worte gemerkt, aber die *sagen* mir nicht so furchtbar viel, verstehst du? Und dass vieles davon ausländisch war, macht's auch nicht besser.«

Der Wächter verbeugte sich steif. »Darf ich mich etwas manierlicher vorstellen als bei unserer ersten Begegnung?« Er reichte ihr eine kühle Krallenhand. Die Calicokatze beschnupperte sie unschlüssig. »Mein Name ist Cletus. Vielleicht gelingt es mir, ein wenig Licht in die Prophezeiungen der Weisen Frau zu bringen. Ich habe einige Erfahrung mit den armen, verwirrten Seelen, die von Ihrer Hoheit zurückkommen. Versuchen wir es doch.« Er setzte sich, lehnte sich zurück und verschränkte die Ärmchen vor der gepanzerten Brust. Es sah lächerlich aus, aber Sealink war nicht in der Stimmung, sich über ihn lustig zu machen.

»Willst du mich auf den Arm nehmen?«

Der Wächter blinzelte sie an. »Du bist nicht besonders liebenswürdig, Gnädigste, wenn ich das sagen darf. Wer Hilfe braucht, sollte einem geschenkten – äh, einem geschenkten Gürteltier nicht ins Maul schauen.«

Gürteltier.

Sealink ärgerte sich, dass sie nicht früher darauf gekommen war. Jetzt stand ihr ganz deutlich ein Bild von zerquetschten Panzerteilen vor Augen, die am Asphalt menschlicher Autobahnen klebten.

Sie lachte. »Verdammt, was habe ich noch zu verlieren? Mein Verstand hat sich ohnehin schon mit hochgerecktem Schwanz aus dem Staub gemacht. Na schön: Sieh mal, was du damit anfangen kannst …« Sie durchforstete ihr Kurzzeitgedächtnis. »*Danse macabre … chat noir …* äh … *mangent le monde.*«

Das Gürteltier war nachdenklich geworden. »Das klingt wirklich seltsam. Was zum Teufel hast du sie denn gefragt?« Ohne eine Antwort abzuwarten, fuhr es fort: »*La danse macabre*. Hmm. ›Der Totentanz‹. Eine Allegorie aus dem Mittelalter. Der Herr der Finsternis führt die Menschen auf den Friedhof. Der Tanz wird oft als Stilisierung des Lebens betrachtet, aber auch des Übergangs ins nächste Leben – jeder folgt seinem eigenen Ritual, jeder Schritt ist vom Schicksal vorgegeben und so weiter.«

Es hielt inne, um sich zu vergewissern, dass Sealink ihm auch zuhörte. Ihr Blick verriet tiefes Misstrauen. Das Gürteltier fuhr verdrießlich fort: »Vielleicht ist auch ein Tanz *zum* Tode gemeint, eine Art Duell … *Le chat noir*. Das ist einfach. Sprichst du denn gar kein Französisch?«

»Die schwarze Katze.« Sealink war selbst überrascht.

»Siehst du: Man braucht nur ein wenig zu überlegen.« Das Gürteltier lächelte gönnerhaft. »Und wer ist die schwarze Katze? Überleg doch mal! Die Knochen sind manchmal schwer verständlich, aber sie treffen gewöhnlich voll ins Schwarze.«

Sealink hatte im Lauf ihres Lebens mehrere schwarze Katzen kennen gelernt. Cyrus und William, Ohrenschmalz und Amphetamin … Doch sie alle verblassten vor dem Bild eines schwarzen Katzenkopfes, der abgehäutet im Schaufenster eines Voodoo-Ladens stand …

»Der Baron«, hauchte sie.

Das Gürteltier sah sie gleichmütig an. »Wenn du damit etwas anfangen kannst, Schwester, soll mir das recht sein. Muss man damit rechnen, dass er die Welt auffrisst?«

Sealink starrte ihn an.

»*Mange le monde*. Oder auch *mangent le monde*. Vielleicht sind es ja mehrere.«

Die Calicokatze zuckte die Achseln. »Der Baron hat sich's gut gehen lassen, aber bösartig war er nie. Er hat das Leben geliebt. Man könnte schon sagen, dass er ›die Welt auffressen‹ wollte. Aber als ich ihn zum letzten Mal gesehen hab, war er allein.« Ein Schauer überlief sie. »Mehr kann ich dazu wirklich nicht sagen.« Stirnrunzelnd ließ sie den Rest von Mammy Lafeets Prophezeiungen Revue passieren. »*Rues sauvages*, irgendwas mit mu ... eine Pyramide, *cassé*, und ...« Sie konzentrierte sich. »... *les trois sont perdus.*«

»Geheime Pfade. Muh ... MUH!« Das Gürteltier brüllte so laut, dass Sealink einen Satz machte. »Kühe gibt's hier nicht allzu viele!« Es kicherte fast wie die Mammy. Die Calicokatze sah es so böse an, dass es die Augen niederschlug und sich nervös den Hals kratzte. Es wühlte ein wenig in der empfindlichen Fuge zwischen zwei Panzerplatten herum, untersuchte seine Krallen und leckte das Ergebnis dieser Bemühungen ab. Dann legte es den Kopf schief und erwog die in Frage kommenden Möglichkeiten. »Muh ... Moolah: ein Wort für Geld. Nein. Kann nicht sein. Vielleicht *mourir* – sterben. Die Geheimen Pfade sterben.«

Sealink nickte langsam.

»Klingt bedrohlich. Weiter, weiter. Pyramide *cassé* ... *trois sont perdus* ... Hmm ... Zerbrochene Pyramide und drei sind verloren. drei. Starke Primzahl, tritt in der Magie sehr häufig auf: drei Wünsche, drei Fragen. Drei weise Männer. Die drei heiligen Fäden der alten Brahmanen. Die drei Grazien. Die drei Parzen. Die Heilige Dreifaltigkeit. Nach Pythagoras die vollkommene Zahl. Aber: ›Die drei sind verloren.‹ Da bin ich überfragt.«

Sealink seufzte. Sie hatte sich ein Leben lang vor Selbstbeobachtung – ja, vor intensivem, sorgfältigem Nachdenken in jeder Form – gehütet, doch wenn ihr Besuch bei der Mammy nicht ganz vergeblich gewesen sein sollte, dann musste sie wohl etwas dazu tun. Sie schloss die Augen und konzentrierte sich, wie Eponine ihr geraten hatte, mit dem Wildesten, was in ihr war, auf die Worte der Mammy.

Die kreisten in ihrem Bewusstsein wie die Fliegen um einen Kadaver.

Drei sind verloren. Daran bestand kein Zweifel. Zwei von ihren Kätzchen lagen seit langem tot am Ufer des Mississippi und über das dritte wusste sie nichts. Pyramiden? Sie war einmal in Ägypten gewesen, der Heimat von Pertelots Vorfahren, wo die Katzen von den Menschen einst wie Götter verehrt worden waren, und dort gab es Pyramiden, auch zerbrochene. War das letzte ihrer Kätzchen in Ägypten? Das ergab nun überhaupt keinen Sinn. Die Mammy hatte noch etwas über eine Sonne aus Feuer gesagt. *Such in den Gefilden der Seligen nach 'ner feurigen Sonn'*. Sicher, in der Wüste war es heiß; und die Sonne brannte wie Feuer. Aber Gefilde – Felder hatte es dort nicht gegeben, nur Sand, so weit das Auge reichte.

Je mehr sie sich anstrengte, desto heftiger gerieten die Bilder durcheinander. Sie gab diesen Teil als aussichtslos verloren und ging weiter.

Die Geheimen Pfade starben? Das ergab zwar einen Sinn, brachte sie aber weder der Ursache der Krankheit noch einer Heilung näher.

Schwarze Katzen und seltsame Tänze. Im Geist sah sie sich mit dem Baron auf der Strandpromenade tanzen; doch eine tiefere Bedeutung konnte sie in der Szene beim besten Willen nicht entdecken. Dennoch war der Baron tot. Vielleicht war das ein *danse macabre* gewesen. Vielleicht hatte der Tanz seinen Tod angekündigt. Vielleicht war es ihre Schuld …

Die Ankunft des zweiten Gürteltiers riss sie aus diesen schlimmen Gedanken. Es schnaufte heftig, so schnell war es gelaufen.

»Komm mit, Cletus, du musst dir ansehen, was ich gemacht habe! Du wirst es nicht glauben …«

Sealink und die beiden Gürteltiere kehrten auf die Lichtung zurück. Cletus lief voran, der zweite Wächter watschelte atemlos hinterher und erklärte: »Der beste … den ich jemals zustande gebracht hab, Clete … So groß … haben wir noch keinen geschafft … Du hast gesagt … das Dreieck ist die stabilste … technische … Konstruktion, die's gibt … und ich bin … nicht immer der Schnellste … ich weiß … aber irgendwann … hab ich's wahrscheinlich … kapiert … es war wie ein Blitz …«

Die Darlegungen fanden ein jähes Ende. Cletus blieb unvermittelt stehen und sein Gefährte prallte gegen ihn.

Mitten auf der Lichtung stand der Knochenturm, ein Gebilde mit unglaublich klaren geometrischen Linien. In der Mittagssonne erstrahlten die weißen Gebeine in einem grellen Gold, das den Augen wehtat.

Sealink starrte das Bauwerk an. Eine leise Erinnerung regte sich.

Ein Dreieck – eine Pyramide –, an dessen Spitze in unglaublicher Balance und, alle Perspektiven Lügen strafend, die Sonne von Louisiana schwebte wie ein Feuerzeichen der gesamten Natur.

In dieser Nacht fiel die Calicokatze nach ihrem langen Ausflug, weit weg von Alligatoren und sprechenden Libellen, weit weg von Knochentürmen, die wie Neonschilder strahlten, endlich in den Schlaf der Erschöpfung.

Und dabei hatte sie einen Traum.

Es war kein Angsttraum, aber auch kein sinnlich goldener Jugendtraum wie in früheren Zeiten. Als sie erwachte, zitterte sie – vor Angst, aus einer jäh aufschießenden Lebensfreude heraus oder aus einer aufputschenden Mischung aus beidem.

Als die Sonne über den fernen Horizont stieg, erhob sich auch Sealink und machte sich, den Schwanz hochgestellt, den Kopf erhoben, entschlossen auf den Weg. Sie wusste mit dem angeborenen Orientierungssinn aller Katzen, dass der Pfad, den sie gewählt hatte, sie früher oder später in ihre Geburtsstadt zurückführen würde.

Sie war Sealink und sie hatte eine Aufgabe zu erfüllen.

16

ALCHIMIE

Sie überließen es dem Fuchs, dem König und der Königin seine Geschichte zu erzählen, schlichen sich aus dem Ozeanarium und liefen die kopfsteingepflasterten steilen Straßen hinunter bis zum Hafen. Dort setzten sie sich auf eine Mauer und warteten auf die Rückkehr der Fischer.

Es war kurz vor Tagesanbruch. Die Flut kam herein. Ein Hauch von Schlamm hing in der Luft. »Riechst du das?«, fragte Cy. »Mm!« In ihre eigene Witterung mischte sich ein frischer Zitronenduft, den Tom noch nicht kannte. Und als sie stockend berichtete, bekam er den Eindruck, das große Abenteuer habe sie nicht nur ihm entfremdet, sondern auch sich selbst.

Sie war, wie sie offen zugab, aus reiner Neugier in das Fischbecken gefallen. Mitten in einem Gespräch mit ihrem Freund Ray hatte sie den Wunsch verspürt, sich den Großen Rochen von oben zu betrachten. »Ich lief die Treppe hinauf, aber von da war er nicht zu sehen.« Die Plattform schien im Nichts zu schweben. Vom grellen elektrischen Licht geblendet, taumelte sie bis an den Rand. »Fünfhundert Makrelen machten wie auf Kommando kehrt. Aber mein Fisch war nicht da!« Dennoch hatte er sie gleich darauf vor dem Ertrinken gerettet – und als Ragnar und Pertelot auf der Suche nach ihr ebenfalls ins Wasser fielen, rettete er auch sie. »Und so ergab es sich ganz von selbst«, erklärte Cy, »dass wir alle zu einer vollkommen realen Reise nach Ägypten aufbrachen! Aber das weißt du ja schon.«

»Ich weiß allerdings nicht, warum«, sagte Tom.

»Dieser Fisch hatte einen Auftrag. Er handelte auf Befehl von unten. Glaube ich jedenfalls.«

»Aber warum? Was hat ein Fisch mit uns gemeinsam?«

Cy wusste es nicht. »Die Typen fischen gern im Trüben«, bemerkte sie und seufzte. »Aber du sollst mir doch zuhören«, drängte sie dann. »Es ist schließlich meine Geschichte.«

Was nun folge, erklärte sie, sei nicht leicht zu verstehen.

Sobald der Große Rochen den König und die Königin abgesetzt hatte, rollte er sich ein und schoss in das Becken und auf den Fischpfad zurück. »Ich kam nicht zum Absteigen! Ich hing fest! Tom, ich war ja so aufgeregt! Dieser Fisch redete mit mir. Wir wollten die Reise unseres Lebens unternehmen. Das hat er mir versprochen und so war es auch. Bald waren wir in der Tiefsee, da ist es wie in einer Kirche, wo jeder sein eigenes Licht hat. Tom, da gibt es Typen, die im Dunkeln leuchten!«

Der große Fisch schwamm zunächst nach Süden, dann nach Osten und nach Westen. Jedes Mal, wenn er an die Oberfläche kam, zeigte er ihr einen neuen Teil der Welt. Feuchtgrüne Dschungelwälder, die bis ans Wasser reichten und aus denen die Vögel aufflogen wie bunte Wäschestücke. Eine Insel wie ein rauchender Kegel, der heiße Asche zwanzig Kilometer weit über das Meer schleuderte und Gerüche verbreitete, bei denen Cy die Nase lief. »Schiffswracks, die wie Gespenster im fahlen Schlamm auf dem Meeresgrund lagen und deren Kapitäne längst von den Fischen gefressen worden waren! Und einen Strand mit riesigen Wellen, in denen gestreifte Katzen schwammen. Ich hätte mich gern angeschlossen«, bemerkte sie nicht ohne Bedauern, »aber sie waren größer als ich.« Unbewohnte Küsten, Küsten wie kostbare Edelsteine, ölgeschwärzte, von Türmen und riesigen Maschinen entstellte Küsten. »Oh, Tom – ich sah so vieles, das mich traurig machte!«

Endlich wandte sich der Rochen nach Norden und sank so tief hinab wie nie zuvor. Als sie wieder auftauchten, befanden sie sich in einer gottverlassenen Gegend. Das Wasser war wie schwarzes Glas. Ringsum gab es nichts als Schnee und Eis. Vor ihren Augen brachen große Teile der gefrorenen Landschaft ab und stürzten in die See. »Das Zeug ist richtig hineingesprungen. So große Zuckerstücke habe ich noch nie gesehen. Ich sage zu Ray: ›Das Zeug ist weißer als du!‹ Er sagt gar nichts. Vielleicht ist er nervös, denke ich. Aber er war nicht nervös. Er war nur in Bereitschaft.« Beim Auftreffen der Eisfelsen stiegen gewaltige Wasserfontänen langsam himmelwärts und fielen so völlig lautlos wieder zurück, als sähe man sie durch eine Glasscheibe. »Ich spürte die Kälte sogar in den Augen, Tom. *Brr!*« Ihr Freund Ray lag die ganze Zeit flach auf dem Wasser und drehte sich langsam wie eine Kompassnadel. Dann sah Cy das Nordlicht, das lautlos seine mächtig wogenden grünen Flammenschwingen entfaltete.

Licht strömte herab.

Und Ray schwebte ganz langsam hinauf.

»Das musst du dir vorstellen, Tom …«

Der turmhohe Schatten, als sich der Geheime Pfad zwischen den geöffneten Vorhängen des Nordlichts emporschwang. Die gewaltigen Fische, die manchmal winzig klein in weiter Ferne sichtbar wurden, wo sie, gegen unsichtbare Strömungen ankämpfend, eigenen Zielen zustrebten. Und die kleine Katze, die sich in der unendlichen Leere verzweifelt am Rücken des großen Rochens festkrallte. Es war ein tolles Erlebnis, aber da draußen war es dunkel und kalt und manchmal war es auf dem Rücken des Großen Rochens ziemlich einsam. Auf eine solche Reise war sie trotz der Gespräche im Ozeanarium nicht vorbereitet gewesen. Auch die Größe und die Kraft des Fisches hatten sie überrascht, seine bedrückend archaische Ausstrahlung und das Gefühl, er wisse Dinge, die gewöhnlichen Tieren verborgen blieben.

»Er ist kein großer Redner«, gestand sie und seufzte wieder. »Aber«, fuhr sie fort, »man glaubte, den Atem der Sterne zu spüren. Wir stiegen aus dem Wasser und schwebten in der Luft. Ganz hoch oben – Tom, als ich hinunterschaute, sah ich, wo wir leben!«

Sie dachte kurz nach.

»Weißt du«, sagte sie dann, »auch wenn es im Augenblick schlecht für uns aussieht, ich glaube, am Ende wird alles gut. Und weißt du auch, warum? Weil ich unter mir das grüne Feuer gesehen habe. Tom, die ganze Welt war wie in einer grünen Hand geborgen!«

Tom nahm die Vision in zweifelndem Schweigen auf. Bei sich dachte er: Ich wünschte, es wäre so. Aber es gibt keine Geborgenheit, für keinen von uns.

Sie schien seine Skepsis nicht zu spüren. »Tom«, fragte sie, »warst du schon einmal auf dem Mond?«

»Natürlich nicht«, sagte Tom verärgert.

»Der Mond ist wie ein weißer Park«, sagte sie. »Nur wächst dort nichts. Man kann überall bis ans Ende sehen, aber es gibt nichts zu sehen. Wir sind eine Weile herumgeschwebt, aber es gab nichts zu tun. Auf dem Mond gibt es kein Leben, Tom, keine Katzen, keine Menschen, nichts.«

Sie fröstelte.

»Also sind wir so schnell wie möglich zurückgekommen. Ray wollte noch weiter, aber ich sagte: ›Bring mich nach Hause.‹ Ich mag Ray wirklich gern, aber manchmal ist er kaum zu bändigen. Dieser Fisch ist wie besessen davon, alles sehen zu wollen. Ich habe ihn gefragt, wieso sein Geheimer Pfad an so viele Orte führt, sogar auf den Mond – wobei er übrigens zugab, dass es ihm dort auch nicht gefallen hatte. Er antwortete: ›Kleine warmblütige Schwester‹ – so nennt er mich nämlich, seine kleine warmblütige Schwester –, ›wir Fische waren vor allen anderen da. Wir wurden unruhig und schwammen zur Erde hinab, bevor sonst jemand dort eintraf.‹«

Sie schwieg für einen Augenblick.

»Kannst du damit etwas anfangen?«, fragte sie dann.

Tom antwortete nicht. Er konnte nicht denken.

Plötzlich sprang sie auf. »Sieh nur! Tom! Die Boote. Die Boote!« Tatsächlich, eine schwankende Lichterkette an der Hafeneinfahrt – die Fischerboote kehrten wohlbehalten nach Hause zurück. Und dahinter färbte das erste Licht des Morgens den Himmel grün. Cy brach in ihr lautes, rasselndes Schnurren aus.

Tom wurde von tiefer Zärtlichkeit erfasst.

»Ich bin froh, dass du zurückgekommen bist«, sagte er. »Du hast mir gefehlt.«

Während sie wieder zum Ozeanarium hinaufstiegen, versuchte sie ihm zu erklären, was sie beim Sturz ins Aquarium empfunden hatte. »Zuerst dachte ich, jetzt ist es aus mit mir«, sagte sie. »Jetzt holt mich der Sensenmann.« Doch bei der ersten Berührung mit dem Wasser hatte sie sich in einer Weise getragen gefühlt, die sie sich im Nachhinein nicht mehr erklären konnte. »Dabei war Ray noch gar nicht da«, sagte sie. »Irgendetwas anderes hielt mich fest, Tom, wie zwei warme grüne Hände im Wasser!«

Dann fragte sie: »Warum schließt ein Fisch Freundschaft mit einer Katze?«

»Die Frage wollte ich eigentlich *dir* stellen«, gab Tom zur Antwort.

Cy sah unsicher zu ihm auf. »Wo mag das wohl noch hinführen?«

Tom betrachtete den Hafen mit den Fischerbooten, über denen die Möwen kreisten. Dann schaute er zum Ozeanarium hinauf, wo man darauf wartete, dass der neue Majicou eine Entscheidung traf.

»Ich weiß es nicht«, gestand er. »Ich weiß nur, dass das Ende nicht mehr weit ist.«

Eine Stunde später hetzte er wieder über die Geisterstraßen. Sein Atem stand wie Rauch in der tödlichen Kälte. Er hatte unten an der alten Seenotrettungsstation eine kleine Straße betreten und von dort – Sprung für Sprung – die Hauptarterie erreicht. Zwei alte Freunde waren bei ihm und sie feuerten sich gegenseitig mit aufmunternden Zurufen an. Ragnar Gustaffson, der König der Katzen, ließ unter dem schwarzen Fell die Muskeln spielen. In den Augen des Fuchses Liebt-Mülltonnen glitzerte die Schläue. »Rennt!«, riefen sie immer wieder und gedachten alter Kämpfe, schwerer Zeiten, früherer Reisen und verlorener Gefährten. Vielfältig hallten ihre Stimmen auf dem Alten Weg des Wandels wider. »Rennt!«, riefen sie. Die drei waren mit dem Leben vertraut. Sie hatten es ausgekostet, jeder auf seine Weise. Sie liebten es und wussten seine Wärme zu nützen. Kälte und Angst konnten ihnen nichts anhaben. Sie rannten. Doch Leonora Whitstand Merril war ihnen weit voraus. Den ganzen Tag bahnte sie – die Kätzchenprinzessin, die geborene Tänzerin – den dreien den Weg.

»Kommt schon!«, rief sie. »Rennt! Wir müssen rennen!«

»Ich erlaube nicht, dass sie mit dir kommt«, hatte die Mau gesagt, als Tom ihr seinen Plan erklärte.

»Aber ich muss dorthin! Ich kann die Geheimen Pfade in ihrem jetzigen Zustand nicht bändigen. Aber ich habe gesehen, dass Leonora es kann.«

Ein Blick voller Verachtung. »Und weil sie kann, muss sie. Das meinst du doch?«, fragte Pertelot.

»Ja.«

»Kein besonders gutes Argument.«

»Nein.«

»Sie ist meine Tochter.« Pertelot lachte bitter. »Mehr noch – im Augenblick ist sie mein einziges Kind. Ihr Männer würdet am liebsten Tag und Nacht über die Geheimen Pfade rennen; ihr rennt gern und ihr kämpft gern; aber zwei verirrte Kätzchen könnt ihr nicht finden.«

»Du bist ungerecht«, sagte Tom. »Wir tun unser Bestes.«

Leonora hatte genug von dem Streit. »Wohin willst du?«, fragte sie Tom.

»Du hältst den Mund, Leonora!«, befahl die Mau.

»Es geht auch um *mein* Leben«, trotzte die Kleine.

»Leonora!«

»Und wenn Odin und Isis dort sind?«

»Und wenn nicht?«, gab die Mau müde zurück. »Muss ich dich auch noch verlieren?«

»Wenn wir jetzt wankend werden …«, begann Tom.

»… verlieren wir womöglich alles«, vollendete die Königin. »Auch dieses Argument ist mir nicht neu.«

Aber Leonora sagte: »Ich bin kein Kätzchen mehr. Ich will meinen Bruder und meine Schwester wiederhaben und ich will meinen Teil dazu beitragen.«

»Dann lass dich nicht aufhalten«, sagte Pertelot und drehte ihr den Rücken zu.

»Wohin willst du?«, fragte Leonora noch einmal.

»Der Alchimist hatte Jahrhunderte lang ein Haus vor der Stadt«, sagte Tom. »Ich habe es entdeckt, nachdem ich das Amt des Majicou übernommen hatte. Zu diesem Haus will ich, und dann …«

»Für den Fall, dass er zurückkommt?«

»Ich weiß nicht. Vielleicht. Es ist wie mit dem Zoogeschäft in der Cutting Lane. Der Majicou ist zum Hüter bestellt, aber er muss seine Pflichten gewissermaßen erfühlen. Ich bin meiner Nase gefolgt, die Geheimen Pfade haben mich zu diesem Haus geführt und seitdem scheint es zu meinem Verantwortungsbereich zu gehören, sosehr ich es auch hasse. Zum letzten Mal war ich an dem Tag dort, als dein Bruder verschwand.«

Er schüttelte den Kopf.

»Es könnte sein, dass wir in diesem Haus die Antwort auf alle unsere Fragen finden«, fuhr er fort, »aber es wäre natürlich nicht ungefährlich.«

Leonora hatte ehrfürchtig zugehört.

Nun sagte sie: »Mann! Der Alchimist! Was soll ich tun?«
Die Mau lachte zornig auf. »Du hast von deinem Vorgänger viel gelernt«, beglückwünschte sie Tom. »Der einäugige Kater fand auch immer die richtigen Worte.«

Der Garten war seit Toms letztem Besuch sehr heruntergekommen. Um das windschiefe hölzerne Bootshaus wucherten Weidenröschen und Ahornschösslinge. Die Tür stand offen, das Innere war leer. Die Weiden waren innerlich morsch. Vom grauen Himmel strömte der Regen herab und sprenkelte die Oberfläche des Flusses.

Selbst mit Leonoras Hilfe waren sie nur mühsam vorangekommen. Die Katzen waren müde und unruhig. Auf der anderen Seite des Rasens erhob sich das Haus des Alchimisten mit seiner grün gewordenen Kupferkuppel, der klapprigen Eisenkonstruktion des Wintergartens und den gardinenlosen hohen Fenstern und sog das letzte Abendlicht in sich auf. Die Katzen zögerten und suchten in der Tür des Bootshauses Schutz vor dem Regen, während der Fuchs – den die Nässe nicht kümmerte – mit gesenktem Kopf über den Rasen lief. Der weiße Fleck an seinem Hinterbein war der einzige Lichtblick in der Landschaft. Als er zurückkam, kratzte er sich kräftig hinter einem Ohr und überschüttete die Katzen mit einem Schauer roter Haare. Im Freien wirkte er wie immer überlebensgroß und selbst im Sitzen strotzte er vor Tatkraft. »Ich kenne diesen Ort«, sagte er, »noch aus den Tagen des alten Majicou. Wir haben immer überwacht, wer hier aus und ein ging.«

Die Katzen warteten, dass er weitersprächе, aber er schlenderte nur ins Innere des Bootshauses, schnupperte herum und hob das Bein wie ein Hund.

»Der Regen wird nicht aufhören«, sagte Leonora.

»Wir wollen nur Zeit gewinnen.« Ihr Vater nickte bedächtig und schaute zum Haus hinüber. »Wir haben einige Bedenken, dieses Gebäude zu betreten«, erklärte er, »doch im Allgemeinen sind wir verdammt entschlossene Katzen.«

Sie sah ihn verdutzt an.

»Nun kommt schon«, seufzte Tom.

Sie rannten über den Rasen und die regennasse Steinterrasse und sprangen die Stufen hinauf.

Die Diele war den Unbilden der Witterung schutzlos ausgesetzt. Das glatte Holz war rissig und grau geworden, die vergoldeten Spiegel hatten Flecken bekommen und das kunstvolle Treppengeländer zeigte Roststellen. Die Doppeltüren schlugen traurig im Wind. Die üblichen Abfälle waren über den Fußboden geweht worden, hatten sich in den Ecken gesammelt und warteten darauf, von Mäusen und Ratten zum Nestbau verwendet zu werden. Seit Odins Verschwinden war jedoch eine neue Schicht hinzugekommen. Jemand hatte mitten auf dem Marmorboden mit schadhaften Möbeln aus den umliegenden Räumen ein Feuer entfacht. Um die Asche herum lagen leere Gaszylinder, Fast-Food-Behälter und verschlissene Decken. »Hier wohnen Menschen«, stellte Tom fest und rümpfte die Nase. Es roch unangenehm nach verbranntem Holz, abgestandenem Essen und Urin.

Der Fuchs schaute auf.

»Wenn du meine Nase hättest », sagte er, »wüsstest du noch mehr.«

Er hatte eifrig am Fuß der Treppe herumgeschnüffelt. Jetzt trabte er quer durch den Raum und schaute hinaus auf den Rasen. »Warum ist mir das draußen nicht aufgefallen?«, fragte er sich nachdenklich.

»Was ist dir nicht aufgefallen?«, wollte Tom wissen.

»Das ist das Problem«, sagte Liebt-Mülltonnen. »Ich weiß es nicht. »Vor kurzem war noch jemand hier. Kein Mensch, aber ganz sicher auch keine Katze.«

»Wo ist Leonora?«, fragte Ragnar.

Seine Tochter war der langen Vorreden überdrüssig geworden und hatte sich zur Treppe begeben; als die beiden Kater auf den Gedanken kamen, nach ihr zu suchen, war sie schon im zweiten oder dritten Stock.

Hier bestand die Wandverkleidung nicht mehr aus Marmor mit Goldornamenten, sondern aus gebeiztem Eichenholz. Die Treppenabsätze waren schmäler, die Fenster kleiner und ungünstiger geschnitten. Spinnweben zogen sich über die engen Windungen und hingen wie verstaubte Mullbinden in jeder Ecke, als wollten sie das trübe Licht einfangen. Bei jedem Schritt knirschte unter den Pfoten eine Mischung aus Hausstaub, Stuckfragmenten, Kaminasche und Ruß. Überall zog es und Leonoras Fußabdrücke verwischten sich sofort. Nach oben hin verjüngte sich der Treppenschacht. In einem Lichtstreifen, der durch das letzte Westfenster fiel, blieb sie mit erhobener Pfote stehen, blickte nach oben und lief weiter. Als sie den Raum unter der Kupferkuppel erreichte, war es fast dunkel. Die Tür stand offen und war blockiert.

»Angst hatte ich nicht«, beteuerte sie später immer wieder. »Überhaupt nicht, jedenfalls nicht am Anfang.«

Es war ein hoher Raum, die Decke hatte die Form einer umgedrehten Tulpe und wurde von einem Netz aus alten Holzbalken gestützt. Die Wände waren früher einmal weiß gewesen. Davor standen verschrammte Werkbänke mit Arbeitsflächen aus poliertem Zink, über denen lange Vitrinen, Bücherregale und Präparatenkästen angebracht waren. Die Vitrinen waren voll mit Glasbehältern in bizarren Formen – Retorten und Destillierkolben –, die das letzte Licht einfingen. Es gab Regale mit verschiedenen Gefäßen, Haken mit medizinischen Instrumenten, trübe und klare, farblose und bunte Flüssigkeiten, in denen seltsame Gebilde schwammen. Eine abgewetzte Lederschürze voller Brandflecken und Schnitte lag in einer Ecke – als habe jemand sie erst gestern in einem Anfall von Übermut oder Enttäuschung, vielleicht auch nur am Ende eines langen, arbeitsreichen Tages fortgeworfen.

»Der Alchimist!«, flüsterte Leonora. Vielleicht verbarg sich in diesem abgelegten Kleidungsstück das Rätsel ihrer Herkunft, vielleicht entdeckte sie, dass sie im Mittelpunkt der Geschehnisse stand. »Der Alchimist!«

Es war kalt und in der Luft hing ein schwerer, ätzender Jauchegeruch, der ihr die Tränen in die Augen trieb. Unter der Decke sammelte sich die Dunkelheit. Der Regen trommelte leise auf das Kupferdach der Kuppel. Im Raum selbst war es dagegen so still, dass sogar die Stille ein Echo zu erzeugen schien. Leonora ging umher, beschnupperte einen Gegenstand, probierte bei einem anderen mit der Pfote, ob er womöglich lebendig war, stellte sich auf die Hinterbeine, um einen dritten zu untersuchen – und sah in den glänzenden Retorten und Bechergläsern auf dem Tisch wie in einem Zerrspiegel ihr eigenes Gesicht. Papiere. Hunderte von aufgeschlagenen Büchern mit eingerollten, vergilbten Seiten. Eine ekelhafte Masse in einem Glaskrug – sie schaute schnell weg. Sie musste an das Reich des Lesenden Katers denken, an sein äußerlich so radikal beschränktes Leben, das ihm eine schier unbegrenzte innere Freiheit ermöglicht hatte. »Kein Wunder, dass er am Ende unterlag«, flüsterte sie.

Dann fiel ihr auf, dass auf den Büchern kein Staub lag.

Das Trommeln des Regens wurde zu einem Nebengeräusch. Die Stille war förmlich zu greifen, wie ein Gegenstand im gleichen Raum. Leonora schob sich rückwärts auf die Tür zu.

Jemand war vor ihr hier gewesen. Jetzt sah sie deutlich, welche Schränke seit Jahren geschlossen waren und welche man erst gestern geöffnet hatte. Sie sah, welche Bücher vor kaum einer Stunde ungeduldig zu Boden geworfen, welche Gläser aus Ungeschicklichkeit oder im Zorn umgestoßen worden waren. Sie sah, wo der Staub aufgewirbelt war, aber die frischen Schleifspuren auf dem Fliesenboden waren nicht so leicht zu deuten.

Sie hatte die Tür fast erreicht, als in der Mitte des Raumes ein schwaches Flimmern entstand. Weißliche Funken schwebten, von einem trüben Lichtwirbel erst angezogen, dann abgestoßen, dreißig Zentimeter über dem Boden. Das Licht atmete. Leonora konnte es hören. Die Funken kamen und gingen. Wenig später gab es eine leichte Erschütterung, ein Niesen; ein warmer Luftstrom wurde in den Raum geblasen. Die Funken stoben auf und erglühten. Leise Musik erklang. Ein Schnalzen war zu hören, ein verlegenes Räuspern. Leonora stand wie erstarrt. Im Gewebe der realen Welt tat sich ein Sprung auf, ein Riss, der immer weiter wuchs und schließlich auseinander klaffte wie ein Menschenmund. Dahinter wurde eine tiefe Finsternis sichtbar, die sich verdichtete und Gestalt annahm …

Ragnar Gustaffson und Liebt-Mülltonnen hatten eben die oberste Etage erreicht, als sie Leonoras wütenden Schrei hörten. Sie stürmten in den Raum unter der Kuppel. Braune Schatten, ziellose Bewegungen, ein unbestimmbarer Qualm oder Rauch empfingen sie. Ragnar Gustaffson blieb verwirrt stehen und starrte mit tränenden Augen in die chemischen Dämpfe. Er dachte, das Haus stünde in Flammen.

»Leonora!«, rief er.

»Ich sehe sie nicht!«, japste der Fuchs. »Ich sehe sie nicht!«

»Leonora!«, riefen sie im Chor. »Leonora!«

Der neue Majicou kam etwas später und betrat den Raum mit einer Gelassenheit, die von Abscheu nicht ganz frei war. Er kniff nur die Augen zusammen und schwieg.

Leonora hatte sich tief in den Spalt zwischen zwei Holzschränken zurückgezogen und stellte sich – in die Enge getrieben, verängstigt, aber vor allem wütend über diese Demütigung – gurgelnd und fauchend mit ausgefahrenen Krallen der Gefahr. Vor ihr marschierte, gereizt wie ein Tiger im Käfig, ein sonderbares Wesen auf und ab. Es war halb Mensch und halb Katze, und wo die beiden Hälften zusammentrafen, verschwammen sie und überlagerten sich – eben noch eins, im nächsten Moment wieder getrennt, nie ganz verbunden, wie Traumgestalten. Das Wesen war größer als ein Mensch, es war da und doch nicht da. Es war wie ein Rauchgebilde; dennoch erbebten unter seinen Schlägen die Schränke und brachen zusammen und eine einzige schwerfällige Bewegung der oberen Gliedmaßen – weder Arm noch Bein, weder Hand noch Pfote – genügte, um Vitrinen und Gläser von der Wand zu reißen. Es ächzte und stöhnte unentwegt, ein unnatürliches Knurren, schmerzerfüllt und zornig zugleich.

Der neue Majicou sah ihm einen Augenblick lang zu.

»Schweigt!«, befahl er Ragnar und dem Fuchs. »Das ist meine Sache.«

»Aber ...«, begann der Fuchs.

»Ihr greift erst ein, wenn ich euch darum bitte.«

Er trat in die Mitte des Raumes. Was dann geschah, war nicht ganz klar.

»Seht nicht her!«, befahl er.

Ein Knirschen war zu hören, wie es manchmal einem Donnerschlag vorausgeht, ein Blitz flammte auf, durchlief rasch die Farben des Spektrums und erlosch. Ein kalter, erfrischender Wind fuhr durch den Raum. Es roch nach Schnee. Ragnar und Liebt-Mülltonnen glaubten, ganz kurz eine zweite Riesengestalt zu sehen, einen weißen Eistiger mit grau gestreiftem Kopf und kalten grünen Augen, der die Zähne fletschte und so laut brüllte, dass die Luft erzitterte. Auch Leonoras Gegner sah ihn, drehte sich um und rannte geradewegs in die nächste Wand hinein. Ein kurzes Aufflackern, eine Welle und der Tiger war verschwunden. Der kalte Wind legte sich und in der Mitte des Raums stand, sichtlich erschöpft, nur noch der silbergraue Hauskater Tom. Seine Freunde betrachteten ihn mit Entsetzen. »Die Gefahr ist gebannt«, sagte er, ging zur Tür und setzte sich. Er wirkte zerstreut, der Kampf an sich schien ihn weniger zu bekümmern als die Schlussfolgerungen, die sich daraus ziehen ließen.

Ragnar Gustaffson betrachtete die Wand, in der die Erscheinung verschwunden war. »Das ist ein Trick«, sagte er. »Man muss ihn nur beherrschen.« Dann bemühte er sich, seine vorwitzige kleine Tochter hinter den Schränken hervorzulocken. Liebt-Mülltonnen trat währenddessen auf Tom zu und sah ihm fest in die Augen. Was er dort fand, konnte ihn nicht beruhigen.

»Nimm dich in Acht«, mahnte er.

»Ich tue nur, was ich kann.«

»Aber du darfst dich nicht übernehmen.«

»Was erwartest du von mir?«, fragte der neue Majicou ungeduldig.

Der Fuchs wich seinem Blick aus.

»Dein Mentor hat sich aufgerieben, weil er zu oft tat, was du eben getan hast«, warnte er. Er schien noch etwas hinzufügen zu wollen, doch dann zuckte er die Achseln und erklärte stattdessen mit trauriger Genugtuung: »Schon als wir hier ankamen, wusste ich, dass etwas nicht stimmte. Ich habe es gerochen.« Er sah sich empört um. »Hier oben decken die Chemikalien jede Witterung zu.«

»Ich möchte eigentlich nachdenken«, sagte Tom. »Könntest du mich in Ruhe lassen?«

Nach einer Weile, als seine Laune sich gebessert hatte, kam Leonora, um sich zu bedanken.

»Es tut mir Leid«, sagte sie.

»Dazu hast du auch allen Grund, Leonora. Das Ding hätte dich getötet.«

Leonora fröstelte.

»Was war es?«, fragte sie. »Der Alchimist?«

»Nein«, sagte Tom.

Doch sie sah, dass ihn die Frage nachdenklich stimmte.

»›Keine Katze will jemals gehen wie ein Mensch‹«, flüsterte er vor sich hin. »Das hat der Majicou immer gesagt. Keine Katze will jemals gehen wie ein Mensch. Es sei denn …«

»Was?«, fragte Leonora.

»Ich weiß nicht«, sagte Tom.

Er war aufgestanden und lief kreuz und quer durch den Raum, als könne er ihm allein mit der Kraft seines Willens die Geheimnisse entreißen. »Komm schon, Leonora!«, drängte er. Ragnar und der Fuchs, die in einer Ecke gesessen und leise miteinander gesprochen hatten, hoben die Köpfe und sahen ihm zu. Er begutachtete den Inhalt der aufgebrochenen Vitrinen und beäugte Glasscherben, als könnten sie ihm etwas verraten. Er schnupperte an den verschütteten Essenzen der Alchimistenküche und musste husten. Er nahm sich die Zeit, ins Dach hinaufzuschauen. Bei jedem Schritt stolperte er über unordentliche Bücherstapel. Die Bücher waren zerrissen; wie gebrochene weiße Schwingen leuchteten die Seiten durch die wachsende Dunkelheit. Diese Bücher gaben ihm zu denken. Er blieb stehen.

»Sieh dir das an, Leonora«, sagte er.

»Das verdanken wir meinem Stolz.«

Er lachte.

»Was wir eben erlebt haben, war nur der Pausenfüller«, erklärte er leise, »die Hauptvorstellung steht noch bevor. Ich habe es klar erkannt und doch …«

Er peitschte mit dem Schwanz.

»Welch ein Dummkopf bin ich doch!«, rief er.

»Ragnar! Liebt-Mülltonnen!«, rief er. »Erinnert euch an die Schlacht gegen den Alchimisten. Wir waren über ganz Tintagel Head verstreut. Er schwebte über uns wie der Tod. Alles schien verloren, doch dann kamen die Kätzchen zur Welt. Der Alchimist schaute auf sie nieder, stieß einen Schrei der Bestürzung aus und wurde unsicher. Das brachte die Wende. Aber wir haben uns nie gefragt, warum! Wir haben nie gefragt, was er gesehen oder erraten hatte oder warum er auf einmal die Nerven verlor. Sobald ich begriffen und verarbeitet hatte, was in diesem Moment geschehen war«, fuhr er fort, »wurde mir vieles klar! Im Wurf der Mau gab es keine

Goldene Katze – nur drei entzückende Kätzchen mit ganz verschiedenen Eigenschaften. Immer und immer wieder haben wir uns gefragt, welches von ihnen den Mantel tragen würde – Leonora die Tänzerin voller Lebendigkeit und Schläue; Isis die Sängerin, die zum Unsichtbaren spricht und die Welten miteinander verbindet; oder Odin der Jäger, der den Kreis schließt. Keines der drei hat sich bisher als das gezeigt, wonach der Alchimist strebte – keines ist das magische Wesen, an dessen Erschaffung er drei Jahrhunderte lang gearbeitet hatte …

Und doch ist die Goldene Katze seit Pertelots Niederkunft unter uns.

Ich gebe zu, dies ist ein Widerspruch; dennoch hätte ich die Lösung früher finden müssen. Die Verwirrung ist groß, doch das ist keine Entschuldigung. Aber« – ein grimmiger Blick in die Runde – »ich bin der Majicou; und ich glaube, noch ist Zeit, die Fehler wieder gutzumachen. Leonora, du bleibst dicht bei mir; ohne dich können sie nichts ausrichten. Beeilt euch! Wir müssen ins Ozeanarium zurück!«

Er rannte die Treppe hinunter und über den nassen Rasen. Seine Freunde folgten ihm, so schnell sie konnten, auf die magische Straße, die neben dem Bootshaus mündete.

TEIL DREI

Der bunte Teppich

17

DIE GEFILDE DER SELIGEN

So kam es, dass Sealink sehr viel später an diesem Tag so dreist und selbstbewusst wie früher auf einen gut besuchten Köderladen mitten in einem Fischerdorf zusteuerte, vor dem mehrere Männer an einem staubigen Lieferwagen lehnten, Bier tranken und zusahen, wie die Sonne unterging. Sie hörte der Unterhaltung aufmerksam zu und als sich die Gruppe auflöste und zwei Männer in den Wagen sprangen, um mit ihrem Fang an Meeresfrüchten zum Freitagsmarkt zu fahren, hatten sie zusätzliche Ladung an Bord: eine dreizehnpfündige Calicokatze, die von der großzügigen Gastfreundschaft eifrig Gebrauch machte, um bis zum Ziel der Fahrt auf vierzehn Pfund Lebendgewicht zu kommen.

Als ihr im Traum der Majicou erschien, der mystische Hüter der Geheimen Pfade, um wie ein alter Freund mit ihr zu sprechen, war sie erstaunt gewesen und hatte es doch ganz selbstverständlich hingenommen. Zunächst war er als alter schwarzer Kater aufgetreten, grau und struppig, mit nur einem strengen, aber vor Lebendigkeit sprühenden Auge. Dennoch hatte er sie sehr beeindruckt, spürte sie doch, dass er mit dieser Gestalt seinen unbeugsamen Willen, seine eiserne Entschlossenheit zum Ausdruck bringen wollte, dass sie eine – wenn auch wohl nicht gegen sie gerichtete – Machtdemonstration war.

»Ich möchte mich entschuldigen«, sagte der Majicou. »Das

Experiment mit der Mammy und ihren Knochen war kein voller Erfolg. Ich muss wohl noch etwas direkter werden. Hoffentlich bleibt mir genügend Zeit...

Komm mit mir, Sealink, hab Vertrauen...«

Der schwarze Kater verschwand und Sealink versank in den Tiefen einer sehr viel primitiveren Welt.

Sie saßen sich gegenüber: ein etwa eineinhalb Meter großer Leopard mit messerscharfen Schulterblättern und barbarisch glänzendem tiefschwarzem Fell, in dem schwach tabakbraune Rosetten an die Schatten auf einer Waldlichtung erinnerten, und eine prächtige Tigerin mit tellergroßen Pfoten und sichelförmigen Zähnen. Wenn ihre dicken Muskelpakete unter dem dreifarbigen Pelz spielten, durchlief ein Zucken die Streifen. Ein stechender Raubtiergeruch hing in der Luft. Die beiden sahen sich mit großen Augen unverwandt an.

Jetzt standen sie auf gleicher Stufe. Der Majicou öffnete sich der Tigerin. Ein Strom von Bildern zog an ihr vorüber, Kugeln an einem Abakus, von unsichtbarer Hand bewegt.

Zuerst war alles dunkel. Dann entstand in weiter Ferne eine verschwommene Bewegung, ein heftiges Wirbeln und Tanzen. Ein kalter Wind aus der Unterwelt fuhr ihr ins Fell und brachte ein tiefes Grollen mit, das in den Tiefen ihres Schädels widerhallte. Sie wartete gebannt, konnte den Blick nicht abwenden. Tief in den Knochen spürte sie den Sog des Wirbels, ein unangenehmes Gefühl, das zugleich süchtig machte.

Einen Augenblick lang gab sie ihren Widerstand auf, ließ zu, dass er sich an ihr voll saugte wie eine Zecke an einem Schaf. Dann riss sie sich empört los.

Sie hörte die Stimme der Mammy und dahinter das dröhnende Organ des Majicou: *»Die Geheimen Pfade gehen zugrunde...«*

Sie sah den Dachs, äußerlich unverletzt, aber ohne Leben. Sie sah den weißen Kater am Farmer's Market, spürte seine lose Haut zwischen den Zähnen, erinnerte sich an ihre eigene Erschöpfung auf den Straßen …

Etwas löste sich aus dem Wirbel und schwebte im Dunkel vor ihr – ein winziges, goldenes Dreieck. Sie riss die Augen auf. Das Symbol war ihr schon einmal begegnet. In einem früheren Traum. Ja, das war es. Sie sah den Knochenturm des Gürteltiers in der Sonne leuchten. Auch das. Aber noch früher, an einem bedeutsameren Ort …

Sealink war es nicht gewohnt, sich geistig anzustrengen, es sei denn, es ging um Futter. Vom Nachdenken bekam sie Kopfschmerzen. Und je stärker die Kopfschmerzen wurden, desto weniger ließ sich das Zeichen fassen.

Plötzlich erhob sich ein Brausen in der Dunkelheit, das goldene Dreieck zerfiel und seine Bestandteile hingen zitternd in der Luft. Eine der Linien schwebte auf Sealink zu, hing vor ihr und verschwand. An ihre Stelle trat ein goldenes Tierchen, das ängstlich nach oben schaute. Ein formloser, schwarzer Schatten hing darüber, bedrohlich wie ein beutegieriger Raubvogel.

Sealink klopfte das Herz bis zum Hals.

Es war ein Kätzchen …

Eine Woge von Mitleid und Liebe entströmte ihrer Seele und ergoss sich über das wehrlose Geschöpf. Das war nicht irgendein Kätzchen in Not, das war ein Kätzchen, das sie *kannte.* Irgendwie – sie konnte sich nicht vorstellen, wie oder warum – war eins von Pertelots geliebten Kindern in Gefahr. Sie spürte seine Gegenwart, es suchte nach ihr, seine Wut, sein Schmerz durchrasten sie wie ein Feuerstoß. Das Bild löste sich auf. Noch ein kurzer, fast unterschwelliger Blick auf die Silhouette einer Stadt, die sie gut kannte, dann wurde es dunkel.

Nach diesem Traum vergaß Sealink alle Angst. Sie nahm ihr Schicksal an.

»Majicou, hilf mir, das Kätzchen zu finden!«

Stille. Stille und Dunkelheit. Ein Luftzug.

Wieder saß sie der großen Bestie gegenüber. Wellen überliefen das ölig glänzende Fell mit den tabakbraunen Rosetten. Der Leopard öffnete das Maul und brüllte: »Wunder gibt es in jedem Leben, auch in diesem. Stell dich deiner Aufgabe und rette die Goldene Katze! Wünsch dir mit dem Wildesten, das in dir ist, das Unmöglichste, das diese Welt zu bieten hat, und du wirst es erhalten.« Er legte den Kopf schief. Sein Auge strahlte wie eine Lampe. »Geh jetzt, Sealink, ich …«

Er schrumpfte, sein Maul bewegte sich weiter, aber kein Laut drang heraus. Dann riss ihn der schreckliche Wirbel mit sich fort.

Die Tigerin hatte plötzlich eine Idee, eine Eingebung wie aus einem anderen Leben. »Die Gefilde der Seligen!«, rief sie der entschwindenden Gestalt nach. »Wo kann ich sie finden?«

Mit einer letzten verzweifelten Anstrengung entwand sich der Majicou der Kraft, die ihn nach unten zog, öffnete das Maul und schrie ihr etwas zu. Die ersten Worte gingen im Heulen des Windes unter und so hörte sie nur: »Sei du selbst. Gib nie die Hoffnung auf. Ich setze großes Vertrauen in dich, Sealink!«

Der Lieferwagen fuhr durch die Nacht. Sealink lag, bis obenhin mit Meeresfrüchten gesättigt, auf der Pritsche und döste. Unverändert hell strahlten die Sterne auf sie herab. Wie konnten unter einem so klaren, so heiteren Himmel so schreckliche Dinge geschehen? Doch in den Tiefen der Erde, allen Blicken entzogen, sah es womöglich ganz anders aus.

Sealink fröstelte.

Sie stand allein auf der Welt. Ihre Freunde und Verbündeten waren entweder tot oder Tausende von Kilometern entfernt und in ihren eigenen Schicksalsspiralen gefangen. Die Aufgabe, die sie übernommen hatte, war gewaltig und noch nicht in allen Teilen zu übersehen.

Sie war sich klar darüber, dass man ihre Lage als aussichtslos betrachten konnte. Aber die Botschaft des Majicou, deren Wortlaut sie wie eine kostbare Fracht aus ihrem Traum herübergerettet hatte, bestärkte sie in ihrer Entschlossenheit: *»Sei du selbst. Gib nie die Hoffnung auf. Ich setze großes Vertrauen in dich, Sealink!«*

Mit jener Entschlossenheit, die sie inzwischen als unverwechselbares Kennzeichen ihres unabhängigen Geistes schätzen gelernt hatte, schüttelte Sealink jeglichen Kleinmut ab. Im Geist sah sie ihn über die Seitenwand fliegen, ein Opfer an den Fahrtwind, und sich den Staubwolken zugesellen, die der Wagen hinter sich aufwirbelte. Die Calicokatze hielt das Gesicht in den Wind und lächelte. Das letzte Mondlicht spiegelte sich so hell in ihren Zähnen, dass sie rot erglühten, und ihr buntscheckiges Fell flatterte im Wind wie die Wimpel eines feindlichen Heeres.

Es war fast Morgen, als der Lieferwagen über den Highway 90 ratterte, den West Bank Expressway entlangfuhr und die Ausfahrt Crescent City nahm, um Sealink nach New Orleans zurückzubringen. Im Osten zeichneten sich die Türme des Central Business District schwarz vor dem heller werdenden Himmel ab.

Sobald sie die ersten Gebäude vorüberziehen sah, hob sich ihre Stimmung.

»Wer reist, den begleitet die Welt.« Das hatte sie einst der Königin der Katzen erklärt, auf einem anderen Kontinent, an Deck eines schwankenden Bootes, das sie von einer Stadt des Grauens forttrug. *»Das ist der Sinn des Reisens – du gewinnst Abstand zur Vergangenheit.«*

Und was tat sie? Sie lief geradewegs in die Arme ihrer Vergangenheit zurück.

Und fand das seltsamerweise ganz richtig so. Sealink war eine schonungslos ehrliche Katze, die jedes Problem sofort auf die Hörner nahm. Eine kräftige Ohrfeige war ihr allemal lieber als vorsichtiges Taktieren. Nun konnte sie es kaum erwarten, einer alten Freundin eine Dosis dieser Medizin zu verabreichen.

Ihr erstes Ziel war Kiki la Doucette.

Offene Rechnungen behandelte Sealink mit peinlicher Sorgfalt. Sie bekamen einen festen Platz in ihrem Gedächtnis und wurden erst bei passender Gelegenheit hervorgeholt und präsentiert. Wobei manche dieser Rechnungen eine besondere Bedeutung hatten.

Kiki genoss es also, sich mit einem Gefolge von Speichelleckern zu umgeben, die ihr so viel Futter brachten, dass sie völlig aus der Form geraten war. Das konnte Sealink verstehen. Verdammt, ja, das verstand sie nur zu gut.

Die alten Streitigkeiten, die Kämpfe auf der Uferpromenade, als die Delta-Königin zur Geschlechtsreife gelangt war, die Liebhaber, die sie verloren, die Kiki ihr gestohlen hatte – alles halb so wild.

Aber Kiki stahl auch *Kätzchen*.

Sie hatte den Friedhofskatzen die Kinder gestohlen.

Und sie hatte Sealinks Kätzchen gestohlen. Die Calicokatze zog sogar in Betracht, dass Kiki die Überlebenden schließlich gerettet hatte, verwarf diesen mildernden Umstand jedoch sofort wieder. Er wog nicht auf, dass sie tatenlos zugesehen hatte, wie zwei der Kleinen am kalten Flussufer ihr Leben aushauchten. Dass sie zwei weitere nach ihrem eigenen abscheulichen Bild erzogen hatte. Und dass sie wusste, wo das fünfte geblieben war.

Es galt also, Kiki zu finden und die Rechnung zu begleichen. Wenn jemand über den Verbleib von Kätzchen Bescheid wusste, dann war es Kiki la Doucette.

Als der Lieferwagen am oberen Ende der North Peters Street anhielt, sprang Sealink herunter, bevor die Türen geöffnet wurden, und trottete zielstrebig und entschlossen in die Dämmerung hinein. Sie hatte nur einen Gedanken: Sie musste la Mère erwischen, bevor sie richtig wach wurde, musste sie an der Kehle packen, bis sie um Gnade winselte, musste ihr die Wahrheit aus dem Leib prügeln. Sie spürte schon das fette Fleisch im Maul, den schwachen Puls an den Zähnen, während sie die Krallen bis zum Ansatz in den Körper ihrer Feindin schlug.

Doch als sie in den Hof hinter den Andenkenläden am French Market kam, war von Kiki und ihrem Gefolge nichts zu sehen. Die ganze Gegend war wie ausgestorben. Am *Café du Monde* hüpfte nicht einmal ein Spatz herum. Sealink überquerte die völlig leere Decatur Street und betrat durch das verschnörkelte schmiedeeiserne Tor den Park. Die von Vogeldreck verschmutzten Bänke, die stummen Statuen, die staubbedeckten Bäume, alles wirkte verwahrlost. Die Kathedrale wachte so grimmig über die Szene wie ein vergessener Posten über ein verlassenes Schlachtfeld. Sealink schlenderte über den Platz und schnupperte zwischen Myrten und Bananenpalmen herum. Alte Katzenspuren: schwache Witterungen, Urinmarkierungen. Nichts Neues. Sämtliche Katzen im French Quarter waren wie vom Erdboden verschwunden.

Sie suchte zwischen den Mülltonnen. Auch hier war lange keine Katze vorbeigekommen. Aber Menschen waren da gewesen. Sie sprang auf den Rand und angelte, während sie mühsam das Gleichgewicht hielt, nach den Resten eines Wurstsandwichs. Der scharfe Senf trieb ihr die Tränen in die Augen, aber das fette Zeug war nahrhaft und verlieh ihr neue Kräfte. Frohgemut trottete sie über den breiten Fußweg, wo untertags Karikaturisten und Pantomimen um Kunden warben, als ihr ein entsetzlicher Gestank in die Nase stieg.

Ein wahrer Pesthauch, zum Schneiden dick und so penetrant, dass er sogar den Nachgeschmack von Ketchup und Senf durchdrang. Sealink schoss das Wasser in die Augen, sie sah nur verschwommen, woher der Geruch kam. Jemand hatte einen rostzerfressenen, großen Grillrost in einem Winkel von fünfundvierzig Grad an das Geländer neben dem Parkeingang gelehnt und festgebunden. Darunter lag ein Häufchen schwarzer Asche, von dem noch immer dünne Rauchfäden aufstiegen. Davon tränten ihr die Augen. Doch nicht die Asche erschreckte Sealink zu Tode, sondern ihre Herkunft: Denn an dem Rost hing, das Rückgrat durchgebogen, um dem Feuer möglichst zu entkommen, brüchig und verkohlt wie verwittertes, altes Schmiedeeisen, ein Skelett. Die traurigen Überreste des Gesichts waren in einer stummen Fratze der Qual erstarrt. Perlenweiß leuchteten die Zähne, Waffen, die gegen das gegnerische Arsenal nicht die geringste Chance gehabt hatten.

Sealink spürte, wie ihr die Beine nachgaben. Zitternd setzte sie sich auf den kalten, harten Stein. Der Schock saß ihr in allen Gliedern.

Jemand hatte eine Katze verbrannt. Vorsätzlich und in aller Öffentlichkeit.

Irgendwie kam sie wieder hoch und gab Fersengeld. Wie gehetzt rannte sie durch die morgendlichen Straßen, bis ihr die vierspurige North Rampart Street den Weg versperrte. Jenseits davon sah sie die baufälligen Mauern des alten Friedhofs, überragt von reglosen weißen Engeln und einer Frau mit einem Kreuz, die grüßend oder warnend die Hände erhob. Der Morgenverkehr ratterte vorbei und verpestete die Luft. Sealink atmete tief ein. Selbst Dieselöl war besser als der Gestank, der sie verfolgte. Sie setzte sich an den Straßenrand und ließ die Auspuffgase in ihr Fell einziehen.

Lange saß sie da. Sie war wie benommen.

Sie kam erst wieder zu sich, als mit quietschenden Bremsen ein Wagen neben ihr hielt und eine helle Stimme rief: »Schau nur! Die ist ja riesig – die bringt mindestens zehn Dollar!«

Türen wurden aufgerissen und wieder zugeschlagen, Menschen redeten wild durcheinander und Sealink rannte um ihr Leben. Ein großer Truck kam ihr mit plärrender

Hupe entgegen und verfehlte sie um Haaresbreite. Ein Kombiwagen schwenkte aus. Auf der Gegenfahrbahn stieg ein Lastwagenfahrer so heftig auf die Bremsen, dass die Reifen kreischend über den Asphalt schlitterten. Der letzte Wagen kam geradewegs auf sie zu. Sie sah noch zwei Hände, die mit weißen Knöcheln das Steuerrad umklammerten, ein verzerrtes Gesicht dicht an der Scheibe, einen wütend oder triumphierend aufgerissenen Mund, dann wurde es dunkel. Heißes Metall streifte ihren Rücken. Ein heftiger Schmerz, ihr Fell brannte. Erstickende Dämpfe hüllten sie ein. Gerade als ihr die schreckliche Ironie eines so sinnlosen Todes zu Bewusstsein kam, wurde es wieder hell und sie konnte atmen. Der Wagen musste einfach über sie hinweggefahren sein. Sie konnte ihr Glück kaum fassen, sah sich wild um, hastete auf den Gehsteig zu und flüchtete durch das Tor des St.-Louis-Friedhofs.

Drinnen war alles still.

Sie setzte sich hinter eine Gruft und begutachtete den Schaden. Alles in allem war sie noch glimpflich davongekommen. Auf dem Rücken war das Fell schwarz und klebrig und die Haare waren miteinander verschmolzen. Es schmeckte abscheulich, als sie daran leckte. Am meisten gelitten hatte jedoch ihr Schwanz, ihr bestes Stück, auf den sie immer sehr stolz gewesen war. Er hatte ihr nicht nur unzählige Komplimente und bewundernde Blicke eingetragen, sondern war sozusagen auch ihr Stimmungsbarometer: Trug sie ihn hoch erhoben und die Spitze eingerollt, dann ging es ihr gut; hing er – sehr viel seltener – schlaff und dünn herab, dann war sie niedergeschlagen; und wenn er sich aufplusterte und Funken sprühte, nahm jede vernünftige Katze Reißaus. Jetzt fehlte am Ende der prächtigen Rute ein Streifen Haut und Fell, so dass die Spitze auf einer Seite blutig und auf der anderen fransig war.

Sealink entfuhr ein leiser Klagelaut.

»Was'n los, Schwester?«

Sie blickte erschrocken auf. Es war das Schwein, der gestreifte Kastrat.

»Verdammt, Schätzchen, kümmer dich nicht drum: Ich hab nicht mehr verloren als meinen Schwanz. Man darf nicht unbescheiden sein.«

Das Schwein sprang vom Dach der Gruft, landete vor ihr und sah sich die Wunde bedächtig an. »Das war wirklich knapp, meine Beste. Aber du bist noch mal davongekommen. Im Gegensatz zu uns.«

»Schwein, wo sind sie denn alle?«

»Die meisten sin weg. Dass wir Téo verloren haben, weißte ja.«

Sealink nickte stumm.

»Es heißt, die Kammerjäger hättense geholt.« Ein misstrauischer Blick traf die Calicokatze, aber die schwieg beharrlich. »Den alten Tulane ham ein paar Kinder eingefangen und in 'nen Sack gesteckt«, fuhr er fort. »Wir ham ihn nie wiedergesehen. Azelle is auch weggeblieben, sie wollt nach ihren Kleinen suchen.« Erinnerungen trübten seinen Blick. »Die anderen ham sich einfach hingelegt und sin gestorben ... die Krankheit, du weißt schon. Im Grunde war'nse froh, als es zu Ende war. Kikis Bande hat uns zwei von den letzten Kätzchen gestohlen – sin im Dunkeln durch das Tor gekommen und ham'se weggeschleppt. Wir war'n zu krank, zu müde, zu langsam, um sie aufzuhalten – sie ham uns bloß ausgelacht.« Er seufzte.

»Ein paar Katzen sind seitdem neu dazugekommen. Ihre Besitzer ham festgestellt, dass sie eigentlich keine Katzen mögen, und hamse rausgeworfen. Jetzt verhungern wir alle gemeinsam ...

Er brach ab, denn die Calicokatze hörte ihm nicht mehr zu. Sie starrte mit großen Augen über seinen Kopf hinweg. Ihre Schnurrhaare zitterten. Dann verzogen sich die korallenroten Lippen zu einem glückseligen Lächeln.

»Du meine Güte – seid ihr etwa ins Unglück geraten,

meine Engelchen? Vielleicht gibt es doch noch so was wie Gerechtigkeit auf der Welt.«

Zwei große Tigerkatzen hockten auf der Gruft über dem Schwein unter den schützenden Händen eines betenden Gipskindes. Ihr Fell war nicht mehr ganz so dicht und sie schauten nicht mehr ganz so selbstbewusst, nicht mehr ganz so überheblich in die Welt wie damals im staubigen Lagerraum der Buchhandlung zum Goldenen Skarabäus.

Kikis Helferinnen.

Venus und Sappho.

Sealinks Töchter.

In diesem Moment bekam sie die Erinnerung zu fassen, nach der sie die ganze Zeit gesucht hatte.

Die ehemaligen Buchhandlungskatzen hatten in letzter Zeit eine Reihe von Schlägen einstecken müssen; aber die Eröffnung, wem sie zur einen Hälfte tatsächlich ihr Leben verdankten, machte sie sprachlos. Sealink beobachtete mit grimmiger Genugtuung, wie sie die Mitteilung verdauten.

»Nun ja, man kann nicht behaupten, dass Kiki uns besonders mütterlich behandelt hätte«, sagte Sappho nach einer Weile. »Als man uns auf die Straße setzte, war sie schon auf und davon. Ohne eine Adresse zu hinterlassen.«

»Fett, wie se is, kannse nicht weit gekommen sein«, meinte das Schwein. »Aber seit ungefähr einem Tag hat se keiner mehr gesehen.«

»Seit der Verbrennung.« Venus ließ den Kopf hängen.

Sofort ging Sealink auf sie los. »Was weißt du darüber?«

»Ich habe nur gehört, dass sich die Katze, die verbrannt wurde, mit ihr angelegt hatte.«

Die Calicokatze schüttelte langsam den Kopf. »Das begreife ich nicht. Hat denn die ganze Welt den Verstand verloren? Kiki hat doch wohl kaum den Rost aufgestellt und das arme Ding dran festgebunden und sie hat bestimmt auch das Streichholz nicht angezündet.«

»Aber sie war dabei, sie war auf dem Platz. Isch 'abe sie gesehen, *ma chère.*«

Eine neue Stimme. Sie gehörte einer Siamkatze mit eingedrücktem Gesicht. Sealink erinnerte sich dunkel, sie schon bei ihrem letzten Besuch im alten Friedhof bemerkt zu haben.

»He, Celeste. Wo biste denn bloß gewesen?«, fragte das Schwein. »Wir ham uns schon Sorgen gemacht, ham gedacht, du kommst nicht wieder.«

Die Siamkatze grinste breit und zeigte drei gelbe Zähne und eine raue Zunge. »Um misch brauchst du dir keine Sorgen zu machen, *bébé.* Isch bin viel zu dürr und zu gerissen für diese Menschen. Und isch würde disch doch nie verlassen, *mon cher.*« Sie rieb ihre trockene alte Wange an seinem Kopf, bis er schnurrte. Sealink beobachtete die beiden überrascht. Das Schwein mochte seine Eier verloren haben, aber ein Händchen für Frauen hatte er noch immer.

»*Oui*, isch 'abe Kiki gesehen, ganz bestimmt. Die Menge 'atte sich schon verlaufen und es wurde allmählich dunkel. Sie saß da, 'at sisch das arme, tote Ding angesehen und gelächelt. Und plötzlisch fegt wie aus dem Nichts eine Bö da'er, ein kleiner Wirbelwind, versteht ihr? Und 'eraus kommen *des mouches*, große blaue Fliegen, wie man sie an den Müll'alden findet, und sie schwirren und summen, was das Zeug 'ält. Mir brummt der Kopf. Der Wind wirbelt Staub, Abfälle und die Asche von *le mort* auf, alles dreht sisch im Kreis, das Summen wird immer lauter; und Kiki sitzt einfach da und lächelt mit ihren großen gelben Zähnen, *comme ça* ...« Celeste imitierte gekonnt ein grässlich zufriedenes Katzengrinsen. »... ihr Fell ist ganz zerzaust, ihre Augen werden glasig, als ob jemand sie streischelt; und dann redet sie mit dem Wind. Mir läuft's eiskalt den Rücken runter.« Sie erschauerte dramatisch. »Stimmt etwas nischt in der Welt, wenn eine Katze mit dem Wind redet. *C'est crack.*« Sie senkte die Stimme. »Aber wenn der Wind auch noch antwortet ...«

Die Friedhofskatzen starrten sie an. »Der Wind hat gesprochen?«

Das Fell der Siamkatze zuckte, als durchlebe sie das Grauen noch einmal.

Die Zuhörer sahen sie erwartungsvoll an.

»Isch 'abe ihn seufzen 'ören ...« Sie hielt inne.

»Und?«, rief Venus ungeduldig. »Was dann?«

Celeste kratzte sich am Ohr. »Isch weiß nischt, ob isch euch das noch erzählen soll. Ihr werdet misch für verrückt 'alten.«

»Bestimmt nicht, das verspreche ich dir«, sagte das Schwein freundlich und sah der Siamkatze fest in die Bernsteinaugen, bis sie weitersprach.

»*Eh bien* ... Mein Ge'ör ist die Fä'igkeit, die noch am wenigsten durch das Alter gelitten 'at, glaubt also ja nischt, dass isch taub oder blöd geworden bin, 'ört ihr? Bei allem, was mir 'eilig ist, isch 'abe den Wind seufzen 'ören, und dann 'aben alle Fliegen mit einer Männerstimme gesprochen.«

Sealink runzelte die Stirn. »Schätzchen, sag das noch einmal.«

»Isch weiß, dass Fliegen gewöhnlich nischt sprechen ...«

Sealink kniff die Augen zusammen.

»... aber isch weiß, was isch ge'ört 'abe. Der Wind 'at geseufzt und gesummt und dann 'at er mit einer Männerstimme gesprochen. Und er 'at gesagt: *›Komm her, meine Liebe. Deine Seele brauche ich auch.‹* Dann 'öre isch eine zweite Stimme, tief und dunkel, die will die erste übertönen. Es ist eine Katzenstimme und isch passe sehr genau auf. Sie sagt immer wieder: *Rette die Kätzchen! Um aller Katzen willen, rette die Kätzchen* ... Und endlisch 'öre isch aus dem Wind ein lautes Dröhnen. Und da, ja, *mes chers,* da bin ich abge'auen, so schnell misch meine alten Beine tragen wollten. Trotzdem, isch schwöre, 'aben mich das Fliegensummen und das Gelächter von Madame Kiki die ganze Zeit verfolgt. Das ist 'exerei, *mes chers*, 'exerei, die alles zerstört.«

Später begaben sich die Friedhofskatzen in eine der großen Grüfte und steckten die Köpfe zusammen. Zu fressen gab es nichts mehr. Sealink hatte die Mülltonnen in den umliegenden Wohnsiedlungen durchsucht und war mit leeren Pfoten zurückgekommen. Tatsächlich hatte sie einen Plastikbeutel mit Resten eines gut gewürzten Hühnchens gefunden und sie verschlungen, ohne einen Augenblick zu überlegen. Danach hatte sie sich für ihre Gier so geschämt, dass sie zitterte. Aber die Scham hatte nicht viel länger vorgehalten als der Geschmack des Huhns.

Um ihr Gewissen zu beruhigen, zog sie noch einmal los und stellte fest, dass das Glück sie doch nicht ganz verlassen hatte. Als sie ein paar Kinder traf, die auf dem Rückweg vom Straßenverkauf eines Chinarestaurants ein Wettrennen veranstalteten, fiel ihr der Jagdschrei aus dem Autofenster wieder ein und sie sprang ihnen vor die Fahrräder. Mit durchschlagendem Erfolg. Die Kinder jagten schreiend und aus Leibeskräften strampelnd hinter ihr her, aber die Calicokatze hatte in den mageren Wochen etwas abgespeckt und war körperlich in so guter Verfassung, dass sie nicht einzuholen war. Sie sprang auf die Mauer und wieder hinunter, kehrte dahin zurück, wo die Kinder den duftenden Karton hatten fallen lassen, nahm ihn in ihr großes Maul und eilte zum Friedhof zurück.

Die Nudeln waren klebrig und es ließ sich nicht vermeiden, dass die Katzen in der Eile beim Fressen mehrfach mit den Köpfen zusammenstießen, aber alle waren sich einig, dass sie noch nie so köstlich gespeist hatten.

Als sie sich hinterher gegenseitig putzten und Sealink von all den Mahlzeiten erzählte, die sie sich auf ihren Reisen zusammengestohlen hatte, bekamen ihre Töchter vor Bewunderung ganz große Augen. Sie schwelgte in Erinnerungen an Austern in Detroit, Lasagne in Los Angeles und Alligatorwurst in New Orleans. Sie hatte Rindfleisch-Enchiladas in Guadalajara gefressen, Krabbensuppe mit Lilienknospen in Phuket, Schweinefleisch-und-Kürbis-Curry in Rangun, Galbi-Jim-Schweinerippchen in Südkorea und Cullen-Skink-Fisch in South Shields.

»Gutes Futter«, schloss sie wie mit einem alten Mantra, »macht stolz auf den eigenen Körper.«

Sie sah sich um. Auch die Katzen, die ihren Blick erwiderten, hatten sich ihren Stolz bewahrt, obwohl ihnen das Fell lose von den Rippen hing. Einigen lief das Wasser im Maul zusammen. Es waren die letzten freien Katzen des French Quarter und sie brauchten ihre Hilfe.

»Was sich in letzter Zeit hier abspielt, ist schlimm«, sagte sie plötzlich. Ihre Stimme hallte in der Gruft wider. »Und es wird immer schlimmer. Wenn wir nichts dagegen unternehmen, bleibt bald nichts Gutes mehr übrig. Ich bin aus einem anderen Land, einem alten Land jenseits des Meeres, hierher zurückgekommen. Während ich dort war, sind unheimliche Dinge geschehen …«

Und sie erzählte vom Alchimisten: wie er die Königin der Katzen verfolgt, die Geheimen Pfade vergewaltigt und Katzen unter seinen Befehl gezwungen hatte; und wie er beschlossen hatte, die Kätzchen der Königin zu stehlen, weil er in einem von ihnen die berühmte Goldene Katze vermutete.

»Eins von den drei Kätzchen ist jetzt hier, in New Orleans. Und ich befürchte, dass ich mitgeholfen habe, genau dieses Kätzchen seinem Schicksal auszuliefern.« Sie sah ihre beiden Töchter fest an. »Ihr erinnert euch vielleicht an ein gewisses Päckchen …?«

Ein zischendes Atemholen. Venus starrte ihre Mutter entgeistert an.

»Kikis *cadeau.*« Mehr eine Feststellung als eine Frage.

»Kikis *cadeau.* Das Päckchen, das ihr beiden mir übergeben habt. Ich habe es durch die Straßen des Quarter geschleppt. Red hat mich noch bedrängt, es zu öffnen, und ich war so dumm, so vernagelt, dass ich mich weigerte. Sogar gebissen habe ich ihn noch, so eilig hatte ich es, zu Madame Kiki zu kommen und es ihr unversehrt zu übergeben. Es hat sich bewegt, als ich es ihr zu Füßen legte. Ich hab's mit eigenen Augen gesehen! Und was habe ich getan?« Sie lachte bitter. »Ich bin weggelaufen. Das wird bei mir allmählich zur Gewohnheit.«

»Wir wussten nicht, dass es ein Kätzchen war.« Auch Sappho, die hochnäsigere von beiden, war entsetzt. Sie sah ihre Schwester an. »Ein *Kätzchen* hätten wir ihr niemals gegeben. Ganz bestimmt kein *goldenes* Kätzchen ...«

»Ein goldenes Kätzchen ist der Großen Katze geweiht ...«

»Große Macht wohnt ihm inne ...«

»Schluss mit der Metaphysik!«, sagte Sealink energisch. »Ich weiß nur, dass ich einen Auftrag übernommen habe und dass ich bei Kiki la Doucette anfangen muss. Ich habe in den Bayous ihre Mutter kennen gelernt ...«

»Eponine Lafeet!« Celeste zuckte heftig mit dem Schwanz.

Das Schwein war überrascht.

»Kiki ist die *Tochter* der Mammy?«

»Das kannst du nischt wissen, *mon cher*, du bist einfach zu jung«, tröstete die Siamkatze.

»Schätzchen« – auch Sealink wandte sich an den gestreiften, großen Kater –, zerbrich dir darüber nicht den Kopf.« Sie hob die Stimme. Ja. Die Mammy. Sie hat neben einem Haufen Unsinn, von dem ich kein Wort verstand, von einer Feuersonne in den Gefilden der Seligen gesprochen. Nun weiß ich zwar nicht, was zum Teufel sie damit gemeint haben könnte, aber ich denke mir, wenn Kiki schon nicht dort ist, wo sie sich gewöhnlich herumtreibt, dann könnte man sie vielleicht in diesen Gefilden suchen.«

Sappho lachte. »Im Paradies? Kiki la Doucette im Garten Eden?«

Sealink sah sie fragend an. »Ist das nicht eine Bar an der Bourbon ...«

Venus kicherte.

»Was ist so komisch?«, fauchte die Calicokatze.

Sappho zog blasiert die Nase kraus. »Der Ausdruck ist eine Übersetzung für ›Elysium‹, den Ort, an dem sich die Seelen der Verstorbenen aufhalten. Er stammt aus der griechischen Dichtung, ich denke, von Homer.«

Sealink war sprachlos. Ob man sie veräppeln wollte? Wie kam sie zu zwei Töchtern, die sich in der griechischen Dichtung auskannten? Sie selbst hätte allenfalls von einer schwülen Nacht am Strand von Kos erzählen können …

»Elysium. Elysian Fields. Das hab ich schon einmal gehört.« Sie runzelte die Stirn. Dann leuchteten ihre Augen auf. »Shine. Shine das Maultier. Bringt man dort nicht die Maultiere hin, wenn sie sich zur Ruhe setzen?«

Sappho kräuselte die Oberlippe. »Das kann ich dir nicht sagen. Ich habe noch nie mit einem *Maultier* gesprochen.«

Auf der Decatur Street war nicht viel los in dieser Nacht. Fünf Katzen in verschiedenen Farben kauerten unter den Rädern eines verbeulten blauen Plymouth und beobachteten die Straße. Vor ihnen in Richtung Jackson Street waren die Maultierfuhrwerke aufgereiht und warteten auf Touristen.

»Bleibt hier!«, zischte Sealink. »Ich suche Shine.«

Das war leichter gesagt als getan. Sie huschte lautlos zwischen den parkenden Autos hindurch und schlüpfte geschickt an langsamen Füßen, bunten Kutschen und Speichenrädern vorbei. Die beiden ersten Maultiere, die sie fragte, beschnupperten sie misstrauisch und bliesen dann geräuschvoll die Luft durch die Nüstern. Sealink rannte weiter. Das dritte Maultier trippelte erschrocken zur Seite. Das vierte keilte nach ihr aus. Sie ging die ganze Reihe ab, aber Shine war nicht darunter. An der Spitze der Schlange angelangt, blieb sie stehen und sah sich um. Hier gab es keine Deckung mehr. Mit Herzklopfen kauerte sie sich unter das Fuhrwerk.

Ein Kopf senkte sich, schaute neugierig zwischen den Beinen hindurch, fand nicht den richtigen Blickwinkel und drehte sich zur Seite.

»Wer bist du, Katze? Was willst du?«

Sealink schob sich näher heran, ohne die Menschenfüße auf dem Gehsteig aus den Augen zu lassen.

»Ich suche nach einem Maultier namens Shine.«

Das Maultier schnaubte.

»Was willst du denn von *dem* alten Knochengerippe?«

Die Calicokatze ließ sich nicht beirren. »Weißt du, wo ich sie finden kann?«

»Klar doch, wenn du mit 'nem Fuhrwerk fahren willst, das garantiert umwirft. Wenn du Glück hast, kriegst du noch einen Tritt in den Magen als Dreingabe. Was fällt dir überhaupt ein, als Katze so rotzfrech auf den Straßen dieser Stadt herumzuspazieren?«

Sealink war im Moment gar nicht nach Frechheit zumute.

»Weißt du nicht, dass man auf euch ein Kopfgeld ausgesetzt hat?«, fuhr das Maultier unbarmherzig fort. »Wenn Shine dich nicht fertig macht, dann tun's die Kammerjäger.« Es lachte wiehernd. »Die Menschen können euch Katzen zur Zeit nicht ausstehen. Gestern haben sie in der Nähe der Cabildo eine verbrannt. Mannomann, war das ein Gestank!«

»Hör zu. Ich riskiere hier Kopf und Kragen. Weißt du nun, wo Shine ist, oder weißt du es nicht?«

Keine Antwort.

»Und was ist mit den Elysian Fields?«

Das Maultier schob den Kopf noch weiter nach hinten und sah sie scharf an.

»Mit *dir* rede ich über solche Dinge bestimmt nicht. Du bist eine *Katze.*« Als hätte Sealink das nicht selbst gewusst. »Aber wenn du Shine suchst, kannst du ja die Decatur zurückgehen. Hinter dem Markt gibt es ein Café mit kreolischer Küche. Den Namen hab ich vergessen, aber es ist nicht schwer zu finden. Das Fenster ist immer beschlagen. Da geht Joey hin, wenn er keine Kundschaft hat. Das Fuhrwerk stellt er vor der Tür ab. Die alte Shine bringt uns alle in Verruf, deshalb darf sie hier nicht mehr in der Schlange stehen. Der alte Joey will sie bald außer Dienst stellen, wie man hört. Wird auch höchste Zeit, wenn du mich fragst.«

Die letzte Bemerkung hörte Sealink schon nicht mehr; sie rannte bereits zu ihren Begleitern zurück.

Die saßen noch immer im Schatten des parkenden Autos und schauten ihr mit großen Augen entgegen.

»Hast du sie gefunden?«, fragte das Schwein.

»Kommt mit.«

Der nördliche Bereich der Decatur Street zwischen der Margaritaville und der Kreuzung mit der Barracks war ziemlich heruntergekommen und um diese Zeit wenig belebt. Sealink war das ganz recht so, denn wo es dunkel war, hielten sich meist wenig Menschen auf. Tatsächlich erwartete sie am Straßenrand ein vertrautes Bild: ein schwarz-rotes Fuhrwerk und ein Maultier mit einem alten Filzhut, aus dem die Ohren hervorschauten.

Shine stand vor *Enricos Café* und hörte zu, wie sich die Männer ihre abgedroschenen Witze erzählten. Ihr Atem dampfte. Die Nacht war keineswegs so kalt gewesen, aber Shine hatte gelernt, ihren Atem so zu erhitzen, dass er ihr als weißer Dampf aus dem Maul quoll. Am besten klappte es, wenn sie die Lippen geschlossen hielt und die Luft ganz langsam aus den Lungen heraufholte. Sie blies noch einen schönen Dampfstrahl, dann wurde ihr dieses Spiel langweilig und sie scharrte mit den Hufen auf dem Boden und kratzte Muster in die Erde. Die Messingbeschläge ihres Zaumzeugs blinkten in der grellen Neonbeleuchtung.

Als die fünf Katzen zu ihr traten, schaute sie überrascht auf.

»Kennst du mich noch?« Sealink stieß mit dem Kopf gegen die Nase des Maultiers.

Shine schnupperte, ihre Samtschnauze zuckte erfreut. »Klar doch. Du bist mal nett zu mir gewesen.«

»Ich bin hier, weil ich eine Frage an dich habe«, erklärte Sealink ohne weitere Vorreden. »Ein Freund hat mir erzählt, du wolltest irgendwann zu den Elysian Fields...«

Die langen Rosalippen verzogen sich zu einem Lächeln. »Die Gefilde der Seligen. Ach ja. Doch. Da gibt's grünes Gras, langes grünes Gras, und die Bäume duften und werfen kühle Schatten.« Sie blinzelte. Unter den langen Wimpern waren ihre Augen schwarz wie die Nacht. »Die Elysian Fields.«

»Weißt du, wo die liegen?«

Das Maultier sah sie von der Seite an. »Schätzchen, glaubst du, dann stünde ich noch vor *Enricos Café* und ließe mein Leben in die Nacht verrinnen?«

Dem war nichts mehr zu entgegnen. Shine hatte die Enttäuschung der Calicokatze wohl bemerkt, denn sie sagte nach kurzem Zögern: »›Nun lass dich bloß nicht unterkriegen.‹ Hast du mir das nicht mal geraten? So schlimm kann das Leben doch gar nicht sein, Schätzchen, oder?«

»Ich stecke in einer Sackgasse«, sagte Sealink leise und sah sich nach den vier Katzen um, die das Gespräch beobachteten. »Ich dachte, ich hätte ein Rätsel gelöst, aber ich bin keinen Schritt weiter gekommen. Das hat man davon, wenn man sich auf seine Ahnungen verlässt.«

Das Maultier senkte verschwörerisch den Kopf. »Habt ihr Lust auf eine Spritztour?«

»Was?«

»Wir machen eine kleine Spritztour – du und deine Freunde. Ich bin nicht angebunden.«

Sealink zögerte, dann grinste sie. »Verdammt, warum nicht? Was haben wir schon zu verlieren?«

Wenige Minuten später fuhr ein kleiner schwarzer Einspänner mit Fransenbaldachin und leuchtend rot bemalten Rädern in flottem Tempo mit fünf Katzen die Esplanade

Avenue hinunter auf den See zu. Die Calicokatze saß, die Pfoten ängstlich in das Lederzeug gekrallt, auf Shines Rücken und schilderte ihr die Lage. Sie sprach von Kiki la Doucette, die ihre Artgenossen verraten hatte, von den Menschen, die Katzen fangen und töten ließen, von der Katze, die auf dem Jackson Square verbrannt worden war, und von einem ganz besonderen Kätzchen, das – beileibe nicht als einziges – in großer Gefahr schwebte.

Shine hörte mit philosophischer Gelassenheit zu. »Im Grunde sind die Menschen wilde Tiere«, stellte sie fest. »Gewöhnlich lernen wir sie nur in gezähmter Form kennen, in einem Zustand, den man Zivilisation nennt, und deshalb« – sie drehte den Kopf und trat mit der Katze auf ihren Rücken in Blickkontakt – »finden wir es so erschreckend, wenn gelegentlich ihre wahre Natur zum Ausbruch kommt.«

Nach längerer Fahrt überquerten sie eine Querstraße mit Holzhäusern, von deren blauen Fensterläden die Farbe abblätterte. Am Straßenrand saß ein gelber Hund ohne Halsband und ließ vergnügt die Zunge aus dem Maul hängen. Als sie näher kamen, hob er den Kopf und traute seinen Augen nicht. Sein Unterkiefer fiel kraftlos herunter.

»Hallo, Schätzchen!«, rief Sealink munter.

Der Hund sah sie an. »Grundgütiger«, murmelte er. »Täusche ich mich, oder fährt da ein Maultierfuhrwerk voller Katzen die Esplanade herunter?«

»Du täuschst dich nicht, Söhnchen.« Sealink amüsierte sich königlich.

Der Hund trabte mit klappernden Krallen neben dem Fuhrwerk her. »Darf ich mir die Freiheit nehmen«, fragte er, mühsam mit Shine Schritt haltend, »mich nach dem Anlass für diesen Ausflug zu erkundigen?«

Das Lachen der Calicokatze klang bitter. »Ist ’ne schöne Nacht, Schätzchen.«

Der Hund legte den Kopf schief. Sein großes schwarzes Auge glänzte im Mondlicht. »Ich hab was anderes gehört.«

»Was willst du damit sagen, Schätzchen?«

Der Hund wurde unsicher. Eine Pause trat ein. Sealink bemerkte, dass er schon ziemlich alt war – sein Fell war ungepflegt und seine Krallen waren stumpf, als sei er weit gelaufen.

»Du bist nicht aus dieser Gegend?«, fragte sie leise.

»Nein. Ich ziehe gerne durch die Welt. Manchmal nimmt mich ein Lastwagen mit, dann wieder ein Bus. So bin ich quer durch das Land gefahren, von Osten nach Westen und wieder zurück. Ich war in New York und in New Mexico, in Old Forge und Ocean City ...«

Sealink musste grinsen. »Ach ja, reisen heißt leben, Süßer. Du und ich, wir sind verwandte Seelen.«

»Aber in New Orleans war ich noch nie«, fuhr er fort, ohne darauf einzugehen. »Und so schnell komme ich nicht wieder her.«

Sealink sah ihn scharf an.

»Ich will nur sagen – oder vielmehr, ich habe *gehört*« – er wich ihrem Blick nicht aus – »dass diese Nacht nicht für alle schön ist. Jedenfalls nicht für alle Katzen.«

»Weiter.«

»Angeblich ist da was im Busch – 'ne Versammlung in den Elysian Fields, die etwas mit Katzen zu tun hat. Hörte sich nicht besonders gut an.«

Die Calicokatze durchfuhr es wie ein Schlag. Ihre wunde Schwanzspitze zuckte.

»Die Elysian Fields. Weißt du, wo das ist?«

Der Hund setzte zu einer Antwort an, doch bevor er das Maul noch richtig geöffnet hatte, bog ein Wagen um die Ecke und setzte seine Hupe ein wie eine Waffe.

Shine schlug aus und erwischte mit einem Huf die hintere Stoßstange des vorbeirasenden Fahrzeugs. Dann rannte sie los. Shine war in ihrem Leben noch nie gerannt, wenn sie eingespannt war, selbst zu einem Trab hatte Joey sie immer nur mit Mühe überreden können, doch jetzt bog sie so stürmisch um die Ecke, dass der Einspänner sich zur Seite neigte und nur noch auf zwei Rädern fuhr. Sealink wurde vom Maultierrücken geschleudert, segelte mit zappelnden Beinen auf höchst sehenswerte Weise durch die Luft, über einen morschen Lattenzaun, durch eine verwilderte Ligusterhecke und landete hart zwischen Tontöpfen und Geranien.

Sie richtete sich auf und sah sich um. Schock und Empörung waren so groß, dass sie zunächst keine Schmerzen spürte. So zu tun, als sei sie absichtlich durch die Hecke gebrochen, wäre nicht einfach. Ob jemand den blamablen Sturz beobachtet hatte? Der gelbe Hund stand noch immer an der Kreuzung und drehte seine spitze Schnauze in ihre Richtung. Sealink wich seinem Blick aus und putzte sich gründlich. Dabei bemerkte sie, dass ihr der Kopf wehtat und ein Auge schon fast zugeschwollen war.

»Scheißtag«, murmelte sie.

Sie gab sich mit einer flüchtigen Wäsche zufrieden und schüttelte nacheinander ihre Beine aus. Ein wahrer Regen von Ligusterzweigen, Erde und Blütenblättern fiel aus dem langen Maine-Coon-Fell. Alle Glieder waren noch heil. Sealink nickte grimmig, sprang mit zusammengebissenen Zähnen über den Zaun und lief hinter dem Einspänner her.

Der gelbe Hund hatte die Szene mit spöttischer Miene verfolgt. Eine verrückte Stadt. Aber die alte Calicokatze hatte Mut, das musste man ihr lassen. Mit einem schiefen Grinsen, folgte er der ungewöhnlichen Kavalkade um die Kurve und auf eine ganz gewöhnliche breite Allee mit Namen Elysian Fields.

ARBEIT MACHT FREI stand in rostigen Eisenlettern zu beiden Seiten der schwarzen Gittertore. Erbaut nach dem großen Brand, der im Jahr 1794 am Fest der Unbefleckten Empfängnis durch die Stadt fegte, war das Gebäude hinter den Toren zunächst eine Mühle gewesen, dann ein Baumwoll-Lager, in dem sich die Ballen für den Export in die Alte Welt türmten, danach ein Sklavenmarkt und zuletzt ein Armenhaus. Später brachte man alle Zugpferde und Maultiere der Stadt am Ende ihres Arbeitslebens hierher, um sie ins große blaue Jenseits zu befördern – oder, was wahrscheinlicher war, zu unzähligen Dosen Hundefutter zu verarbeiten. Im Lauf der Generationen hatte das Haus etwas vom griechischen Geist der Straße angenommen, an der es stand, und war selbst zur mythischen Stätte wohlverdienten Friedens geworden: zu den Gefilden der Seligen.

Als Abdeckerei wurde es schon seit Jahren nicht mehr genützt.

Aber es roch immer noch nach Blut.

An der Kreuzung Hope Street holten die Calicokatze und der gelbe Hund das Maultierfuhrwerk mit den vier Katzen, die sich verzweifelt am rissigen Leder der Sitze festkrallten, endlich ein.

Shine ließ den Kopf hängen. »Hab 'nen Schreck gekriegt«, erklärte sie Sealink. »Tut mir leid. Steig wieder auf, Kindchen, dann setzen wir die Rundfahrt fort.« Sie warf einen Blick über die verlassene Straße. »Auch wenn die Landschaft nicht gerade malerisch ist.«

Sealink drehte sich um und wollte dem Hund Lebewohl sagen, doch der war weitergelaufen und beschnupperte einen rostigen Eisenpfosten an einem Tor. Venus schüttelte den Kopf. »Hunde«, sagte sie verächtlich. »Können es nicht lassen, ihre eigene Duftmarke drüberzusetzen, wo immer ein anderer Hund hingepisst hat.«

Doch der gelbe Hund ließ den Pfosten unmarkiert. Nachdem er seine Untersuchung beendet hatte, schlüpfte er durch das offene Tor und näherte sich mit vorsichtigen Schritten einem Gebäude mit schäbigen Holztüren. Als er sie beschnüffelte, sträubte sich ihm das Fell auf dem Rücken, bis er aussah wie ein kleiner Dinosaurier. Plötzlich fuhr er zurück, als hätte er eins auf die Nase bekommen. Sealink überlegte noch, was wohl so entsetzlich riechen mochte, dass sogar ein *Hund* davor erschrak, als er auch schon kehrtmachte und zum Fuhrwerk flüchtete.

»Willkommen in den Gefilden der Seligen«, keuchte er. »Ich glaube, wir haben die Versammlung gefunden. In dem Haus sind Menschen. Und Katzen. Jede Menge Katzen …«

Das Schwein und Celeste sprangen vom Wagen.

»… aber nicht alle lebendig.«

Venus und Sappho blieben wie erstarrt sitzen.

»Alles wieder einsteigen«, befahl Shine. »Wir fahren hinein!«

Das aufsässige Maultier schoss mit der fauchenden Calicokatze auf dem Rücken und den herrenlosen Tieren im Wagen durch den Haupteingang der alten Abdeckerei an den Elysian Fields und geriet mitten in einen Alptraum.

Das letzte vergleichbare Erlebnis hatte Sealink in einem anderen Land gehabt, in einem aufgelassenen Lagerhaus zwischen Carib Dock und Pageant Stairs. Dort hatte es nach Angst und menschlichem Schweiß gestunken, nach Rauch und Kampferlösung, und eine Königin und ihr tapferer Gemahl hatten dem Alchimisten und seinen Katzen mit den leeren, starren Augen getrotzt.

Sie riss die Augen auf. Rauch gab es auch hier, sogar eine ganze Wolke. Zum Teil drang er aus Messingschalen auf dem Boden, in denen exotische Kräuter und dicke Kerzen abgebrannt wurden; doch die ätzendsten Dämpfe entwichen dem Scheiterhaufen in der Mitte der großen Steinfläche. Hinter den wogenden Schwaden entdeckte Sealink einen Knochenturm, neu errichtet und höher als der letzte, den sie gesehen hatte. Ein Haufen bestialisch stinkender und Funken sprühender Gerippe.

Ein Freudenfeuer.

Eine Feuersonne.

Ein Knochenfeuer.

Ganz oben wand sich, bis zur Unkenntlichkeit entstellt, das jüngste Opfer in Todesqualen. Darunter lag mit schwelendem Fell ein Dutzend weiterer Katzen, in deren glasigen Augen das Bild der hüpfenden Flammen allmählich verblasste. Überall liefen Menschen in schwarzen Gewändern herum.

Als das Maultierfuhrwerk in die Versammlung einbrach, starrten diese Menschen die Eindringlinge so fassungslos und mit offenem Mund an, dass sie fast komisch wirkten. Einige hielten Katzen am Nackenfell gepackt, die schlaff herunterhingen und jeden Widerstand aufgegeben hatten. Andere zogen große Kisten an den Scheiterhaufen heran und hantierten mit dicken Lederhandschuhen ungeschickt an den Klappen. Wieder andere schürten das Feuer und übergossen es mit einem Brennstoff, der neue unnatürlich blaugrüne Flammen erzeugte. Im Hintergrund kniete eine kleinere Gruppe und sang selbstvergessen in einer Sprache, die Sealink nicht verstand. Aus irgendeinem Teil des großen Raumes ertönte eine unrhythmische, bizarre Musik – Schellen, eine Rohrflöte, kleine Trommeln –, die von der eisernen Dachkonstruktion zurückgeworfen wurde. Wie aus weiter Ferne befahl eine körperlose Menschenstimme so langsam und undeutlich, als bereite ihr das Sprechen Mühe: »Bringt jetzt das Kätzchen. Bringt es ans Feuer.«

Diese Stimme hatte Sealink schon einmal gehört.

Entsetzt sah sie sich um, aber der Alchimist war nirgends zu entdecken. Wie wäre das auch möglich gewesen? Sie hatte ihn doch von Tintagels Klippen stürzen sehen. Das Übernatürliche war lediglich in Gestalt einer milchigtrüben, von innen erleuchteten Säule mit dunkelroten und blauen Adern vertreten, die wie Arterien und Venen einer neuen Lebensform anmuteten. Heftige, wehenartige Krämpfe durchliefen die Säule. Wenn sie in die Nähe des Scheiterhaufens kam, wurden Knochen- und Fellstückchen in den *danse macabre* gerissen. Mit jedem neuen Katzenopfer wurde das Licht stärker und die Stimme drängender.

»Bringt es mir *auf der Stelle*!«

Der Rauch lichtete sich kurz und gab den Blick auf die andere Seite des Feuers frei. Sealink stand für einen Moment das Herz still, dann schlug es so hart weiter, als wolle es ihr die Brust sprengen.

Da stand, von Flammen umzüngelt, ein riesiger roter Kater.

Ein Kater mit einer Tigerzeichnung wie ein Magnetfeld aus ockergelben, orangeroten und cremefarbenen Kraftlinien. Ein Kater mit einem unregelmäßigen schwarzen Fleck über einem Ohr und einem Auge, der ihm ein wenig vertrauenswürdiges Aussehen verlieh.

Mit anderen Worten: Red.

Eine kleinere schwarzweiße Katze stand an seiner Seite: Téophine. Sie war aufs Äußerste gereizt und zeigte fauchend ihr lückenhaftes Gebiss.

Zwischen den beiden lag, zusammengerollt wie ein totes Insekt, eine kleine goldene Gestalt.

Sealink zerriss es fast das Herz.

Isis. Oh, Isis. Pertelots kleinstes Kätzchen gab kein Lebenszeichen mehr von sich.

Der Calicokatze entfuhr ein lauter Schrei.

»Isis!«

Als das Kätzchen seinen Namen hörte, zuckte es einmal, zweimal mit den Ohren und erwachte wie aus einem langen Ägyptentraum.

Die Säule wurde unruhig. Sie wiegte sich hin und her, knickte in der Mitte ein, beugte sich über das Kätzchen. Hinter dem milchigtrüben Dunst erloschen die Lichter.

Violette Flecken huschten wie Finger über das goldene Fell. Das Kätzchen dehnte sein geschmeidiges Rückgrat. Sein Schwanz schnellte hin und her. Es setzte sich auf die Hinterbeine und streckte – eine Miniatur-Sphinx – die Vorderpfoten aus. Dann hob es den Kopf und öffnete das Mäulchen.

Ein gespenstischer Laut zerriss die Luft. Kein Misston, aber auch keine Harmonie. Kein natürlicher, aber auch kein künstlicher Ton; ein Laut, der sich jeder Deutung widersetzte.

Mit einem Schlag brach die Hölle los.

Das Maultier kam schlitternd zum Stehen und seine Fahrgäste schossen mit gesträubtem Fell aus dem Wagen. Die Menschen hatten Tränen in den Augen und hielten sich die Ohren zu. An den Rändern des Raumes erschienen wie aus dem Nichts die Enden zerrissener magischer Straßen. Ein Dutzend Katzen sprang heraus, ein zweites Dutzend folgte. Sie waren irgendwo auf Louisianas Geheimen Pfaden unterwegs gewesen und gewaltsam zu dem Nexus in der alten Abdeckerei gezerrt worden. Nun schrumpften sie mit jeder Sekunde, aber noch hatten sie ihre Großkatzenform und ihr Fell bewegte sich im magischen Wind – ein Leopard, ein Löwe, ein gefleckter Jaguar, ein Puma, ein Luchs …

Es war, als hätten die magischen Straßen neue Energien freigesetzt. Die Lichtsäule flammte auf und zerfiel in zwei Teilströme, die nur am Fuß noch zusammenhielten. Oben tanzten sie wie zwei Kobras – schwankten vor den Wänden und den hohen, vergitterten Fenstern hin und her und warfen bizarre Schatten über den Boden. Aus dem Innern waren Stimmen zu hören, undeutlich und leise widerhallend wie aus den Tiefen eines Brunnens. Der Gesang des Kätzchens übertönte sie, bis ein jäher Luftzug die beiden Ströme wieder zusammentrieb. Sie umschlangen sich wie kämpfende Todfeinde und die Stimmen verstummten.

Isis sperrte das Mäulchen weiter auf, die Töne wurden voller. Etwas unsicher noch durchliefen sie eine Reihe von Stimmlagen und fanden schließlich in einer einzigen machtvollen Note zur Auflösung.

Das Knochenfeuer fiel jäh in sich zusammen. Dichte

Rauch- und Aschewolken stiegen in die Luft. Die beiden Lichtströme erloschen, als hätte jemand einen Schalter umgelegt. Ein gewaltiges Donnern erscholl, dann eine verzweifelte Stimme, die immer leiser, immer zittriger wurde und wie ein Gespenst ihrer selbst in den Köpfen der Zuhörer verklang. Die Menschen schrien auf vor Schreck, als es dunkel wurde, und rannten, verfolgt von den Großkatzen, auf die Straße hinaus.

Shine hatte sich irgendwann von ihrem Fuhrwerk befreit. Jetzt lag es auf der Seite, die Räder drehten sich noch. Das Maultier stand reglos vor dem Scheiterhaufen und starrte, erschüttert von der Szene, in die es hineingeplatzt war, auf die schwelenden Kadaver.

»Du meine Güte. Waren sie etwa noch lebendig, als es dazu kam?«, fragte es leise.

»Einige schon.«

Shine fuhr herum. Eine abartig verfettete Katze war hinter sie getreten. »Einige sind vorher vor Angst gestorben!« Sie lachte so heftig, dass ihr der Speichel durch die gelben Zähne spritzte und das Doppelkinn über dem glänzenden Halsband wabbelte. Hinter der Missgestalt stand, unverdient gesund und voller Leben, eine Schar kräftiger Katzen mit glänzendem Fell.

»Ich will mein *cadeau* abholen«, sagte Kiki la Doucette. Ihr Blick glitt an Shine vorbei und richtete sich auf die bedauernswerten Katzen auf der anderen Seite des Feuers. »Mein Meister hat keine Verwendung mehr dafür.« Doch die große Calicokatze und ihre Freunde vom St.-Louis-Friedhof versperrten ihr den Weg. Kikis Oberlippe kräuselte sich. Die Schnurrhaare ihrer Anhänger zitterten erwartungsvoll.

»Was sehe ich?« La Mère erbebte vor Entzücken und hob die Stimme. »Das ist doch nicht etwa die Delta-Königin?«

Sealinks Augen funkelten.

»Sieh mal einer an: Sie hat ihre lieben Töchter wieder

gefunden. Wie unbeschreiblich … rührend. Tötet sie – alle.« Kiki hob gelangweilt die Pfote.

Ein Teil ihres Gefolges drängte nach vorn.

Die Calicokatze fuhr die Krallen aus und ein, sah sich mit vernichtender Ruhe um, bildete sich ein Urteil und lächelte befriedigt. »Endlich etwas, worauf ich mich verstehe«, sagte sie zu dem Grüppchen hinter sich. »Mich juckt es schon seit längerem in den Pfoten.«

»Kann's kaum erwarten«, grunzte das Schwein und nahm die mageren Schultern zurück.

Zwei von den Halsbandkatzen sprangen auf sie zu.

»Nun kommt schon«, knurrte Sealink. »Mama will mit euch spielen.«

Die beiden Kater – einer kurzhaarig und getigert, der andere langhaarig und grau – machten einen Buckel, sträubten das Fell und griffen an. Doch das Fell der Calicokatze war dick wie Polsterwatte und bot Zähnen und Krallen keinen Halt. Der erste Kater bekam einen so kräftigen Schlag aufs Ohr, dass er sich überschlug. Sofort war das Schwein über ihm. Den zweiten, kleineren begrub Sealink einfach unter sich. Er ging zu Boden, die Luft wurde ihm mit einem heiseren Seufzer aus den Lungen gepresst und er lag da wie betäubt.

Schon waren die nächsten beiden im Anmarsch. Celeste stürzte sich auf den einen und schlug ihm ihre letzten Zähne in die Kehle, den anderen erledigten Sealink und das Schwein. Wütendes Kreischen gellte durch die Luft, die Katzenhaare flogen.

Nun kamen sie in Wellen. Sealink kämpfte mit der Wildheit einer Streunerbraut, sie biss und kratzte und fegte durch die Gegner wie ein Wirbelwind.

»Das ist für Mousebreath!«, knurrte sie und zog einem schlanken schwarzen Kater die Krallen über den Rücken, bis der um sein Leben rannte. »Und das ist für mein vermisstes Kätzchen.« Eine gescheckte Kätzin wurde umgerannt. »Ihr habt euer eigen Fleisch und Blut verraten …«, murmelte sie, ein Büschel grauer Haare im Maul. »Und das ist für Azelle.« Ein Schildpattweibchen flog durch die Luft. »Und das für Candy.« Sie trampelte eine große Schwarzweiße nieder.

Kikis Anhängerschaft war groß. Wer in einer Stadt voll sterbender Streuner ein bequemes Leben und reichlich Futter versprach, hatte reichlich Zulauf. Täglich waren neue Katzen zu ihr gestoßen, Katzen, die der Hunger körperlich und moralisch geschwächt hatte; Katzen, die jederzeit bereit waren, Kätzchen zu entführen und andere Katzen zu denunzieren, um sich die Gunst ihrer Königin zu erwerben. Was kümmerte es sie, wenn die Menschen einen Vernichtungsfeldzug gegen ihre Artgenossen führten, solange sie nicht selbst betroffen waren? Sie hatten gut gefressen in den vergangenen Monaten: zu gut.

Ein Höfling nach dem anderen musste sich den Zähnen und Krallen der letzten freien Katzen von New Orleans geschlagen geben, obwohl die nur noch von ihrem Rachedurst aufrecht gehalten wurden. Viele Angreifer lagen auf dem Steinboden und rangen nach Luft. Andere flüchteten in Scharen durch die offenen Türen. Wenn sie an Shine vorüberkamen, setzte es einen Tritt hier, einen Biss dort. Doch es war noch nicht vorbei.

Celeste ging unter dem Gewicht dreier Halsbandkatzen zu Boden. Das Schwein stellte sich vor sie, die Zähne vom Blut der Gegner gerötet. Aber der Druck war zu groß. Bald kämpfte die erschöpfte Sealink Seite an Seite mit Red. Dahinter hatten sich das Schwein und Téophine zusammengetan und Isis, ein fauchendes Fellbündel, zwischen sich genommen. Venus und Sappho waren nirgends zu sehen. Die Calicokatze war nicht überrascht: Sie hatten eben nicht die richtige Erziehung genossen.

Wenig später teilten sich die Wogen und die gelbe Katze stand vor ihnen, groß wie drei andere, mit fahlen Augen, in denen sich die Kerzenflammen spiegelten.

»Hätte mir klar sein müssen, dass du jedes Blutbad überlebst«, zischte die Calicokatze.

»Aber *ma chère*, warum so unfreundlich ...«

Kiki setzte sich in Bewegung, wälzte sich voran wie ein Luftkissenboot aus Fleisch und Fell. Beim Anblick des goldenen Kätzchens trat ein gieriges Glitzern in ihre Augen. Eine Wolke von Fettdunst und Verwesungsgestank begleitete sie, vor der Sealink zurückprallte.

»Ich hole mir nur, was mir gehört ...«

Red trat dem Riesenweib entgegen. »Ein Schritt noch«, drohte er, »und du spuckst eine Woche lang Zähne.«

Sie brüllte vor Lachen.

»*Dieses* Kätzchen kriegst du nur über meine Leiche.« Ohne Zögern stürzte er sich auf sie.

Kiki la Doucette hob gelangweilt die Pfote und fuhr ihm über die Nase. Sofort spritzte das Blut und der Rote wand sich vor Schmerzen. Mit einem Satz war Sealink an seiner Seite.

La Mère kicherte. »Deine Mutterliebe rührt mich, *ma chère*. Hast aber auch 'ne Menge wieder gutzumachen. Wie kann man nur den eigenen Sohn den Kammerjägern überlassen!« Sie lachte so herzlich, dass wahre Wellen durch ihre Fettschichten rollten und zusammenstießen wie Kreuzseen auf dem Meer. Sealink war ausnahmsweise sprachlos. Red, ihr Sohn. Ein Sohn. Keine feurige Sonn'. Ein feuriger *Sohn*. Da stand ihr fünftes Kätzchen, zwischen Leben und Tod. Kiki schob sich auf dreißig Zentimeter an die Calicokatze heran und senkte die Stimme zu einem verschwörerischen Flüstern: »Denn weißt du, *bébé*, der stramme Bursche hier, den ich eben so bedauerlich entstellt habe« – sie inspizierte eine abgebrochene Kralle und schälte sie mit ihren gelben Zähnen behutsam aus dem Nagelbett –«, ist nämlich der Kleine, den ich damals an jenem kalten, nebligen Tag am Mississippi-Ufer fand und an der eigenen Brust nährte. Wieso hast du das denn nicht *gemerkt*, als ihr gemeinsam unterwegs wart? Hast du ein Gehirn im Kopf oder eine Ameise?« Wieder lachte sie schallend, dann zwinkerte sie der Calicokatze zu und flüsterte hinter vorgehaltener Pfote: »Hoffentlich seid ihr euch … du weißt schon … da unten auf der Promenade nicht zu nahe gekommen …«

Auf dem Fußboden bewegte sich etwas. Rotes Fell, ein entschlossenes, blutverschmiertes Gesicht, ein trotziger Schrei. Red sprang la Mère an die Kehle. Sealink schnellte sich auf ihren Rücken. Mutter und Sohn im Kampf vereint.

Das ölige Fell bot keinen Halt: Kiki lachte nur und schüttelte sie ab wie Flöhe. Ebenso mühelos schob sie die hilflose Téo und das Schwein beiseite und stand wie ein Panzer vor dem goldenen Kätzchen.

»Wie schön, dass du endlich wach bist, *ma chère*.« Ein boshaftes Grinsen. »Komm zu Mama!«

Isis sah sie unerschrocken an. Ihre Züge waren scharf wie die Schneide einer Axt. Sie nahm allen Mut ihrer Vorfahren zusammen, hob den Kopf und spuckte der Gelben treffsicher ins Auge.

»Mich bekommst du nicht«, sagte sie laut. »Weder in diesem noch in einem anderen Leben.«

Wieder öffnete sie das Mäulchen und begann zu singen. Ihr Lied schwang sich zu den stählernen Dachträgern empor und die Macht der Toten, die hier so qualvoll umgekommen waren, strömte der Sängerin zu. Viele waren es gewesen – zu viele in all den Jahren. Sie spürte ihr Leid, ihren Lebenswillen, zog alles an sich, bändigte und formte es. Der Ton schwoll an.

Sealink ertrug es nicht mehr und stürzte zu Boden. Red lag unter ihr. Andere Katzen rannten zu den Türen. Téophine fiel um wie ein Stein. Das Schwein schloss stöhnend die Augen und sackte zusammen. Shine keilte aus und stürmte auf die Straße hinaus. Kiki hielt sich den Kopf.

Über allem pulsierte eine magische Straße. Ein Blitz zuckte auf und schon erschien sechs Meter über den Köpfen eine Katze. Sie segelte herab, drehte sich in der Luft, richtete sich auf und landete mit allen vieren auf dem Steinboden.

Es war die Mammy.

Isis lehnte sich schwer atmend zurück. Das Lied verklang.

Eponine Lafeet sah sich um. Auf Isis blieben ihre milchig trüben Augen ruhen. Sie lächelte. »*Bonsoir, mon ange*. Es ist mir ein Vergnügen, wieder in meiner Stadt zu sein. Und« – sie nickte mit dem Kopf – »es ist mir eine Ehre und ein Vergnügen, dich kennen zu lernen.«

Sie schritt an dem goldenen Kätzchen vorbei, betrachtete mit Abscheu das fettige Fellbündel zu ihren Füßen und hob gebieterisch eine Pfote. »*Vas t'en!*«

Wider alle Naturgesetze erhob sich die Gelbe in die Luft, schwebte höher und höher und glitt in den Riss in der magischen Straße, dem die Mammy entstiegen war. Im letzten Augenblick kam Kiki wieder zu sich, begriff, wo sie war, und schlug heftig um sich; dann nahm die Straße sie auf und sie verschwand.

Eponine lächelte. »Mal sehen, wie es ihr in den Bayous gefällt. Ha!«

Isis sah die Mammy mit großen Augen an.

»Du«, sagte sie, »das war ein toller Trick! Kannst du mir den beibringen?«

Zwei Tage später waren alle Überlebenden in der Morgensonne auf dem Moon Walk versammelt. Hinter ihnen wälzte sich der Mississippi vorbei, als hätte sich nichts verändert in der Welt.

»Wir kehren ins alte Land zurück«, erklärte die Calicokatze den Anwesenden.

Das goldene Kätzchen blinzelte schüchtern in die Runde. Es war völlig wiederhergestellt. Die schmalen Orientalenaugen sprühten nilgrüne Funken. »Sealink nimmt mich mit dem *Flugzeug* mit!«

Die Vorstellung war so überwältigend, dass es aufgeregt von einem Fuß auf den anderen hüpfte.

Sealink legte ihm beruhigend die Pfote auf den Nacken. »Ruhe bewahren, Kleines«, mahnte sie, »sonst reist du im Frachtraum.« Das Schicksal nimmt schon seltsame Wege, dachte sie. Sie war in ihre Heimatstadt zurückgekehrt, um nach ihren Kätzchen zu suchen. Gefunden hatte sie erwachsene Katzen, doch dafür nahm sie nun eins von Pertelots Jungen mit nach Hause. Ihr Schnurren klang wie ein Pressluftbohrer, als sie den Kopf an Reds unverletzter Wange rieb. »Gib gut auf Téophine Acht, ja?«

Sie hielt es für sehr erwachsen, ihr Einverständnis mit seiner Wahl so beiläufig zum Ausdruck zu bringen.

Die beiden grinsten von einem Ohr zum anderen. Ihr Fell war struppig und verklebt und von einem Dutzend halb verheilter Wunden gezeichnet. Téo und die Calicokatze drückten die Nasen aneinander. »Keine Sorge, *ma chère*. Ich sorge schon dafür, dass er mir viele Kätzchen macht.« Red schlug peinlich berührt die Augen nieder. Schon eine Mutter zu haben war ungewohnt, und jetzt machte sie auch noch gemeinsame Sache mit seiner Gefährtin.

»*Eh bien*, Rumby-Pumby, dann fängst du am besten gleisch an.« Celeste lächelte träge. Sie stützte sich auf das Schwein.

Die Mammy saß auf einem Zaunpfosten und betrachtete die Szene mit Wohlgefallen. Es war schön, wieder zu Hause zu sein und sich um seinesgleichen zu kümmern. Etwa zwei Dutzend Streuner und etliche heimatlose Hauskatzen waren aus der ganzen Stadt zur Uferpromenade gekommen. Einige hatten zum Hofstaat ihrer Tochter gehört, aber die Bosheit war aus ihren Augen gewichen. Auch die Stadt erwachte allmählich aus ihrem Wahn. Erst heute Morgen hatten sich zwei langhaarige Tigerkatzen mit verschämt gesenkten Köpfen zu ihr geschlichen, um ihr eine Garnele und eine Krabbenschere zu bringen. Und später hatte sie aus sicherem Versteck beobachtet, wie eine große schwarzhaarige Frau, in weitem Abstand gefolgt von einem gelben Hund, dem Moon Walk zustrebte und mehrere Dosen mit duftendem Thunfisch an der alten Stelle neben den Stufen leerte.

Eponine Lafeet lächelte. Es war ein Anfang. Ein guter Anfang.

Und sie winkte der Calicokatze und ihrem goldenen Schützling zum Abschied nach.

18

VOM FLUSS ZUM MEER

Versuchstier X genoss seinen Aufenthalt im Dorf. Es war ein Leben, das ihm behagte. Er fraß viel, wenn auch nicht so viel wie Stilton. Bei Tag lag er mit dem goldenen Kätzchen im Kircheneingang oder schlenderte bis zum überdachten Friedhofstor, legte sich auf die niedrige graue Mauer und ließ die Welt an sich vorüberziehen. »Wichtig ist«, sagte er sich, »nicht mehr zu tun als unbedingt nötig. Nur das ist wichtig.« Wenn ich nur gut auf mich Acht gebe, dachte er, dann werde ich auch wieder gesund. Bis zu einem gewissen Grad stimmte das. Er nahm an Gewicht zu. Die weiche Stelle im Kopf wich immer weiter zurück und erschien ihm nach einiger Zeit wie ein Teich in einem fernen Wald, den er irgendwann einmal besucht hatte. Aber sein Gedächtnis kam nicht wider und immer noch quälten ihn Träume, aus denen er voller Angst erwachte. Amelie erzählte er davon nichts. Es war ihm peinlich und er fühlte sich ohnehin oft eingeschüchtert von ihrer Schönheit und ihrer Energie.

Als es ihm besser ging, besuchte ihn an den Nachmittagen die alte Cottonreel und ging mit ihm spazieren. Die beiden gaben ein seltsames Paar ab. Cottonreel genoss trotz ihrer Jahre die Gesellschaft eines Katers und betrachtete ihn mit unverhohlenem Entzücken, wenn sie nebeneinanderher schlenderten. Ihre Bewunderung brachte sie mit eher zweideutigen Komplimenten zum Ausdruck. Doch erst nach einigen Tagen rückte sie damit heraus, was sie wirklich von ihm wollte.

»Wie ich euch Riesenkerle beneide«, sagte sie. »Ihr wandert von Ort zu Ort, nehmt alles, wie es kommt, und lebt sorglos in den Tag hinein. Ich war immer das Heimchen am Herd mit Samthalsband und allem, was dazugehört!«

Es war heiß. Auf der Dorfstraße war es staubig und viel zu hell, deshalb waren sie über die schmale Treppe auf den alten Kirchturm gestiegen. Wenn man sich auf die breite Brüstung setzte und auf ein Lüftchen wartete, konnte man von dort oben über den verwilderten Bereich an der Rückseite des Friedhofs schauen, wo die Gräber wie kleine Boote im hohen Gras schwammen – Gras, das es auf allen Friedhöfen gibt, aber nirgendwo sonst auf der Welt –, und über die Mauer in einen gepflegten Garten mit Büscheln von gelben Mohnblumen.

»Oh, ich weiß genau, was du denkst«, schalt sie, bevor er antworten konnte. »Du denkst: ›Diese gebrechliche alte Jungfer.‹ Du denkst: ›Diese Schoßkatze, die im Kürschnerwagen von irgendwoher gekommen ist.‹ Du denkst: ›Wie hat die es bloß geschafft, zur Dorfkönigin zu werden?‹ Nun, das frage ich mich manchmal selbst.«

»Ich glaube, innerlich seid ihr alle aus Stahl«, gab Versuchstier X leise zurück. »Und das war immer so.«

»Sprich nicht mit mir, es hat ja doch keinen Sinn«, sagte sie gereizt.

In diesem Augenblick landeten mit einer Thermik, die sie in ihrem Liebesrausch kaum wahrgenommen hatten, zwei Stubenfliegen vor ihr auf dem warmen Stein und begannen sofort zu kopulieren. Die ineinander verkrallten Insekten schillerten im Sonnenlicht wie eine Emaillebrosche. Hin und wieder surrten sie träge und wechselten unbeholfen die Stellung. Cottonreel stand auf, streckte sich und betrachtete das Schauspiel mit ausdrucksloser Miene.

»Solange sie so beschäftigt sind, könnte ich sie, glaube ich, nicht fressen«, sagte sie. »Könntest du das? Ich fände es unfair.«

Und sie tippte sie mit der Pfote an, bis sie wegflogen.

Unvermittelt sagte sie: »Du wirst uns bald verlassen, Versuchstier X. Nein, widersprich mir nicht. Du tust, als könnte dich nichts erschüttern, aber im Innern bist du die unruhigste Katze, die ich kenne.« Sie schaute über die Baumwipfel. »Allerdings nicht die zornigste«, fuhr sie fort. Ihre Stimme wurde freundlicher. »Tust du mir einen Gefallen, wenn du wieder in die Welt hinausziehst?«, fragte sie. »Ich möchte, dass du Ausschau nach einem schwarzen Kater hältst.«

Sie sah ihn prüfend an.

»Er ist womöglich noch größer als du, langhaarig und mit einer eine mächtigen, wirren Mähne. Ich bin ihm nur ein einziges Mal begegnet. Damals war er sehr schmutzig, ziemlich edel und wohlerzogen, aber stets bereit, sich für Schwächere einzusetzen. Wenn du auf deinen Reisen jemals einen solchen Kater triffst«, sagte sie, »dann sei so gut und erinnere ihn an mich. Sag ihm, Cottonreel schickt ihm viele Grüße.«

Später bemerkte sie: »Ist es tatsächlich kühler geworden, oder kommt es mir nur so vor? Lass uns hinuntergehen.« Und dann, auf der Treppe: »Du wirst Amelie möglichst nicht verletzen, versprichst du mir das?«

Amelie war stets gegenwärtig. Wenn er bei Tag mit ihr zusammen war, dachte er in der Nacht an sie; wenn er sie in der Nacht beobachtete, dachte er: So etwas werde ich nie wieder erleben. Das Mondlicht lag in Streifen auf dem Boden der Sakristei, brachte ihre Augen zum Glänzen und hing wie Nebel in ihrem Fell. Oft setzte sie sich vor den Spiegel und nahm gelassen die Spuren des Alterns zur Kenntnis: das Fleckchen in der kupferroten Iris, die Schnauze, die etwas breiter geworden war.

»Bist du glücklich hier?«, fragte sie.

Sie kam nicht mehr so oft zu ihm, und wenn sie kam, dann sah sie ihn forschend an. Die Tage dehnten sich. Ob auch sie schon Bescheid wusste?

»Du bist so unruhig geworden«, sagte sie.

Er antwortete nicht und sie bemerkte wie nebenbei: »Wenigstens geht es deinem Freund wieder gut.«

Tatsächlich wurde Stilton von Tag zu Tag ruhiger. Er zitterte nicht mehr. Er wohnte vorübergehend mit zwei oder drei anderen Katzen aus dem Labor bei der alten Frau, die den Dorfladen führte, in einem Hühnerstall mit Teeranstrich. Futter fand er überall im Dorf – an Hintertüren oder in Einbauküchen. Er beutete das Mitgefühl der Menschen so lange rücksichtslos aus, bis die nervöse Spannung aus seinem Rücken wich, die Rippen unter einer Fettschicht verschwanden und seine Flanken sich rundeten. Die Ruhe und das gute Futter vollendeten, was das goldene Kätzchen mit seiner Zunge begonnen hatte. Stiltons Brandwunden heilten und die neue Haut bedeckte sich mit einem dünnen Flaum, der zunächst einheitlich grau zu sein schien, aber mit der Zeit ein hübsches Tigermuster entwickelte. Als Versuchstier X seinen Freund dazu beglückwünschte, sagte der: »Warum ziehst du eigentlich nicht zu uns in den Schuppen? Da geht es recht zünftig zu!« Und dann redete er ebenso unermüdlich über seine neuen Gefährten wie früher über sein erfundenes Leben und seinen Lieblingskäse. Was immer sie taten, er fand es komisch oder bemerkenswert.

»Der alte Runcer!«, sagte er etwa. »Komm mir bloß nicht mit dem!«

»Ich kann nicht behaupten, dass ich ihn besonders gut kenne«, antwortete Versuchstier X dann. Eigentlich kannte er Runcer gar nicht, glaubte aber, ihn im Dorf gesehen zu haben – einen kleinen Schwarzweißen mit verklebtem Fell und stolperndem Gang, der sich immer dicht an der Wand hielt und von Deckung zu Deckung hastete. »Aber ich finde ihn ganz nett.«

»Oh, dieser Kater ist ein echter Alleinunterhalter!«

Stilton mochte den Käse durch Freunde ersetzt haben, doch Futter war immer noch der Mittelpunkt seines Lebens. Er hatte ja so viele neue Dinge kennen gelernt, die er Versuchstier X unbedingt in allen Einzelheiten beschreiben musste. »Tja, Brot mit Milch.« Er seufzte. »Wenn du das zum ersten Mal kriegst – eine tolle Sache. Aber irgendwann bekommt man es tatsächlich über.«

Er versank in Gedanken. Doch bald heiterte sich seine Miene auf. »Und erst Meeresfrüchtecocktail mit Krabben! Kennst du das schon? Runcer sagt immer: ›Meeresfrüchtecocktail. Da kommt dir der Magen entgegen.‹ So ein guter alter Meeresfrüchtecocktail, der rutscht wie von selbst. Und landet genau am richtigen Fleck ...«

»Du bist also glücklich hier«, unterbrach ihn Versuchstier X.

Stilton sah ihn verständnislos an.

»Ich denke schon.« Er nickte, als hätte man ihm eine neue Erkenntnis vermittelt. Dann lachte er. »Aber stell dir vor, manchmal wache ich nachts auf und sehne mich nach dem Laborkäfig!«

Versuchstier X traute seinen Ohren nicht.

»Das war kein guter Ort für Katzen«, mahnte er.

»Ach, ich weiß nicht«, sagte Stilton. »Immerhin gab es echte Kameradschaft. Und wenn ich an die Geschichten denke, die wir uns erzählt haben! Die Zeiten waren gar nicht so schlecht.«

»Mag sein«, sagte Versuchstier X. »Vielleicht hast du Recht. Aber das Futter war wirklich miserabel.« Bei sich dachte er: Stilton fängt an zu vergessen: Er ist geheilt.

Laut sagte er: »Ich wollte eigentlich bald aufbrechen.«

Stilton stand im Sonnenschein und blinzelte verwirrt.

Bei Nacht sah Versuchstier X die Laboratoriumskatzen, die immer noch Mühe hatten, die Veränderung ihrer Lebensumstände zu begreifen, reihenweise im Mondschein spazieren gehen. In den Feldern unten am Wasser funkelten ihre Augen wie ovale Lichtchen. Manchmal kamen sie wie ein lebender Teppich lautlos von den Wäldern herübergeflogen und bevölkerten die Dorfstraße. Sie sind befreit worden, dachte er, aber nicht erlöst. Sie warteten auf mehr. Ihm erging es nicht anders. Seine Augen und Ohren gehorchten ihm einwandfrei – er konnte sehen, wie sich auf einem Blatt ein Tautropfen bildete –, aber alles war ein Stück entfernt. Seit jenem Gespräch mit Cottonreel wuchs seine Unruhe immer mehr. Er hatte früher ein anderes Leben geführt … er wollte, dass dieses Leben ihn dorthin zurückführte. Er wollte mit dem Fluss zum Meer gelangen. Grüne Träume quälten ihn.

Auch der kleine Kater war unruhig. Am Morgen putzte er sich manchmal wie wild und am Nachmittag, wenn die Sonne direkt auf die Kirchentür brannte, marschierte er rastlos auf und ab. Seinen Platz verließ er nur selten, und wenn er es tat, dann hatte er kein echtes Ziel. Manchmal schlenderte er betont würdevoll mit ungelenken Schritten die Dorfstraße entlang und schüttelte gelegentlich den Kopf, als habe seine zugenähte Augenhöhle versehentlich ein Signal an sein Gehirn geschickt. Die anderen jungen Kater versuchten natürlich, ihn in ihre Rangordnungskämpfe zu verwickeln, doch er reagierte zunächst verständnislos und dann mit einer Heftigkeit, die den anderen unbegreiflich war. »Übertreib doch nicht«, suchten sie sich aus der Affäre zu ziehen. »Es war doch nur ein Scherz.« Aber die Welt des einäugigen Katerchens war zu grausam für Scherze; völlig allein durchstreifte es die umliegenden Wälder und Felder und griff jede Katze an, die des Weges kam. Versuchstier X sah, in welcher Verfassung es von solchen Ausflügen zurückkam, und war ratlos.

»Ich weiß nicht, was ich sagen soll«, erklärte er ihm eines Abends. »Du hast im Moment nicht die Kraft zum Guten.«

Dann ging er in die Kirche, wo Amelie unter dem Ostfenster auf ihn wartete. Hier sammelte sich die kalte Luft und es roch durchdringend nach Metallpolitur, Staub, Bienenwachs und weißen Lilien. Das Fenster glühte wie Feuer, da und dort zerschnitten scharfe Gelb- und Grünsplitter die tiefen Rot- und Blautöne. Wenn Amelie sich bewegte, huschten bunte Lichter über ihr Fell und ihre Umrisse verschwammen. Versuchstier X konzentrierte sich mit aller Kraft auf das Bild, um es sich für alle Zeiten einzuprägen. In diesem Moment war sie ihm so nahe, dass seine Sinne sich schärften. Er roch den schwachen Duft der Friedhofs-Eiben und hörte, wie das leise Echo seiner eigenen Schritte von der Decke zurückgeworfen wurde. Und diese Eindrücke störten nicht, sondern erleichterten ihm seinen Entschluss.

»Ich gehe bald fort«, sagte er.

»Ich wusste, dass du irgendwann gehen würdest. Du wolltest immer zum Meer.«

»Kommst du mit?«

»Nein«, sagte sie, als habe sie sich längst entschieden. »Einerseits käme ich gern mit. Aber auf die Welt kommt etwas zu. Ob gut oder böse, wer weiß? Und wer weiß, was es für alle jene Katzen bedeutet, die erst halb geheilt sind?« Sie sah ihn offen an. »Ich möchte hier sein, wenn es eintrifft.«

Und: »Sie werden weiter meine Hilfe brauchen.«

»Ich wusste, dass du nicht mitkommst«, sagte Versuchstier X.

»Einerseits käme ich gern mit«, wiederholte Amelie. Und dann: »Hoffentlich findest du, was du suchst, und es wird ein gutes Leben für dich.«

»Vielleicht komme ich einmal zurück und besuche dich.«

Sie lachte.

»Vielleicht«, sagte sie.

Wenige Tage später verließ er zusammen mit dem kleinen Kater im Halbdunkel des frühen Morgens das Dorf. Die ersten Vögel sangen. Später würde die Sonne alles zum Funkeln bringen, jetzt war die Luft taubengrau und spürbar feucht, an der Grenze zum Nebel. Ein anhaltender Landregen hatte erst vor kurzem aufgehört. Als Stilton aus seinem Hühnerstall kam, um ihnen Lebewohl zu sagen, standen sie alle drei verlegen da und sahen sich an. Der kleine Kater war vollkommen aus dem Häuschen. Er wackelte kläglich herum, stieß mit den anderen zusammen und leckte Stilton zuerst den Kopf, um ihn dann anzuzischen. Versuchstier X hätte so viel zu sagen gehabt, aber er fand nicht die richtigen Worte und so rieb er nur den Kopf an der Wange seines alten Freundes und versicherte ihm: »Ich werde dich vermissen.«

»Ich dich auch«, sagte Stilton.

»Aber es ist besser, wenn du hier bleibst.«

»Ja, es ist besser. Ich hatte nie ein anderes Leben.«

»Hier bist du glücklich.«

Ein letzter Blick, dann wandte Versuchstier X sich ab.

»Ich muss jetzt gehen«, sagte er.

»Der Kleine ist ganz verstört.«

»Lebt wohl!«, rief Stilton. »Lebt wohl.«

Er folgte ihnen ein Stück weit die Straße hinunter und rief immer wieder: »Lebt wohl!« Am Fluss war sein Tatendrang erschöpft, er blieb stehen und sah ihnen nach. Der Fluss machte hier eine Schleife und lag wie eine dunkelgrüne Schlange in den taunassen Wasserwiesen. Die Bäume am anderen Ufer regten sich nicht. Die Sonne, ein blassgelber Kreis, versuchte, durch die dünnen weißen Wolken zu brechen, um diesen Tag zum heißesten und feuchtesten des ganzen Jahres zu machen. Auf dem Weg durch das Dorf hatte Versuchstier X die ganze Zeit auf Amelie und Cottonreel gewartet. Sie waren nicht gekommen. Wir haben uns ja schon verabschiedet, dachte er bei sich. Trotzdem hätte ich gern noch einmal mit ihnen gesprochen. Doch als er später zum Kirchturm zurückschaute, sah er oben auf der Brüstung zwei winzige Punkte sitzen und war sicher, dass es sich um Katzen handelte. In diesem Augenblick wurden die Wolken dünner, ein Sonnenstrahl traf die Turmspitze und im Geist sah er, wie sie geblendet in die wärmende Sonne blinzelten, auf einen schönen Tag hofften und ihm alle guten Wünsche nachschickten.

Wie wird es ihnen wohl ergehen? dachte er.

Und zu dem kleinen Kater sagte er: »Nun komm!«

Hügel rückten näher und blieben zurück; das Flusstal weitete sich und zog sich wieder zusammen wie ein langsam schlagendes Herz. Fichtenschonungen wurden von lichteren Eichen- und Hainbuchenwäldern abgelöst. Anfangs waren die Weiden mit Blumen übersät und dufteten nach Mädesüß; doch bald veränderte sich die Gegend unmerklich und unter der grellen Himmelsglocke breitete sich eine sandige Heidelandschaft aus. Die Lerchen sangen von morgens bis abends. Da und dort wachten vereinzelte windgebeugte Fichten auf steilen Hügeln über den Farn. So viel Weite war den beiden Katzen nicht geheuer, sie schliefen bei Tag und wanderten bei Nacht.

Aber es war ein gutes Land für Katzen. In einer Mulde im Gras trieb Versuchstier X eine Maus in die Enge und zeigte dem kleinen Kater, wie er damit umgehen musste. »Pass auf!«, befahl er, fing die Maus und ließ sie wieder laufen. »Siehst du?« Das Kätzchen stolperte hinter seinem Rücken herum, gurgelte aufgebracht und wollte immer wieder dazwischengehen, um ihm die Beute abzunehmen. »Dazu musst du schon früher aufstehen«, sagte Versuchstier X.

Ein oder zwei Tage lang ereignete sich nichts weiter. Versuchstier X wusste nicht, ob seine Lektion Früchte getragen hatte. Doch dann erwachte er eines Vormittags erhitzt aus dem Schlaf, und ein halbwüchsiges Kaninchen starrte ihm ins Gesicht. Eine Schmeißfliege lief aufgeregt über sein glasiges Auge. Von da an wurde das Kätzchen im Rahmen seiner natürlichen Grenzen ein tüchtiger, ja gnadenloser Jäger. Noch waren seine Bewegungen von pubertärem Überschwang gezeichnet, doch im Spiel seiner Muskeln zeigte sich bereits der Tötungsinstinkt. In seiner lauernden Reglosigkeit, dem jähen Sprung über das Farngewirr drückte sich ein allumfassender Zorn aus, der kaum zu beschwichtigen war. Versuchstier X litt unter der gewalttätigen Atmosphäre und sah sich in einer Weise mit Geschenken überhäuft, die ihm peinlich war. An einem Abend fand ein Haufen Wühlmäuse, am nächsten eine ganze Mäusefamilie den Tod. Das Kätzchen rührte die Beute, die es ihm brachte, nie an, er wusste also nicht, wovon es sich ernährte; aber er hatte schon beobachtet, wie sich das goldene Mäulchen eineinhalb Meter über dem Boden um den Hals einer ausgewachsenen Taube schloss, die verzweifelt mit den Flügeln schlug.

Die Kilometer reihten sich aneinander. Die beiden entfernten sich nur selten vom Fluss. Doch als das umliegende Gelände stetig anstieg, bis eigentlich kein Ufer mehr vorhanden war, mussten sie doch nach oben ausweichen, wo sich Zwergeichen und Mauerruinen an die steilen Hänge schmiegten. Ein Netz von Feldwegen führte sie auf eine weite Hochebene. Grünes Gras, von Schafen abgeweidet, von Blutwurz durchsetzt, in Licht getaucht.

Zwischen dichten, windzerzausten Ginstersträuchern ragten rosarote Felsen mit Quarzadern aus der welligen Grasnarbe hervor. Die Luft hatte sich verändert, war frischer, ungebundener, freier geworden. Versuchstier X hatte ein Gefühl von unendlicher Weite. Wir sind sehr hoch oben, dachte er, aber das ist es nicht. Das Gras erstreckte sich nach allen Seiten; der Himmel war so hell, als höre er niemals auf; wo beides aufeinander traf, glitzerte ein breites silbernes Band. Aus dem gleißenden Dunst stürzte ein riesiger Vogel auf ihn zu. Einen Augenblick lang schwebte er über ihm, dann drehte er ab und verschwand. Zurück blieb nur sein Bild, der kreuzförmige schneeweiße Körper mit dem kräftigen gelben Schnabel und sein trauriger Schrei. »Man sieht dort viel weiter«, hatte Amelie gesagt. »Und in den Schreien der Vögel liegt eine Einsamkeit, wie du sie noch nie gehört hast.«

Wir sind am Meer, dachte Versuchstier X.

Der kleine Kater trat neben ihn.

»Wir sind am Meer!«, erklärte ihm Versuchstier X.

Aber der Kleine hörte gar nicht zu. Breitbeinig stand er da, mit hoch erhobenem Kopf – sein Fell glänzte im Schein des Ozeans wie flüssiges Gold –, und reckte die Nase in die vielfältigen, klaren Luftströme, als wolle auch er sich vom Wind davontragen lassen.

Und er zitterte am ganzen Körper.

An diesem Tag schliefen sie im Salzwind unter stacheligen Ginstersträuchern, die aussahen wie angenagt. Lange dämmerten sie nur vor sich hin und lauschten den einsamen Schreien der Seevögel. Doch dann glitt Versuchstier X in einen Traum. Er war noch sehr klein und brauchte seine Mutter. Doch als er auf sie zustolperte, plumpste er verdutzt zu Boden. Diese Größe, diese Geborgenheit! Verächtlich trampelte er auf seinen rotznäsigen Geschwistern herum. Was sollte er sonst mit ihnen anfangen? Und doch liebte er sie über alles. Als er aufwachte, war es Nacht, und der kleine Kater war fort.

Versuchstier X streckte den Kopf aus dem Busch. Er fühlte sich allein gelassen. Die Dunkelheit löste alles in Formen und Flächen auf. Massige Granitfelsen neigten sich schräg nach außen. Der Ginster bewegte sich nicht und war doch vom Wind durchströmt. Wolken zogen über den mondhellen Himmel und warfen unruhige Wirbelschatten über das Land; dunkler und strenger tauchten die Schatten der Felsen auf und verschwanden wieder. Etwa fünfzig Meter entfernt glaubte Versuchstier X, im Mondlicht den Kleinen zu erkennen, einen messinggelben Fleck, der sich an den nächsten Felsblock anpirschte.

»Hallo?«, rief er.

Keine Antwort.

Er streckte sich, gähnte, schob sich vollends aus dem Ginster und sah sich um. »Hallo?«

Ein dumpfer Schlag. Die weiche Stelle in seinem Kopf flog auf wie eine Tür, grellgrünes Licht durchströmte die Welt, durchdrang die Felsen und die Steine, den Ginster und die Luft, durchdrang auch Versuchstier X selbst. Alle Dinge sprühten, als brenne in ihrem Innern eine Lunte. Jeder Grashalm glitzerte und knisterte erwartungsvoll. Einen Herzschlag lang blieb die Zeit stehen …

»Hallo?«, fragte Versuchstier X noch einmal.

Laut krächzend verließen die Vögel ihre verborgenen Nester in den Felsen, kamen wie schwarze Lumpen im heißen Wind auf ihn zugeflattert und umkreisten seinen Kopf. Wie das Licht hatten sie sich die ganze Zeit im Innern der Dinge verborgen gehalten und nur gewartet, bis er kam. Krähen!, dachte Versuchstier X. Die Krähen!

Auch das Licht wollte seine Kräfte erproben, sprang aus den Steinen und umflackerte seinen Kopf. Er legte die Ohren an und rannte um sein Leben. Wohin sollte er? Auf halbem Weg ins Nichts brannte die Lunte aus. Grünes Feuer huschte über den Ginster, ohne ihn zu verbrennen. Flammen rasten lautlos über das Gras und verdichteten sich zu Gestalten. Er nahm sie nicht zur Kenntnis. Über ihm vollführten die Krähen Flugkunststücke, stießen herab und hackten nach seinem Kopf; ihr Geschrei wurde lauter – ein heiseres Klagen, gehässig und voller Spott. Die Angst trieb ihn weiter, bis das Land aufhörte und der Ozean, grau und lavendelblau mit Silberglanz, ihn erwartete. Endlich stand er unmittelbar davor, hatte den salzigen Jodgeruch in der Nase und schaute dreißig Meter in die Tiefe. Felsen und Schaum, ein Dröhnen und Tosen. Jede Woge brachte den Boden unter seinen Füßen zum Erzittern. In allen Regenbogenfarben schillernd, schoss der Gischt empor. Versuchstier X hätte nie gedacht, dass es so viel Wasser gab. Aber das war ihm jetzt gleichgültig.

Ich habe zu viel gesehen, dachte er. Es ist genug.

Tiefe Ruhe überkam ihn, ein Gefühl der Erleichterung.

Er sprang über die Kante. Er *wollte* sich hinabstürzen. Er gab auf. Er wollte den Krähen entfliehen und allem, was sie ihm begreiflich zu machen versuchten. Im Sturz sah er ein prächtiges goldenes Ding auf sich zukommen. Zähne schlossen sich um seinen Hals und er entfernte sich rasch von sich und allem anderen …

… und träumte von einer Katze, die an einem kalten Fluss lag.

Es war früh am Morgen. Winterlich grau stand die Luft zwischen den kahlen Holundersträuchern. Die Weiden streckten dem Wind ihre Äste entgegen und zeigten ihm die Unterseite ihrer Blätter; dürre Brombeerranken und Kriechefeu befestigten die Ufer. Das Wasser war eisig kalt – klar und doch von einer leicht graugrünen Färbung, wie es bei sehr kaltem Wasser häufig zu beobachten ist. Kleine Strudel kräuselten die Oberfläche. Verborgene Strömungen zerrten gutmütig an einer Tollkirschenpflanze, die wie eine leuchtend rote Perlenkette in den Fluss hing, schäumten über halbversunkene Gegenstände hinweg – den Wurzelstock einer abgestorbenen Ulme, einen abgefahrenen Traktorreifen – und gruben Höhlen in den glatten grauen Schlamm unterhalb des Pflanzenbewuchses.

Ein Ufer war stark unterspült. Am anderen hatte das Wasser aus nassem Schlamm einen abschüssigen Strand gebildet. Hier lag zwischen anderem Treibgut, das Gesicht schmerzverzerrt, die gelblichen Zähne gefletscht, ein tropfnasses, schildpattfarbenes Fellbündel – die Katze. Bevor der Fluss sie entführt und mit einer bunt bedruckten Plastiktüte um die Hinterbeine wieder abgesetzt hatte, war sie ein großes, kräftiges Tier gewesen. Kopf und Hals wiesen frische Wunden auf und auch das Wasser hatte es nicht geschafft, das Blut aus dem Fell zu waschen.

Die Katze war eindeutig tot, aber die Krähen trauten dem Frieden nicht. Sie hatten sie am frühen Morgen entdeckt, als sie zwei Felder weiter jenseits des Flusses in den Buchenwipfeln saßen und sich – *Kraaa! Kraaa! Kraaa!* – zankten. Seitdem stelzten sie prahlerisch im Schlamm herum, hoben flügelschlagend ab und zogen mit wachsender Zuversicht den Kreis immer enger. Manchmal gerieten sie in Streit. Wenn sie sich wieder beruhigten, waren sie abermals ein Stück näher gekommen.

Am späten Vormittag schlug die Katze plötzlich die Augen auf, blinzelte ins Licht und hustete. Enttäuscht erhob sich der ganze Schwarm in die Luft und kreiste über den regennassen Feldern. Eine einzelne schwarze Feder schwebte zu Boden.

»Kaark-kaark! Kraaa!«

Die Katze war von den Toten auferstanden. Empfangen wurde sie von Krähengeschrei und geschnäbelten schwarzen Schatten mit Flügeln, die viel Wind machten. Sie hob den Oberkörper und betrachtete die Welt – Schlamm, Büsche. Hier war sie noch nie gewesen. »Tom?«, würgte sie erstaunt hervor und sank zurück. »Irgendwas hält meine Beine fest.« Wohin war sie hier nur geraten? Sie verlor das Bewusstsein und damit erledigte sich die Frage.

Der Himmel öffnete seine Schleusen, bis zum Mittag regnete es in Strömen, alles war grau in grau, die Katze wurde womöglich noch nasser. Die Flussufer sogen die kalten, großen Tropfen auf wie ein Schwamm. Die Krähen kehrten zurück und pirschten sich – diesmal zielstrebiger und mit weniger Gezänk – zentimeterweise an ihre Beute heran. Als gegen Mittag die blassgelbe Sonnenscheibe hinter den Wolken hervorbrach, wurde bei einigen der Hunger übermächtig. Unfähig, noch länger zu warten, schossen sie los, um mit ihren großen schwarzen Schnäbeln nach der Katze zu hacken. Krähen sind unermüdliche Hacker; wenn sie es sich in den Kopf setzen, können sie den ganzen Tag auf einem kahlen Feld stehen und einen Knochen oder einen Fetzen Lammfleisch bearbeiten. Die Katze spürte die Gefahr und kämpfte sich mühsam ins Bewusstsein zurück. Sie hatte zweierlei Augen, das eine war blau, das andere leuchtete bernsteingelb wie eine Natriumlampe und hätte eher auf die Straßen einer Stadt gepasst als auf einen Feldweg. Mit diesen Augen blinzelte sie ins grelle Sonnenlicht und sah die glatten, klugen Köpfe, die sich um sie drängten. Krähen hacken einem notfalls das Herz auf – um das gute Futter nicht kalt werden zu lassen. Die Katze nahm ihre letzten Kräfte zusammen, streifte die hinderliche Plastiktüte ab, so gut es ihr gelang, und wollte sich zähnefletschend und mit blanken Krallen auf die Quälgeister stürzen. Die höhnten nur aus sicherer Höhe: »*Kraa! Raaark!*« Krähen haben immer das letzte Wort. Unsicher und zornig sah die Katze zum Himmel hinauf, dann stolperte sie, die Reste der Supermarkttüte mit einem Bein hinter sich herziehend, die schlammige Uferböschung hinauf und schleppte sich zur nächsten Straße. Nach eineinhalb Kilometern brach sie abermals unter ihren Verletzungen zusammen.

Eine halbe Stunde verging. Die Sonne war vollends durchgebrochen. Die Katze lag benommen vor einer Baumreihe im Rinnstein. Die Plastiktüte flatterte im Wind. Ein Wagen kam in Sicht. Ein weißer Lieferwagen mit Roststellen an den Türen. Er war schon vorbei gerast, als er plötzlich anhielt. Zwei Männer in hellblauen Overalls stiegen aus und gingen zu der Katze im Rinnstein zurück. Sie betrachteten sie nachdenklich und wechselten leise ein paar Worte, dann streifte der eine ein Paar abgetragener, dicker Lederhandschuhe über.

»Ist die noch zu gebrauchen?«

»Nee. Die is ziemlich hinüber.«

»Aber sie lebt noch.«

»Mehr aber auch nicht. Was sollen sie denn in dem Zustand mit ihr anfangen?«

»Wer weiß.«

»Dann heb du sie doch auf. Ich fasse sie nicht an. Die wollen sie bestimmt nicht haben.«

»Wie kommt sie nur zu der Tüte?«

Die Katze war zwar bei Bewusstsein, aber zu müde, um sich über das Gespräch Gedanken zu machen. Die Männer hoben sie auf und warfen sie in den Laderaum. Dort verlor sie vor Schmerzen die Besinnung und zugleich die Erinnerung an ihren Namen. Als sie wieder aufwachte, war sie ein anderes Tier geworden. Der Wagen fuhr schnell die Straße hinunter. An der Seite stand für jeden, der lesen konnte:

⊙ LABORATORIEN
Winfield Farm

Als Versuchstier X aus seinem Traum erwachte, war er überrascht, noch am Leben zu sein. Er lag im Schutz einer Felsgruppe ein Stück vom Klippenrand entfernt. Es war ein schöner Tag. Nur wenige Wolken zogen über den Himmel. Er war müde, aber er fühlte sich erleichtert und hatte Hunger. Es war, als habe der Anfall etwas Belastendes fortgespült. Er überlegte. Nicht die Klauen des Todes hatte er also gespürt, als er von der Klippe stürzte, sondern die Zähne des goldenen Kätzchens. Der Kleine saß ein paar Schritte entfernt und beobachtete jede Bewegung von Versuchstier X mit respektvollem Misstrauen – vielleicht um zu verhindern, dass er noch einmal sprang.

»Das hat dich also aufgerüttelt«, bemerkte Versuchstier X.

»Wie bitte?«, fragte das Kätzchen.

Versuchstier X riss die Augen auf.

»Schön, schön«, sagte er leise zu sich. »Eine Entdeckung, wie sie im Buche steht. Ein Tag voller Überraschungen.«

»Warum hast du das getan? Warum bist du einfach gesprungen?«

»Das weiß ich selbst nicht so genau«, sagte Versuchstier X. »In dem Augenblick hielt ich es für einen guten Einfall.«

»Du wärst tot gewesen.«

»Das hatte ich bedacht.«

»Ich will aber nicht, dass du stirbst«, sagte der kleine Kater. »Ich brauche nämlich deine Hilfe.

»Das gibt mir richtig Auftrieb«, bemerkte Versuchstier X. Es wurde still. »Du konntest also die ganze Zeit sprechen?«, fragte er nach einer Weile. »Ich hatte es schon immer vermutet.«

»Nach allem, was mit mir geschehen ist«, sagte der Kleine, »nach den Demütigungen, die ich an diesem Ort erleiden musste ...« Er verlor den Faden, starrte sekundenlang aufs Meer hinaus und begann noch einmal von vorn. »Menschen haben mich im Beisein meiner Schwestern entführt. Sie haben mich unter die Erde gezerrt und in einen Sack gesteckt. Dann kam ich auf ein Boot und schließlich wurde ich in einem schmutzigen Wagen an diesen Ort gebracht. Sie haben mir mein Auge genommen!«, brach es aus ihm heraus. »Mir haben sie mein Auge genommen, Stilton den Verstand und dir das Gedächtnis! Nach allem, was man uns angetan hatte, wollte meine Kehle nicht mehr sprechen.« Es klang erstaunt. »Sosehr ich mich auch bemühte, sie war erst wieder bereit dazu, als ich zu Hause war.«

»Mir haben sie nichts weggenommen«, sagte Versuchstier X leise. »Ich selbst habe meine Erinnerungen ausgeschaltet, weil ich sie nicht ertragen konnte.« Er betrachtete die Landschaft oberhalb der Klippe mit neuer Aufmerksamkeit. Felsen, dazwischen ein paar Wasserpfützen, die sich im Wind kräuselten, etliche Büschel Salzgras – das war alles. »Ich begreife nicht, wie man als Katze in diesem Wind leben kann«, sagte er. »Wo findet man denn Nahrung? Wohnst du wirklich hier?«

»Ganz in der Nähe. Ich heiße Odin und bin ein Prinz. Ich glaube, wir schweben alle in schrecklicher Gefahr. Hilfst du mir, meine Mutter zu finden, die Königin? Es ist nicht weit, ich verspreche es dir.«

Er prüfte die Luft.

»Es ist wirklich nicht weit«, sagte er leise. »Hinter dieser Landzunge – oder hinter der nächsten.«

Sobald Versuchstier X das Wort *Königin* hörte, war er vollends geheilt. Er lachte leise. An *die* erinnere ich mich, dachte er. Die hatte vielleicht ein Mundwerk! Jetzt wusste er wieder, wer er war. Er wusste, was der Krähentraum zu bedeuten hatte, der sich wie ein roter Faden durch sein Leben zog. Er erkannte, welche Ironie darin lag, dass er ausgerechnet an diese Klippe geraten war. Er erinnerte sich an seine Freunde und fragte sich, ob die Welt wohl noch so war, wie er sie gekannt hatte. Der Gedanke erfüllte ihn mit neuer Hoffnung. »Am Ende ist wohl doch noch alles gut gegangen«, sagte er sich. »Es war wie ein böser Traum, aber jetzt ist es vorbei. Jetzt ist etwas Neues im Kommen.« Er würde alles in Erfahrung bringen. Er dachte: Ich will dabei sein. Dann wiederholte er laut: »Ich will dabei sein!« Beim Klang seiner eigenen Stimme – endlich erkannte er sie wieder – lachte er laut auf. Dann fiel ihm noch etwas ein. Er fuhr sich mit einer Vorderpfote über den Kopf, als wolle er sich putzen. Das Ding, das man ihm eingesetzt hatte, war verschwunden! Während er schlief, hatte das grüne Feuer es sanft herausgelöst und dann war es geschmolzen wie ein Eiszapfen im warmen Frühlingswind. Über den finsteren Abgrund in seinem Innern spannte sich eine Brücke, die Vergangenheit und Gegenwart verband.

Ich kann wieder denken, dachte er.

Er sah das Kätzchen an, erst mit dem blauen und dann mit dem bernsteingelben Auge. Eine tiefe Zärtlichkeit erfüllte ihn.

»Ich kannte deine Mutter, bevor du zur Welt kamst«, sagte er. »Du bist jetzt schon größer als sie. Aber du wirst nie so gut aussehen.«

Odin redete selbst wie ein Wasserfall und hatte kaum ein Wort mitbekommen. »Ich wollte dir sagen, wie gut du bist«, sagte er gerade. »Ich wollte Stilton sagen, wie tapfer und anständig er ist. Ich wollte allen Katzen dort sagen, wie großartig sie sich gehalten hatten. Aber ich konnte nicht sprechen!«

»Nun ja«, sagte Versuchstier X. »Dann gilt der Wille fürs Werk.«

»Ich wollte nicht, dass du stirbst«, sagte Odin. »Du hast dich um mich gekümmert. Du hast dich um alle gekümmert. Als ich dachte, du stürbest, war mein Zorn plötzlich verschwunden.«

»Wir haben uns alle umeinander gekümmert«, sagte Versuchstier X. »Wir haben getan, was wir konnten.« Er musste an Stilton denken. Und an Amelie.

»Komm«, sagte er. »Wir bringen dich nach Hause.«

Der Hund kauerte zwischen den Felsen. Die Feuchtigkeit der Nacht steckte ihm noch in den Knochen. Der Salzwind brannte ihm in den Augen. Als die beiden Katzen hinter der Klippe verschwanden, sah er ihnen nach. Der alte und der neue Jäger schwatzten aufgeregt miteinander. Der Hund dachte: Jetzt besprechen sie, wie man am besten eine Wühlmaus erlegt. Aber eine Wühlmaus ist nichts Besonderes.

Dann dachte er: Nur *ein* goldenes Kätzchen – immer noch.

Er wartete noch ein wenig, dann folgte er ihnen.

19

DER SCHÖNE FREUND

Die Rückreise war mühsam und langwierig.

Altbekannte Straßen waren plötzlich unpassierbar geworden oder völlig verschwunden; die noch vorhandenen hatten sich in ein Labyrinth von undichten Korridoren durch das Nichts verwandelt und mündeten unversehens irgendwo am Ende der Welt in öden Wäldern unter einem breiig grauen Himmel. Bei jeder Sackgasse war Leonora gezwungen, immer neue, immer kompliziertere Tänze zu erfinden. Sie wurde zusehends müder und fahriger. Der neue Majicou quälte sich mit unausgesprochenen Befürchtungen. Er ereiferte sich über jede Verzögerung, verlor die Geduld mit Leonora und wollte sich an den unmöglichsten Stellen den Durchgang erzwingen. Bald hatten sie sich verirrt. Gleich darauf verloren sie Liebt-Mülltonnen und den Neuen Schwarzen König an einer Abzweigung, die so unauffällig war, dass keiner von ihnen sie bemerkte. Als sie endlich, immer noch allein, wieder ans Meer gelangten, neigte sich die Nacht dem Ende zu, der Mond war untergegangen und kalte Regenschauer zogen über die Bucht.

Leonora fand, sie könnten von Glück reden, überhaupt nach Hause gekommen zu sein. Das sei jedenfalls ihre Meinung.

Als sie den Kopf in das bekannte Loch am Fuß der Türen zum Ozeanarium steckte, wich sie schnell wieder zurück, aber sie sagte kein Wort.

Das helle Licht über dem Aquarium beleuchtete eine seltsame Szene: Ein Dutzend verlauster Kater saß im Halbkreis vor dem Becken, wetzte sich gelangweilt die ohnehin schon rasiermesserscharfen Krallen, kratzte sich die verklebten Ohren oder starrte gierig in die stumme, rätselhafte, unerreichbare Welt hinter den Glaswänden. Ihre schwarzen Schatten fielen über den Betonboden und zogen sich grotesk verlängert die fleckigen Wände hinauf. Zwischen ihnen und dem Becken stand hoch erhobenen Hauptes Pertelot Fitzwilliam von Hi-Fashion, die Königin der Katzen. Nur ihr herablassender Blick verriet, dass sie das Gesindel überhaupt zur Kenntnis nahm. Die Tigerkatze Cy saß geduckt neben ihr, schlug mit dem Schwanz, heulte und fauchte vor Wut.

Alle Kater waren groß, aber einer fiel aus dem Rahmen. Er saß nicht bei den anderen, sondern lief unermüdlich wie unter einem inneren Zwang auf dem feuchten Beton dahinter hin und her. Manchmal drängte er sich auch durch den Halbkreis, rannte dicht an den beiden Kätzinnen vorbei – ohne ihr Zischen und Fauchen zu beachten – und verschwand hinter dem riesigen Becken. Er konnte keinen Augenblick lang stillhalten und redete unaufhörlich mit sich selbst. Mit seinem räudigen roten Fell und den Tigerstreifen, die sich wie fahle Flammen über die Flanken zogen, bot er einen traurigen Anblick. Sein Schwanz peitschte hin und her, der Blick war nach innen gerichtet und er schwankte, als habe er Schmerzen. Wenn seine Umrisse gelegentlich verschwammen, so lag das nicht an der Beleuchtung, die war hell genug. Man hatte eher den Eindruck, als könne er seine Kräfte nicht entfalten, seine Grenzen nicht festlegen – als sei er in Wirklichkeit noch größer.

Er verbreitete einen bestialischen Gestank.

Leonora war entsetzt.

»Das ist …«

»Kater Murr«, vollendete Tom.

»Woher weißt du das? Du hast ihn doch noch gar nicht gesehen.«

»Ich wusste, dass er hier auftauchen würde, nachdem ich ihn aus dem Haus des Alchimisten vertrieben hatte! Eine Vermessenheit, die ich im Übrigen bedaure! Aber ich dachte, wir seien schneller.«

Leonora starrte ihn an.

»Dieses *Ding* war Kater Murr?«

»Kater Murr war immer des Rätsels Lösung«, erklärte Tom.

»Wie konntest du nur zulassen, dass er hierher kommt?«, rief Leonora.

Er schüttelte den Kopf. »Ich hatte mich verrannt, Leonora«, gestand er. »Dies wäre – ebenso wie Uroum Bashous Tod – zu verhindern gewesen, wenn ich mir vor langer Zeit eine einfache Frage gestellt hätte.«

»Ich verstehe kein Wort«, sagte Leonora. »Welche Frage denn?«

»Ich hätte mich fragen sollen: Mündet in Uroum Bashous Haus eine magische Straße?«

»Und? Gibt es eine Einmündung?«

»Nein.«

»Und?«

»Wenn eine Katze den Alten Weg des Wandels verlässt, ist sie überlebensgroß, aber binnen weniger Minuten schrumpft sie auf ihre gewöhnliche Größe. Wie also konnte Kater Murr die große gelbe Bestie bleiben, der du zum ersten Mal in der Küche des Lesenden Katers und später auf seiner Treppe begegnet bist? Wenn ich darüber nachgedacht hätte, anstatt mich vor dir aufzuspielen …« Er seufzte.

»Kater Murr hat Zugang zu übernatürlichen Energien«, musste er zugeben, »und am anderen Ende der Verbindung sitzt der Alchimist.«

»Was tun wir jetzt?«, fragte Leonora.

»Wir denken nach.«

»Nein! Nein! Da drinnen ist meine Mutter! Da drinnen sind Pertelot und Cy!«

»Aber wenn wir das Ozeanarium jetzt stürmen, ist alles verloren. Kater Murr hat weniger erreicht, als er glaubt. Der Alchimist hat ihm keine eigene Macht verliehen, er hat ihn nur wie jeden gewöhnlichen Helfer für einen Zweck präpariert, den wir noch nicht kennen. Ohne seinen Herrn könnte er gegen mich nicht lang bestehen ...«

»Dann geh hinein und mach ihn fertig!«, unterbrach ihn Leonora. »Du bist der Majicou.«

»Aber wenn ich ihn direkt angreife, tötet er deine Mutter, bevor ich ihn töten kann«, fuhr Tom freundlich fort. »Wäre das in deinem Sinn? Ich möchte Cy jedenfalls nicht auf diese Weise verlieren.«

Während er noch sprach, schoss Leonora an ihm vorbei und zwängte sich durch das Loch am Fuß der Türen. Drinnen hörte er sie murmeln: »Es geht wieder mal nicht ohne Leonora.«

Und dann: »Tom?«

»Oh, Leonora, Leonora«, seufzte er.

Das Ozeanarium bot kaum ein gutes Versteck. Der Raum war leer bis auf das riesige Glasbecken, über dem die Lampe angebracht war; deshalb gab es nur im Umkreis der Wendeltreppe ortsfeste Schatten. Tom und Leonora blieben in diesem Bereich und verkrochen sich so weit wie möglich hinter der untersten Stufe. Von dort aus versperrte ihnen allerdings die Beckenwölbung einen großen Teil der Sicht. Bei etwa der Hälfte von Kater Murrs Rabauken sahen sie nur den schwarzen Rücken, und bei denen, die ihnen das Gesicht zuwandten, hob das harte Licht nur die grausamsten Züge hervor. Von Pertelot und Cy erkannte Tom lediglich zwei rosige Ohren und eine Tigerschnauze, die schmollend auf dem schmutzigen Fußboden ruhte. Insgesamt sah er mehr Fische als Katzen. Nur Kater Murr war immer in seinem

Blickfeld. Er wanderte unermüdlich auf und ab – flimmernd wie eine Wasserspiegelung, mit unsicherem, stockendem Gang –, schickte Wellen von Gestank aus wie Hafenschlamm an einem feuchten Sommertag und führte dabei einen seiner endlosen Monologe.

»Die Eingeweide brennen ihm, doch das genießt er. Der Kopf tut ihm weh, doch das genießt er. Kater Murr ist bewundernswert!«

So ging es weiter, bis Pertelot Fitzwilliam ruhig, aber unüberhörbar einwarf: »Kater Murr riecht abscheulich.«

Für eine Weile war es still.

»Hallo«, sagte Kater Murr. »Was war das? Etwa Ihre Königliche Hoheit?« Er trat auf die Königin zu. »Hast du blaues Blut in den Adern?«, fragte er leise. »Womöglich gar *sehr* blaues Blut?«

Pertelot wich zurück.

Kater Murr betrachtete sie aufmerksam mit schief gelegtem Kopf. »Das erzählt man sich nämlich«, sagte er nachdenklich. »Man erzählt sich, du hättest besonders blaues Blut.« Er schwieg einen Augenblick. »Doch du solltest dich fragen: Kümmert es ihn? Kümmert es Kater Murr, wie blau mein Blut ist?«

Er ließ sich zu Boden fallen und kratzte sich eine räudige Stelle, bis sie blutete. Er wirkte müde und offenbar fiel es ihm schwer, die eigenen Umrisse unter Kontrolle zu halten. Zerstreut sah er sich um. »Kater Murr weiß nicht, wo er ist«, sagte er mit veränderter Stimme. Er sprang wieder auf –, behände und energiegeladen wie eine rostige Spiralfeder –, schob den mächtigen roten Schädel bis auf zwei Zentimeter an Pertelots Nase heran und drängte sie sanft, aber entschlossen gegen die Wand des Fischbeckens. Sie wollte den Kopf zur Seite drehen, aber sie hatte keine Bewegungsfreiheit. Im Aquarium pulsierte der Tintenfisch und schob vorsichtig seine Saugarme über das Glas.

Kater Murr schnurrte. Seine Silhouette flimmerte.

»Komm zu Kater Murr, meine Liebe. In deiner Nähe fühlt er sich wie neu geboren.«

Als Tom das hörte, befahl er: »Leonora, du bleibst hier, wenn dir dein Leben lieb ist!« Und er trat aus den Schatten.

»Leeres Gerede, Kater Murr«, sagte er.

Kater Murr erstarrte.

»Ist noch jemand hier im Raum?«, fragte er seine Gefährten. »Mir war, als hätte ich eine Stimme gehört.«

Die Kater sahen ihn an und wechselten ratlose Blicke. Sie wären ihm gern zu Diensten gewesen, aber das Testosteron vernebelte ihnen die Sinne.

»War das vielleicht«, fragte Kater Murr, »ein Fisch?«

»Du kennst mich, Kater Murr«, sagte Tom. »Ich bin der Majicou.«

Kater Murr betrachtete den Makrelenschwarm hinter der Glaswand. Die Fische wurden unruhig. »Ich glaube, es war der da«, sagte er. »Das war der sprechende Fisch.«

»Du kennst mich, Kater Murr.«

Langsam, ganz langsam drehte Kater Murr den Kopf und sah Tom mit einem bernsteingelben Auge an. Dann sagte er: »Ich habe es nicht mehr nötig, jemanden zu kennen.«

»Ach ja«, fuhr er fort. »Du warst in der Bibliothek – immer die Nase in einem Buch, obwohl du gar nicht lesen kannst – und hast dir Tag für Tag seine langweiligen Geschichten angehört. Immer hieß es: ›Der Lesende Kater weiß dies, der Lesende Kater weiß jenes.‹ Aber was ist schon so Besonderes am Lesen? Lesen ist nicht schwierig. Auch Kater Murr hat lesen gelernt. O ja, das hat er! Aber Kater Murr weiß auch, *was* man lesen sollte. Kater Murr ist eine erfolgreiche Katze. Kater Murr hat hoch gestellte Freunde …«

»Kater Murr ist ein Niemand«, sagte Tom. »Du hast den Lesenden Kater nur aus Eifersucht getötet. Warst du damals schon in dem Raum unter der Kupferkuppel? Ich denke schon. Ich denke, dort hat man dir das Lesen beigebracht. Kater Murr ist nur eine Schoßkatze, die gern spielt, ohne zu wissen, was sie anrichtet. Kater Murr ist ein Türhüter geblieben.«

Er legte eine Pause ein.

»Nur hütet er jetzt die Tür des Alchimisten«, sagte er dann.

Wieder ließ er das Schweigen andauern. »Was hat er dir geboten, Kater Murr?«, überlegte er dann. »*Die Chance, ein Mensch zu werden?*« Tom lachte. »Kein sehr erstrebenswertes Ziel und doch wirst du es ebenso wenig erreichen, wie es deinem Herrn gelungen ist, zur Katze zu werden. Er wird dich vernichten, Kater Murr. Sobald du verbraucht bist. Sieh dich doch an! Du hältst ja kaum noch zusammen.«

Die ganze Zeit waren sie nach Katerart verstohlen aufeinander zugeschlichen. Jetzt berührten sie sich fast mit der Stirn. Trotz der starken Beleuchtung waren Kater Murrs Pupillen aufs Äußerste geweitet und seine Augen schillerten in allen Regenbogenfarben. Ob er überhaupt noch etwas unterscheiden konnte? Vermutlich nur hell und dunkel, dachte Tom. Nur Schatten im schmerzhaft grellen Licht. Er ist auf einem Weg, den keine Katze gehen sollte, sehr weit fortgeschritten. Ich habe ihn von der Königin abgelenkt. Aber was jetzt? Das räudige Fell des Türhüters erinnerte an eine Scheuerbürste. Darauf gab es nur eine Reaktion. Tom verlagerte sein Gewicht auf die Hinterbeine, wiegte sich im Rhythmus seines Herzschlags hin und her und ließ dem zornigen Gurgeln, das sich in seiner Kehle eingenistet hatte, freien Lauf. Er spürte, wie Kater Murrs Rabauken sich hinter ihm anschlichen, um ihn in die Zange zu nehmen. Kater Murrs Atem roch durchdringend wie Teer. Tom sah die Milben in seinen Ohren.

Dieser Augenblick musste irgendwann kommen, dachte Tom.

Bevor sie sich gegenseitig in den Schwitzkasten nehmen konnten, überschlugen sich die Ereignisse.

Cy rief: »Gib acht, Trumpf-Ass! Sieh hinter dich!«

Leonora Whitstand Merril, die nicht zum Gehorsam

erzogen und ohnehin vor Ungeduld halb blind war, sprang aus dem Schatten und rief: »Ihr Rüpel! Findet ihr das fair?«

Und Ragnar Gustaffson Cœur de Lion brach, den silbernen Talisman aus Ägypten stolz in die zerzauste Mähne gesteckt, wie die berühmte siebte Welle über das Ozeanarium herein. Ihm folgte, nach seinen jüngsten Irrfahrten auf dem Alten Weg des Wandels in übelster Laune, der Mülltonnenfuchs. Er fauchte so wütend, dass die gelben Zähne sichtbar wurden. Die Zunge hing ihm aus dem Maul, der Schaum flog ihm in Flocken von den schwarzen Lippen und er hinkte nicht mehr. Die beiden erfassten die Lage mit einem Blick und strebten sofort auf die Königin zu. Tom starrte sie an. Wie war die Lage nur so schnell außer Kontrolle geraten? Er zuckte die Achseln und stürzte sich auf Kater Murr. Der überraschte Türhüter überschlug sich, wand sich stinkend am Boden und robbte davon, machte jedoch sofort wieder kehrt und biss Tom unter dem linken Auge kräftig in die Wange. Beide nahmen die Köpfe zurück, spuckten sich an – und das war wie ein Signal. Nun brach vollends die Hölle los. Cy sprang auf und verkrallte sich in Kater Murrs Schenkel. Pertelot und ihre Tochter widmeten sich mit boshaft glitzernden Augen seinen fassungslosen Helfershelfern. Bald war das Ozeanarium ein einziger Hexenkessel aus kreischenden Katzenstimmen und fliegenden Haaren und mittendrin schoss ein großer Fuchs hin und her und teilte mehr aus, als er einstecken musste. Ohne Einmischung von außen war der Ausgang trotz der zahlenmäßigen Überlegenheit einer Seite vorherbestimmt; mehrere Kater dachten schon an Rückzug. Aber Kater Murr war keine gewöhnliche Katze.

Tom hatte ihm einen Schlag versetzt, der ihn zum Taumeln brachte. Bei dem Versuch, einem zweiten solchen Schlag auszuweichen, rannte er mit voller Wucht gegen das Fischbecken und rutschte mit der Wange am Glas zu Boden. Als er liegen blieb, war eins seiner Augen bereits zugeschwollen. Das andere hatte einen glasigen Blick.

»Kater Murr hat noch ein paar Tricks auf Lager«, stöhnte er.

Seine Umrisse verschwammen. Es knisterte, Funken sprühten. Allen Katzen standen die Haare zu Berge. Sie stellten den Kampf ein und sahen sich misstrauisch an. Bläuliche große Funken schwebten in Kopfhöhe langsam durch den Raum und entluden sich lautlos an der Wendeltreppe. Als Kater Murr die Stufen hinaufsteigen wollte, erfasste ihn ein Krampf, er schien nach allen Seiten aus sich herauszuschießen und ging durch die versammelten Katzen hindurch wie eine Druckwelle. Dann war er verschwunden und an seiner Stelle erschien die Traumkatze, sein Avatar. In dieser Erscheinungsform war der Türhüter so groß wie ein kleines Pferd. Sein grobes Fell war rötlich braun. Schwarze Zeichnungen züngelten wie stilisierte Flammen über seine Flanken. Mit jeder Muskelbewegung verbreitete er eine tödliche Wolke aus Ammoniak und Pheromonen. Das Ungeheuer hob die stumpfe Schnauze und stieß ein heiseres Fauchen aus. Die Katzen rannten wie wild um Kreis herum. Freund und Feind waren in Panik: Nirgendwo gab es ein Versteck. Dann ertönte gebieterisch die Stimme des neuen Majicou.

»Seht nicht her!«

Die Temperatur fiel plötzlich stark ab. Ein greller Blitz flammte auf, es roch nach Schnee. Die Wände des Ozeanariums glitten wie Schiebetüren beiseite und verschwanden. Die Tiere standen unter einem grauen Himmel von Schwindel erregender Weite und duckten sich erschrocken. Raureif bildete sich auf ihren Schnurrhaaren. Der Wind heulte so laut, dass sie kaum die eigene Stimme hörten. Es schneite in dichten Flocken. Die Wendeltreppe blieb, mit langen Eiszapfen behangen, noch einen Augenblick lang sichtbar. Dann verschwand auch sie.

»Das ist grotesk«, sagte Liebt-Mülltonnen zu Ragnar Gustaffson.

Der König schaute zu Boden. Der Talisman war ihm in

der Mähne festgefroren. »Schlechtes Wetter, selbst für eine Schlechtwetterkatze wie mich«, musste er einräumen.

Nur Cy, die sich zwischen Leonora und Pertelot gekuschelt hatte, bewahrte Ruhe. »Huhu!, rief sie. »Hier wirst du so blind wie Triefaugen-John! Jack der Reifbringer bläst!« Sie reckte aufgeregt den Hals und blinzelte mit funkelnden Augen in das Schneegestöber. »Da draußen weiß heute Nacht keiner, wer er ist. Seht euch das an!«

Aus der Eiseskälte – aus Chaos und Frost und schneidendem Wind – trat der neue Majicou, der weiße Tiger aus den nacheiszeitlichen Schneewüsten. Seine Augen leuchteten in wildem Grün. Die langen Beine beugten und streckten, beugten und streckten sich. Die riesigen Pfoten stampften in weichem Rhythmus über das Eis. Bis in alle Ewigkeit könnte er so laufen, dachten seine Freunde. Sein Fell würde hell erstrahlen und jede Bewegung wäre von der gleichen Kraft und Klarheit. Er war ein Bild. Er war Millionen von Kilometern entfernt und doch gegenwärtiger als der Boden unter ihren Füßen. Er war fast da, wurde immer größer, stürmte dem Kampf entgegen, den Kater Murr erzwungen hatte; und war zugleich bereits an Ort und Stelle ...

Die beiden umkreisten einander. Ein Auge blitzte auf, die Spitze eines Reißzahns. Eine Vorderpfote wurde gehoben, Krallen spreizten sich, Kampfstellungen wurden eingenommen und wieder aufgegeben. Plötzlich ein Husten, ein Fauchen, ein jäher Ausbruch von Gewalttätigkeit. Schneetreiben verhüllte das Geschehen. Zwei Körper prallten aufeinander wie Autos auf nebliger Straße, trennten sich wieder, umkreisten sich abermals, wandten sich hierhin und dorthin um eines Vorteils willen, der verloren ging, bevor er noch errungen war. Eine neue Umarmung, kürzer diesmal. Ein Ringen. Sie stürzten, kratzten sich so heftig mit den Hinterbeinen, dass die Haare aufflogen wie weißer und rostbrauner Draht. Schon standen sie wieder, gingen rastlos auf und ab, holten keuchend Atem, zitterten unter dem Ansturm der Hormone, suchten nach einer Lücke in der Deckung. Kater Murr schien blind geworden zu sein.

»Geh nach Hause, Kater Murr. Sei wieder eine Katze.«

»Wer spricht da?«

Für die Zuschauer geriet alles durcheinander – zu schnell, zu real. Säbelzähne blitzten über einer ungeschützten, rötlich braunen Kehle. Blutwärme hing in der Luft. Einen Augenblick später war alles vorüber. Kater Murr wirkte überrascht. »Kater Murr ist eine Katze unter Katzen«, sagte er, während sein Leben im Eis versickerte. »Er hat körperliche Schmerzen, aber was kümmert ihn das?«

Noch einmal überdeckte sein Gestank alles andere, dann wurde er von einem neuen Geruch – nach Moschus und Winter, nach Pulverschnee in eisigem Wind – hinweggespült. Lautes Brüllen verklang in der Ferne.

Die Zuschauer zitterten.

»Er soll nicht sterben«, flüsterte Leonora Whitstand Merril. »Er war eine Katze wie wir.«

Unversehens standen sie wieder im Ozeanarium. Hier war es warm und trocken. Die Fische zogen, erwärmt vom elektrischen Licht, ihre endlosen Kreise. Alles war wie vorher, nur der Leichnam von Kater Murr lag durchnässt und schäbig wie ein Fußabstreifer im Regen vor der Wendeltreppe. Seine Helfershelfer hatten sich schleunigst aus dem Staub gemacht.

»Mann!«, flüsterte Cy. »Wieder zu Hause!«

Der Fuchs sah sich um, schüttelte sich, ging zur Tür und schaute in die Nacht hinaus. Katzen! dachte er.

Die anderen beruhigten sich allmählich. Der neue Majicou hatte sie in ein Land versetzt, das nur für ihn bestimmt war. Für sie hatte das keine Folgen gehabt, doch er war erschöpft. Seine Freunde scharten sich um ihn und redeten auf ihn ein, während er sich behutsam die Wunden leckte. Er schien auf etwas zu warten und legte immer wieder den Kopf schief, als lausche er auf eine Stimme in der Ferne.

★

»Nun, Mercurius«, sagte Pertelot, als wieder Ruhe eingekehrt war. »Majicou zu sein ist schwerer, als du dachtest, nicht wahr?«

»Ich hatte es immer für ein schweres Amt gehalten«, entgegnete Tom.

»Was hat uns die Sache eigentlich eingebracht, wenn wir von dem Sieg über dieses grässliche Tier einmal absehen?«

»Nichts.« Er zuckte die Achseln. »Alles. An wen ist deine Frage gerichtet – an mich oder an den neuen Majicou? Vor mir überschneiden sich zwei Welten, Pertelot, und ich kann sie nicht mehr zur Deckung bringen.«

Aber so einfach ließ sich Pertelot nicht abspeisen. Sie war die Mau. Für sie waren Liebe und Besitzanspruch nicht voneinander zu trennen. Hysterische Anfälle, sei es aus Wut oder aus Schwermut, weil die Sehergabe oder die Liebe sie übermannte, waren ihre Art, sich durch die Welt zu lavieren. Sie roch nach Zimt und Mandeln. In ihren Augen stand immer noch ganz Ägypten und es war für sie eher eine Landschaft der Sinne als des Herzens, eine Palette greller Farben und aufregender Stimmen, ein Ort, wo selbst der Staub durchtränkt war mit berauschenden Düften und Geschmacksnuancen. Tom dachte: Sie ist der Faden, der die Vergangenheit mit der Zukunft verbindet. Ihre Nöte spornen uns alle an. Sie spürte, was ihn bewegte, und das gab ihr die Kraft, die nächste Frage zu stellen.

»Werde ich meine Kinder jemals wieder sehen?«

»Schon bald, denke ich.«

Der Fuchs hatte den Wortwechsel aufmerksam verfolgt. Seine gelben Augen glitzerten. Jetzt stand er auf, schüttelte sich, hinkte mit unrhythmisch klappernden Krallen über den Beton auf die beiden zu und warnte: »Die Nacht ist noch nicht vorbei, Majicou.«

Wieder legte Tom den Kopf schief, als höre er mehr als nur das Raunen des Windes auf dem Dach des Ozeanariums.

»Habe ich das behauptet?«, fragte er.

Und er fügte hinzu: »Bitte nenn mich Tom.«

Alle Katzen lagen auf einem Haufen und schliefen: Hier bildeten zwei ein Yin-und-Yang-Symbol, dort ruhten zwei Köpfe auf derselben Flanke – die Zahl der Pfoten war unübersehbar. Eine Weile wachte der Fuchs mit raubtierhaftem Grinsen über ihren Schlaf und versuchte sich darüber klar zu werden, was zu wem gehörte. Dann gab er auf und legte sich neben die Tür, um selbst ein Nickerchen zu halten. Ich mag sie ja gut leiden, dachte er. Aber kleine Füchse wären mir lieber. Hinter dem Glas tanzten die Fische übermütig im einströmendem Licht. Lange blieb im Ozeanarium alles ruhig, doch etwa zwei Stunden vor dem Morgengrauen regte sich Kater Murrs nasser Leichnam.

Der Fuchs dachte, es sei nur ein Reflex der inneren Organe, eine Kontraktion der Sehnen und Bänder: absurde Begleiterscheinungen der Totenstarre. Eine Pfote zuckte. Der Kopf mit den glasigen Augen und den Hakenzähnen, der bereits wie ausgestopft wirkte, sank um eine Winzigkeit tiefer. Bei einer gewöhnlichen Katze wäre das alles gewesen – aber nicht bei Kater Murr. Seine Umrisse verschwammen. Ringsum wogte und knisterte die Luft. Der Fuchs spürte plötzlich einen bitteren Geschmack im Mund. Mit gesenktem Kopf und gesträubten Nackenhaaren näherte er sich dem Leichnam. Ein warmer Luftzug stieg auf und trieb ihm den Staub in die Augen.

»Was ist das?«, fragte er sich.

Es war wohl angebracht, den neuen Majicou zu wecken; doch als er sich von der Leiche abwandte, hörte er hinter sich ein höfliches Räuspern und dann ein zweites Geräusch, das nicht mehr aufhören wollte.

Er lief wie wild um die Katzen herum, kniff wahllos in Ohren, Nasen und Schwänze und fiepte: »Wacht auf! Wacht auf!« Sie fuhren mit gesträubtem Fell in die Höhe und blinzelten verschlafen. Das elektrische Licht ging unnatürlich langsam an und aus, Blitze zuckten durch das Aquarium, die Fische rasten in heller Panik durcheinander. »Wacht auf!« Im Halbdunkel brummte es wie ein defekter Motor. Ein starker Wind rüttelte an den Türen des Ozeanariums und ließ nicht nach, bis er sie aufgerissen hatte. Die Katzen taumelten unter seiner Wucht. Der Lärm war ohrenbetäubend. Ein Schwall von Plastikstrohhalmen, Zigarettenkippen, Steinchen, Zeitungspapier und gebrauchten Fast-Food-Kartons flog ihnen ins Gesicht und weiter auf den rotierenden Trichter zu, der sich über Kater Murrs Kadaver gebildet hatte. Der Wirbel schwankte wie ein Brummkreisel kurz vor dem Stillstand – er war zweimal so hoch wie das Fischbecken, ein trübes, asymmetrisches Gebilde, das sich aufblähte und abknickte und immer wieder an Schärfe verlor, aber von Sekunde zu Sekunde und mit jedem Stück eingesaugten Abfalls dichter wurde.

Rags und Pertelot blickten entsetzt auf.

»Ich rieche Herzeleid, Trumpf-Ass«, sagte Cy und wich ängstlich zurück.

Leonora stand, von Erinnerungen überwältigt, wie angewurzelt da und flüsterte verzückt: »Ich wusste es. Sie waren unter der Erde. Ich habe die ganze Zeit gewusst, dass sie da unten waren!«

Der Fuchs starrte sie an wie eine Wahnsinnige.

»Was geht hier vor?«, fragte er.

»Der Türhüter ist zur Tür geworden«, sagte Tom.

Dann rief er: »Schnell! Wir müssen hier weg! Hinaus mit euch und den Hügel hinauf! Beeilt euch!«

Während er noch sprach, begann der Wirbel zu summen, dann wurde er schwarz und zog einen Sturm herbei, der nach Regen und nach Meer roch und größere Gegenstände mitbrachte: einen orangeroten Rettungsgürtel, ein Knäuel Nylonfischernetze, die Latten einer Holzbank. Das Ozeanarium zuckte unter dem Ansturm förmlich zurück. Die Türen schlugen heftig auf und zu, wurden aus den Angeln gerissen, flogen, sich um die eigene Achse drehend, dem Wirbel entgegen und fielen dabei auseinander. Ein Splitterregen ging nieder.

»Rennt, so schnell ihr könnt!«

Doch an Rennen war nicht zu denken. Alle reihten sich Schutz suchend hinter der kräftigen Gestalt des Königs ein und der führte sie mit eingezogenem Kopf Schritt für Schritt zur Tür. Seine mächtige Mähne flatterte im Wind. Das Gebäude knirschte in allen Fugen. Mühsam schleppten sie sich voran.

An der Tür blieb Pertelot Fitzwilliam stehen. »Mercurius!«, rief sie. »Was geschieht jetzt?«

Er lachte auf. »Abwarten«, riet er.

Als alle draußen waren, wandte Tom sich abermals dem Wirbel zu. Der beulte sich aus und zerfiel zu einer Wolke aus losem Abfall, wie man sie an windigen Tagen an jeder Straßenecke sieht. Ein paar Takte Musik erklangen, Rohrflöten und Fingertrommeln, und eine menschliche Gestalt wurde sichtbar. »Bringt mir eure Kätzchen«, sagte sie. »Bringt mir alle Kätzchen!« Sie wirkte entstellt, trug eine Maske und streckte steif die Arme von sich.

Ein tiefes, gequältes Stöhnen war zu hören, dann ließ sich eine zweite Stimme vernehmen. »Tom«, sagte sie, »wir können ihn immer noch besiegen, wir müssen nur kühlen Kopf bewahren.«

Tom wich hastig zurück. Als Letztes sah er Kater Murr unter dem Wirbel liegen. Dessen Fuß hatte sich zu einer feinen Spitze verjüngt und fuhr zwei Finger über dem Katzenleichnam ziellos auf und ab. Tom hätte erwartet, dass auch Murr eingesaugt würde, aber der blieb, wo er war, sosehr das Ding über ihm auch ächzte und stöhnte. Sein Gesicht war zu einem grässlichen Grinsen verzerrt.

Er wollte es so, schien dieses Grinsen zu sagen. *Denn Kater Murr war keine gewöhnliche Katze.*

Eine Stunde vor dem Morgengrauen standen fünf Katzen und ein Fuchs oberhalb einer kleinen Stadt am Meer und warteten. Über der Bucht bedeckten brodelnde kobaltblaue

Wolken den Himmel, der Horizont war unter einer dicken grauen Schicht verborgen. In den Häuschen, die kreuz und quer auf dem windigen Hang über dem Hafen standen, brannte kein einziges Licht.

»Kalt hier«, sagte Cy und sah zu Tom auf. »Komm näher«, befahl sie. Er antwortete nicht, aber sie schnurrte trotzdem. »He, Trumpf-Ass, keine Sorge«, mahnte sie. »Beim Waschen geht alles raus. Kapiert?«

Er starrte sie an. »Ich werde dich nie verstehen«, sagte er.

Sie krümmte sich vor Lachen.

»Was gibt's da zu verstehen?«, fragte sie. »Auch Mädchen wollen ihren Spaß haben.« Sie schaute zum Ozeanarium hinab. »Wilde Nacht heute«, bemerkte sie grimmig.

»Stimmt«, sagte Tom nickend.

Er ließ sie für einen Augenblick allein und ging zu Ragnar und dem Fuchs. »Viel Schutz haben wir hier nicht«, sagte er und schaute über die kahle Hügelkuppe: niedergetrampeltes Gras, einige Betonbänke, ein Papierkorb, ein paar kleine Ginstersträucher und Felsen, das war alles.

»Im Ort wären wir besser aufgehoben«, meinte der Fuchs.

Ragnar Gustaffson pflichtete ihm bei. »Da könnte das Ding uns nicht so leicht folgen.« Er fröstelte. »In den Gräbern hatte es Schwierigkeiten, um die Ecken zu kommen.«

»Im Ort sind Menschen«, sagte Tom.

»Warum sollte uns das kümmern?«, fragte der Fuchs. »Die wissen doch gar nicht, was hier oben geschieht.«

»Es geht sie auch nichts an«, wandte der König ein.

Nein, dachte Tom mit einer Feindseligkeit, die ihn selbst überraschte. Sie können ruhig schlafen, während die geheime Welt sich weiter dreht. Sie werden nie erfahren, was hier geschieht. Laut sagte er: »Ragnar hat Recht. Wir müssen nach Möglichkeit verhindern, dass ihnen die Häuser über dem Kopf einstürzen.«

Liebt-Mülltonnen fand das ziemlich komisch.

»Immerhin«, sagte er, »tun sie uns Füchsen genau das an.«

»Trotzdem, mein Freund«, sagte der König. »Trotzdem.«

Tom schaute den Hügel hinab. Nach ihrer Flucht hatte das Ozeanarium zu tönen begonnen wie eine Kirchenorgel. Sie spürten die Vibrationen bis in den letzten Winkel ihres Körpers. Von allen Seiten fuhren gewaltige Luftströme in die Türöffnung; die Wände zitterten, das Gebäude wankte in seinen Grundfesten. Wie ein lebendes Wesen zog es den Wind an sich, wie ein großer Fisch, der seine Nahrung aus dem Wasser filtert. Sämtliche Papierabfälle der Stadt tanzten den Hügel herauf. Die Telefonleitungen bogen und spannten sich. Schon krochen die ersten Sandrinnsale hangaufwärts.

»Es ist unerträglich!«, rief Leonora Whitstand Merril plötzlich. »Warum braucht das Ding denn so lange? Worauf wartet es nur?«

»Schaut!«, rief Pertelot Fitzwilliam. »O seht doch!«

Sie hatte unterhalb des Ozeanariums zwischen den Dächern etwas entdeckt, das sich zunächst niemand erklären konnte. Es war weniger ein Gegenstand als eine Bewegung – ein Flackern zwischen zwei Schornsteinen im nächtlichen Regen, als sei *irgendetwas* soeben rasch ein Schieferdach hinuntergerutscht und bereits außer Sicht. Was immer es gewesen war, es kam auf sie zu …

»Jetzt!«, drängte Pertelot. »Da! Rags, Mercurius, seht ihr?«

Das Etwas kam näher und sie erkannten die vertrauten Bewegungen einer Katze, die es eilig hatte: den Steilsprung an der Wand hinauf, die großen Sätze mit elegant gestrecktem Körper, die schnelle Flucht über regennasse Granitsteine. Trotzdem konnten sie aus dieser Entfernung mit Sicherheit nur sagen, dass die Bewegungen ausgeführt wurden. Niemand – alle starrten jetzt gespannt in dieselbe Richtung – hatte bisher die dazugehörige Katze entdeckt. Dann sagte der Fuchs: »Da, am Fuß der Mauer. Sie sind zu zweit!« Und kurz darauf fügte er hinzu: »Sie wissen, was sie tun.«

Tatsächlich, zwei Schatten eilten durch den Sturm und die fliegenden Trümmer, umgingen das Ozeanarium in weitem

Bogen und hielten sich geschickt im Windschatten, wo immer es möglich war. Zwei Katzen, an das Leben im Freien gewöhnt, mit harten Muskeln und Sehnen wie Stahl. Sie waren ein Team, das war nicht zu übersehen, aber die eine lief immer ein Stück voraus, wartete kurz und lief wieder weiter, als kenne nur sie den Weg.

Diese Katze war größer, aber zierlicher gebaut, sie hatte lange dünne Beine und ihr kurzes dickes Fell schimmerte im trüben Licht des Morgens wie mattes Gold. Als sie die Katzen auf dem Hügel erblickte, konnte sie nicht mehr an sich halten. Ohne sich weiter um ihren Begleiter zu kümmern, sprang sie in langen Sätzen auf die Wartenden zu und rief sie beim Namen. Sie waren erschüttert über das fehlende Auge, aber sie bemerkten auch die Kraft in den Gliedern, die Freude, die Energie in jedem Schritt.

Pertelot drehte sich aufgeregt im Kreis herum und rief immer wieder: »Odin! Es ist Odin! Oh, Rags, seht doch nur! Seht alle her!«

Das erste verlorene Kätzchen war nach Hause gekommen.

Einige Jahre zuvor hatte ein Herbststurm auf der meerwärts gelegenen Seite etwa vierzig Schieferplatten vom Dach des Ozeanariums gerissen. Nun wollten die Wellblechtafeln, durch die man sie ersetzt hatte – der schwarze Lack war mit einem schäbigen Aquamarinblau überstrichen worden, auf dem sich bald Rostflecken zeigten – ihrerseits die Flucht ergreifen. Kreischend und rasselnd zerrten sie an den Nägeln und plötzlich waren sie frei! Eine nach der anderen wurde von einer Gegenströmung, einem Luftwirbel erfasst und tanzte halsbrecherisch durch die Luft, nur um mit brutaler Kraft in den summenden Schlund gerissen zu werden. Im nächsten Moment erschien, so groß wie nie zuvor, das goldene Dreieck über dem Dachfirst. Es leuchtete hell, aber es war nicht vollständig. Zwei Linien – die Basis und eine Seite – waren vorhanden, aber die dritte, die für die Spitze unerlässlich gewesen wäre, war nur angedeutet. Das Dreieck blieb offen – etwas fehlte noch. Sobald das Symbol auftauchte, steigerte sich das Summen zu einem tiefen Grollen, das den ganzen Hügel zum Erzittern brachte. Die Katzen spürten es durch die Fußballen, aber sie waren viel zu glücklich, um darauf zu achten.

Die Mau, die ihrem Sohn nur noch bis zur Schulter reichte, traktierte Odin mit Ohrfeigen, bis er sich lachend auf dem Rücken wälzte. »Wie kannst du es wagen, deine Mutter so zu erschrecken?«, rief sie. »Du gefühlloser Rohling.« Und dann musste sie ebenfalls lachen.

»Geh vorsichtig um mit diesem Sohn«, warnte Ragnar. »Wer weiß, ob ich je wieder einen bekomme.«

»Männer haben keine Ahnung«, erklärte Pertelot Fitzwilliam und sah ihn vielsagend an. »Das wird schneller der Fall sein, als du denkst.«

»Bisher waren es vor allem Töchter.«

»Dies ist keine Tochter«, sagte die Königin leise. Dann begann sie in aufwallender Zärtlichkeit Odins leere Augenhöhle zu lecken, als könnte sie ihm damit das fehlende Auge zurückgeben.

Der Kleine ließ sich das eine Weile gefallen, dann schüttelte er den Kopf, sprang auf und jagte zuerst seine Mutter und dann Leonora Whitstand Merril um den Papierkorb herum. Ragnar und der Fuchs feuerten die wilde Jagd mit schrillem Kreischen an. Die Königin war bald außer Atem und wirkte nicht mehr allzu hoheitsvoll. Bruder und Schwester rannten wie aufgezogen immer weiter. Sie rannten, bis ihnen die Augen aus dem Kopf quollen und die Schwänze sich zu Fragezeichen krümmten. Sie rannten so wild umher, dass Gras und Erde unter ihren Füßen aufspritzten. Wenn sie nur an der richtigen Stelle angesetzt hätten, sie hätten die Welt unter sich ins Rollen gebracht. Mit ihrer Begeisterung vertrieben sie die Hoffnungslosigkeit und verwandelten den nächtlichen Hügel in einen Park.

War das ein Wiedersehen! Nur der neue Majicou stand abseits und blickte fragend den Hang hinab. Außer Reichweite der letzten Straßenlaterne, wo die Häuser aufhörten und das Gras begann, stand Odins Begleiter, eine schemenhafte Gestalt, im Halbdunkel und sah unsicher zu ihnen herauf.

»Willst du nicht zu uns kommen?«, rief Tom hinunter.

Keine Antwort.

Tom wurde es plötzlich mulmig.

»Es war sehr freundlich von dir, den Kleinen nach Hause zu bringen«, sagte er.

Immer noch keine Antwort.

»Odin sagt, du kennst uns. Du seist ein alter Bekannter von Pertelot Fitzwilliam.«

Schweigen.

»Komm doch herauf, damit wir dir wenigstens danken können.«

Schweigen.

»Ich kann auch zu dir kommen«, schlug Tom vor.

»Nee, nee«, ertönte eine ruhige Stimme. »Nicht nötig. Ich war ein bisschen schüchtern, aber das ist jetzt vorbei. Bleib nur, wo du bist.«

Aus dem Schatten trat ein Kater von der Farbe eines Zelluloidkamms. Seine Zeichnung war stark ausgeprägt und stellenweise so dunkel, dass sein Fell fast schwarz wirkte. Die einzelnen Haare waren kurz und kräftig und ganz leicht gelockt. Eins seiner Augen erstrahlte in einem offenen, freimütigen Ehrenpreisblau, das andere war gelb wie eine Natriumlampe. Darüber wölbten sich die zerklüfteten, grauen Narben des unverbesserlichen Raufbolds. Trotz zahlreicher alter Wunden bewegte er sich fließend und mit einer gewissen schwerfälligen Eleganz.

Tom riss die Augen auf. »Du bist doch tot«, flüsterte er.

Mousebreath sah an sich hinab. »Nee, Freundchen«, sagte er. »Das bin ich nicht.«

Dann fügte er hinzu: »Aber es hat nicht viel gefehlt, das gebe ich zu.«

Er musterte Tom mit seinem blauen Auge.

»Siehst keinen Tag älter aus«, sagte er. »Hast du inzwischen Mäusefangen gelernt?«

»Oh, Mousebreath, *Mousebreath*!«

»So heiß ich.«

Der alte Raufbold sah sich um. »Nett hier«, bemerkte er unverbindlich. »Besonders der Blick aufs Meer.« Er deutete auf die Königin und sagte: »*Sie* ist also angekommen. Die Kätzchen haben sich gut rausgemacht. Das Einauge ist ein tüchtiger Jäger, er hat einen guten Stil, den nötigen Eifer und jede Menge Energie.« Er verstummte. »Ja«, sagte er, »ihr habt's also alle geschafft. Das freut mich. Freut mich sehr.« Er wurde nachdenklich, aber bald hellte sich seine Miene wieder auf. »Und wo ist nun die alte Calicokatze? Wo ist die alte Sealink? Die hat mir sicher 'ne Menge zu erzählen!«

Und er flüsterte wie eine verlorene Seele: »Wie ist es denn gelaufen, Tom? Wie ist die Sache ausgegangen?«

»Ach, Mousebreath, wenn ich nur wüsste, wo ich anfangen soll.«

Mousebreath sah zu Boden. »Ich hab in meinem Leben 'ne Menge versäumt«, sagte er heiser, »auf die eine oder andere Weise.« Er schüttelte den Kopf. »Fang an, wo du willst«, sagte er, »ich möchte es nur *wissen.*« Er seufzte und streifte mit seinem Bernsteinauge das Ozeanarium. »Fang damit an«, sagte er. »Erzähl mir, was gerade passiert. Vielleicht kann ich helfen.« Er hob eine Pfote und plötzlich war sie voller Rasiermesser. »Sieh dir das an«, sagte er und zwinkerte. »Ich hab jetzt zwei Namen«, fuhr er fort, »aber ich bin derselbe alte Kater geblieben.«

»Hm ...«, begann Tom.

In diesem Moment zersprang das Ozeanarium.

Elektrische Ströme fuhren singend durch das Mauerwerk und rasten mit einem Geräusch wie reißende Spitze an den

Außenwänden herab. Der Wirbel verstummte und fiel in sich zusammen. Totenstille senkte sich über die Stadt. Abfälle gingen auf die Gärten nieder. Mülltonnendeckel rollten die Straßen entlang, fielen um und blieben liegen. Dann begann alles wieder von vorn. Aus der Tür schoss ein langer grellweißer Lichtstrahl, das ganze Gebäude hob sich ein wenig und wurde um eine Winzigkeit größer. Jeder einzelne Stein zeichnete sich hell ab und löste sich langsam aus der Mauer. Ein Ton schraubte sich rasch immer höher, bis er kaum noch zu vernehmen war. Als er die Hörschwelle überschritt, flog mit einem verächtlichen, leisen *Pah!* das ganze Gebäude auseinander. Die Druckwelle warf die Katzen um. Mauerbrocken, zerbrochene Dachschindeln und Holzbalken von der Größe von Eisenbahnschwellen regneten vom Himmel und bohrten sich tief in die Erde. Die Katzen flüchteten unter eine Betonbank. Der Fuchs war schneller gewesen.

»Seht euch das an!«, rief er empört.

Es war gerade hell genug, um das Fischbecken zu erkennen, das unversehrt auf seinem kreisrunden Betonsockel stand. Die zuckenden Schatten in seinem Innern verrieten, dass die zweifellos überraschten Bewohner nach wie vor in ihrem Element und am Leben waren.

»Wie konnte das geschehen?«, fragte der Fuchs. »Wie kann so etwas geschehen?«

»Frag dich lieber, wo der Wirbel geblieben ist«, empfahl ihm der neue Majicou gereizt. »Wir müssen die Sache jetzt zu Ende bringen, sonst können wir uns niemals sicher fühlen.«

Der Trümmerregen hatte aufgehört. Ein Tier nach dem anderen kroch unter der Bank hervor und sah sich vorsichtig um. Sie schauten landeinwärts. Nichts. Sie schauten aufs Meer hinaus. Auch dort war nichts zu sehen. Über der Bucht war ein leichter Wind aufgekommen und wehte in ihre Richtung. Er roch nach Morgen, doch im Osten zeigte sich noch kein Lichtschein.

»Ich denke, jetzt ist alles gut«, erklärte Ragnar.

Vor ihm erbebte grollend die Erde. Es knirschte wie ein rostiger Mechanismus und zwei Gestalten stiegen empor.

Riesengroß und stumm zeichneten sie sich vor dem Himmel ab, reglos und feierlich wie die Steinkolosse in einem ägyptischen Tempel – der Majicou und der Alchimist, der weise schwarze Kater und sein ehemaliger Herr. Der Kater peitschte mit dem Schwanz. Die Lumpen des Alchimisten flatterten im Wind. Beide wirkten unsicher. Zu lange waren sie untrennbar verbunden in ihrer eigenen Welt gewesen. Starrsinnig hatten sie im Dunkeln unter der Erde ausgeharrt. Nun war ihnen die wirkliche Welt fremd geworden. Ratlos sahen sie zu den Tieren auf dem Hügel hinab, als dächten sie: Wie kann das Leben nur so klein sein? Ob sie sich wohl an die Schlacht um Tintagel erinnerten, an die Zeit, als auch sie noch zu diesen kleinen Lebewesen gehörten?

Wer konnte es wissen?

Die Stimme des Alchimisten schallte über die Bucht und auf das weite Meer hinaus: »Die Kätzchen! Ich werde sie bekommen, Hobbe. Jetzt sind sie mein.«

Und der Majicou antwortete: »Nicht, solange ich lebe.«

Und dann begann der Kampf von neuem, Hieb um Hieb, Schlag gegen Schlag, schneller und immer schneller, bis sie, bebend vor Zorn und stöhnend vor Schmerz, abermals zu einem einzigen Wesen verschmolzen. Der Wirbel fegte so heftig über den Hügel, dass die Erde aufspritzte. Um sich aus der Dualität zu befreien, schoss er hoch empor, raste über den Himmel wie ein glühender Meteor, stürzte in einer Dampfwolke ins Meer und tauchte ungekühlt wieder auf. Abermals jagte er landeinwärts auf den Hügel und die wartenden Tiere zu.

Die waren machtlos. Ringsum tobten die Stürme. Der Morgen ließ auf sich warten. Sie hatten sich gegen eine Flucht in die Stadt entschieden und sonst konnten sie nirgendwo hin. Also ertrugen sie tapfer einen neuen Erd- und

Steinregen und warteten ab. Auf einmal begann Mercurius Realtime DeNeuve, der neue Majicou, zu lachen.

»Ich glaube«, sagte er, »wir haben gesiegt.«

Seine Freunde sahen ihn an, als habe er den Verstand verloren.

»Seht doch nur! Am Himmel!«

Über dem Ozeanarium schwebte immer noch das leuchtende, blinkende Dreieck in der Luft. Nun flammte vor ihren Augen die fehlende Seite auf, erlosch, kehrte wieder … und blieb. Die Figur hatte sich vervollständigt. An der Spitze zitterte, zart wie ein vergessenes Wort, das einem auf der Zunge liegt, eine Lichtkugel.

»Hinter mich!«, schrie Tom. »Wem sein Leben lieb ist, der stellt sich hinter mich. Sofort!«

Sein gebieterischer Blick duldete keinen Widerspruch. Einer nach dem anderen – Rags und Pertelot, Odin und Leonora – reihte sich ein, als wollten sie ein Gebäude betreten, das echten Schutz bot. Tatsächlich ließ der Wind hinter seinem warmen Körper ein wenig nach. Der Mülltonnenfuchs warf ihm aus gelben Augen einen langen Blick zu. »Nimm dich in Acht, mein Freund!«, warnte er. »Du hast dich schon zu oft verausgabt! Und er stellte sich hinter Mousebreath. Cy die Tigerkatze war die Letzte. Sie rieb den Kopf an ihm und schnurrte so laut, dass sie sogar den nahenden Sturm übertönte.

»Ich hatte immer Vertrauen zu dir, Trumpf-Ass«, sagte sie. »Enttäusch mich nicht.«

Tom lachte.

»Zieht die Köpfe ein!«, rief er. »Und seht nicht hin!«

Es gab einen Donnerschlag und dann roch es nach Schnee.

Als Sealink die Calicokatze, ohnehin noch angeschlagen von den turbulenten Ereignissen in ihrer Heimatstadt, vor dem Hügel eintraf, traute sie ihren Augen nicht.

Den Flug hatte sie genossen – wann wäre das jemals anders gewesen? –, aber der Weg vom Flughafen hierher hatte an ihren Kräften gezehrt. Wie ein Insekt hatte sie sich durch das zerrissene Gespinst des Alten Weges gekämpft. Isis hatte, zerstreut, gehetzt und nicht immer eine angenehme Reisegefährtin, die Hindernisse fortgesungen – was der guten Laune nicht gerade förderlich war. Ihr Gesang weckte oft das Unheimliche in der Welt. Und er ging einem durch Mark und Bein. Doch sie hatten es geschafft, trotz aller Hürden, trotz der Enttäuschung, als das Kätzchen das Heim in Tintagel verlassen vorfand. Die Frage war nur, wo sie gelandet waren.

»Es sah aus wie in der Hölle«, beschrieb es Sealink später. »Und wenn ich ehrlich sein soll, ihr hättet gut dazu gepasst.«

Das Symbol, das noch auf jedem Schauplatz – vom ägyptischen Grabmal über den Louisiana-Sumpf bis zur Höhle von Tintagel – eine Rolle gespielt hatte, blinkte am dunklen Himmel wie die Neonwerbung einer Fischbraterei. In seinem matten, schwankenden Licht wirkte die Hügelkuppe mit den halb vergrabenen Mauerbrocken wie eine Mondlandschaft, während die Reste des Ozeanariums an eine frische, noch ungesicherte archäologische Fundstätte erinnerten.

Das Zeichen erhellte die Verwüstungen, die der Wind angerichtet hatte. Der schmale, elegante, schwarze Trichter war inzwischen fünfundzwanzig Meter hoch und bewegte sich, wie er wollte. Kein Grashalm, keine Heidelbeerstaude auf dem Hügel waren sicher vor ihm. Heftige Böen rissen die Humusschicht auf und formten daraus vor den Augen der fassungslosen Calicokatze einen Schleier oder eine Glückshaube für das untere Drittel des Wirbels. Die Betonbänke zerrten ächzend an ihrer Verankerung, wurden trotz der im Fels versenkten Schrauben losgerissen und eingesaugt. Der Papierkorb wehrte sich etwas länger, doch dann ereilte ihn das gleiche Schicksal.

Diesen Albtraum, sagte sich Sealink, konnte nichts lebend überstehen. Für kleine Tiere war das einfach nicht der rechte Ort. Und doch saßen da eine Hand voll halb blinder Katzen und ein Fuchs, der ziemlich mitgenommen aussah, und duckten sich verängstigt, während ringsum die Welt in Stücke ging. Zwischen ihnen und dem nahenden Sturm stand wie ein Wappentier, die mächtige Pfote erhoben, ein weißer Schneetiger mit eisengrauen Streifen. Volle fünf Meter maß er von der Nase bis zum Schwanz. Sein Fell erstrahlte in jenem Licht, das vor Urzeiten die Sommer der Arktis erhellt hatte. »Nimm dich in Acht«, hatte der Fuchs gewarnt. Doch wer in sein Inneres greift, findet immer noch mehr. Er trotzte der Vergänglichkeit. Mit weit aufgerissenem Maul brüllte er sein Leben hinaus – als könne jedes Wesen aus Fleisch und Blut mit genügend Atemluft zehntausend Jahre überleben. Vom Säbelzahntiger bis zur Hauskatze, von den Eisfeldern bis zur Schlacht von Tintagel und bis zu dieser kahlen, öden Hügelkuppe hatte Mercurius Realtime DeNeuve, der neue Majicou, jeder Katastrophe standgehalten.

Sealink konnte es nicht fassen.

»Das ist *Tom*«, sagte sie.

Und dann: »Das Dreieck am Himmel habe ich schon einmal gesehen. Vor gar nicht langer Zeit.«

Noch einmal suchte sie sorgfältig die Hügelkuppe ab.

»Ich hatte gehofft, hier einige Antworten zu finden«, sagte sie zu Isis. Ihre Augen wurden schmal. »Aber das geht über meinen Horizont. Ist das etwa ein Aquarium, Schätzchen?«

20

DIE GRÜNE WELT

Isis hatte gar nicht zugehört. Sie war schon zu Odin und Leonora gelaufen.

»Schätzchen«, begann Sealink, »ich glaube nicht …«

Zu spät.

Für einen Sekundenbruchteil hing alles in der Schwebe, dann brach die Katastrophe herein.

Isis rief nach ihrem Bruder und ihrer Schwester. Als Odin und Leonora ihre Stimme hörten, sie aber nicht sehen konnten, verließen sie den Schatten des weißen Tigers und rannten ziellos durch das Chaos.

»Jetzt hole ich sie alle«, sagte sich der Wirbel.

Isis blieb mit erhobener Vorderpfote stehen und sah sich verzweifelt nach allen Seiten um.

Im letzten Augenblick, der Wirbelwind hatte sich bereits über sie gebeugt, ging Mercurius Realtime DeNeuve dazwischen, bäumte sich auf und drohte mit eisernen Krallen …

Die übrigen Katzen sahen sich ihres Schutzes beraubt. Sie stoben auseinander, flüchteten sich in die flachen Mulden des freiliegenden rosa Granitgesteins und machten sich so klein wie möglich. Vermutlich stand ihnen noch einiges bevor. Also taten sie, was alle Katzen tun, wenn es kein Zurück mehr gibt: Sie verkrochen sich in sich selbst und hielten durch.

Sealink war wie gelähmt. Sie sah keine Möglichkeit, ihren alten Freunden zu helfen, und für einen Moment bildete sie sich auch noch ein, einen gewissen Schildpattkater unter ihnen gesehen zu haben. Ihr Herz tat einen Satz; aber es war doch nur der Mülltonnenfuchs gewesen, der sich das Fell mit Erde beschmutzt hatte. Sonst konnte sie zunächst niemanden unterscheiden; sie glaubte allerdings, Ragnar Gustaffson zu erkennen, der nicht ohne Erfolg seine Königin zu beschützen versuchte.

»Ganz ruhig, Mädchen«, warnte sie sich. »Du darfst jetzt nicht zusammenklappen. Das ist eine Extremsituation …«

Trugbilder flimmerten durch die Luft. Tiger und Wirbelwind, zwei ungleiche Gegner, torkelten eng umschlungen in den Trümmern des Ozeanariums umher. Ihr heiseres Gebrüll schallte kilometerweit aufs Meer hinaus wie eine neue Warnung an die Schiffe – ein Hinweis auf Gefahren, die weniger konkret waren als die Felsen, die Untiefen und die Küstennebel des gewöhnlichen Seefahreralltags. Seltsame Düfte hüllten die Kuppe ein – glühendes Messing, Chemikalien und Weihrauch – und wurden von einem Wind vertrieben, der erst vor kurzem über riesige Eisflächen gekommen war.

Die Kätzchen riefen sich kläglich beim Namen, ihre Stimmen waren schrill genug, um selbst unter diesen Umständen gehört zu werden. Sealink sah sie nur hin und wieder flüchtig hinter der aufspritzenden Erde, doch jedes Mal hatten ihre Schreie sie näher zusammengeführt. Sie erschienen ihr größer als zuvor. Ihre Bewegungen verrieten Entschlossenheit, sie brachten dem geschundenen Hügel aus der Vergangenheit aller Katzen einen Hauch von heißem Sand und trockener Steppe mit. Am Himmel blinkte das Dreieckssymbol zu ihrem Empfang noch einmal begeistert auf, bevor es für immer erlosch. Als Punkte eines Dreiecks fanden die drei schließlich zusammen, doch was daraus entstand, wusste niemand mit Sicherheit zu sagen.

Die Begrüßung verlief wie bei allen Kätzchen: Sie sprangen herum, rieben die Köpfe aneinander, knufften sich und wälzten sich auf dem blanken Fels. Doch bald gaben sie das Spielverhalten auf und besannen sich auf ihre Würde. Eine Weile saßen sie völlig reglos hoch aufgerichtet da und sahen sich schweigend an.

Dann hob Odin den Kopf und pirschte sich an den Wind heran.

Er schnupperte. Er duckte sich. Er zappelte mit dem Gesäß, er sprang. Er schnellte sich aus dem Stand senkrecht in die Luft, drehte sich, streckte den Körper und klappte die Kiefer zusammen wie eine Falle. Nach einer mühelos präzisen Landung führte er jene hektisch schlurfende Verfolgung vor, die manchmal nötig ist, wenn die Beute Glück hat und rechtzeitig wegläuft. Dabei zuckte die Achseln, als wolle er sagen: Nicht sehr elegant, aber eine Methode wie jede andere. Eine Katze gibt niemals auf, wie könnte sie sich sonst ernähren? Er wartete, bis er sicher war, dass seine Schwestern ihm zusahen, um dann zu demonstrieren: So geht man vor, wenn sich das Beutetier im hohen Gras versteckt. Seht ihr? Der Sprung ist höher und beim Aufkommen verlagert man das Gewicht hinter die Vorderpfoten. So macht man das!

Die beiden Weibchen nahmen es mit ernster Miene zur Kenntnis.

Dann wechselten sie einen langen, verständnisinnigen Blick, der besagte: Jawohl, so wird gejagt. Aber jetzt zu etwas anderem. Seht her! Hört gut zu!

Und Leonora Whitstand Merril tanzte und Isis sang, und sie woben aus der Jagd, dem Tanz und dem Gesang ein Muster in die Luft. Es war ein langer, schwieriger Prozess, denn die einzelnen Fäden waren aus Gold und Blut und aus all jenen Dingen gesponnen, die eine Katze tut. Das Muster hatte in etwa folgende Bedeutung – und sie gilt bis heute:

Fressen sollt ihr, Junge sollt ihr werfen und bei Nacht sollt ihr den Gesang der Katzen anstimmen. Dies ist ein Grashüpfer, jenes eine Maus, aber das da ist nur ein Büschel Gras im trockenen Wind. Dies sind Bäume, sie haben Blätter, dazwischen sitzen die Vögel – und die singen auch. So wechselt man die Richtung im vollen Lauf – ein Trick, den ihr vielleicht eher braucht, als ihr glaubt. Still! Da hat sich ein Kätzchen im Dunkeln verlaufen; und mit diesem Ruf schwingt sich die Lerche am frühen Morgen in die Lüfte empor – fresst niemals ihre Füße! Wir waren in Nubien und später in Ägypten. Die Menschen hießen uns willkommen. Der Nil nahm uns auf. Seine Tauben flogen uns ins Maul ...

Es war weniger ein Lied, ein Tanz, eine Übung für die Jagd als ein Teppich, das *tapetum lucidum* der Felidae. Der Vorgang des Webens führte die Kätzchen immer näher zusammen, bis sie sich schließlich wieder an den Punkten eines Dreiecks gegenübersaßen. Wie eine Welle ging es über sie hin. Von oben kam ein Lichtstrahl. Sie verschwammen, flimmerten wie im Hitzedunst eines Sommermorgens. Und plötzlich zerflossen sie und aus den dreien wurde ein einziges Tier. Es schaute zu seinen Eltern zurück, drehte sich um, sprang mit ganz eigenen Tanzschritten davon und verschwand.

Zurück blieb nur das *tapetum lucidum* und legte sich zart wie ein Fiebertraum über den Hügel. Gleich einem goldenen Schleier hing das Leben der Katzen in der Luft.

Sealink blickte auf.

In ihrer Felsmulde hoben Ragnar und Pertelot die Köpfe.

Cy die Tigerkatze schaute blinzelnd hoch.

»Mann!«, sagte sie zum Fuchs und auch der öffnete die Augen.

Stille breitete sich über den Hügel und erfasste auch die wartende Stadt und den Hafen.

Im Osten wurde es hell.

»So etwas habe ich noch nie erlebt«, sagte Sealink.

Versuchstier X – er war immer noch er selbst, aber zur Hälfte auch Mousebreath. Oder war es umgekehrt? Er war viel zu aufgeregt, um es zu entscheiden, und beobachtete, wie das Tageslicht Schicht für Schicht durch die Wolkendecke drang. Zuerst war es golden mit einem leichten Stich ins

Grüne, durchsichtig wie ein Wasserfilm auf Alabaster, dann wurde es immer kräftiger und am Ende war es grün wie das sonnenbeschienene Laub in jenem Land, das in der Erinnerung aller Katzen lebendig ist, obwohl keine Katze es je gesehen hat. Ich habe den Morgen immer geliebt, dachte er. Dann hielt er den Atem an. *Er wusste, was jetzt kam!* Langsam, ganz langsam streckte sich der Teppich der Goldenen Katze dem Morgen entgegen. Der Morgen kam auf ihn zu. Sie berührten sich mit einem Laut, der kein Laut war. Mit einem Mal war überall grünes Licht. Es rann über alle Oberflächen – über das Meer, die Hafenmole, die Palmen und Bushäuschen, das verlassene Beach-O-Mat! Es hing bebend in den Schaufenstern –, die mit einem leisen Dröhnen antworten, als hätte jemand daran geklopft. Es lief über das Kopfsteinpflaster den Hügel hinauf, es zuckte knisternd über die Dächer der Häuser und übersprang den Graben zu den Stufen des Ozeanariums.

Versuchstier X erschauerte.

Auf jedem öden Zentimeter des Hügels züngelte das Licht wie tausend Flammen, ein grüner Traum wie eine brennende Lunte, wie ein sanftes Lachen. Es *war* ein Lachen, ein Lachen, das sich verdichtete und Funken sprühte. Noch ein Moment des Innehaltens, in dem er den eigenen Herzschlag darin spürte, dann brach der Morgen an und die Vögel sangen. Alle Vögel der Welt sangen, es gab nur noch das Licht und was daraus entstand, und alles war für immer verwandelt.

Wer sieht die Große Katze so, wie sie ist?

Wir wissen, wie Versuchstier X sie sah. Seit seinem Erlebnis im Laboratorium war sie Tag für Tag als grünes Feuer über ihn hereingebrochen und hatte ihn ins Maul der Liebe genommen.

Der Mülltonnenfuchs erzählte, er habe Gestalten gesehen, die vielleicht nicht einmal Tiere waren, aber sich so kraftvoll und flüssig bewegten wie Leoparden, prächtige, ungezähmte grüne Gestalten, Erzengel, die durch die Welt flogen, um sie zu verändern. War das die große Katze selbst gewesen, oder waren es nur ihre Diener? »Wer weiß?«, sagte er zu sich selbst. »Sie ist die Welt.« Jetzt fiel ihm wieder ein, warum er sich vor so vielen Jahren auf Gedeih und Verderb mit dem alten Majicou zusammengetan hatte. »In diesem Augenblick wusste ich wieder«, erzählte er später, »was wir damals erreichen wollten. Aber ich weinte immer noch um Francine, die in einem anderen Krieg so sinnlos ums Leben gekommen war.«

Was Cy die Tigerkatze sah, sollte niemand je erfahren.

»Ich meine«, erklärte sie später, »man sieht es und dann wieder nicht. Versteht ihr? Es ist in den Dingen verborgen. Es kauert im Bushäuschen. Es wartet in der Bucht. Man sieht mit neuen Augen, was einem vertraut ist. Over und Ende, Trumpf-Ass: Genügt dir das jetzt? Was immer du ansiehst, ist wahr!«

Ragnar und Pertelot hatten wieder etwas anderes gesehen.

Ein leuchtendes, großes Dreieck – das Zeichen für ihre Kinder, die geschaffen waren, um etwas noch Seltsameres hervorzubringen. Und an der Spitze ein Licht in der Farbe von Pfirsich und Bernstein. In diesem Licht lag, zusammengerollt im ewigen Schlaf der Zeit und zugleich so wach wie der helle Tag, die Große Katze höchstselbst, die Mutter der Schöpfung, der grüne Traum, der wie ein Herz schlägt im Herzen der Welt. Sie erkannten sie an ihrem Leib, der aus Hügeln besteht und aus kahlen Bergen, aus Dschungel und Wald und der zugleich Heim ist und Herd. Sie erkannten sie an ihrem immerwährenden grollenden Schnurren, das die Stimme der Welt ist und der Motor des Wetters, das Wind ist und Wellen und das Meer, auf dem die Welle spielt, und alles unter dem Meer bis hinab in das tiefe Reich der Fische. Sie erkannten sie an ihrem Fell, das glänzt wie das Feuer, das alles verwandelt und grün ist mit einem Stich ins Goldene. Sie erkannten sie am ewigen Kommen und Gehen ihrer Jahreszeiten. Sie erkannten sie an ihrer Freude über jedes Kätzchen, jede dahinflitzende Maus, jedes fallende Blatt – und sie wurden von ihr erkannt.

Sie öffnete ihr Silberauge.

Sie öffnete ihr Goldauge.

Sie erwachte und erkannte sich selbst.

Sie erwachte und erkannte die Kleine Mutter und den Kleinen Vater.

Und sie sagte: »Ich habe so lange auf euch gewartet.«.

Ihre Stimme drang ein in alles Geschaffene. Sie drang auch Ragnar und Pertelot ins Herz. Als die Große Katze die Welt betrat, kam sie aus dem Innern dieser beiden. Sie kam aus dem Licht, das sie umgab, sie kam aus jedem Staubkorn unter ihren Pfoten. Und sie kam aus alledem zugleich.

Sie sagte: »Fürchtet euch nicht.«

Wovor sollten sie sich fürchten? Waren sie nicht ebenfalls Katzen?

Und so saßen sie ganz aufrecht, drückten die Brust heraus und schnurrten, als wollten sie nie wieder aufhören.

»Als wir Kätzchen waren«, hörten sie sich sagen, »hast du uns im Dunkeln beruhigt. Und später, als uns das Leben im Nacken saß, sahen wir dich in der Mittagsglut.«

Und Ragnar fügte hinzu: »Es ist noch nicht lange her, da habe ich dich auf einem Bild gesehen.«

Sie war die Welt. Aber sie war auch eine Katze, nur sehr viel größer. Sie hatte Ägypten mitgebracht, als Kulisse sozusagen, um den beiden die Angst zu nehmen; aber auch deshalb, weil sie einmal dort erwacht war und sich in dieses Land verliebt hatte. Ihr war es vorgekommen wie ein kurzer Augenblick, aber für die Menschen der Verschwundenen Dynastie, die sie verehrten, waren es tausend Jahre gewesen. Nun grünten dort Palmen und Zitronenbäume, in den goldenen Sonnenstreifen innerhalb der ummauerten Gärten tummelten sich die Insekten und die Vorfahren spielten im feuchten, weichen Abendwind und in der graugefiederten

Luft des Morgens. Auch die Bewässerung hatte sie dabei, die Reiherschwinge und den geheimen Pulsschlag des Nils. Bäume sah man hinter ihr wie entschwindende Säulen und dazwischen schlängelte sich Musik. Und um ihre Pfoten tanzten die Vorfahren! Kätzinnen und Kätzchen, steifbeinige alte Kater mit grauen Ohren, alle purzelten sie schnurrend durcheinander, vielleicht um ihr zu huldigen, aber wohl mehr noch zur eigenen Freude. Doch dann sah sie, dass dies alles gar nicht nötig war, und ließ die Musik verstummen. Mit einem Geräusch, als falle ein Wassertropfen in einen Teich, ging alles ein in die große Auseinandersetzung der Zeit, in den Jahrtausendtraum.

Zurück blieb nur die Große Katze. Sie verließ den König und die Königin, huschte grün wie Jade, golden wie die Sonne, flammengleich über den Hügel, glitt mitten hinein ins Herz des Sturms und ließ sich dort nieder, um sich die Pfoten zu waschen. Ringsum erhob sich ein Brausen und Dröhnen, zwischen Erde und Himmel spannten sich kobaltblaue Schuttbänder, drehten und verschlangen sich. Blaue Blitze flammten auf, und draußen auf See zerstäubte der Wind die grauen Wogen. Die Erde bebte. Der Wirbel bäumte sich auf…

»Schweigt!«, befahl sie.

»Kommt alle beide zu mir«, sagte sie, »und schweigt.«

Aber der Wirbel wollte nicht gehorchen. Die beiden Wesen, die darin eingeschlossen waren, rasten über den Hügel, rasten hinaus aufs Meer und wieder zurück. Sie antworteten nicht einmal. Was ihnen die Große Katze zu bieten hatte, wollten sie nicht. Sie waren die Gegensätze, die rivalisierenden Geschwister, der Dynamo einer vergangenen Epoche. Sie wollten nur den Kampf. Nach dreihundert Jahren hatten sie fast alles andere vergessen.

Die Große Katze lachte.

»Das Wilde und das Zahme sind nur zwei Namen für ein und dasselbe«, schalt sie.

»Kommt ihr nun zu mir?«, lockte sie sanft.

Sie weigerten sich. Wozu sich demütigen? Auch wenn jeder nur zu gern den anderen gedemütigt hätte. Sie rissen den Fels auf und warfen mit den Brocken.

»Es war eine lange Zeit«, sagte sie. »Ich weiß. Seid ihr denn nicht müde?«

Die Winde legten sich so plötzlich, dass die Stille in den Ohren schmerzte. Sie *waren* müde. Sie waren alt. Sie schwankten und der Wirbel schwankte mit ihnen. Die Drehung verlangsamte sich, ein Schauder durchlief ihn, er kippte, drohte sich aufzulösen. Eine endlose Pause trat ein. Dann entlud sich die Luft in einem Seufzer der Erleichterung und klärte sich wie trübes Wasser in einem Glas. Was der Wirbel an sich gebunden hatte – vom Glimmerstaub bis zu den Dachschindeln, von Zigarettenschachteln bis zu alten Autoreifen –, ließ er jetzt los. Der Himmel füllte sich mit Gegenständen, die zögernd und langsam wie in einem Traum zu Boden sanken.

»Ich spreche euch frei«, sagte die Große Katze.

Und sie sagte: »Ich löse euch auf.«

Noch einmal bäumten sie sich auf, zwei riesige voneinander getrennte Wesen. Doch sie war die Mutter, immer größer, immer geduldig, immer entschlossen, und die beiden erschienen nun für alle Zeiten zum letzten Mal als der Majicou, die einäugige Katze aus dem Zoogeschäft, und als der Alchimist, sein uralter Feind. Die Katze peitschte mit dem Schwanz. Die Lumpen des Greises flatterten im Wind. Dann sprang die Große Katze auf sie hinunter, ohne Erbarmen, ohne Gnade, und riss ihnen mit den Zähnen der Liebe die Masken ab.

Danach gab sie sie frei.

Der Junge hieß Isaac. Er war groß für sein Alter und bewegte sich unbeholfen; seine Kniehosen waren aus Segeltuch und das weite Leinenhemd zeigte am Kragen schon dünne Stellen. Wache Neugier spiegelte sich in seinen

Zügen und er war sehr von sich überzeugt. Auch die Katze, eine schwarze Bauernkatze, hatte eine hohe Meinung von sich. Der Junge prahlte oft, sie sei so groß wie ein Pferd. Er hatte sie Hobbe genannt, weil sie unter den Ratten wütete wie der Teufel. Sie hatte noch beide Augen und aus ihrem *tapetum lucidum* hatte der Junge bereits die eine oder andere interessante Erkenntnis über das Licht abgeleitet. Die beiden waren unzertrennlich, ein intelligentes Paar, das nichts als Unfug im Sinn hatte.

»Da!«, lachte die Große Katze.

»Am Fuß des Hügels«, sagte sie, »befindet sich ein Hafen und dort dämmert ein neuer Tag herauf. Geht hinunter und seht, was ihr dort findet. Für den einen gibt es Boote, für den anderen Fische.«

Hobbe lief mit hoch gerecktem Schwanz voran.

»Und jetzt, Kleiner Vater, Kleine Mutter«, sagte die Große Katze, »habt ihr euch lange genug in Geduld geübt.« Sie hatte Ägypten wieder um sich gezogen wie einen Mantel. Die beiden hörten in ihrer Stimme die weißen Tauben flattern. »Wie einst eure Vorfahren habt ihr eine schwere Aufgabe übernommen. Ihr habt sie in gutem Glauben und mit gutem Willen übernommen, ihr wusstet nicht einmal, dass es eine Aufgabe war. Für euch war es ein Leben, ihr habt es gelebt und es wird noch vieles daraus entstehen.«

Die Stimme der Großen Mutter zog Pertelot in ihren Bann, dennoch sah sie sich unruhig um. Wo waren ihre Kinder geblieben?

»Traut ihr mir zu«, fuhr die Große Katze fort, »dass ich euch auch noch eure Kätzchen stehlen würde, nachdem ich euch so viel abverlangt habe?« Sie lachte. »Man könnte tatsächlich in Versuchung kommen«, sagte sie dann. »Wunderschön, wie sie sind …«

»Das finde ich auch«, sagte der König der Katzen selbstgefällig.

»Rags!«, mahnte seine Frau.

»Aber nun gebt Acht!«, schloss die Große Katze.

Neben ihr war ein seltsamer Lichtwirbel entstanden. Heraus trat, mit breiter Brust, geschmeidigem Rumpf, unglaublich dünnen, grazilen Beinen und einem langen Rücken, der sich von der hoch angesetzten Schulter zum hageren Gesäß wölbte, die Goldene Katze und stellte sich neben sie. Ihre Augen waren nicht von dieser Welt.

»Da sind sie«, sagte die Große Katze. »Drei Kätzchen in einem. Ich gebe sie euch zurück. Odin der Jäger, der den Tanz des Todes beherrscht. Isis, die für Wiederauferstehung, Schutz und Reinkarnation steht und mit ihrem Gesang die Toten aufwecken kann. Und Leonora, die Ungestüme, für die das Glück im Augenblick liegt und die den Tanz des Lebens tanzt. Sie sind euer Kind und auch das meine«, erklärte sie dem König und der Königin. »Sie sind das Kind der Zukunft. Lange bevor das weiße Schiff mit euren Vorfahren vor Tintagel landete, wurde die Geburt dieser Katze bereits geplant. Seht nun, wie sie durch das nächste Weltalter rennt. Seht!«, wiederholte sie. »Oh, seht doch nur!« Eine magische Straße öffnete sich und die Goldene Katze sprang unermüdlich in langen, geschmeidigen Sätzen auf ihr davon. Doch zugleich kam sie auf ihre Eltern zugelaufen und verwandelte sich dabei in Odin und Isis und Leonora Whitstand Merril.

»Mutter!«, rief Leonora. »Du musst Odin sagen, dass ich Recht hatte! *Sie waren die ganze Zeit da unten!*«

»Das ist die Schwierigkeit mit den Töchtern«, seufzte Ragnar Gustaffson. »Sie müssen immer das letzte Wort haben.«

»Dazu habe ich nichts zu sagen«, erklärte die Große Katze. »Ich war selbst eine Tochter.« Und damit kehrte sie in ihren eigenen Traum zurück. »Euer Leben war zerrissen, doch nun ist es wieder heil«, sagte sie noch. »Lauft!«, rief sie. »Von nun an werde ich stets bei euch sein. Lauft und fresst!«, gebot sie noch einmal. »Ihr *alle* seid goldene Katzen.«

Endlich schwebte nur noch ihre Stimme in der jasminduftenden Luft, kaum zu unterscheiden vom leisen Plätschern des Wassers in den verborgenen Gärten des Nils, und sie gab ihnen den eindringlichen Rat: »Geht zu eurem schönen Freund. Er hat euch beschützt, nun müsst ihr ihm helfen.«

Er lag ein Stück entfernt bis zum Bauch in einer Regenwasserpfütze, die in einer Felsmulde stand. Lang ausgestreckt lag er da wie ein leeres weißes Katzenfell. Äußerlich war er unverletzt, aber aus jedem Nasenloch war etwas Blut ausgetreten und in den Augenwinkeln hatte sich schwarzes Sekret abgelagert, als habe er geweint. Das Maul war zu einem müden Fauchen – oder zu einem Seufzer des Bedauerns – geöffnet. Mercurius Realtime DeNeuve, der Zufallsprinz aus dem Zoogeschäft in der Stadt, hatte einmal zu oft gegen den Wirbel gekämpft. Nun war sein großes Burmilla-Herz erschöpft. Der Mülltonnenfuchs saß bei ihm, starrte verbittert auf das Meer hinaus und weigerte sich, mit dem König und der Königin zu sprechen. Cy war außer sich, lief unermüdlich auf und ab und sagte immer wieder: »Das kannst du nicht tun, Jack. Das kannst du einfach nicht tun.«

Ragnar Gustaffson Cœur de Lion trat vor. Der Neue Schwarze König wusste, wie Tom sich fühlte, er hatte selbst so manchen Strauß ausgefochten, auch wenn seine Stärken auf anderen Gebieten lagen. Mehr noch: Er ließ keine Katze lange leiden. Das war für ihn Ehrensache.

»Du meine Güte«, sagte er. »Was ist das?«

Und er nahm sich mit der robusten Fürsorglichkeit einer Kätzin Toms Gesicht vor. Er reinigte die Nase. Er beseitigte die Tränenspuren unter den Augen. Er bearbeitete mit langen, kräftigen Zungenstrichen den Kopf und den silbernen Körper. Schläfrigkeit erfasste die Zuschauer. Diese Zunge hatte mit ihrer Wärme schon die verschiedensten Schmerzen gelindert und frische Wunden und alte Knochen geheilt. Der Neue Schwarze König hatte Blutvergiftungen zum Stillstand gebracht und aus der Steißlage gesunde Kätzchen ans Licht der Welt geholt. Den dünnsten Lebensfaden erspürte er und folgte ihm wie einem Geheimen Pfad. Er war der König! Keine Seele, und wäre sie noch so verblendet gewesen, die er nicht fand und nach Hause geleitete. Ragnar konnte Kranke heilen.

Aber Tote konnte er nicht auferwecken, er mochte lecken, so viel er wollte.

Erschöpft hob er den Kopf.

»Ich verstehe dich nicht«, hielt er seinem alten Freund vor. »Wohin bist du nur gegangen?«

Die Tigerkatze drängte sich dazwischen.

»Du hast mich enttäuscht!«, rief sie. »Du hast mich sehr enttäuscht!« Wobei nicht klar war, wen von den beiden sie meinte. Sanft berührte sie Toms Wange mit der Pfote. »Komm zurück!«, befahl sie. »Komm sofort zurück!« Zum zwanzigsten Mal, seit sie ihn gefunden hatte, schloss sie die Augen, legte das Maul an seine Nase und blies ihm scharf in die Nüstern.

Nichts.

»Es hat keinen Zweck mehr«, sagte sie und schaute vorwurfsvoll zu Ragnar und Pertelot auf. »Ich selbst bin oft genug auf diese Weise geweckt worden. Ich weiß genau, dass es wirkt. Wieso klappt es jetzt nicht?«

»Hier wirkt nichts mehr«, sagte der Fuchs, ohne sich umzudrehen.

»Das Leben kann sich sehr weit entfernen«, fügte er hinzu. »Doch es kann sich nicht so tief verkriechen, dass ein Fuchs es nicht wittern würde.«

»Das wissen wir«, sagte die Königin.

»Aber in ihm rieche ich kein Leben mehr. Es tut mir Leid.«

»Schämst du dich nicht?«, schalt die Königin. »Du darfst nicht aufgeben. Er ist dein Freund.«

»Er wäre nicht der Erste, den ich verliere«, gab der Fuchs düster zurück.

Damit hatte er Pertelot den Wind aus den Segeln genommen. »Die Welt ist neu!« Mehr konnte er nicht mehr sagen. »Wie kann in dieser neuen Welt so etwas geschehen?« Sie sah sich verzweifelt um, doch die Große Katze kam nicht zurück, um ihnen zu helfen.

»Ich glaube, die Welt sind wir«, sagte ihr Gatte leise.

»Oh, Ragnar, Ragnar!«

Cy die Tigerkatze war die ganze Zeit rastlos auf und ab gelaufen und immer wieder neben Toms Kopf stehen geblieben, um die blanke Erde mit den Füßen zu kneten und verwirrt zu schnurren.

Jetzt flüsterte sie: »Nicht sterben, Trumpf-Ass. Ich hab dir etwas so Schönes zu erzählen. Du darfst nicht tot sein!«

Der Fuchs stand auf und versuchte, sie zu trösten. Zu viert standen sie noch lange da und schauten auf Tom hinab. »Ich weiß noch, wie er als Kätzchen war«, sagte Liebt-Mülltonnen. »Er bekam Ärger, sobald er das Haus verlassen hatte. Aber er hat nie aufgehört, die Welt zu lieben.« Doch nach einer Weile fühlten sie sich in Gegenwart des Todes unwohl wie so viele Tiere, und zerstreuten sich. Sogar die Tigerkatze schien vergessen zu haben, wozu sie gekommen war.

»Wollt ihr gar nicht wissen, was geschehen ist?«, ließ sich hinter ihnen eine wohl bekannte Stimme vernehmen.

Verblüfft drehten sie sich um.

Ein Flimmern hing in der Luft, als scheine das Licht durch ein mit feinstem Blattgold bedecktes Fenster. Hier und dort verdichtete es sich für den Bruchteil einer Sekunde, dann sah man Katzengestalten – einen Schwanz, eine Schnauze, ein langgestrecktes Ohr mit einem Haarbüschel –, die aber gleich wieder verschwanden. Wenn es wirklich Katzen waren, bewegten sie sich so schnell, dass das Auge nicht folgen konnte; und bis zu diesem Moment hatten sie sich noch viel schneller bewegt. Die Goldene Katze! Sie verblasste, verschwand – mit einem leisen Lachen, das nach Leonora klang – und an ihrer Stelle erschienen drei große Kätzchen mit goldenem

Fell, die sich langsam voneinander entfernten. Sie hatten Tom zwischen sich genommen. Der gähnte, schüttelte sich und bemerkte überrascht, dass sein Fell durchnässt war. Keine Katze wacht gern in einer Pfütze auf. Er wirkte noch ein wenig zittrig – immerhin hatte er sich mit dem Sturm angelegt, hatte seine letzten Kräfte aufgeboten und eingesetzt; und daran muss sich jede Katze messen lassen. Er war noch ein wenig zerstreut, aber das vertrug sich gut mit seinem neuen Auftreten. Denn – und seine Freunde merkten es bald – während seiner Zeit als Weißer Tiger, als Katze in der Katze, hatte er sich verändert: Das Kätzchen Tom, das sich verloren fühlte und immer noch seinem alten Zuhause nachtrauerte, war verschwunden. Stattdessen stand der Majicou vor ihnen: eine Autorität, die Optimismus ausstrahlte, eine starke Persönlichkeit.

»Wollt ihr nicht wissen, was das alles zu bedeuten hatte?«

Die vier kehrten auf die Hügelkuppe zurück und scharten sich um ihn. Und er erklärte ihnen, was sie erlebt hatten.

»Begonnen hat es mit der Niederlage des Alchimisten«, berichtete er. »Damals ging etwas zu Ende, aber es gab keine Lösung. Der Majicou und sein Feind versanken vor Tintagel Head im Meer und schossen, von ihrem Hass getrieben wie von einem riesigen Dynamo, in die Tiefen der Erde und die Finsternis der Tiefsee hinab. Dort blieben sie. Wochen vergingen. Die Kätzchen wuchsen heran. Leonora Whitstand Merril behauptete immer wieder: ›Sie sind da unten. Ich höre sie jede Nacht.‹ Ob es etwas geändert hätte, wenn wir ihr geglaubt und uns Gedanken gemacht hätten, was da zu tun sei? Wer weiß? Gewiss ist, dass keiner von beiden je die Oberhand gewann. Keiner wagte es, den Kampf länger als ein paar Sekunden zu unterbrechen. Doch beide hingen ihren Gedanken nach. Der Alchimist hatte im Augenblick der Niederlage endlich begriffen, was er getan hatte, und überlegte, wie er die Goldene Katze finden und zerstören könne. Der Majicou hatte zwar schon immer gewusst, dass der

Augenblick des Erfolgs für seinen alten Feind zugleich der Augenblick der Niederlage sein würde, aber er hatte nicht erwartet, an dieser Niederlage teilzuhaben. Nun wurde beiden klar, dass der Alchimist so lange in Gefahr schwebte, wie die Kätzchen am Leben waren.

In diesem Moment begann alles wieder von vorn.

Jeder bediente sich auf seine Weise aus dem Innern des Wirbels der Geheimen Pfade heraus. Jeder mobilisierte Helfer, die in seinem Auftrag tätig wurden.

Der Alchimist wirkte durch Menschen und Tiere – Kater Murr war einer seiner Helfer, aber es gab mit Sicherheit auch andere in allen Städten der Welt. Der Majicou hatte weniger Erfolg; immerhin gelang es ihm, während er mit seinem Widersacher über den Meeresgrund raste und das Wasser zum Kochen brachte, sich der Dienste des Fisches Ray zu versichern, der daraufhin mit Cy Freundschaft schloss. Doch das genügte ihm nicht in seiner verzweifelten Ungeduld und so schickte er uns eine direkte Botschaft: das Dreieckssymbol …

Ob sie ihre Gedanken, ihre Absichten voreinander geheim halten konnten, die beiden unversöhnlichen Feinde im Innern des Wirbels? Wir wissen es nicht. Schritt für Schritt knüpften sie die Verbindungen zur Oberwelt neu, dünne, immer wieder unterbrochene, schwer zu entwirrende Fäden. Jeder Sturm konnte ihre Pläne durcheinanderwirbeln. Nur eins blieb unverrückbar fest: Wohin der eine ging, dorthin musste der andere ihm folgen. Was der eine schuf, suchte der andere zu zerstören. So stand es an dem Tag, als das erste Kätzchen verschwand.«

Tom schwieg eine Weile, um seine Gedanken zu ordnen.

»Schon damals«, fuhr er fort, »wusste ich, dass mit den Geheimen Pfaden etwas nicht stimmte. Ich formulierte es so und so hörte ich es auch von meinen Helfern: »›Etwas stimmt nicht.‹«

Er lachte leise.

»Mir war die Katastrophe bereits über den Kopf gewachsen«, gestand er. »Um nicht selbst zu Grunde zu gehen, hatten der Majicou und der Alchimist mit der Zerstörung dessen begonnen, worum sie ursprünglich gekämpft hatten. Der Alte Weg des Wandels verlor von Tag zu Tag mehr an Energie. Es dauerte nicht lange, und er nahm, anstatt zu geben. Katzen starben. Straßen führten ins Nichts. Die Welt schrumpfte. Zudem wurde die Botschaft des Alchimisten – ›Sucht drei goldene Kätzchen und tötet sie!‹ – auf dem Weg durch die Kette der Helfer immer mehr verwässert und das hatte verheerende Folgen. Hass und Anarchie breiteten sich aus. Die Menschen töteten alle Katzen, die sie finden konnten; bald töteten *Katzen* ihre Artgenossen. In dieser Atmosphäre des Terrors wurde Odin entführt, von menschlichen Helfern, die ein paar Wochen später zurückkehrten, um auch seine Schwester zu holen. Der Rest ist bekannt.«

Die Tiere schwiegen lange.

Dann ergriff Ragnar Gustaffson das Wort.

»Wir wissen vielleicht, was geschehen ist«, sagte er, »aber wir wissen nicht, was es bedeutet. Zum Beispiel das Symbol. Und dieses Tier mit Namen Kater Murr ...«

»Ach ja«, sagte Tom. »Der unglückselige Kater Murr! Besessen von seinem Hass auf Uroum Bashou, hatte er lesen gelernt und das war sein Verderben. Schon lange vor Leonoras und meinem ersten Besuch bei Uroum Bashou hatte ihn der Alchimist in den Raum unter der Kupferkuppel gelockt und zu seinem Helfer gemacht. Aus dieser Quelle kamen die Kräfte, die ihn am Ende zerstörten. Dieser Kater war ein Opfer, nicht mehr. Irgendwie bin ich ihm sogar zu Dank verpflichtet. Unser Zusammenstoß im Haus des Alchimisten hat mir die Augen geöffnet. Aber Kater Murr war immer nur der Türhüter.«

»Er hätte Leonora zweimal töten können«, wandte der König ein.

»Beim ersten Mal wollte er sich nur vor ihr aufspielen«,

sagte Tom. »Und beim zweiten Mal ging es ihm darum, aus reiner Bosheit seinen alten Herrn zu töten.« Seine Stimme wurde hart. »Kater Murr war eine Katze, die gehen wollte wie ein Mensch.«

Wieder wurde es still.

»Das silberne Dreieck«, nahm Tom den Faden wieder auf. »Trag es mit Stolz, Ragnar. Es ist das Zeichen der Drei.« Er überlegte eine Weile, dann fuhr er fort: »Stell dir vor, du bist im Dunkeln – unter der Erde oder unter dem Meer. Du kannst nicht sprechen. Du wagst es nicht, den Kampf zu unterbrechen. Du bist auf ewig gefangen in den Schlingen deiner eigenen Dualität. Du bist dein Feind und dein Feind ist du. Äußern kannst du dich nur mit Hilfe eines Fischers oder eines Fischs. Und so versuchte der Majicou, uns etwas mitzuteilen, was er immer schon gewusst hatte. Der Alchimist brauchte nicht irgendeins von Pertelots Kätzchen. Es ging um kein Zauberkunststückchen – um die Welt für alle Zeit zu verändern, brauchte man *alle drei*. Das war die Bedeutung des Zeichens: Drei Seiten standen für drei Kätzchen und ihre drei verschiedenen Eigenschaften, die drei miteinander verflochtenen Tänze, mit denen die Goldene Katze – die aufgehende Sonne an der Spitze der Pyramide – beschworen werden sollte. Diese Erkenntnis, die jetzt im Nachhinein so selbstverständlich erscheint, suchte er uns immer wieder zu vermitteln. Der Fisch brachte euch nach Ägypten, damit ihr die alte Geschichte von Atum-Ra und Isis lesen konntet, denen die Große Katze ihre Liebe schenkte. Der Majicou hoffte, ihr könntet das von uns allen am ehesten verstehen. Vielleicht war er sogar selbst anwesend und wollte mit euch sprechen; in diesem Fall hat er stattdessen den Wirbelwind über euch gebracht. Er war daran gefesselt – wie also nicht? »

Wieder schwieg er für einen Moment. Dann sagte er: »Ich werde den Majicou vermissen. Er hat mich in der Zeit, die ihm noch blieb, gut unterrichtet. Er hat lange und hart für die

Katzen gekämpft und obwohl er vieles vorhersah, ahnte er wohl nicht, wie sehr er leiden müsste, bis ihn die Große Katze von seiner Pflicht entbände.«

Pertelot Fitzwilliam fröstelte.

»Hinter allem stand also die Große Katze«, sagte sie.

»Die Große Katze steht immer hinter allem«, antwortete Tom.

»Aber jetzt ist es vorüber.«

»Ja.«

»Alles hat sich erneuert.«

»So ist es.«

»Du hast uns gut beschützt, Mercurius.«

»Wir haben uns gegenseitig beschützt, Pertelot Fitzwilliam.«

Noch während dieses Gesprächs erfasste der Grüne Traum die ganze Welt. Oft zeigte er sich, aber nicht überall. Der kahle Hügel bedeckte sich von einem Augenblick zum anderen mit Humus und während man noch hinsah, sprossen die ersten Pflanzen und entfalteten ihre Blüten. Das Fell der Katzen begann zu glänzen. Der Fuchs strahlte wie ein Leuchtturm am Morgen und sein füchsischer Charakter brach sich so stürmisch Bahn, dass ihn die Fischer draußen auf dem Meer riechen konnten.

Der Grüne Traum schlängelte sich hinab in das erwachende Dorf. Wo er vorüberkam, verfielen die Geranien in einen wahren Farbenrausch und in den steilen Gässchen duftete es nach Meereslavendel und Thymian. Die Fischschuppen an der Hafenmauer blitzen unter seiner Berührung auf und er lachte über die plumpen, bunt bemalten Boote. Er strömte in die Pommesbude hinein und wieder heraus und glitt über die Strandpromenade zum Sandstrand. An der Flutlinie verharrte er kurz, dann schwang er sich über das Meer.

Was er berührte, wurde verwandelt, sogar die Luft. Was er

berührte, wurde geheilt. In New Orleans spürte ihn Eponine Lafeet und lächelte. Endlich hatte sich ihre Vision von einer *Grünen Welt* erfüllt. Der Traum breitete sich wellenförmig nach allen Seiten aus, weiter und immer weiter. Die letzten freien Katzen des French Quarter stellten entzückt fest, dass sie von den Menschen in Gassen und Restaurants wieder mit offenen Armen aufgenommen und mit Meeresfrüchten gefüttert wurden. Red und Téophine wälzten sich im Sonnenschein und *erkannten* in diesem Moment ihre künftigen Kätzchen. Shine das Maultier stand in den Elysian Fields und ringsum schoss frisches, saftiges Gras aus dem Boden. Die Wellen schwappten über den toten Uroum Bashou inmitten seiner Bücher hinweg und verwandelten das Fell des alten Helden in prächtigen Samt. Im Laboratorium Winfield Farm waren der Untersuchungstisch und die rostigen Käfige bereits unter einem Pflanzendschungel verschwunden und im grünen Halbdunkel standen neue Katzenschatten reglos Wache, damit die Menschen hier niemals wieder Einzug hielten. Cottonreel und die schöne Amelie wurden von den Ausläufern erfasst und schauten erwartungsvoll über die Wasserwiesen, während sich im Hühnerstall ein fetter Tigerkater namens Stilton im Schlaf umdrehte und zufrieden flüsterte: »Als Katze hat man es wirklich gut.«

Und der grüne Traum ging weiter um die Welt.

Der König und die Königin stiegen zu den Trümmern des Ozeanariums hinab. Cy und Tom folgten ihnen gemessenen Schrittes, der Mülltonnenfuchs bildete die Nachhut und blickte mit meterlang aus dem Maul hängender Rosazunge staunend in den neuen Morgen. Das Fischbecken hatte wider Erwarten standgehalten. Jetzt war es von Efeu und Ackerwinden überwuchert. Die Sonnenstrahlen drangen so hell und scharf umrissen in die Tiefe vor, dass die Fische wie zwischen den Säulen eines Tempels tanzten. Die Wendeltreppe war mit Geißblatt und Waldrebe bekränzt. Ragnar und Pertelot wanderten umher und schnurrten beglückt. Auch sie hatten ja wider alle Wahrscheinlichkeit überlebt. Zur Feier dieses Augenblick und um ihm das gebührende Gewicht zu verleihen, umkreiste die Prozession dreimal das Aquarium und die Goldene Katze mischte sich, zwischen einer und drei Flimmergestalten wechselnd, unter sie. Isis, Odin und Leonora Whitstand Merril vereinigten sich zu einer hoch gewachsenen, hager-verschwommenen Erscheinung, die sich wie ein lebendes Goldband um den König und die Königin wand.

Sealink und Mousebreath hatten bisher schüchtern abseits gestanden und sich verstohlen beäugt, aber auf alle Annäherungsversuche verzichtet. Beide waren durch ihre Erlebnisse so verändert, dass sie sich kaum wieder erkannten. Er war erschrocken darüber, wie müde sie aussah und wie anders sie roch. Sie kam mit dem Versuchstier X in ihm nicht zurande. Jeder hatte einen langen, schweren Weg zurückgelegt, es gab viel zu erzählen und noch hatten sie nicht ganz begriffen, was geschehen war. So hielten sie sich verlegen zurück und nahmen an der Freudenfeier nicht teil. Todesfälle, Abenteuer und vielleicht auch ihr Stolz trennten sie. Sie nahm ihm übel, dass er es ihr so schwer machte, anstatt ihr einfach entgegenzukommen; er erwartete das Gleiche von ihr; und beide hatten ein wenig Angst.

»Warum gehst du nicht hin und redest mit ihm?«, empfahl Tom der Calicokatze.

»Ehrlich gesagt, Schätzchen, ich kann noch gar nicht glauben, dass er da drüben steht«, sagte Sealink etwas zu laut. »Erst höre ich, dass er tot ist, und jetzt kommt er mit einer gespaltenen Persönlichkeit zurück.«

Sie leckte sich energisch den Schwanz.

»Warum wissen Kater eigentlich nie, was sie wollen?«

»Nun komm schon, rede mit ihm.«

»Warum gehst du nicht hin und redest mit ihr?«, bekam Mousebreath von der Königin zu hören. »Sie hat dich so vermisst.«

»Ehrlich gesagt, ich traue mich nicht«, antwortete Mousebreath. Er überlegte eine Weile. »Die Sache ist nämlich die«, fuhr er dann fort, »wenn man so lange ein anderer war, dann ist man nicht mehr der Gleiche.«

»Nun komm schon, rede mit ihr.«

Schließlich gab ihm die Calicokatze ein paar kräftige Ohrfeigen.

»Du hattest kein Recht, so einfach wegzusterben!«, schimpfte sie. »Überhaupt kein Recht.«

Mousebreath sah sie nachdenklich an, in seinem blauen Auge funkelte der Schalk.

»Mich hat aber keiner gefragt«, sagte er dann, stellte sich, sehr zur Überraschung der Umstehenden, auf die Hinterbeine und revanchierte sich mit zwei kräftigen Ohrfeigen. Sie kniff die Augen zusammen, zischte ihn an und wich ein wenig zurück.

»Du warst sowieso immer nur für die zwei F zu gebrauchen und für nichts sonst«, warf sie ihm vor.

»Ich hab aber keine Klagen gehört.«

Sie überlegte.

»Schätzchen«, fragte sie dann, »wie konntest du nur? Mir einfach wegsterben, meine ich.«

»Na ja«, räumte er ein, »ein bisschen plötzlich war es wohl schon.«

»Aber du tust es nicht wieder?«

»Komm her«, drängte Mousebreath. »Nein, komm ganz nahe heran und hör mir zu.«

»Was ist?«

»Auch wenn's dich vielleicht überrascht, ich muss es dir einfach sagen. Wenn du wütend warst, hast du mir immer am besten gefallen.«

Sealink sah ihn von der Seite an.

»Eigentlich hast du dich überhaupt nicht verändert, du alter Dreckskerl.« Sie lachte. »Ach, Süßer, ich hab dich so vermisst!« Sie schaute auf das Meer hinaus und dachte an Louisiana und ihr früheres Leben mit all seinen Höhepunkten und Enttäuschungen, das sie nun endgültig hinter sich gelassen hatte. »Ich hab dir tausend Dinge zu erzählen«, seufzte sie.

Mousebreath zwinkerte ihr mit seinem Schelmenauge zu.

»Ich hab auch das eine oder andere erlebt«, gestand er und dachte an Amelie.

Sie rieben die Köpfe aneinander und wälzten sich wie zwei Kätzchen in der Sonne und in der salzigen Meeresluft. Danach ließen sie die anderen eine Weile allein, schlenderten durch das Dorf zum Hafen hinunter und schwatzten, was das Zeug hielt. Beide trugen den Schwanz hoch aufgerichtet und die Spitze eingerollt. Sealinks kräftige Schenkel schwankten wie ein Schiff auf hoher See; Mousebreath wusste den Anblick zu schätzen. Ihre verstohlenen Seitenblicke vermittelten völlig neue Erkenntnisse über die Liebe. Seinen zweierlei Augen entging kein einziger dieser Blicke, auch wenn sie glaubte, er bemerke sie nicht. Irgendwann sagte er: »So'ne Auferstehung von den Toten ist eigentlich nicht schlecht. Vielleicht mach ich das öfter.«

»Du brauchst mir bloß untreu zu werden, dann hast du dazu schneller Gelegenheit, als du denkst.«

Der Hund hatte alles mit angesehen und war verwundert. Das Unwetter in der Nacht war ziemlich heftig gewesen, das war nicht zu leugnen. Die Katzen hatten deshalb ein Riesentheater gemacht und waren schreiend umhergelaufen; auch das musste man zugeben. Aber man soll die Schwierigkeiten nicht herausfordern und so hatte sich der Hund vernünftigerweise in einen Hauseingang im Dorf zurückgezogen und gewartet, bis das Schlimmste vorbei war. Trotzdem war er nass geworden. Jetzt wartete er wieder, bis Sealink und

Mousebreath außer Sicht waren, dann hinkte er langsam den Hügel hinauf. Oben sah er sich um. Seine Augen waren nicht mehr die besten, aber auf seine Nase konnte er sich noch immer verlassen.

Hunde haben viel Zeit, dachte er unterwegs. Auch das ist Hundeart.

Nach einigen Fehlschlägen hatte er Tom gefunden und baute sich schwer atmend vor ihm auf. Seinem groben, nassen Fell entströmte ein Geruch, der den Duft nach Geißblatt und Winden überdeckte. Er wiegte sich hin und her.

»Du bist der neue Majicou«, sagte er.

»Der bin ich.«

»Die anderen Katzen kenne ich nicht.«

»Nein.«

»Wie sie auch heißen mögen, es sind eben Katzen. Und alle Katzen sehen ziemlich gleich aus.«

»Katzen sind Katzen und Hunde sind Hunde.«

»Das ist wahr«, nickte der Hund und seufzte. »In der Cutting Lane hast du mich nach zwei goldenen Kätzchen gefragt«, fuhr er fort.

»Das ist lange her.«

Der Hund überhörte den Einwand.

»Hier sind zwei goldene Kätzchen«, sagte er. »Es sind sogar drei.«

Tom riss die Augen auf.

»Das wusste ich aber schon«, sagte er.

»Trotzdem habe ich sie gefunden«, erklärte der Hund. »Lange Zeit«, fügte er hinzu, um ganz genau zu sein, »war es nur eins.«

»Man könnte sagen«, meinte Tom, um ebenfalls genau zu sein, »dass es auch jetzt nur eins ist.«

Der Hund schwieg lange und trat müde von einem seiner drei alten Beine auf das andere. Dann sagte er: »Hunde sind Tiere, auf die man sich verlassen kann. Ich sollte zwei goldene Kätzchen suchen und das habe ich getan. Du hast mir eine

Belohnung versprochen.« Er hatte die Wechselfälle seines langen Lebens mit stoischer Gelassenheit hingenommen. Jedes Mal hatte er sich gefragt: Was kannst du gegen das Wetter tun? Um dann zu antworten: Gegen das Wetter ist nichts zu machen. Jetzt sagte er sich: Hunde sind Tiere, denen die Welt auch noch vertrauen kann, wenn sie alt werden. Hunde halten durch, ob Regen oder Sonnenschein – das ist Hundeart. Hunde verdienen sich ihre Belohnung. Auch das ist Hundeart.

»Du hast es mir versprochen«, sagte er.

Tom war um eine Antwort verlegen. Er sah den Hund an. Der Hund erwiderte den Blick.

»Ich habe nichts, was ich dir geben könnte«, sagte Tom.

»Der alte Majicou hat seine Versprechen *immer* gehalten«, bemerkte der Hund.

In diesem Augenblick wurde es im Aquarium unruhig. Hinter den Efeuranken und den vielen weißen Windenblüten schossen die Makrelen- und Heringsschwärme in blinder Panik hin und her. Das Wasser war so grau geworden wie der Schlamm auf dem Meeresgrund und durch die dichten Schlieren und Verwirbelungen war ein orangengroßes Auge zu erkennen, das so ausdruckslos war wie eine schwarze Perle, eine nach oben gewölbte weiße Flossenspitze und Kiemenspalten wie die Ansaugöffnungen eines Jumbo-Jets – um mit Sealink zu sprechen. Ein Riesenfisch war eingetroffen.

»Das ist Ray!«, rief Cy die Tigerkatze. »Er ist wieder da!«

Dem verwirrten Hund erklärte sie vertraulich: »Wenn Ray kommt, fängt die Party erst richtig an.« Und sie fügte hinzu: »Er ist ein Fisch, aber er ist, ja, er ist auch mein Freund.« Dann lief sie die Wendeltreppe hinauf, um ihn zu begrüßen.

Unten war es still geworden. Der Hund sah Tom immer noch erwartungsvoll an. Der König und die Königin sahen den Hund fragend an. Den Fuchs bemerkte der Hund erst jetzt. Er betrachtete ihn sehr aufmerksam, dann sagte er: »Das ist keine Katze. Aber es ist auch kein Hund.«

Liebt-Mülltonnen ließ belustigt die Zunge aus dem Maul hängen.

»Du darfst dich nicht in einfache Gegensätze verstricken«, empfahl er, »sonst wirst du um die Freuden des Lebens betrogen.«

Der Hund hatte nur das Wort ›betrogen‹ gehört. Prompt war der Fuchs vergessen, er wandte sich wieder an Tom. In diesem Augenblick kam Cy die Treppen herunter. Ihre Freude war wie weggeblasen.

»Was ist denn?«, fragte Tom.

»Ich kann diesen Ray wirklich gut leiden, aber manchmal treibt er mich zur *Verzweiflung*. Ich lade ihn zur Hochzeit ein, aber nein, er muss unbedingt weiter. Ich frage: ›Wo willst du denn hin?‹ Er sagt: ›Nur mal die Straße runter.‹ Ich sage: ›Ach ja?‹ Und er sagt: ›Zu den Sternen, kleine warmblütige Schwester. Ich will hinaus zu den Sternen!‹ Ich frage: ›Wozu? Was gibt's da draußen?‹ Stell dir vor, Tom, er kann es mir nicht erklären! Darauf ich: ›Kommt nicht in Frage, Ray, mir hat schon die erste Reise nicht besonders gefallen.‹ Da draußen gibt es nichts als Kälte.«

Sie schüttelte den Kopf.

»Diese Fische!«, klagte sie.

»Ich wäre auf jeden Fall hier geblieben«, versicherte sie Tom, »auch ohne diesen besonderen Grund.« Trotzdem war sie traurig. »Dieser Ray schwimmt nur so zum Spaß wieder zu den Sternen, aber ich werde ihn vermissen. Ich war noch nie mit einem Fisch befreundet. Ich habe sie immer nur gefressen.«

»Er kommt schon wieder«, tröstete Tom.

»Ja, in tausend Jahren vielleicht.«

Plötzlich hatte Tom einen Einfall.

»Sag ihm, er soll noch einen Moment warten«, bat er.

Er wandte sich an den Hund: »Ich bin der Majicou.«

»Du bist der *neue* Majicou«, verbesserte der Hund. »Der alte hat mir besser gefallen.«

Tom hörte Liebt-Mülltonnen leise lachen.

»Ich habe dir eine Belohnung versprochen«, fuhr er fort. »Du sollst sie bekommen. Du darfst mit dem großen Fisch zu den Sternen fliegen.«

»Ich möchte auch etwas zu fressen.«

Es wurde still.

»Ach so«, sagte Tom.

Pertelot Fitzwilliam trat vor. »Mercurius«, sagte sie, »ich bin nicht sicher, ob es richtig ist, dieses Tier überhaupt zu den Sternen fliegen zu lassen. Aber auf keinen Fall kannst du es hungrig losschicken. Vergiss nicht, die Welt ist neu.«

Tom starrte sie an. »Ich weiß nicht, was ich ihm geben soll.«

»Warte, Trumpf-Ass!«, rief Cy die Tigerkatze. »Mir fällt da etwas ein!« Und sie wühlte sich durch die dichten Pflanzen am Fuß des Ozeanariums, zwängte sich in den Spalt zwischen dem Becken und dem Betonboden, bis nur noch ihr Hinterteil zu sehen war, und scharrte aufgeregt. Nach einer Weile schob sie sich vorsichtig zwischen den Winden hervor und zog eine einzelne Fahrradspeiche hinter sich her.

Der Hund betrachtete sie ohne große Begeisterung.

»Was sagst du jetzt?«, freute sich Cy.

Aber der Hund entschied: »Hunde fressen keine Fahrradspeichen.«

»Schön dumm«, sagte die Tigerkatze, verschwand flugs wieder unter dem Becken und förderte rasch hintereinander eine – leere – Kondensmilchdose, eine Plastikwäscheklammer und zwei kleine, dünne, weiße Muscheln zutage. Nach reiflicher Überlegung legte sie eine leere Chipstüte dazu, die sie im Vergnügungspark aufgelesen, und ein paar alte Brotrinden, die sie einer Silbermöwe abgejagt hatte. Dann holte sie einen Fetzen morsches Linoleum hervor, ein Stück Bilderrahmen, mit glitzernder Zinnoberbronze gestrichen, einen platten Tennisball, eine weiße Klaviertaste und einen

Strauß Plastikanemonen. Der Hund begutachtete jeden neuen Posten mit gebührender Sorgfalt, schüttelte jedoch immer wieder den Kopf und erklärte in aller Aufrichtigkeit: »Hunde fressen so etwas nicht.«

»Katzen auch nicht«, erklärte Tom im Brustton der Überzeugung. Alle sahen ihn an.

»Ich weiß nicht, was alle Welt gegen mein Futter hat!«, rief Cy verärgert. »Na schön, dies ist das letzte Angebot, *Trumpf-Ass«* – sie warf Tom einen vielsagenden Blick zu –, dann wird der Schrank geschlossen.« Und sie zog ihre Hauptattraktion hervor: zwei Rippchen Milchschokolade in blauem Stanniolpapier.

»Mehr haben wir nicht«, erklärte die Königin mit wahrhaft majestätischer Großzügigkeit.

Der Hund schnupperte an der Schokolade.

»Mhm«, sagte er. »Das ist gut.«

Er schälte mit seinen dicken, stumpfen Krallen das Stanniolpapier ab, krauste die Nase, zog die Lippen zurück und packte die Schokolade vorsichtig mit den Zähnen. Er kaute langsam und bedächtig, um den Geschmack möglichst lange auszukosten. Immer wieder sah er zu den Katzen auf und schmatzte. Dann leckte er sorgfältig den Boden ab, wo die Schokolade gelegen hatte, damit ihm auch kein Krümelchen entging, und beförderte das Stanniol schließlich mit der Zunge in die Luft. Es wurde von einer Meeresbrise erfasst und wie ein kleiner Schmetterling mit blauen Flügelspitzen davongetragen. Cy jagte hinterher und klatschte in die Pfoten wie ein Kätzchen. Der Hund sah ihr anerkennend zu.

»Na?«, fragte Tom. »Hat das geschmeckt?«

Der Hund überlegte. »Ja. Das war gut. Hunde verstehen sich auf Schokolade – das ist Hundeart. Und nun«, sagte er, »auf zu den Sternen!«

Er wurde fast lebhaft, drehte sich auf seinen drei Beinen um und schaute die Wendeltreppe hinauf. Sein Blick streifte die rostige Aussichtsplattform und verlor sich am Himmel.

»Das ist eine schöne Belohnung«, sagte er zu Tom. »Wer weiß, was es da draußen alles gibt.« Er senkte die Stimme. »Nur zu dir gesagt: Es kann ziemlich langweilig werden, immer verlässlich zu sein.«

Mühsam schleppte er sich die Wendeltreppe zur Aussichtsplattform hinauf. Seine stumpfen Krallen klapperten auf den Eisenstufen. Oben angekommen, blieb er keuchend stehen und sah sich um, als wolle er sich die Sache noch einmal überlegen. Dann hob er die Achseln. Ein Blitz zuckte auf, heller als die Sonne. Das Wasser im Aquarium verdichtete sich und wurde weiß. Als es sich wieder klärte, waren Fisch und Hund verschwunden.

Danach war es lange still. Später würde man sich Geschichten erzählen und jeder würde mit seinen Taten prahlen, bis alle auf dem Laufenden waren. Dann würde man die einzelnen Berichte dergestalt zusammenfassen, dass man sie den Kätzchen als Märchen von der Goldenen Katze erzählen konnte. Doch dafür waren im Moment alle viel zu müde.

Sealink und Mousebreath kamen vom Hafen zurück und stritten sich lustlos darüber, welche Orte sie besuchen wollten, wenn sie erst wieder auf Reisen gingen. Der Fuchs lag in der warmen Sonne und kratzte sich. Wenn er nur die richtige Füchsin fände, könnte er sich immer noch irgendwo niederlassen und eine Familie gründen …

Noch bin ich nicht zu alt, dachte er. Die Jungen könnten viel von mir lernen, besonders über die chinesische Küche – was man fressen kann und was nicht und so weiter.

Der König und die Königin der Katzen, um die sich eine Zeit lang die ganze Welt gedreht hatte – sie hatten sich einfach aneinandergekuschelt und waren eingeschlafen.

Ihre Kinder schliefen nicht. Sie hatten ihre helle Freude daran, weiter an dem bunten Teppich zu weben. Doch das ist eine andere Geschichte.

Tom indes war ebenfalls müde und betrachtete seine

Freunde voller Zärtlichkeit. Jetzt sind wir alle nur noch Kätzchen in der Sonne, dachte er und verlor sich in Erinnerungen an seine eigene Kätzchenzeit. Von der Stoffmaus unter der Küchenanrichte bis hierher war es ein weiter Weg, dachte er. Er setzte sich zu Cy, wusch ihr kameradschaftlich die Ohren und fragte nach einer Weile: »Was wolltest du vorhin eigentlich andeuten?«

Sie schnurrte und rieb ihre Wange an der seinen. »Rat mal, Trumpf-Ass«, sagte sie.

Eine weiße Möwe kam über die Bucht geflogen und verschwand landeinwärts.

DANKSAGUNG

Hiermit danke ich allen Freunden – insbesondere Russ Galen, Veronica Chapman, Kuo-Yu Liang und Eleanor Lang –, die mich bei meiner Arbeit an der *Goldenen Katze* unterstützt und inspiriert haben, sowie allen jenen, die sich der herrenlosen Katzen Amerikas annehmen. Dank auch an Xavier für seine Hilfe beim Cajun-Französisch!